DIANA

Das Buch

Franz Kogler, Doktor der Slawistik, ist Sudetendeutscher. Als seine Familie 1951 aus der Tschechoslowakei ausgewiesen wird, geht er aus politischer Überzeugung in die DDR. Doch im Laufe der Jahre muß die Familie immer mehr erkennen, daß die staatliche Kontrolle bis in die letzten Winkel des Lebens hinein funktioniert und manche Sachzwänge erst nachträglich ideologisch verbrämt werden.

Dann folgt die Wende, und Koglers Tochter, Katharina Hellberg, steht vor dem beruflichen Aus. Die Universität kann die Geisteswissenschaftlerin nicht mehr weiterbeschäftigen. Während ihr Mann und ihre Tochter die Vorzüge der Wiedervereinigung genießen, stellt sie sich ihrer Vergangenheit, um ihren eigenen Weg zu gehen.

Renate Feyl, »eine Erzählerin der schönsten Art« (Der Standard, Wien) und Meisterin der doppelbödigen Idylle, entwirft in ihrem neuen Roman ein zunächst heiteres Familienbild, das sich unaufhaltsam verkehrt in ein Lehrstück von der Deformation, aber auch von der Würde des Menschen unter dem Druck der Diktatur.

Die Autorin

Renate Feyl wurde 1944 in Prag geboren. Sie lebt als freie Schriftstellerin in Berlin. Bekannt wurde sie durch ihr 1981 in der DDR und 1983 in der BRD erschienenes Buch *Der lautlose Aufbruch. Frauen in der Wissenschaft.* Der Roman *Die profanen Stunden des Glücks* (01/10544) wurde ebenfalls ein großer Erfolg.

Als Diana-Taschenbuch liegt bereits *Idylle mit Professor* (62/98) vor.

Renate Feyl

Ausharren im Paradies

Roman

DIANA VERLAG
München Zürich

Diana Taschenbuch Nr. 62/0115

3. Auflage

Taschenbuchausgabe 7/2000

Der Diana Verlag ist ein Unternehmen der
Heyne Verlagsgruppe München
Printed in Germany 2001

Umschlaggestaltung: Hauptmann und Kampa
Werbeagentur, CH-Zug,
unter Verwendung des Gemäldes »Interieur«
von Karl Holsoee © VG Bild-Kunst, Bonn 2000
Satz: Schaber Satz- und Datentechnik, Wels
Druck und Bindung: Elsnerdruck, Berlin
Gedruckt auf chlor- und säurefreiem Papier

ISBN 3-453-17191-8

http://www.heyne.de

I

Daß ihr das alles einmal passieren könnte, hätte sie sich nie vorstellen können.

Immer war sie aktiv gewesen, besaß das, was man im allgemeinen eine positive Lebenseinstellung nennt, war voller Tatendrang und Unternehmungsgeist, war diejenige, die die Fäden in der Hand behielt und alles um sich herum zu ordnen verstand. Es gab nur weniges, was ihr unerfüllt blieb. Sie hatte einen klugen Mann geheiratet, hatte ein Kind geboren, eine Wohnung eingerichtet, eine Abhandlung über die prästabilierte Harmonie geschrieben, liebte ihren Beruf und war in Fachkreisen anerkannt. Sie hatte auf Symposien gesprochen und auf Versammlungen das Wort ergriffen, hatte Kritik geübt und immer wieder auf die Notwendigkeit von Veränderungen hingewiesen, hatte ihre Möglichkeiten und Freiräume genutzt, um die Dinge voranzubringen, und nun war das Unfaßbare geschehen.

Beim Entlassungsgespräch mußte sie wohl so entsetzt geschaut haben, daß Professor Kramms nichts Besseres einfiel, als ihr ein paar rührend-naive Trostworte mit auf den Weg zu geben: Nun sehen Sie mal Ihre Zukunft nicht so düster, schließlich haben Sie in Ihrem Mann und Ihrer Tochter doch eine schöne Lebensaufgabe.

Daß ausgerechnet Kramms sich zu einem so bemerkenswert intelligenten Rat verstieg, wunderte sie nicht, sondern vervollkommnete bloß das Menschenbild, das sie von den einst führenden Staatsdenkern besaß. Doch die Gewißheit, noch immer diesen hoffnungslosen Traditionalisten ausgeliefert zu sein, die wacker ihre Positionen besetzt hielten, verbesserte ihre Lage nicht. Wer saß, der saß; der war noch dabei und konnte auf das Geschehen Einfluß nehmen. Wer aber draußen war, stand vor verschlossener Tür und mußte lange anklopfen, bis er wieder die Chance erhielt, eintreten zu dürfen.

In den ersten Tagen sah alles noch harmlos aus, denn sie fühlte sich so, als hätte sie vorübergehend das Gastspiel einer deutschen Hausfrau zu geben. Sie räumte und putzte, hängte die Graphiken um, klopfte die Bücher aus und fand, es sei höchste Zeit, daß alles einmal gründlich vom Staub der zurückliegenden Jahre befreit wurde. Auch das Einkaufen rückte in das Zentrum ihrer Gedanken, zumal seit der Währungsunion der Mangel verschwunden und die Fülle in die Kaufhallen eingezogen war. Sie entfaltete einen bisher nicht gekannten Ehrgeiz, in den Geschäften Preise zu vergleichen, um die für sie finanziell günstigste Einkaufsquelle zu erschließen. Aber auch die hatte sie mit ihrem gewohnten Geschick rasch herausgefunden, hatte alle Dienstleistungen erkundet, die den Alltag erleichterten, hatte alles im Überblick, so daß sie ihr Gastspiel am liebsten augenblicks beendet hätte. Doch plötzlich wurde ihr bewußt: Sie war nicht Hausfrau, sie war arbeitslos.

Nie hätte sie gedacht, daß sich die Akademie, diese Dingwerdung allen Fortschritts, jemals auflösen könnte. Sie wußte zwar, daß die Größe ihres Institutes im umgekehrt proportionalen Verhältnis zum Gewicht seiner Leistung stand. Dennoch fragte sie sich im stillen, weshalb die Entlassung ausgerechnet sie traf und nicht die Herren Abteilungs- und Bereichsleiter, nicht den ehemaligen Parteisekretär und nicht den Direktor, der sich mit ungebrochener Selbstüberschätzung noch immer für eine Lichtgestalt der Wissenschaft hielt.

Andere Kollegen befanden sich wenigstens noch im Wartestand oder konnten hoffen, übernommen zu werden. Aber sie war draußen, und die für sie zuständige Stelle hieß das Arbeitsamt.

Je mehr sie über ihre Situation nachdachte, um so unwirklicher schien sie ihr. Sie fragte sich, ob das nicht alles nur ein böser Traum war; ob es sich um einen Zufall oder eine Notwendigkeit, um eine Ausnahme oder die Regel handelte. Sie hatte keine Erklärung dafür, sondern stand dem Ganzen nur betroffen gegenüber. Es kam ihr so vor, als sei sie in einen Winkel des Universums geschleudert; abgehängt, ausrangiert, zum Zuschauen verurteilt. Und alles gerade jetzt, wo die Geschichte einen neuen Anfang nahm.

Katharina fragte sich, womit sie das verdient hatte. Sie, ausgerechnet sie, die weder prominent noch privilegiert war, die auch nicht zu den gesinnungstüchtigen Titelträgern gehörte, nicht zu den Reisekadern zählte, nie einen Orden bekommen hatte und auch zu keinem internationalen Kongreß delegiert worden war; sie, die in ihrem Fachgebiet auf das Ergebnis einer Leistung setzte, das für sich selber sprach – ausgerechnet sie war entlassen worden. Sie konnte es nicht begreifen und fand alles nur ungerecht, abgrundtief ungerecht. Natürlich hatte sie sich gefreut, daß die Wende gekommen und die Mauer gefallen war. Sie hatte sich gefreut, daß diese greisen Gestalten endlich von ihrer selbstgebauten Bühne abtraten, daß diese Machtarroganz ein Ende hatte, wieder Weite in die Enge kam und Luft zum Atmen; daß die Friedhofsstille vorüber war und sie endlich öffentlich sagen konnten, was sie dachten. Sie war glücklich, daß sie angstfrei leben und selbstbestimmt denken konnte. Sie hatte bei allem etwas Befreiendes und Belebendes empfunden, hatte an Demonstrationen teilgenommen, um selber die Wende mit herbeizuführen, hatte dies alles mit Freude, ja geradezu mit Begeisterung getan, als gäbe es für sich selber ein zweites Leben zu entdecken – doch nun fühlte sie sich so, als sei ihr der Boden unter den Füßen weggezogen worden.

Stundenlang telefonierte sie mit ihren gleichfalls entlassenen Kolleginnen, wollte hören, was sie gehört hatten oder zu tun gedachten. Insgeheim hoffte sie auf eine zentrale Maßnahme, die die Politiker für die aufgelösten Institute trafen, denn schließlich konnte man ja nicht Hunderte von Mitarbeitern so ohne weiteres auf die Straße setzen. Andererseits wußte sie, daß die Zeiten vorbei waren, in denen die letzte Weisheit immer von oben kam, und nun die eigene Beweglichkeit gefragt war. Von ihren entlassenen Kolleginnen hörte sie nichts Gutes. Sie hatten sich schon mehrere Male bei westlichen Instituten beworben, doch erfolglos. Andere suchten wie sie, und eine, spezialisiert auf den Kantschen Kausalitätsbegriff, hatte mit ihrem Bruder die Lizenz für eine private Gaststätte erworben.

Katharina kaufte sich täglich vier verschiedene Zeitungen, um die Stellenangebote zu studieren. Doch auch dies ging mit einer fortschreitenden Ernüchterung einher, denn es war die Stunde der Software-Ingenieure und Betriebswirte, der Verkehrsplaner und Datenverarbeiter. Die Chancen für eine promovierte

Philosophin standen schlecht. Allerdings wurden Sozialarbeiter gesucht und gut bezahlte Stellen in Reisebüros angeboten. Aber sie wollte in der Wissenschaft bleiben. Sie hatte sich ja schließlich nicht jahrelang auf ein Fachgebiet spezialisiert, um zu der Erkenntnis zu kommen, daß sie mit diesem Wissen nun nichts mehr anfangen konnte. Überdies sträubte sich innerlich alles in ihr, eine Bewerbung zu schreiben, denn sie fürchtete, sie könnte sich wie ihre Kolleginnen eine Absage holen. Sie wollte mit 45 Jahren nicht in die Situation kommen, sich auf einem Bogen Papier anpreisen zu müssen und den Nachweis zu führen, nicht dumm zu sein, das Große Latinum zu haben, vielleicht noch die Grundregeln der Rechtschreibung zu beherrschen und sich im Quellenstudium auszukennen. Dies fand sie nach so langer Berufspraxis demütigend. Außerdem hielt sie sich für die Marktwirtschaft nur bedingt tauglich. Sie verstand es nicht, mit einem Computer umzugehen, und hatte auch kein Verlangen danach. Ihre Englischkenntnisse waren im Dunkel des Gedächtnisses längst versunken. Sie konnte nicht parlieren und blenden, nicht tänzeln und irgendwo dienern. Sie hatte keine Ahnung, wie man in eine Marktlücke springt, und sah für sich auch keine. Sie glaubte inmitten der Veränderungen an ein Kontinuum, hoffte insgeheim, es würde etwas kommen, das ihren Kenntnissen gemäß war; daß sie aufbauen konnte auf dem, was sie wußte, und spürte doch zugleich, wie verstiegen diese Hoffnung war.

Natürlich hätte sie sich längst eine Aufgabe stellen und zu Hause weiter forschen können, zumal ihr inzwischen alle Bibliotheken und Archive offenstanden. Sie hätte Briefe aus dem Nachlaß deutscher Gelehrter herausgeben können, wie es stets ihr Plan gewesen war. Aber auf einmal merkte sie, daß es nur dann einen Antrieb für sie gab, wenn die äußeren Bedingungen gesichert schienen. Inmitten dieser Unsicherheit konnte sie keinen Gedanken fassen. Hätte sie gewußt, wie es mit ihr weitergehen würde, dann wären die Gedanken wie von selber gekommen, und sie wäre begierig auf die Arbeit gewesen. Standen die äußeren Koordinaten fest, konnten die inneren Kräfte sich entfalten. So aber war sie innerlich ganz durcheinander, weil das Äußere nicht mehr stimmte. Sie hatte das Schrittmaß verloren, denn sie sah die Richtung nicht, in die sie hätte gehen können. Bislang hatte sie auch nie etwas um seiner selbst willen getan. Sie war gewohnt, daß alles ein Ziel, alles einen Zweck haben mußte. Es fehlte der Punkt, auf den sie sich zubewegen konnte. Vielleicht fehlte sogar das Verbot, das Unerlaubte und Unerwünschte, das fast wie von selber produktiv machte. Sie hatte sich ja immer solche Forschungsthemen gewählt, die außerhalb zentraler Planvorhaben lagen und darum nicht gefördert, aber wenigstens toleriert wurden.

Doch jetzt, da auch die Geschichte des Geisteslebens von den Tabus befreit war, gab es mit einemmal so viele Möglichkeiten, daß sie gar keine einzige mehr sah und Mühe hatte, den jähen Einbruch der Freiheit gedanklich zu bewältigen. Sie war an das Schrittweise gewohnt, an das Abtrotzen von Zugeständnissen, das erfinderisch und beweglich machte, das zum Verschlüsseln drängte und hinter dem geschriebenen Satz den ungeschriebenen zum Vorschein brachte. Doch nun brauchte es dieser Schleichwege des Denkens nicht mehr.

Sie mochte gar nicht in die Buchhandlungen gehen.

Denn dort lagen jetzt die Arbeiten der westdeutschen Kollegen, und es bedurfte nur eines Zugriffs, um sich das zu Gemüte zu führen, was für die östlichen Kollegen stets mit einem Forschungsverbot belegt war. Sie fragte sich, wo da für sie noch eine Aufgabe lag, wo ein Sinn, wenn nicht in dem nutzlosen Unterfangen, zur vorhandenen Fülle noch eine Ergänzung zu liefern. Und wen interessierte überhaupt noch die Arbeit einer Gesellschaftswissenschaftlerin, die doch zu denen gezählt wurden, die nichts weiter geleistet hatten, als den Fortschritt dort zu suchen, wo es ihn nicht gab? Da nutzte es ihr jetzt auch nichts mehr, daß sie sich mit theoretischen Dingen beschäftigt hatte, die weitab der Propaganda lagen – war erst einmal die ganze Zunft in Verruf geraten, dann blieb auch der einzelne nicht frei vom Makel.

So saß sie an ihrem Schreibtisch, fand es bedrückend, sich solche Gedanken machen zu müssen, fand alles deprimierend und trostlos und überlegte, wie es mit ihr weitergehen sollte. Sie dachte daran, daß sie hätte nachdenken müssen, dachte, daß sie an nichts dachte und nutzlos herumsaß, fühlte, wie die Zeit verging, die schöne, kostbare Zeit, in der andere sich umtaten und anpackten und womöglich die Chance ihres Lebens nutzten. Sie spürte, wie sie in eine panische Stimmung geriet, denn alles mutete sie nur noch undurchschaubar und unsicher an, und sie wußte nicht, was werden würde. Sie sah sich unter den Gescheiterten und Erfolglosen, eine Frau, die allen eine Last war, eine Altlast, mit der niemand mehr etwas anfangen konnte.

In solchen Augenblicken wurde ihr zu Hause alles unerträglich. Die Möbel nahmen bedrohliche Formen an. Die Zimmer gerieten zu Käfigen, die Bücherregale zum Vorwurf, der Schreibtisch zur Strafbank, und die Zeit bis zum Nachmittag, da Hellberg und Freya nach Hause kamen, schien eine Ewigkeit. Fluchtartig verließ sie dann die Wohnung und ging in die Stadt. Die Nähe der Menschen beruhigte sie. Es kam ihr so vor, als fände im Vorübergehen jedesmal ein Austausch statt, der ihr die eigene Situation erträglicher machte. Außerdem schien täglich mehr Lebendigkeit aus den Steinen hervorzuquellen und alles aus einem langen Dornröschenschlaf zu erwachen, was aufregend und ablenkend war. Wo sie auch hinschaute – überall traf sie auf Neues und Ungewohntes.

Über Nacht waren allerorts Blumenstände aus dem Boden gesprossen und boten in vielen Farben und Formen Schnittblumen an. Beeindruckt blieb sie davor stehen und konnte kaum fassen, daß auch hier plötzlich in Überfülle vorhanden war, was noch vor kurzem als Rarität gehandelt wurde. Sie betrachtete die Riesensträuße in den Zellophanumhüllungen, die Eimer mit den Rosen, den Lilien, den Dahlien und den Margeriten und sah in den Blumenständen die Vorboten eines Frühlings, an den sie schon nicht mehr geglaubt hatte. Besonders jedoch amüsierten sie die Schilder an den Hauseingängen, Türpfosten und Laternenmasten, auf denen Firmen ihre Dienste anboten. Es schien, als würde die Gilde der Handwerker geschlossen aus ihren Verstecken hervorkriechen und sich zu erkennen geben. Installateure, Tischler, Korbflechter, Glaser, Polstermeister, Dachdecker und Heizungsspezialisten – all diese Dienstleistungsgötter, die noch vor Monaten die Kunden abwehrten und sie mit langen Wartezeiten vertrösteten, warben plötzlich um sie. Warben mit Sofortreparaturen, mit vollem Service und Übernahme von Großaufträgen und benutzten dafür Worte, die ihr nach all ihren Erfahrungen geradezu wie ein Spott klangen: schnell, prompt, zuverlässig, gründlich. Woher sie diese Eigenschaften plötzlich nehmen wollten, war ihr zwar ein Rätsel, aber auch hier verfehlte die Währungsunion ganz offensichtlich ihre belebende Wirkung nicht.

Am liebsten jedoch ging sie zum Alexanderplatz, weil sie den Eindruck hatte, hier würde an einem einzigen Tag all das nachgeholt werden, was in vierzig Jahren verboten war. Trödler und Krämer drängten begierig in die Freiräume des Marktes vor und überzogen die betonierte Aufmarschöde mit Buntheit und Leben. Brezelbäckereien standen neben Softeisbuden. Zeitungsverkäufer und Bauchladenbesitzer wetteiferten um Aufmerksamkeit und die Münzen der Vorübergehenden. Coca-Cola-Fahnen wehten und luden zum Fastfood ein. Türkische Händler verbreiteten Basaratmosphäre, und dazwischen warb Greenpeace um Spenden, begleitet von Straßenmusikern, die Songs vom Frieden zur Gitarre spielten. Das dichte Menschentreiben tat gut. Die Nähe der vielen beruhigte. Doch kaum löste sich Katharina aus dem Getriebe und nahm einzelne Aktivitäten wahr – Männer, die auf einer Leiter standen und Leuchtbuchstaben putzten, Lieferanten, die einen LKW entluden, Frauen, die ein Schaufenster dekorierten – dann war sie plötzlich wieder an ihre eigene Situation erinnert und fragte sich, wieso die anderen ihre Arbeit noch hatten und sie nicht. Dann plötzlich fiel ihr auf, daß alle regsam und tätig waren und nur sie ziellos umherspazierte und nicht wußte, was werden sollte. Dann kam ihr die Tatsache, daß ihr gekündigt worden war, wie ein persönliches Versagen vor, und sie fühlte sich inmitten des Aufbruchs wie eine Sitzenbleiberin. Vor allem schmerzte es sie, jetzt, da es so viele schöne Dinge zu kaufen gab, kein Geld mehr zu verdienen und sich nichts von dem leisten zu können, was da so verlockend in den Schaufenstern lag. Doch das Schlimmste an ihrer momentanen Situation war der Umstand, daß Hellberg in allem recht behielt. Natürlich hatte auch er sich nicht vorstellen können, jemals all das über Nacht stürzen zu sehen, was für die Ewigkeit bestimmt schien. Er hatte sich genauso wie sie innerlich damit abgefunden, auch in den kommenden Jahren so dahinzuleben, so wenig abwechslungsreich, so berechenbar und gleichmäßig, so unspontan und linear, Tag um Tag und Schritt um Schritt. Aber er hatte immer gesagt, daß dieser ganze ruhmreiche Sozialismus nichts anderes sein würde als eine tragische Fußnote im Register menschlicher Selbstüberschätzung. Sie hatte ihn darum als Schwarzseher und Untergangspropheten verlacht und ihm seine negative Lebenshaltung vorgeworfen. Doch nun mußte sie vor seiner Weitsicht kapitulieren. Dies kam ihr wie das endgültige Eingeständnis ihres Unterlegenseins vor und nahm ihr die gewohnte Selbstsicherheit.

Bislang hatte sie sich nie etwas dabei gedacht, wenn sie in seiner Gegenwart wischte und putzte, doch jetzt erschien ihr dies wie eine Selbsterniedrigung. Natürlich wäre es ihr auch früher nicht eingefallen, eine Kittelschürze zu tragen. Sie hatte immer eine Abneigung gegen Frauen, die sich gedankenlos in einen solchen Drillich des Alltags hüllten. Denn eine Kittelschürze war für sie nicht nur eine Profanierung jeglichen Hochgefühls, sondern vor allem ein seelischer Zustand: der Hinweis auf die ewig-weibliche Beflissenheit und Dienstbereitschaft, die ihr zutiefst fremd war. Doch jetzt ging sie ihm nicht einmal mit einem Geschirrtuch in der Hand entgegen und vermied alles, was ihn an ihre neue Situation erinnern könnte. Sie legte Wert darauf, ihm zu dokumentieren, daß der Haushalt nicht ihre Welt war, und tat nur das Allernötigste. Jeder Handgriff zuviel hätte ihn bloß auf den Gedanken bringen können, daß sie sich mit ihrer neuen Rolle abgefunden hatte und sich nun bereitwillig auf die kleine Haus- und Herdwelt zu konzentrieren begann. Bislang war es ihr selbstverständlich, ihm die Sachen aus der Reinigung oder die Kontenauszüge von der Bank zu holen, doch inzwischen sah sie darin Botengänge, die sie mit tausenderlei Ausreden zu vermeiden wußte. Im stillen befürchtete sie, er könnte sie nur mehr als seine häusliche Dienerin betrachten und womöglich eine Gewohnheit daraus ableiten, denn eines sah sie deutlich: Wer sich zur häuslichen Dienerin machte, mußte sich nicht wundern, wenn von allen Seiten nach ihr geläutet wurde.

So hatte sie acht darauf, keinen besonderen Eifer zu entfalten, nichts in der Wohnung zu verschönern, nichts zu verbessern, und auch im Gespräch die Dinge des Haushalts mit keinem Wort zu erwähnen. Sie wollte ihm zeigen, daß ihre Zuständigkeit nach wie vor in ihrem Beruf lag und dies die ihr gemäße Welt war. Ganz besonderes Interesse nahm sie daher an den politischen Dingen, berichtete im Tone einer Referentin, was sie in der Zeitung gelesen hatte, war über alles im Bilde und selbstverständlich auf der Höhe der Zeit. Sie zog sich auch stets so an, als sei sie gerade aus dem Dienst gekommen oder auf dem Weg dorthin, was so aussah, als erwarte sie noch einen wichtigen Termin oder hätte ihn soeben wahrgenommen. Dazu gehörte natürlich auch, daß sie keine Hausschuhe trug. Denn Hausschuhe hatten für sie inzwischen nichts Bequemes, Angenehmes und Entspannendes mehr, sondern waren in ihren Augen das Kennzeichen der Rentner und Vorruheständler, der Alten, der Kranken und der Ausrangierten, die draußen in der Welt keinen Platz mehr fanden und ihre Füße versteckten im warmen Filz häuslicher Abgeschiedenheit. Hausschuhe waren nur die äußeren Merkmale eines Rückzugs und Weltverzichts, wie er für sie natürlich in keiner Weise zutraf. So trug sie in geradezu trotziger Selbstbehauptung Straßenschuhe, um zu dokumentieren, sie war zu Hause nur ein Gast, war jederzeit abrufbereit und ganz auf dem Sprung. Auf diese Äußerlichkeiten legte sie um so größeren Wert, je mehr sie fühlte, daß ihre beruflichen Aussichten immer hoffnungsloser wurden und sie auch innerhalb der Familie nicht mehr im Zentrum des Geschehens stand.

Gleichsam über Nacht hatte sich alles zu Hellbergs Gunsten verändert. Was ihr nie gelungen war – in ihm einen beruflichen Ehrgeiz zu wecken –, ergab sich plötzlich ganz von allein. Sie hatte sich immer über seine Gleichgültigkeit geärgert, mit der er der Zeit begegnete und es auch noch als ehrenvoll bezeichnete, nicht aufzusteigen, unauffällig und unbehelligt zu bleiben. Die anderen waren schon Chefärzte und Kliniksdirektoren geworden, aber er stand jahrein jahraus mit dem Pflichtbewußtsein eines preußischen Beamten an diesem vermaledeiten Stuhl, um den Menschen in den verwahrlosten Zähnen zu bohren, worin sie mehr einen anhaltenden Opfergang denn eine berufliche Erfüllung sah. Vergeblich hatte sie versucht, ihn zu überreden, etwas darüber hinaus zu tun, eine gesellschaftliche Funktion anzunehmen, in der er Einfluß auf die Verhältnisse nehmen und sie zum Besseren bewegen konnte, doch er zog sich Abend für Abend mit einem Buch in sein Zimmer zurück.

Aber plötzlich war seine Stunde gekommen. Von einem Tag zum anderen hatte er diesen Gleichmut abgelegt und schien nun mit Macht aufarbeiten zu wollen, was in den letzten fünfzehn Jahren liegengeblieben war. Mit einemmal war Hellberg so, wie sie sich einen Mann immer gewünscht hatte: entschieden und zielstrebig, rührig, resolut und entschlossen den Dingen zugewandt. Doch jetzt löste dies bei ihr statt Freude eher ein zwiespältiges Gefühl aus. Sie beneidete ihn darum, daß er ein Ziel hatte, auf das er mit Vehemenz zugehen konnte, und empfand seine Aktivität beinahe wie einen Vorwurf. Obwohl der Aufbau einer privaten Praxis ihr und der Familie zugute kam und das künftige Einkommen sicherte, wäre es ihr doch lieber gewesen, er hätte sich in einer ähnlich mißlichen Lage befunden wie sie, denn nichts war in einer Ehe unerträglicher, als wenn einer vorankam und der andere zurückblieb. Sie merkte schon jetzt, wie dies ihr Selbstwertgefühl langsam, aber sicher untergrub. Offenbar genügte es nicht, im Leben zu wissen, was man wollte: man mußte es im richtigen Moment tun. So wie er, der seine Chance erkannt hatte und dem wohl darum mit einemmal auch alles zu gelingen schien. Er besuchte Kurse und Lehrgänge, verhandelte mit der Wohnungsbaugesellschaft, um Räume für seine Praxis zu bekommen, zog Erkundigungen über einen ERP-Kredit ein, studierte die Angebote in den Dentaldepots, ließ sich von Medizintechnikern beraten, kam erschöpft, aber guter

Dinge nach Hause und saß bis spät in die Nacht hinein mit seinem Taschenrechner am Schreibtisch, um bis ins letzte Detail Kosten und Risiko seiner neuen Existenz zu kalkulieren.

Vor allem fiel ihr auf, daß Freya die Aktivität ihres Vaters mit wachsender Bewunderung verfolgte. Es war ihm zwar noch nichts zugesichert worden, und von Erfolg ließ sich noch nicht reden, aber allein, wie er die Dinge anging, imponierte ihr. Er hatte das Neue gepackt, hatte Durchblick, wie sie sagte, wußte, worauf es ankam, verstand es, mit Behörden umzugehen und sich im Kompetenzgerangel zurechtzufinden, kannte sich aus und war mit einemmal zuständig in ihren Augen. Ein Mann der Tat, ein Mann der Zeit. Wenn sie einen Rat brauchte, ging sie neuerdings zu ihm. Ihrem Vater hörte Freya zu. Ihrer Mutter fiel sie ins Wort. Dies schien Katharina ein sicheres Zeichen, daß ihre Autorität im Sinken war.

Vor allem ärgerte sie sich, daß Hellberg sich nicht nach dem Fortgang ihrer Dinge erkundigte, als hätte er sich damit abgefunden, daß der Zustand so bleiben würde und von ihr nichts Erfreuliches mehr zu erwarten war. Vielleicht wollte er auch aus Rücksicht auf sie das Dilemma übergehen, so wie man Kranke nicht ständig an ihren Zustand erinnert. Sie war enttäuscht, daß er sich nicht die Zeit nahm, einmal mit ihr gemeinsam über ihre Zukunft nachzudenken oder die Richtung zu erörtern, in die sie hätte gehen können. Sie wollte ihn aber auch nicht mit ihren Problemen behelligen oder gar von selber damit anfangen, weil dies ihre innere Unsicherheit nur offenbart und sie in seinen Augen erst recht unselbständig gemacht hätte. Zudem war er mit seinen eigenen Angelegenheiten vollauf beschäftigt. Andererseits merkte sie, wie sie plötzlich auf ihn Rücksicht zu nehmen begann, was ihr früher nie eingefallen wäre.

Katharina befürchtete, daß sie nach all den Jahren zu guter Letzt doch noch zu der berufsmäßigen Ehefrau werden könnte, die sie nie sein wollte: abhängig und auf ihn angewiesen. Sie bekam zwar wöchentlich ihr Arbeitslosengeld, aber sie empfand dieses Geld nicht als den Beweis ihrer Eigenständigkeit, geschweige denn ihrer Leistung, sondern nur noch als den Lohn des Scheiterns. Er verdiente, und sie hatte dankbar zu sein. Daß dies einmal die künftige Arbeitsteilung zwischen ihnen sein sollte, hätte sie sich nie vorstellen können. Natürlich mokierte sie sich innerlich darüber, in ihm, wie ihr geraten worden war, ihre Lebensaufgabe zu sehen, zumal sie wußte, wie sehr gerade Hellberg selbständige Frauen schätzte, weil sie einen zusätzlichen sinnlichen Reiz auf ihn ausübten. Dennoch ertappte sie sich dabei, daß sie auf die geringste Veränderung seiner Gewohnheiten zu achten begann und sie sogleich zu sich in Bezug setzte.

So fiel ihr auf, daß er seit kurzem ein Portemonnaie besaß. Früher legte Hellberg immer einen Zehnmarkschein in seinen Personalausweis als Notgroschen sozusagen, denn er brauchte kein Geld. Er hatte eine physische Abneigung, in Geschäfte zu gehen, in denen es nie das gab, was er wollte. Doch seit der Währungsunion besaß er plötzlich eine elegante Lederbörse. Wo und wann er sie sich gekauft hatte, wußte Katharina nicht. Auffallend war nur, daß er ohne sie nicht mehr die Wohnung verließ. Neuerdings ging er auch in Geschäfte und stand mit sichtlicher Genugtuung an der Kasse, um zu bezahlen. Er wühlte nicht mit nervösen Sparerfingern im Kleingeld. Er legte der Kassiererin jedesmal gelassen einen

Schein auf den Tisch und sah beim Eintippen über die Kasse hinweg in den Ladenraum, als wäre es ihm viel zu profan, auf Preise zu achten. Katharina wurde den Eindruck nicht los, daß nun, da das Geld einen Wert besaß, Hellberg das Geld zu seiner Sache machte. Jetzt erst war es der Ausdruck seiner Leistungskraft, und folglich führte er es bei sich, gleichsam als Grundausstattung des Mannes.

Natürlich bekam sie von ihm nach wie vor, was sie zum Einkaufen brauchte. Nur jetzt mußte sie ihn danach fragen. Bislang hatte sie sich bei dieser Frage nichts gedacht, denn sie brachte selber genügend in den gemeinsamen Haushalt mit ein. Doch nun, da sie arbeitslos war, erschien ihr diese Frage wie die Preisgabe all dessen, was sie immer gewollt hatte: inmitten ihrer Familie für sich selbst zu stehen und mehr zu sein als die Frau ihres Mannes und die Mutter ihres Kindes. Dachte sie an ihre Ehe, an all die Jahre im Verein, dann war wohl nur darum alles so gutgegangen, weil jeder von ihnen seine eigene Welt besaß und der Austausch darüber das Gespräch nicht abreißen ließ. Außerdem hatte sie schon deshalb ihren Beruf und damit ihre Selbständigkeit gewollt, um später einmal dem fortschreitenden Alter etwas entgegensetzen zu können. Denn eine Frau, die sich auf die eigenen Leistungen berufen konnte, besaß immer ihre Faszination und Ausstrahlungskraft. Doch auch diese Erwartung schien mit einemmal in Frage gestellt, und sie kam sich mit ihrem inneren Zwiespalt nur mehr klein und unbedeutend vor, unansehnlich und gerade noch gut genug, sein Beiwesen sein zu dürfen.

Dabei gab es gar keinen Grund, so zu denken, denn seit sie entlassen war und er allein für die Familie sorgen mußte, hatte sich ihr Zusammenleben aufs angenehmste verändert. Er hatte etwas Fürsorgliches und Umsichtiges bekommen, wie jemand, dem plötzlich die alleinige Verantwortung übertragen war. Vor allem hatte er keine Kopfschmerzen mehr, war ausgeglichen, gutgelaunt und ganz der Mann, für den das Leben eine positive Wende genommen hatte. Katharina täuschte sich nicht, daß er auch sie viel stärker als früher wahrnahm. Mal eine unverhoffte Umarmung, mal ein Kuß, unerwartet zwischen Tischdecken und Abräumen, mal eine Bemerkung, wie gut sie in ihrem neuen Blazer aussah – das waren die kleinen verschlüsselten Liebesbekenntnisse und Sympathiebeweise, die außerhalb des wöchentlichen Hauptprogramms den Arbeitsalltag ihrer Ehe überaus erfreulich machten.

Aber auch dies nahm sie, wie alles in letzter Zeit, mit gemischten Gefühlen auf, denn sie war sich nicht sicher, ob er es nur tat, um ihr über die momentane Situation mit gleichsam therapeutisch aufbauenden Gesten hinwegzuhelfen oder ob er darin ein echtes sinnliches Bedürfnis sah. Gleichzeitig erschrak sie, daß sie nichts mehr mit normalen Augen betrachten konnte und alles nur noch mit ihrem Desaster in Zusammenhang brachte. Je länger es anhielt, um so größer wurde ihre Betroffenheit, lähmte sie von innen heraus und machte sie immer hilfloser. Sie hatte ja nie den Ideologen geglaubt, die stets behaupteten, Kapitalismus bedeute Arbeitslosigkeit und seine Freiheit sei nur eine Frage des Geldes. Doch nun war sie irritiert, daß sich ausgerechnet an ihrer Person bewahrheitete, was sie als Propaganda abgetan hatte.

Darüber allerdings konnte sie stundenlang mit Hellberg reden, dem die Analyse der Ereignisse wohl nur deshalb so trefflich gelang, weil er nicht von ihnen so wie sie betroffen war. Dennoch staunte Katharina, daß er sich bislang noch kein einziges Mal mit seinen Kollegen im Westen verglichen hatte, ja diesen Vergleich sogar ablehnte. Es interessierte ihn nicht, ob er sich noch jemals in seinem Leben ein Haus werde leisten können. Er sprach überhaupt nicht vom Geldverdienen, sondern genoß das Schauspiel des Zerfalls. Er freute sich, wie dieser großmäulige Sozialismus nun endlich zu Ende ging, wie die führenden Persönlichkeiten verstummten und verschwanden und wie vor aller Augen dieses Truggebäude des Fortschritts in sich zusammenfiel. Seltsamerweise war er dabei ganz ohne Haß. Er fühlte sich von diesem System nicht betrogen und nicht getäuscht, denn er hatte vom Sozialismus weder etwas erwartet noch etwas von ihm erhofft, und schon gar nichts von ihm bekommen. Wenn die tapferen Journalisten wieder etwas von seiner Verkommenheit und seinem Unrecht enthüllten, öffnete er eine Flasche Wein und trank auf den Niedergang, der ihm eine große innere Genugtuung bereitete und mehr bedeutete als sein persönliches Fortkommen.

Und doch gab es zwischen Katharina und Hellberg, die sich in diesem Punkte so einig wie nie waren, einen Unterschied in den Auffassungen, der ihren ungleichen Zukunftschancen geschuldet schien: Er empfand die zurückliegenden Jahre nicht als vergebens, im Gegenteil. Gerade weil es sie gegeben hatte, war ihm jetzt der Genuß um so größer, die Freiheit um so spürbarer. Ohne diese Mauerjahre wäre der Moment des Aufatmens für ihn nicht so tief und nicht so köstlich gewesen. Es schien sogar so, als hätte er all die Jahre nur gewartet, um diesen Augenblick erleben zu können.

Katharina dagegen machten die Veränderungen traurig. Nun, da ganz selbstverständlich noch einmal dort begonnen wurde, wo die Geschichte vor vierzig Jahren stehengeblieben war, überlegte sie, wozu das alles gut gewesen sein soll. Wozu all der Eifer, die Rechtfertigungen, die Bekenntnisse, die Verpflichtungen; wozu der ganze Aufwand, der Zwang, der Druck, die Diskussionen, die Nervereien; wozu, wenn sich jetzt so vieles nur als Lug und Trug erwies. Sie dachte daran, wie schön, wie leicht und angenehm sie hätte leben können, und sah jetzt, da der Westen Einzug hielt, was ihr alles vorenthalten worden war.

Im Gegensatz zu ihm verglich sie sich ganz bewußt mit ihren Kollegen von drüben. Sie besaßen von Anfang an andere Chancen, konnten ohne ideologische Einengung forschen, hatten Auslandserfahrungen, sprachen oft mehrere Sprachen und waren in ihrem Alter längst gut etabliert. Sie aber stand noch einmal am Anfang. Der Haushalt war heruntergewirtschaftet, der Wartburg desolat, das Konto halbiert, und ob sie jemals wieder eine Anstellung in der Wissenschaft finden würde, war fraglich wie nie. Sie wußte, daß sie den Anschluß an die Lebensweise des Westens nicht mehr schaffen würde. Denn die Reichen und die Verlierer standen unter dem gleichen Gesetz: Geld kam zu Geld und Verlust zu Verlust. Sie konnte die Dinge drehen und wenden, wie sie wollte, konnte das Für und Wider erörtern – eines begriff sie jetzt deutlich: Wer in der DDR geblieben war, gehörte zu den Verlierern der Geschichte.

Hätte sie vor Jahren das Land verlassen, stünde sie heute ganz anders da. So aber war die Hälfte ihres Lebens vertan. Statt zum großen Entwurf zu kommen, hatte sie den Mangel verwaltet, die Lücken gestopft und Kompromisse geschlossen. Sie hatte ihre Zeit vergeudet mit dem Beschaffen des Alltäglichen, ihre Energie verschwendet für Selbstverständlichkeiten, hatte ihr Geld ausgeben müssen für oftmals wertlose Produkte und sich mit den Unzulänglichkeiten nicht nur abgefunden, sondern sich in ihnen eingerichtet. Und jetzt mußte sie sogar noch erfahren, daß nicht einmal mehr ihr Fachwissen etwas nützte. Nein, sie hätte sich nie vorstellen können, daß ihr das einmal passieren sollte.

II

Vor einer weinberankten Villa, die hoch oben am Berg gelegen war und inmitten eines großen Gartens stand, hielten an einem sonnigen Tag des Jahres 1951 zwei Lastwagen. Sie gehörten der Universität, waren entlang der Ladeflächen mit einem Sitzbrett versehen und dienten der FDJ-Hochschulgruppe an den Wochenenden zu Agitations- und Propaganda-Einsätzen auf dem Lande.

Diesmal brachten sie das Umzugsgut des Genossen Dr. Kogler und seiner Familie, die nach der Aussiedlung aus der Tschechoslowakei, wie es offiziell hieß, in einem kleinen thüringischen Dorf gelandet war und nun endlich in die Kreisstadt zog. Die Familie besaß wenig. Auf dem einen Wagen waren ein paar zusammengesuchte Möbel, Säcke mit Federbetten, Hausrat und eine Kiste voller Kartoffeln, die dumpf und erdig rochen, als wären sie bereits viele Jahre eingemietet gewesen. Der andere Wagen war randvoll mit trockenem, säuberlich gehacktem Brennholz beladen.

Franz Kogler, der die ganze Fahrt über vorne neben dem Fahrer gesessen hatte, kletterte schwungvoll aus der Kabine, half seiner Frau, seinen Eltern und den Kindern vom Wagen und war guter Dinge.

In der Führerkabine sitzt es sich ganz ausgezeichnet, sagte er, aus dieser Perspektive bekommt dieses karge Thüringen ein liebliches Gesicht.

Dann sammelte er seine Familie um sich, öffnete das schmiedeeiserne Gartentor und schritt auf die

Haustür zu. Vorweg die zwei kleinen Mädchen, beide in neuen Trainingsanzügen aus der HO. Er selbst in einem leichten Popelineanzug und einem weißen Sporthemd, dessen Kragen er wie einen Schillerkragen trug, der eine Weltanschauung offenbarte und für Kogler Schwung und Aufbauwille ausdrückte. Ohne die bürgerliche Krawatte, die ihm stets ein Gefühl der Enge gab, fühlte er sich viel ungezwungener und den werktätigen Massen näher. Neben ihm ging Anna, wie immer leichtfüßig und unternehmungsfreudig, wenn es wie heute neue Situationen zu meistern gab. Sie hatte die Wohnung besorgt und den Umzug bis ins kleinste vorbereitet, so daß sich Franz um nichts zu kümmern brauchte, wofür er ihr auch sehr dankbar war und was er als einen trefflichen weiblichen Zug an ihr zu rühmen wußte.

Leider legte Anna auf ihr Äußeres keinen besonderen Wert. Auch heute trug sie wieder einen Rock, der leicht zipfelte, und ihre Bluse hatte wie die meisten ihrer Blusen einen schlechten Sitz, weil die Schulterpolster immer verrutschten, manchmal wie kleine Höcker auf dem Rücken lagen, manchmal nach vorn auf den Busen fielen und immer von einer Nachlässigkeit gegen sich selbst zeugten. Ihre Frisur allerdings hob diesen Eindruck wieder auf: Sie trug einen schnurgeraden Mittelscheitel, hatte die schwarzen Haare stets glatt und straff nach hinten gekämmt und zu einem Knoten gewunden, was die Ebenmäßigkeit ihres Gesichtes besonders betonte. Vor Jahren wurde sie wegen ihres Aussehens öfter gefragt, ob sie Jüdin sei, was Kogler stets mit Entrüstung zurückwies. Jetzt, nachdem diese Zeit vorüber war, wurden solche Vergleiche peinlichst vermieden, und nur ab und zu sagte eine Kollegin zu ihr, daß sie etwas von einer

Südländerin an sich habe, was Anna mit einem gleichgültigen Schulterzucken beantwortete. Hinter ihr gingen die Schwiegereltern: Ferdinand Kogler, ein kleiner untersetzter Herr mit einem Spazierstock, den er noch immer so graziös zu führen wußte, als flanierte er über den Kärtner Ring der alten k.u.k. Metropole. Daß er einmal mit einer kolossalen Leiblichkeit gesegnet gewesen sein mußte, verriet sein Anzug, der ihm inzwischen viel zu weit geworden war und überhaupt davon kündete, daß er einmal bessere Zeiten erlebt hatte.

Neben Ferdinand Kogler wirkte Gretl, seine Frau, wie der leibhaftige Gegensatz: Einen Kopf größer als er, schritt sie wie eine eherne Tugendwächterin an seiner Seite, breit ihre Hüften, breit ihr Gesäß, breit ihre Schultern, breit ihr Mund, breit ihre Füße – alles an ihr so breit und flach, so seltsam rechteckig, daß sie an einen Quader erinnerte. Ihre Größe und ihre Breite ließen sie steif und unbeweglich erscheinen, was sogar nach innen zu wirken schien und ihr eine feste, unverrückbare Moral gab, nach deren Grundsätzen die ganze Familie und vor allem die zwei Enkelinnen täglich streng betrachtet wurden.

Franz Kogler wartete, bis sich die Familie im Halbrund vor der Haustür aufgestellt hatte. Anna fand zwar, daß sie in dieser Anordnung mehr an verarmte Kurrendesänger denn an Angehörige der fortschrittlichen Intelligenz erinnerten, aber sie sagte nichts. Sie wußte, daß Franz einen ausgeprägten Sinn für Symbolik hatte und daher in Augenblicken der Ankunft oder des Abschieds stets so etwas wie Lebenswenden sah, die er mit einem entsprechend pathetischen Zeremoniell zu inszenieren verstand. Gerade der Einzug in diese neue Wohnung war ein solches Ereignis und daher viel zu bedeutsam, um es unter den vielen anderen Geschehnissen des Alltags gestaltlos verrinnen zu lassen. Er gab Anna ein Zeichen, nicht so gekrümmt dazustehen und eine gefälligere Haltung anzunehmen, warf einen prüfenden Blick auf die Töchter und Eltern, dann klingelte er.

Augenblicke später erschien die Hausbesitzerin, Frau Reimar, die Witwe eines bekannten Germanisten, der über die Literatur des Mittelalters gelesen hatte und kürzlich erst gestorben war. Sie stand wie ein zerbrechliches Porzellanfigürchen im Hauseingang, trug ein elegantes Seidenkleid, dessen Kragen sie mit einer kostbaren Gemme geschlossen hatte, und erweckte den Anschein eines Dornröschens, das eben erst aus dem Jahrhundertschlaf erwacht war und nun etwas befremdlich auf das schaute, was da geschah. Ihre elegante Erscheinung brachte Anna die ganze Willkür und Ungerechtigkeit des Krieges zu Bewußtsein: Ihnen hatte er alles genommen, und ihr hatte er alles gelassen.

Franz Kogler dagegen schienen solche Gedanken nicht zu beschäftigen. Er war entzückt von der Noblesse der alten Dame, die in ihrer Vornehmheit seinen Vorstellungen von der Witwe eines Altakademikers vollkommen entsprach. Ganz selbstverständlich titulierte er sie mit »Frau Professor« und begrüßte sie voller Ehrerbietung. Er kam ja nicht nur als neuer Mieter, sondern war ein Neuling in den akademischen Kreisen der Stadt und wollte sich schon deshalb von seiner besten Seite zeigen. Die Töchter knicksten artig. Der kleine Herr Ferdinand erwies ihr seine Reverenz mit einem graziösen Handkuß und einem »Habe die Ehre, gnädige Frau«, und Gretl hatte hinter ihrer kolossalischen Breite sechs Apfelstrudel und mehrere Flaschen Obstwein verborgen, die sie plötzlich hervorzauberte und damit alle weiteren Formalitäten des Sichbekanntmachens überwand. Im Nu war ein Tisch gefunden, ein Taschenmesser aufgeklappt, die Strudel in Stücke geschnitten und zu solchen Bergen aufgetürmt, daß mit einemmal eine Atmosphäre der Üppigkeit entstand, wie es sie nur bei dörflichen Festen gab. Die Flaschen wurden geöffnet, Gläser und Stühle geholt, es wurde kräftig gegessen, herzlich gelacht und laut gesprochen. Es war vor allem der Duft des Apfelstrudels, den die Professorin bislang nicht gekannt hatte, der den Geruch einer anderen Landschaft verströmte und seine belebende Wirkung nicht verfehlte. Vielleicht ahnte sie, daß mit den neuen Mietern ein plebejisches Element in die Villa eingezogen war. Franz Kogler ergriff die Gelegenheit zu einer kleinen Ansprache, zumal sich für ihn in den Formen des Umgangs die wahre, die innere Bildung zeigte. Er sprach wie immer, wenn er in eine feierliche, wichtige Situation seines Lebens geriet, betont Hochdeutsch.

Ich bin Ihnen sehr dankbar, verehrte Frau Professor, mit meiner Familie in Ihrem schönen Hause Aufnahme gefunden zu haben und hoffe auf ein gutes Miteinander.

Anna meinte zwar, daß bei 95 Mark Monatsmiete Koglers Worte nicht ganz so devot hätten klingen müssen, sah aber am Gesicht der Hausbesitzerin, wie wohl ihr diese Bekundung tat.

Nie hätten wir geahnt, sagte er, daß uns einmal das Schicksal hierher nach Thüringen verschlagen würde. Aber wer weiß schon, wohin die Wege führen. Wir haben zwar die Heimat verloren, aber nicht den Mut, denn wir zählen uns zu denen, die für die besten deutschen Geistestraditionen arbeiten wollen, und dafür ist überall der rechte Ort.

Es war nicht nur rührend pathetisch, sondern auch höchst überflüssig, hier ein solches Bekenntnis abzulegen, aber Franz Kogler liebte es, sich zu bekennen und stets so spontan wie grundsätzlich sein Innerstes zu offenbaren, was ihm den Zugang zu den Menschen erleichterte und immer Sympathien eintrug.

Draußen wurde unterdes das Brennholz Kiepe für Kiepe abgeladen, durch den Garten hinter das Haus getragen und auf ein großes Blumenbeet gekippt.

Die Professorin machte kein Hehl daraus, daß sie sich niemals habe träumen lassen, eines Tages vermieten zu müssen. Da aber das Wohnungsamt alle leerstehenden Räume in den Privathäusern erfaßte und sie, ohne die Besitzer zu fragen, zur Belegung freigab, hatte sie sich freiwillig gemeldet, Mieter in ihr Haus zu nehmen. Auf diese Art kam sie einer Zwangseinweisung zuvor und konnte wenigstens noch selbst entscheiden, wer bei ihr Einzug halten sollte.

So bin ich denn froh, nicht irgendwen in mein Haus bekommen zu haben, sagte sie, sondern einen Angehörigen der Universität. Gleich, was noch wird und wie sich die Dinge entwickeln – der akademische Stand wird immer seine eigenen Gesetze haben, und die ihm angehören, müssen zusammenhalten.

Franz Kogler fand diese Bemerkung nicht nur weitsichtig und gescheit, sondern auch schmeichelhaft. Schon Augenblicke später wurden all seine Erwartungen noch übertroffen: Frau Reimar zeigte die vier Räume, die sie künftig bewohnen sollten – zwei Zimmer im Parterre und zwei Schlafzimmer im ersten Stock. Eines der Zimmer war komplett eingerichtet.

Es war das Arbeitszimmer ihres verstorbenen Mannes und machte auf Kogler den angenehmen Eindruck einer gediegen gepolsterten Gelehrsamkeit: ein imposanter Schreibtisch, eine Couch mit zwei großen, tiefen Ledersesseln, ein Rauchtisch, eine Leselampe und ein Bücherregal. Sie bot Herrn Dr. Kogler an, ihm diese Möbel zu einem günstigen Preis zu überlassen.

Nicht nur Franz und Anna, auch Ferdinand und Gretl sahen darin eine Sternstunde des Schicksals, denn nun war das Oberhaupt der Familie endlich wieder zu einem eigenen Arbeitszimmer gekommen und brauchte nicht mehr auf dem Küchentisch neben Kartoffeldämpfen und lärmenden Töchtern seine wissenschaftlichen Abhandlungen zu schreiben. Die Professorin rückte in den Augen der Familie Kogler von einer Hausbesitzerin zu einer Wohltäterin auf, was Gretl mit einem liebenswürdig breiten Lächeln und einem »Vergelt's Ihnen Gott« versah. Insgeheim führte sie natürlich alles auf ihren Apfelstrudel zurück, mit dem sie nicht zum ersten Mal die Sympathien einer Einheimischen erobert hatte. Denn dieser Apfelstrudel war kein gewöhnlicher Kuchen, dessen Zutaten sich grammgenau den Büchern entnehmen ließen. Dieser Apfelstrudel hatte etwas Besonderes: In ihm war ihre sudetendeutsche Seele eingebacken, die die Farbe des Riesengebirges und der Hopfenfelder trug und nunmehr aus Bildern wehmütiger Erinnerung bestand. Wenn Gretl den Teig knetete, meinte sie, Heimaterde in ihren Händen zu spüren, und wie von selber preßte sich all ihre Sehnsucht da hinein. Schlug sie die Äpfel ein, tropften Tränen des Heimwehs aus ihren Augen, die den Teig so feucht und lieblich machten, daß er gar nicht anders als mit Gefühl genossen werden konnte. Selbst den Puderzucker stäubte sie stets so darüber, als solle er eine Welt von Empfindungen umhüllen und den Apfelstrudel in ein Mysterium verwandeln, das Heimat, süße Heimat hieß.

Auch Franz Kogler war froh, daß seine Mutter mit dem Strudel das Ansehen der Familie gestärkt hatte, lächelte ihr dankbar zu und zog sich für den Rest des Tages sogleich in sein neues Arbeitszimmer zurück. Während Anna die Betten aufstellte, die Matratzen auflegte und den Männern beim Zusammensetzen des Kleiderschrankes half, trug Gretl ihrem Sohn die drei Bücherkisten ins Zimmer, die er sofort auspackte. Entschlossen nahm er eine Veränderung vor, die für mehrere Jahre die einzige bleiben sollte: Er rückte den Schreibtisch neben das Regal, damit die Bücher mit einem Griff erreichbar waren. Besonders wichtige Exemplare räumte er in Handhöhe ein, um nicht für jedes Nachschlagen aufstehen zu müssen. Gleich vornan stellte er Stalins Aufsätze und Grimms Märchen. Alles andere im Zimmer ließ er so, wie er es übernommen hatte, und fügte dem nichts mehr hinzu – weder einen Teppich noch einen Blumenständer oder ein Sitzkissen. Selbst das Ölgemälde, das über der Couch hing und im Kaufpreis inbegriffen war – Pferde auf der Koppel im Sturm –, ließ er da, wo es sein Vorgänger angebracht hatte. Das Abhängen hätte nur unnötige Mühe gemacht, und das Bild gar gegen ein anderes auszutauschen, wäre Franz Kogler nicht eingefallen. War er doch auf dem Dorf aufgewachsen und hatte manch braven Ackergaul zur Tränke geführt. Dieses Zimmer, so wie es ihm übergeben wurde, entsprach seinem Geschmack und seinen Ansprüchen in so vollkommener Weise, daß er auf der Stelle jeden Gegenstand in sein Herz schloß und bereits am Abend die untrügliche Gewißheit besaß, sich dieses Arbeitskabinett Stück um Stück selber geschaffen zu haben. Er war überzeugt, daß er nicht durch Zufall, sondern durch Tüchtigkeit zu ihm gelangt war. Dieser Gedanke beflügelte ihn. Am liebsten hätte er gleich zu arbeiten begonnen, doch die Freude über den neuen Besitz war so groß, daß er das Bedürfnis verspürte, sie mit seiner Familie zu teilen. In Augenblicken eines inneren Hochgefühls empfand er stets für seine Angehörigen eine besondere Zärtlichkeit und Liebe. Waren doch seine Eltern und Anna für ihn die treusorgenden Seelen, die ihn wie gute Geister umgaben, für ihn sorgten und ihm jedes Hindernis aus dem Weg räumten, damit er ungestört und frohen Mutes seinen Weg gehen konnte. Ohne seine Familie, das wurde ihm gerade jetzt wieder einmal deutlich, wäre er nur ein Mann ohne Herberge, einsam und unbehaust. Gern verglich er sie daher mit einem Schoß, der ihn schützend umgab, ihn mit Nahrung versorgte, auf die kleinste seiner Regungen eingestellt war und in den er täglich zurückkroch, um Wärme zu empfangen. Daß der Krieg ihm seine Familie nicht genommen hatte, war für Franz immer wieder ein Grund, sich zu denen zu zählen, die ein gütiges Schicksal vor dem Schlimmsten bewahrt hatte.

Er rief seine Eltern und Anna zu sich, küßte sie alle voller Überschwang, löschte das Licht, stellte sich mit ihnen vor das große dreiflüglige Fenster und schaute auf die Stadt hinab. Es war ein wunderbarer Anblick. Wie Sterntaler funkelten die Lichter im Tal, durchsetzten die Dunkelheit, wurden zu den Hängen hin immer weniger und verloren sich schließlich oben auf den Bergen. Franz Kogler bot seiner Familie den Anblick wie ein Geschenk dar.

So wohnen zu können, sagte er, ist ein verheißungsvolles Zeichen. Die verehrte Frau Professor Reimar verfügt zwar über Tradition und Besitz, wir aber über Zukunft und Tatkraft. Es war deutlich herauszuhören, daß Franz Kogler in dieser herrlichen Aussicht eine wohlverdiente Entschädigung sah für das, was ihm genommen worden war, und er wußte dies als promovierter Philosoph auch zu begründen. Es gibt im Leben so etwas wie eine ausgleichende Gerechtigkeit, sagte er, das ist ein Gesetz, dem sich auch die moderne Wissenschaft nicht verschließen kann.

Dann holte er seine Mundharmonika und spielte »Ännchen von Tharau«, sein Lieblingslied. Gretl und Ferdinand summten leise mit. Der Duft des Apfelstrudels, der schon verflogen schien, zog wieder herauf, vermischte sich mit den Klängen des Liedes und ließ eine süße Schwermut aufkommen, wie sie nur Anna fremd war. Es schien, als rauschten in diesem Raum alle Felder zwischen dem Riesengebirge und dem Böhmerwald. Trautenau rückte zu Komotau, Tetschen zu Marienbad, Aussig zu Budweis, und das Ännchen von Tharau wurde summend zur Landsmännin erhoben und großzügig der Heimat einverleibt. In solchen Augenblicken war alles Herkunft, alles sudetendeutsch, und Anna, die Schwäbin, wäre nicht darüber verwundert gewesen, wenn Gretl behauptet hätte, auf Thüringens dunklen Berghöhen den Rübezahl entlangziehen zu sehen.

Für Katharina und Edda bestand die große Wohnung eigentlich nur aus einem einzigen Raum, denn das Arbeitszimmer des Vaters betraten sie selten, und die beiden Schlafzimmer im ersten Stock waren klein und nicht zu heizen. So blieb nur der Raum im Parterre, der zu einer Art Basislager wurde, in dem sich das Leben der Familie abspielte. Er hatte Parkett, eine Schiebetür, die zum Arbeitszimmer von Franz Kogler führte und daher selten geöffnet wurde, sechsflügelige, fast ebenerdige Fenster und einen großen Kachelofen, der winters von den frühen Morgenstunden an in Betrieb war und doch nie dem Raum eine behagliche Wärme geben konnte. In der Mitte stand der große schwere Eichentisch mit den sechs Stühlen, an dem sich die Familie regelmäßig zu den Mahlzeiten traf. In der äußersten Ecke befand sich das klobige Holzbett, das für Gretls Breite wie geschaffen schien und dem Raum den Charakter einer böhmischen Gesindestube verlieh. Dieses Bett war tief und dunkel und mutete Katharina wie ein Grab an, aus dem allmorgendlich die Großmutter auferstand und einen feuchtmodrigen Geruch in den Raum trug. An Gretls Gruft längsseits anschließend stand das flache, metallene Feldbett des Großvaters, das er bei der Auflösung eines Wehrmachtlazarettes für zwei Selbstgedrehte erworben hatte. Weil den Metallfedern ein paar Tropfen Öl fehlten, verursachte jede Lageänderung ein so schrill quietschendes Geräusch, daß die Großeltern jedesmal aus dem Schlaf hochschreckten, sich gegenseitig anschimpften und dann friedlich weiterschliefen.

Neben Ferdinands Feldbett prangte die Waschkommode, auf deren Marmorplatte eine Unzahl von Arzneifläschchen und Pillenröhrchen stand, die er alle in Gebrauch hatte und auf die er sehr stolz war. Denn der Großvater sah in all diesen Arzneifläschchen die materialisierte Fürsorge, die der neue Staat ihm, dem Umsiedler und Oberlehrer a. D., angedeihen ließ. Außerdem verlieh er damit seiner Krankheit, einer fortschreitenden Angina pectoris, gegenüber der Familie eine ganz andere Glaubwürdigkeit, die ihm die tägliche Zuwendung sicherte.

In unmittelbarer Reichweite der beiden Betten stand der Nachttopf, den Gretl verschämt nur den Potechambre nannte und in den die ganze Nacht über reichlich gepinkelt wurde, weil das Klosett am anderen Ende des Korridors lag und die Wasserspülung so laut war, daß jedesmal der Eindruck entstand, als tobe ein schweres nächtliches Gewitter, welches die Villa bis in die Grundmauern erbeben ließ. Obwohl auf dem Potechambre ein Kochtopfdeckel lag, ging doch von ihm ein nachhaltiger Geruch aus, der dem Raum in den Morgenstunden, wenn Edda und Katharina an dem großen Eichentisch ihr Frühstück einnahmen, eine unverwechselbare Note gab.

Einen besonderen Spaß machte ihnen dies an den eiskalten Wintermorgen, da Anna bereits in aller Herrgottsfrühe den Kachelofen heizte und dies mit sehr vorsichtigen, behutsamen Bewegungen tat, um die Großeltern nicht aufzuwecken. Weil der Aschekasten viel zu klein war, mußte sie jedesmal die restliche Asche mit einer Schaufel aus dem Ofen holen und sie in einen bereitstehenden Emailleeimer kippen. Dabei entstand stets eine braungelbe Wolke, die wie ein erster Morgengruß durch das Zimmer zog, sich über die Betten der Großeltern niedersenkte, den Gesichtern von Gretl und Ferdinand eine wächserne Färbung gab und jegliches Lebenszeichen einzuäschern schien. Nur das Husten von Gretl, das wie ein Urlaut aus der Bettgruft drang, erinnerte daran, daß unter der Aschewolke die Dinge ihren gewohnten Lauf nahmen. Katharina und Edda empfanden es jedesmal als überaus erfrischend, wenn sie an diesem

Tisch in dieser Herrgottsfrühe niemand ermahnte, anständig zu essen, sondern Anna vielmehr zur Eile drängte, damit sie so schnell wie möglich den morgendlichen Staubkrater verlassen konnten.

Schon am ersten Sonntag, den sie in der neuen Wohnung zubrachten, verwandelte sich dieses Wohnschlafeßzimmer auf wundersame Weise in einen lustigen Gesellschaftsraum.

Über Gretls Bettgruft wurde eine feine Seidendecke mit Fransen gelegt, über Ferdinands Feldbett eine bunte Steppdecke. Der Tisch erhielt ein weißes Tischtuch, auch Weingläser waren plötzlich da und viele Kuchenteller. Sonntagnachmittag kam die Willitzer Ansch, die Pötsch Else, der Binder Bepp, der Binder Sepp, der Hujer Tonsch, der Legler Franz, die Legler Resi – da zog in die Villa am Fuße der Berge, wo einst Goethe mit seiner Silvie von Ziegesar lustwandelt war, ein fröhliches buntes Leben. Die hier saßen, die Horatitzer, die Tuchorschitzer, die Liebeschitzer, die Leitmaritzer, die Dubschaner und Komotauer, verband alle eines miteinander: Sie waren Sudetendeutsche, Umsiedler, wie sie hießen, und Vertriebene, wie sie sich nannten, die in Kohlewaggons mit je einem Fünfzigkilosack Hab und Gut in die Ostzone ausgesiedelt wurden. Sie alle hatten sich zwar die Heimkehr ins Reich seinerzeit anders vorgestellt, aber sie waren bei guter Gesundheit, waren heil davongekommen, und ob es nun Ost- oder Westzone hieß – Deutschland war Deutschland, und hier konnten ihnen die Tschechen nichts mehr anhaben.

So trafen sich denn die sudetendeutschen Landsleute fast jedes Wochenende in der Wohnung des Genossen Dr. Kogler und tauschten mit seinen Eltern bei selbstgemachtem Obstwein und Mohnbuchteln ihre

Erinnerungen aus. Katharina und Edda, die sich stets dort einfanden, wo es nach frischem Kuchen duftete, hörten vergnügt den Erzählungen der Erwachsenen zu. Sie wußten, daß die siebzigjährige Wendl Nansch aus Angst vor den Russen in eine Hopfentrockenröhre gekrochen war, nicht wieder herauskam und unter dem Gelächter der Dorfbewohner an den Beinen herausgezogen werden mußte. Sie hörten, daß die deutschen Bauern über Nacht von ihren Höfen gejagt wurden und froh sein konnten, wenigstens ihr Leben behalten zu haben. Einer, der Plaschka-Bauer, der den größten Hof im Dorf besaß, mußte aus Strafe für seinen Besitz sechs ungemolkene Kühe ins Nachbardorf führen, hielt die wilden, sich aufbäumenden Tiere an langen Stricken, drei zur rechten, drei zur linken Seite und hatte den neuen, den tschechischen Herrn nicht die Freude bereitet, dies mit dem Tod zu bezahlen.

Die Schwestern erfuhren, daß ihr Vater als graduierter Akademiker bei der Aussiedlung zum Waggonkommandanten ernannt worden war, womit sich ihnen bestätigte, daß ihr Vater tatsächlich ein ganz außergewöhnlicher Mann mit außergewöhnlichen Talenten sein mußte, wie es Gretl stets behauptete.

Wenn der Riedl Fritz allerdings vom Transport erzählte, wenn er beschrieb, mit welcher Vorliebe die Tschechen im strömenden Regen die Säcke mit den Federbetten beim Abladen jeweils in die größten Pfützen schmissen und seine acht kleinen Kinder noch Wochen nach der Aussiedlung in feuchten Betten schlafen mußten, dann begriffen Katharina und Edda nicht, weshalb der Vater als Waggonkommandant dies hatte durchgehen lassen. Sie fragten ihn auch einmal danach und bekamen zur Antwort, daß er dann wahrscheinlich nicht mehr unter ihnen weilen würde.

Der Obstwein verfehlte mit den vorrückenden Stunden nicht seine Wirkung. Die schmerzlichen Erinnerungen verflogen und verklärten sich. Es wurde viel gelacht und manch kräftiger Witz zum besten gegeben. Als Höhepunkt der heiteren Runde bekamen Katharina und Edda jeweils zwei Holzscheite in die Hand gedrückt, die sie als Geige und Bogen zu führen hatten und die für sie stets das Zeichen waren, sich an die große Schiebetür wie zu einem Bühnenauftritt zu stellen und das Lied vom Riesengebirge anzustimmen. Waren sie beim Refrain angekommen, sangen alle aus voller Kehle und tiefster Seele mit: Riesengebirge, deutsches Gebirge, du meine liebe Heimat du.

Die Pötsch Else und der Hujer Tonsch bekamen jedesmal feuchte Augen dabei, und auch die Willitzer Ansch griff zum Taschentuch.

Franz Kogler saß währenddessen nebenan in seinem Arbeitszimmer, studierte den kurzgefaßten Lehrgang der Geschichte der KPdSU in Klammern B und fühlte sich durch den Gesang nicht im mindesten gestört. Natürlich erwartete keiner, daß er sich mit an den Tisch setzen würde, weil jeder wußte, wie kostbar die Zeit für ihn, den Arbeiter der Stirn, war. Zwar hatte niemand eine genaue Vorstellung davon, welches wissenschaftliche Feld der Sohn des Ferdl bearbeitete, aber es fragte auch keiner danach. Es genügte zu wissen, daß er an der Universität angestellt war, was ohnehin schon für geistige Kraft und Genialität sprach. Außerdem zählte er bereits zur fortschrittlichen Intelligenz, und dies in der Kürze der Zeit erreicht zu haben, nötigte den Landsleuten den allergrößten Respekt ab. Auch Anna saß selten unter ihnen, denn es waren nicht ihre Gäste, sondern Gretls und Ferdls Besuch. Es waren Menschen, zu denen sie wenig Zugang hatte, weil sie, die gebürtige Stuttgarterin, allem Dörflichen völlig fremd gegenüberstand und nichts vom Rauschen des Böhmerwaldes und dem Duft der Hopfenfelder in sich trug. Sie liebte vielmehr das bunte, bewegte Treiben der Großstadt, liebte glitzerndes Neonlicht, heitere Eleganz, liebte das weltstädtische Fluidum, das Menschengewimmel in den Straßen und fühlte sich erst wohl, wenn sie ein Teil dessen sein konnte. Kamen die Besucher zu Gretl und Ferdl, hielt das Wehmütige und Melancholische Einzug. Anna ging dann lieber in die Bügelstube, damit ihre beiden Töchter am Wochenanfang mit frisch gewaschenen und gebügelten Kleidern zur Schule gehen konnten und Franz als neuernannter Oberassistent auf seinen geliebten weißen Schillerkragen nicht verzichten mußte.

In der Regel nahm die Sangesfreudigkeit der sudetendeutschen Sonntagsgäste mit dem Riesengebirgslied so heftig zu, daß Katharina und Edda meist noch das Arzgebarglied zum besten geben mußten. Weil ihre Stimmchen wie der reine Gebirgsquell klangen, wie Gretl immer sagte, und gern gehört wurden, kamen stets noch Kalinka, Katjuscha und das Friedenslied hinzu, und bis zum frühen Abend hatten sie gewöhnlich dann das ganze Repertoire ihres Musikunterrichts zum Vortrag gebracht. Als Zugabe behielten sie sich stets die »Schwäbsche Eisebahne« vor – ein Lied, das sie von Anna gelernt hatten und daher am liebsten sangen.

An den Wochentagen verwandelte sich dieses Wohnschlafeßzimmer in einen Agitationssaal. Franz Kogler kam immer gutgelaunt und beschwingt nach Hause und gab beim gemeinsamen Abendbrot der Familie zum besten, was sich am Institut ereignet hatte und wie der aktuelle Stand der Weltpolitik war.

Ihm zur Linken saßen seine Töchter, ihm zur Rechten seine Eltern, und ihm gegenüber saß Anna, die er je nach Qualität seiner Tageserlebnisse als »mein süßestes Engelchen« oder »du damisches Ding« titulierte. Auf dem Abendbrottisch hatte stets die obligatorische Schüssel mit rohen Zwiebeln zu stehen, dazu Senf, Meerrettich und Schnittlauch, frisches Landbrot, wenn möglich etwas gute Butter und natürlich sein Liptauer, der treffliche Liptauer, in den tüchtig Kümmel, Paprika und Zwiebeln hineingerührt sein mußten, damit er die Gesundheit erhielt. Selbstverständlich durfte nie das Malzbier fehlen, weil Malzbier so viel Stärke enthielt und sowohl eine nervenkräftigende als auch blutreinigende Wirkung hatte. Gewöhnlich genügte ihm ein Glas davon, um das Gefühl eines abendlichen Wohlbefindens zu erlangen. Die rohen Zwiebeln aß Kogler wie Äpfel, biß krachend hinein, strich sich meist noch Senf und Meerrettich, den herrlichen Kren, daruber, und freute sich an seinem gesunden Appetit. Alle am Tisch warteten zwar, daß ihm die Tränen in die Augen traten, doch sie wurden immer enttäuscht.

Koglers Eßgewohnheiten hatten für Anna etwas Barbarisches, aber den beiden Töchtern gefiel es immer wieder, dem Vater beim Abendessen zuzusehen, ja sie fanden es geradezu heldenhaft, rohe Zwiebeln und Meerrettich ohne die geringste Bewegung des Gesichtes verzehren zu können.

Hatte eine Parteiversammlung am Institut stattgefunden, blieb Kogler besonders lange am Abendbrottisch sitzen, denn dann gab es für ihn besonders viel zu erzählen. Jedesmal ging er mit Spannung in diese Versammlungen. Sie waren immer voller Überraschungen, und es mangelte in ihnen nicht an Auseinandersetzungen. Ständig wurden Genossen wegen unklarer Haltungen oder revisionistischer Positionen zur Rechenschaft gezogen, und jüngst erst hatte sich ein unmoralisches Element seines Institutes zu verantworten. Kogler erlebte diese Verfahren wie ein reinigendes Gewitter, in dem er sich innerlich selbst überprüfte und hinterher stets aufatmete, weil sein Name nicht gefallen war. Gerade darum fühlte er sich nach jeder Versammlung noch enger mit denen verbunden, die die neue Macht repräsentierten, denn allein aus dem Umstand, daß sein Name weder im Positiven noch im Negativen ins Gespräch kam, schlußfolgerte er, daß die Partei ihn als ein zuverlässiges Mitglied schätzte und er ihr Vertrauen besaß, was ihn zunehmend beflügelte.

Vor allem gab es in den Parteiversammlungen jedesmal eine aktuelle Einschätzung der Weltpolitik, verbunden mit Darlegungen der Situation im eigenen Lande, mit Hinweisen auf Tendenzen, Nuancen, Fehler und Mängel, wie sie in keiner Zeitung zu lesen waren. Mit dieser aktuellen Analyse wurden zugleich die Schwerpunkte für die weitere Arbeit festgelegt, die nächsten Schritte bestimmt und als verbindliche Norm formuliert, weshalb alle von der »Linie« sprachen, die von Versammlung zu Versammlung gegeben wurde. Im Sinne der Linie zu handeln, war für jedes Mitglied oberste Pflicht und Gradmesser der Parteidisziplin. Denn die Linie bestimmte, was ein Genosse als richtig oder falsch zu werten hatte, legte den Inhalt seiner Argumentation fest, und weil sie nicht zufällig, sondern von den zentralen Organen der Partei kam, galt sie stets als höchste kollektive Einsicht in die Notwendigkeiten des Augenblicks und damit als Gesetz. Auch für Kogler war die Linie bestimmend für sein Denken und Handeln, war eine Art politisches Evangelium und ideologisches Stützkorsett, das ihm Halt und Orientierung gab und vor allem das Gefühl einer geistigen Überlegenheit gegenüber denen, die die Linie nicht gewiesen bekamen. Außerdem bildete sie für ihn das verbindende Glied zwischen den Genossen aller Ebenen, zwischen allen Klassen und Schichten und stärkte das Bewußtsein einer Zusammengehörigkeit gegenüber den Feinden des Volkes, den Diversanten, Agenten, Parasiten und Schädlingen.

Wie die Partei gegen derlei Gesindel anging, imponierte ihm. Diesmal erläuterte Kogler die Stalinschen Richtlinien für die Ausarbeitung technisch begründeter Arbeitsnormen, die in der Versammlung behandelt wurden und mit der sich jeder Genosse gründlich zu beschäftigen hatte. Er sprach mit bedeutsamer Miene, als enthülle er seiner Familie ein langgehütetes Geheimnis.

Da ist erstens die volle Ausnutzung der Maschinen, zweitens die Auswertung der Produktionserfahrungen der Aktivisten, drittens die Verbesserung der Organisation der Arbeit, viertens die volle Ausnutzung des Arbeitstages, fünftens die Ergreifung von Maßnahmen zur technischen Schulung der Arbeiter. Dann lehnte er sich zufrieden zurück und ließ Anna die fünf Kernpunkte noch einmal wiederholen, damit auch sie in der Argumentation auf der Höhe der Zeit war. Manchmal war sie bei derartig interessanten

Ausführungen vom Tisch aufgestanden, hatte sich einen Stenogrammblock geholt, um das Allerwichtigste mitzuschreiben, doch diesmal wäre es ihr lieber gewesen, Franz hätte sich nach den alltäglichen Dingen erkundigt, die ihr das Leben erschwerten. Der Bäcker hatte schon wieder geschlossen, und sie mußte das Brot unten aus der Stadt holen, mußte mehrere Male am Tag mit schweren Einkaufstaschen den Berg hinaufgehen, Stück um Stück alles zur Villa hinaufbuckeln, wie sie es nannte, mußte für fünf Liter kartenfreie Kuhmilch zehn Kilometer ins nächste Dorf gehen und war den ganzen Tag auf den Beinen, um für die große Familie das Nötigste auf den Tisch zu bringen. Seit Wochen war die Anschaffung eines Fahrrades im Gespräch, doch daran heute abend zu erinnern, hätte eine Profanierung des hohen Koglerschen Gedankenfluges bedeutet, und so wiederholte sie an diesem Tisch wie eine gelehrige Schülerin die fünf Kernsätze des Genossen Stalin, damit Franz einen guten Tagesausklang hatte und kein Anlaß für eine Verstimmung gegeben war. Er sollte spüren, daß die Familie seine Begeisterung, seinen Schwung mittrug und unterstützte. Er war schließlich die Hauptperson, der theoretisch versierte und politisch führende Kopf der Familie, was letztlich allen zugute kam. Sein Vorwärtskommen war auch ihr Vorwärtskommen, und sein Aufstieg sicherte den Töchtern die Zukunft.

Katharina hörte dem Vater stets voller Bewunderung zu, denn was er sagte, klang groß und bedeutend und weckte jedesmal in ihr den Wunsch, so klug und so gescheit zu werden wie er. Keiner der Lehrer vermochte so zu reden und auch nicht der Direktor. Ihr Vater, das bestätigte sich ihr von Abendbrot zu

Abendbrot, ihr Vater war unvergleichlich. Ständig dachte sie daran, sein Wohlwollen und vor allem seine Aufmerksamkeit zu erheischen. Innerlich saß sie immer auf dem Sprung, um als erste eine Antwort parat zu haben, wenn er nach der Schule fragte oder sich nach dem Verlauf ihres Tages erkundigte. Auch ihren Ranzen hatte sie immer gepackt, falls er einmal hineinschauen und Bücher oder Hefte kontrollieren sollte.

Edda dagegen langweilten seine Ausführungen. Sie tat zwar, als hörte sie zu, zählte aber meist nur die Arzneifläschchen auf der Waschkommode des Großvaters, die von Tag zu Tag zahlreicher wurden, oder hielt nach dem Potechambre Ausschau, den Gretl zu den Abendmahlzeiten stets so tief unter das Bett geschoben hatte, daß er anschließend mit dem Feuerhaken hervorgeholt werden mußte, was meistens Eddas Aufgabe war. Wie immer begann sie aus purer Langeweile die kleinere Schwester zu hänseln, stieß sie unter dem Tisch mit den Füßen oder kniff ihr lustvoll in den Oberschenkel, in der Hoffnung, sie würde laut aufschreien und sich vom Vater einen Tadel holen. Doch Katharina hielt tapfer den Schmerz aus, biß die Zähne zusammen, tat, als berühre sie das nicht, aber schwor, sich zu rächen. Sehnsüchtig wartete sie auf eine Gelegenheit, doch Edda war ihr immer voraus und immer überlegen.

An den Sonntagnachmittagen wurde diese Erfahrung für Katharina gar zur Gewißheit körperlichen Ungenügens. Franz Kogler zog bei schönem Wetter den guten Popelineanzug an, Anna trug ihr blauweißgetupftes Leinenkleid, die Töchter wurden in Zwillingstracht gesteckt, mit weißen Kniestrümpfen und mit Matrosenkleidern festtäglich herausgeputzt.

Dann warf er einen letzten prüfenden Blick auf Frau und Kinder, gab jedem zufrieden einen Kuß und danach das Kommando zum Aufbruch: Der Vormarsch der Kräfte beginnt!

Mit diesen Worten verließ die Familie die Wohnung und ging in fröhlich-sonniger Sonntagsstimmung hinab zum Saaleufer, ins Paradies. Das Paradies war nicht irgendeine Uferpromenade in irgendeiner Gegend. Es war der grüne Lustort, der über die Grenzen der Stadt hinaus längst alle Weihen eines Parnasses besaß. Denn hier hatten sich zum Stolze der Nation die heiligen Unsterblichen Goethe und Schiller, Schlegel und Schelling, Hegel und Fichte, Hufeland und Tieck ergangen. Hier atmete alles Geist und Größe. Von jedem noch so krummen Baum ging eine ehrwürdige Erhabenheit aus, und der unwegsamste Trampelpfad besaß eine klassische Linie. Im Paradies grüßten sich die Enkel Goethes, die Sonntag für Sonntag beschaulich in den Fußstapfen des deutschen Geistesadels wandelten. Gehörte ein Spaziergänger zufällig nicht dieser Erbengemeinschaft an, war er womöglich ein roher Klotz mit Pöbelmanieren, ein Trunkenbold und Wüstling, den es nur in das berüchtigte Paradiescafé zog, wo des Abends der Plebs sein Tanzbein schwang, dann bekam er unter den vornehm Dahinwandelnden – wenigstens vorübergehend – doch jenen unnachahmlichen Hauch von Kultiviertheit, der in dieser Umgebung ganz von selber kam. Ohne Zweifel, im Paradies wurde jeder Mann zum Schöngeist, jede Frau zur Muse und jedes Wort zur Dichtung. Gerade darum fühlte sich Franz Kogler hier zu ganz besonderer Würde und Gediegenheit verpflichtet. So ging auch er mit kontemplativem Gesichtsausdruck, hatte Anna eng untergehakt und achtete darauf, daß seine beiden Töchter sittsam vorwegschritten. Sie durften nicht rennen, nicht hopsen, nicht springen, keinem nachschauen, keinem hinterherkichern, nicht mit den Fingern auf einen Vorübergehenden zeigen – waren dies doch die untrüglichen Zeichen einer schlechten Erziehung, die gerade hier besonders unangenehm auffielen und rasch zum Stadtgespräch werden konnten. Außerdem wies er Katharina und Edda streng an, gemeinsam mit den Eltern von weitem freundlich zu grüßen, denn er wollte im Paradies unter den Einheimischen als Neubürger und Umsiedler nicht nur einen besonders guten Eindruck machen, sondern auch äußerlich mit seiner Familie zum höheren, zum akademischen Teil der Stadt gehören.

Hatten sie das Paradies verlassen und die Saalewiesen erreicht, ordnete Kogler meist ein Wettrennen an, um seinen Töchtern nach so viel steifer Würde etwas Erholung zu gönnen. Auf »Los!« sauste Edda wie ein Wiesel davon. Geschmeidig und elegant. Katharina gab sich die größte Mühe, der Schwester zu folgen, doch die Beine wollten sich nicht so rasch vom Boden lösen, und ihr Körper hatte mit einemmal eine bleierne Schwere. Sie spürte, daß die Schwester absichtlich so schnell lief, um sie vor den Augen der Eltern lächerlich zu machen. Meist drehte sich Edda während des Laufens sogar noch nach ihr um und feuerte sie an. Katharina lief mit puterrotem Gesicht und letzten Kräften. Es trieb sie der Ehrgeiz, Edda einzuholen, wenigstens auf gleicher Höhe mit ihr zu sein, doch so stark dieser Wille auch war, so sehr sie sich innerlich auch zwang – ihr Atem wurde immer kürzer, daß sie glaubte, keine Luft mehr zu bekommen und ersticken zu müssen. Außerdem hatte sie

Angst, zu stolpern, hinzufallen und sich vollends zu blamieren. Die draufgängerische Unbekümmertheit, mit der Edda über die Wiese dahinstürmte, brachte Katharina zur Verzweiflung. Sie fühlte sich als das kleine häßliche Entlein, das hinterherwatschelte und eben nichts zeigen konnte als den guten Willen, fühlte sich plump, unförmig und wurde vor lauter Selbstentmutigung immer langsamer. Am Ende des Wettlaufs war sie total erschöpft, zerknirscht und tief unglücklich. Vor allem war ihr die Bewunderung unerträglich, die der Vater Edda zollte: Was für eine Augenweide, meinem großen Töchterlein zuzusehen! Flink, leichtfüßig und zäh. Sie hat großartige Anlagen!

Dann wandte er sich tröstend an Katharina, die nach Atem rang und den Tränen nahe war.

Du bist eben mehr in meine Art geschlagen, sagte er, du bist ein echter Böhmak. Wir Böhmaken sind gemütliche Leute, haben ein gesundes Phlegma und überlassen Beweglichkeit gern den andern.

Es war vernichtend, denn dieser Trost bestätigte ihr nicht nur das Versagen – er bestrafte sie. Strafte mit dem Lob, ein Böhmak genannt zu werden. Um nichts auf der Welt wollte sie ein Böhmak sein, denn ein Böhmak war für sie etwas Hinterwäldlerisches. War jemand, der nicht dazugehörte, der anders als die anderen war, auf jeden Fall dick und behäbig. Eine Plunze, eine Pomeranze und ganz gewiß ein Hefeknödel. Katharina schämte sich, vom Vater so gesehen zu werden, und war tief enttäuscht, daß er so wenig Zutrauen zu ihr hatte.

Manchmal allerdings wurde sie auch für die Niederlagen beim Wettrennen entschädigt, besonders dann, wenn sie etwas Aufregendes erzählen konnte.

Einmal fragte Kogler seine Töchter beiläufig, wie es in der Schule gewesen war, und Katharina entgegnete spontan: Schön, wir hatten zwei Stunden schulfrei.

Ist wieder ein Lehrer in den Westen gegangen?

Nein, heute hatten wir Pioniergeburtstag, und darum mußten alle zweiten Klassen einen Marschblock bilden und um die Schule herummarschieren. Vorneweg ging der Pionierleiter mit der blauen Fahne und neben ihm unsere Musiklehrerin, die den Sprechchor dirigierte: Es lebe, es lebe Wilhelm Pieck und unsre Republik! Ein Vogelbauer, ein Vogelbauer für den Verbrecher Adenauer! Ein Vogelbauer ist zu klein, ein Raubtierkäfig muß es sein!

Es bereitete Katharina die größte Genugtuung, daß dem Vater dieser Vers gefiel und sie ihn noch einmal wiederholen mußte. Durchaus, sagte er, so eine bildhafte Sprache ist genau das Richtige für euch junges Volk. Ähnliche Umzüge haben auch uns seinerzeit begeistert.

Immer, wenn Kogler die Nazizeit meinte, benutzte er das Wort »seinerzeit«, als läge alles in grauer Vorzeit, weit entfernt, weit entrückt, längst versunken im Strom der Geschichte; eine dunkle Epoche, an die er sich nicht mehr genau erinnern konnte. Es war die Zeit des andern, war des Führers Zeit und nicht seine Zeit, denn erst jetzt ging er einer lichten Zukunft entgegen. Dann erläuterte er, weshalb Adenauer ein Spalter war und die Deutschen nicht an einem Tisch zusammenkommen lassen wollte, und lobte überschwenglich sein Töchterlein, das ihm dieses Erlebnis so anschaulich zu schildern verstand. Es ist schon ein gscheiter Kopf, das Katherl, es hat einen Sinn fürs Wesentliche, sagte er, und die ganze Familie stimmte dem zu. Katharina warf dann einen triumphierenden

Blick auf die Schwester, deren flinke Beine hier nicht mitreden konnten, und spürte, wie sich das Gefühl eines körperlichen Ungenügens verlor.

Edda fand das Leben im Wohnschlafeßzimmer bald unerträglich, denn hier roch alles nach Asche und Arzneien, nach ungelüfteten Betten, saurer Milch und Hefeteig. Immer war hier ein Kommen und Gehen, immer wurde laut durcheinandergesprochen. Stets kam irgendein Besuch aus der alten Heimat, um nur auf einen Sprung bei Gretl und Ferdl hereinzuschauen. Stets hingen Mäntel über den Stuhllehnen, stets zogen Schmutzspuren über das Parkett, und alles mutete Edda wie ein Lager an, in dem Umsiedler eine erste Herberge fanden.

Edda zog es zu Höherem, in den ersten Stock der Villa, wo Frau Reimar, die Professorin, wohnte. Hier war alles geschmackvoll, zeugte von Stil und Kultur: bequeme Ledersessel, weiche Teppiche, Gardinen aus Organdy, ein reich verziertes Büfett und bis an die Decke Bücher mit goldbeschrifteten Lederrücken. Dazwischen die Professorin gleich einer schwebenden Fee, die elegante Seidenkleider trug und Kaffee aus zierlichen Tassen trank. Bei ihr saß Edda am liebsten. Mit ihr machte sie ihre Schularbeiten, ihr trug sie Gedichte vor, mit ihr blätterte sie in dem Merianschen Blumenbuch, von ihr lernte sie das Silhouettenschneiden und fertigte begeistert Schattenrisse von Bäumen, Ranken, Weinlaub, Vögeln und Gräsern an. In der Wohnung der Professorin ging Edda ein und aus, hier kannte sie bald jeden Gegenstand und natürlich auch die Ecke im Geschirrschrank, wo die Schokolade lag, die sie sich ungefragt nehmen durfte.

Besonders hatte Edda acht darauf, daß ihr Katharina nicht in die Quere kam, denn sie wollte die Gunst der Professorin für sich allein haben. Betrat die Schwester dennoch einmal die Räume, tat Edda so, als sei es ihr Zuhause, und lud Katharina ein, Platz zu nehmen, bewirtete sie großzügig mit einem Stückchen Schokolade, paßte auf, daß sie nichts anfaßte und kein Buch aus dem Regal zog oder tadelte sie schroff, wenn sie mit offenem Munde kaute. Es bereitete ihr sichtlich Vergnügen, im Beisein der Professorin ihrer kleinen Schwester Manieren beizubringen und ihr zu zeigen, daß sie sich längst über die Koglerschaft erhoben hatte und den feineren Kreisen zugehörig fühlte.

Katharina nahm es gelassen und tröstete sich damit, daß sie der Liebling des Großvaters war, der im Wohnschlafeßzimmer tagein tagaus in einem großen Ohrensessel am Fenster saß und Kreuzworträtsel löste. Sie kaufte ihm stets am Tage des Erscheinens die neuste Ausgabe von Trolls-Rätselzeitung, half ihm, in Andrees Weltatlas Städte und Flüsse herauszusuchen, schlug für ihn in Knaurs Lexikon nach und war stolz, wenn sie das Stichwort für ihn gefunden hatte. Sie mochte Großvater Ferdinand, der von Tag zu Tag dünner wurde und immer mehr einem Fabelwesen denn einem pensionierten Oberlehrer glich. Er hatte kein einziges Haar mehr auf dem Kopf, dafür wuchsen sie ihm in dichten Büscheln aus der Nase und den Ohren, und sie war sicher, eines Tages würde sie Zöpfe daraus flechten können. Ihm zuliebe trug sie ihre Hausaufgaben jedesmal in Schönschrift ins Heft ein. War der Großvater zufrieden, hatte sie das Gefühl, Außerordentliches geleistet zu haben und ein Schreibtalent zu besitzen, denn Ferdinand Kogler setzte hohe Maßstäbe in allem, was Fleiß und Genauigkeit betraf.

Edda machte abfällige Bemerkungen, wenn sie Katharina auf dem Schoß des Großvaters sitzen sah. Für sie lag darin etwas Unterwürfiges, Anbiederisches und Einschmeichlerisches, etwas typisch Mädchenhaftes, wie sie es nicht leiden mochte. So nutzte sie jede Gelegenheit, um ihr diese weibische Lust zu gefallen auszutreiben. Saßen sie einmal zufällig nebeneinander am Tisch, um Schularbeiten zu machen, schubste Edda die Schwester, damit ihr die Linien verrutschten, kleckste ihr Tinte in die Hefte oder versteckte den Federhalter, woraufhin Katharina jedesmal weinend auf den Schoß des kleinen Herrn Ferdinand floh, der Edda dann in asthmatischer Anstrengung mit Drohungen überhäufte, ihr »Elende Hex«, »Du Kritschl«, »Du verfluchtes Ding, du, schau, daß kommst« zurief und einmal sogar wutentbrannt aus dem Sessel emporschnellte und Edda mit dem Feuerhaken aus dem Zimmer trieb.

Doch gerade solche Zwischenfälle reizten Edda zu neuen Attacken, zumal sie die kleine Schwester zwingen wollte, in Auseinandersetzungen sich selbst zu verteidigen, statt Dritte zu Hilfe zu rufen. Sie sah darin ihre Pflicht als Ältere, der jüngeren Mut beizubringen. So hatte Edda bald herausgefunden, was Katharina ängstigte: Hinter der Villa im Garten war eine Badewanne in das Erdreich eingelassen und stets voll stinkendem, schlierigem Regenwasser, daß Katharina jedesmal an einen Schreckenspfuhl erinnert wurde. Ein einziges Mal hatte sie dort hineingeschaut, und seitdem erfüllte sie ein tiefes Grauen. Denn in dieser Badewanne schwammen tote Mäuse und Ratten, deren steif abragende Schwänze wie glitschige Schuppenruten im Wasser lagen. Dazwischen trieben blaurot aufgequollene Regenwürmer. Einige hingen an den Kadavern der Mäuse fest. Mit dem Blick in diese Wanne glaubte Katharina einen Blick in den Abgrund der Welt zu tun, denn sie war sich gewiß, daß ausgerechnet an dieser Stelle die Erde aufgebrochen vor ihr lag und allen Schmutz und Auswurf, alles Ekelerregende und Verwesende an die Oberfläche schwemmte, um sie das Fürchten zu lehren. Schon der Gedanke an diese Wanne, an diese Totengrube mit dem Jauchegestank, ließ ihr den Ekel vom Magen in den Mund kriechen, und sie hatte das Gefühl, erbrechen zu müssen. Sie mied tunlichst, auch nur in die Nähe dieses Grauenpfuhls zu geraten, und wenn dies doch einmal ganz zufällig geschah, lief ihr ein kalter Schauer über den Rücken, und sie meinte, jeden Augenblick in diese algengrüne Totenhölle hinabzustürzen. Mit dieser Vorstellung verknüpfte sie einen qualvollen Tod, weil sie glaubte, die Mäuse und die Ratten würden dann wieder lebendig werden, sie anfallen, und sie müßte zuckend in dieser Wanne verenden und gleich den Kadavern in der Brühe schwimmen.

Edda machte sich einen Spaß daraus, die toten Mäuse aus der Wanne zu fischen, sie am Schwanz zu packen und Katharina damit zu verfolgen. Schon der Anblick dieses grauglitschigen Fells und die Gewißheit, es berühren zu müssen, ließ Katharina jedesmal wie um ihr Leben rennen. Sie vergaß ihre Behäbigkeit, vergaß, wohin sie lief, raste den Hang hinunter und wieder hinauf, durchbrach Stachelbeerbüsche und überquerte Bohnenbeete, rannte in Panik quer durch den ganzen Garten, und einmal kletterte sie, obgleich sie die geringste Höhe schwindlig machte, auf einen Baum, verschanzte sich im Blätterwerk, brach einen Ast ab und drohte der Schwester, sie damit zu erschlagen, falls sie ihr die Maus ins Gesicht werfen würde. Katharina bekam in diesem Moment so viel Energie und Entschlossenheit, wuchs groß und dämonisch vor ihr auf, die Stimme schwoll gewaltig an und rollte gleich einem mächtigen Donner auf die Schwester nieder, daß Edda erschrocken die Maus über den Gartenzaun warf und den Spaß für diesen Tag beendete.

Vor kurzem allerdings war Katharina der Schwester direkt in die Arme gelaufen, und plötzlich hing der Mäusekadaver vor ihrem Gesicht. Sie sah noch das tropfende struppige Fell, die abgespreizten starren Pfoten und die aufgerissene Schnauze mit den Nagezähnen, fühlte, wie ihr das Blut aus dem Kopf wich, wie es in den Ohren zu rauschen begann. Sie schloß die Augen, der Boden unter ihr riß auf, sie glitt in das schlierige Todesloch hinab, spürte, wie die aufgedunsenen Ratten und Regenwürmer ihre Wange streiften, schrie schrill und schneidend und fand sich Augenblicke später im Bett des Großvaters, der schützend die Decke über sie breitete, ihren Schrei aufnahm, Edda mit der toten Maus aus dem Wohnschlafeßzimmer hinausbrüllte und dann mehrere Tage an schwerer Atemnot litt und das Bett hüten mußte.

Anna bemerkte von diesen Dingen nichts. Die beiden Schwestern waren in ihrer Gegenwart immer friedlich und sanft zueinander, denn die Stunden, die sie mit ihr verbringen konnten, galten ihnen als kostbar und rar. Den ganzen Tag über freuten sie sich auf den Augenblick, da Anna nach Hause kam, und wichen ihr dann nicht mehr von der Seite. Zu ihrer Mutter fühlten sie sich magisch hingezogen. Sie spürten, daß

Anna anders als die Koglers war und gar nicht in diese Familie paßte. Sie hatte ein heiteres, unbeschwertes Wesen, war flink in ihren Entschlüssen und immer zu irgendwelchen Unternehmungen aufgelegt. Stets zog es sie dorthin, wo viele Menschen zusammenkamen, wo es Ungewöhnliches zu schauen gab oder ein Ereignis stattfand, in dem das Abenteuer knisterte. Am liebsten ging sie mit ihren beiden Töchtern zu Festen und Volksvergnügungen, fuhr auf dem Rummel Karussell und Gespensterbahn, schoß auf der Vogelwiese Ringe und Rosen, zog Lose und meistens einen kleineren Gewinn, ließ keine Zirkusveranstaltung aus, und wenn die Hochseilartisten auf den Saalewiesen unter freiem Himmel ihre Kunst darboten, saß Anna mit ihren Töchtern in der Zuschauermenge. Sie tat alles so selbstverständlich und mühelos, daß es ihnen stets so schien, als würde sie sich mit leichtem Elfentritt inmitten Koglerscher Schwerfälligkeit bewegen.

Natürlich war sie auch im Elternbeirat, um auf diese Weise an der schulischen Entwicklung ihrer beiden Lieblinge teilhaben und ihnen im Falle von Konflikten besser beistehen zu können. Es gab noch genügend Lehrer mit dem gestrigen Geist, die sich den neuen Erziehungsprinzipien entgegenstellten und selbst vor einer Ohrfeige nicht zurückschreckten. Einen ganz besonderen Glücksumstand sah sie darin, daß der Direktor ein Schwabe war. Selbstverständlich wurde darauf nie ausdrücklich Bezug genommen, weil so etwas für eine fortschrittliche, klassenkämpferische Position keine Rolle zu spielen hatte, aber es gab doch eine unausgesprochene gegenseitige Sympathie. Sie stimmte Direktor Kienle in allem zu, weshalb er sie auch als Vorsitzende des Elternbeirates vorschlug und oft, wenn sie gemeinsam die Sitzungen vorbereiteten und kein Dritter im Zimmer war, begann er bewußt im schwäbischen Dialekt zu sprechen, was für sie fast aufregend konspirativ klang und das Vertrauen in seine Entscheidungen noch mehr festigte.

Eine andere Funktion als die der Elternbeiratsvorsitzenden besaß Anna nicht, denn sie war in diesen Dingen ohne jegliche Ambition. Sie sprach auch selten über ihre Arbeit und verwendete nach Feierabend nicht mehr den geringsten Gedanken daran. Edda und Katharina empfanden dies als wohltuend, denn Anna gab ihnen dadurch immer wieder das Gefühl, daß ihr nichts auf der Welt wichtiger war als ihre beiden Töchter. Die Möglichkeit eines beruflichen Aufstiegs zog sie nie in Erwägung. Ihr gefiel die Arbeit als Sekretärin am Germanistischen Institut, und das genügte. Sie fühlte sich in den täglichen acht Stunden Dienst weder überfordert noch unterfordert und kam dadurch zu einer so großen Übereinstimmung mit sich selbst, daß ihr die Arbeit nicht nur leicht von der Hand ging, sondern daß sie auch gar keine Veränderung wünschte.

Dieser mangelnde Ehrgeiz in beruflichen Dingen war kein Ausdruck von Schwäche oder Trägheit, sondern ein Zeichen fehlender Eitelkeit. Sie brauchte für sich nicht das Prestige des Berufs oder der Position, um als Person wahrgenommen zu werden und zu wirken. In irgendeiner Weise aufzufallen oder herauszuragen, war ihr ohnehin höchst unangenehm. Sie wollte wie die vielen sein – unscheinbar und durchschnittlich. Wenn Anna in anderen aufgehen konnte, dann überkam sie das wunderbare Gefühl, sich selbst zu genügen, und war zufrieden. Sehnlichst hatte sie seinerzeit die beiden Kinder gewollt, sie waren gesund und fröhlich, und mehr Glück konnte es für sie nicht geben.

Ganz ohne Frage wäre sie lieber bei ihnen zu Hause geblieben, aber sie mußte zum Einkommen der großen Familie beitragen, zumal sie vom Oberassistentengehalt ihres Mannes nur die täglichen laufenden Ausgaben bestreiten konnte. Die Lebensmittelkartenversorgung reichte nicht aus, und die Dinge, die es in der HO zu kaufen gab, waren sündhaft teuer. Katharina und Edda aber wuchsen so schnell, daß sie ständig neue Kleidung brauchten, ständig neue Wünsche hatten, und auch darum mußte Anna mitverdienen, denn ihre Lieblinge sollten nichts entbehren.

Dabei gab sich Franz alle Mühe, innerhalb der Universitätshierarchie voranzukommen. Allerdings trachtete er bei seinem beruflichen Aufstieg nicht in erster Linie nach einer Erhöhung des Gehalts, sondern vielmehr nach gesellschaftlichem Ansehen, das sich für seine Begriffe auf lange Sicht weit mehr auszahlte, weil aus letzterem sich ersteres ganz von selber ergab. Gewöhnlich saß er bis spät in die Nacht hinein am Schreibtisch, so daß die Nachbarn, wenn sie sein erleuchtetes Fenster sahen, voller Bewunderung sagten: Bei Dr. Kogler brennt noch Licht. Wie im Kreml.

Er schrieb wissenschaftliche Abhandlungen und Rezensionen, übersetzte für Fachzeitschriften Beiträge aus dem Tschechischen und arbeitete an einer Biographie über den Begründer der Slawistik, die zu dessen 200. Geburtstag erscheinen sollte. Koglers Wort hatte in Fachkreisen bereits Gewicht, und die Familie bewunderte, daß ihm der Übergang vom

Alten ins Neue ganz offensichtlich ohne Schwierigkeiten gelungen war.

Selbstverständlich hatte er auf den Bewerbungsunterlagen nicht seine Mitgliedschaft in der NSDAP verschwiegen. Ehrlichkeit war ein Grundzug seines Charakters, was sich immer wieder zu jener Lust am Bekenntnis steigerte und mit seiner Konfession zu tun hatte. Er war katholisch getauft und katholisch erzogen worden, frei nach dem Grundsatz, daß gesündigt und getodsündigt werden konnte, so viel er mochte – Hauptsache, er ging zur Beichte damit; Hauptsache, er bekannte seine Schuld und bereute sie aufrichtig. Danach war die Seele gereinigt, jungfräulich und fleckenlos, eine saubere, unbeschriebene Tafel, auf der sich neue Sünden eintragen ließen. In der Tat: Aufrechten Glaubens war Kogler der NSDAP beigetreten; war ehrlich von der Überlegenheit der Herrenrasse überzeugt gewesen; war stolz, arischer Abstammung zu sein und zu den besseren Menschen zu gehören; war begeistert, daß da jemand an der Spitze stand, der sagte, die Deutschen müßten sich nicht länger das Versailler Schanddiktat gefallen lassen und sich nicht zum Diener fremder Herren machen; war begeistert vom Anschluß Österreichs, stand winkend am Straßenrand, als deutsche Truppen in Prag einmarschierten, sang und grüßte und grüßte und sang und fühlte sich nicht mehr als ein Volksdeutscher, sondern als ein echter, ein Reichsdeutscher; fand den Blitzkrieg in Polen ganz in der Ordnung, weil den verkommenen Polen endlich auf diese Art Mores beigebracht wurde, und schämte sich seines Hüftleidens, das es ihm unmöglich machte, als tapferer Krieger in Frankreich einzumarschieren. So gab er wenigstens an der Heimatfront sein Bestes und schrieb als junger Doktor der Philosophie Abhandlungen und Aufsätze über die Stärkung der völkischen Elemente in den deutschen Grenzmarken. Doch dann, als die Nachricht von der Heerfahrt nach Rußland kam, befielen ihn Zweifel und Unruhe. Er wich nicht mehr von seinem Volksempfänger, hörte den Feindsender, den Londoner Rundfunk, und fragte sich schließlich, ob Hitler nicht doch ein Wahnsinniger sei.

Je länger der Krieg dauerte, um so mehr verlor sich Koglers Stolz, ein Deutscher zu sein, und er fühlte sich zu dem anderen, das auch in ihm war, zum Slawischen, mehr und mehr hingezogen. Das Slawische verkörperte für ihn die große, unsterbliche Volksseele, die etwas von der Weite und Melancholie östlicher Landschaften in sich barg, die vom Gleichmaß der Steppe als auch von dem machtvollen Rauschen der Flüsse gezeichnet war, in der sich das unergründlichste Dunkel neben der glanzvollsten Helle fand und sich in jähen Wandlungen auslebte. Das Slawische war für ihn das Elementare, Naturverbundene, Unverfälschte und Urwüchsige, das Bauernkittel und Bastschuhe trug. Es war das einfache Volk, das in seinen Mythen und Traditionen lebte und die seichten Wechselbäder der Zivilisation nicht nötig hatte, um Großes hervorzubringen. Für die verwanzte Dorfhütte, die Aksakow beschrieb, fand er mit einemmal im tiefsten Innern mehr Sympathie als für ein hanseatisches Bürgerhaus. Das Ziehharmonikaspiel der Wolgaschiffer ging ihm plötzlich mehr zu Herzen als ein Gewandhauskonzert, und der Trägheit eines Oblomow fühlte er sich geistig verwandter als der Geschäftigkeit eines Buddenbrook. Kogler mußte nicht in sich gehen, um zu wissen, daß in seiner Seele etwas von der Verschlagenheit eines Gogolschen Bäuerleins als auch von der aristokratischen Gesinnung eines Onegin wohnte und daß sich beides gut miteinander vertrug. Natürlich sprach er zunächst nur im engsten Familienkreis über seinen Stolz, slawisches Blut in sich zu spüren, aber er genoß doch bereits die stille Gewißheit, zu denen zu gehören, die wie der Slawe in sich ruhten und gleich einem breiten Strom auf das Ziel zuflossen. Ohne Zweifel hielt er sich für eine beschauliche Natur, die alles Ursprüngliche anzog, die eine gesunde, ungekünstelte Originalität besaß, die gutmütig und sanft, jäh und unberechenbar wie die Natur selber war und sich von keinen neumodischen Erfindungen beeindrucken, geschweige denn von irgendwelchen westlichen Zivilisationszwängen leiten ließ. Die slawische Gemütsart verglich er mit einem schwerfällig dahintrabenden, gutmütigen Ackergaul und fühlte von Tag zu Tag mehr, daß dies auch seine Gangart war. Er vertraute auf seinen Lebensinstinkt, der ihn noch nie im Stich gelassen hatte, und ahnte, was kommen würde: Ein solches unverbrauchtes Volkstum war stark genug, um im Kampf zwischen westlicher und östlicher Zivilisation den Sieg davonzutragen.

Kogler zahlte seinen Parteibeitrag bis zum bitteren Ende. Mit der Auflösung der NSDAP durch die Alliierten fühlte er sich von einem großen inneren Druck befreit, fühlte sich erlöst von Schuld und Selbstvorwürfen und wandte sich sofort der neuen Weltanschauung, dem wissenschaftlichen Sozialismus, zu, den er vorher, unter den Naziverbrechern, wie er sie jetzt nannte, studieren durfte, um ihn bekämpfen zu können. Er stürzte sich auf Marx, las sogleich das »Kapital«, legte es aber bald beiseite, weil ihm dieser

Marx ein komplizierter Intellektueller war, viel zu abstrakt und jüdisch verquer. Dann studierte er Lenin, fand ihn einleuchtend, handhabbar und praktikabel. Nach Leninschen Normen zu leben, schien Dr. Kogler lohnenswert. Da gab es eine klare Auffassung vom Staate, einen straffen Zentralismus, eine treffliche Bündnispolitik, genug Demokratie für den einzelnen und eine selbstbewußte Pflege der Tradition.

Als die Aussiedlung kam, fühlte er, daß ihm nur die sowjetische Besatzungszone eine geistige Heimat sein konnte, und der Entschluß stand fest. Gretl wollte unbedingt den Transport in Richtung Westen nehmen, doch Franz, ihr angebeteter Sohn, ließ sich wie immer in entscheidenden Lebenssituationen über alle theoretischen Einsichten hinaus von seinem Sinn für Symbolik leiten, der ihn bislang an allen Gefahren und Klippen sicher vorbeigeführt hatte, und sagte: Wir nehmen den Zug nach dem Osten, denn im Osten geht die Sonne auf.

Niemand wagte ihm zu widersprechen. Gretl nicht, Ferdl nicht, auch Anna nicht. Sie sagten sich, daß Franz mit seiner akademischen Ausbildung ohnehin den tieferen Einblick in die Zusammenhänge haben mußte und daß man schon darum seinem Weitblick vertrauen konnte. Außerdem hatte er als Mann und Oberhaupt der Familie das selbstverständliche Recht zu entscheiden, und so nahmen sie ohne Widerworte den Transport nach Thüringen statt den nach Bayern. Kogler studierte noch eifriger Lenins Werke, trug in seinem Rucksack Broschüren über Broschüren nach Hause, wertete alle Tageszeitungen aus und trat aufrechten Glaubens der neuen Partei, der Sozialistischen Einheitspartei, bei, weil sie sich auf den wissenschaftlichen Sozialismus gründete. Er bereute seine

Mitgliedschaft in der NSDAP, nannte sich irregeleitet und verführt und gelobte, nun ehrlichen Herzens zu arbeiten, um diesen Fehler wiedergutzumachen. Das klang aufrichtig und überzeugend. Schließlich war das Recht zu irren im Recht zu leben inbegriffen, und niemand wollte einem aufrichtig Bereuenden die Chance verwehren, sich zu wandeln. Jeder wurde gebraucht, jeder, der guten Willen zeigte. Außerdem hatte sich längst herumgesprochen, daß die Partei der Arbeiterklasse die Mühe nicht scheute, den einzelnen, der sich an sie gewandt und um ihr Vertrauen geworben hatte, auf den rechten Weg zu führen.

Franz Kogler fühlte sich nach diesem Aufnahmegespräch neu belebt, weil seelisch gereinigt, und das Katholische in ihm kam wieder zum Vorschein: Er hatte seine Schuld gebeichtet, seine Fehler bekannt, und die Reue war angenommen worden. Seine Seele war wieder die saubere, unbeschriebene Tafel, auf der sich neue Sünden eintragen ließen. Ohne Partei hätte er sich schwach und allein, in gewisser Weise sogar unmännlich gefühlt. Denn der Mann, das war für ihn ein politisches Wesen, eine Triebkraft der Geschichte, und so war er tief zufrieden, wieder zu denen zu gehören, die Macht und Einfluß hatten, zu den Erbauern einer neuen Zeit. Durch die Zugehörigkeit zur Partei fühlte er sich aber auch geistig erhaben über manch einen der alteingesessenen Akademiker, der an der Universität lehrte und einen faden Humanismus pries, statt eindeutig Position für das Neue zu beziehen. Kogler liebte das große Wort, die erhebende Pathetik, die stramme Haltung, und die war glücklicherweise auch in dieser Partei gefragt – treu im Glauben, fest in der Theorie, klar in der Argumentation. Das war verlangt, das gab ihm einen inneren Halt und vor allem das Gefühl, den anderen, den Unentschiedenen, einen Schritt voraus zu sein.

Außerdem stand er nicht nur theoretisch den einfachen Menschen, den Arbeitern und Bauern, nahe, sondern auch politisch, denn er war als Umsiedler arm, sehr arm, hatte aber auch sonst nie Land besessen, nie irgendeinen nennenswerten Besitz gehabt, gehörte so gesehen immer zu den Besitzlosen und hatte daher nichts zu verteidigen als seine Gedanken, die sein ganzes Vermögen waren. Schon darum mußte er sie dem Neuen zuwenden, denn nur auf der Höhe der Zeit konnten seine Gedanken ihre rechte Höhe entfalten.

Gretl, die ihren Sohn vergötterte, fand keine Erklärung, was ihn ausgerechnet in den östlichen Teil Deutschlands getrieben hatte und was ihm an diesem Lenin und diesem Marx gefiel, wo doch die Umsiedler im Westen bereits Lastenausgleich bekamen, wo man offen über die alte Heimat reden durfte und nicht so tun mußte, als hätte es keine Vertreibung aus den deutschen Gebieten gegeben. Sie hoffte noch immer, daß Franz sich anders entscheiden würde, zumal Annas Eltern eine neue Wohnung in Stuttgart bezogen hatten und ihnen schrieben, daß sie kommen sollten. Gretl war in der Seele verzweifelt, daß er keine Vernunft annehmen und unbedingt bei den Russen bleiben wollte. Sie hielt die Russen für arme Teufel, für »Armetschker«, für Menschen, die selber nichts hatten, weil sie in einem Land lebten, das viel zu groß für sie war. Sie betete im stillen, es würde irgendwann doch noch ein Ereignis eintreten, das Franz über Nacht seinen Entschluß ändern ließ. Denn jedesmal am Abendbrottisch davon anfangen wollte sie nicht, zumal sie sah, mit welchem Elan er seine Gedanken dem Lenin und dem Stalin zuwandte.

Außerdem hätte sie nie gewagt, ihrem Franz in einer gewichtigen Lebensentscheidung Vorschriften zu machen, auch weil sie fühlte, daß ihr dies nicht zustand. Gretl war nur eine einfache Frau, war die Tochter eines Hopfenbauern, die gut kochen und gut wirtschaften gelernt hatte, und darüber hinaus nur das von der Welt wußte, was sie mit ihren Sinnen erfassen konnte. Sie besaß zwar ein untrügliches Empfinden dafür, daß es ihnen allen im Westen bessergehen würde und ihre Enkelinnen dort eine wirkliche Zukunft haben würden, aber Franz verfügte über das Wissen und die Einsicht und sah ob seiner theoretischen Erkenntnisse gewiß weiter, als ihr Empfinden reichte. Immerhin hatte er schon mit 24 Jahren seinen Doktor gemacht, und so fügte sie sich.

Um so mehr konzentrierte sich Gretl auf seine beiden Töchter. Edda und Katharina sollten ganz von ihr geleitet und streng in ihrem Sinne erzogen werden: gottesfürchtig, fleißig und mit ehrbarer Moral, damit sie eines Tages ihrem Vater alle Ehre machen konnten. Vor allem wollte sie ihnen frühzeitig den Respekt vor der geistigen Arbeit beibringen und so verging kein Tag, an dem sie nicht voller Inbrunst ausrief: Im Kopf eures Vaters liegt sein ganzes Vermögen. Glaubt's mir nur: Ohne seinen Kopf wären wir alle verloren.

Kam Franz nach Hause, war alles aufgeräumt, der Boden gewischt und der Abendbrottisch gedeckt. Edda und Katharina mußten sich vorher noch einmal kämmen. Gretl nahm ihre Schürze ab und stellte sich mit ihnen an der Tür auf, um ihn zu begrüßen. Anschließend durfte er nicht mehr behelligt werden. Zog er sich in sein Arbeitszimmer zurück, hatten sie von Gretl strengste Anweisung, nicht mehr laut zu sprechen und laut zu lachen, nicht mehr herumzutollen und herumzualbern. Keine Tür durfte mehr krachend ins Schloß fallen und kein Fenster geräuschvoll geschlossen werden. Stets mußten sie langsam und auf Fußspitzen an der Tür seines Arbeitszimmers vorübergehen, was ziemlich häufig geschah, weil die Toilette diesem Zimmer genau gegenüberlag. In den wärmeren Jahreszeiten wies Gretl sie an, in den Garten zu gehen und dort zu pinkeln, damit die donnernde Klosettspülung ihn nicht allweil aus seinen Gedanken aufschreckte.

Im Winter hatten sie ihm abends eine Bettflasche ins Bett zu legen und – bevor sie schlafengingen – seinen Pyjama an die Ofentür zu hängen, weil er nach der anstrengenden Geistesarbeit wohlig warm einschlafen sollte. Alles hatte Gretl darauf abgestimmt, ihrem Sohn die geringste Störung, die kleinste häusliche Unannehmlichkeit fernzuhalten, damit er sich ganz seinen Gedanken überlassen konnte. Und dazu gehörte vor allem, daß die Töchter, »seine Madeln«, ihm Freude und nichts als Freude bereiteten. Denn Freude, das wußte Gretl, Freude beflügelte seine Gedanken. Musterhaft und rein sollten sie vor ihm stehen und ihn achten und ehren, wie es im vierten Gebot Gottes geschrieben stand.

Hätte sie nicht jeden Sonntagvormittag kochen müssen, damit Franz nicht auf seine geliebte sudetendeutsche Küche zu verzichten brauchte, wäre Gretl selbstverständlich mit ihren Enkelinnen zum Gottesdienst gegangen. Aber so ließ sie sich hinterher immer berichten, was in der Predigt gesagt worden war oder wen sie in der Kirche getroffen hatten. Auf diese Weise wollte sie ihnen trotz ihrer Abwesenheit das Gefühl einer Aufsicht und Kontrolle geben und die Gottesfürchtigkeit von Edda und Katharina festigen.

Durch Zufall hatte Gretl herausbekommen, daß die beiden jüngst nicht zur Kirche, sondern ins Kino Capitol gegangen waren und statt des sonntäglichen Hochamts das Schicksal der »Schönen Wassilissa« verfolgt und dem Prinzen Iwan die Daumen gehalten hatten, damit er den Kampf mit dem Drachen bestehen konnte. Da fühlte sich Gretl betrogen und hintergangen von diesen elenden Lügnerinnen, füllte augenblicks zwei Leinensäcke mit getrockneten Erbsen, legte sie nebeneinander in die dunkelste Ecke des Wohnschlafeßzimmers und ließ Edda und Katharina mit dem Gesicht zur Wand Nachmittag für Nachmittag auf den Erbsensäcken knien und laut hundert Vaterunser und hundert Avemaria beten. Weil Anna nichts davon erfahren sollte, beendete Gretl stets rechtzeitig vor ihrer Heimkehr die Tortur, ließ die Erbsensäcke in ihrem Kleiderschrank verschwinden und drohte den beiden Lügnerinnen noch schärfere Strafmaßnahmen an, falls sie ihrer Mutter davon erzählen würden. Doch schon am dritten Tag schmerzten Edda so sehr die Knie, daß sie genug davon hatte. Auch Katharina wollte sich dem nicht länger fügen, und so weihten sie Anna in das Geschehen ein. Sie wußten zwar, daß sie viel zu schwach war, um sich gegen Gretl zu behaupten, aber sie wollten auch kein Erlebnis haben, das sie vor Anna als ein Geheimnis hüteten. Anna, die Zierliche, Schmale, Zigeunerhafte, legte die Arme auf die Schultern ihrer beiden Töchter, als wolle sie Dreieinigkeit und Stärke demonstrieren, und sagte zu Gretl, der Breiten, Übermächtigen: Ich verbiete dir, die Kinder noch einmal auf Erbsen knien zu lassen! Das sind Methoden von gestern, aber inzwischen ist eine andere Zeit angebrochen.

Du hast mir gar nichts zu verbieten, herrschte Gretl sie an. Im Bett röchelnd, verfolgte Großvater Ferdl, was sich vor seinen Augen abspielte, faßte nach dem Feuerhaken, der neben dem Potechambre lag und drohte seiner Schwiegertochter, Gretl nicht zu widersprechen, weil Gretl die Ältere war und ihr daher Achtung gebührte. Anna fand den Anblick des zornroten Ferdl eher komisch als furchteinflößend, aber da sie den Jähzorn der Koglers kannte, ging sie dennoch mit ihren Töchtern vorsichtshalber aus der Wurfrichtung des Feuerhakens. Gretl beruhigte ihren schwerkranken Mann und bat ihn, sich herauszuhalten, weil sie keine Schwierigkeiten sah, mit Anna alleine fertig zu werden. Ohnehin fühlte sich Gretl als Hausherrin und glaubte in Sachen Erziehung und Haushaltsführung ihrer Schwiegertochter weit voraus zu sein, denn ihr als einer Sudetendeutschen lag eine gediegene, strenge und ehrfürchtige Lebensart im Blut. Anna dagegen konnte das in ihren Augen nicht für sich beanspruchen, weil Anna das andere, das Fremde in der Koglerschen Familie war – eine Schwäbin, eine wendige, leichtfüßige Großstädterin, die es mehr in die Welt getrieben als im Schwabenland gehalten hatte und die deshalb von Gretl noch immer mit einem gewissen Mißtrauen betrachtet wurde.

Du hast mir gar nichts zu verbieten, wiederholte Gretl, es sind schließlich auch die Kinder meines Sohnes, und wenn ich sie in seinem Sinne erziehe, wird er mir nur dankbar sein. Und lügen, das laß dir gesagt sein, Anna, lügen gehört nicht zu unserer Heimat. Aufrichtigkeit und Offenheit sind ein Grundzug unseres Charakters. Aber das verstehen nur Menschen, die ihre Heimat lieben, und solange ich die Aufsicht über die Kinder habe, werde ich alles verhindern, was sie zu schwäbischen Luftikussen machen könnte!

Anna war empört, daß jedwede Auseinandersetzung mit Gretl in einen Streit über das bessere Volkstum umgewandelt wurde, und wollte energisch entgegnen, doch Gretl schnitt ihr das Wort ab. Du wirst schon sehen, was dir blüht, wenn Franz nach Hause kommt und ich ihm sagen werde, was das für Lügenbälger sind!

Edda und Katharina wurde himmelangst, denn sie befürchteten, daß der Vater einen Jähzornsausbruch bekommen könnte, und drängten Anna, nachzugeben und Gretl nicht weiter zu reizen, um die Dinge nicht zu verschlimmern. Doch Anna war es leid, sich dauernd ihre schwäbische Herkunft vorwerfen zu lassen, und sah nicht ein, weshalb ihr die Schwiegermutter ständig eine Überlegenheit als Sudetendeutsche demonstrierte, von der Anna nicht wußte, worauf sie sich gründete. Außer daß sie die Mutter von Franz war, hatte Gretl doch nichts, womit sie sich in ihrer Autorität bestärkt fühlen konnte. Überdies fand es Anna lästig, den Kindern ein Heimatgefühl einpflanzen zu wollen, das sie nicht haben konnten. Schließlich waren sie Pragerinnen, Großstädterinnen, und hatten nur die wenigen Monate vor der Aussiedlung bei Gretl und Ferdl auf dem Dorf gewohnt, um das Überleben zu sichern. Ihre Töchter waren Kinder einer neuen Zeit, und darum wollte Anna die alten Erziehungsmethoden nicht mehr gelten lassen, weil sie nicht zu dem neuen Menschenbild und schon gar nicht zu ihrem

Verständnis von Toleranz paßten. Auf den Parteiversammlungen hatte sie viel von den neuen Methoden im Umgang mit den Menschen gehört und fand, daß man bei den Kindern damit zuallererst beginnen müßte.

Nicht mit Erbsenknien verhindert man das Lügen der Kinder, sondern indem man sie in Übereinstimmung mit ihrem Willen handeln läßt!

Diesen Satz, der sehr theoretisch klang, schmetterte sie Gretl mit entschiedener Stimme an den Kopf und trumpfte ruhigen Gewissens auch darum so selbstsicher auf, weil sie in allen Fragen des Fortschritts Franz hinter sich wußte und er in diesem Punkte ihr unbedingt recht geben würde. Doch Gretl meinte bloß abwinkend: Was euer Stalin sagt, das geht mich nichts an! Der mag seine großen Reden schwingen, ich handle nach meinen eigenen Grundsätzen.

Anna spürte, daß sie unbelehrbar bleiben wollte, und ärgerte sich. Solltest du noch einmal von den Kindern verlangen, auf Erbsen zu knien, sagte sie, höre ich sofort auf zu arbeiten und nehme die Erziehung wieder selber in die Hand. Vielleicht verdient Franz bis dahin so viel, daß er uns alle ernähren kann. Anna wußte, welch eine Wirkung diese Drohung haben würde, denn nichts fürchtete Gretl mehr, als die Alleinherrschaft und Oberhoheit im Haushalt zu verlieren.

Fortan fiel kein Wort mehr über dieses Vorkommnis. Sie nahm nur mit stiller Wut die Erbsen aus dem Sack und bereitete daraus mehrere schmackhafte Mittagessen. Nur einmal, ganz beiläufig und fast verzagt, sagte Gretl zu ihren Enkelinnen: Ich schweige bloß darum, um euren Vater zu schonen. Merkt euch das! Er hat es nicht verdient, mit solchen Schlechtigkeiten behelligt zu werden. Er braucht seinen Kopf für andere Dinge.

Seither achtete Gretl noch strenger darauf, die beiden ganz in ihrem Sinne zu erziehen und sie vor allem mit dem Land ihres Herkommens in Berührung zu bringen.

Das Hopfenpflücken bot ihr dazu eine willkommene Gelegenheit, denn dem Riedl Fritz war es nach großen Kämpfen mit den thüringischen Behörden gelungen, auf den Saalewiesen wie einst im Saazer Land Hopfen anzubauen. Er gedieh prächtig und mußte im September geerntet werden. Für Gretl war dies eine ganz besondere Zeit. Es war ein Augenblick Heimat in der Fremde, und es schien, als schwebte sie in ihrer steifbeinigen Breite schwerelos durch die Erntetage.

Stets wartete sie, bis die Enkelinnen aus der Schule gekommen waren, setzte ihnen wie immer ein feines, üppiges Mittagessen vor, packte Mohnbuchteln und Birndalken ein, so zahlreich, als stünde eine Weltreise bevor, und ging mit ihnen hinab zum Saaleufer. Schon von weitem empfing sie der herbe Duft des Hopfens, der ihre Schritte unwillkürlich schneller werden ließ. In der Pflückerbaracke zog sie ihre ältesten Sachen an, nahm einen Schemel, zwei Körbe und verschwand in den Tiefen des Hopfenfeldes. Sie setzte sich an den Beginn einer Zeile, stellte einen Korb links und einen Korb rechts neben sich und begann mit einer Arbeit, die sie kaum erwarten konnte, weil sich in ihr alle Anmut und Heiterkeit der verlorenen Welt offenbarte. Denn in keinem Land der Erde gab es für ihre Begriffe eine schönere und lieblichere Art zu ernten: Ohne Mühe wurden die Hopfenranken vom Draht gerissen, und setzte man sich darunter, fielen sie einem direkt in den Schoß wie ein Geschenk des Himmels, aus dem Reichtum und Ansehen erwachsen konnte. Der Duft der grüngelben schuppigen Blütenzapfen vereinte in sich alle irdischen Wohlgerüche, betäubte die Sinne, durchströmte den Körper mit Gesundheit und Wohlbehagen, kräftigte die Glieder, fächelte neues, frisches Leben zu, und schon griff man lustvoll in die Üppigkeit der Natur, knipste mit den Fingerkuppen die Hopfendolden ab, leicht und mühelos, sang ein Lied dabei, erzählte und lachte, dieweil sich die Körbe mit dem kostbaren Gut füllten. Wenn die Sonne zur Neige ging und das Hopfenfeld licht und leer wurde, da wußte man, daß Sinnvolles getan war, und wandte sich fröhlichen Mutes nach Hause.

Weil der Hopfen rauh und harzig war, trug Gretl Handschuhe, deren Fingerkuppen sie wegen der besseren Griffühligkeit abgeschnitten hatte. Sie zog die Ranken über die Knie und pflückte sie im Handumdrehen leer. Gretl hätte drei Schemel unter sich brauchen und dreißig Ranken zugleich bearbeiten können – mit ihrer Art zu pflücken kam keiner mit. Während die meisten, vor allem die Einheimischen, noch hinten in der Zeile saßen und sich mühten, die Körbe zu füllen, saß sie schon vorn im Feld, ließ sich immer neue Ranken von ihren Enkelinnen herunterreißen und einen Korb nach dem anderen zur Abnahme tragen. Gretl saß stets so, daß sie mit ihren Landsleuten reden und lachen konnte, und stimmte mit ihnen die Lieder vom Saazer Land an. Dann vergaß sie, daß sie am Ufer der Saale auf den Wöllnitzer Wiesen saß, vergaß ihr Schicksal, die Aussiedlung, vergaß den Verlust von Hab und Gut, und es schien, als öffnete sich von Lied zu Lied die Seele dem Höheren, dem geheimnisvolle Kräfte innewohnten, die sie breit und breiter, jung und jünger machten und sie unübersehbar in eine strahlende Hopfenbraut verwandelten.

Edda gefiel es nicht im Hopfenfeld, denn die Pflücker und Pflückerinnen sahen alle so anders, so böhmakisch, dick und plunzenhaft aus, lachten laut, sprachen zu viel und langweilten sie mit den ewig gleichen Geschichten von früher. Sie stahl sich meist schon nach einer Stunde unauffällig davon.

Seit im Haushalt von Frau Reimar ein Enkelsohn Einzug gehalten hatte, das kleine muntere Wölfchen, dessen Mutter in Berlin am Germanistischen Institut ihre Promotion vorbereitete, hielt sich Edda noch häufiger in den Räumen der Professorin auf, zumal es in der Wohnung ihrer Eltern keinen Winkel gab, in den sie sich hätte zurückziehen können, geschweige denn irgendein Plätzchen, das ihr allein gehörte. Das Schlafzimmer, das sie mit Katharina teilte, war eng und unbeheizt; die Küche benutzten sie gemeinsam mit der Hausbesitzerin; im Arbeitszimmer des Vaters durften sie sich nicht aufhalten, und so blieb nur das Wohnschlafeßzimmer im Parterre, in dem sich das tägliche Leben der Familie abspielte, das für Eddas Begriffe unerträgliche Formen angenommen hatte. Ganz hinten in seinem grünmetallenen Lazarettbett lag röchelnd der Großvater, wurde von Tag zu Tag schwächer, hustete unaufhörlich und spuckte ständig in eine Teigschüssel, die zu diesem Zwecke neben ihm auf dem Nachtschränkchen stand. Stündlich nahm er seine Medizin, die einen durchdringenden Krankenhausgeruch im Zimmer verbreitete, der durch die täglichen Einreibungen mit Franzbranntwein noch zusätzlich etwas geradezu Pestilenzialisches bekam. Nachmittags stand Ferdl für eine Stunde auf, zog sich über den Schlafanzug eine gelbbraunkarierte Hausjacke und setzte sich in den Ohrensessel. Um die Teigschüssel nicht dauernd auf den Knien halten zu müssen, öffnete er der Einfachheit halber ständig das Fenster, räusperte sich geräuschvoll und spuckte riesige Schleimbatzen in den Garten hinab, wofür sich Edda von Mal zu Mal mehr schämte, weil sie in dieser Ungehörigkeit den Gipfel des Kulturlosen sah. Nur abends, wenn Franz vom Institut kam und sich die Familie zum Abendbrot im Wohnschlafeßzimmer versammelte, stellte der Großvater aus Respekt vor seinem Sohn das Spucken ein. Doch sonst war dies längst eine Alltagsgewohnheit geworden, die er selber gar nicht mehr wahrnahm. Desto mehr hütete Edda ihr kulturvolles Terrain bei der Professorin und tat alles, um sich bei ihr die Vorzugsstellung zu erhalten. Edda führte Wölfchen spazieren, spielte mit ihm, las ihm vor und hielt Katharina von diesen Beschäftigungen fern, weil sie meinte, die Schwester könne ihm ohnehin nichts Gescheites beibringen, da ihr jeglicher Sinn fürs Gehobene und Feinere fehlte. Dieses Gefühl eigener Vollendung war für Edda Anlaß genug, Katharina bei jeder sich bietenden Gelegenheit zu maßregeln, um ihr bessere Manieren beizubringen. Sie rechnete es sich als eine Auszeichnung an, daß an Wölfchens drittem Geburtstag Katharina gleichfalls geladen war, und achtete besonders streng darauf, daß sie sich anständig und würdig an der Geburtstagstafel betrug.

Seine Mutter war aus Berlin gekommen und brachte ein Grammophon mit, das sie im Westsektor für ihr letztes Geld gekauft hatte. Sie legte eine Armstrongplatte auf und zeigte den staunenden Gästen, wie in Berlin auf der anderen Seite, in der »Eierschale« und in der »Badewanne«, getanzt wurde, reckte die Arme, schmiß die Beine, verrenkte sich rhythmisch, schnalzte und pfiff dazu und brachte in die schläfrige Provinz einen Hauch von großer Welt, von Buntheit und Verrücktheit. Dies hatte für Edda etwas so Atemberaubendes und Faszinierendes, daß es der feinen Lebensart der Frau Professor nicht nur eine Steigerung verlieh, sondern ihr den Unterschied zum schwerfällig dahintrabenden Leben der eigenen Familie noch schmerzhafter zu Bewußtsein brachte. Sie lauschte der Musik hingebungsvoll, auch weil sie verboten war und der Vater es nicht erlaubte, wenigstens eine halbe Stunde sonntags am Radio zu sitzen und Jazz zu hören. Er fand das Verbot sehr vernünftig und meinte, es gäbe für sie wohl Wichtigeres zu tun, als dieser westlichen Müllkultur ihr Ohr zu leihen und mit einem so hirnlos entarteten Urwaldstampfen dem lieben Gott die Zeit zu stehlen. Edda war beeindruckt, daß sich Brigitta Reimar um kein Verbot scherte, verfolgte hingerissen jede Bewegung und war glücklich, einmal bei diesen Rhythmen das ewige Kalinka, Katjuscha und das Riesengebirgslied vergessen zu können. Während sie diese Musik mit rhythmischem Nicken und Zucken begleitete, empfand sie sich unglaublich modern und extravagant und glaubte von nun an zu wissen, wie turbulent und pulsierend das Leben oben in Berlin und eben draußen in der Welt sein mußte.

Edda präsentierte dieses Ereignis ihrer Schwester wie ein Geschenk und gab ihr zu verstehen, daß sie sich ein Beispiel an ihrem Umgang nehmen und dankbar sein sollte, an einem solchen Erlebnis überhaupt teilnehmen zu dürfen. Darum saß sie ihr auch wie eine gestrenge Gouvernante gegenüber und ließ sie keinen Moment aus den Augen, als hätte sie Sorge, Katharina könnte sie mit einer Tollpatschigkeit blamieren. Da brachte die Frau Professor zur Feier des Tages eine große Schüssel Schlagsahne herein und gab jedem eine Portion auf den Teller. Katharina glaubte sich in ein Märchenland versetzt. Sie hatte Schlagsahne erst ein einziges Mal gegessen. Der Jazz war Augenblicks unwichtig geworden. Sie hörte nichts mehr, sah nur noch die Schlagsahne, vergaß alles um sich herum und löffelte mit hingebungsvollem Eifer, als fürchte sie, doch noch etwas abgeben zu müssen. In wenigen Augenblicken stand der Teller sauber vor ihr, und sie äugte verstohlen zu der Schüssel, die verlockend vor ihr auf dem Tisch stand. Katharina brannte vor Ungeduld und wollte, noch bevor die anderen fertig waren, ein zweites Mal zulangen, wollte noch einmal von dieser Herrlichkeit schlecken, aber Edda gab ihr mit strafendem Blick und Tritten unter dem Tisch zu verstehen, daß sie es nicht wagen solle, einen Nachschlag zu begehren. Gier war ein Zeichen mangelnder Kultur. In den feineren Kreisen wußte man sich zu beherrschen.

Wehe, du blamierst mich, flüsterte Edda ihrer Schwester zu und drohte ihr diskret mit der geballten Faust. Frau Reimar reichte erneut die Sahneschüssel herum. Katharina schaute unsicher und verschüchtert zu Edda und dann auf den köstlichen Schaumberg, litt Qualen, weil sie nicht wußte, was sie tun sollte, stand zwischen Begierde und Verbot und spürte deutlich, daß sich eine solche Gelegenheit nicht so schnell wiederholen würde. Der Sahneberg wuchs vor ihr auf, schneeweiß und süß; ein Traum, ein Blütentraumberg, eine Himmelswolke, die die Lust, sie zu kosten, sie noch einmal zu schmecken, ins Unermeßliche steigerte. Sie wollte zulangen und fieberte nach einer winzigen Portion, einem winzigen Löffelchen. Sie wollte das süße Kitzeln am Gaumen spüren, wollte mit all ihren Sinnen naschen und schwelgen, nur ein einziges Mal noch, aber Edda saß wie eine steifhalsige Tugendschwester ihr gegenüber, zwang sie per Blick zu vornehmer Beherrschung, wie es sich in den besseren Kreisen der Gesellschaft ganz von selbst verstand. Trotz aller Begierde wagte es Katharina nicht, gegen die gestrenge Schwester aufzubegehren und ihren Zorn herauszufordern. Mit unterdrückten Tränen lehnte sie artig dankend die angebotene Schlagsahne ab. Kopfschüttelnd reichte Frau Reimar die Schüssel weiter, und Edda ließ sich besonders viel auf den Teller geben. Sie lächelte Katharina mit triumphaler, hämischer Freude zu und trug genüßlich den Sahneberg ab.

Als Katharina sich verschämt die Tränen aus den Augen wischte, sagte sie bloß: So ist das nun mal, verzichten lernen tut weh, und damit muß rechtzeitig begonnen werden, sonst lernt man es nie. Dann schloß Edda die Augen, lehnte sich voller Behagen in den Stuhl zurück und kostete hingebungsvoll Löffel um Löffel aus. Sie führte ihr vor, daß sie, die Ältere, sich Rechte herausnehmen durfte, die ihr, der Jüngeren, nicht zustanden. Katharina spürte in allen Gliedern eine schmerzhaft brennende Wut und schwor sich, es der Schwester eines Tages heimzuzahlen.

Kogler hatte bislang nur Gutes über seine Töchter gehört und war zufrieden mit ihnen. Sie galten in der Nachbarschaft als freundlich und hilfsbereit, beteiligten sich außerdem aktiv an der Timurbewegung, holten zwei älteren Frauen die Kohlen aus dem Keller und brachten ihnen das Brot vom Bäcker. Daß sie dafür von der Pionierorganisation beim Fahnenappell ausgezeichnet wurden, freute ihn ganz besonders, weil er sah: seine fortschrittliche Erziehung trug Früchte. Überhaupt war er stolz auf seine Familie, die es ihm ermöglichte, all seine Kräfte auf die wissenschaftliche Arbeit konzentrieren zu können.

Ein ganz besonderes Glück schien es ihm zu sein, daß er sich mit dem Direktor des Institutes so gut verstand. Genosse Professor Miltitz sprach fließend Russisch, Slowenisch und Bulgarisch, war eine stattliche Erscheinung, gewandt und umgänglich, und hatte in den höchsten Parteistellen seine Gönner. Jeder der Kollegen wußte, daß er seinerzeit in der Wehrmacht gedient hatte, in russische Kriegsgefangenschaft geraten war, von dort auf eine Antifaschule kam und seitdem unerschütterlich am Aufbau des Sozialismus mitwirkte. Er unterhielt enge Beziehungen zu den Schwesterinstituten in Moskau und Leningrad, veranstaltete regelmäßig Freundschaftskolloquien, um den wissenschaftlichen Meinungsstreit zu pflegen, kannte auch den Staatssekretär für Hochschulfragen aus seiner Antifazeit persönlich und besaß das Privileg, ohne Voranmeldung bei ihm erscheinen zu dürfen. Vor allem aber stand Miltitz beim großen Bruder, wie die Kollegen sagten, in hohem Ansehen, hatte beste Kontakte dorthin und galt intern als ein Mann der Sowjets. Kogler konnte dies nur recht sein, denn Professor Miltitz verstand es, sein Institut immer wieder bei den richtigen Stellen ins Gespräch zu bringen, was auch die eigenen Chancen vergrößerte, bestanden doch in ideologisch zuverlässigen Instituten die besten Habilitationsaussichten. Persönlich war Professor Miltitz zwar noch mit keiner größeren Einzelpublikation an die Öffentlichkeit getreten, legte aber um so größeren Wert darauf, daß das Institut mit nennenswerten Gemeinschaftspublikationen von sich reden machte. Dies fand Kogler ganz ausgezeichnet, denn es förderte den Kollektivgeist und gab gleichzeitig dem einzelnen eine klare Perspektive. Vor allem hatte Miltitz stets die gesellschaftlichen Höhepunkte im Blick und ließ schon jetzt für die 400-Jahr-Feier der Universität einen Sammelband über die slawischen Schüler der Alma mater erarbeiten, der dem Rektor feierlich präsentiert werden sollte.

Gewiß wäre Miltitz mit seinen guten Kontakten zu den Sowjets über die Wissenschaft hinaus der rechte Mann für eine führende Parteifunktion gewesen, wenn es bei ihm nicht immer wieder diese leidigen Frauengeschichten gegeben hätte. Er war zwar verheiratet und Vater von drei Kindern, aber verstrickte sich häufig in Liebesabenteuer. Zweimal schon hatte seine Frau sich brieflich an die Parteileitung gewandt, hatte die Genossen gebeten, Einfluß auf ihren Mann zu nehmen und ihn im Sinne der kommunistischen Moral zur Ordnung zu rufen, und zweimal hatte sich der Ärmste dafür verantworten müssen. Auch wegen der jüngsten Affäre, seinem Verhältnis zu Fräulein Röder, einer vollbusigen Schönheit, die gerade ihre Aspirantur begann, gab es wieder einen Brief seiner Frau, und erneut wurde eine Parteiversammlung einberufen. Selbstverständlich stellte Kogler dem Genossen Professor Miltitz wegen seiner persönlichen Geschichten nie eine Frage und verlangte auch keine Erklärung, wie er prinzipiell zur Familie stand. Das war Sache der kleinen Geister, die sich freuten, einmal auf Parteiebene über ihren Direktor zu Gericht sitzen zu dürfen. Doch Kogler hatte ihn auch nie verteidigt, denn er wollte sich nicht zum Fürsprecher leichter Lebensart machen. Allein bei solchen Versammlungen dabeizusein und zuzuhören, war schon ein Genuß an sich. Die Partei, das bestätigte sich ihm, blieb eine unerbittliche Erzieherin und führte den Kampf um eine gesunde Moral. Vor allem aber war sie gerecht, sehr gerecht, denn sie ließ keinen Baum in den Himmel wachsen. Nach solchen Versammlungen kam Kogler beschwingt nach Hause, war heilfroh, eine untadelige Ehe zu führen und nicht wie der Genosse Direktor von sinnlichen Trieben geplagt zu sein. Stundenlang berichtete er Anna davon. Doch sie fragte nur: Möchtest du eine Frau haben, die ihren Mann bei der Partei anschwärzt? und begriff nicht, wie Franz sich darüber auch noch freuen konnte.

Anna begriff überhaupt so vieles nicht. Vor allem nicht, daß er sich von seiner Mutter so verwöhnen ließ und es geradezu als selbstverständlich betrachtete, daß ihm die beiden Frauen die banalen Alltagsdinge abnahmen, damit er sich ganz den höheren, den geistigen Aufgaben widmen konnte. Gretl tat alles, damit er an äußeren Bequemlichkeiten nichts entbehren mußte, und Franz wurde nicht müde, die Aufopferung seiner Mutter Anna gegenüber als die vollendete Form des Weiblichen zu rühmen. Zu solch einem Selbstverzicht und solch einer Hingabe waren in seinen Augen nur die besten Frauen fähig – Frauen mit einem großen, gütigen Herzen; Frauen, die durch das Dienen erst zu wahrer Existenz und Schönheit kamen, und seine Mutter gehörte zu jenen, die es als ein Glück ansahen, für einen Mann sorgen zu dürfen, ohne dabei auch nur im entferntesten das

Gefühl zu haben, etwas Unwichtiges zu tun und darum geringer als andere zu sein. Anna war da ganz anderer Auffassung. Sie sah nicht ein, weshalb nicht auch Franz einmal die Kohlen aus dem Keller holen sollte. Manchmal stellte sie die leeren Eimer wortlos auf die Kellertreppe, in der Hoffnung, Franz würde sie von sich aus mit Kohlen füllen und nach oben tragen. Auf diese Weise wollte sie ihn dazu bringen, ihr bei manch einer der beschwerlichen Arbeiten im Haushalt zur Hand zu gehen, und ihn zu der Einsicht bewegen, daß es nicht unter der Würde eines Kopfarbeiters war, wenn er alltägliche Pflichten mit ihr teilte. Doch noch bevor er die Eimer auf der Kellertreppe wahrnehmen konnte, war Gretl meist schon die Stufen hinabgestiegen und hatte die Kohlen geholt, nicht ohne auf Anna zu schimpfen, weil sie viel jünger war und keine rheumatischen Knie hatte.

Einmal tat sie dies in einer solchen Lautstärke, daß Franz aus seinem Arbeitszimmer gestürzt kam, um nach dem Rechten zu sehen. Als er seine Mutter mit den schweren Kohleeimern erblickte, bekam er Wut auf Anna, brüllte sie an, ob sie sich nicht schäme, seiner Mutter diese schweren Arbeiten zu überlassen. Tut sie nicht schon genug für uns alle, schrie er, sie kocht und bäckt den ganzen Tag, rackert sich ab, opfert sich auf und meine eigene Frau steht daneben und schaut zu, statt ihr behilflich zu sein!

Wie immer, wenn Franz der Zorn übermannte, sammelten sich in seinen Mundwinkeln weiße Speicheltröpfchen, die die Vorflut einer Katastrophe ankündeten, und seine grauen Augen traten so bedrohlich hervor, daß Anna wußte, das kleinste Widerwort hätte ihm unweigerlich die Hand ausrutschen lassen. Um sich die Erniedrigung zu ersparen, vor ihrer Schwiegermutter geohrfeigt zu werden, schwieg sie und wußte, daß Gretl wieder einmal den Sieg davongetragen hatte. Denn um seiner Mutter im nachhinein das Kohletragen zu erleichtern, pries er ihre Tüchtigkeit, lobte ihren Fleiß, und Anna stand wie die faule, träge, nichtsnutzige Schwiegertochter und Gattin daneben. Gretl aber war zufrieden, weil sie ihrem Sohn ein Beispiel ihrer Opferbereitschaft gegeben hatte.

Annas Hilflosigkeit gegenüber der Schwiegermutter wurde aber auch dadurch noch verstärkt, daß ihr jeglicher Sinn für das Häusliche fehlte. Putzen, Waschen, Bügeln und Staubwischen waren für sie Tätigkeiten, die ihr innerlich zutiefst widerstrebten und sie daher besonders viel Anstrengung kosteten. Anna sah nicht ein, weshalb sie die knapp bemessene Zeit nach Dienstschluß und die Wochenenden, die ihr für die Kinder blieben, mit dem Beseitigen von Schmutzspuren verbringen sollte, nur damit neue Schmutzspuren sichtbar werden konnten. Wenn sie zum hunderttausendsten Male die Türen scheuern oder das Parkett bohnern mußte, litt sie unter der Nutzlosigkeit dieses Tuns, zumal sie wußte, daß der Glanz nur wenige Augenblicke vorhielt und im Handumdrehen alles wieder so aussah wie vorher und das Ganze von vorn beginnen mußte. Ihr war es eigentlich ziemlich gleichgültig, ob in den Räumen Ordnung herrschte, ob alles blitzte und blinkte. Auch Franz legte keinen besonderen Wert darauf, denn für ihn zählte nur der üppig gedeckte Tisch. Gretl aber war in den Dingen des Häuslichen unerbittlich, sah sie doch darin die höchste Form weiblicher Bewährung, die die Fähigkeiten und Talente einer Frau erst voll zur Geltung brachte. Um keinen Streit zu haben und allen Vorwürfen aus dem Wege zu gehen, fügte sich Anna auch hier in das Ungeliebte, putzte, wusch und bügelte, schluckte ihre stille Verzweiflung hinunter und machte sich Vorhaltungen, ihrem Mann und ihrer Schwiegermutter ständig nachzugeben, statt sich in ihren eigenen Ansprüchen zu behaupten und das zu tun, wonach ihr zumute war. Doch die Mutter-Sohn-Phalanx schien undurchdringlich, denn dies war ein Wille und eine Wurzel.

Nur abends hatte Anna ihren Mann für sich allein. Da akzeptierte er alles, was sie sagte, und stellte ihr Gretl auch nicht als Vorbild hin, denn abends war Anna ganz in seinem Sinne für das Geistige tätig. Abends tippte sie seine Manuskripte. Franz hatte zu diesem Zwecke eigens ein Beistelltischchen an seinen Schreibtisch gestellt, und an diesem saß Anna oft bis Mitternacht an der Schreibmaschine, dieweil er im Zimmer auf und ab ging und ihr den Text diktierte. Es waren immer dringliche Arbeiten, weil er pünktlich die Beiträge an die Redaktion der Fachzeitschrift liefern und auch rechtzeitig die Biographie über Dobrovsky dem Verlag einreichen wollte. Abends war Franz auf Anna angewiesen. Da war sie sein süßestes Engelchen, seine geliebte Gattin, seine tüchtige Mitarbeiterin, ohne die er den Acker der Wissenschaft, wie er sagte, nur halb so gut bestellen könnte. Anna hatte zwar starke Kreuzschmerzen von dem langen Sitzen an der Schreibmaschine tagsüber im Institut, aber sie verlor kein Wort darüber und beklagte sich nicht, denn diese abendlichen Stunden mit Franz waren für sie die seltenen, kostbaren Momente, in denen Gretl physisch und geistig ausgeschlossen blieb. Stunden, die Anna zu Bewußtsein brachten, daß sie Dinge beherrschte, bei denen die Schwiegermutter nicht mitreden konnte; Stunden zum Aufatmen, weil sie Anna das Gefühl gaben, mit ihren unhäuslichen Talenten von Franz akzeptiert zu sein. Auch wenn er seine Gedanken auf den Manuskripttext richtete und sie sich auf das fehlerfreie Tippen konzentrieren mußte, so entstand doch jedesmal zwischen ihnen eine große Intimität, das Empfinden einer starken inneren Verbundenheit, wie es aus einer gemeinsamen Arbeit erwuchs. Es genügten Blicke, um sich zu verständigen. Waren seine Sätze lang und kompliziert, dann lächelte Anna meistens, und er wußte, daß er gut daran tat, einen Punkt zu setzen.

Manchmal rief sie ihm auch mitten im Diktat ein anderes Wort zu, das er austauschen sollte, weil es den Inhalt noch genauer bezeichnete, und er nahm ihre Korrekturen dankbar an. Seine Stimme hatte in diesen Stunden stets etwas Warmes und Liebkosendes, sein Blick war voller Zärtlichkeit und Bewunderung für seine geliebte Anna, die eine unübertroffene Gehilfin im Mitdenken war. Oft beugte er sich spontan über sie, um ihr verstohlen einen Kuß auf die Stirn zu setzen, um sie fühlen zu lassen, wie glücklich er war, daß es sie gab. Diese abendlichen Arbeitsstunden hatten immer eine ganz eigene Erotik, die jenseits alles Körperlichen lag und Anna tief innerlich belebte. Es umfing sie eine so große Harmonie, daß sie glaubte, trotz der charakterlichen Verschiedenheiten, füreinander bestimmt zu sein. In solchen Momenten war sich Anna sicher, etwas Großes und Verehrungswürdiges für ihn zu haben, als gehörte sie zu jenen Frauen, denen die geheimnisvolle Kraft innewohnte, einen Mann dorthin zu führen, wohin es ihn im Innersten drängte. Obwohl sie sich an manchen Abenden oft am Rande der Erschöpfung fühlte, hätte sie doch auf diese abendliche Arbeit, dieses Einssein mit Franz, nicht verzichten wollen.

Arbeitete Kogler einmal nicht, dann hörte er Radio. Diesen monströsen Kasten aus poliertem Holz mit Stoffbespannung und magischem Auge, der in seinem Arbeitszimmer neben der Couch stand und einem Möbelstück glich, hütete er wie ein Heiligtum. Denn sein geliebter Apparat gehörte nur ihm. Er verband ihn nicht nur mit der Welt, sondern mit ihm bewahrte er sich in der Familie ein Informationsprivileg. Selbst wenn er im Institut war, wagte niemand, den Apparat anzuschalten, aus Furcht, es könne ein Sender verstellt oder ein Knopf überdreht werden. Und auch er machte kein Hehl daraus, daß ihm der Gedanke, er könne nach Hause kommen und von Anna oder seinen Töchtern eine Neuigkeit erfahren, deren Erstmitteilung ihm als dem Oberhaupt der Familie ganz allein gebührte, unerträglich war. Nur von ihm sollten sie erfahren, was in der Welt vor sich ging, denn damit bekräftigte er seine Position und seinen Anspruch, der führende Kopf der Familie zu sein. Kogler hörte oft stundenlang Radio, was er als sehr erholsam empfand. Besonders beschwingt fühlte er sich, wenn zünftige böhmische Blasmusik erklang oder eine Rede Stalins gesendet wurde, der er jedesmal mit starker innerer Bewegung lauschte. Stalin war in seiner Gedankenführung stets einleuchtend, kraftvoll und überzeugend. Wenn er seine Stimme hörte, sah er das Bild vor sich, das fast jeden Tag auf den Fotos der Illustrierten zu sehen war, sah den großen Josef Wissarionowitsch in der weißen Uniformjacke eines Generalissimus auf der Tribüne stehend mit einem Kind auf dem Arm, das weiße Haarschleifen trug.

Stalin verkörperte für Franz Kogler das Urbild eines Mannes, war ein schöner Georgier, von stattlichem Wuchs, machtbewußt mit ehernem Willen, ein Mann, der stets zum Äußersten entschlossen war und von dem eine suggestive Kraft ausging. Ohne sie, dessen war sich Kogler sicher, ohne diese Kraft hätte Stalin niemals die letzten Reserven des russischen Volkes mobilisieren und es mit gewaltiger Energie zum Siege führen können. Gerade wegen dieser suggestiven Kraft sah er in Stalin den geborenen Führer des Volkes, der allen gezeigt hatte, daß der russische Bär, auch wenn er lange und friedlich schläft, sich mächtig aufbäumt und alles niederzwingt, sobald er gereizt wird. Voller Hingabe und Wißbegier lauschte Kogler Stalins Reden und las sie Tage später gewöhnlich noch einmal in der Zeitung nach, um die besonders wichtigen Passagen mit Rotstift zu unterstreichen und sich auf diese Weise besser einprägen zu können. Die klare Orientierung, die Stalin den Werktätigen gab, gefiel Kogler, denn sie markierte die Linie, auf der er zu gehen hatte.

Um so tiefer erschütterte Franz Kogler dann die Nachricht vom plötzlichen Tod seines geistigen Führers. Er schien in seiner Verehrung vergessen zu haben, daß auch Stalin ein Sterblicher war, trauerte aufrichtig um ihn und fühlte sich zutiefst geehrt, als auf einer kurzfristig einberufenen Sitzung der Parteileitung des Instituts beschlossen wurde, daß auch er unter dem Porträt des Generalissimus, welches unübersehbar groß in der Vorhalle hing, die Totenwache halten durfte. Daß ausgerechnet Genosse Kogler als einziger Nichtdozent dazu ausersehen war, empfand er als eine hohe Auszeichnung. Denn unter Stalins trauerumflortem Bild durften nur die Treuesten und Zuverlässigsten stehen und diejenigen, deren wissenschaftliche Leistung die Institutsleitung zu schätzen wußte. Dieser ehrenvolle Auftrag ließ Dr. Kogler ahnen, daß er für größere Aufgaben vorgesehen war und gute Habilitationsaussichten hatte. Denn eines stand für ihn zweifelsfrei fest: Die Partei besaß das einzigartige Talent, langfristig und klug sich ihre Kader heranzuziehen und aufzubauen.

Die Stunden der Totenwache empfand er bedrückend und erhebend zugleich, und er hätte die ganze Nacht als Soldat der Revolution unter dem Bild des großen Führers der Massen stehen können, ohne einen Anflug von Schwäche oder Ungeduld zu verspüren. Noch Wochen danach hörte er voller Anteilnahme im Radio die Trauerbekenntnisse, die Gedichte und Poeme und fand eine starke Poesie in ihnen.

Doch wie seinerzeit die Begeisterung für Hitler ihn nicht davon abgehalten hatte, Feindsender zu hören, so hielt Franz Kogler auch die Ergebenheit für Stalin nicht davon ab, regelmäßig die Nachrichten des Londoner Rundfunks zu verfolgen. Er drehte dann das Radio stets etwas leiser, mehr aus Gewohnheit denn aus Vorsicht, und war zufrieden, sich auf diese Weise ein umfassendes Bild von den Dingen machen zu können, denn schließlich, so rechtfertigte er sich, müsse man die Argumente des Gegners kennen, um sie widerlegen zu können.

In den Nachrichten wurde immer häufiger von einer zunehmenden Mißstimmung in der Ostzone berichtet, so daß er eines Morgens sich einen Schal um den Hals band und im Bett blieb. Das Radio hatte gemeldet, daß in der Berliner Stalinallee die Bauarbeiter auf die Straße gegangen waren und gegen die Normerhöhung protestierten. Kogler ließ sich durch Anna am Institut wegen einer fiebrigen Verkühlung entschuldigen. Draußen schien zwar die herrlichste Junisonne, doch eine grippale Erkältung konnte schließlich auch den gesündesten Mann zu jeder Jahreszeit ereilen. Die Erfahrung hatte ihn gelehrt, an brodelnden Tagen der Geschichte besser nicht in Erscheinung zu treten, sich weder in dieser noch in jener Richtung zu äußern, sondern abzuwarten, was kommen würde. Noch war alles unklar, alles im Fluß, alles in Bewegung, und darum holte er sein Federbett, legte sich auf die Couch, die in seinem Arbeitszimmer stand, stellte Medizinfläschchen und Hustensaft auf den Tisch, schon um vor den Kindern den Schein zu wahren. Sie sollten in der Schule, falls sie gefragt würden, eine glaubhafte Antwort geben können.

Fiebernd vor Ungeduld verfolgte er am Radio die Ereignisse. Entgegen seinem Rat ging Anna wie immer ins Institut. Doch der Direktor schickte alle Genossen Mitarbeiter zur Universitätsparteileitung, wo sie sich melden und für die Entgegennahme weiterer Aufträge bereithalten sollten. Als sie auf den Marktplatz kam, hatte sich bereits eine riesige Menschenmenge versammelt. Oben aus der Uhr des Rathausturmes, wo sonst der Schnapphans herauskam und die Mittagsstunde schlug, sprach ein Arbeiter zum Volk. Er appellierte an alle, mit den Arbeitern der Stalinallee gemeinsame Sache zu machen und sich die Willkür und den Normzwang nicht länger gefallen zu lassen. Anna blieb stehen, hörte zu, vergaß ihren Auftrag und das Ziel, genoß es, inmitten so vieler Menschen zu sein, und lebte auf wie immer, wenn sie sich eingemeinden konnte in ein dichtes Gewühl und Gedränge, das sie wie das wogende Fluidum einer Großstadt begierig in sich einsog. Sie fühlte sich inmitten der Menge beschützt und geborgen, fühlte, wie sie in der Anonymität über sich selbst hinauswuchs, wie sie emporgehoben wurde von einem großen starken Willen, der ihr das Empfinden gab, die Welt für ein paar Augenblicke in Besitz zu nehmen. Die Sprechchöre schwollen gewaltig an, die Menge formierte sich zu einem Zug, marschierte durch die Straßen, und Anna war dabei. Sie sah, wie Straßenbahnwagen umgekippt, Läden geplündert und schließlich das Büro der SED-Kreisleitung auf dem Holzmarkt gestürmt wurde. Die Akten flogen aus dem Fenster, ihnen folgten die Schreibmaschinen und die Möbel, dann wurden die Fahnen angezündet, die Leuchtbuchstaben SED mit einem Hammer zertrümmert, und schon gab einer das Kommando, und der Zug brach auf zum Stadtgefängnis. Der Volkszorn lud sich in Rufen der Empörung immer wieder auf, und mit einemmal waren riesige Kanthölzer zur Hand, mit denen das Tor zum Gefängnis eingerammt wurde. Die Wärter ergriffen die Flucht, und die aufgebrachte Menge stürmte die Zellen. Man holte eine Liliputanerin heraus und schrie empört: Sogar Kinder sperren die Kommunisten ein, und erneut brandete der Zorn auf. Plötzlich begriff Anna, wo sie war, wo sie im Sog der Menge hingeraten war, und eine jähe Angst überkam sie, die schweren Eisentore des Gefängnisses könnten sich unversehens hinter ihr schließen und sie selbst würde eine Gefangene sein und ohne ihre beiden Töchter hinter diesen schaurigen Mauern leben müssen. Sie dachte an Franz und an seinen klugen Rat, löste sich unauffällig aus dem tobenden Menschenhaufen, der immer wilder um sich schlug, eilte, ohne nach links und rechts zu schauen, dem Ausgang zu, atmete auf, als sie auf der Straße stand, und ging auf dem kürzesten Weg nach Hause. Auf den Bürgersteigen lagen Parteiabzeichen. Die Spruchbänder an den Häuserwänden waren zerrissen oder trugen die Spuren von Flammen. Die Stadt hatte sich in wenigen Augenblicken verwandelt. In den abgelegenen Straßen herrschte ein furchtsames Schweigen. Die Läden hatten geschlossen, viele Jalousien waren heruntergelassen.

Anna war froh, als sie die Villa erreicht hatte, und berichtete Franz erregt von den Vorgängen in der Innenstadt. Gretl setzte sich dazu, Ferdl raffte sich aus seinem Bett empor und es sah ganz so aus, als sollte ein Familienrat abgehalten werden. Doch plötzlich klingelte es. Kogler schaltete sofort sein Radio aus, zog seinen Schal fester um den Hals, legte auch den Löffel sichtbar neben den Hustensaft, und dann stand mit einemmal Kenziora, der Bibliothekar der Universitätsbibliothek in seiner ganzen Leibesfülle im Raum. Kogler hatte ihn inzwischen als einen hilfsbereiten Mann mit einer außerordentlichen Quellenkenntnis schätzengelernt und wußte, daß er aus Oppeln in Oberschlesien stammte, was allerdings nur einmal am Rande eines Gespräches erwähnt worden war. Kenziora, der offensichtlich den Weg zur Villa im Laufschritt genommen hatte, sagte mit hochrotem Gesicht und noch ganz außer Atem, er sei nur gekommen, um dem Herrn Doktor zu versichern, daß er gut für ihn sprechen werde. Franz Kogler verstand ihn nicht recht.

Die Dinge werden jetzt anders kommen, sagte Kenziora, und ich kann bezeugen, daß Sie als Genosse stets ein anständiger Mensch gewesen sind und nicht so ein roter Denunziant. Ich werde gut für Sie aussagen, falls Sie jetzt alle vor Gericht kommen.

Anna war erschrocken, doch Kogler schien gerührt von dieser Geste und staunte, wie die Begeisterung den behäbigen, schwerfälligen Menschen verändert hatte, ihm etwas so Straffes und Entschlossenes gab, als stünde ein löwenkühner Andreas Hofer vor ihm. Da aber Kogler aus dem Radio wußte, daß auch in anderen Städten bereits die russischen Panzer im Anmarsch waren, versuchte er Kenziora so lange wie möglich aufzuhalten, damit er sich nicht unbesonnen ins Getümmel stürzte. Er wollte ihn in ein fachliches Gespräch verwickeln, doch Kenziora brannte vor Ungeduld, eilte wieder hinunter in die Stadt, zum Marktplatz, und rief im Hinausgehen, daß er dabeisein möchte, wenn die Geschichte ihre Wendung nimmt.

Kogler erfaßte eine tiefe Unruhe. Er stellte sich mit seiner Familie ans Fenster und schaute auf die Stadt hinab, die friedlich ihm zu Füßen lag. Er fragte sich, ob dort unten in den Straßen jene Arbeiterklasse marschierte, von der er gelernt hatte, daß sie die führende Klasse sei, deren historische Mission es war, die Ausbeutung des Menschen durch den Menschen zu beseitigen und die kommunistische Gesellschaft zu errichten. Er fragte sich, weshalb für dieses gute Ziel die Panzer heranrollen mußten, und fühlte, daß da eine Kluft war zwischen Theorie und Praxis, für die er im Augenblick keine Antwort fand. Theoretisch war er zwar mit der führenden Macht, der Arbeiterklasse, eng verbunden, aber praktisch empfand er doch eine weite Entfernung. Unter einer zehnprozentigen Normerhöhung konnte er sich nichts Genaues vorstellen und vermochte sich daher auch mit ihren Forderungen, wie sie in der Stalinallee laut geworden waren, nicht zu identifizieren. Er, der sich hier oben bewußt an einem Tag wie dem heutigen vom Tumult der Menge fernhielt, fragte sich, was die Arbeiter dort unten wollten. Die Produktionsmittel waren in ihre Hände übergegangen, sie hatten alle historischen Chancen als führende Klasse, hatten ihre HO Wismut, in der es gute Sachen und sogar Kondensmilch zu kaufen gab, hatten Sonderzuwendungen und Vergünstigungen aller Art; ihre Söhne und Töchter konnten bevorzugt studieren, und nun zogen sie gegen ihre eigene Regierung zu Felde. Franz Kogler hatte keine Erklärung dafür, war verwirrt, irritiert und spürte, daß er bislang nur in der Theorie gelebt hatte, die er zwar für gut und für richtig hielt, die ihm aber jetzt nur als die Hälfte des Ganzen, nur als ein Teil der Wahrheit erschien.

Wie immer in solchen Situationen des Zweifels verließ er sich auf seinen Instinkt, der ihn stets auf die Seite des einfachen Volkes führte, weil von ihm das Urwüchsige, Elementare und Unverfälschte ausging, das seine eigene Gesetzmäßigkeit hatte, die keine Theorie je begründen konnte.

Die Regierung wird daraus lernen müssen, sagte er, in Zukunft nur solche Maßnahmen zu treffen, die mit dem Willen des Volkes übereinstimmen. Die Arbeitsnormen hochzuschrauben, ohne die technischen Voraussetzungen dafür zu schaffen, das konnte nicht gutgehen.

Als am Abend der Ausnahmezustand über die Stadt verhängt wurde und unten in den Straßen die Panzer standen, hörte Kogler in den Nachrichten, daß ein konterrevolutionärer Putschversuch, angezettelt von westlichen Diversanten und Agenten, auf dem Territorium der DDR gescheitert war; daß unter der Führung der Partei die Hüttenwerker des VEB Eisenhüttenkombinat Ost Fürstenberg/Oder, des VEB Eisenwerke West Calbe/Saale, die Kumpel des Steinkohlen- und Erzbergbaus und der Braunkohlenwerke, die Werktätigen des VEB Großkokerei Lauchhammer und des VEB Stahl- und Walzwerk Brandenburg und anderer zahlreicher Betriebe die Provokateure entschieden zurückgewiesen und daß die besten Gewerkschafter unter Führung der Betriebsparteiorganisation Arbeiterwehren gegründet und die Putschisten in die Flucht geschlagen haben. Er hörte, daß die Aggressionspläne der herrschenden imperialistischen Kräfte der USA und Westdeutschlands vereitelt wurden und damit bewiesen war, daß die Errungenschaften der Arbeiterklasse und der Volksmassen in der DDR unantastbar sind.

Kogler atmete auf, holte seine Mundharmonika und spielte sein Lieblingslied »Ännchen von Tharau«. Dann studierte er mit besonderem Eifer bis spät in die Nacht hinein Stalins Ausführungen zur Rolle der Volksmassen in der Geschichte, um den kommenden Diskussionen gewachsen zu sein.

Natürlich sprach er auch mit seinem Vater darüber, und trotz aller guten Vorsätze ließ es sich nicht vermeiden, daß sie an Ferdls Geburtstag darauf zu sprechen kamen. Gretl zauberte schon seit Tagen köstliche Apfelstrudel, Mohnstrudel, Quarkstrudel, Vanillekipferln und Pflaumenmusbuchteln aus dem Ofen, servierte Kirschauflauf, Griesschmarren und Kartoffelkolatschen, hatte die Heimat rauf und runter gebacken und brachte eine solche Fülle herrlich duftender Genüsse auf den Tisch, daß allein schon ihr

Anblick den Appetit steigerte und das Herz höher schlagen ließ. Ferdl hatte zur Feier des Tages seinen guten, viel zu weiten Anzug angezogen, begab sich unter größter Anstrengung und mit Annas Hilfe zum Tisch und nahm als Hauptperson des Tages an der Stirnseite der Tafel Platz.

Kogler kam schon am frühen Nachmittag aus dem Institut, war gutgelaunt wie selten, weil ihn die Üppigkeit auf diesem Tisch wie ein Widerschein des eigenen Leistungsvermögens anmutete und er sich glücklich schätzte, seiner Familie eine solche Fülle von Gaumenfreuden bieten zu können. Auch Ferdl schien dieser Anblick zu erheben und seine Gebrechlichkeit vergessen zu machen. Er spuckte nicht, röchelte nicht, atmete nicht mit diesem vertraut sirenenhaften Pfeifton aus und ein, sondern saß aufrecht am Tisch wie einer, der nach einer langen Krankheit endlich wieder zu Kräften gekommen war. Ferdl verwandelte sich von einem dürren Hutzelmännchen in einen stattlichen Jubilar und war sogleich bei den politischen Ereignissen so wie früher, als er stundenlang mit seinem Sohn die Weltlage im allgemeinen und im besonderen zu erörtern pflegte.

Es ist schon richtig, daß wir heute unter uns geblieben sind, sagte er, noch gilt der Ausnahmezustand, und der Russe läßt nicht mit sich spaßen.

Acht Jahre nach Kriegsende schon wieder Panzer im Anrollen, meinte Gretl, das muß doch mal ein Ende haben!

Man mag es drehen und wenden, wie man will, entgegnete Ferdl, aber der Sozialismus in einem Teil Deutschlands ist nun mal nicht aus dem Volk gewachsen, sondern eine Folge des Zusammenbruchs. Da wird es noch Überraschungen geben.

Das theoretische Fundament ist klar und einleuchtend, antwortete Franz.

Für die Politik gilt das gleiche wie für das Leben: Genaugenommen ist alles bloß ein Versuch, erwiderte Ferdl und blühte sichtlich hinter den Kuchenbergen auf, von denen er zwar kaum etwas essend abtrug, die ihm aber den Duft der Heimat entgegenbrachten, mit dem er auf wunderbare Weise Jugend einsog. In heiterer Stimmung begann er von Wien zu erzählen, wo er an den Wochenenden als Fremdenführer auf dem Kloster Melk sein karges Stipendium aufbesserte, ließ die Donau in seinen Worten malerisch vorüberfließen, ließ die Marillenbäume in der Wachau erblühen und strahlte mit einemmal so viel Helligkeit und Glanz aus, als würde in ihm ein großes Licht seinen Schein vorauswerfen. Auch Gretl lebte auf inmitten der Erinnerung und verwandelte sich in jene Solosängerin im Liebeschitzer Kirchenchor, die vor fast vierzig Jahren mit ihrer klaren reinen Stimme den Herrn Oberlehrer so entflammt hatte, daß er an Ort und Stelle um ihre Hand anhielt. Sie begann zu singen, als sei sie Polymnia und säße auf dem Parnassos an der Kastalischen Quelle. Das Lied von einst – »Tauet, Himmel, den Gerechten, Wolken, regnet ihn herab« – ließ ihn noch mehr erstrahlen und noch jünger werden. Als hätte er nie an Atemnot gelitten, stimmte er summend mit ein, und es schien ganz so, als wüchsen ihm mit jedem Takt neue Kräfte zu. Gretl und Ferdl glichen plötzlich zwei schwerelos dahingaukelnden Schmetterlingen, die über den Kuchenbergen zu ihrem Hochzeitsflug aufbrachen. Der Obstwein wurde geöffnet, stimmte süß und leicht zu höherem Akkord, und schließlich kamen die Verwandten ins Gespräch, die sich Name für Name zu einem Universum entfalteten, denn Gretl hatte zehn und Ferdl elf Geschwister. Nur als er von seinen beiden Lieblingsbrüdern Hugo und Leo sprach, fiel seine Stimme ins Tonlose. Wie alle anderen männlichen Einwohner von Saaz mußten sich auch Hugo und Leo eines Morgens auf dem Marktplatz zu einem Appell versammeln, wie es hieß, um anschließend in das 25 Kilometer entfernte Postelberg zu marschieren, wo die Tschechen in einer ehemaligen Wehrmachtskaserne ein Todeslager für die Deutschen errichtet hatten. Der Bürgermeister und der Bauernführer hatten die schweren Hitlerbilder aus dem Rathaus mitzuführen, hatten im Stechschritt zu gehen und dabei schneidige Nazilieder zu singen. Als die ersten zusammenbrachen, wurden sie mit dem Gewehrkolben erschlagen. Diejenigen, die den Marsch überstanden, wurden im Lager zu Tode gequält. Plötzlich standen Tränen in Ferdls Augen, denn seine beiden Brüder waren auf diese Weise ums Leben gekommen.

Stets wird nur von Lidiče gesprochen, sagte Gretl voller Empörung, aber Postelberg war nicht weniger schlimm, doch das darf nicht gesagt werden, so etwas heißt ja dann gleich Völkerhetze.

Das eine war so grausam wie das andere, entgegnete Ferdl, und beides muß genannt werden, wenn der Haß vergehen soll. Für das, was die Regierungen anzetteln, können wir nichts, aber anständig bleiben als Menschen, das können wir immer. Diese Freiheit bleibt uns unter jeder Herrschaftsform.

Franz war beeindruckt von den Worten seines Vaters, weil er wußte, daß dies kein leeres Bekenntnis war, sondern sein Lebensprinzip, nach dem er stets gehandelt hatte. Und er erinnerte sich des tschechischen Lehrers, der den Enkelkindern des Herrn Oberlehrer Kogler täglich einen halben Liter frische Milch brachte, in einer Zeit, wo die Deutschen im Ort hungern mußten und der Rache der Tschechen ausgeliefert waren. Auch Anna mußte in diesem Augenblick den gleichen Gedanken gehabt haben, denn sie meinte, daß sie es allein Ferdls Ansehen und seiner Beliebtheit im Ort zu danken hätten, daß sie heil davongekommen waren und ihre beiden kleinen Kinder keinen Schaden genommen hatten. Ferdls Gesicht wurde so klar, beinahe durchsichtig, als würde er allen offenbaren wollen, daß nirgendwo auf dem Grunde seiner Seele etwas Düsteres, Dunkles, irgendeine Feindschaft, irgendein Haß verborgen waren. Der Geruch des Franzbranntweins, die Arzneifläschchen auf der Waschkommode, der Potechambre unter dem Bett – alles Profane, Alltägliche war vergessen. Statt dessen glich das Wohnschlafeßzimmer einem festlichen Auditorium, wo jedem Gegenstand eine höhere Bedeutung zukam.

So ist es, wiederholte Ferdl, auch in den verkommensten Zeiten kann der einzelne menschlich bleiben und auch unter einer falschen Politik seine Würde behaupten. Macht er sich aber zum Wurm, muß er sich nicht wundern, wenn er mit Füßen getreten wird.

Ausnahmsweise steckte er sich zur Feier des Tages eine Zigarette an, keine selbstgedrehte, sondern eine ganz gute, feine, eine von drüben, die er sich eigens für seinen Siebzigsten aufgehoben hatte. Er genoß sie in langsamen Zügen, lehnte sich wie in alten Zeiten behaglich in den Stuhl zurück, und es schien, als würde er Zug um Zug in wenigen Augenblicken für die Hinfälligkeit der zurückliegenden Jahre entschädigt. Mit einemmal aber bekam sein Atem wieder diesen dünnen Pfeifton, der wie ein Notruf aus dem Inneren drang und plötzlich so hell und durchdringend wurde, als riefe in ihm noch eine andere Stimme, die unheimlich war und nicht aufhören wollte, die von überallher entgegenklang, selbst noch aus den Blumen, die die Familie ihm Tage später aufs Grab legte.

Seine Freunde und Bekannten, die Willitzer Ansch, die Pötsch Else, den Binder Bepp, den Binder Sepp, den Hujer Tonsch, den Legler Franz, die Legler Resi und den Riedl Fritz sah man nicht durch das Friedhofstor gehen. Niemand wußte, wie und woher sie gekommen waren. Plötzlich standen sie alle um den Sarg, um Ferdl die letzte Ehre zu erweisen. Der Riedl Fritz, der unter den Sudetendeutschen als Grabredner Ansehen und Achtung genoß, ließ es sich nicht nehmen, aus dem Stegreif eine bewegende Rede auf seinen Landsmann Oberlehrer Kogler zu halten, der an dem Schmerz der Vertreibung gestorben war und nun in fremder Erde begraben werden mußte. Die Kränze und Gebinde türmten sich zu einem großen Hügel. Es wurde viel geweint, man drückte einander die Hände, stumm und teilnahmsvoll, und plotzlich war die Trauergemeinde verschwunden. Einzeln und zu zweit war man in die verschiedenen Richtungen zerstoben, weil noch der Ausnahmezustand herrschte und mehr als drei Personen sich laut Bekanntmachung auf der Straße nicht zusammen zeigen durften.

Für Franz Kogler lag in diesem verhuschten Auseinandergehen eine symbolträchtige Vorbedeutung, denn er empfand es plötzlich als die Selbstauflösung der Heimatgemeinde, was er im tiefsten Herzen begrüßte. Geistig verband ihn ohnehin nichts mit den

Tuchorschitzern, Liebeschitzern, Horatitzern, Dubschanern und Komotauern, denn er sah die Dinge nicht vom beschränkten Standpunkt des einzelnen, sondern als Historiker und promovierter Philosoph in den größeren Zusammenhängen einer objektiven Gesetzmäßigkeit. Es war ein Abschied, der ihm das kommende Bild der Geschichte klar enthüllte. Auch Anna war froh, daß ihnen der Ausnahmezustand die Begründung dafür lieferte, anschließend nicht noch in der Wohnung des Genossen Dr. Kogler zum Leichenschmaus zusammenzukommen. Dieses ständige wehmütige Zurückblicken war ihr eine fremde Welt, und sie atmete auf, daß die Berührung mit ihr immer seltener wurde. Dennoch wußte sie, daß Franz durch den Tod seines Vaters einen wesentlichen Teil des familiären Eingebundenseins verloren hatte. Sie fragte sich, ob sie ihm das jemals ersetzen konnte, ohne auch nur im leisesten zu ahnen, daß sich schon bald ihre Befürchtungen zerstreuen sollten.

Kogler kam schweißgebadet und völlig aufgelöst nach Hause. Nervös rauchend ging er in seinem Arbeitszimmer auf und ab, als gäbe es eine Weltenwende zu bedenken oder das Fazit seines Lebens zu ziehen. Er rief Anna zu sich und erzählte ihr, was geschehen war. Schwungvoll wie immer war er in die Parteiversammlung gegangen, und plötzlich stand er im Mittelpunkt der Diskussion. Er wußte nicht, wie ihm geschah, denn erst im Verlauf der hitzigen Debatte hatte sich ihm der Grund offenbart.

Der Bibliothekar Kenziora war während der Ereignisse gesehen worden, wie er mit anderen einen Straßenbahnwagen geschoben und umgestürzt hatte, woraufhin er zwei Tage später verhaftet worden war. Seine Entlassung aus dem Gefängnis war Anlaß, im

Institut für ein Begrüßungsgeschenk zu sammeln, und auch Dr. Kogler hatte etwas in die Büchse getan, fünf Mark, was der Institutsparteileitung gemeldet worden war. Diese hatte sogleich der Fakultätsparteileitung mitgeteilt: der Genosse Dr. Kogler habe für einen Beteiligten des konterrevolutionären Putsches am 17. Juni gespendet und müsse sich deswegen vor der Grundorganisation verantworten. Nun hielt man ihm vor, es fehle ihm an revolutionärer Wachsamkeit, denn mit dieser Spende habe er objektiv die Kräfte der Reaktion unterstützt und seinen Klassenstandpunkt verlassen. Er solle aufstehen und dazu Stellung nehmen. Noch nie in seinem Leben war Kogler derart überrascht worden. Noch nie hatte er so etwas wie eine Anklage aus den Reihen der Partei vernommen, wußte nicht, was er antworten und wie er sich verteidigen sollte, sondern sagte bloß: Ich habe mir gar nichts weiter dabei gedacht.

Es wäre ihm in dieser Situation nicht in den Sinn gekommen, zurückzufragen, weshalb denn Kenziora ein Klassenfeind sei, wo er doch wieder aus der Haft entlassen worden war und seinen Beruf weiter ausüben konnte. Kogler hätte auch nicht die Bemerkung gewagt, ob es denn überhaupt bewiesen sei, daß Kenziora einen Straßenbahnwagen umgestürzt habe, oder ob er nur auf Grund einer Verleumdung eingesperrt worden sei. Schließlich zeigte die rasche Entlassung, wie gering seine Schuld gewesen sein mußte. Kogler hätte vieles fragen können, aber er war zu aufgeregt, denn er wußte, daß er Diskussionen, die aus heiterem Himmel über ihn kamen, nicht gewachsen war. Er mußte sich die Worte vorher immer etwas zurechtlegen, mußte ein gewisses Gedankengerüst haben, das er dann im freien Vortrag gut ausschmücken konnte, aber für diese Art von Spontaneität war er nicht geschaffen. Außerdem fühlte er, wie emotionalisiert die Atmosphäre unter den Mitgliedern war, und wußte, daß in solcher Situation ein falscher Zungenschlag verhängnisvoll sein konnte. So zog er es vor, mit leicht gesenktem Haupte und betroffener Miene seine Sünde einzugestehen, ganz wie im Beichtstuhl, und wiederholte noch einmal: Ich habe mir wirklich nichts dabei gedacht. Ich habe immer eine Spende gegeben, wenn jemand mit dem Klingelbeutel zu mir kam.

Anna wußte, daß dieser zweite Satz ein Satz zuviel war, und Franz bestätigte es ihr, denn plötzlich stürzten sich die Versammelten auf das Wort »Klingelbeutel«. Nun wurde deutlich, daß eine verkappte Gottgläubigkeit im Weltbild des Dr. Kogler nistete und bei nächster Gelegenheit seine Stellung zum Atheismus prinzipiell geprüft werden mußte. Solange er noch Mitglied der Kirche ist, hieß es, wird er nie einen festen marxistischen Standpunkt beziehen können und alles halbherzig und verwaschen betrachten. Demnächst wird er ein klares Wort dazu sagen müssen, doch vorerst wolle man es angesichts seiner sonstigen Verdienste bei einer strengen Rüge wegen mangelnder revolutionären Wachsamkeit bewenden lassen.

Kogler zog es vor, nicht zu widersprechen. Er bezichtigte sich unüberlegter Kurzsichtigkeit und versprach vor der Versammlung, in Zukunft wachsamer zu sein und noch eindeutiger Position zu beziehen. Es wurde abgestimmt. Gegenstimmen gab es keine.

Kogler spürte, er war unangenehm aufgefallen, und so etwas, das wußte er, konnte der Anfang für eine Kette unliebsamer Auseinandersetzungen sein. Vor allem warf es einen dunklen Schatten auf sein weiteres Fortkommen. Er sprach noch immer sehr erregt, aber es klang nicht so, daß er von Anna einen Rat haben wollte. Allein schon ihr Zuhören beruhigte ihn und war genau das, was er von einer treuen, liebenden Gefährtin erwartete. Er begriff nicht, wie Kollegen, die sich sonst sehr höflich und freundlich ihm gegenüber zeigten, mit einemmal in der Versammlung gegen ihn aufstehen konnten. Nicht einer, der für mich Partei ergriffen hätte, sagte er enttäuscht.

Natürlich fragte er sich, wieso gerade seine Spende gemeldet worden war, und überlegte, ob das Ganze nicht eine Falle gewesen sein könnte, eine Probe aufs Exempel, um die Unzuverlässigen von den Zuverlässigen zu trennen. Es ging ihm vieles durch den Kopf. Vielleicht paßte es auch einigen am Institut nicht, daß er schon so erfolgreich publizierte – in welche Richtung seine Gedanken auch gingen: Er spürte, daß man ihm nun nicht mehr so vorbehaltlos vertrauen würde. Der Nimbus des Makellosen, Reinen war ihm genommen. Die strenge Rüge bestätigte ihm, daß die Partei alles im Blick hatte, daß sie Obacht gab und der Klassenstandpunkt keine Frage der Theorie, sondern des praktischen Verhaltens war.

Seit diesem Vorfall ging er nicht mehr mit so viel Elan in die Versammlungen, denn das Gefühl des Zusammenhalts war ihm genommen. Hätten einige für ihn gesprochen, wäre es etwas anderes gewesen, aber alle standen gegen ihn. Keiner bekannte sich dazu, gleichfalls etwas gespendet zu haben. Kogler wußte, daß dies ein Warnzeichen war. Er mußte vorsichtig sein in dem, was er tat und was er sagte; vorsichtig in jeder Hinsicht. Als Gretl davon erfuhr, hoffte sie im stillen, daß sie nun endlich in den Westen übersiedeln würden. Wenn dir das kein Signal ist, meinte sie, dann weiß ich nicht, was noch kommen soll.

Doch Franz wollte nichts davon hören. Für ihn war das Weibergeschwätz, dümmliches, banales Weibergeschwätz. Er zog sich in sein Arbeitszimmer zurück und saß in den kommenden Monaten wie angeschmiedet an seinem Schreibtisch, weil er wußte, daß er nur durch eine eigenständige wissenschaftliche Leistung das wankende Vertrauen der Genossen in ihn wieder festigen konnte.

Drei Jahre später trug der rigorose Arbeitseifer erste sichtbare Früchte, in deren Genuß die ganze Familie kam. Koglers bezogen eine sonnige Sieben-Zimmer-Etagen-Wohnung mit Bad und Balkon im Westviertel, der vornehmsten Gegend der Stadt. Die stillen gepflasterten Straßen zogen sich malerisch am Fuße der Berge hin. Inmitten der Gärten standen Villen, die oft kleinen Märchenschlössern glichen: mit verträumten Erkern, runden Türmchen, riesigen Veranden, mit Loggien und Balkonen, imposanten Freitreppen, herrschaftlichen Auffahrten und Rundbogenfenstern, die von Weinlaub umrankt waren und dem Ganzen ein wohlhabend bürgerliches Ambiente gaben. Hier im Intelligenzviertel, wo seinerzeit viele fördernde Mitglieder der SS wohnten und auch der Gaudozentenführer ein prächtiges Anwesen hatte, siedelte der alteingesessene Geistesadel neben der neuen Universitätsprominenz, konservative Akademiker neben sozialistischen Führungskadern, und über allem residierte oben am Berg in einer Bauhausvilla Seine Magnifizenz der Rektor und hatte alles im Blick. Trotz der Unterschiede in Tradition und Anspruch genoß man hier das Gefühl, unter sich zu sein. Jeder,

der auch nur im entferntesten mit der ehrwürdigen Alma mater zu tun hatte, glaubte sich von ihr akademisch geweiht und ließ schon am Gang und Gruß erkennen, daß er sich der geistigen Elite der Stadt zugehörig fühlte: erhobenen Hauptes dahinschreitend, den Blick ins Metaphysische gerichtet, leicht zerstreut, oft gedankenabwesend und immer etwas von oben herab den anderen musternd.

Mit der größten Selbstverständlichkeit wurde hier über Gartenzäune hinweg über Einzelverträge, Symposien und Dienstreisen geplaudert, und ganz beiläufig erfuhr man, daß ein paar Straßen weiter seinerzeit das erste Institut für Volkstheorie und Grenzlandkunde seine Heimat hatte und in dieses prächtige Haus später dann das erste Institut für Dialektischen Materialismus eingezogen war, was Kogler gegenüber Anna zu der Bemerkung veranlaßte, daß die Thüringer eben schon immer tüchtig und um geistige Führerschaft bemüht waren.

Hin und wieder sah man im Intelligenzviertel eine Professorengattin in weißen Handschuhen Unkraut jäten oder einen schwarzen Tatra vorfahren, der dem Nachbarn ausländische Gäste brachte. Ansonsten fühlte sich hier einer bedeutender als der andere, und nicht selten wurde fehlende Gelehrsamkeit durch Dünkel ersetzt, der hier gleichermaßen seine Tradition und noch immer seine zahlreichen Liebhaber hatte. Nirgendwo im Intelligenzviertel gab es Geschäfte, als sollte der kontemplative Charakter der Gegend erhalten bleiben. Kein Bäcker, kein Fleischer, kein Lebensmittellädchen, das die Befriedigung der alltäglichen Bedürfnisse erleichtert hätte – nur Villen und Gärten, in denen man sich von den Strapazen des Nachdenkens erholen konnte. Das andere, das

Einkaufen, mußte unten in der Stadt erledigt werden. Niemand beklagte sich hier über diese Beschwerlichkeiten, gehörte es doch zu den höheren Lebensqualitäten, fern von den Geschäften wohnen zu können. Sie störten nur die erhabene Stille, die Muße und die Geistigkeit, die über dem Viertel lag und seinen Bewohnern einen feinen Bildungsduft gab. Für Dr. Kogler war dieser Umzug nicht ein beliebiger Ortswechsel, sondern ein sozialer Aufstieg. Nunmehr besaß auch er die Aura einer akademischen Persönlichkeit, und Edda und Katharina galten als Töchter aus gutem Hause.

Schon nach kurzem hatten die beiden die nähere Umgebung erkundet und die Nachbarn in Augenschein genommen. Ihnen zur Rechten wohnte in einer noblen Jugendstilvilla ein pensionierter Konzertpianist, der ständig am Flügel saß und fast immer nur Schumanns »Wilden Reiter« spielte. Ihnen zur Linken hatte sich ein Zahnarzt niedergelassen, der im Hause seine Praxis führte und von dem erzählt wurde, daß er einen Fernsehapparat besitzen sollte. Gegenüber lebte inmitten eines parkähnlichen Gartens der bekannte Atomphysiker Professor Lidman, der oft im Ausland war, was besonders im Sommer durch das hohe Gras augenfällig wurde. Daneben wohnte in einem wunderschönen schiefergedeckten Klinkerhaus die Witwe eines Superintendenten, die die Räume im ersten Stock an ein kinderloses Germanistenehepaar vermietet hatte, das sich in der Erforschung der Stadtgeschichte besonders hervortat und in der Kreiszeitung regelmäßig Wissenswertes über Johann Friedrich den Großmütigen, den Gründer der Alma mater, publizierte. Am Ende der Straße war ein modernes Eigenheim entstanden, mit kunstschmiedeeisernem Terrassengeländer, bombastisch gedrehten Eingangssäulen und Tiefgarage. Es stand etwas zu naseweis, zu aufgeblasen neben den anderen und wurde bezogen von einem Veterinär, der für seine Zuchtbullenforschung den Nationalpreis 1. Klasse bekommen hatte. Der Mieter unter ihnen war der Stadtarchivar, ein Spezialist für alte Handschriften, der stets eine schwarze Fliege trug, so daß niemand zu unterscheiden vermochte, ob er zum Dienst oder zu einer Festlichkeit ging. Er teilte sein Domizil mit einem Altphilologen und dessen zwei Deutschen Boxern, gestromte, geschmeidige Tiere, mit denen sich Edda und Katharina rasch anfreundeten und die sie schon nach wenigen Wochen regelmäßig des Abends ausführen durften.

Den beiden Schwestern gefiel es ganz außerordentlich in dieser neuen Umgebung. Nicht nur, daß sie endlich ein eigenes Zimmer hatten und Anna den ganzen Tag über zu Hause war, um die Familie zu versorgen und Gretl zu pflegen, sondern sie genossen es geradezu, auf Schritt und Tritt wahrgenommen zu werden. Schon nach kurzem hatten sich die Söhne und Töchter aus der Nachbarschaft mit ihnen bekanntgemacht, gingen mehrmals in der Woche mit ihnen ins Kino, drängten sich in ihre Nähe, buhlten um ihre Gesellschaft, und ehe sich die Schwestern versahen, standen sie bereits im Mittelpunkt allgemeiner Aufmerksamkeit.

Edda weihte die Schwester in die Mysterien weiblicher Verführungskünste ein, zeigte ihr, wie man in Stöckelschuhen ging, wie man die Perlons und wie die Strapse trug, wie ein gutsitzender Büstenhalter auszusehen hatte und wie man sich am vorteilhaftesten schminkte. Stundenlang standen sie vor dem Spiegel, ahmten die Posen der Leinwandheldinnen nach, probierten Trippelschritte und Hüftschwenken, setzten ein puppenhaftes Lächeln auf oder formten einen Schmollmund. Besonders gut gelang ihnen der Augenaufschlag einer Unschuld, die sie in den rührseligen Liebesfilmen gesehen hatten. Immer wieder aber prüften sie mit dem Zentimetermaß aus Gretls Nähkästchen ihren Brust- und Taillenumfang, verglichen ihn mit dem der Loren, der für ihre Begriffe absolute Traummaße erreicht hatte. Aber auch ohne derlei Imitierungskünste besaßen sie eine Form von Koketterie, die unnachahmlich war und ihrer natürlichen Sinnlichkeit entsprang.

Edda besaß zum Leidwesen von Katharina als erste im Viertel einen Petticoat, den ihr die Großeltern aus Stuttgart geschickt hatten und in dem sie sich so fühlte, als würde sie selber eine aus dem Westen sein. Trug sie den Petticoat, verwandelte sie den Schulhof in einen Laufsteg. Edda ging nicht, sie schwebte. Hob ab und setzte auf und genoß es, ohne die geringsten Hemmungen mit dem Gewohnten zu brechen. Unbemerkt hatte sie den Rock ihres rot-weiß-gepunkteten Kleides etwas angehoben, damit alle die Rüschenpracht wahrnehmen und die Rose entdecken konnten, die in die Volants gesteckt war. Die Schüler drehten ihre Pausenrunden, einige grinsten, andere feixten, etliche blieben bewundernd stehen, und einer folgte ihr zum Gaudium aller in gebückter Haltung – ein Zwerg am Rocksaum einer Königin. Die Lehrer der Hofaufsicht steckten die Köpfe zusammen, tuschelten, amüsierten sich, und Edda lebte in der Bewunderung der anderen vollends auf. Ein Glanz von Selbstverliebtheit legte sich auf ihr Gesicht. Ihre Bewegungen wurden noch geschmeidiger, ihre Schritte noch weicher, ihr Rock noch wippender. Hin und wieder warf sie lachend den Kopf in den Nacken und krönte ihre Selbstdarstellungslust, indem sie im Gegensatz zu den anderen nicht etwa eine Wurststulle kaute, sondern an einem Röstbiskuit knabberte. Als das Ende der Hofpause eingeläutet wurde, schritt sie als erste zur Treppe, nahm wie eine Operettendiva auf ihrem Weg zur Krönung Stufe um Stufe hinauf zum Schulgebäude und war entrüstet über das Schubsen und Drängen, das hinter ihr entstand.

Als ein Schüler der Zwölften unter allgemeinem Johlen hinter ihr zu Fall kam, drehte sie sich lediglich pikiert um und sagte: Typisch Provinz. Das Johlen überschlug sich, der Getadelte bekam einen schamroten Kopf und Edda stieg umraschelt von Rüschen als Fleischwerdung alles Weiblichen gravitätisch treppauf.

Ihr Selbstbewußtsein gab ihr ein sicheres Urteil und einen so kritischen Blick, der die Schwester verblüffte. Edda machte auf Dinge aufmerksam, die Katharina gar nicht des Veränderns für wert hielt. Nie wäre ihr in den Sinn gekommen, den Vornamen zu ändern. Edda jedoch sah nicht ein, mit einem Namen gezeichnet zu sein, den sie für altmodisch und unpassend hielt und der ihr zufällig und ohne ihren Willen verliehen worden war. Vielleicht hatte der Vater damals seine nordisch-germanische Phase, sagte sie, oder wollte auch nur auf seine Zeitgenossen einen guten Eindruck machen – für mich ist das kein Grund, den Namen Edda zu akzeptieren, geschweige denn, mich ewig darüber zu ärgern. Kurzerhand wandelte sie Edda in Edy ab, zumal das Ypsilon dem Geist der Zeit weit mehr entsprach und das Weltoffene und Moderne unübersehbar zum Ausdruck brachte. Es war zwar nur ein Detail, aber im Detail steckte für ihre Begriffe das Ganze. Besonders gern hörte sie es, wenn Edy mit leicht englischem Akzent ausgesprochen wurde, weil dies nach großer Welt klang. Katharina tat es mit Vergnügen, schon um die Schwester in ihrem Anspruch zu unterstützen. In ihm sah sie etwas Aufmüpfiges, das ihr im tiefsten Herzen imponierte, doch ihr selber nicht recht gelingen wollte.

Als sie jüngst aus dem Kino kamen, standen sie mit ihren Verehrern noch eine Welle unter den Fliederbüschen am Gartentor. Uwe und Arnd boten den Schwestern Zigaretten an. Sie rauchten auf Lunge und mit Hingabe, kamen sich ungeheuer schick vor, und Katharina griff gleich mehrmals zu, was ein Nachbar beobachtete und Kogler in Form eines guten Rates hintertrug: Nehmen Sie Ihre Töchter streng an die Hand, Herr Doktor, sonst werden Sie eines Tages Ihr blaues Wunder erleben.

Daraufhin stand Kogler kurz vor einem Jähzornsanfall und empfing die beiden Entratenen wutschäumend an der Wohnungstür. Edda entwischte, aber Katharina packte er im Genick und führte sie zum Klassikerregal.

Von wegen dich mit Mannsbildern herumtreiben! Ich werde dich schon Mores lehren! Hier stehen die Schätze der Weltkultur, und es wird höchste Zeit, daß du dich mit ihnen zu beschäftigen beginnst. Nimm ein Buch heraus!

Wahllos und verängstigt griff sie in das Regal und hielt plötzlich »Taipi« von Herman Melville in den Händen.

Ab sofort liest du jetzt jeden Monat ein Buch. Anschließend eine schriftliche Inhaltsangabe mit genauer Personencharakteristik, und am Wochenende wird mir das vorgelegt. Und nun marsch in dein Zimmer und dich der Lektüre gewidmet!

Katharina hatte bislang bewußt dieses Regal gemieden und es stets nur als eine große dunkle Wand wahrgenommen, die etwas Erdrückendes besaß. Bücher in einer solchen Anzahl wirkten auf sie wie ein Vorwurf, weil sie ihr ständig das eigene Nichtwissen vorführten. Außerdem wußte sie auch nicht, mit welchem Buch dieser stattlichen Sammlung sie zuerst hätte beginnen sollen, und so fand sie es das Beste, alle unberührt zu lassen und wegzuschauen, wenn sie an ihnen vorüberging. Doch nun war dem Vater die Zwangseinweisung in die Schatzkammern der Weltliteratur geglückt, und es blieb ihr gar nichts anderes übrig, als sich dieser Wand zu nähern, um am Monatsende den geforderten Bericht vorzulegen. Ungerecht fand Katharina nur, daß Edy dieser Strafe entkommen war und nun nicht gleichfalls ein Buch zu lesen brauchte.

Das Gefühl, mit der Zeit und den Menschen übereinzustimmen, gab einem Mann wie Kogler, der im Geistigen wurzelte, eine große innere Bestätigung. Auf diese Weise konnte er sich in seiner eigentlichen Bestimmung als Interpret der Geschichte voll entfalten. Nichts brauchte schließlich mehr Geschick, mehr Talent und mehr Kunst, als eine vorgegebene Idee so darzustellen, daß sie jedermann verständlich war und zu kühnen Taten beflügelte. Daher sah Kogler in den Gesellschaftswissenschaftlern, den Erklärern des Sozialismus, zugleich auch die Erbauer des Sozialismus und war stolz, sich zu ihnen zählen zu dürfen.

Er spürte, daß diese Übereinstimmung mit dem politischen System ihn weit nach vorne trug und ihn immer schwungvoller die Feder führen ließ. Er genoß die Achtung seiner Kollegen und den Respekt seiner Familie und fragte sich manchmal im stillen, was es eigentlich noch zu wünschen gäbe. Er war davon überzeugt, in dem gesünderen und daher auch zukunftsträchtigeren Teil Deutschlands zu leben, was ihn immer wieder hoffnungsvoll und zufrieden stimmte. Es ging zwar alles etwas langsam voran, es sah vieles ärmlich und verwahrlost aus, und manchmal, wenn er nach Berlin fahren mußte und auf diesem trostlosen Saalbahnhof stand, wo die Menschen gleich Wegelagerern müde auf den Bänken und den Koffern hockten und nach einem Zug Ausschau hielten, vermochte er nicht mehr zu unterscheiden, ob er sich in Thüringen oder Ostgalizien befand. An allen Ecken und Enden fehlte die funkelnde Dynamik, die einer Geldwirtschaft innewohnt. Aber als Landmensch, der im Dörflichen seine Herkunft hatte, war ihm das bescheidenere Maß vertrauter, war ihm gleichsam eine Gewohnheit, die ihn anheimelte und sein Wohlbefinden nährte. Es störte ihn nicht, wenn von den Häusern der Putz abfiel oder die Dachziegel fehlten, wenn die Straßen voller Löcher waren, wenn die Beleuchtung nicht funktionierte und alles einen heruntergekommenen Eindruck machte. Unheilvoll schien ihm vielmehr eine Gesellschaft zu sein, die nur den wirtschaftlichen Erfolg zum Maßstab aller Dinge machte, die dem Mammon nachsagte und dem einzelnen die Abgründe tausendfältiger Freiheiten eröffnete, statt ihm eine höhere Orientierung zu geben.

Deshalb war Kogler ja auch immer wieder von der Theorie des historischen Materialismus fasziniert. Sie war einfach und übersichtlich, gab einen klaren Begriff von der Gesellschaft und zeichnete die Richtung vor, in die sie zu steuern hatte. Einprägsam stand ihm ihre Gliederung in Basis und Überbau, in Ökonomie und Ideologie vor Augen. Er als Gelehrter, als ein Mann des Überbaus, stand an der ideologischen Front, erläuterte wissenschaftlich die vorgegebenen Ziele und Ideen, dieweil die Männer der Basis, die Arbeiter, die werktätigen Bauern und die kleinen Gewerbetreibenden, dafür sorgten, daß die materiellen Bedürfnisse befriedigt wurden. Auch das Wesen einer Gesellschaft lag offen zutage und konnte für seine Begriffe nicht schlüssiger erklärt werden als mit der Wechselwirkung von Produktionsverhältnissen und Produktivkräften. Begannen die Produktionsverhältnisse das Wachstum der Produktivkräfte zu behindern, so mußten sie gesprengt werden, und es kam zur Revolution. Daher waren die Revolutionen die Lokomotiven der Geschichte, worin Kogler ein sehr anschauliches Bild für die Triebkräfte historischer Epochen sah. Selbst der dialektische Materialismus hatte in seiner Schlichtheit etwas Imponierendes, denn er bestimmte die Entwicklung vom Niederen zum Höheren in Form einer Schraubenbewegung, fußte auf den berühmten drei Grundgesetzen und verteidigte das Prinzip der materiellen Einheit der Welt. Wenn auch noch Gott in diesem theoretischen Gefüge seinen Platz gefunden hätte, wäre Kogler vollauf zufrieden gewesen. Mit seinem gesunden bäuerlichen Instinkt spürte er, daß auch die überzeugendste wissenschaftliche Theorie die Seele des einzelnen nie so stark berühren konnte wie selbst der wankelmütigste Glaube an Gott. Denn Religion war eben nicht lediglich ein Opium für das Volk, sondern eine notwendige Zwiesprache mit der Seele, die der historische Materialismus zwar leugnen, aber nicht abschaffen konnte. Eines Tages, daran zweifelte er nicht, würde sich dieser weiße Fleck in der Theorie ganz von alleine mit Inhalt erfüllen.

Es waren stets nur flüchtige Gedanken, doch getragen von der Gewißheit, daß die Vollkommenheit nur eine Norm des Himmels sein konnte und alles Irdische der Ergänzung bedurfte. Und was den Menschen anging, so wußte Kogler nur zu gut, daß die Summe seiner Existenz, durch Vernunft dividiert, niemals rein aufging. Immer blieb ein wunderlicher Bruch zurück. Dies galt für die Praxis ebenso wie für die Theorie, auch wenn sie noch so grundlegend und einleuchtend schien. Dennoch war für Kogler mit dem historischen und dialektischen Materialismus die ideologische Richtung abgesteckt und das Ziel der Gesellschaft deutlich markiert. Dies gab seinen Gedanken Kraft und Elan.

Doch plötzlich, an einem Februarmorgen, geriet alles ins Wanken. Es wurde ein Satz gesagt, ein einziger Satz, der seinen Glauben an die allmächtige Theorie tief erschütterte. Der Satz kam aus dem Radio, aus seinem geliebten Apparat, und fiel in einem Interview mit dem Ersten Sekretär der Partei, der gerade vom XX. Parteitag aus Moskau zurückgekehrt war. Kogler glaubte sich verhört zu haben, wartete bis zum Mittag, als die Zeitung kam, las das Interview mit Walter Ulbricht noch einmal nach, und da stand dieser Satz schwarz auf weiß, in gespensterhafter Wirklichkeit, nüchtern und karg: Stalin ist kein Klassiker des Marxismus-Leninismus.

Kogler wollte nicht wahrhaben, daß dies so kurz und bündig dahingesagt werden konnte, las die Stelle wieder und wieder, als versuchte er irgendwo einen Druckfehler zu entdecken, der auf ein Versehen oder einen Irrtum schließen ließ. Aber je öfter er diesen Satz las, um so mehr schwand der Eindruck des Zufälligen, und es schien sich in ihm das Axiom der Zukunft nebelhaft zu enthüllen. Kogler verstand nichts mehr. Alles in ihm sträubte sich dagegen, an dem zu zweifeln, was ihm als eine gesicherte Erkenntnis vermittelt worden war. Selbst wenn dieser Satz die neue Wahrheit beinhalten sollte, so mußte nach allem, was er in den politischen Schulungen gelernt hatte, mit der Überzeugung von der Wahrheit zugleich die Einsicht in ihre Quelle verbunden sein. Doch die fehlte. Bedrohlich stand dieser Satz vor ihm und wirkte wie ein Beil, das alle Begriffe von Ordnung und Kontinuität zerschlug.

Kogler hatte sich zwar einmal vorgenommen, jeglicher ideologischen Überraschung mit einer metaphysischen Haltung zu begegnen: an das zu glauben, was man nicht wußte und an dem zu zweifeln, was als sicher galt. Doch jetzt, da diese Überraschung gekommen war, gelang es ihm nicht, sich derart über das Geschehen zu erheben. Es fehlte ihm jene kühle Intellektualität, die jede Wende mit der Einsicht in dic historische Notwendigkeit zu rechtfertigen wußte. Kogler fühlte sich zurückgeworfen, verraten und im Stich gelassen. Stalin kein Klassiker des Marxismus-Leninismus. Nicht mehr, nicht weniger. Gestern hoch oben auf dem Sockel, heute gestürzt in die Tiefe. Ohne Erklärung, ohne Begründung. Gegen die alte Wahrheit wurde die neue gesetzt, eiskalt und jäh. Die Methode erschreckte ihn.

Er fand Tage und Nächte keine Ruhe. Mit brennender Ungeduld wartete er auf die Linie, aber nichts geschah. Es gab lediglich eine Parteiversammlung, die diesmal von der Fakultätsparteileitung einberufen worden war. Nicht irgendeiner – der Parteisekretär der Universität nahm das Wort, und dies deutete auf die Gewichtigkeit der Versammlung hin. Kogler war innerlich auf Auseinandersetzung, Fragen und Widerspruch gefaßt, auf sensationelle Einzelheiten und überzeugende Argumentationshilfen, aber der Redner wiederholte nur den einen Satz: Stalin ist kein Klassiker des Marxismus-Leninismus. Dann fügte er eine Bemerkung hinzu, in der sich ganz beiläufig die Linie offenbarte: Das ist die Lage, Genossen, und wir lassen uns von keinem eine rückwärtsgewandte Fehlerdiskussion aufzwingen.

Kogler sah verstohlen zu den neben ihm Sitzenden und bemerkte ihre ausdruckslosen, nahezu versteinerten Gesichter. Sie glichen aufgesetzten Masken beim Karneval, und es war schwer zu unterscheiden, ob sie aus Selbstschutz oder Überlebensnot getragen wurden. Kogler fragte sich, wo die innere Bewegung der Genossen blieb, der Ausbruch, die menschliche Regung, das Unberechenbare, Ungesteuerte, die Spontaneität. Er fühlte sich erdrückt von dieser Erstarrung und nahm sich selbst dabei nicht aus. Auch er besaß in diesem Augenblick keinen Mut, die Diskussion zu eröffnen und dem Parteisekretär Rede und Antwort abzuverlangen. Aber was sollte er auch sagen? Sollte er sich auf die erschreckenden Mitteilungen des Londoner Rundfunks aus der angeblichen Geheimrede stützen, an die es ihm widerstrebte zu glauben?

Der Parteisekretär wies darauf hin, daß für diejenigen, die alles ganz genau wissen wollten, in seinem Büro ein Informationsmaterial über die neue Entwicklung nach dem XX. Parteitag der KPdSU zur Einsicht ausliegen würde. Doch keiner machte Gebrauch davon. Auch Kogler schien es geraten zu sein, lieber nicht den Weg ins Büro anzutreten und damit zu zeigen, daß man so verwegen war, Gewißheiten erlangen zu wollen. Konnte er wissen, ob das nicht einmal als mangelndes Vertrauen in die Parteiführung gedeutet oder als zersetzender Skeptizismus ausgelegt werden würde? Überdies war ja bereits deutlich gesagt worden, daß es keine rückwärtsgewandte Fehlerdiskussion geben durfte, und darum hielt er es ohnehin für sinnlos, sich noch weiter damit zu beschäftigen.

Im tiefsten Innern hoffte er zwar, es würde doch noch eine Begründung dafür geben, wieso Stalin kein Klassiker des Marxismus-Leninismus mehr war und was an seiner Darstellung des historischen und dialektischen Materialismus falsch gewesen sein sollte, aber sie kam nicht.

Kogler ging bedrückt nach Hause. Die Denkmäler von Oken, Luden, Fries und Fichte, die seinen täglichen Weg säumten, standen im Dunkeln, weil die Straßenbeleuchtung fast schon den ganzen Februar hindurch wegen Strommangel ausgeschaltet blieb. Die Luft war winterstarr wie sprödes Glas, das zerspringen wollte, und schnitt ihm ins Gesicht. Er ging langsam bergauf. Mit 42 Jahren fühlte er sich wie ein alter Mann, den die Schicksalsschläge des Lebens gebeutelt und gezaust hatten. Er fühlte sich in seinem Enthusiasmus verraten, in seinem Vertrauen enttäuscht und kam sich wie ein Opfer, ein Ausgeplünderter vor, der um den Besitz seiner Wahrheit beraubt worden war. Jetzt, im nachhinein, machte er sich Vorwürfe, in der Versammlung ein Mitschweiger gewesen zu sein. Er hätte aufstehen und wenigstens eine eingehende Begründung des Satzes verlangen sollen. Andererseits galt es unter den Genossen als ein ungeschriebenes Gesetz, über bestimmte Dinge nicht zu reden. Die kannte man ganz einfach; die setzte man voraus. Und wer sie nicht kannte, hatte der weisen Führung der Berliner Genossen zu vertrauen. Eine Frage zu stellen, von der man wußte, daß die ehrliche Antwort das Ansehen der Partei in Zweifel zog, war nicht nur naiv, sondern geradezu unverzeihlich. Sie galt als Provokation, als ein Herauslocken dessen, was man nicht wissen wollte. Die Wahrheit im Sozialismus war eben nicht vergleichbar mit der Wahrheit anderswo. Hier besaß sie etwas Kryptisches und hatte unberührt in der Tiefe, im Dunkel zu bleiben.

Kogler war verzweifelt. Er beriet sich mit Anna. Als Frau und noch dazu als seine Frau gehörte sie zu jenen beneidenswerten Wesen, die mehr Herz als Kopf waren, was in diesem Falle etwas überaus Beruhigendes für ihn hatte, denn das Herz war weise, weil es stets in Übereinstimmung mit der Natur handelte, und der Kopf war dumm, weil er sich Sachen ausdachte, die ihm nicht guttaten. Das Herz besaß eine unendliche Masse von Totaleindrücken, der Kopf nur einen kleinen Vorrat von Begriffen. Insofern war Anna klüger als er. Sie vermochte zwar nicht, einen Vorgang tiefgründig zu durchdenken, besaß aber in ihrer schwäbisch-hellsichtigen Art eine geistige Wendigkeit, die sie stets zielstrebig zum Kern der Dinge führte, was für Franz meist ein Impuls war, seine Gedanken in diese Richtung zu lenken. In bewegten Situationen wirkte das immer wieder beruhigend auf ihn. Mit diesem Satz sei ja nicht die Theorie in Frage gestellt, meinte sie, sondern die Verirrungen einer einzelnen Person. Obwohl er im stillen geneigt war, ihr recht zu geben, vermochte er doch nicht die Theorie von ihrem führenden Theoretiker zu trennen, wollte von Verirrungen nichts wissen und bemerkte dazu lediglich, daß kein Mensch auf dieser Welt unfehlbar sei. Es widerstrebte ihm, seine Gedanken in diese Richtung zu lenken. Er spürte zum zweiten Mal einen Bruch in seinem Leben, und er stellte sich vor, wie Millionen führungslos gewordener Werktätiger gleich ihm nach einem neuen politischen Halt suchten.

Katharina und Edda bemerkten, daß die Einrichtung der neuen Wohnung wiederum von einer Schlichtheit, um nicht zu sagen Ärmlichkeit war, derer sie sich schämten. Inzwischen kamen sie häufig in die Wohnungen der Nachbarn, wurden von den Professorentöchtern zu Hausbällen eingeladen und sahen, was stilvolle Gediegenheit, Geschmack und Eleganz bedeuteten. Die meisten wohnten ohnehin nicht zur Miete, sondern in eigenen Häusern, deren Zimmer Parkettfußböden hatten, Schiebetüren und Veranden. In den Erkern standen nicht selten große Bechstein- oder Blüthner-Flügel, die den Wohnungen etwas Nobles gaben und auf eine musische Atmosphäre schließen ließen. Die Schwestern vermißten dies bei sich zu Hause und begriffen, daß sie eigentlich zu den Ärmsten unter den Intelligenzkindern gehörten, den Proletariern, wie Edda es nannte. Franz und Anna jedoch waren mit dem Vorhandenen zufrieden. Natürlich wurde oft von der komplett eingerichteten Vier-Zimmer-Wohnung gesprochen, die sie in Prag stehenlassen mußten und an der Anna besonders gehangen hatte, weil diese Wohnung ihre Aussteuer war und eigentlich das ganze Vermögen, das sie mit in die Ehe gebracht hatte. Aber seit der Aussiedlung sprachen sie mit einer seltsamen Gleichgültigkeit von allen Formen des Besitzes, wohl weil sie wußten, wie nichtig diese Dinge werden, wenn es gilt, mit dem Leben davonzukommen. Es schienen für sie nur noch Äußerlichkeiten zu sein, die zu erlangen keine Anstrengung mehr lohnte. Besitz war für Kogler längst das, was man inwendig trug, und dies kam Anna sehr entgegen. Ein Buch zu lesen, hielt sie für sinnvoller, als den Tag damit zu vertun, wegen eines passenden Möbelstücks von Geschäft zu Geschäft zu laufen, um hinterher enttäuscht festzustellen, daß es das, was sie suchte, ohnehin nicht gab. Das wenige, was sie besaßen, genügte ihr.

Und doch war es ihre Art zu leben, die den Eindruck von Kärglichkeit immer wieder aufhob. Sie hatte in allem etwas Großzügig-Verschwenderisches und konnte nicht sparen. Sie wollte es auch nicht, denn mit ihrer Freude am Geldausgeben holte sie nach, was ihr in der Jugend verwehrt worden war. Hundertmal hatte ihre Mutter den Pfennig umgedreht, bevor er einmal ausgegeben wurde. Nie bekam Anna, was ihr gefiel oder was ihr Herz begehrte. Schönheit zählte nicht, nur der Zweck. Die Schuhe, die sie trug, mußten gut besohlt, der Mantel warm und die Tasche verschließbar sein. Ein Rock für das Jahr genügte. Im Winter hatte er mit warmen Unterröcken getragen zu werden, im Sommer ohne. Anna litt unter dem drakonischen Sparregime, zumal ihre Eltern nicht arm, sondern recht wohlhabend waren und es gar keinen Grund gab, sich ständig Wünsche versagen zu müssen. Gerne hätte sie einmal über das Notwendige hinaus ein Rüschenkleid, ein Silberkettchen oder eine Spange fürs Haar besessen. Gerne hätte sie die erwachende Weiblichkeit geschmückt, aber allein schon die Äußerung eines solchen Wunsches wäre ein Frevel gewesen, denn es mußte schließlich gespart werden, damit es einem später einmal besser ging und man die Früchte seiner Arbeit genießen konnte.

Dieses ständige Verzichten und sich einschränken müssen empfand Anna wie die Verstümmelung aller Lebendigkeit, wie den großen grauen Schatten, der über ihre Jugend dahinzog, alles schmuck- und glanzlos machte und jede Freude schon im Keime erstickte. Und dann, als die Inflation über Nacht das ganze Geld wertlos gemacht und Jahre später der Krieg den Besitz genommen hatte, kam ihr alles Sparen erst recht sinnlos vor, und sie fragte sich, wozu entbehren und verzichten gut sein soll, außer daß man sich selber der Lust am Dasein beraubt. Sparen war nicht Verdienen, wie ihre Mutter immer sagte, Sparen war für Anna nach all den Erfahrungen die höchst überflüssige Einengung des Lebensradius. Es war die Trostlosigkeit und der Selbstbetrug, den man sich aus nichts anderem denn aus Gründen des guten Gewissens auferlegte, um vor seinen Mitmenschen als fleißig und redlich dazustehen und sich später einmal nicht vorwerfen zu müssen, verschwenderisch und unbedacht drauflosgelebt und den Kindern nichts hinterlassen zu haben. Doch dies wäre der letzte Vorwurf gewesen, den sich Anna gemacht hätte. Sie fand vielmehr, daß es darauf ankam, sich den Augenblick so schön wie möglich zu machen, denn der Augenblick zählte. Er legte das Fundament für ein Wohlbefinden; er schuf die schönen Erinnerungen, aus denen die Zuversicht entsprang. Wünsche, die sich Anna heute erfüllte, gaben ihr die Freude, die sie brauchte, um morgen vielleicht schon ein Dilemma zu überstehen. Sie wußte nur zu gut, was »dem Übel vorbauen« bedeutet. Als der Krieg kam, konnte sie nicht einmal sagen, daß sie wenigstens eine schöne Jugend gehabt hatte. Es gab nichts Erfreuliches, auf das sie hätte zurückblicken können. Es fehlten ihr die schönen inneren Bilder, die auch an düsteren Tagen ein Leuchten in die Seele tragen.

Um so mehr war Anna darauf bedacht, daß ihre Töchter all das bekamen, was ihr verwehrt worden war. Was ihnen gefiel, wurde gekauft. Sie fragte nicht, ob es nötig oder sinnvoll war. Sie erfüllte die Wünsche, um ihnen eine Freude zu machen, und war großzügig bis zur Verschwendung. Sie selber hatte Spaß daran, sich ständig Strümpfe zu kaufen, die sie in den hintersten Winkeln ihres Wäscheschrankes deponierte. In allen Braun- und Grautönen legte sie sich Vorrat um Vorrat an und führte immer ein Ersatzpaar in ihrer Handtasche mit aus Angst vor Laufmaschen, die sie für das Symbol alles Liederlichen und Verwahrlosten hielt. Erst waren es Seidenstrümpfe, dann Perlonstrümpfe mit Naht und schließlich nahtlose Perlons. Strümpfe über Strümpfe, Berge von Strümpfen und dazu Lederhandschuhe, gefütterte und ungefütterte, aus feinem Material, in allen Variationen, die sie aber nie trug. Es fehlte stets das dazugehörige elegante Kostüm oder der entsprechende Mantel, weil bei derartiger Ökonomie nie das Geld für eine solche Anschaffung vorhanden war. Kogler übergab ihr Monat für Monat geschlossen sein Gehalt, immer in dem Glauben, daß sie es sinnvoll verwende und ein Leben mit zwei Töchtern ohnehin keine Ersparnisse übriglasse. Für ihn war es daher ganz normal, daß über den Erwerb eines teuren Stückes, wie eines Mantels, lange im Familienkreis beraten wurde. Zigmal wurde das Vorhaben hinausgezögert, immer wieder verschoben und dann, wenn der Kauf unumgänglich war, reichte es wieder nur für ein billiges HO-Konfektionsmodell. Dies betrachtete Anna selbstverständlich stets nur als Übergangslösung, bis eine gute Schneiderin oder ein besseres Modell gefunden waren. Gewöhnlich aber ging sie gar nicht mehr auf Suche, weil sie ja gerade erst einen Mantel gekauft hatte, der schließlich auch nicht umsonst zu haben gewesen war und erst einmal abgetragen werden mußte.

Auch über die Anschaffung eines Fahrrads wurde noch immer im Familienkreis beratschlagt und zum hundertsten Male die Frage erörtert, ob eine solche Geldausgabe überhaupt nötig sei und ob es nicht doch noch dringlichere Anschaffungen gäbe. Meist zog dann Gretl das Fazit mit der Bemerkung: Wir sind halt arm. Wir können uns das nicht leisten. Schließlich haben wir alles verloren.

Dann stand wieder das Umsiedlerthema im Raum, das keiner am Familientisch mehr hören mochte. So war es wohl gerade Annas Lebensstil, dieses sorglose Geldausgeben, diese Unbekümmertheit im Anschaffen überflüssiger Dinge, dieser allgegenwärtige Hauch von Verschwendung, der den Schwestern das Gefühl gab, aus gutsituierten Verhältnissen zu kommen.

Franz interessierten diese alltäglichen Dinge nicht, und er war froh, daß er mit ihnen nichts zu tun hatte, denn ihn beschäftigten ganz andere Fragen. Er wartete noch immer auf eine Enthüllung, eine Erklärung von oben, weshalb Stalin kein Klassiker des Marxismus-Leninismus war und ob es wirklich stimmte, daß er Verbrechen begangen habe, wie der Westen behauptete. Aber ringsum herrschte noch immer Schweigen. Vielleicht war es Angst, vielleicht Erfahrung oder gar Vernunft, daß seine Kollegen am Institut diesem Thema auswichen und niemand auch nur annähernd auszusprechen wagte, was die meisten bewegte. Nur das andere, das Ungesagte, fand in aller Schnelle und aller Stille statt: Stalins Kopf verschwand aus der Scherervignette der Klassiker, so daß auf den Buchdeckeln nur noch Marx, Engels und Lenin zu sehen waren. Stalins Werke verloren ihren Platz in den öffentlichen Bibliotheken und durften als Quelle von den Wissenschaftlern nicht mehr zitiert werden. Kogler wagte es dennoch in einem Fachbeitrag, mehr aus Trotz denn aus Treue, und mußte sich gleich nach der Abgabe des Manuskripts vom Genossen Chefredakteur sagen lassen, daß er nichts von der Dialektik der Geschichte begriffen habe. Stalinstadt wurde ohne Aufsehen in Eisenhüttenstadt umbenannt. Die Stalinallee in Berlin erhielt den Namen von Karl Marx, und das Denkmal des einstigen Führers des Weltproletariats war über Nacht abgetragen worden.

Dies alles schienen Kogler sichere Anzeichen, daß sich hinter dem bewußten Satz eine Wahrheit verbarg, die aus dem Gedächtnis der Massen gelöscht werden sollte. Er wußte nicht mehr, was falsch und was richtig, was gut und was schlecht war und woran er sich überhaupt noch halten konnte.

Eines Abends holte er aus seinem Nachtschränkchen zum ersten Mal nach vielen Jahren wieder die

Bibel hervor, wischte mit einem Taschentuch den Staub ab, schlug Prediger 1,14 auf und fand innere Ruhe und Abstand zu dem Geschehen.

Gretl sah sehr genau, daß Anna nicht sparsam wirtschaften konnte. Aber sie schwieg, denn sie war wegen ihres Rheumas auf Pflege angewiesen. Gretl lag fast nur noch im Bett, litt zunehmend an Stuhlverstopfung und war selig, wenn Anna saure Pflaumen nach Hause brachte, die so heilsam auf ihre Verdauung wirkten und die stockenden Säfte wieder in Gang brachten. Die Frage nach den Arschmarterln war stets die erste Frage, sobald Anna aus der Stadt kam. Hielt sie die Tüte wie eine Siegestrophäe ihrer Schwiegermutter entgegen, dann pries Gretl die Frau ihres Sohnes als ein Geschenk des Himmels. Seit Anna weder Zeit noch Mühe scheute, um die ersehnten Arschmarterln aufzutreiben, ließ Gretl nichts mehr auf ihre treusorgende und verständige Schwiegertochter kommen. Selbstverständlich hatte sie längst die Führung des Haushalts aus den Händen gegeben und ließ Anna schalten und walten. Lediglich an den Sonntagen stand sie ihr noch mit Rat zur Seite, weil Franz nicht auf sein gutes böhmisches Sonntagsessen verzichten sollte. Auch sitzende Tätigkeiten wie Nähen und Flicken konnte Gretl noch übernehmen, aber schon nach wenigen Stunden versteiften sich ihre Gelenke, so daß sie wieder das Bett hüten mußte und nur dann aufstand, wenn die Arschmarterln ihre wohltätige Wirkung zeigten.

Die größte Sorge jedoch schien Gretl einzig und allein um ihre Enkelinnen zu haben. Sie wurden von Tag zu Tag hübscher, und das beunruhigte sie. Die dichtbewimperten Augen, der üppig verlangende

Mund, das glänzende volle Haar – all das war in Gretls Augen ein Unglück. Schönheit bei einer Frau hielt sie geradezu für eine Strafe, war doch die Frau dadurch permanent gezeichnet und geriet ohne ihr Zutun in den Mittelpunkt der Aufmerksamkeit. Ein schönes Geschöpf konnte noch so gute Vorsätze haben und noch so sittsam leben wollen – die Männer ließen es nicht in Ruhe. Ging es um ihre Lust, dann zweifelte Gretl keinen Augenblick daran, daß sie zu unersättlichen Tieren wurden, die eine solche Frau jagten und bedrängten, bis sie nachgab und in ihren Armen Tugend und Prinzipien vergaß. Darin sah sie die Gefahr, der ihre Enkelinnen zwangsläufig ausgeliefert waren, und darum ließ sie keine Gelegenheit ungenutzt, um sie immer wieder zu warnen: Wenn euch so ein damisches Mannsbild nachsteigt, wenn seine damische Bocksnatur ihm schon von weitem aus den Augen springt, wenn er bettelt, säuselt und fleht und euch das Blaue vom Himmel verspricht, dann denkt immer daran: Ihr müßt sein wie ein Stein. Jawohl, nur so könnt ihr einen geraden Weg gehen. Sein wie ein Stein – das ist das Allerwichtigste.

Gretl nutzte natürlich jede Gelegenheit, um ihrem Sohn die Gefahren zu schildern, die sich aus der äußeren Erscheinung seiner Töchter ergaben, sah sie von Verführung und Verlockung bedroht, in schlechte Kreise geraten und Opfer der Sünde werden. Kogler fand derlei Befürchtungen zwar übertrieben, aber nahm sie auch nicht auf die leichte Schulter. Vater zweier wohlgeratener Geschöpfe zu sein, schien ihm immer noch erfreulicher, als sich mit zwei unschönen Frauenzimmern herumplagen zu müssen. Zudem waren Edda und Katharina Mitglieder der FDJ, die ein straffes Jugendleben organisierte, mit der Kompaßbewegung klare Aufgaben stellte und auf eine saubere Einstellung zur Moral orientierte. Sie erfüllten vorbildlich ihre außerschulischen Verpflichtungen: Katharina war im Zirkel für Agitation und Propaganda und stellte gute Rezitationsprogramme zusammen; Edda trainierte in der Basketballmannschaft und erwarb das Sportleistungsabzeichen in Gold. Er sah nichts von Bedrohung und Verführung, sondern konnte nur feststellen, daß die beiden zu körperlich und ideologisch gesunden Menschen heranwuchsen. Überdies ging aus den Reden des Jugendführers der FDJ klar hervor, daß dort, wo der Geist des Neuen Wurzeln schlägt und große Ziele gestellt sind, kein Platz für Laster und Ausschweifung sein kann. Kogler war zufrieden mit der Entwicklung seiner Töchter, was er im stillen natürlich auch sich selber zugute hielt, zumal er sich alle Mühe gab, sie im Sinne des Fortschritts zu erziehen und ihnen einen festen Klassenstandpunkt mit auf den Weg zu geben.

Und doch verfehlten Gretls ständige Befürchtungen nicht ihre Wirkung, denn er nutzte intensiver als zuvor die täglichen Begegnungen beim Abendbrot, um das Interesse seiner Töchter auf die höheren, die gesellschaftspolitischen Fragen zu richten. Anschaulich erläuterte er ihnen die Aufbauphasen des Sozialismus, schilderte, wie das Eigentum in die Hände des Volkes überging, erklärte, was ein subversives Element, ein Volksschädling, ein Diversant und ein Bonner Ultra war, was es mit dem Pro-Kopf-Verbrauch der Bevölkerung auf sich hatte und wie die These vom Einholen und Überholen gesehen werden mußte. Obwohl es der Schulstoff noch nicht verlangte, hielt er meist noch ein kleines Privatissimum über die Elemente der Dialektik, die Stalin im Gegensatz zu Lenin für die Volksmassen knapp und einprägsam formuliert hatte, und kam abschließend meistens noch zu den drei Quellen des Marxismus, die seine Töchter kennen mußten, wenn sie sich positiv in Diskussionen hervortun wollten.

Daß Edda und Katharina stets aufmerksam zuhörten, deutete Kogler als ein Zeichen von Lernwilligkeit und Wunsch nach klarer Zukunftsorientierung. Die beiden jedoch fragten sich nach solchen Unterweisungen, weshalb sie eigentlich noch sonntags in die Kirche gehen mußten. Der Vater besuchte nie einen Gottesdienst, weil Sonntag der einzige Tag war, an dem er ausschlafen konnte, und weil er überhaupt zu den Glaubensdingen in einem besonderen Verhältnis stand. Anna spielte sogar mit dem Gedanken, aus der Kirche auszutreten, weil der Pfarrer ihr jüngst 80 000 Jahre Fegefeuer als Strafe angedroht hatte, falls sie noch einmal das Hochamt versäumen sollte, und Gretl blieb zu ihrem Leidwesen der heiligen Messe fern, weil sie nicht mehr laufen konnte. Nur Edy und Katharina mußten tun, was niemand in der Familie tat, und sahen darin immer weniger einen Sinn. Deshalb gingen sie auch geschminkt und auffällig gekleidet zum sonntäglichen Gottesdienst, um jederzeit sagen zu können, daß sie auf dem Weg ins Kino waren, falls ihnen einer ihrer Bekannten begegnen und sie nach dem Wohin fragen sollte. Sie schämten sich, katholisch zu sein. Ihre Mitschüler waren alle evangelisch, was ihnen viel besser gefiel und viel heiterer und freundlicher vorkam, als dieser starre, in Demut ersterbende katholische Glaube.

Das Widersinnigste schien ihnen die Ohrenbeichte zu sein, die sie schon seit Jahren mieden. Denn sie sahen nicht ein, weshalb sie einem Menschen Dinge offenbaren sollten, die keinen Menschen etwas angingen, und wollten dem jungen Herrn Kaplan auch nicht bekennen, daß sie Unschamhaftes gern angeschaut, gern angehört, gern gedacht, gern geredet, gewünscht und getan hatten. Allein oder mit anderen. Ohnehin hielten sie die Unkeuschheit nicht für eine Sünde, und die richtigen, die Todsünden, konnte in ihren Augen kein Sterblicher erlassen, so daß ihnen die Beichte nur als eine kirchlich sanktionierte Form des Aushorchens erschien, ein unzulässiges weltliches Eindringen in das Seeleninnere der Gemeindemitglieder, was ihnen absolut unchristlich erschien.

Selten waren sich die Schwestern so einig wie in ihrer Aversion gegen das Katholische. Es hatte etwas Bußfertiges und Kniefälliges an sich, und es wohnte ihm so viel Gehorsam und eine so gestelzte und verknöcherte Moral inne, daß sie stets den Eindruck hatten, ins Mittelalter versetzt zu sein und mit einer dunklen Zeit Berührung zu nehmen. Schon das Kirchengebäude war ihnen unangenehm. Es hatte nichts Offenes, Helles und Freies wie die evangelische Kirche, die auf der erhöhten Seite der Straße stand, einen schönen Haupteingang besaß, einen sonnigen Vorplatz und die von allen Seiten weithin und auf den ersten Blick zu erkennen war. Das katholische Gotteshaus lag direkt gegenüber, allerdings an der abschüssigen Seite der Straße, stand wie in das Erdreich eingesenkt, versteckt und verwinkelt, von hohen alten Bäumen auf ein kleines, unscheinbares Plätzchen zusammengedrängt, als dulde die Natur eine Ausdehnung dieses Baues nicht. Die hohen dicken Kirchenmauern warfen dunkle Schatten auf den Vorplatz, die Katharina und Edda wie der Widerschein der ewigen Finsternis anmuteten. Betraten die Besucher den schattigen Vorplatz, bekamen ihre Gesichter sogleich etwas Verschlossenes. Die Worte wurden bedächtig, die Schritte schwerfällig, die Heiterkeit versiegte, alle Leichtigkeit verschwand, und ein weihevoller Ernst drückte die Gestalten nieder. Selten war auf dem Kirchplatz ein Einheimischer zu sehen. Edda hätte sich gern einmal an einer noblen Erscheinung erfreut, aber es waren meist nur alte, armselig gekleidete Frauen, die aus allen Himmelsrichtungen hier zusammenströmten, meist im ostpreußischen oder schlesischen Dialekt sprachen und den Gottesdienst in ein Ritual der Schwermut verwandelten. Immer kam es den Schwestern so vor, als hätte Gretl mit ihrer kolossalischen Breite und ihren unverrückbaren Grundsätzen in den Kirchenbänken Platz genommen und stimmte die Lieder ihrer Jugend an, die eine düstere Melancholie aufsteigen ließen. Edda und Katharina fühlten sich fremd in dieser Umgebung, eingeschlossen in das Vergangene, und fanden, daß es an der Zeit war, ihren Vater zur Rede zu stellen.

Um keinerlei Anlaß zu einer Verärgerung zu geben, verzichteten sie darauf, ihm Sonntag nachmittags die Stunde abzubetteln, in der sie in seinem Arbeitszimmer an seinem Rundfunkgerät die Hitparade von Radio Luxemburg hören konnten, warteten einen Tag ab, an dem er gutgelaunt und fröhlich nach Hause kam, und dann faßte Katharina den Mut. Am Abendbrottisch im Beisein von Gretl fragte sie den Vater, weshalb sie eigentlich noch zur Kirche gehen mußten, wo sie doch in der Schule hörten, daß es gar keinen Gott gab und dieser nur erfunden sei, damit der Mensch in ihm sein eigenes Wesen anbeten könne.

Edy war verblüfft über die aufmüpfige Argumentation der Schwester, aber sie wußte, ihr würde der

Vater die Frage nicht übelnehmen, hatte doch Katharina die besseren Zensuren und galt in der Schule als aufgeschlossen und fortschrittlich. Katharina wagte sogar noch hinzuzufügen, daß ihr der Weg in die Kirche schon darum unverständlich sei, weil doch der Vater so ein guter Genosse war und den Marxismus so genau studiert hatte.

Im stillen erwarteten die Schwestern ein Donnerwetter, stand es ihnen doch nicht zu, Dinge zu berühren, die als unantastbar galten. Sie saßen bereits leicht geduckt, damit sein Zorn über sie hinweggleiten konnte, doch Kogler griff nur mit einer sichtlich sich verfinsternden Miene nach seinem geliebten Meerrettich, strich ihn bedächtig auf das Brot, kaute langsam, als sei er froh, seinen Mund mit anderen Dingen denn mit Sprechen beschäftigen zu können, und sagte schließlich: Das ist eine sehr komplizierte Frage. Er schaute bewußt an seiner Mutter vorbei, deren Blicke mit lauernder Strenge auf ihn gerichtet waren, weil sie ein Bekenntnis des Sohnes zu seiner Herkunft und seiner Erziehung hören wollte.

Da müßte ich jetzt weit, sehr weit ausholen, um das zu erklären, sagte Kogler, aber auf keinen Fall kann es euch schaden, in die Kirche zu gehen.

Du bringst die Kinder in einen schulischen Konflikt, entgegnete Anna. Edda und Katharina wußten zwar, daß dem nicht so war und bislang noch kein Lehrer danach gefragt hatte. Sie verspürten bloß keine Lust mehr, einem Ritual zu gehorchen, in dem sie keinen Sinn sahen. Doch sie widersprachen Anna absichtlich nicht, um kein familiäres Dilemma heraufzubeschwören.

Es mögen noch so viele Theorien in die Welt geblasen werden, sagte Gretl, das Gottlose hat keine

Chance, und an ihren Sohn gewandt, fügte sie erregt hinzu: Wenn du deinen Töchtern erlaubst, ihren Glauben aufzugeben, dann bringst du mich ins Grab. Kogler erschrak über Gretls Heftigkeit und meinte verärgert: Ich sagte euch ja, das ist eine komplizierte Frage, die wir doch nicht ausgerechnet heute erörtern müssen!

Dann stocherte er mißmutig in seinem Liptauer herum, an den Anna wieder einmal viel zuwenig Zwiebeln und viel zuwenig Kümmel getan hatte, fand das Brot altbacken und fad, ärgerte sich, daß kein Schnittlauch auf dem Tisch war, und beschimpfte Anna, weil sie sich so wenig Mühe mit dem Essen gab. Da sich seine Stimme bedrohlich hob, zogen die Schwestern es vor, nicht weiter in ihn zu dringen. Auch Anna sagte nichts, weil sie wußte, daß jedes Wort in einer solchen Situation seine Gereiztheit zu einem Wutanfall steigern würde. Es war immer so, wenn er sich innerlich unsicher und in einem Widerspruch ertappt fühlte. Edda und Katharina verließen wortlos den Abendbrottisch, bezichtigten ihren Vater im stillen der Inkonsequenz und gingen enttäuscht zu Bett.

Der bevorstehende Besuch von Annas Eltern sorgte für neue Aufregung. Die Wohnung wurde auf Hochglanz gebracht, Fenster geputzt und Gardinen gewaschen, die Teppiche geklopft und die Messinglampen poliert. Die Stuttgarter sollten einen guten Eindruck bekommen. Vor allem wollte Anna zeigen, daß man es auch unter hiesigen Verhältnissen zu einem schönen Zuhause gebracht hatte, daß es ihnen gutging und keiner von ihnen Franzens damalige Entscheidung – den Zug in den Osten zu nehmen – zu bereuen brauchte. Gleichzeitig stiegen auch die Erwartungen von Tag zu Tag. Gretl hielt die Stuttgarter für vermögend. Außerdem kamen sie von drüben, aus dem Land des Wohlstands, denn wer drüben lebte, dem ging es für ihre Begriffe von vornherein gut, und wenn es ihm nicht gutging, dann war er kein tüchtiger Deutscher und selber an seiner Lage schuld. Jeder tüchtige Deutsche war drüben wieder auf die Beine gekommen und hatte es zu was gebracht. Die drüben konnten reisen, wohin sie wollten, bekamen alles zu kaufen, kannten keinen Mangel und kein Schlangestehen. Sie lebten auf der Sonnenseite, und darum erwartete Gretl reiche Gaben. Katharina und Edda hofften auf Nietenhosen, Nickis und Nyltestblusen, weiße Nyltestblusen, die man nicht mehr zu bügeln brauchte. Vielleicht hatten die Großeltern aufmerksam ihre Briefe gelesen und wußten, was ihnen eine hellbraune Velvetjacke bedeutete.

Obwohl auch Kogler sich schon im stillen auf die feinen Havannas freute, die sein Schwiegervater ganz sicher mitbringen würde, war für einen Mann in seiner Position der Westbesuch eine zwiespältige Angelegenheit. Wessen Verwandtschaft nicht drüben wohnte, dem blieb so mancher Konflikt erspart. Aber es ließ sich nun mal nicht leugnen, daß seine Schwiegereltern in Stuttgart ansässig waren, und so erwähnte er ganz beiläufig gegenüber dem Parteisekretär des Instituts den bevorstehenden Besuch, schon um sicher zu gehen, daß man ihm später keine Vorhaltungen machen konnte. Kogler hatte zwar nie erklären müssen, keine Westkontakte zu haben. Aber er wußte, daß es nicht gern gesehen war, wenn Genossen des Instituts Besuch von drüben empfingen. Nach dieser beiläufigen Mitteilung fühlte er sich innerlich erleichtert, denn nun konnte kommen, was wollte – er hatte, ohne verpflichtet zu sein, seine Pflicht getan.

Am Tag der Ankunft stand Anna in aller Herrgottsfrühe auf und bereitete eine große Menge Spätzleteig, denn sie wollte ihre Eltern mit dem schwäbischen Leibgericht empfangen und zeigen, daß sie nichts verlernt hatte. Sie legte das beste Damasttischtuch mit den dazugehörigen Servietten auf, holte das gute Fürstenberg-Speiseservice aus dem Schrank, das sie jüngst erst gekauft hatte, stellte die neuen Weingläser auf den Tisch, gab ihren Töchtern noch einmal die Instruktion, sich gut zu betragen, vor allem höflich zu sein und ihr zur Hand zu gehen. Dann endlich war es soweit: Helen und Walter Lippertz fuhren in einem weißen Opel Rekord vor. Lautlos und elegant schwebten sie ein.

Anna, die zu ihrer Mutter ein eher distanziertes Verhältnis hatte, weil sie ihr stets streng und unnahbar erschienen war, sah sich plötzlich einer weißhaarigen zierlichen Frau gegenüber, deren graue Augen den so gefürchteten kalten Blick verloren hatten. Voller Herzlichkeit ging sie auf ihre Tochter zu und hielt sie lange in den Armen. Es war ein Augenblick, in dem sich erfüllte, was sie in ihrer Kindheit ersehnt hatte. Annas Mutter weinte, als sie nach vielen Jahren ihre beiden Enkelinnen leibhaftig vor sich sah und nicht fassen konnte, zwei so schönen jungen Damen gegenüberzustehen. Edda und Katharina wußten zwar vom Erzählen, daß die Lippertz sehr vornehme Leute waren, aber derart nobel hatten sie sich ihre Großeltern nicht vorgestellt. Ihre Eleganz übertraf alle Erwartungen. Die Persianerjacke von Helen Lippertz, die zierliche Brille, die sie an einem goldenen Kettchen trug, der graue Schurwollanzug des Großvaters mit der dazu passenden Weste – alles verriet eine andere Welt. Edda war entzückt. Sie wich ihren Großeltern nicht mehr von der Seite, als sei sie darauf bedacht, in den Genuß ihrer ungeteilten Gunst zu gelangen und der Schwester damit etwas ganz Wesentliches vorauszuhaben.

Es wurden Koffer, Tüten und Taschen neunzig Stufen hinauf in die Wohnung getragen, wo Franz und Gretl in Sonntagskleidern an der Tür standen, um Annas Eltern willkommen zu heißen. Gretl hatte zwar stets etwas abfällig von den schwäbischen Herrschaften gesprochen und sie darum beneidet, daß sie seinerzeit durch die Bomben nur ihre Wohnung und die Möbel verloren hatten, während Gretl aus der Heimat vertrieben worden war. Des öfteren hatte sie mit Anna darüber gestritten, was schlimmer sei – ausgebombt oder ausgesiedelt zu werden –, aber jetzt, da die Stuttgarter vor ihr standen und die Spuren des Alters auch an ihnen nicht vorübergegangen waren, gab es kein Aufrechnen von Schicksalsschlägen mehr, und Gretl war glücklich, sie nach all den Jahren wiederzusehen. Jeder spürte, daß mit dem Besuch etwas Stilvolles in die Wohnung gekommen war. Anna bemerkte zwar die Betroffenheit, mit der ihre Mutter die Umgebung in Augenschein nahm, wurde sich in diesem Augenblick auch der Dürftigkeit der eigenen Verhältnisse bewußt, aber vermied es, das Wieso und Warum zu berühren. Vielmehr war sie froh, daß ihre Mutter in dezenter Art rasch den gemeinsamen Nenner gefunden hatte, indem sie immer wieder betonte: Hauptsache, ihr seid alle gesund.

Zum Empfang gab es Spätzle mit Käse überbacken, anschließend Wein und Gebäck, Rumkirschen und

Traubenkompott in üppiger Menge. Es wurde getafelt wie zu Annas Hochzeit. Es wurde viel erzählt und viel gelacht, und plötzlich stand ein Karton auf dem Sofa, ein Paket von kolossalen Ausmaßen, ein Riesenpaket, ein Prachtpaket. Die Augen der Koglers begannen zu leuchten, und die beiden Schwestern fieberten vor Ungeduld dem Öffnen des Paketes entgegen. Dies war der Augenblick, wo der Westbesuch wirklich zum Westbesuch wurde, weil von ihm Dinge kamen, die sie selbst für Geld in keinem Geschäft kaufen konnten. Es war das Ausgefallene, dem schon auf den ersten Blick die Herkunft anzusehen war und das dem glücklichen Besitzer das Gefühl gab, das Besondere selbst zu sein.

Kogler erhob sich, knöpfte feierlich sein Jackett zu und schritt zum Paket wie zu einem Festakt. Er sah die Ungeduld auf den Gesichtern seiner Töchter und ging daher betont langsam, um erzieherisch Geduld zu demonstrieren. Obwohl die Geschenke für alle bestimmt waren, sah es Kogler für ganz selbstverständlich an, das Paket als erster zu öffnen, weil dem Oberhaupt der Familie alle wichtigen Handlungen vorbehalten waren. Die Spannung einer Heiligabenderwartung lag im Raum. Säuberlich knotete Kogler das breite rote Schmuckband auf, denn es widerstrebte ihm, ein so schönes Band leichtfertig zu zerschneiden. Er gab es Anna zum Zusammenrollen und Aufbewahren. Als er den Deckel des Paketes öffnete, strömte ihm ein Duft von Bohnenkaffee, Seife, Schokolade, Gewürzen und Leder entgegen: der Wohlgeruch westlichen Wohlstandes. Dann griff er lustvoll in den Karton, der für die Schwestern groß und größer wurde und die Gestalt einer riesigen Zauberkiste annahm, aus der märchenhafte Dinge quollen, bunt, glitzernd, geheimnisvoll verpackt, lockend und köstlich. Mit der Miene eines hochherzigen Gönners überreichte Kogler jedem das ihm zugedachte Präsent, als sei es ein Geschenk von ihm, für das er Dank und Anerkennung zu erwarten hatte. Immer mehr kam aus dem Karton, eine Fülle von Farben, eine Fülle von Formen, Fülle über Fülle. Rufe der Freude und der Bewunderung wurden laut. Es entstand ein aufgeregtes Hin und Her, es wurde anprobiert und vorgeführt, und mit einemmal schien es so, als fänden in diesem Raum alle Weihnachtsfeste zugleich und alle noch einmal statt.

Franz Kogler bekam seine ersehnten Havannas, mehrere Schachteln Bleistifte von Faber-Castell, harte und weiche, rote und blaue, wie er sie für das Unterstreichen wichtiger Passagen in den Grundlagenbüchern benötigte, und als besondere Überraschung ein paar Schuhe mit Kreppsohlen. Er war beeindruckt. Solche Schuhe hatte er noch nie gesehen: ein feines glattes Leder, eine helle Farbe zwischen Lichtbraun und Lehmgelb, eine Cognacfarbe, wie der moderne Mann dazu sagte. Und erst die Sohlen! Kogler strich mehrmals über den weichen Gummikrepp. Diese Schuhe machten den Eindruck, als wollten sie ihren Träger zum erfolgreichen Aufstieg ermuntern. Er konnte es gar nicht erwarten, sie anzuziehen, und siehe – sie paßten nicht nur, sondern waren so leicht und schmiegsam, daß er glaubte, auf Wolken zu gehen. Beschwingt lief er im Zimmer ein paar Schritte auf und ab und betonte mehrmals, daß Hermes, der Götterbote, nicht besser zu Fuß gewesen sein könne. Jetzt erst wurde ihm der Unterschied zu seinen schwarzen Schweinslederschuhen deutlich, die er täglich trug, die wie Klötze an den Füßen hingen und seine Schritte schwer und mühsam machten. Kogler genoß in kindlicher Freude das neue Gefühl, aber plötzlich fiel seine Stimme ins Tonlose, und er sagte: Warum sind wir eigentlich nicht in der Lage, so etwas herzustellen?

Diese Frage beschäftigte ihn so sehr, daß er seine Töchter die weiteren Geschenke auspacken ließ. Nachdenklich sah er auf die Sachen, die sich um ihn herum im Zimmer ausbreiteten und wie der Blick in ein exotisches Warenparadies anmuteten. Da müssen wir aber noch kräftig einholen, um den Kapitalismus zu überholen, sagte er. Eine untergehende Gesellschaft, aber was für Schuhe!

Einen Tag später machte Anna mit ihren Eltern und den Töchtern einen Spaziergang durch die Stadt. Edda und Katharina hatten zwar nicht, wie erhofft, die ersehnten Nietenhosen bekommen, weil die Großeltern meinten, daß Nietenhosen nichts für anständige Mädchen seien, aber sie hatten ihnen rote Latzröcke mit Silberschnallen und weiße Stiefeletten mitgebracht, was gleichfalls Aufsehen erregte. Helen Lippertz sah, wie ihre Enkelinnen von den Vorübergehenden beäugt wurden, wie die Köpfe zusammengingen, sobald sie sich näherten, wie sich die Blicke neidvoll und begehrlich auf die Stiefeletten richteten.

Hier gibt es nur den Einheitsschuh in der Einheitsfarbe schwarz und dunkelbraun, sagte Edda, vielleicht sind im nächsten Fünfjahrplan Stiefeletten in Weiß vorgesehen.

Edy führte geradezu lustvoll ihre neuen Sachen vor, denn sie gaben ihr die Gewißheit, führend in Geschmack und Schick zu sein, trug sie doch heute das Allerneueste und genoß schon jetzt das Gefühl, wieder einmal modische Maßstäbe zu setzen.

Franz Kogler fehlte bei diesem Spaziergang. Er hatte sich höflich mit Arbeit entschuldigt, aber Anna wußte, daß dies nur eine Ausflucht war, denn in Wirklichkeit wollte er mit dem Westbesuch in der Stadt nicht gesehen werden. Gerne hätte Anna die Gelegenheit genutzt, im Auto ihres Vaters einmal die nähere Umgebung zu erkunden, zumal die Züge meist überfüllt waren und auch die kürzeste Bahnfahrt mit dem Arbeiternahverkehr einer Strapaze glich, aber Walter Lippertz hatte nur die Einreise- und Aufenthaltsgenehmigung für den Wohnort der Tochter bekommen und durfte als Westdeutscher die Stadt nicht verlassen.

Er holte Edda und Katharina zweimal von der Schule ab, um sie für die nicht gestatteten Ausflüge im Auto zu entschädigen.

Kaum wartete er ein paar Augenblicke im Opel Rekord, war er schon von einer Traube junger Menschen umringt, die sein Auto wie ein kleines Weltwunder bestaunten. Sie stellten ihm allerlei interessierte Fragen – Hubraum, Benzinverbrauch, Motorleistung, Geschwindigkeit –, die Walter Lippertz fachmännisch und geschmeichelt beantwortete. Stolz führte er ihnen den automatischen Zigarettenanzünder vor und gab einigen damit Feuer. Katharina und Edda bahnten sich einen Weg durch die neugierige Menge, um im Auto ihres Großvaters Platz zu nehmen. Katharina wollte vorne neben dem Großvater sitzen, aber Edda hielt sie mit einem strafenden Blick zurück. Es war der gleiche Blick wie damals, als sich vor Katharina der herrliche weiße Schlagsahneberg aufgetürmt hatte, süß und verschwenderisch, und sie die Begierde überkam, noch einmal zuzulangen und zu schwelgen.

Da war es dieser vorwurfsvolle, warnende Blick von Edda, der zu Selbstbeherrschung und Verzicht aufforderte und der auch jetzt etwas so Züchtigendes hatte, daß sich Katharina wortlos fügte. Sie wußte, was ihr Edda damit sagen wollte: Ihr als der Älteren gebührte der Platz vorne neben dem Großvater, während es die Pflicht der jüngeren war, sich zu bescheiden.

Katharina haßte diesen Gouvernantenblick, mit dem sie sich zu Unrecht gemaßregelt fühlte, aber es wäre ihr peinlich gewesen, sich vor den Umstehenden zu zanken. Außerdem wollte sie auch vor dem Großvater keinen schlechten Eindruck machen.

Kaum daß sie abfuhren, verwandelte sich Edda in Edy, winkte den Umstehenden wie eine Filmdiva zu, ganz in dem Bewußtsein, daß es etwas Besonderes war, in einem Westauto durch die Stadt gefahren zu werden. In einem Opel Rekord sieht doch alles gleich ganz anders aus, sagte sie und drängte sich in zärtlicher Bewunderung an ihren Großvater. Katharina sah ein Lächeln auf dem Gesicht des Großvaters, der sich diese Bemerkung offensichtlich als einen persönlichen Erfolg anrechnete. Edy bat ihn, nicht nur langsam zu fahren, sondern dirigierte ihn an allen Häusern ihrer Freundinnen vorbei, in der Hoffnung, gesehen zu werden oder aus dem Auto heraus grüßen zu können und allen zu zeigen, daß sie mit der Welt des Westens in inniger Verbindung stand.

Walter Lippertz, der als Privatsekretär von Daimler seine Laufbahn begonnen hatte, später eine eigene kleine Werkzeugmaschinenfabrik gründete, die er im Krieg verlor, und nun wieder als ein erfolgreicher Vertreter für Werkzeugmaschinen in Württemberg arbeitete, verhehlte nicht, welch einen trostlosen Eindruck dieses Ostdeutschland auf ihn machte. Aus seinen Worten klang unüberhörbar ein Bedauern und ein Mitleid, daß seine Tochter ausgerechnet in diesen Teil Deutschlands geraten war, aber er sagte nichts mehr vom Zusammenziehen und Rüberkommen, denn er spürte die Energie, mit der sein Schwiegersohn auf die Professur hinarbeitete. Er hatte großen Respekt davor und meinte, ein solcher akademischer Grad würde einem weder im Osten noch im Westen geschenkt werden, und überhaupt sei ein Neuanfang mit 45 Jahren auch im Westen kein Zuckerlecken. Für Lippertz war entscheidend, daß sie sich alle wohl fühlten, gute Zukunftschancen hatten und mit ihrem Leben zufrieden waren.

Selbstverständlich blieb bei den gemeinsamen Mahlzeiten die politische Debatte nicht aus. Wie immer, wenn mehrere am Tisch saßen, fühlte sich Kogler innerlich aufgefordert, den Anwesenden eine bleibende Erkenntnis mit auf den Weg zu geben und ein philosophisches Fazit zu ziehen. Er sprach dann stets Hochdeutsch und steif, hatte acht darauf, die Endsilben deutlich zu artikulieren und jedem Wort eine symbolische Bedeutung zu unterlegen, so daß es immer belehrend und pastoral klang.

Mag auch alles hier noch etwas heruntergekommen aussehen, sagte er, entscheidend ist der Aufbau einer neuen Gesellschaft. Der Osten hat ein klares politisches Konzept, eine straffe Führung und ein starkes Volkstum. Wir im Osten wagen etwas Neues und ziehen Lehren aus dem Krieg. Aber ihr da drüben? Ihr lauft dem Amerikaner nach und würdet am liebsten alles Deutsche vergessen.

Anna bog die politischen Diskussionen ab. Sie fand, die Zeit war zu kostbar, als sie mit der Erörterung von Dingen zu verbringen, auf die sie ohnehin keinen Einfluß hatten und die sich auch nicht mehr ändern ließen. Sie wollte nicht den kleinsten Mißton aufkommen lassen, wollte die Entscheidung ihres Mannes weder rechtfertigen noch verteidigen müssen und war glücklich, daß ihre Eltern die Enkelinnen ins Herz geschlossen hatten, denn sie waren ein Teil von ihr, der wichtigste Teil ihres Lebens, waren ihr Erfolg, ihr Stolz, ihr ein und alles. Überhaupt glaubte Anna in der ganz ungewöhnlichen Freizügigkeit ihrer Mutter eine große Wandlung an ihr entdeckt zu haben. Sie konnte sich dies nicht anders als mit dem Tod ihres Bruders erklären, der als Gebirgsjäger im Kaukasus gefallen war. Seit diesem Tag schien es Helen ganz offenkundig sinnlos, für die Zukunft der Kinder zu sparen, damit es ihnen später einmal besserging. Anna fühlte zum ersten Mal eine Übereinstimmung mit ihrer Mutter und hatte den Eindruck, daß die Enkelinnen von ihr nun mit vollen Händen das bekamen, was sie in der eigenen Jugend so sehr vermißt hatte.

Der Abschied fiel ihr diesmal besonders schwer, weil sie wußte, daß nicht bloß die räumliche Entfernung zwischen ihnen lag, sondern daß es Grenzen zu überwinden galt und in die jeweils andere Welt gewechselt werden mußte, wenn man sich wiedersehen wollte. Es war das Ungewisse, das unausgesprochen mitschwang und ein beklommenes Gefühl hinterließ.

Für Edda, die förmlich auflebte, seit sie wußte, was für vornehme und gutsituierte Großeltern sie hatte, verdunkelte sich schon Tage später die Welt, denn sie erhielt den Bescheid, daß sie nicht zur Oberschule zugelassen war. Sie glaubte, sich verhört zu haben, als der Klassenlehrer die Namen derjenigen verlas, die Abitur machen konnten, und ihr Name nicht auf der Liste der Delegierten stand. Aufgebracht fragte sie nach dem Grund und erhielt zur Antwort, daß ihr Zensurendurchschnitt von 1,5 dafür nicht ausreichend sei. Edda verstand nicht, weshalb ausgerechnet bei ihr ein so strenger Maßstab angelegt wurde, während ihr Banknachbar Uwe Lidman mit einem viel schlechteren Durchschnitt zur Oberschule delegiert wurde. Sie protestierte gegen diese Ungerechtigkeit, fragte, ob ihre Zurücksetzung vielleicht damit zu tun habe, daß sie kein Arbeiterkind und weiblichen Geschlechts sei und auch keine Armeelaufbahn einzuschlagen gedenke. Sie gönnte zwar jedem seinen Abiturplatz, fand aber, daß es ein gleiches Recht für alle geben müsse.

Edda hatte sich auf dieser FDJ-Versammlung kolossal aufgeregt und angekündigt, daß in dieser Angelegenheit das letzte Wort noch nicht gesprochen sei. Uwe Lidman, der in der gleichen Straße wohnte, versuchte, sie auf dem gemeinsamen Heimweg zu beruhigen. Er wollte, daß Edy noch zwei Jahre länger seine Banknachbarin blieb, und gestand ihr, daß sich sein Vater rechtzeitig in die Sache eingeschaltet habe. Stadtschulrat oder Ministerium, sagte er, ich weiß es nicht genau. Jedenfalls hat es geholfen. Dasselbe muß dein Vater auch tun.

Erregt berichtete sie beim gemeinsamen Abendbrot, was ihr widerfahren war, und forderte ihren Vater auf, Einspruch gegen so viel Ungerechtigkeit zu erheben. Der Lidman mag das halten, wie er will, sagte Kogler. Atomphysiker sind es gewohnt, Sonderrechte für sich in Anspruch zu nehmen. Ich gehöre nicht dazu. Gott sei Dank!

Wäre ich ein Arbeiterkind, entgegnete Edda, hätten sie mich auch bei einem Zensurendurchschnitt von 1,5 zur Oberschule delegiert. Aber ich passe wohl nicht in ihre Statistik.

Das Lehrerkollegium wird schon wissen, was es tut, meinte Kogler, dem das Gespräch zunehmend lästig wurde. Ich sehe doch, dir liegt das Aufputzen mehr als das Lernen. Nimm dir ein Beispiel an deiner Schwester und versuche nicht zu erzwingen, was nicht in dir angelegt ist. Das Collegium paedagogicum hat sein Urteil gesprochen, und es ist gut so. Wohin soll es führen, wenn jeder das Wort einer Autorität in Zweifel zieht?

Edda war enttäuscht, maßlos enttäuscht. Andere Väter taten alles für die Zukunft ihrer Töchter, liefen von Pontius zu Pilatus, um ihnen eine gute Ausgangsbasis zu verschaffen, setzten all ihr Prestige ein, ließen sämtliche Beziehungen spielen und gaben keine Ruhe, bis sie am Ziel waren. Aber er ging ganz offensichtlich davon aus, daß seine Tochter, nur weil sie in Russisch und Physik schlechte Noten bekommen hatte, eine Zwergin des Verstandes war, für die zehn Klassen vollauf genügten. Für ihn hieß eben eine Eins Wissen, eine Zwei Verstehen, eine Drei Vermuten, eine Vier Rätseln, und eine Fünf lag wohl jenseits des Faßbaren. Edda begriff seinen Respekt vor einem amtlichen Zeugnis nicht. Sie begriff nicht, woher er die Gewißheit nahm, daß sie der Lehrstoff der elften und zwölften Klasse überfordern würde. Sie fühlte sich von ihrem Vater im Stich gelassen und konnte es nicht fassen, daß er es nicht der Mühe wert hielt, sich für sie einzusetzen, so wie es Lidman für seinen Sohn getan hatte. Edda fragte sich, ob es wirklich Bescheidenheit war, die Kogler davon abhielt, oder ob es nicht doch nur Gleichgültigkeit war oder die Angst, sich mit einer Behörde anzulegen.

Anna drängte Franz, gegen den Bescheid Einspruch zu erheben. Hätte ich dein Amt und deine Funktion, sagte sie, würde ich es längst selber getan haben. Sie hielt ihm vor, daß angesichts üblich gewordener Gepflogenheiten Bescheidenheit fehl am Platze sei, doch Franz wies ihren Vorwurf unwirsch zurück.

Wenn dir so sehr an einem Abitur deiner Tochter gelegen ist, dann frage ich mich, weshalb du sie nicht beizeiten zum Lernen angehalten hast, anstatt ihr das Hampeln nach der Negermusik zu gestatten.

So lag denn wieder einmal die Schuld bei Anna, und wie so oft in solchen Situationen blieb ihr nur das Schweigen übrig, wollte sie nicht einen ehelichen Streit vom Zaune brechen, der immer eine gedrückte Atmosphäre zurückließ. Edda hoffte zwar im stillen, daß der Vater doch noch etwas tun und sich zu einem Einspruch aufraffen würde, fing immer wieder davon an, zumal in ihrer Klasse auch ein anderer Vater auf dem Eingabenweg den Abiturplatz seiner Tochter gesichert hatte, doch Kogler wollte nichts mehr davon hören. Er war beruflich gerade in einer überaus produktiven Phase und verbat sich jede weitere Belästigung.

Seine Familie konnte natürlich nicht ahnen, daß in ihm diese zwei Seelen wohnten, die ihn wechselseitig beherrschten und all seine Entscheidungen bestimmten: Ehrgeiz und Trägheit. Manchmal konnte er für ein selbstgestecktes Ziel einen fieberhaften Fleiß entfalten, ohne Rücksicht auf seine Gesundheit Tag und Nacht arbeiten und alles beiseite drängen, was ihm dabei hinderlich erschien. Und dann wieder fiel er in eine Trägheit, die ihn gleichgültig machte gegenüber allem, was nicht unmittelbar sein Fortkommen betraf. Es war ihm dann überaus lästig, mit Dingen konfrontiert zu werden, die außerhalb seiner Interessensphäre lagen, geschweige denn, sich in einen anderen Menschen hineinzuversetzen und dessen Erwartungen Rechnung zu tragen. Ohne Zweifel hatten die beiden Seelen mit seiner Herkunft zu tun. Den Ehrgeiz betrachtete er als das deutsche, die Trägheit als das slawische Element, die sich in seiner Person die Waage hielten. So wie es vor Jahren sein Ehrgeiz war, als Volksdeutscher so tüchtig wie ein Reichsdeutscher zu sein, teilzuhaben am Aufstieg des Mutterlandes, durch die eigenen Leistungen von ihm wahrgenommen zu werden und Erfolg zu haben, so war es dann seine Trägheit, die ihn glücklicherweise nicht zu weit nach vorne führte und in selbstversunkener Kontemplation verharren ließ. Als männliches und daher politisches Wesen deutete Kogler seinen Ehrgeiz aber auch als das fortschrittliche und seine Trägheit als das konservative Element. Da er einmal zu dieser und einmal zu jener Seite neigte, meinte er, daß in ihm ein ständiges Ringen zwischen Fortschritt und Reaktion stattfand, was ihn überaus stolz machte, weil er sich damit jenen Menschen zurechnete, in denen die Zeit stark wirkt und die daher berufen sind, ihr Mitgestalter zu sein.

Im Augenblick lebte Kogler seinen Ehrgeiz voll aus. Er hatte erfolgreich die Habilitationsschrift verteidigt, trug nun den Titel Dr. phil. habil. und ließ sich sogleich ein neues Türschild, einen neuen Stempel und einen neuen Briefkopf anfertigen. Auch seine Dobrovsky-Biographie war rechtzeitig zur 400-Jahr-Feier erschienen. Sie fand so starke Beachtung, daß er von Professor Miltitz den ehrenvollen Auftrag erhielt, anläßlich der Woche der deutsch-tschechoslowakischen Freundschaft den Festvortrag im Auditorium maximum zu halten. Sogar oben in Berlin zeigte man an Kogler Interesse, was ihn zusätzlich beflügelte. Er fühlte sich auf dem Höhepunkt seiner Tatkraft. Ja, er konnte sagen, daß sich bisher alles nach seinen Erwartungen gefügt hatte.

Nur etwas, wenn auch Beiläufiges, Banales, ärgerte ihn: Er konnte seine geliebten Kreppsohlenschuhe nicht mehr tragen. Denn vor noch nicht allzulanger Zeit war auf einer Fakultätsparteileitungssitzung der Prodekan der Philosophischen Fakultät als Propagandist des Imperialismus betitelt worden, weil er sich von einer Dienstreise nach München Kreppsohlenschuhe mitgebracht hatte, die zu tragen eines Kommunisten unwürdig war. Kreppsohlen, hieß es, sind verwerfliche Produkte amerikanischer Unkultur. Wer sie trägt, macht sich zur Werbesäule des Kapitalismus und hat nicht begriffen, daß er damit indirekt ein System bejaht, das historisch zum Untergang bestimmt ist. Er steht daher auf der falschen Seite der Klassenschlacht.

Kogler hielt den Tadel der Parteileitung zwar für überspitzt und sektiererisch, wollte sich aber wegen der Kreppsohlen keine unnötigen Diskussionen einhandeln, zumal die Genossen oben in Berlin noch einiges mit ihm vorhatten. So schloß er seine geliebten, himmlischweichen Kreppsohlenschuhe schweren Herzens in den Schrank, ging wieder mit den schwarzen Schweinsledernen zur Universität und trug die Kreppsohlen nur noch zu Sonntagsspaziergängen in die nähere Umgebung, wo er sicher sein konnte, keinem Kollegen des Instituts zu begegnen. Allerdings gab es einen Trost für ihn: Dann, wenn die Partei ihren Standpunkt zu den Kreppsohlen änderte, besaß er immerhin noch ein paar prächtige, nagelneue Schuhe und freute sich schon jetzt auf den Tag, da er sie ohne schlechtes Gewissen tragen konnte.

Anna hatte längst herausgefunden, daß das Grüßen im Intelligenzviertel keine normale Bekundung von Höflichkeit war und nicht zu den freundlichen Formen des Umgangs zählte, sondern als eine Geste der Huldigung und Unterwerfung angesehen wurde, die augenscheinlich vor die Frage stellte: Wer grüßt wen zuerst. Sicherlich bestand kein Zweifel: Der Diplomand grüßte den Assistenten, der Assistent den Oberassistenten, der Oberassistent den Doktor habil., der Doktor habil. den Professor, der Professor den namhafteren Professor, die Senatsmitglieder den Rektor, und der Rektor grüßte niemanden, denn ihn grüßten alle. An diese Grußhierarchie hatte sich jeder gewöhnt, zumal dies auch seit alters so üblich war. Schwierig wurde es unter den Gleichaltrigen und Gleichgestellten, wo keiner den anderen zuerst grüßen wollte, weil er meinte, sich damit unnötig kleiner zu machen, als er war. Denn im Gruß lag immer etwas von einer Verbeugung, einer Devotion, und wollte man sich zu ihr überwinden, mußte man den anderen für den bedeutenderen halten. Aber da lag die Schwierigkeit, denn im Intelligenzviertel hielt sich jeder für bedeutend.

Natürlich kannte man sich im näheren Umkreis längst vom Sehen; doch begegnete man sich auf den einsamen Straßen, kam es immer wieder zu Irritationen, weil man glaubte, etwas von seinem hohen Ansehen zu vergeben, wenn man den anderen zuerst grüßte. Da für Anna aber Grüßen eine Form des gegenseitigem Aufeinanderzugehens war, auch ein Zeichen freundlicher Anteilnahme, und da sie eine solche Bereitschaft hier nirgendwo spürte, fand sie, daß es unter diesen Umständen genügte, sich vom gegenseitigem Wegschauen zu kennen. Und doch wurde gerade von ihr, die keinen akademischen Titel besaß und nur die Frau eines Doktor phil. habil. war, erwartet, daß sie mit dem Erstgruß den anderen den nötigen Respekt bezeugte. Kam ihr das Germanistenehepaar entgegen, dann sahen die beiden erwartungsvoll zu ihr hin, um ihren Gruß, ihre Ehrerbietung gnädig entgegenzunehmen. Sie lauerten sichtlich auf diese Form der Bestätigung, doch Anna ging stumm vorüber. Es lag zwar nicht in ihrer Art, weil sie ein freundliches, umgängliches Wesen besaß, aber sie wußte, wer hier zuerst grüßte, galt nicht als ein höflicher Mensch, sondern als einer, der es nötig hatte, einen guten Eindruck zu machen. Das Germanistenehepaar blickte jedesmal, wenn Annas Gruß ausgeblieben war, pikiert zur Seite, als wollte es ihr sagen, daß es ohnehin keinen Wert darauf legte, von kleinen roten Geistern gegrüßt zu werden, und ging, ins Gespräch vertieft, seines Weges.

Ihre Töchter hielt Anna zwar an, alle Nachbarn zu grüßen, von weitem und freundlich, weil dies bei jungen Mädchen einen wohlerzogenen Eindruck machte, aber sie selber sah keinen Grund, mit dem Entbieten eines Grußes dem anderen kundzutun, daß sie ihn für den Gescheiteren, Größeren und Erfolgreicheren hielt. Dennoch: Das stumme Vorübergehen kränkte sie.

Um so mehr freute sie das ungezwungene Benehmen der jüngeren, die mit ihr des öfteren sogar ein

Stück des Weges gingen. Auch Uwe Lidman und Arnd Bernhardt, die Freunde ihrer Töchter, hatten sich ihr schon bekannt gemacht, worin sie allerdings mehr einen Vertrauensbeweis denn eine höfliche Geste sah. In ihrer aufgeschlossenen und selbstbewußten Art gefielen ihr die beiden ganz außerordentlich.

Natürlich durfte Franz nicht wissen, daß Edda und Katharina schon Freunde hatten. Dies mußte wie ein Geheimnis vor ihm gehütet werden. Hätte sie es ihm gesagt, wären nur unnötige Auseinandersetzungen die Folge gewesen, und er hätte für jede schlechte Zensur selbstverständlich Anna verantwortlich gemacht: Anna achtete nicht darauf, daß die Töchter fleißig lernten; Anna verbot ihnen nicht, sich mit jungen Männern herumzutreiben; Anna war nicht streng genug in ihrer Erziehung; Anna war in allem zu lasch, zu gutmütig, ohne Autorität und ohne Einfluß; Anna war weibisch-weich und nachlässig, und darum war Anna schuld am moralischen Niedergang der Töchter. Freunde in diesem Alter zu haben, bedeutete für Kogler den Inbegriff des Verkommenen und Dirnenhaften. Da war er ganz der Sohn Gretls, dachte wie sie, tönte wie sie und kannte nur eins: rechtzeitig verbieten. Anna hätte keine Chance gehabt, einmal offen mit ihm darüber zu reden, geschweige ihn behutsam darauf hinzuweisen, wie sinnlos es war, Verbote auszusprechen in der Annahme, damit eine Garantie für die Tugend gefunden zu haben. Hätte sie gesagt, daß er in ihren Augen mit einem Verbot genaugenommen doch nichts weiter tat, als die Verantwortung und die Probleme weit von sich zu schieben, hätte dies zu einem doppelten Aufschrei geführt. Gretl und Franz wären sich so einig wie nie gewesen, daß Anna mit einer solchen Auffassung der Sittenlosigkeit Tür und Tor öffnete und als leichtlebige Schwäbin ihre Töchter nicht davor bewahrte, mannstolle Herumtreiberinnen zu werden und den Weg zur Gosse einzuschlagen. Wer wie sie ein Verbot in Frage stellte, erzog selbstverständlich seine Töchter statt zu gottesfürchtigen Geschöpfen zu läufigen Katzen. Schon Annas leisestem Hinweis, verständnisvoll und offen den Problemen der Heranwachsenden zu begegnen, wäre ein Schwall von Vorurteilen und altmodischen Anwürfen gefolgt, und sie hätte vor Gretl und Franz wie die fleischgewordene Unmoral gestanden. Nein, offen darüber zu reden, wäre sinnlos gewesen. Sie konnte nur handeln. Sie vertraute ihren Töchtern und wußte, daß sie gerade darum Anna nicht enttäuschen würden. Sie hielt sie für so klug und überlegt, sich ihre Zukunft nicht mit einem unerwünschten Kind zu verbauen. Wegen solcher Überlegungen mußte sie sich zwar von Edda und Katharina auslachen lassen, aber seit sie diese Dinge mit ihnen offen und sachlich besprochen hatte, schien es ihr sicher, daß die beiden wußten, worauf sie sich einließen. Es war richtig, Franz von den Freunden der Töchter nichts zu erzählen. Seine Toleranz, das hatte Anna längst herausgefunden, begründete sich allein im Nichtwissen.

Außerdem behielt sie diese Dinge auch darum für sich, weil sie sich dadurch noch enger mit Edda und Katharina verbunden fühlte und mehr Gemeinsamkeiten mit ihnen entdeckte, als sie je von Franz erwarten konnte. Mit ihnen war alles viel abwechslungsreicher und amüsanter. Überdies hatte sie ihm durch dieses Geheimnis auch etliches voraus. Sie wußte etwas, wovon er nicht einmal eine Ahnung besaß und womit sie ihn in seinem Elfenbeinturm auch nicht stören wollte, damit er unbehelligt von den Problemen des Alltags forschen sollte. Sie war näher am Leben, näher an der Wahrheit, näher an der Wirklichkeit, und dies empfand sie so, als hätte sie sich an seiner Seite einen Rest von Selbstbehauptung bewahrt, was sie unter den gegebenen Umständen als keine geringe Leistung empfand. Sie betrachtete dies sogar als ein stilles emanzipatorisches Aufbegehren, über das sie selbstverständlich nie ein Wort verlor, das ihr aber in tiefster Seele guttat.

Sie hatte auch keine Angst, daß Franz einmal zufällig über andere von den Freunden der Töchter erfahren konnte und ein Familienkrach losbrechen würde, denn dann blieb ihr immer noch eine andere Genugtuung: Er konnte ihr nicht vorwerfen, daß es irgendwelche hergelaufenen Wüstlinge und Hallodris waren, mit denen sich die Töchter einließen, sondern die Söhne aus den ersten akademischen Familien der Stadt. Uwes Vater, ihr Nachbar, hatte erst jüngst wieder einen Nationalpreis bekommen und wurde im »Neuen Deutschland« als der führende Atomphysiker des Landes geehrt. Und sie sah ja selber, wie oft die schwarzen Regierungslimousinen aus Berlin vor der Villa Lidmans hielten.

Mit seinen Beziehungen, seinem Einfluß und seinem Ansehen konnte Franz sich nicht messen. Auch nicht mit Professor Bernhardt, in dessen Klinik von überallher die Augenpatienten kamen. Außerdem war Arnds Vater der stellvertretende Rektor der Universität, und verglichen mit ihm war Franz nur ein kleines Licht, ein brav und gehorsam dahintrabender Ackergaul der Wissenschaft, von denen es viele, vielleicht viel zu viele gab. Er hätte Anna gar nicht bezichtigen können, daß sie Edda und Katharina unter die Räder kommen ließ, im Gegenteil: Froh hätte er sein können, daß ausgerechnet seine Töchter es waren, die auf diese Weise mit den beiden namhaftesten akademischen Häusern der Stadt in Berührung kamen und dadurch dem Ansehen der eigenen Familie alles andere denn einen Schaden zufügten.

In letzter Zeit kam Kogler gutgelaunt nach Hause. Wie immer klingelte er. Einen Wohnungsschlüssel trug er nie bei sich. Es war ihm lästig, sich selber die Tür aufschließen zu müssen. Er kam sich dann wie ein Einsteigedieb vor. Eine Tür mußte sich ihm auftun. Weit und herzlich auftun. Er mußte wahrgenommen werden, wenn er die Wohnung betrat. Alle sollten davon Kenntnis nehmen, denn immerhin war es ein wichtiger Augenblick: Er kehrte heim zu seiner Familie, die durch seine Anwesenheit wieder ihr Haupt bekam.

Er brauchte diesen kleinen täglichen Empfang, diese stille Huldigung, die sich so angenehm von dem anderen, dem Institutsleben, unterschied, und so schien es ihm ganz selbstverständlich, daß die Familie zu Hause war, wenn er kam, und daß sie ihn gebührend begrüßte. Diese bescheidene Ovation stand ihm als dem Ernährer ohne Frage zu.

Kurz nach dem Klingeln vernahm er ein Schlagen der Türen, ein Knarren der Dielen, und er hörte die Stimmen seiner Töchter. Er genoß die Betriebsamkeit, die sein Klingeln auslöste, weil er spürte: Er kam, und alles bewegte sich. Es gab kein köstlicheres Gefühl. Anna hieß ihn mit ihren Töchtern an der Wohnungstür willkommen. Er liebte diesen Anblick, denn er war ihm zum Inbegriff familiärer Harmonie geworden, die er geschaffen hatte und die ihn umfing. Salve Anna, sagte er mit betont tiefer Verbeugung, und sie entgegnete mit ironischem Schalk: Salve Caesar, was ihn ganz besonders entzückte. Er hielt seinen beiden Töchtern die Wange hin, sie gaben ihm einen Kuß, er bedankte sich und betrat freudig die Wohnung. Katharina nahm ihm sofort die Aktenmappe ab, Edda half ihm aus dem Mantel, Anna holte heißen Zitronentee, der stets fertig sein mußte, wenn er kam, als gelte es, einem hohen Gast einen Empfangstrunk darzubringen und ihn auf den behaglicheren Teil des Tages einzustimmen. Während er trank, tauschte er mit Anna in Kürze die Ereignisse des Tages aus und ging dann ins Bad, das zu dieser Zeit kein anderer belegen durfte. Er wusch sich so stöhnend mit kaltem Wasser, daß man glauben konnte, ein großer Schmerz dränge aus seiner Seele, und trocknete sich so lange ab, bis seine Haut krebsrot war, was er für ein Zeichen guter Gesundheit hielt. Dabei pfiff er die Warschawianka und anschließend Lützows wilde verwegene Jagd. Er pfiff das eine kraftvoll verhalten und das andere rasch und feurig, und als er zu Ende war, brachte ihm Anna die Trainingsjacke. Das waren die kleinen Aufmerksamkeiten, die er schätzte und die ihm zeigten, wie sehr Anna um sein Wohl bemüht war.

Fröhlich schritt Kogler zum Abendbrottisch, nahm als erster Platz, freute sich an den Zwiebeln, dem Schnittlauch, dem Meerrettich und dem Malzbier, forderte alle auf, kräftig zuzulangen, lobte Anna, sein teuerstes Engelchen, das so trefflich für die leiblichen Genüsse zu sorgen wußte, und fühlte sich in der Stimmung, etwas von seinem Schwung auf die Töchter zu übertragen, sie zu fortschrittlichem Denken anzuregen und sie so für die Zukunft zu rüsten. Schließlich waren sie sein eigen Fleisch und Blut, und eine Spur von seinem Geist sollte sich in ihnen bemerkbar machen. Außerdem meinte er, daß man genauso wie dem Leben auch der Gesellschaft zuallererst das Positive abgewinnen müsse, um ohne das Gefühl eines persönlichen Verlustes seinen Weg zu gehen.

Diesmal vermied er bewußt, nach der Schule zu fragen, weil er nicht hören wollte, daß schon wieder ein Lehrer in den Westen gegangen war, sondern kam auf die zehn Gebote der sozialistischen Moral zu sprechen, die die Partei verkündet hatte und in denen er eine klare Richtlinie für das Verhalten des einzelnen sah. Er hatte sie gründlich studiert, sie waren einleuchtend und präzise fromuliert und mußten gerade jungen Menschen dargelegt werden. So begann er mit der Miene eines Sonntagspredigers seinen Töchtern die zehn Gebote aufzusagen, langsam und deutlich, damit sie sich jedes einzelne gut einprägen und am Ende seiner Ausführungen Wort für Wort wiederholen konnten. Kogler sprach, als stünde er wie Lenin auf dem Panzerauto vor dem Finnländischen Bahnhof, und erhob mahnend den Zeigefinger: Du sollst dich stets für die internationale Solidarität der Arbeiterklasse einsetzen. Du sollst dein Vaterland lieben und bereit sein, die Arbeiter- und Bauernmacht zu verteidigen. Du sollst die Ausbeutung des Menschen durch den Menschen beseitigen helfen. Du sollst gute Taten für den Sozialismus vollbringen. Du sollst das Kollektiv achten und seine Kritik beherzigen. Du sollst das Volkseigentum schützen und mehren. Du sollst stets nach Verbesserung deiner Leistungen streben. Du sollst deine Kinder zu charakterfesten und körperlich gestählten Menschen erziehen. Du sollst sauber und anständig leben und deine Familie achten. Du sollst Solidarität üben mit den um ihre nationale Befreiung kämpfenden Völkern.

Edda fühlte sich in den Religionsunterricht der Kindheit versetzt, wo sie erst das Apostolische Glaubensbekenntnis und dann die Zehn Gebote auswendig aufsagen mußte und nichts davon behalten hatte als das unangenehme Gefühl, mit altmodischen Dingen traktiert worden zu sein. Sie hätte um diese Stunde lieber Radio Luxemburg gehört, die Wiederholung von Camillos Hitparade, pfiff im stillen die Schlager von Freddy Quinn und Conny Francis vor sich hin, versuchte aber dennoch ein interessiertes Gesicht zu machen, um den Vater nicht zu verärgern.

Kogler ließ sich das vierte und siebte Gebot ausführlich von seinen Töchtern interpretieren, faßte sie dabei gestreng ins Auge und zog das Fazit: jawohl, das Neue zeigte sich im Detail, und sie sollten es lernen, auf die feinen Unterschiede zu achten. Waren die Zehn Gebote Gottes vornehmlich durch Verneinung gekennzeichnet, durch eine Abwehr des Negativen, so waren die zehn Grundsätze der sozialistischen Moral bejahender Natur und daher ein Bekenntnis zum Positiven. In ihnen lag das Offene, nach vorn Gewandte und Zukunftsgewisse. Sie gaben eine aktive Orientierung für ein selbstgewisses Handeln und leisteten folglich das Schwierigere. Denn stets war es leichter zu wissen, was man nicht tun sollte, als das, was man tun sollte. Und genau hier lag der Unterschied: Der Sozialismus gab Alternativen.

Während Katharina sich genau merkte, was der Vater gesagt hatte, und damit im Unterricht glänzte, langweilten Edda die abendlichen Lehrstunden am Familientisch. Sie ging lieber ins Kino. In den Sesseln des Capitol vergaß sie die Enge ihrer Umgebung. Sie nahm teil an einer anderen Wirklichkeit, fuhr in sportlichen Autos, überquerte den Ozean, war unterwegs und den Berühmten nahe, schwärmte für die Bardot, bewunderte die Loren, drückte Hardy Krüger im Dschungelkampf die Daumen, atmete begierig etwas vom Flair der großen Welt ein, wußte sich eins mit dem Besseren, dem Schicken und Schillernden und fühlte, daß sie für das Leben in der Provinzstadt nicht geschaffen war. Seit kurzem traktierte sie ihre Haare mit Wasserstoffsuperoxyd, trug sie lang und blond wie Marina Vlady, trug schwarze hautenge Pullis, schwarze breite Gürtel, schwarze dreiviertellange Hosen und dazu rote spitze Schuhe, flache Rock-and-Roll-Treter, die sie zum Geburtstag von den Großeltern aus Stuttgart bekommen und derentwegen sie in langer Korrespondenz mit ihnen gestanden hatte. Edy erregte auf Schritt und Tritt Aufsehen, hatte noch dazu die Lippen pastellfarben geschminkt und die Augen mit Coloran schwarz umrändert.

Ausgerechnet in einem solchen Aufzug mußte sie ihrem Vater direkt in die Arme laufen. Er war zufällig früher als gewöhnlich aus dem Institut gekommen, hatte sie schon von weitem erblickt und kam mit zornigen Schritten auf sie zu. Was fällt dir ein, in dieser Maskerade durch die Stadt zu gehen?

Ich will ins Kino, sagte sie.

Wohl wieder so ein importierter Schmarren! Diese ganze westliche Müllkultur dringt wie ein giftiges Infiltrat in das gesunde Klima unserer Stadt und verdirbt den Charakter junger Menschen. Sofort kommst du mit nach Hause und ziehst dich anständig an!

Wieso anständig? fragte Edda.

Geschmacklos und ordinär ist das! Statt diesem

aufgeblasenen, stillosen Amerikanismus zu frönen, solltest du lieber deine Nase in ein gutes Buch stecken. Das wäre gescheiter, als in diesem heruntergekommenen Aufzug durch die Stadt zu scharwenzeln!

Edda mußte umkehren. Gelangweilt und wider Willen ging sie an der Seite ihres Vaters, der wie ein aufgebrachter Hirte sein vom Wege abgekommenes Schäfchen in den Stall zurücktrieb. Da fuhr ein Traktor vorüber. Die Seiten des Anhängers waren mit einem Spruchband bespannt, das man jetzt in den Sommermonaten häufig sah: Ohne Gott und Sonnenschein bringen wir die Ernte ein. Auf dem Wagen saß eine Jugendbrigade, die zum Einsatz auf die Felder fuhr. Einige von ihnen johlten und zeigten mit Fingern auf Edda, was Kogler noch mehr erboste.

Die dort machen sich wenigstens nützlich, und du hast nichts Besseres im Sinn, als dich zum Gaudi anderer wie eine Halbstarke zu entstellen! Nicht noch einmal wirst du mir so aus dem Hause gehen! Das laß dir gesagt sein!

Kogler schwitzte vor Aufregung, doch Edy nahm sich die Kritik des Vaters nicht zu Herzen. Schon am nächsten Tag besuchte sie im gleichen Aufzug das Kino, allerdings schlug sie einen Weg ein, auf dem ihr der Vater kein zweites Mal begegnen konnte. Sie war – davon schien sie nun noch mehr überzeugt – für die Provinz nicht geschaffen.

Im stillen träumte sie von Berlin. Seit ihr Wölfchens Mutter, Brigitta Reimar, gezeigt hatte, wie an der Spree getanzt wurde, ging ihr diese Stadt nicht mehr aus dem Kopf. Berlin wurde ihr zum Inbegriff alles Turbulenten, Bewegten und Unkonventionellen – eine Stadt der tausendfältigen Möglichkeiten, die umhüllt war von der Aura des Besonderen und unerreichbar schien. Berlin war die ferne, andere Welt, in der es mehr zu sehen, mehr zu erleben, mehr zu kaufen gab und in der man verrückt sein konnte, ohne daß der Spießer gleich nach Verbot schrie. Wo immer der Name dieser Stadt fiel, wurde er mit einem bedeutungsvollen Augenaufschlag genannt, denn dort fand alles Wichtige, Große und Folgenreiche statt. Erwartete die Schule Besuch aus Berlin, mußten sie in FDJ-Hemden erscheinen und sich in der Aula versammeln. Kam eine Anweisung aus Berlin, hatte sie zentralen Charakter und galt als Beschluß. Hieß es: Das muß in Berlin beraten werden, wußte jeder, daß es sich um eine äußerst wichtige Sache handelte. Berlin, das war immer »oben in Berlin«. Oben in Berlin wurde entschieden, oben in Berlin fielen die Würfel, von oben aus Berlin kam der Bescheid. Berlin war die letzte Instanz, denn dort saßen der Gesetzgeber und die Partei mit all ihren führenden Persönlichkeiten. Dort war man an der Quelle des Geschehens, im Zentrum der Macht. Wer für Berlin die Zuzugsgenehmigung bekam, hatte es geschafft, denn diese Stadt stand für Aufstieg und Erfolg; mit ihr verband sich Geltung und Renommee.

Uwe Lidman kannte diese Schwärmereien. Da er unablässig darüber nachsann, wie er Edys Sympathien gewinnen konnte, nutzte er eine günstige Gelegenheit, um sie zu einer Fahrt nach Berlin einzuladen. Edy war entzückt. Sie machte sich über seine Motive keinerlei Gedanken, betrachtete ihn lediglich als einen ihrer zahlreichen Verehrer, der sich Mühe gab, ihr zu gefallen, und der sich nur dadurch von den anderen unterschied, daß er sich nicht abweisen ließ.

Natürlich nahm sie ihn als Mann nicht ernst, amüsierte sich über seine schüchternen, unbeholfenen Annäherungsversuche und behandelte ihn stets wie einen lieben netten Jungen. Doch dann, als sie im Fonds des schwarzen Wolga saßen, als die Landschaft an ihnen vorüberglitt und sie sich über Duke Ellington und Picasso unterhielten, kam Uwe ihr mit einemmal ganz anders vor. Da fand sie ihn sehr männlich und sehr souverän, fand es schick, todschick, sich vom Fahrer seines Vaters nach Berlin fahren zu lassen, sah, daß für Uwe Dinge selbstverständlich waren, die ihr verschlossen blieben, und verband mit ihm auf einmal die Vorstellung von großer Welt. Als sie dann beide auch noch nach Westberlin spazierten und im Kaufhaus Bilka eine rote Wickelbluse kauften, war Edy überzeugt, daß sie Uwe ganz anders sehen müsse.

Koglers Vorsicht mit den Kreppsohlen schien ihm wohlbegründet, denn es herrschte eine spürbare Nervosität in allen akademischen Leitungsgremien, je näher das Säkularereignis kam. Ständig erschienen Mitarbeiter des Zentralkomitees, legten die ideologische Linie fest und forderten die Mitglieder der Grundorganisation zu erhöhter Wachsamkeit auf. Der Klassenfeind, sagten sie, hätte Störaktionen geplant und wolle die Universität in einen Unruheherd gegen den Arbeiter- und Bauern-Staat verwandeln. An den Wandzeitungen hingen Aufrufe, den Kampf an der ideologischen Front zu verstärken. Kogler fand es richtig, daß die Partei straff durchgriff. Mit dem humanen Gesäusel kam man nicht voran. Klassenindifferentes Verhalten führte bloß zu neuen Unsicherheiten. Nur wer klar und eindeutig Position bezog, drängte die Feinde des Neuen in die Enge und trug zur politisch-moralischen Festigkeit der ganzen Volksgemeinschaft bei. Kogler saß im Vorbereitungskomitee zur Säkularfeier, hastete von Sitzung zu Sondersitzung, von Beratungen der Fakultäten zu Beratungen des Senats, von einem wichtigen Termin zum nächsten wichtigen Termin und hatte dabei das köstliche Gefühl, gebraucht zu werden, nützlich zu sein, ein Schräubchen im Räderwerk des Fortschritts. Nicht einen Augenblick empfand er es als vertane Zeit, im Gegenteil: Er war mitten im Geschehen der großen Veränderung; er gehörte zu denen, die sich später einmal nicht vorwerfen lassen mußten, abseits gestanden zu haben, wenn es um den gesellschaftlichen Fortschritt ging.

Zufrieden nahm er die Berichte der Parteisekretäre entgegen, die an ihren Instituten um eine klare sozialistische Klassenposition rangen. Die Historiker übten Selbstkritik, weil sie sich von gewissen Tendenzen der idealistischen Geschichtsauffassung noch nicht eindeutig gelöst hatten. Die Mediziner verpflichteten sich zur Senkung des Krankenstandes, die Philosophen gründeten einen Lehrstuhl für Atheistik. Die Fachbereiche aller Fakultäten schlossen Patenschaftsverträge mit Betrieben und Genossenschaften ab, um der noch engeren Verbindung von Wissenschaft und Praxis ein noch festeres Fundament zu geben. Koglers Institut stand besonders gut da, denn Genosse Miltitz hatte der Universitätsparteileitung bereits rechtzeitig die kollektive Forschungsarbeit überreicht und dafür schon das Lob des Großen Senats bekommen.

Glücklicherweise waren die negativen Erscheinungen in der Minderzahl. Professor Müller aus der Abteilung Neuere Geschichte mußte entlassen werden, weil er in der Vorlesung das Verhältnis von Proletariat und Bourgeoisie charakterisiert hatte als das Verhältnis von Pferd und Reiter und provokatorischerweise hinzufügte: Sie wissen ja, wohin es führt, wenn ein Pferd keinen Reiter mehr hat. Dozent Ahlmann von der Landwirtschaftlichen Fakultät mußte gleichfalls seinen Hut nehmen, weil er nicht aufhörte, das Gesetz vom abnehmenden Bodenertrag zu lehren und damit den Aufbau der sozialistischen Landwirtschaft in Frage stellte.

Natürlich wunderte es Kogler nicht, daß sich diese beiden Untergangspropheten sogleich in den Westen abgesetzt hatten. Es ärgerte ihn bloß, daß solcherart »Heldentaten« unter nicht wenigen Kollegen eine stille Sympathie genossen. Aber mit ihnen gab es ja keine Auseinandersetzung. Dabei wußte jeder: Diese unsicheren Kantonisten verschanzten sich hinter ihrem Fachgegenstand, sahen im dialektischen Materialismus nur eine Hilfswissenschaft und rümpften die Nase über alle diejenigen, die sich mühten, die fortschrittlichen Ideen durchzusetzen. Es war ja bekannt, daß diese Herren Naturwissenschaftler in den Häusern der Altakademiker verkehrten und alle zusammen sich als die Elite des Geistes fühlten. In den Villen am Fuße der Berge gaben sie ihre Hausmusikabende, wie es sein Nachbar Lidman zu tun pflegte, waren unter sich und machten ihre Witze über die Gesellschaftswissenschaftler, die sie natürlich für fachliche Versager, Propagandisten und Schleppenträger der Macht hielten. Grobes Fußvolk eben. Nicht mehr und nicht weniger.

Kogler ärgerte dieser Dünkel so sehr, daß er schon darum alle Bestrebungen unterstützte, in der Wissenschaft eine feste ideologische Position zu beziehen. Er fand es richtig, daß seit Tagen schon der Staatssekretär für Hochschulwesen mit dem Rektor und den Mitgliedern der Bezirksleitung über den Inhalt der Festansprache beriet, sollte doch in ihr die Entwicklung der Universität zu einer sozialistischen Ausbildungsstätte der Arbeiter- und Bauernmacht klar herausgearbeitet werden. Kogler war froh, daß auf der höchsten Ebene der Partei dem bevorstehenden Ereignis eine solche Bedeutung beigemessen wurde, und sah mit Stolz, daß auch er einen gewissen Anteil daran hatte.

Die Festschrift war gedruckt, der Fackelzug geprobt. Die Straßen für den Umzug waren abgesperrt, die Räume für den Staatsakt prächtig geschmückt. Das Empfangskomitee für den Ersten Sekretär und Vorsitzenden des Staatsrates hatte sich konstituiert und das Protokoll bis ins kleinste festgelegt. Alles fieberte der Stunde der Eröffnung entgegen, alle waren in festlicher Erwartung, in höchster Spannung, da schlug die Nachricht wie ein Blitz ein, daß sich der Rektor in der Nacht in den Westen abgesetzt hatte.

Kogler war bestürzt. Er faßte es nicht. Gerade jetzt die ehrwürdige Alma mater im Stich zu lassen, zeugte von niedriger Gesinnung und war in seinen Augen zutiefst unwürdig und verwerflich. Nach der Feier zum Klassenfeind überzugehen – nun gut, es wäre etwas anderes gewesen. Aber am Vorabend eines solchen Säkularereignisses einen derartigen Schritt zu tun, war nationaler Verrat und zeugte überdies von mangelndem akademischen Kameradschaftsgeist. Er hätte dem höchsten Repräsentanten doch wenigstens einen Sinn für Symbolik zugetraut, war enttäuscht, tief enttäuscht von ihm und verurteilte wie alle anderen Universitätsangehörigen in einer Sondersitzung den geflohenen Rektor als Volksfeind.

Gleichzeitig erfaßte Kogler eine tiefe Unruhe, denn er fragte sich, auf wen überhaupt noch Verlaß war. Er sah den Ablauf des Festaktes in Frage gestellt, fühlte sich um einen Höhepunkt betrogen, war verzweifelt, ratlos, wußte nicht, was jetzt geschehen sollte, und faßte erst wieder Mut, als die Partei handelte. Sie setzte Professor Miltitz als neuen Rektor ein, was auf Kogler inmitten des Desasters wie eine frohe Botschaft wirkte. In dieser Entscheidung sah er für sich persönlich einen so günstigen Umstand, daß er meinte, mit der Vorsehung im Bunde zu sein.

So stellte sich dann doch noch ein Gefühl der Zuversicht ein, als er im Festumzug unter den angesehensten Vertretern der Universität hinter den Spektabilitäten und Magnifizenzen aus dem In- und Ausland marschieren durfte. Kogler hatte den Eindruck, als sei die ganze Stadt auf den Beinen, um für den Lehrkörper der Alma mater Spalier zu bilden und ihm zu huldigen, wie in all den Jahrhunderten zuvor. War doch diese Universität Stammsitz besten deutschen Geistes, der der Stadt Ehre und Glanz gebracht und ihren Namen in der Welt berühmt gemacht hatte. Immerhin hatte Leibniz hier studiert, Hegel hier gelehrt und Marx hier promoviert, und jeder Universitätsangehörige konnte schließlich zu Recht sagen, daß Schiller einst sein Kollege und Goethe sein Minister gewesen sei. Von solcher Tradition getragen, schritten die Professoren und Dozenten, die Söhne der Wissenschaft, durch die geschmückten Straßen der Innenstadt zum Haus des Volkes, wo der hohe Festakt stattfand. Es war für Kogler ein erhebendes Gefühl, sich unter der erlesenen Schar der Denker zu wissen und die eigene Bedeutung durch den Beifall und die Bewunderung der Einwohner einmal so recht genießen zu können.

Die Spitze des Zuges bildete der neue Rektor und der Große Senat, der sich in der Festschrift zu Koglers Freude als »Vorkämpfer für die Einheit Deutschlands seit 1815« dargestellt hatte, was ihm Respekt abforderte. Zeugte es doch von einer nationalen Gesinnung, die seine ungeteilte Sympathie besaß. Es folgten die Regierungsdelegation mit dem Ersten Sekretär und die Vertreter der ausländischen Hochschulen, geleitet von den Dekanen und Prodekanen in ihren ehrwürdigen Talaren, die die Farben der Fakultäten trugen: Violett die Philosophen, Weinrot die Juristen, Grün die Naturwissenschaftler, Blutrot die Mediziner, Sandfarben die Landwirtschaftswissenschaftler, Schwarz die Theologen; Zelebritäten und Notabilitäten mit transzendentalgrauem Haar und abstraktem Blick, letzte Repräsentanten der deutschen Gelehrtenrepublik, in deren feierlichen Mienen unübersehbar das Doctrina coronat, Gelehrsamkeit krönt, geschrieben stand. Den Schluß des Zuges bildeten die Dozenten. Sie marschierten in einem geschlossenen Block. Gleich in der ersten Reihe schritt Genosse Dr. phil. habil. Franz Kogler mit seinem geliebten weißen Schillerkragen, dem Parteiabzeichen am Jackettaufschlag, aufrecht und optimistisch, wie es sich für einen Vertreter der fortschrittlichen Intelligenz verstand. Getragen von dem Bewußtsein, zur Elite des Landes zu gehören, war sein Schritt leicht und federnd. Er ging gern im Zug. Hier hatte er nicht nur körperlich, sondern auch geistig den Platz, der ihm entsprach und ihm gefiel. Für die, die vor ihm gingen, war er ein würdiger Nachfolger; für die, die hinter ihm gingen, ein würdiger Vorgänger. Das äußere Bild des Zusammengehens, des Miteinanders imponierte ihm. Die geschlossene Kraft eines Marschblocks mutete ihn wie eine Manifestation der eigenen Fähigkeiten an. Jetzt, da die schaulustige Menge am Straßenrand immer dichter wurde, war es Kogler, als bewege er sich durch eine Gasse von Bewunderern und werde hingeleitet zu neuen Ufern, die die Winkenden am Rande nie erreichen würden. Er sah Anna und die Töchter unter den Spalierbildnern, auch Frau Reimar, sah sie alle und sah sie nicht, zog an ihnen vorüber, im Sog des Geschehens, im Strom der Zeit, im Zug der Geschichte. Es war ein herrliches Gefühl, wenn einer vorausging, dem es zu folgen galt, und einer hinter ihm ging, der weiterdrängte. Es war die Bewegung, die kraftvoll von außen kam und in sein Innerstes drang, die ihn leitete, ihm die Richtung gab und ihn stark und selbstgewiß machte. Beruhigend empfand er, daß der Marschblock kein Ausscheren zuließ, sondern eine Ordnung herstellte, der sich diejenigen, die die Geschichte voranbringen wollten, fügen mußten. Der Zug verkörperte unübersehbar eine höhere Disziplin, ohne die es keinen klaren Ausdruck des Gemeinwillens geben konnte. Er gab ihm ein Gefühl elementarer Geborgenheit, die er gerade darum so schätzte, weil sie im gemeinsamen Vorwärtsschreiten lag und ihn in der Gewißheit bestärkte, als Erbauer eines besseren Deutschland zu den Macht- und Würdenträgern des Geistes zu gehören.

Seit Katharina in Arnd verliebt war, sah sie alles in gesteigerter Form. Die Sonne schien heller, die Blumen blühten schöner, die Schule gefiel ihr, die Lehrer waren passabel, die FDJ in Ordnung. Alles machte Freude, und alles hatte Sinn. Arnd Bernhardt kam oft, wartete vor der Schule auf sie, holte sie nachmittags zum Spazierengehen ab oder stand abends überraschend vor dem Gartentor. Jeder Augenblick, den sie mit ihm verbrachte, rann herrlich ins Zeitlose. Oft sah sie ihm beim Rudertraining zu, bewunderte seine Kraft, ging mit ihm zu den Jazzabenden der Jungen Gemeinde und versäumte natürlich keinen Hausball, weil sie hier nach den neusten Hits von Elvis tanzen konnten. Katharina stimmte im stillen mit der Sicht des Vaters überein, der überall nur Entwicklung und Entfaltung, nur Positives und Gutes sah, fand jeden Tag schöner und lichter, bis plötzlich Arnd dieses Mißgeschick passierte.

Der Direktor hatte anläßlich des Todes von Wilhelm Pieck eine Trauerstunde angeordnet. Es gab keinen Unterricht; statt dessen sollten die Schüler still in ihren Bänken sitzen, nicht reden, kein Buch lesen, sondern in sich gehen und des teuren Toten gedenken. Weil es Arnd bald zu langweilig wurde, holte er wortlos seine Skatkarten aus der Tasche. Zwei seiner Banknachbarn setzten sich dazu, und sie begannen zu spielen. Gerade als er die Trumpffarbe bestimmen wollte, ging die Tür auf, und der Geschichtslehrer betrat den Raum, um nach dem Rechten zu sehen. Er starrte auf die Karten, forderte Augenblicks, das Spiel zu beenden und, wie angeordnet, zu trauern. Dann zog er die Karten ein und verließ das Klassenzimmer.

Schon Stunden später wurden Arnd und seine beiden Mitspieler zum Direktor bestellt. Was sie sich dabei gedacht hätten, wollte er wissen, so respektlos und provokativ zu handeln in einer Stunde, da die ganze Nation um den ersten Präsidenten des Arbeiter- und Bauernstaates trauerte. Ich glaube, ihr seid euch nicht darüber im klaren, was es heißt, Schüler einer sozialistischen Oberschule zu sein, sagte er.

Arnd begriff sofort den Ernst der Situation, entschuldigte sich für diese Unüberlegtheit, doch der Direktor entgegnete nur: Das hätten Sie sich mal eher überlegen sollen. Mir ist davon Meldung gemacht worden, und nun muß ich dieser Meldung nachgehen und die Angelegenheit bereinigen.

Arnd wußte, daß der Geschichtslehrer Mitglied der SED-Kreisleitung war und wohl auch darum der Direktor so streng reagierte, um dort nicht in den Verdacht zu geraten, Disziplinlosigkeiten an seiner Schule durchgehen zu lassen. Eigentlich hatte er gedacht, daß mit der Entschuldigung beim Direktor die Sache erledigt war, und fiel aus allen Wolken, als er dann auch noch zum Stadtschulrat bestellt wurde, der das Gespräch mit dem Schüler Bernhardt von zwei Beisitzern protokollieren ließ.

Statt es als eine Auszeichnung zu betrachten, auf Arbeitergroschen lernen zu dürfen, sagte er, dreschen Sie Skat in einer Stunde, da wir alle um das Oberhaupt unseres Staates getrauert haben. Dies beweist, daß Ihnen die positive Einstellung zur Arbeiter- und Bauern-Macht fehlt, ja daß Sie mit Ihrem Verhalten geradezu bewußt eine Provokation beabsichtigt haben.

Arnd wußte nicht, wie ihm geschah und was er dazu sagen sollte, sondern beteuerte auch hier, daß er sich nichts weiter dabei gedacht habe und ihm alles sehr leid täte. Aber auch hier schien ihm eine undurchdringliche Wand entgegenzustehen. Sie haben sich als Schüler einer sozialistischen Oberschule für unwürdig erwiesen, sagte der Stadtschulrat, haben nicht nur negativ auf das gesamte Klassenkollektiv gewirkt, sondern mit Ihrer Provokation dem Ansehen dieser Bildungseinrichtung aufs schwerste geschadet.

Eine Chance zur Entgegnung bekam er nicht. Arnds Vater sprach mit dem Direktor und dem Stadtschulrat, bat sie, die Angelegenheit, die selbstverständlich von schlechtem Betragen zeugte, nicht zu dramatisieren, brachte auch noch einmal eine schriftliche Erklärung seines Sohnes mit, in der er sich für die unüberlegte Handlung entschuldigte, doch es schien keine Bereitschaft zum Einlenken zu geben. Der Stadtschulrat blieb unbeirrt bei seiner Linie. Die letzte Entscheidung trifft der Pädagogische Rat in Übereinstimmung mit dem Bezirksschulrat, sagte er, denn staatsfeindliche Positionen können bei keinem unserer Schüler in irgendeiner Weise verharmlost werden.

Als dieses Wort »staatsfeindlich« plötzlich im Raume stand, wußte Professor Bernhardt, daß die Entscheidung gefallen war und ein Einspruch nichts mehr nützte. Er ging zwar noch zum Bezirksschulrat und verlangte das Gesetz zu sehen, das die Relegierungsbestimmungen beinhaltete, aber der Bezirksschulrat fragte bloß mit schneidender Stimme, ob Professor Bernhardt die Gesetze der Arbeiter- und Bauernmacht etwa in Zweifel ziehen möchte.

Katharina setzte sich vehement in der zentralen FDJ-Leitung der Schule für eine Schülervollversammlung ein, wo dieser Fall zur Sprache kam, doch da wurde ihr unmißverständlich gesagt: Die FDJ spricht nur für ihre Mitglieder. Um die anderen sorgt sich schon die Junge Gemeinde.

Plötzlich begriff sie, worauf alles abzielte, regte sich kolossal auf, meinte, daß dies dem Statut der FDJ widersprach, die ja schließlich die Interessen der gesamten Jugend vertrat, und stieß auch hier auf taube Ohren. Sie sprach mit Arnds Eltern, um zu beraten, was man tun könne, doch Professor Bernhardt sagte nur: Zur Zeit sollen sämtliche Kliniksdirektoren in die Partei, und da ich den Werbern eine Absage erteilt habe, hat das wohl alles auch mit mir zu tun. Arnd ist nur ein willkommener Anlaß. So was hat Methode. Das haben sie früher auch schon gemacht. Da hießen sie noch Pgs. Das ist alles nichts Neues.

Katharina fragte ihn, warum er nicht in Berlin eine Beschwerde gegen dieses Vorgehen einlege, aber Professor Bernhardt sah darin wenig Sinn. Gegen eine beschlossene Sache ist in diesem Staat nichts mehr zu machen, sagte er, und Katharina verstand seine Haltung nicht. Schließlich hatte Arnd nichts Staatsfeindliches, sondern nur etwas Unüberlegtes getan, und das konnte doch nicht derart bestraft werden.

Sie berichtete ihrem Vater von dem unglaublichen Vorkommnis, sagte, daß der Sohn des stellvertretenden Rektors kurz vor dem Abitur von der Schule fliegen sollte, ohne natürlich auch nur mit einer Silbe zu erwähnen, daß sie mit Arnd befreundet war. Doch Kogler meinte nur: Misch du dich da nicht ein. Wenn solche Maßnahmen getroffen werden, hat das immer einen tieferen Grund.

Anna widersprach ihm: Das liegt an der Übervorsicht des Direktors. Aus Angst vor der Kreisleitung hat er die Sache gleich nach oben gemeldet. Direktor Kienle hätte das nie getan. Der hielt in schwierigen Situationen zu seinen Schülern. Es kann ja nicht jeder Direktor ein Schwabe sein, erwiderte Kogler mit einem leicht spöttischen Unterton.

Hier wird doch ein Exempel statuiert, meinte

Anna, merkst du das nicht? Vielleicht hat die Schule von oben Kritik erfahren und steht unter Beschuß, oder aber sie soll eine Musterplantage der Volksbildung werden. Wie könnte denn sonst eine solche Lappalie derartige Folgen haben?

Wenn es nun mal eine Auszeichnung ist, die Oberschule besuchen zu dürfen, dann muß man sich auch entsprechend betragen. Gerade als Sohn eines führenden Intelligenzlers. So einer sollte den Arbeiterkindern Vorbild sein, entgegnete Kogler und sagte zu Katharina: Und du zieh Schlußfolgerungen daraus und befolge die Anweisungen der Lehrer, dann kann dir so etwas nicht passieren.

Edda empörte die Haltung des Vaters, und da sie von der ganzen Sache nicht so unmittelbar betroffen war wie die Schwester, fühlte sie sich innerlich ganz besonders ermutigt, Katharina zu unterstützen. Schade, daß Uwes Vater wieder in Dubna ist, sagte sie. Er hätte sich sofort für Arnd Bernhardt eingesetzt. Professor Lidman hat keine Angst, seine eigene Meinung zu vertreten und sich für die gerechte Beurteilung anderer einzusetzen. Aber er ist eben auch eine Kapazität. Naja.

Erwarte mal keine Wunder von diesem Herrn, entgegnete Kogler. Auch er würde es nie wagen, gegen einen Parteibeschluß anzugehen.

Der Bezirksschulrat hat Arnds Relegierung beschlossen, widersprach Edy, und nicht die Partei.

Auch du kennst nicht die wahren Hintergründe und kannst dir kein Urteil erlauben, meinte Kogler sichtlich verärgert.

Das ist es ja, sagte Katharina und gab sich Mühe, so unbeteiligt wie möglich zu scheinen, weil keinem der Hintergrund erhellt wird, gibt es wieder mal nur das allgemeine Schweigen. Das ist doch Absicht, ganz gezielte Absicht!

Kogler mißfiel die Aufsässigkeit, die ihm entgegengebracht wurde, mißfiel, daß Anna ihn in seiner Haltung nicht unterstützte, und brach das Thema ab.

Doch Katharina ließ es keine Ruhe, wie man mit Arnd umsprang. Sie kam über die Beschuldigung des Staatsfeindlichen nicht hinweg und hatte den Eindruck, als wäre ihr das alles selber passiert. Sie fand das ganze Geschehen zutiefst ungerecht und konstruiert, fand die Lehrer in ihrem Stillhalten feige, den Direktor kriecherisch, den Schulrat untauglich, die FDJ eine Versager-Organisation und schien auch plötzlich zu wissen, was der Staat war. Er war nicht die Herrschaft der Mehrheit über die Minderheit, wie es im Lehrbuch stand, und nicht die organisierte politische Macht der Werktätigen in Stadt und Land; der Staat waren die, gegen die man nicht ankam und mit denen sich nicht reden ließ. Das waren der Geschichtslehrer, der Aufpasser, der Direktor, der Melder, der Stadtschulrat, der Parteidiener, der Bezirksschulrat, der Vollstrecker – das war die große dicke Betonwand, an der alles abprallte und vor der man klein und hilflos stand. Sie wußte nicht, wie sie Arnd hätte helfen können. Wäre er Mitglied der FDJ gewesen, hätte sie die Grundorganisation zu einer außerordentlichen Mitgliederversammlung aufrufen können. Sprach erst einmal einer für ihn, fand sich dann auch eine zweite und eine dritte Stimme. Mut, das hatte sie jüngst erst im Staatsbürgerkundeunterricht gehört, Mut war ein Kollektivereignis.

Sie konnte nicht fassen, daß Arnd das Schulgebäude nicht mehr betreten durfte und ihm wie einem Gesetzesbrecher die Auflage erteilt worden war, zu

Hause den schriftlichen Relegierungsbescheid abzuwarten. Sie kam nicht darüber hinweg, daß alles so eilig vonstatten ging, daß niemand eingriff, keiner sich empörte, nichts bekanntgegeben wurde und auch die anderen wie sie selber nur machtlos danebenstehen konnten und zusehen mußten, wie Arnd Unrecht geschah. Vielleicht war wirklich alles bloß ein abgekartetes Spiel, wie Anna meinte, vielleicht sollte wirklich ein Exempel statuiert werden. Katharina wußte es nicht. Ihr kam die ganze Sache so abwegig und widersinnig vor, daß sie immer noch fest davon ausging, diese Maßnahme gegen Arnd würde sich schon bald als ein Irrtum erweisen und rückgängig gemacht werden müssen.

Sie bewunderte ihn jetzt noch mehr, weil er seine Lage so gelassen ertrug. Doch sie spürte auch, wie sehr ihn das alles traf – mehr als er ihr gegenüber zugeben wollte. Demonstrativ ließ sie sich jeden Nachmittag von Arnd aus der Schule abholen und zeigte sich mit ihm, wo immer sie konnte. Einige aus ihrer Klasse empfanden dies als mutig, weil sie sich damit zu einem Relegierten bekannte, der noch dazu als Staatsfeind eingestuft worden war. Aber das kümmerte sie nicht. Vielmehr bedrückte es Katharina, daß Arnd nicht mehr zum Training ging, keinen Jazz mehr hören wollte und von Mal zu Mal stiller und nachdenklicher wurde.

Anna freute sich zwar, daß Katharina einen Freund und Edda Verehrer hatte, aber sie spürte auch, daß die Töchter im Begriff waren, ihre eigenen Wege zu gehen, und sie mit einem Gefühl von Einsamkeit zu Hause zurückblieb. Es war mit einemmal niemand mehr da, mit dem sie ihre Unternehmungslust teilen konnte. Franz saß nur in seinem Arbeitszimmer, verließ an den Wochenenden selten die Wohnung, machte nie einen Besuch und wollte auch keine Gäste haben. Es genügte ihm, sich geistig durch die Welt zu bewegen. Alles andere empfand er als strapaziös und lästig. Anna aber wollte sich unter Menschen begeben, wollte reisen und unterwegs sein. Auf Franz konnte sie nicht zählen, und allein etwas zu unternehmen, dazu fehlte ihr die Lust, zumal sie dies als verheiratete Frau auch nicht tun wollte. Sie mochte ihn auch nicht darum bitten, denn sie kannte die Antwort schon im vorhinein: Die Arbeit ging vor. Die Arbeit stand über allem. Die Arbeit durfte nicht liegenbleiben. Die Arbeit, die Arbeit, immer nur seine Arbeit. Anna war auch die endlosen Debatten leid, ob er sich nun Sonntag nachmittags zu einem Spaziergang aufraffen sollte oder ob es nicht doch besser war, zu Hause zu bleiben und sich einer sinnvolleren Tätigkeit zu widmen. Sie hatte längst begriffen, daß er sich nur wohl fühlte, wenn er in seiner Bücherwelt keinerlei Störung erfuhr und genau das tun konnte, was ihm Spaß machte. Daß ihr der Sinn nach anderen Dingen stand, daß sie liebend gerne unter Menschen war und auflebte, wenn sie die eigenen vier Wände verlassen konnte, vermochte er sich nicht vorzustellen. So oft sie sich auch fragte, ob es sich bei ihm um einen besessenen Wissenschaftler oder nur um einen eingefleischten Egoisten handelte – sie wußte, daß es sinnlos war, dagegen aufzubegehren, weil er ein starkes Phlegma besaß und die Beschaffenheit seines Wesens jegliche Änderung ausschloß. Sie nahm seine Immobilität wie einen Schicksalsschlag hin, mit dem es zu leben galt und auf den sie sich einstellen mußte.

Seit Gretl ins Pflegeheim gekommen war, stürzte

sich Anna daher auf eine Tätigkeit, der sie nun fern jeglichen Verdachtes, faul zu sein, nachgehen konnte: Sie las. Sie las, ohne ein schlechtes Gewissen haben zu müssen, der Haushalt werde dadurch vernachlässigt oder wichtige andere Arbeiten würden unterdes liegenbleiben, wie Gretl stets anmerkte, wenn sie Anna mit einem Buch in der Sofaecke sitzen sah. Lesen war für Gretl ein Ausdruck des Müßigganges und der Langeweile, vor allem, wenn es sich um Romane und keine ernsthaften wissenschaftlichen Schriften handelte, wie ihr Sohn sie zu studieren hatte. Anna lieh sich einmal in der Woche in der Stadtbücherei eine Einkaufstasche voller Bücher aus: Abenteuerromane und Reisebeschreibungen aller Art. Sie beeilte sich, bis mittags mit dem Einkaufen und dem Kochen fertig zu sein, wartete, bis die Töchter aus der Schule kamen, aß mit ihnen, räumte rasch noch den Tisch ab, ging dann ins Schlafzimmer, legte sich in Kleidern aufs Bett und las. Es wäre ihr nicht in den Sinn gekommen, sie auszuziehen, denn dies bedeutete, entweder schlafen zu wollen oder krank zu sein. Da beides nicht zutraf, behielt sie ganz bewußt die Kleider an und wollte nur die Wärme des Bettes spüren, das Geborgensein und Behagen, das in einem wohltuenden Gegensatz zu dem stand, was sie las: rauhe, verwegene Geschichten, Entdeckerberichte und spannende Erzählungen. Nichts konnte ihr wild genug, nichts gruselig genug, nichts gewagt genug sein. Sie verschlang begierig Geschichte um Geschichte von kenternden Schiffen, Saharaexpeditionen und Amazonasbewohnern, von Gipfelbesteigungen, Eskimohochzeiten und Hinduritualen, von Taigajägern und Perlentauchern, durchquerte lesend die Fremde und hatte das herrliche Gefühl, unterwegs zu sein.

Sie ließ alles hinter sich, löste sich von allem, brach auf, überwand Grenzen und Entfernungen, nahm die Welt in Besitz und erfüllte sich ihre heimlichen Wünsche. Sie spürte das innere Fieber, war im Sog des Erlebens, fühlte sich wieder jung und so, als läge noch alles vor ihr. Die Sehnsüchte von damals nahmen auf dem Papier Gestalt an, wurden immer realer, immer lebendiger, so daß sie manchmal nicht mehr wußte, ob sie nicht doch zwischen einer Felsspalte biwakierte, mit einer Schiffsplanke über das Meer trieb oder sich durch einen sibirischen Schneesturm kämpfte. Sie hörte nicht das Klingeln des Telefons, machte nicht auf, wenn es an der Tür läutete, und nickte ihren Töchtern nur abwesend zu, wenn sie zu ihr ins Zimmer schauten, um zu sagen, daß sie weggingen. Anna war im Leserausch, gepackt vom Wagemut, gebannt von der Gefahr, lebte ihre Unternehmungslust Buch für Buch aus und genoß das Gefühl, mit sich selbst übereinzustimmen, nachzuholen, was versäumt worden war, Verluste wettzumachen und Lücken zu schließen.

Diese Nachmittage waren Stunden ohne Kompromisse, ohne Einschränkung, waren ihre Träume und der Traum selbst, die pure Realität, ihre endlich gefundene eigene, ureigene Wirklichkeit, ohne die sie sich nicht mehr denken konnte. Für niemanden hatte sie dazusein, für niemanden eine Pflicht zu erfüllen, für niemanden ein Opfer zu bringen. Sie gehörte sich selbst, für ein paar Stunden sich selbst. Sie konnte im freien Flug ihrer Vorstellungen davonschweben, konnte ihrer Neugier folgen und das Unbekannte in Augenschein nehmen. Begierig sog Anna Buch um Buch in sich ein und wurde jedesmal in die nüchterne Wirklichkeit zurückgeholt, wenn es am späten Nachmittag zweimal kurz hintereinander an der Tür läutete. Dann sprang sie verstört aus dem Bett, um Franz zu begrüßen, so wie er es liebte und wie er es gewohnt war. Meist bemerkte sie, daß der Teekessel noch nicht aufgesetzt und der Abendbrottisch noch nicht gedeckt war. Doch nach der nachmittäglichen Lektüre kamen ihr solche Tätigkeiten wie eine Profanation vor. In ihnen lag das ermüdende Einerlei, das Frauen so rasch altern ließ, ihre Haut welk und den Blick trüb machte und sie selber ganz unversehens in eine alltägliche graue Gewohnheit verwandelte, die man erst dann so recht zu schätzen wußte, wenn sie nicht mehr da war.

Die Abenteuer des Nachmittags weckten in Anna von Mal zu Mal neue Erwartungen, versetzten sie in Spannung und Unruhe und ließen sie gegenüber aller Hausarbeit noch gleichgültiger werden. Die Wäsche wurde in noch größeren Abständen gewaschen, die Betten seltener bezogen, die Handtücher weniger ausgewechselt, die Fenster nur mehr vierteljährlich geputzt. Seit kurzem hatte sie die Naturmangel eingeführt, denn sie wollte nicht mehr stundenlang Wäsche bügeln. Sie nahm sie von der Leine, legte sie zusammen, packte je einen Stapel unter ein Stuhlkissen, wo er so lange liegenblieb, bis er einigermaßen glattgesessen war. Franz bekam jedesmal den größten Stapel unter das Stuhlkissen gepackt, weil er der schwerste war und daher die Naturmangel besonders gut wirkte. Er saß zwar kipplig und unbequem, aber er sagte nichts, mangelte gehorsam die Wäsche und ließ Anna gewähren. Ihre Leidenschaft für Bücher forderte ihm den größten Respekt ab und hatte in jedem Falle vor allen anderen Tätigkeiten Vorrang. Da spielte es keine Rolle, ob er den Tee später bekam, ob

Zahnpasta fehlte oder ein abgerissener Knopf wochenlang nicht angenäht wurde. Die Begeisterung für Lektüre war ihm heilig. Nur eines ärgerte ihn an Annas neuer Leidenschaft: daß sie nichts über die Bücher erzählte. Doch sie sah keinen Grund dazu. Sie las schließlich die Bücher nicht, um darzustellen, was sie aus ihnen an neuer Erkenntnis gewonnen hatte. Sie las, um ihr Selbsterleben zu steigern und sich etwas von ihren heimlichen Wünschen zu erfüllen. So wie sie nie über ein Gefühl sprach, weil ein Gefühl für sie etwas zu Großes war, als daß es mit ein paar Worten ausgedrückt werden konnte, so sagte sie bloß: Das Buch las sich gut, oder das Buch las sich schlecht. Mit dieser Bemerkung brachte sie Franz zur Verzweiflung. Er meinte, wer sich nicht anders zu einem Buch äußern könne, habe völlig umsonst gelesen. Sie allerdings war der Auffassung, ihre Bemerkung sei ausreichend, zumal sich in ihr auch noch das andere, die Revanche, verbarg. Nun dämpfte sie seinen geistigen Bewegungsdrang, so wie er bisher ihren physischen Bewegungsdrang gedämpft hatte. Nun gab sie ihm mit einer gewissen Genugtuung zu spüren, wie es war, kein Interesse zu zeigen an dem, wonach es den anderen verlangte. Das Buch las sich gut. Das Buch las sich schlecht. Nicht mehr, nicht weniger. Das Almosen dieser Feststellung mußte ihm genügen. Franz ahnte von den Feinheiten ihrer Beweggründe nichts, geschweige denn, daß er sich die Mühe gemacht hätte, sie zu analysieren. Er geriet bloß in Wut. Wozu liest du überhaupt, wenn du den Inhalt nicht wiedergeben kannst!

Ich kann schon, entgegnete Anna, ich habe nur keine Lust, meinen Eindruck mit Worten abzuschwächen.

Damit war das Gespräch zwischen ihnen für den Rest des Tages meist beendet, und er zog sich grollend in sein Arbeitszimmer zurück.

An einem sternklaren Aprilabend hielt es Kogler nicht an seinem Schreibtisch. Er trat mit Anna und den Töchtern auf den Balkon hinaus. Es wehte ein lauer Wind. Die Luft kündigte den nahenden Frühling an. Die Bäume im Garten erhielten im Schein der Straßenlaterne klare Konturen und ragten wie Scherenschnitte aus dem Boden. Hinter ihm stieg steil der Wald auf und zeichnete sich als ein Schattenmassiv vor dem nächtlichen Himmel ab. Die Stadt lag wie eine Lichterinsel im Tal und hob sich glitzernd aus der Dämmerung. Auf der Anhöhe gegenüber, wo der Turm der Jugend stand, den die Leute noch immer Bismarckturm nannten, schimmerte hoch oben ein einsames Licht wie ein letztes Fünkchen Leben, das allem Verlöschen trotzen wollte. Am Stadtrand entlang kroch der Personenzug gleich einer Lichterschlange, die sich langsam zum Tal hin bewegte, um dann im Dunkel der Wälder zu verschwinden. Die Schornsteinkronen des Glas-, Arzneimittel- und Gerätewerkes trugen rote Lichterkränze, die alles überragten und vom Triumvirat der materiellen Produktion weithin Kunde gaben.

Das nächtliche Panorama trug eine tiefe Ruhe in ihn, stimmte mit allem versöhnlich und gab ihm das Gefühl, eingebunden zu sein in eine große Weltharmonie. Kogler war glücklich, daß es nur eines Schrittes auf den Balkon bedurfte, um sich diesen Genuß verschaffen zu können. Doch heute verweilte er nicht so lange wie sonst bei diesem Ausblick, sondern schaute zum Himmel hinauf, wo Bewegendes geschehen war. Äußerlich schien alles wie immer. Der Mond sandte sein klares kaltes Licht herab. Die Sterne gaben dem weiten Rund etwas Friedliches, blühten wie kleine sonnengelbe Nachtblumen im Unendlichen und zeigten keinerlei Veränderung. Sie waren weder enger zusammengerückt, noch hatten sie sich erschrocken versteckt oder gar eine Gasse gebildet. Ehern und unverrückbar standen sie an ihrem gewohnten Platz und zogen gelassen ihre Bahn durch den Weltraum, in den vor wenigen Stunden der erste Mensch in einem künstlichen Erdsatelliten gestartet war.

Kogler wandte nicht seinen Blick vom nächtlichen Firmament und schien tief beeindruckt, daß dort oben zwischen den Sternentiefen Juri Alexejewitsch Gagarin in einem Raumschiff kreiste. Er stand unbewegt, auch überwältigt, und sprach wie einst Goethe bei der Kanonade von Valmy: Von hier und heute geht eine neue Epoche der Weltgeschichte aus, und ihr könnt sagen, ihr seid dabeigewesen. Edda, Katharina und Anna standen eng umschlungen, schauten gleichfalls in den Himmel und hofften, einen unter den Sternen zu entdecken, der sich langsam fortbewegte und den sie als den Sputnik ausmachen konnten. Wäre die Entfernung nicht so groß gewesen, hätten sie ihm auch zugewinkt, aber das Ereignis blieb unsichtbar, was sie ein wenig enttäuschte.

Kogler hatte keine Vorstellung davon, wie der erste Mensch in den Kosmos katapultiert worden war, und die technischen Vorgänge interessierten ihn auch nicht. Allein daß dies gelungen war, genügte. Seine Kollegen hatten den ganzen Tag über nichts anderes gesprochen. Der führende Atheistiker, Professor Mendel, hatte gleich nach Bekanntwerden dieser Nachricht seine Vorlesung unterbrochen und begeistert ausgerufen: Nun ist das Weltall unser! Dieser Ruf hallte durch alle Gänge der Universität, alle Räume der Institute und wurde zur Losung des Tages, die auch den letzten Gleichgültigen aufforderte, an diesem Ereignis Anteil zu nehmen. 21. April 1961, sagte Kogler, dieses Datum ist ein Markstein, es eröffnet ungeahnte Möglichkeiten.

Wie seine Kollegen bewunderte auch er die Leistungen des menschlichen Geistes, aber war doch gleichzeitig seltsam beunruhigt. Denn was seit alters als unberührbar galt, plötzlich zu berühren, schien ihm in gewisser Weise vermessen, so sehr ihm die Tatsache des Gelingens auch imponierte. Er als Gesellschaftswissenschaftler und Gelehrter sah hinter die Dinge und wußte, es war eine der verhängnisvollsten Eigenschaften des Menschen, seine Grenzen nicht zu kennen. Es erfaßte ihn eine tiefe Unruhe bei der Vorstellung, daß von nun an Menschen in den Kosmos fliegen und in das Heiligste, in den Schrein des Unendlichen, eindringen konnten. In dieser Hinsicht empfand er religiös und war überzeugt, daß derjenige, der sich mit der Schöpfung messen wollte, eines Tages seine gerechte Strafe dafür bekommen würde. Dennoch fühlte sich Kogler auch als Genosse bestätigt. In dieser Tat zeigte sich ihm die Überlegenheit des Sozialismus und gab ihm die Gewißheit, auf der richtigen Seite zu stehen. Der ganzen Welt wurde damit der Beweis erbracht, daß die sozialistische Wissenschaft zu den kühnsten Leistungen fähig war. Sie setzte sich nicht nur große Ziele, sie verwirklichte sie auch. Ein klares Konzept, sagte er, eine straffe Gedankenführung und ein einheitlicher Wille – das macht sie jeder kapitalistischen Wissenschaft überlegen.

Niemand widersprach ihm. Dann holte er seine Mundharmonika, ein seltenes Exemplar, eine diatonische Zweilochharmonika, die er als Kind von seinem Großvater geschenkt bekommen und über alle Wirrnisse der Zeit gerettet hatte. Wie immer, wenn er zu spielen begann, verlor er sein steifes Autoritätsgebaren, bekam etwas Heiteres und Zugängliches, das ihn in den Augen seiner Töchter für Momente sogar liebenswert machte.

Kogler spielte das Abendlied von Matthias Claudius. Anna und die Töchter summten leise mit und lauschten seinem Spiel, das eine melancholische Stimmung aufkommen ließ und Anna an viel Schönes und Düsteres ihrer Ehe erinnerte. Mit einemmal setzte er die Mundharmonika ab und zitierte in die sternklare Nacht hinein die vierte Strophe, die er ganz besonders liebte und hinter der er im Augenblick seine Besorgnis am besten verbergen konnte:

Wir stolze Menschenkinder sind eitel arme Sünder
und wissen gar nicht viel.
Wir spinnen Luftgespinste und suchen viele Künste
und kommen weiter weg vom Ziel.

Anna holte für jeden eine warme Jacke und ein Malzbier, um noch eine Weile auf dem Balkon bleiben zu können. Solche Abende, die Franz der Familie widmete, mußten ausgiebig genossen werden. Sie dachte nicht mehr an Gagarin. Das kopernikanische Ereignis war angesichts des Mundharmonikaspiels mit einemmal unwichtig geworden. Sie bat Franz, noch mehr zu spielen, alles, was ihm in den Sinn kam – hintereinander, durcheinander, eigene Phantasien, Lieder und Märsche, wie er mochte, was er konnte, zauberte doch jedesmal der Klang der Mundharmonika eine familiäre Harmonie hervor, die sie in wenigen Augenblicken für vieles entschädigte. Kogler spielte Volkslieder; gefühlvolle, besinnliche Weisen, steigerte sich vom Vibrato zum Tremolo, und plötzlich hörte sich sein Spiel unter dem nächtlichen Himmel aufbegehrend und trotzig an, als wolle er den Boden seines Herkommens verteidigen, Lied für Lied, und zeigen, daß es von diesen Wurzeln kein Loslösen gab, auch wenn man sich eines Tages noch tiefer in den Kosmos hineinbegeben sollte.

Edda hegte noch immer im stillen einen Zorn gegen den Vater, und zunehmend drängte sich ihr die Frage auf, was er überhaupt für ein Mensch war. Anfangs hatte sie geglaubt, er sei ein Egoist, der nur das für wichtig hielt, was ihn ganz unmittelbar betraf, und den alles andere nicht kümmerte. Doch inzwischen meinte sie, daß sein Beweggrund, ihren Abiturwunsch nicht unterstützt zu haben, nur die Angst sein konnte, in irgendeiner Weise unangenehm aufzufallen. Er wollte sich nicht beschwerdeführend an eine Behörde wenden, um sich unbeliebt zu machen und in den Ruch eines Querulanten zu kommen. In Edys Augen gehörte der Vater zu denen, die sich nur dann wohl fühlten, wenn sie sich in den vorgegebenen Bahnen des Statthaften bewegten. Im Grunde seiner Seele war er für sie eine unterwürfige Natur, was er hinter seinem hohen moralischen Anspruch und seinen forschen ideologischen Reden immer wieder zu verbergen verstand. Sie beneidete die Abiturientinnen. Des Morgens, wenn der grauflutende Strom der Arbeiter hinter den Fabriktoren verschwunden war, wenn die Intelligenz erwachte und die Angestellten zu ihren Schreibtischen eilten, gingen sie fröhlich mit ihren Kollegmappen zur Schule wie in ein Institut, waren umgeben vom Nimbus einer höheren Geistigkeit, kannten nicht das erlösende Wort »Feierabend«, wußten nichts vom Ernst des Lebens, genossen überall Ansehen und durften sogar an den begehrten Vorklinikerbällen teilnehmen, wo sich die künftige akademische Elite der Stadt traf und streng darauf achtete, daß die Eintrittskarten nur unter ihresgleichen verkauft wurden.

Den Abiturientinnen standen die Wege nach oben offen, und die Zukunft lag wie eine große Hoffnung vor ihnen. Für Edda dagegen zeigte sich das Leben in seiner ernüchternden Wirklichkeit.

In einem weißen Kittel, mit Wollsocken und einem Stecknadelkissenarmband stand sie im Schaufenster der HO Industriewaren und dekorierte Kochtöpfe, Bakelitschüsseln und Bratpfannen. Beim Abschluß des Lehrvertrages war zwar von den großen künstlerischen Möglichkeiten die Rede gewesen, und es hieß, daß sie im Warenhaus am Markt modische Kollektionen auf die Puppen stecken und den Reichtum ihrer individuellen Handschrift entfalten konnte. Doch nun stand sie in der profansten Abteilung zwischen Industriewaren, galt als Angehörige des Handels und fühlte sich sozial tief gesunken.

Mit einem Tapeziererhammer nagelte sie rote Pappbuchstaben auf eine Sperrholzleiste: »Es lebe unser Arbeiter- und Bauernstaat«. Der Schlag des Hammers schien Edda der Widerhall ihrer inneren Verzweiflung zu sein. Die Losung mußte stets in Sichthöhe an einem zentralen Punkt des Schaufensters angebracht werden und eine bestimmte Größe haben, damit sie ihren agitatorischen Zweck nicht verfehlte. Edda baute die Kochtöpfe und Bakelitschüsseln zu Pyramiden auf und schmückte sie zur Rechten und Linken mit je einem Blumentopf. Sie fand es trostlos, denn auf diese Weise glich ein Fenster dem anderen, trug den Charakter einer Wandzeitung und war so monoton wie die ganze Arbeit, so gleichförmig grau wie ihre Tage bei der HO. Der verhangene trübe Himmel war in ihr, kam Fenster für Fenster zum Vorschein, spiegelte sich in den Gesichtern, auf den Straßen, schaute aus jeder Mauerritze hervor und war nichts anderes als der freudlose Alltag: Losungen und Kochtöpfe und Kochtöpfe und Losungen. Alles andere geschah unter dem Ladentisch, denn die wenigen guten Sachen wurden per Telefonanruf für die Stammkunden zurückgehalten. Die Fenster waren in Eddas Augen sinnlos und überflüssig. Die HO Kreisdirektion war zufrieden mit ihren Dekorationen, entdeckte darin eine gewisse sozialistische Ästhetik, doch Edda fand sie banal und ohne Pfiff. Sie wußte, sie konnte mehr, wollte auch mehr, aber sie mußte sich nach dem Geschmack von Direktion und Geschäftsleitung richten. Manchmal, wenn sie im Schaufenster inmitten von Papierrollen, Sperrholzleisten, Pappbuchstaben und Fahnentüchern stand, hätte sie am liebsten den Tapeziererhammer gegen die Scheibe geschlagen, um ihrer Verzweiflung Luft zu machen. Was Edda bislang in der Berufsschule gelernt hatte, stellte sich für sie mit jeder Schaufenstergestaltung in Frage. Denn die Losung, die von Quartal zu Quartal neu ausgegeben wurde, die immer eine andere war und sich doch stets wie dieselbe las, sollte in einem inhaltlichen Zusammenhang zu den ausgestellten Objekten stehen. Und da nur ins Schaufenster durfte, was im Laden erhältlich war, standen fast immer die Ladenhüter unter den Losungen, was zwar den

Grundsätzen der Werbegestaltung widersprach, sich in der Praxis aber längst durchgesetzt hatte, und woran sich auch niemand störte. Hätte Edda jemals ein begehrtes Produkt ins Schaufenster gestellt, hätte sie damit die Lage nicht verbessert, denn Dinge zu zeigen, die es dann doch nicht zu kaufen gab, stellte für ihre Begriffe auch keinen rechten inhaltlichen Bezug zur Losung her. Ob so oder anders – sie schämte sich.

Dekorierte Edy im Schaufenster und sah sie von weitem einen Bekannten kommen, hätte sie im Erdboden versinken oder sich unter einer Tarnkappe verstecken mögen. Meist hängte sie rasch ein großes weißes Tuch vor die Scheibe, verließ sofort das Fenster und zog sich in die Ladenräume zurück, schrieb Preisschilder, drehte Nelken aus rotem Kreppapier und tat dies so lange, bis sie sicher sein konnte, daß das bekannte Gesicht draußen verschwunden war. Sie hätte das Feixen nicht ertragen, denn daß ausgerechnet sie zwischen trostlosen Alltäglichkeiten wie Dutzendkochtöpfen und Bakelitschüsseln stehen und eine Arbeit verrichten mußte, die keiner Phantasie bedurfte, hätte niemand gedacht. In solchen Momenten fühlte sie sich als Versagerin und glaubte sich in den Augen der anderen als Gebrauchswerberlehrling abgewertet.

Dieses Empfinden war so stark und so beherrschend, daß sie für sich selbst ständig Gegenbilder entwarf, um ihre Enttäuschung zu überwinden. Traf sie ihre ehemaligen Schulfreundinnen oder einen ihrer Verehrer, dann schilderte sie ihnen den Beruf des Dekorateurs als die notwendige Vorstufe zur ganz großen Kunst: Für die Gestaltung eines Schaufensters waren Entwürfe nötig, die kleinen Bühnenbildern glichen und einer genialen Grundidee bedurften. Es brauchte den Mut zur Form und den Mut zur Farbe. Es mußten revolutionierende Sichtweisen eingebracht werden, die genaue Beobachtungsgabe, höchste Sensibilität und tiefe psychologische Kenntnisse erforderten. Das Experiment mit dem Material, alles Neue und Umwälzende mußte noch im kleinsten Detail wiederzufinden sein. Außerdem sollte natürlich jede Schaufensterdekoration eine Geschichte erzählen, so packend und phantasievoll, daß die Leute fasziniert stehenblieben und in eine Konfrontation mit sich selbst gerieten. Dies hatte ein gutes Schaufenster so wie jedes große Kunstwerk zu leisten.

Besonders gegenüber der Schwester rechtfertigte Edy ihr Lehrlingsdasein, als hätte sie Angst, den gewohnten Überlegenheitsanspruch nicht aufrechterhalten zu können. Sie begründete ihren momentanen Status mit der Verschiedenheit der Charaktere. Fast kein Tag verging, an dem sie vor der Schwester nicht immer wieder ihr künstlerisches Naturell hervorhob. Im Gegensatz zu Katharina hätte sie nie zwei Jahre länger auf der Schulbank verbringen können. Sie bevorzugte das andere, das Spontane. Sie mußte schaffen, entwerfen, kreativ sein und in der Kunst ihren Indvidualismus ausleben. Katharina war mehr für das Gesittete, Geradlinige und Ordentliche. Edda dagegen beanspruchte für sich die Ordnung, um sie zu zerstören.

Um ihren Worten die entsprechende Glaubwürdigkeit zu geben, riß Edy in der Zimmerecke, wo ihr Bett und ihr Tisch standen, kurzerhand die Blümchentapete ab, rollte ein rotweiß-gestreiftes Dekorationspapier aus, stieg barfüßig in eine Schüssel mit schwarzer Farbe, lief dann kreuz und quer über das Papier, auf dem sich ihre Fußsohlen schwarz abdrückten, und beklebte ihre Zimmerhälfte mit dem neuen Kunstwerk, das sie für unkonventionell und irrsinnig modern hielt. Katharina bewunderte die Verwegenheit ihrer Schwester, die sich Dinge traute, die sie selber nie gewagt hätte. Sie stand betroffen von ihrer eigenen Bravheit davor, sah sich selbst in diesem Augenblick als eine Provinzbegabung, durchschnittlich, angepaßt und ohne Sinn für Gestaltung. Sie fragte sich, woher Edy ihr künstlerisches Naturell hatte, ob es ein angebotenes Talent oder nur eine erworbene Fähigkeit war, verglich sich mit ihr und überlegte, was sie tun mußte, um so spontan und so eigenwillig wie Edy zu sein.

Am liebsten sprachen die beiden Schwestern über Männer. Männer im besonderen und Männer im allgemeinen, Männer als Liebhaber und Männer als Verehrer, Männer als Bettler und Männer als Beschützer. Männer als Traumhelden und Männer als Jammerbilder, Männer, nichts als Männer. Mit diesem Thema redeten sie sich fast Abend für Abend in den Schlaf, kicherten und glucksten dabei, als näherten sie sich mit jedem Wort dem Ursprung der Lust. Allein die Tatsache, vor der anderen noch einmal das Erlebte ausbreiten zu können, glich einem kribbelnden erotischen Nachhall, der den vorausgegangenen Genuß zu verdoppeln schien. Außerdem war ein Geheimnis doch nichts wert, solange es unausgesprochen blieb. Erst wenn man es mit jemandem teilen konnte, wurde es zu einem echten Besitz, der einen selber aufregender und interessanter machte.

Ohne Zweifel hatten es die Schwestern mit ihren

Liebeserörterungen auch darauf abgesehen, sich gegenseitig vorzuführen, daß sie sich auskannten auf diesem Gebiet, daß sie erfahren waren und kompetent, ein gültiges Urteil zu fällen. Zugleich tat es gut, sich darüber bis ins kleinste Detail auszutauschen, weil jede ihre eigenen Erfahrungen an den Schilderungen der anderen überprüfen konnte, was eine zusätzliche Selbstsicherheit gab. Auf diese Weise hatten sie gleichsam über Nacht zu einer Gemeinsamkeit gefunden, die ihnen mit einemmal das Gefühl gab, ohne die Schwester verloren zu sein.

Allerdings achtete Edy auch hier auf eine gewisse Führungsrolle und bewahrte über alle Gefühlsdinge hinaus eine prinzipielle Sicht, die auf das Höhere orientierte. Schließlich mußte eine Frau nüchtern und vorausschauend denken. Gerade weil sie zum schwächeren Teil der Menschheit gehörte, mußte sie die Fäden in der Hand behalten und den Mann über die Liebe hinaus zu ihrer eigenen Entfaltung nutzen. Edy beneidete Katharina im stillen zwar um das Glück, so heftig verliebt zu sein, sah aber zugleich auch etwas rührend Naives darin. Natürlich war Arnds Relegierung eine böse Sache. Doch hätte es sie nicht gegeben, wäre die Schwester für ihre Begriffe nur noch weiter so weltentrückt und taumelig mit ihm durch irgend so ein Traum- und Himmelsgeigenland geschwebt. So aber wußte sie wenigstens, wo sie wirklich lebte, und bekam wieder einen Sinn für Realität. Genau darin sah Edy das Wichtige. Alles andere mutete sie eher kindlich an, und selbstverständlich wußte sie schon jetzt, daß sie nicht dazu bestimmt war, das brave verliebte Gretchen zu sein, das im stillen Winkel der Provinz seine Seligkeit fand. Wenn, dann mußte ein Mann noch ganz andere Vorzüge besitzen, als nur ein schönes Gefühl auslösen zu können. Diese nüchterne Feststellung konnte Edy schon darum treffen, weil sie an Verehrern keinen Mangel litt. Wo sie erschien, stand sie sogleich im Mittelpunkt der Aufmerksamkeit. Ging sie durch die Straßen, wurde ihr nachgeschaut, und häufig machte irgendein geblendeter Erdensohn auf dem Absatz kehrt und lief ihr wie ein einsamer Traumwandler hinterher. Diese Art von Begleitung war ihr so vertraut wie das Schnalzen der Bauarbeiter auf den Gerüsten oder das Hupen der Autofahrer, sobald sie in deren Blickfeld geriet. Natürlich strafte sie sie mit Nichtachtung und ging stolz an ihnen vorüber. Selbstverständlich entrüstete sie sich über all die Brunstlaute des männlichen Geschlechts, doch im stillen taten sie ihr gut, und sie wartete darauf, weil sie ihr bestätigten, wie begehrt sie war.

Edy fand es daher ganz normal, daß sich Uwe als ein guter Freund empfahl, sie begleitete, wann immer sie wünschte, stets für sie da war, ihr immer zuhörte und alles verstand. Sie meinte, daß ihr eine solche Ergebenheit zustand, weil jede Schönheit ihre stillen Diener hatte, ihre treuen, unscheinbaren Venusdiener. Uwe war außerdem ein Ästhet, der ständig betonte, wie sehr ihm ihr Anblick Freude machte, und sie wußte nicht, weshalb sie ihm dieses kleine Vergnügen verwehren sollte. Schließlich hatte sie nur Vorteile davon. Er holte sie im Auto seines Vaters von der Berufsschule ab, und sie genoß es, vor den Augen der anderen einzusteigen und ihnen zu zeigen, daß sie es nicht nötig hatte, in den schmutzigen, verrauchten Zügen des Arbeiternahverkehrs nach Hause zu fahren. Uwe begleitete sie ins Kino, lud sie zu Hausbällen ein, bei denen sich die Jungprominenz der Stadt einfand, und da er bereits die Vorimmatrikulation für Medizin besaß, bekam er auch regelmäßig Karten für die Studentenbälle und war stolz, sich dort mit seiner umschwärmten Edy zeigen zu können.

Manchmal erinnerte sie Uwe an ein treues Hündchen, das seine Herrin schweifwedelnd umkreiste und Freudensprünge vollführte, wenn sie ihm einen Brocken ihrer Gunst zuwarf. Sie hatte ihm schon ein paarmal einen Fußtritt gegeben, aber Uwe kam immer wieder. Er tat dann jedesmal so, als sei nichts gewesen, und Edy sprach auch nicht mehr darüber, bestätigte ihr doch sein erneutes Erscheinen, letztlich unwiderstehlich zu sein. Allerdings bemerkte sie auch Vorzüge an ihm, die sie mehr und mehr zu schätzen wußte.

Als sie jüngst bei ihm im Garten war, fand sie, daß Uwe zu den Männern gehörte, die vor dem entsprechenden Hintergrund sogar etwas Männliches und Faszinierendes bekamen. Sie mochte diesen Garten ganz besonders, weil er einem kleinen Park glich und etwas geradezu Herrschaftliches besaß: hohe Bäume, Kiefern und Tannen, zwischen denen große Rhododendren blühten. In der Mitte lag die Wiese, an deren Rändern sich wie bunte Girlanden türkischer Mohn, Margeriten und Narzissenlilien wanden. Edy ging von Staude zu Staude, denn sie liebte Blumen und kannte ihre Namen. Es fiel ihr auf, daß Uwe eigens für sie das Gras geschnitten und die Wege geharkt hatte, was sie als ganz besonders aufmerksam empfand.

Sie setzte sich in den Schatten des Hauses und blinzelte in das heitere Blau des Himmels. Aus den weit geöffneten Fenstern der Kellerbar, wo die Musikbox stand, drangen die Rhythmen der Chris Barber Jazz Band. Edy war entzückt. Uwe öffnete eine Flasche Wein und trank mit ihr darauf, daß der Jazz endlich auch in den öffentlichen Räumen der Stadt gespielt werden durfte und nicht mehr auf der Liste der verbotenen Musik stand. Edy faßte vornehm das schöne Glas, trank langsam, denn sie wußte ja, was sich gehörte, und wähnte sich aufgenommen in die Gemeinschaft der Reichen, die in aller Welt nichts anderes taten, als Natur, Musik und Wein zu genießen und sich dabei schönen Gedanken überließen. Das war Lebenskultur, wie sie Edy sich vorstellte. Das war der gepflegte Stil, den der Vater nicht kannte und für den er auch keinen Sinn hatte. Das war der Atem des Besitzes, der sie umwehte und der das Herz höher schlagen ließ, weil er alles potenzierte: Freude, Lebenslust, Geschmack und Kunstsinn. Sie fühlte sich in diesem Augenblick ganz oben, vergaß die Berufsschule, das Lehrlingsdasein und ihre Ladenhüterdekorationen, wähnte sich auf der Sonnenseite, dachte an die High-Society in den Filmen und fühlte, daß auch sie für diesen Platz geschaffen war.

In solch einer Umgebung kam das Höhere selbstverständlich ganz von allein, und sie sprach mit einemmal nicht mehr vom Mohn und den Narzissenlilien, sondern vom Papaver und der Amaryllis. Sie wußte Bescheid, sie zeigte Bildung und gab zu erkennen, daß eine gehobene Atmosphäre ganz selbstverständlich eine gehobene Geistigkeit schuf. Uwe hörte ihr voller Bewunderung zu. Er spürte, daß eine empfindsame Künstlerin in seiner Edy wohnte, folgte hingerissen ihren schwärmerischen Betrachtungen und fand es wunderbar, wie wohl sie sich bei ihm fühlte. Plötzlich faßte er in seine Hosentasche und schob ihr verlegen ein Kästchen über den Tisch. Sie öffnete es, sah einen Ring und steckte ihn auf den Finger. Er gefiel ihr, denn er gab ihrer Hand etwas Zartes und Vornehmes.

Jetzt sind wir verlobt, sagte Uwe entschlossen. Edy starrte ihn fassungslos an, dann warf sie ihren Kopf in den Nacken und lachte schallend, als hätte sie soeben den besten Witz ihres Lebens gehört. Doch als sich ihre Überraschung gelegt hatte und sie nüchtern die Dinge zu betrachten begann, fand sie Uwes Einfall gar nicht so verkehrt, sondern sogar schick und irgendwie besonders. Verlieben war schließlich keine Kunst, aber Verloben hatte Stil und einen ganz anderen Anspruch. Noch am gleichen Abend teilte sie die aufregende Neuigkeit Katharina mit, rief auch Anna, um ihr die Sensation zu verkünden, und ließ sich beglückwünschen wie eine schöne reiche Braut. Anna fragte, ob sie es nicht auch dem Vater sagen wollte, doch Edy meinte, ihn würde sie dann, wenn die Verlobungsanzeigen gedruckt seien, offiziell davon in Kenntnis setzen.

Anna wußte, daß ihn eine solche Behandlung kränken würde, fand, daß er sie auch nicht verdient hatte, und fühlte sich verpflichtet, vermittelnd zu wirken, schon um späteren Mißhelligkeiten vorzubeugen. Sie sprach mit ihm darüber vor dem Schlafengehen, weil er erfahrungsgemäß um diese Zeit für familiäre Dinge ein offenes Ohr hatte.

Verloben will sie sich, sagte er, hast du denn davon gewußt?

Nein, entgegnete Anna guten Gewissens, es ist auch für mich überraschend.

Heutzutage wird man ja als Vater nicht mehr gefragt, ob man seine Einwilligung dazu gibt. Aber dieser junge Lidman hätte sich doch wenigstens einmal vorstellen können.

Seine Mutter soll Russin sein, sagte Anna, und in Moskau leben.

Das sind ja schöne Verhältnisse, entgegnete Franz, aber bei unseren führenden Naturwissenschaftlern wundert mich gar nichts. Bei denen darf man auf die Moral nicht so genau schauen.

Die Eltern sind geschieden, bemerkte Anna, eine Lebensgefährtin führt jetzt den Haushalt.

Leute wie dieser Lidman können sich eben alles erlauben. Kogler sagte es mit einem leicht erbitterten Unterton. Es weiß doch jeder, daß er höchste Gönner im ZK und in der Regierung hat. Dabei ist er kein bißchen fortschrittlich und nicht mal in der Partei.

Damit hat doch der Sohn nichts zu tun, entgegnete Anna. Edda wird schon ihre Erfahrungen machen, wenn sie in diese Kreise kommt, meinte Kogler, und es klang so, als hätte er sie davor bewahren wollen.

Seit der Relegierung von Arnd trat Katharina betont fortschrittlich in der Schule auf, weil sie fürchtete, die Lehrer könnten es gleichfalls auf sie abgesehen haben. Außerdem wollte sie schon darum vorbildlich sein, damit sie sahen, wie falsch sie an Arnd gehandelt hatten, denn wer eine so fortschrittliche FDJlerin zur Freundin hatte, konnte schließlich kein Staatsfeind sein. Sie wollte ihnen zeigen, daß sie einen Fehler gemacht hatten, wollte die Rücknahme der Entscheidung beschleunigen, zumal sie wie Anna und Edda davon überzeugt war, daß sich dieser Beschluß nicht halten ließ. Katharina meldete sich besonders in den Fächern zu Wort, wo aktive Mitarbeit von einem festen Klassenstandpunkt zeugte; sprach in Geschichte zur welthistorischen Bedeutung der Großen Sozialistischen Oktoberrevolution, erläuterte in Staatsbürgerkunde, weshalb die moderne Methode der Rinderoffenställe folgerichtig zu einer Steigerung der Milchproduktion der Kühe führen müsse, und übernahm freiwillig ein Kurzreferat, in dem es zu begründen galt, daß die Störfreimachung der Wirtschaft den endgültigen Sieg der sozialistischen Produktionsverhältnisse bringen würde.

Selbstverständlich hielt sie sich von Schülerbällen und sämtlichen Veranstaltungen fern, wo das Zwanglose auf dem Programm stand. Denn hier konnte ihr Name sehr schnell in einen negativen Zusammenhang geraten, tauchte doch zu diesen Veranstaltungen immer irgendein Tonbandgerät auf, von dem die richtige, die westliche Musik kam. Der Direktor aber hatte streng verboten, diese amerikanische Heulboje Elvis Presley und diesen entarteten Bill Haley zu hören, die ein schädliches Klima unter den jungen Menschen verbreiteten. Es durfte in den öffentlichen Räumen des sozialistischen Bildungswesens nicht gehottet, nicht geringelt, nicht Boogie Woogie und unter keinen Umständen Rock and Roll getanzt werden, weil Rock and Roll ein Produkt der westlichen Müllkultur war und zur psychologischen Strategie des Roll back gehörte, die die sozialistische Staatengemeinschaft auslöschen wollte.

Wurde dennoch ein solches Vorkommnis bekannt, folgte eine Kette von Aussprachen, an deren Ende ein disziplinarischer Verweis stand, und so etwas konnte sich Katharina gerade jetzt nicht leisten. Dafür nahm sie an den anderen, den gesellschaftspolitischen Veranstaltungen teil, brav und regelmäßig, und fehlte vor allem nie, wenn der antifaschistische Widerstandskämpfer kam.

Sie erschien dann jedesmal im Blauhemd und fand sich im Freundschaftszimmer der Schule ein, wo sich das Häuflein der Aufrechten, der positive Kern der Klasse, traf. Dieses Zimmer war für besondere, gesellschaftlich wichtige Zusammenkünfte reserviert und besaß eine Traditionsecke. Hier hing das Bildnis Ernst Thälmanns, darunter stand ein Gummibaum und der Freundschaftswimpel des FDJ-Zentralrats. In einer Vitrine lagen ein paar Utensilien aus der Geschichte der Arbeiterbewegung, von denen jeder wußte, daß sie persönliche Leihgaben des Direktors waren: eine Trommel, ein paar halb vergilbte Fotografien von einem Aufmarsch des Rotfrontkämpferbundes und ein ziemlich zerlesenes Exemplar der »Roten Fahne«. An der Wand prangte das Porträt Walter Ulbrichts. Daneben hing das Kampfprogramm der FDJ-Grundorganisation. Es war kunstvoll mit roter und schwarzer Tusche geschrieben, trug den Charakter eines Schmuckblattes und ergänzte ästhetisch den Schaukasten, der »Unsere Besten« vorstellte – ehemalige Schüler, die bereits in verantwortungsvollen Positionen arbeiteten.

Der Widerstandskämpfer saß an einem mit Fahnentuch bedeckten Tisch. Während seiner Ausführungen behielt er stets die Baskenmütze auf, die halbschräg auf seinem Kopf saß und an das Aussehen eines Spanienkämpfers erinnern sollte. Was genau er im Widerstand getan hatte, wußte keiner, und es fragte auch niemand danach, denn eine solche Frage wäre einer Provokation gleichgekommen. Er sagte jedesmal, daß er stolz war, einen Patenschaftsvertrag mit der Schule geschlossen zu haben, um auf diese Weise der jungen Generation seine Erfahrungen vermitteln zu können. Leider sprach er nie über die Erfahrungen, sondern erläuterte, weshalb das sozialistische Weltsystem zur größten Triebkraft unserer Epoche geworden ist, sprach über die Verschärfung der allgemeinen Krise des Kapitalismus und erklärte, warum gerade jetzt die Partei unter der klugen Führung des Genossen Walter Ulbricht zur Standardisierung, Automatisierung und Mechanisierung aufgerufen hat. Auch das Ende seines Vortrags kannte Katharina schon aus den früheren Veranstaltungen: Er wies darauf hin, daß er und seine Kameraden gekämpft und gelitten hatten, damit die Jugend von heute in Frieden und Sozialismus leben konnte, und daß die FDJ als Kampfreserve der Partei sich mit guten Lern- und Arbeitsergebnissen dankbar erweisen sollte für das, was ihr der Arbeiter- und Bauernstaat an Möglichkeiten bot.

Katharina fand nichts langweiliger und lästiger als seine Ausführungen und wußte hinterher eigentlich nie so recht, was er gesagt hatte. Aber darum ging es auch nicht, und es wollte auch keiner wissen. Dem Widerstandskämpfer zuzuhören, gehörte zum außerschulischen Pflichtprogramm, und sie hatte längst in Erfahrung gebracht, daß darüber nicht nur eine Anwesenheitsliste geführt, sondern diese Liste auch noch in der FDJ-Leitung ausgewertet wurde. Der Haken, der große, unübersehbare Teilnahmehaken bescheinigte nicht nur gesellschaftliche Aktivität, sondern konnte gerade jetzt auf sie, die Freundin eines Relegierten, ein positives Licht werfen und vielleicht sogar die Sache mit Arnd wieder ins Lot bringen.

Katharina dachte unablässig darüber nach. Sie überlegte, wie sie ihm helfen und wen man noch einschalten konnte, sprach mit Edy und Uwe darüber, die sicher waren, daß sich Lidman nach seiner Rückkehr sofort mit den Stellen oben in Berlin in Verbindung setzen würde, denn er hatte keine Angst vor Direktoren und Schulräten, Meldern und Aufpassern. Katharina war zuversichtlich, daß sich doch noch alles zum Guten wenden würde, als plötzlich eine Karte von Arnd im Briefkasten lag. Sie überflog die Zeilen und glaubte, die neunzig Stufen bis zur Haustür hinauf nicht bewältigen zu können. Sie schleppte sich über die Treppe wie eine alte gebrechliche Frau. Anna hatte es von oben gesehen, rannte ihr entgegen und fragte, was passiert sei.

Katharina hielt ihrer Mutter wortlos die Karte hin und versuchte, sich zu erinnern, ob beim letzten Treffen irgend etwas darauf hätte schließen lassen können. Sie ging jedes Wort in Gedanken noch einmal durch, überlegte, ob sein Blick anders, sein Händedruck fester, seine Umarmung länger als sonst gewesen war, und fand nichts, gar nichts. Alles war wie immer, und plötzlich das Ende: Arnd im Westen. Unfaßbar, unvorstellbar. Sie begriff nicht, wie er ihr das antun konnte. Ohne ein Wort auf und davon zu gehen und sich über Nacht aus ihrem Leben zu stehlen. Sie wußte nicht mehr, auf was noch Verlaß war. Vielleicht war alles nur Lüge, Täuschung, Betrug und am Ende die Flucht. Die Flucht, die erlöst und alles entschuldigt, der kampflose Rückzug, die Preisgabe der Gemeinsamkeit, die große Zäsur, die von allem befreit und bisher Geschehenes für ungeschehen erklärt.

Andererseits wollte sie so etwas von ihm nicht glauben. Doch sie wußte, daß dies die Trennung war. Arnd im Westen – es gab nichts Schlimmeres. Denn wer erst einmal dort war, kam nicht mehr zurück. So sehr es ihr auch widerstrebte, sich als Hinterbliebene zu betrachten, so grub sich doch dieses Empfinden tief in ihr ein. Er hatte sie zurückgelassen. Er hatte den Schlußstrich gezogen. Er war gegangen. Sie ließ ihren Blick über die Dächer hinweggleiten, suchte auf der gegenüberliegenden Anhöhe die Straße, in der Arnd gewohnt hatte, sah sein Haus, zu dem sie gewöhnlich schon morgens mit klopfendem Herzen Grüße gesandt hatte, dachte daran, daß es jetzt leer war, hatte Mühe, sich das vorzustellen, und weinte.

Anna nahm Katharina in den Arm, wollte ihr Mut machen, aber sie konnte nichts sagen, denn mit dem Westen schien es ihr inzwischen so unheimlich zuzugehen, daß nichts mehr rational zu erklären war. Wenn es nur dieser Flecken auf der Landkarte gewesen wäre, markiert durch die Grenze, dann wäre alles ganz einfach gewesen. Aber dieses Land wurde immer spürbarer. Jeder trug so ein Zipfelchen davon in sich. Und je mehr nach drüben gingen, um so mehr blieb der Westen am Ort zurück, verschanzte sich in den Zurückgebliebenen als eine lockende Ferne, ein glitzerndes Jenseits und wurde zur Sehnsucht, die das Leben nicht leichter machte. Ihre Eltern in Stuttgart und Arnd im Taunus – wie sollte da nicht ein Teil der eigenen Seele drüben leben und ein Teil des Westens im eigenen Land? Sie mochte nicht daran denken, wohin das eines Tages noch führen würde, wußte nur, daß nichts auf der Welt von Dauer war, und versuchte Katharina zu beruhigen.

Kogler erfuhr Tage später durch Kenziora von der Flucht des stellvertretenden Rektors. Professor Bernhardt hatte eine umfangreiche Bibliothek zurückgelassen. Kenziora mußte prüfen, ob ihr Bestand in das

Eigentum der Universitätsbibliothek und anderer staatlicher Einrichtungen überführt werden konnte, und bat Dr. Kogler, aber auch einige Mitarbeiter von Institutsbibliotheken, ihm beim Sichten der Bücher behilflich zu sein.

Als Kogler mit den Kollegen und einem Vertreter vom Sektor »Staatliches Eigentum« die Fluchtwohnung betrat, überkam ihn ein beklemmendes Gefühl. Unwillkürlich mußte er sich daran erinnern, daß er seinerzeit in Prag in einer ähnlichen Wohnung gestanden hatte, die über Nacht von einer jüdischen Familie verlassen worden war. Er vermied es, eine Parallele zu ziehen, dennoch sagte er sich, daß in dieser Fluchtbewegung etwas überaus Ungesundes lag und daß es nicht so weitergehen konnte. Täglich hörte er Namen von Kollegen und Bekannten, die gegangen waren, und wollte nicht glauben, daß die Republikflüchtigen alle von Kopfjägern und Menschenhändlern oder imperialistischen Agenten abgeworben worden waren, wie es in den Zeitungen hieß. Die Ursachen dafür lagen für seine Begriffe im eigenen System, und darüber hätte er gerne einmal ein klares Wort von der Partei gehört, doch auch in den Versammlungen gab es zu seinem Leidwesen darüber keine wirkliche Analyse, geschweige denn irgendeine Argumentationshilfe für die Genossen. Selbst in der Linie, die ihm stets Halt und Orientierung gab, war darüber nichts zu finden.

Kogler ging mit einem seltsamen Schaudern durch die Räume, fragte sich, was geschehen sein mußte, daß Professor Bernhardt eine so herrlich ausgestattete Wohnung hatte verlassen können, und war ergriffen, als er vor der Bibliothek stand. Ein Blick zu Kenziora genügte, und beide wußten, daß die meisten Bücher sich für die Übernahme in öffentliche Bibliotheken aus ideologischen Gründen nicht eigneten und ein Nietzsche, Ranke, Gobineau, Bülow, Oncken, Bismarck, Klages, Dilthey oder Schopenhauer mit dem Stempel »Ausgesondert« in die Altpapiermühle wandern mußte. Einen Einspruch dagegen wagte keiner, denn er wäre prinzipieller Natur gewesen und als Einwand gegen den Arbeiter- und Bauernstaat empfunden worden, der ja stolz darauf war, mit dieser Art Geistigkeit Schluß gemacht zu haben. Reaktionäres, Bürgerliches, Dekadentes und Volksfeindliches, das leuchtete Kogler durchaus ein, gehörte in den Orkus der Geschichte, doch hatte die Anordnung, solche herrlichen Ausgaben der Altpapiermühle zu übergeben, etwas Kulturloses und Barbarisches für ihn. Daß damals Hitler Bücher verbrennen ließ, nun gut, das waren andere Zeiten, und inzwischen hatte man aus dem Irrtum Lehren gezogen. Aber daß heute Bücher makuliert wurden, war in Koglers Augen auch nicht gerade ein Zeichen von Souveränität. Die Tatsache, daß damit nicht nur altes Kulturgut vernichtet, sondern zugleich auch der Irrglaube bedient wurde, auf diese Weise mit einem unliebsamen geistigen Erbe aufräumen zu können, stimmte ihn doch mehr als unbehaglich. Es ließ sich zwar nicht leugnen, daß die Umerziehung einer Gesellschaft Kompromißlosigkeit erforderte, aber diese Methode war ihm zu radikal, und er fand, daß es gerade einer wissenschaftlichen Weltanschauung besser zu Gesicht stand, sich mit den Ideen der Vorgänger geistig auseinanderzusetzen, statt die Werke einzustampfen und so zu tun, als hätte es sie nie gegeben.

Er fragte den Vertreter vom »Staatlichen Eigentum«, ob er eventuell einige Exemplare für Forschungszwecke, wissenschaftliche Forschungszwecke, wie er bescheiden hervorhob, käuflich erwerben dürfte. Da keine Waage zur Hand war und niemand den Altpapierpreis errechnen konnte, wurden ein paar Pappkartons geholt und mit dem Hinweis: Der Karton zehn Mark, vor Kogler aufgestellt. Während er einpackte, hatte er acht darauf, daß die Kollegen der Institutsbibliotheken nicht sahen, für welche Bücher er sich entschied, um bei ihnen nicht in ein schiefes ideologisches Licht zu geraten oder sich irgendwann auf einer Parteiversammlung dafür verantworten zu müssen.

Kogler schleppte nach Hause, was er nur zu schleppen vermochte, und hätte gewiß noch mehr eingepackt, wäre auch gerne ein zweites oder drittes Mal gekommen, wenn ihm die Pietät nicht gewisse Grenzen gesetzt hätte. Er wollte vor den anderen Herren nicht raffgierig erscheinen oder gar als einer, der sich an Fluchtbibliotheken bereicherte. Irgendwie hatte es schon etwas von Fledderei. Am liebsten hätte er die ganze Bibliothek erworben, aber er wußte, daß dies weder erwünscht noch möglich war, weil auch die Statistik bedient sein wollte und die Altpapiermühlen ihr jährliches Soll zu erfüllen hatten.

So war die Freude an dem Neuerwerb der Bücher nicht ganz ungetrübt. Er wunderte sich bloß, weshalb seine Tochter Katharina zu weinen begann, als er stolz die neugefüllten Regalreihen vorführte.

Edda fühlte sich als Ältere verantwortlich, der jüngeren Schwester über das Unglück hinwegzuhelfen. Sie war in allem ihr gegenüber besonders rücksichtsvoll und einfühlsam und tat, was sie sonst nie tat: borgte ihr Pullis und Röcke, ließ sie auch ihre neuen Schuhe tragen, und wenn sie mit Uwe spazierenfuhr, nahm sie Katharina mit, um sie vom Grübeln abzulenken. Vor allem bezog sie sie in jeden Schritt der Vorbereitung für die Verlobungsfeier mit ein. Denn Edy war fest entschlossen, diese Feier groß auszurichten. Sie genoß dabei einen ganz besonderen Triumph: Nun konnte sie dem Vater zeigen, daß sie, der kleine Lehrling, bald die Schwiegertochter eines international angesehenen Atomwissenschaftlers sein würde, mit dessen Ansehen sich der Vater nicht messen konnte. Sie heiratete in Verhältnisse ein, die ihm vor Augen führten, daß er genaugenommen doch nur zum Fußvolk der Wissenschaftler gehörte und keinen Grund hatte, sich wie ein Cäsar der Gelehrsamkeit vor ihnen aufzuspielen.

Tagelang arbeitete Edy an dem Entwurf für ihre Verlobungsanzeige und beriet mit Katharina die einzelnen Fassungen. Schließlich stellte sie eine Gästeliste zusammen und achtete darauf, daß diejenigen, die sie aus ihrem Bekanntenkreis einlud, sich in die prominenten Lidmanschen Kreise einfügten. Achtzehn auserwählte Personen bekamen von ihr Einladungen, die sämtlichst Unikate waren und kleinen Graphiken glichen, die das Eigenwillige und Künstlerische ihrer Natur bekunden sollten. Für Frau Reimar wählte Edy die Form des Scherenschnitts, wie sie es vor Jahren von ihr gelernt hatte, und arbeitete an der Silhouette eines fein verästelten Hibiskusblütenzweiges, auf dem zwei Vögelchen saßen, mehrere Stunden voll Eifer und Hingabe.

Natürlich legte Edda für diesen Tag einen ganz besonderen Wert auf Annas äußere Erscheinung. Sie wollte stolz auf ihre Mutter sein, wollte, daß ihre Anmut zur Geltung kam und sie die gewohnte Nachlässigkeit gegen sich selbst einmal aufgab. Sie probierte mit ihr mehrere Kleider, von denen ihr keines gefiel, weil der Stoff billig und der Sitz schlecht war und jeder auf den ersten Blick erkennen konnte, daß Anna in ärmlichen Verhältnissen lebte. Edda besorgte chinesischen Seidensamt, auch eine gute Schneiderin, begleitete ihre Mutter zu jeder Anprobe, achtete auf jedes Detail und war zufrieden, als sie sah, daß Anna in dem Kleid elegant und vornehm wirkte. Natürlich mußte sie ihren besten Schmuck anlegen, den schweren silbernen Armreif, den ihr Franz seinerzeit zur Verlobung geschenkt hatte, und durfte selbstverständlich nicht ihre flachen Schuhe tragen, die sie so liebte, weil sie bequem und ausgetreten waren. Vor allem sollte Anna darauf achten, die Schultern nicht nach vorne hängen zu lassen, sondern gerade zu gehen, damit ihre Erscheinung zur Geltung kam.

Anna fügte sich allen Anweisungen ihrer Tochter, weil auf Edys Geschmack Verlaß war und weil sie sich über die Verlobung freute. Denn nun konnte sie Franz zeigen, daß ihre Erziehung Erfolg zeitigte, und brauchte sich nicht mehr vorhalten zu lassen, in diesem Punkte versagt zu haben und zu schwach gewesen zu sein. So schritt sie denn zufrieden an der Seite ihres Mannes die Treppen zur hellerleuchteten Lidmanschen Villa hinauf.

Kogler würdigte dieses Ereignis, indem er den schwarzen Anzug trug, der wie eine bleierne Trauerrobe an ihm hing und seiner Erscheinung etwas Altmodisches und Schwerfälliges gab, was Edy zwar als unpassend empfand, aber Kogler nicht im mindesten berührte. Er nahm sich vor, dem künftigen Schwiegervater seiner Tochter mit einer höflichen Distanz zu begegnen, gehörte er doch in seinen Augen als Naturwissenschaftler zu den reinen Nützlichkeitsdenkern, die von der Welt nichts weiter verstanden, als sie gesetzmäßig zu profanieren. Daß sie für diese Untat vom Staat auch noch mit Orden verwöhnt wurden und alle Privilegien besaßen, ärgerte Kogler ganz besonders, weshalb er gerade hier Distanz für angebracht hielt. Anna schritt in den neuen Pumps etwas unsicher neben ihm. Katharina blieb an der Seite ihrer Mutter, ganz darauf bedacht, dem Wunsch der Schwester zu entsprechen und zu zeigen, daß sie aus einer Familie kam, in der man sich zu benehmen wußte.

Allen voran ging Edy mit wippendem Petticoat und roten Rock-and-Roll-Schuhen. Als sie die Haustür erreicht hatten, wollte Kogler feierlich und nach alter Sitte seine Tochter aus den Händen des Vaters in die Hände des Verlobten geben, als gelte es, ihm ein kostbares Geschenk zu überreichen, doch Edy fand eine solche Geste völlig unzeitgemäß und verschwand Augenblicks unter den Gästen. Um so freundlicher begrüßte ihn Uwes Vater, ging mit einem »Herzlich willkommen« auf Kogler zu, der sichtlich irritiert war, einem salopp gekleideten jüngeren Mann gegenüberzustehen, der in seinen Augen eher einem Tangotänzer denn einem ehrbaren Professor glich. Auch die Einrichtung überraschte Kogler: niedere Couchtische, Schalensessel, moderne Liegen, Regalleitern, Schrankwände und im Keller eine Bar, in die Professor Lidman seine Gäste zu einem Empfangstrunk bat. Kogler hatte so etwas noch nicht gesehen: Hinter einer nierenförmig angelegten Theke hohe Hocker; an der Wand ringsum Spiegel, die das Licht reflektierten; die Decke voller grellbunter Punkte, bestückt mit roten Glühbirnen, und in der Ecke das Produkt des technischen Fortschritts – die

Musikbox: ein Schränkchen mit Plattenspieler, Radio und Magnettonbandgerät, aus dem zu allem Überdruß auch noch Armstrongs große Erfolge schallten. Anna imponierte das Moderne, doch Kogler stand das Unbehagen im Gesicht geschrieben. Dieser amerikanische Lebensstil im Hause eines deutschen Akademikers ließ seinen Groll auf die Naturwissenschaftler erneut aufflammen, von denen er nur eines mit Sicherheit zu sagen wußte: Diese Herren haben kein Vaterland. Er zweifelte nicht daran, daß sie sich in der Welt des Atoms zu Hause fühlten, doch wem nützte das alles, solange der Bau der Gesellschaft so unfertig war und die Menschen weit dringlichere Probleme bewegten als die Frage, was in einem Elementarquantum vor sich ging. Anna schwang sich auf einen Barhocker. Kogler nahm mißmutig neben ihr Platz. Professor Lidman kam auf sie zu und bat sie in sein Arbeitszimmer, was Kogler als eine aufmerksame Geste empfand, die sogleich seine Stimmung besserte.

Ich gratuliere Ihnen zu Ihrer Tochter. Sie ist nicht nur schön anzusehen, sie ist vor allem künstlerisch hochbegabt, sagte er. Kogler verneigte sich leicht und war tief zufrieden, ein solches Lob aus dem Munde eines berühmten Kollegen zu hören.

Ich habe ihr die alte schöne Staffelei meines Vaters geschenkt, er war ein guter Landschaftsmaler und ein beliebter Arzt.

Kogler machte sich plötzlich im stillen Vorwürfe, auf Eddas künstlerisches Talent bisher zu wenig geachtet zu haben. Er fragte sich, wieso er dies von einem Fremden erfahren mußte, und ärgerte sich, daß auch Anna bislang ihn darauf nicht aufmerksam gemacht hatte. Dennoch tat es ihm gut, so viel Anerkennendes über seine Tochter zu hören, und er genoß das Lob wie sein eigenes Verdienst. Kogler begann sich immer wohler zu fühlen. Auch die Bibliothek von Lidman fand er stattlich. Doch er wagte nicht, sich die Bücher in den Regalen näher anzuschauen. Es sah zu neugierig aus, und derlei Inspektorgänge waren unter Kollegen nicht beliebt. Dennoch blieb es nicht aus, daß ihr Gespräch auf die Bücher kam, und Lidman holte sogleich voller Stolz seine neueste Erwerbung, einen amerikanischen Autokatalog, den er, wie er sagte, seit Tagen bereits studierte. Kogler fragte sich zwar, wie man etwas so Einfältiges auch noch studieren konnte, doch als er die Begeisterung sah, mit der Lidman Seite für Seite vor ihm aufblätterte, wußte er, daß er sich in dem Urteil über die Naturwissenschaftler doch nicht geirrt hatte.

Es wird noch lange brauchen, bis wir hier solche Autos produzieren können, sagte Lidman, und Kogler begriff sein Bedauern nicht, denn er sah in dieser Art von Technik keinerlei Verbesserung, sondern eher einen fortschreitenden Kulturverfall. Er wollte mit Lidman aber darüber keine Diskussion beginnen, doch innerlich stieg der alte Ärger in ihm hoch: Diejenigen, die sich keinerlei Gedanken über die Zukunft der Gesellschaft machten, sondern nur kalte Techniker waren, wurden als die größten fachlichen Kapazitäten gefeiert, während er und seinesgleichen, die Geisteswissenschaftler, die das theoretische Gerüst für den Bau der neuen Gesellschaft schufen, unausgesprochen zu jenen gezählt wurden, bei denen die Gesinnung vor der Leistung stand und von denen gesagt wurde, daß sie ihren Rang einzig der Partei verdankten. Kogler zeigte für den Autokatalog bewußt wenig Interesse, zumal er auch noch aus Amerika stammte, von wo für seine Begriffe ohnehin nichts Gescheites kam, und war froh, als zur Festtafel gerufen wurde.

Er kannte etliche der Gäste vom Sehen, wunderte sich nicht, hier einen der führenden Mikrobiologen und einen der bekannten Festkörperphysiker anzutreffen, die jüngst erst den Nationalpreis bekommen hatten und wegen ihrer speziellen Kenntnisse gleichfalls von der Partei in der wohlwollendsten Weise gefördert wurden. Als alle an der durch zwei Zimmer führenden Tafel Platz genommen hatten, bat er als Vater der Verlobten um das Wort und hielt eine Ansprache an das junge Paar. Gerade in diesen Kreisen drängte es ihn, den Anwesenden zu zeigen, daß er jenseits allen seelenlosen Detailforschens in der Lage war, das große Ganze zu umfassen und trotz seiner Parteizugehörigkeit als Gesellschaftswissenschaftler kein Rechtfertigungsdenker und plattfüßiger Apologet des Systems war, sondern über eine breite humanistische Bildung verfügte, die die wahre Grundlage eines menschheitsverändernden Ideals war. Fern aller pragmatischen Technik lebte er auf einem anderen, geistigen Urgrund, zitierte aus dem Stegreif, was berühmte Männer über die Ehe gesagt hatten, brillierte mit seiner Kenntnis der Weltliteratur und gab dem Fest seinen glanzvollen Höhepunkt. Angesichts der geradezu ehrfürchtigen Aufmerksamkeit seiner Zuhörer wurde er immer eloquenter, faßte schließlich das Verlobungspaar gestreng ins Auge und rezitierte zum Abschluß seiner Tischrede aus dem Lied von der Glocke. Wenn auch unausgesprochen, so wollte er doch damit ganz bewußt an Traditionen erinnern, die für seine Begriffe einem Gelehrten weit mehr zu Gesicht standen als die Begeisterung für einen amerikanischen Autokatalog.

In Schillers Lied von der Glocke, sagte Kogler, finden die wechselvollen Bilder des Lebens in der vollkommensten Weise ihren Ausdruck und können gerade unseren beiden jungen Menschen bleibende Einsichten vermitteln.

Es hörte sich zwar etwas pastoral und altmodisch, aber dennoch auch würdevoll an, als er zu sprechen begann:

Der Mann muß hinaus ins feindliche Leben,
muß wirken und streben und pflanzen und schaffen,
erlisten, erraffen, muß wetten und wagen,
das Glück zu erjagen.
Da strömet herbei die unendliche Gabe,
es füllt sich der Speicher mit köstlicher Habe,
die Räume wachsen, es dehnt sich das Haus.
Und drinnen waltet die züchtige Hausfrau,
die Mutter der Kinder,
und herrschet weise im häuslichen Kreise,
und lehret die Mädchen
und wehret den Knaben,
und reget ohn Ende die fleißigen Hände,
und mehrt den Gewinn mit ordnendem Sinn,
und füllet mit Schätzen die duftenden Laden,
und dreht um die schnurrende Spindel den Faden,
und sammelt im reinlich geglätteten Schrein
die schimmernde Wolle, den schneeigten Lein,
und füget zum Guten den Glanz und den Schimmer
und ruhet nimmer.

Die Gäste waren sichtlich beeindruckt, applaudierten, und Kogler nahm mit einer würdigen Verbeugung Platz. Edy strahlte, denn der Vater hatte allen deutlich gemacht: Sie kam aus gebildeten Verhältnissen. Auch

Kogler schien zufrieden, sah er doch trotz aller Vorbehalte, daß sich hier letztlich zwei Gelehrtenhäuser miteinander verbanden, die in bewährter Tradition Geist zu Geist fügten.

Daß dies kein vermessener Anspruch war, zeigte sich wenige Wochen später, als Kogler seine Ernennungsurkunde zum Professor in den Händen hielt. Es war ein großer, glücklicher Augenblick. In diesem Titel lag für ihn nicht nur das Ziel aller Wünsche, sondern mehr, viel mehr. In ihm summierten sich all die rationalen und körperlichen Kräfte eines Mannes, die die gewöhnliche Potenz in eine Omnipotenz zu verwandeln vermochten. In diesem Titel verbarg sich das Besondere, das Männliche am Mann, seine wahre Bestimmung: die geistige Überlegenheit. Denn der echte Mann war zu intellektueller Führerschaft bestimmt. Darin lag seine wirkliche Faszination und seine eigentliche geschlechtliche Ausstrahlung. Schon allein einen solchen Titel fortan tragen zu können, setzte Kogler in ein ganz neues Verhältnis zu sich selbst, war er doch von sich als Mann jetzt weit mehr überzeugt als vorher, sah sich perfekter, gewichtiger und wirkungsvoller.

Die Professur war ohne Zweifel das respektable, schmückende Gewand, das ihn mit der Aura eines wegweisenden, besseren Menschseins umgab. Und nicht nur das: In diesem Titel sah Kogler das große Resultat großer geistiger Kraft. Wer ihn tragen durfte, machte schon auf den ersten Blick deutlich, daß er zu denen gehörte, die vom Fiskus des Verstandes lebten, zu den Ausgezeichneten und Auserwählten. Mag sein, es gab noch genug kluge Kollegen, aber erst in demjenigen, der sich diesen Titel erarbeitet hatte, krönte sich für Koglers Begriffe die Geistigkeit und damit die Männlichkeit auf die vollkommenste Weise. Es war wunderbar, am Ziel seines Lebens angekommen zu sein. Das Deutsche in ihm, der Ehrgeiz, hatte ihn auf die oberste Sprosse der akademischen Stufenleiter geführt. Kogler war stolz auf sich und sah darin nichts Eitles oder Selbstgefälliges, sondern nur den verdienten, gerechten Lohn für die langen Nächte am Schreibtisch.

Noch am gleichen Tag gab er ein neues Türschild in Auftrag, ließ den vollen Titel Prof. Dr. phil. habil. in Messing treiben, wünschte ausdrücklich Hochglanz statt Mattierung und ließ sich selbstverständlich auch einen neuen Stempel fertigen und einen neuen Briefkopf drucken. Natürlich wollte er gegenüber seiner Familie diesem Ereignis einen besonders würdigen Rahmen verleihen und beschloß, sich den Luxus zu gönnen und mit Anna und den Töchtern essen zu gehen. Er wählte nicht irgendein Restaurant, sondern das erste Haus am Platze, in dem einst Luther genächtigt hatte und die Professoren der Stadt zu den Stammgästen zählten. Es war ihm ein Bedürfnis, die Tischbestellung persönlich vorzunehmen.

Als der Mann an der Rezeption fragte: Auf welchen Namen bitte? und Kogler antworten konnte: Für Professor Kogler, ging ihm der eigene Name zum ersten Mal genüßlich und erhaben von der Zunge. Er klang ganz anders als früher, maßgebender, bedeutender, und Kogler bemerkte voller Genugtuung, daß der Mann an der Rezeption sogleich einen ehrfürchtigen Blick bekam.

Als er dann auch noch fragte: Um welche Uhrzeit wünschen der Herr Professor Kogler zu speisen, klang dies in seinen Ohren wie Sphärenmusik. Seinen

Namen in Verbindung mit diesem Titel zu hören, glich einer Selbsterhöhung, und Kogler täuschte sich nicht: Ab jetzt war er herausgehoben, lag doch in diesem Titel schon das Verdienst an sich, das keiner weiteren Erklärung bedurfte. Ohne Zweifel: Er zählte nun zur Vorhut und hatte es geschafft. Er gehörte nicht zu den ewigen Doktoranden, die wie armselige Spatzen auf dem Saatfeld der Wissenschaft suchten, um ein Körnlein zu finden, mit dem sie schließlich die Hoffnung auf eine Dozentur nähren konnten. Er war sofort ernannt worden. Auf ihn wollte man nicht verzichten. Sein Wissen schien den anderen so wertvoll, daß es unverzüglich an Studenten weitergegeben werden mußte. Gewiß habilitierten sich viele, aber nur wenige ereilte der Ruf. Zu ihnen zu gehören, war ein Zeichen, auserwählt zu sein.

Der Mann an der Rezeption begleitete Kogler zum Ausgang, verneigte sich höflich und hielt ihm mit der Miene eines ergebenen Dieners die Tür auf, was Kogler als eine angemessene Geste zur Kenntnis nahm. Er mußte sich daran gewöhnen: Ab jetzt gehörte er zu den Persönlichkeiten und Autoritäten, denen ganz selbstverständlich Ergebenheit und Dienerschaft gebührte. Es war ein gutes, befriedigendes Gefühl, vom Respekt der anderen umgeben zu sein. Es lebte sich angenehmer und erfreulicher damit. Gewiß hätte er auch noch ein paar Kollegen zum Essen einladen können, aber in einer öffentlichen Einrichtung mit mehreren zu feiern, barg stets ein Risiko in sich. Mit seiner Familie konnte er sorglos und ungezwungen reden. Wenn ihm nach ein paar Gläsern Wein einmal eine unkontrollierte Bemerkung entschlüpfte, blieb alles im privaten Rahmen. Saßen Kollegen dabei, mußte er sehr genau überlegen, was er sagte, denn er war sich nicht sicher, ob nicht doch etwas von seinen Worten weitergetragen wurde. Außerdem konnte man nicht wissen, ob die Leute an den Nachbartischen mithörten und nur darauf warteten, daß eine kritische Bemerkung fiel, die dann womöglich ihm, dem Gastgeber, später einmal angelastet werden konnte. Der dunklen Kanäle gab es nicht wenige, und wozu sollte er sich solchen Ärger aufladen?

Zu Hause mochte er erst recht keine Kollegen haben, denn inzwischen standen in seiner Bibliothek Bücher, die ein fortschrittlicher Genosse nicht haben durfte, weil sie keine eindeutige Klassenposition bekundeten, sondern rückwärtsgewandtes Gedankengut beinhalteten. Zu Hause sprach er außerdem noch zwangloser und unkontrollierter als im Restaurant. Da war er noch weit mehr gefährdet gegenüber den Kollegen, zumal er jetzt auch davon ausgehen mußte, von Neidern umgeben zu sein, die nur auf eine Gelegenheit warteten, um ihm eine ideologisch wankelmütige und unklare Haltung nachzuweisen. Zu viert im Restaurant mit seiner Familie zu Mittag zu essen, schien ihm unverfänglich und vor allem dem Ereignis auch angemessen zu sein. Traurig war Kogler nur, daß Gretl im Pflegeheim lag und nicht mit dabeisein konnte. Sie fehlte ihm überhaupt sehr, denn sie hatte stets seine Position gestärkt und wußte weit mehr als Anna seine Arbeit für das gesellschaftliche Ansehen der Familie und ihre soziale Sicherstellung zu schätzen. Er hätte auch jetzt gerne eine stärkere Freude von Anna gespürt oder ein Lob gehört, daß er es in so kurzer Zeit so weit gebracht hatte. Aber Anna verstand eben nichts von Psychologie und hatte keine Ahnung, wie dankbar und wie zugänglich jeder echte Mann für die Bewunderung seiner Leistung war und wie ihn das Lob seiner Gattin zu beflügeln vermochte.

Um so mehr freute er sich, als Frau Reimar überraschend mit einem Blumenstrauß an der Tür stand, um Herrn Dr. Kogler zur Professur zu gratulieren. Er fühlte sich sehr geehrt, wußte er doch, daß er mit diesem Besuch vom Kreis der Altakademiker, bei dem Frau Reimar ein hohes Ansehen genoß, in gewisser Weise aufgenommen worden war und nicht als ein Karrierist oder irgend so ein zeitgenössischer Aufsteiger galt, sondern als einer, der sich seine Professur hart erarbeitet hatte und dessen Fachwissen geschätzt wurde. Er bat sie sogleich in sein Arbeitszimmer. Anna brachte Tee und Gebäck, und schon nach wenigen Worten erfuhren sie, daß es ihr Abschiedsbesuch war. Brigitta hatte promoviert und nach Holland geheiratet, Wölfchen war schon bei seiner Mutter, und nun wartete Frau Reimar auf die Genehmigung, zu ihrer Tochter ziehen zu können. Daß ich das Ausreisevisum bekomme, ist sicher, sagte sie, denn an alten Leuten hat dieser Staat kein Interesse.

Kogler und Anna waren betroffen. Wieder ging jemand fort. Es nahm kein Ende. Seit dem Zusammenbruch gab es diese unaufhörliche Bewegung des Volkes von Ost nach West, in der Kogler unheilvolle Vorzeichen sah. Bei Kriegsende hatte er die Ostpreußen, die Pommern und die Schlesier erlebt, die auf ihren Trecks nach Deutschland zogen und so viel Elend mit sich schleppten, daß es die Sterne überstieg. Dann wurden die Sudetendeutschen ausgesiedelt, und nun war es die Teilung, die erneut zum Aufbruch Anlaß gab. Es schien Kogler, als hätte die Geschichte die Gestalt der Nemesis angenommen, die nicht duldete, daß das deutsche Volk zur Ruhe kam.

Frau Reimar bot Herrn Professor Kogler an, die Villa für eine geringe Summe zu übernehmen. Er fand es überaus ehrenvoll, daß sie ihn für würdig hielt, Eigentümer ihres geliebten Elternhauses zu werden. Doch so verlockend sich auch alles ausnahm – zu jeglichen Fragen des Besitzes hatte er längst eine andere Haltung. Außerdem war er keine praktische Natur, und ein Haus zu erhalten, galt ihm unter den gegebenen Umständen der Materialknappheit und Beschaffungsnöte ohnehin als ein Kunststück, das wohl nur denen gelang, die handwerkliches und organisatorisches Geschick besaßen und überhaupt gewillt waren, nach dem Prinzip des Manus manum lavat zu handeln: Eine Hand wäscht die andere. Er dagegen las lieber ein Buch, statt sich mit dem Verwalten eines Besitzes zu belasten, das seine produktive Energie in Bereiche lenkte, die ihm keine Befriedigung gaben. Sich einer guten Lektüre zu widmen, war ihm wertvoller, als sich mit diesen so primitiven wie gerissenen Handwerkern herumzuärgern, die im Reich des Mangels zu Göttern wurden und auf die er dann ein Leben lang hätte angewiesen sein müssen. So wie der Ehrgeiz für viele Dinge bei ihm ein Ansporn war, so hielt ihn die Trägheit als ein gesundes Gegengewicht stets davon ab, etwas zu tun, dem er sich nicht gewachsen fühlte. Überdies war Kogler bereits als Institutsdirektor für Berlin vorgesehen, und die Villa womöglich der Töchter wegen zu übernehmen, schien ihm erst recht keinen Sinn zu geben.

Als er die Enttäuschung auf dem Gesicht der Professorin sah, brachte er seinen Freund und Kollegen Dr. Kenziora ins Gespräch, der eine große Familie besaß, beengt wohnte, zuverlässig, umsichtig und praktisch war und gewiß der rechte Mann, der ihr Elternhaus zu schätzen und zu pflegen wußte. Eine so einmalige und günstige Gelegenheit seinem Kollegen Kenziora vermitteln zu können, erfüllte ihn mit einer tiefen Genugtuung. Denn darin lag für Kogler ein stiller Protest gegen die Art, wie man damals mit Kenziora und dann mit ihm verfahren war. Damit rächte er sich innerlich an denen, die auf der Versammlung über ihn hergefallen waren, nur weil er seinerzeit aus Freude über Kenzioras Gefängnisentlassung eine kleine Spende gegeben hatte. Er zweifelte keinen Augenblick daran, daß er gemeldet worden war von irgendeinem obskuren Element, das mit der Denunziation einen Loyalitätsbeweis erbringen wollte. Einer so hervorragenden Fachkraft wie Kenziora auf diese Weise seine Achtung zu bezeugen, schien Kogler so, als würde er im nachhinein seinem unbekannten Denunzianten eine Lehre erteilen und ihm zeigen können, daß derart finstere Elemente keine Chance mehr hatten, die Existenz eines anderen ernsthaft zu gefährden.

Kogler freute sich, daß Frau Reimar so bereitwillig auf seinen Vorschlag einging, aber gleichzeitig ließ ihn diese Traurigkeit nicht los, daß wieder jemand alles aufgab, um in Richtung Westen davonzugehen. War es Unvernunft, Übermut oder Verzweiflung, was die Menschen dazu trieb, sich selbst ihre Wurzeln abzuschneiden und auf die andere Seite überzuwechseln – er meinte, daß jeder an seinem Platz seine Aufgabe erfüllen mußte und dort, wo er hingestellt war, wirken sollte. Sich das politische System nach den persönlichen Vorteilen auszusuchen, hielt er unter den gegebenen Verhältnissen für verwerflich, weil undeutsch. Kogler bedauerte, daß viele so kurzsichtig waren und nicht sahen, welch ein starkes Fundament der nationale Gedanke im Osten hatte und daß man in diesem Land bleiben mußte, wenn man für die Einheit der Nation wirken wollte. Die Losung »Deutsche an einen Tisch« klang ihm noch allzugut im Ohr. Sie wurde zwar nicht mehr so häufig wie früher gebraucht und auch auf einem Transparent hatte er sie schon lange nicht mehr gesehen, aber daß sie von der Partei formuliert worden war, ließ sich nicht leugnen. Er zweifelte keinen Augenblick daran, daß es unter den Genossen weitsichtige Strategen gab, die wie er erkannten, daß aus dem Osten mit seinem gesunden starken Volkstum eines Tages die große Erneuerung kommen würde. Es war nur eine Frage der Zeit und des persönlichen Opferwillens. Man mußte auf manche Annehmlichkeit, die der Westen bot, verzichten können, wenn man für diese große Zukunft leben wollte.

Dennoch bedrückte es Kogler, daß die Partei nur verbal Positionen bezog und sich nicht analytisch mit der nationalen Frage auseinandersetzte. Hier die Guten, dort die Bösen – das genügte ihm nicht. Kogler fühlte sich allein gelassen. Er wagte auch nicht, mit einem Genossen aus seiner Parteigruppe darüber zu reden, weil er nicht wußte, ob man ihn verstehen oder ob man nicht sogleich seine Bedenken und Fragen nach oben melden würde. Denn immer häufiger hatte er den Eindruck, als seien die Zeiten so gespannt, daß sich jeder zum Wächter des anderen aufschwang. Obwohl ihm gerade jetzt nach seiner Ernennung zum Professor die Zukunft klar vor Augen stand, ärgerte es ihn doch, daß die Partei den Augenblicksfragen so wenig Aufmerksamkeit schenkte, ja geradezu so tat, als gäbe es sie nicht, und jeden sich selbst überließ.

Edy und Katharina lagen in Uwes Garten, sonnten sich und sprachen über den jüngsten Brief von Arnd, der sich mit Katharina in Westberlin treffen wollte. Sie freuten sich, daß Professor Lidman sie im Auto mitnehmen wollte, als plötzlich Uwe aus dem Haus gestürzt kam und ihnen aufgeregt zurief: Oben in Berlin machen sie die Grenzen dicht! Sie rannten in die Kellerbar, wo das Radio stand, das gerade einen Sonderbericht über die Schutzmaßnahmen sendete. Katharinas Atem stockte, als der Sprecher sagte: Planmäßig und zur festgesetzten Stunde, völlig überraschend für den westdeutschen Imperialismus und seine Spionagezentralen, übernehmen Truppenteile der NVA in engem Zusammenwirken mit der Deutschen Grenzpolizei, der VP und den Kampfgruppen der Arbeiterklasse – unterstützt durch die zeitweilig in der DDR stationierten Streitkräfte – in Berlin und am Außenring von Groß-Berlin den militärischen Schutz der Staatsgrenze der DDR zu Westberlin, um den aggressiven Kräften in Westdeutschland und Westberlin den Weg zu militärischen Provokationen zu versperren. Die Schutzmaßnahmen der souveränen sozialistischen DDR fügen den Imperialisten Westdeutschlands die schwerste Niederlage seit der Gründung der DDR zu. Die westdeutschen Militaristen und Revanchisten sind von der deutschen Arbeiterklasse geschlagen worden, bevor sie ihre abenteuerliche Politik bis zur Entfesselung eines Krieges treiben und Millionen Menschen in den Tod hetzen konnten. Der S-Bahn-Verkehr zwischen den Westsektoren Berlins und der Hauptstadt der DDR wird unterbrochen und der Berufsverkehr für die Bewohner der Randgebiete Berlins neu organisiert.

Katharina und Edy sprangen auf und liefen nach

Hause, um zu hören, wie der Vater die Nachricht deuten würde. Franz und Anna waren schon inmitten einer Debatte. Er hatte wieder den gewohnten überlegenen Gesichtsausdruck, hinter dem sich alles Wissen dieser Welt zu stapeln schien, als er sagte: Einerseits ist es tragisch, anderseits notwendig. Mit dieser Mauer ist die deutsche Spaltung noch tiefer geworden. Aber gleichzeitig sind damit klare Verhältnisse geschaffen, und dieser Frontstadtsumpf ist trockengelegt. Die unselige Fluchtbewegung hat ein Ende, der Westen kann uns ökonomisch nicht mehr ausbluten, und ideologisch ist es nun mit der dauernden Beeinflussung durch diesen verrotteten Amerikanismus vorbei. Diese offene Grenze in Berlin hat doch allem Gelichter Tür und Tor geöffnet. Grenzgänger, Schieber, Spekulanten und all solche schädlichen Elemente haben sich bereichert. Der ehrlich Arbeitende ging leer aus. Natürlich ist dieses Bauwerk keine Ruhmestat für die Deutschen, aber der Sozialismus ist jetzt keinen Störungen mehr ausgesetzt und kann in Ruhe seine Fundamente festigen.

Ich wollte doch nächstes Jahr nach Stuttgart zu den Eltern fahren, sagte Anna, aber jetzt kommt hier wohl keiner mehr heraus.

Ihr Frauen seht immer nur das kleine persönliche Schicksal, erwiderte Kogler ungehalten, das spielt doch jetzt gar keine Rolle. Hier geht es um die Aufrechterhaltung von Macht, da zählt der einzelne doch gar nicht.

Katharina fand es bezeichnend, daß der Vater für eine Maßnahme des Staates, eine Maßnahme von oben, sogleich eine Rechtfertigung hatte, und alle drei starrten ihn so entsetzt an, daß er selber erschrak. Ja, meint ihr denn, mir ist diese Maßnahme recht? Nur sehe ich sie in den größeren, den historischen Dimensionen und muß immer wieder daran denken, was mein teurer Vater vor seinem Tode gesagt hatte: Der Sozialismus ist nicht organisch aus dem Volke gewachsen. Er ist eine Folge des Zusammenbruchs des Dritten Reichs und fußt auf einer nationalen Katastrophe. Da kommen noch manche Überraschungen auf uns zu.

Meine Eltern werde ich wohl nicht mehr sehen, entgegnete Anna tonlos.

Die Menschheit denkt nicht in Familien, sondern in Klassen, erwiderte Kogler. So hat es der Genosse Chruschtschow klar formuliert. Wenn deine Eltern wollen, können sie ja zu uns kommen.

Wenigstens gibst du zu, daß für die Westdeutschen die Mauer auch nicht gedacht ist. Nur wir hier sind die Eingeschlossenen. Wir können uns nicht wehren. Wir sind wieder einmal die Benachteiligten und werden nicht gefragt.

Katharina und Edda folgten dem Disput mit klopfendem Herzen, denn sie hatten Anna noch nie so heftig diskutieren, geschweige denn dem Vater widersprechen gehört. Das hatte bis dahin nur Gretl gewagt.

Wenn wir erst einmal ökonomisch erstarkt sind und eine gefestigte Position haben, meinte er, können wir gegenüber den Westdeutschen großzügig auftreten. Nur zwei gleich starke deutsche Staaten können sich eines Tages als Souveräne gegenübertreten und die Zukunft der Nation bestimmen.

Katharina konnte das Wort »Zukunft« nicht mehr hören. Zukunft war etwas für die Theoretiker, aber in der Praxis nützte sie gar nichts. Schließlich lebte sie heute und sah nicht ein, weshalb ihr dies zum

Nachteil gereichen sollte. Koglers Rechtfertigung der Mauer ließ sich einfach erklären: Er war nicht betroffen. Das machte es ihm leicht, sich ins Prinzipielle zu erheben. Es waren ja nicht seine Eltern, die in Stuttgart lebten, und von Arnd wußte er nichts.

Kogler fühlte sich mißverstanden. Er setzte sein überlegenes Lächeln auf, bekam wieder das erhabene Familienvorstandsgesicht und sagte im Tone eines Bedauerns: Es hat keinen Sinn, mit Frauen politische Gespräche führen zu wollen. Sie können nicht in den Kategorien des Allgemeinen denken, bleiben nicht sachlich, echauffieren sich und wissen alles besser. Aber merkt euch vor allem eins: Wann immer das Gespräch auf die Berliner Ereignisse kommt, vermeidet das Wort »Mauer«. Offiziell wird vom antifaschistischen Schutzwall gesprochen. Oder aber ihr äußert euch überhaupt nicht dazu und meidet das Thema ganz generell. Mit den Nachbarn spricht man über Blumen und mit den Lehrern über die Zensuren. Und was hier an diesem Tisch zu all diesen politischen Fragen gesprochen wird, bleibt unter uns oder geht nur nach draußen, wenn ich euch mit den entsprechenden Argumenten ausrüste.

Katharina fand die ganze Nacht hindurch keinen Schlaf. Für ein Treffen mit Arnd in Westberlin sah sie keine Chance mehr. Jäh hatte sich alles verändert. Sie war im Zweifel, ob der Mensch, der neue Mensch, wirklich der Herr über seine Umstände war und seine Geschichte selber machte, wie sie es gelernt hatte. Wenn dies stimmte, dann hatte diese Geschichte mit ihr nichts zu tun. Sie fand außerhalb und unabhängig von ihrem Bewußtsein statt. Sie hatte sie weder gewollt noch gemacht und wußte erst recht nicht, wie sie sich über sie hätte erheben sollen, kühn und mit Heldenglorie, mit heißem Bemühen und prometheischer Tatkraft. Lehrbuch, alles Lehrbuch und höchstens zu verwenden als Prüfungskomplex oder Abituraufsatz, wo die theoretische Sicht, die das Ideale formulierte, die beste Garantie für eine gute Note war. Innerlich wehrte sie sich zwar gegen die Frage, wie es weitergehen sollte, wehrte sich, mit dieser Grenzziehung, den Schutzmaßnahmen, wie der Sprecher im Radio gesagt hatte, etwas Sinnbildhaftes für sich zu verbinden, und doch ließen sie die Gedanken daran nicht los.

Anna und Edda saßen bis spät in die Nacht hinein bei ihr, glichen zwei Schwestern am Bett einer Kranken, versuchten sie zu trösten und meinten, daß die Behörden bei ihr bestimmt eine Sonderregelung gelten lassen würden und sie sich mit Arnd doch noch treffen könnte. Wenn erst einmal ein Gesetz beschlossen ist, dann gibt es dazu auch die vielen, vielen Ausnahmen, sagte Anna, doch Katharina machte sich wenig Hoffnungen. Der Zuspruch war rührend und gut gemeint, aber sie sah in diesem Augenblick deutlich wie nie, daß ein Ende vielerlei Anfänge haben konnte.

Katharina ließ es unberührt, als zwei Monate später der Staatsbürgerkundelehrer von der Klasse die Verpflichtung abverlangte, keine Westsender mehr zu hören, weder dieses Radio Luxemburg noch den hetzerischen Deutschlandfunk, und eine Liste zur Unterschrift durch die Bankreihen reichte. Sie setzte wie alle anderen ihren Namen auf das Papier, das ihr nichts bedeutete und zu den lästigen gesellschaftlichen Pflichten gehörte. Niemand sah einen Grund, dem Lehrer eine Frage zu stellen oder ihn mit einer

Unterschriftsverweigerung zu ärgern. Jeder wußte, dieses Papier verpflichtete ohnehin bloß zu einem: nicht darüber zu reden.

Diese Westsender haben nur eines im Sinn, sagte der Staatsbürgerkundelehrer, sie wollen euch auf falsche Pfade locken, euch mit antisozialistischem Geist füttern und ablenken von der eigentlichen, großen und kämpferischen Aufgabe, die jetzt bevorsteht. Es ist doch kein Zufall, daß sie gerade zu diesem Zeitpunkt verstärkt ihre Wühltätigkeit und feindlichen Aktivitäten auf unser Territorium richten. Denn nun steht endgültig fest, daß der Sozialismus in seinem Mutterlande, in der Sowjetunion, vollständig gesiegt hat. Auf dem XXII. Parteitag der KPdSU wurde soeben der welthistorische Beschluß gefaßt, mit dem Aufbau des Kommunismus zu beginnen. Nach streng wissenschaftlichen Prinzipien erfolgt dies in zwei Etappen, und in zwanzig Jahren, 1981, wird der Aufbau des Kommunismus in der Sowjetunion abgeschlossen sein. Kein Wunder, daß das den Imperialisten da drüben nicht paßt und sie euch von dem großen Ziel abhalten wollen. In der ersten Etappe, bis 1971, wird die Arbeitsproduktivität in der Sowjetunion so wachsen, daß sie die USA, das reichste und mächtigste Land des Kapitalismus, in der Pro-Kopf-Produktion überflügelt hat. In der zweiten Etappe, von 1971 bis 1981, wird die materiell-technische Basis des Kommunismus errichtet, die einen Überfluß an materiellen und kulturellen Gütern für die gesamte Bevölkerung der Sowjetunion sichert und es jedem ermöglicht, nach seinen Bedürfnissen zu leben. Die körperlich Arbeitenden werden kulturell und technisch das Niveau der Geistesschaffenden erreichen. Jeder hat dann das innere Bedürfnis entwickelt, freiwillig und gemäß seinen Neigungen für das Gemeinwohl zu arbeiten. Es wird nicht mehr zu Hause gekocht, sondern in den Gaststätten gegessen werden. Die Benutzung der Wohnungen, der Verkehrsmittel und der kommunalen Dienstleistungen wird unentgeltlich sein. Auch Wasser, Gas und Kohle für die Haushalte müssen nicht mehr bezahlt werden. Der Mensch wird die Natur völlig beherrschen. Es werden die Wüsten bewässert und die Flüsse umgeleitet – alles zu seinem Wohl. Nikita Sergejewitsch Chruschtschow hat es ganz klar formuliert: Der Pokal des Kommunismus ist ein Pokal des Überflusses. Er muß stets bis zum Rand gefüllt sein. Jeder muß dazu beitragen, und jeder soll aus ihm schöpfen. Und genau diese grandiose Aufgabe steht nun auch euch bevor: mit allen Kräften die eigene gesellschaftliche Entwicklung voranzutreiben und auf der Seite derer zu stehen, die die gesetzmäßige Entwicklung des Fortschritts beschleunigen helfen. Denn die Schlußfolgerungen, die sich für uns aus dem XXII. Parteitag ergeben, sind mehr als eindeutig, sie sind das greifbar nahe Ziel: Eure Generation wird im Kommunismus leben!

III

Katharina konnte noch immer nicht fassen, daß alles vorüber war. Sie wußte nicht, ob sie in einen Zeitsturz oder Zeitbruch geraten war, verfolgte die Ereignisse mit stockendem Atem, fragte sich, ob das Bisherige wirklich Geschichte oder nicht doch nur Vorgeschichte gewesen war, und fand alles noch immer so unwirklich, daß sie nicht sicher schien, ob sie in einer Welt gedachter Erscheinungen oder in einer gegenständlichen, handfesten Realität lebte. Sie war täglich aufs neue verblüfft und zugleich irritiert, weil sie sah, wie geräuschlos, wie rasch und unkompliziert all das wahr wurde, was sie nicht mehr für möglich gehalten hatte.

Am dritten Tag des Oktober ging sie abends als DDR-Bürgerin in die Stadt, zum Brandenburger Tor und zum Reichstag, um mit Hunderttausenden die Stunde der Einheit zu erleben. Sie wandelte wie in einem nächtlichen Osterspaziergang vom Eise befreit Unter den Linden hinauf und Unter den Linden hinab im großen Strom der Menschen, aus dessen Mitte eine stille Freude kam, als gäbe es eine Auferstehung zu feiern. Sie sah, daß alle mit allen fühlten, sah entspannte Gesichter, spontanes Einanderzulächeln, hörte die Reden und die Hymne, die aus allen Lautsprechern klang und kehrte in den frühen Morgenstunden als Bundesbürgerin nach Hause zurück. Es war eine Verwandlung, wie es sie nur einmal im Leben gab; kein Rausch, kein Taumel, aber ein tiefinneres Aufatmen, endgültig und unwiderruflich diesen ganzen real-existierenden Sozialismus los zu sein, der wie ein langer frostiger Winter auf ihrer Seele gelegen und allem etwas Eintöniges und Trostloses gegeben hatte. Nun konnten ihr all die Großsprecher der Ideologie nichts mehr anhaben, nun brauchte sie sich nicht mehr zu bekennen, zu nichts mehr verpflichten, konnte ohne Angst und politisches Ritual leben, brauchte sich nicht mehr in eine öffentliche und eine private Person zu spalten, konnte sagen, was sie dachte, ohne, so meinte sie, befürchten zu müssen, daß ihr daraus Nachteile erwachsen würden.

Es war wie ein Gang durch die Anfangsgründe der Metaphysik, unwirklich und doch wahr, jenseits des Vorstellbaren und doch den Gesetzen der Logik folgend. Vor allem schien ihr diese wundersame Verwandlung eine Garantie dafür, daß nichts von dem, was gewesen war, jemals wiederkommen konnte; jedenfalls nicht, solange sie lebte. Zu Hause öffnete sie eine Flasche Sekt und trank mit Hellberg darauf, einem Truggebäude der Geschichte so glimpflich entkommen zu sein.

Gleich am nächsten Tag gingen sie zu Franz und Anna, die seit dem Fall der Mauer um Jahre verjüngt schienen. Kogler jubelte über die Wiedervereinigung, weil er sich in seiner Theorie von den geschichtsbestimmenden Kräften des Ostens bestätigt sah, denn er war ja immer der Meinung gewesen, daß nur von dem gesunden starken Volkstum des Ostens die nationale Erneuerung kommen konnte. Er bedauerte nur, daß es eine Vereinigung mit dem amerikanisierten Teil Deutschlands war, der, vom Wohlstand ermüdet, auch noch den letzten vaterländischen Funken ausblasen wollte, und beneidete Katharina und seinen Schwiegersohn, daß sie noch jung genug waren, um tatkräftig am gemeinsamen Aufbauwerk mitwirken zu können. Kogler dankte dem Herrgott, daß alles so gekommen war, und sah sich voller Stolz als einer, der das Opfer gebracht hatte, geblieben zu sein, und der dafür nun reichlich belohnt wurde. Gerade weil er diese Opferarbeit geleistet hatte, fand er sein Leben im höchsten Grade sinnvoll und erfüllt und war so fröhlich wie in den ganzen zurückliegenden Jahren nicht.

Katharina konnte den Vater nach allem, was ihm zugemutet worden war, gut verstehen. Nur bei ihr mischte sich in die Freude über die Wiedervereinigung zugleich auch die Betroffenheit, die sie seit ihrer Entlassung aus dem Institut verfolgte und ihr inmitten der Veränderungen das Gefühl gab, stehengeblieben zu sein und den Anschluß an die neue Zeit noch immer nicht geschafft zu haben. Es tröstete sie wenig, daß es Hunderttausenden, die ebenfalls keine Arbeit mehr hatten, jetzt ähnlich erging. Unablässig fragte sie sich, warum das ausgerechnet ihr passieren mußte, ihr, die doch immer inmitten der staatlichen Vorgaben versucht hatte, ihren eigenen Weg zu gehen. Sie fühlte sich zu Unrecht gestraft und meinte, nun die Schuld derer aufgebürdet zu bekommen, die sie eigentlich hätten abtragen müssen. Vielleicht erwartete sie auch zu viel, denn offensichtlich waren mit der Gerechtigkeit alle überfordert. Obwohl sie sich Mut und Geduld zusprach, zumal sie darin von früher her noch Übung hatte, ging sie abends mit einem Druck im Magen zu Bett und fühlte sich krank und angegriffen.

Vor Monaten, als sie ihren Beruf und ihre Selbständigkeit noch hatte, besaß sie immerhin eine kleine Zukunft und wußte, daß nichts Außergewöhnliches mehr auf sie zukommen würde, weder im Negativen noch im Positiven. Um so mehr hatte sie Lust und Zeit, sich über die große Zukunft Gedanken zu machen. Da interessierte sie, was aus diesem Land einmal werden sollte und was sie tun mußte, um den Teilungsgeist zu überwinden. Da konnte sie sich aus gesicherter Position nach vorne träumen und ins Ungewisse abschweifen. Doch jetzt, da diese unvorstellbare ferne Zukunft über Nacht wie vom Himmel in ihr Leben gefallen war, besaß sie plötzlich ihre kleine gesicherte Perspektive nicht mehr und hatte auf einmal kein Interesse für das große Ganze. Jetzt war sie nur noch mit sich beschäftigt und überlegte, was sie tun könnte, um endlich wieder Fuß zu fassen. Die Verteilung der Posten stand für ihre Begriffe ohnehin längst fest: Die Funktionäre waren wieder im Glück, und sie hatte sich mit dem zu begnügen, was übrigblieb. Katharina nahm es gelassen hin, weil ihr dies gesetzmäßig zum Niedergang zu gehören schien. Deprimierend fand sie jedoch, daß sich trotz ihrer Aktivität nichts bewegte. Sie hatte ja nicht zu Hause gesessen in all den Monaten und gewartet, bis mit einer zentralen Maßnahme ihr Wohlergehen beschlossen wurde; sie hatte schon die neue Qualität erkannt und begriffen, daß sie selber handeln mußte, um etwas in Gang zu setzen. Sie wußte, wie sehr es jetzt auf die eigene Initiative ankam, und war gerade darum so enttäuscht, weil sie nichts bewegen konnte.

Mehrere Male hatte sie sich schon beworben, hatte sich überwunden, mit 45 Jahren wieder Lebensläufe zu schreiben, wie damals nach dem Studium ihr Interessengebiet zu formulieren, ihre Kenntnisse darzustellen und die Ergebnisse ihrer bisherigen Arbeiten einzusenden. Auch eine Publikationsliste hatte sie erstellt, hatte immer voller Hoffnung die Unterlagen abgesandt und außer einem vorgedruckten Absageschreiben bislang keine Reaktion erhalten. Sie wartete von Woche zu Woche auf ein Ende der Ungewißheit und hatte das Gefühl, als schlichen dazwischen die Stunden und Tage langsam und träge dahin. Sie kam sich vor wie in einem steuerlosen Kahn, der irgendwo auf hoher See trieb und dem sich kein Ufer zeigte.

Und doch bäumte sich alles in ihr auf, mit einemmal als eine beklagenswerte Natur dazustehen. Die zurückliegenden Jahre genügten ihr. Jetzt wollte sie kein Opfer der glücklichen Funktionäre sein. Diesen Gefallen mochte sie diesen Herren und diesem System im nachhinein nicht tun. Wer von der Gunst der Partei nie gelebt hatte, für den mußte es doch jetzt Chancen geben. Vor allem wollte sie nun, da das ganze Land Westen geworden war, nicht länger als DDR-Bürgerin gezeichnet sein und womöglich noch zu denen gehören, die als unbeweglich und einfallslos galten.

Sie hatte schon mehrere Male Diskussionsbeiträge auf wissenschaftlichen Kolloquien im Westteil der Stadt gehalten, die Anklang fanden, hatte auch dem Hannoveraner Rezensenten ihrer Leibnizarbeiten in einem Brief die momentane Situation geschildert – aber es rührte sich nichts. Es war wie eine Verschwörung der Stille. Vielleicht hätte ihr Edy helfen können, aber sie mochte die Schwester nicht in ihr Dilemma einweihen. Katharina überlegte, ob sie überhaupt in der Wissenschaft bleiben sollte. Ein Referent eines westlichen Institutes hatte ihr kürzlich nahegelegt, in eine Partei einzutreten, doch dazu konnte sie sich nicht entschließen. Zwar besuchte sie die Versammlungen der verschiedenen Parteien, weil dieser Sprung vom Einheitsbekenntnis zur Meinungsvielfalt etwas beinah Komödiantisches hatte, doch das Niveau war überall so erschreckend niedrig, daß sie wenig Lust zur Mitarbeit verspürte. Andererseits sah sie, wie durch Parteieintritte sich neue Karrieren eröffneten. Aber sie war schon im alten System der Meinung, daß derjenige, der wirklich etwas konnte, es nicht nötig hatte, in die Politik zu gehen. Daran schien sich noch immer nichts geändert zu haben. Nur blieb die Frage, wie sie ihr fachliches Können beweisen sollte, wenn sie dazu keine Chance bekam.

Auch bei den letzten beiden Bewerbungsgesprächen fehlte ihr offensichtlich das Quentchen Fortüne. An der Freien Universität wurde sie abschließend ganz beiläufig gefragt, welche Partei sie gewählt habe, sagte dies unbekümmert und hörte seitdem nichts mehr. Im Wissenschaftszentrum, wo Frauen für ein befristetes Forschungsprojekt gesucht wurden, blätterte der Leiter der Abteilung in ihren Bewerbungsunterlagen, stutzte auf einmal und sagte nicht ohne Anerkennung: Donnerwetter, zwei Doktortitel, das habe ja nicht einmal ich! Dann sah er sie an und fügte etwas scherzhaft hinzu: Stimmt wohl doch, daß im Osten alles ein bißchen billiger zu haben war.

Sie überlegte, ob sie ihm darauf nicht in sehr bestimmter Weise entgegnen sollte, denn dahinter verbarg sich eine Überheblichkeit, die ihr nicht zum ersten Mal begegnete und die sie mit nichts anderem als Unwissen erklären konnte. Gleichzeitig sagte sie sich, wenn sie ihm jetzt widersprach, hätte es vielleicht nach einer Verteidigung des Wissenschaftsbetriebes ausgesehen, den sie nicht verteidigen wollte.

So schwieg sie, ganz in dem Bewußtsein, daß sie sich wohl damit abfinden mußte, aus dem Land der Verlierer zu kommen, für dessen Bewohner das Vorurteil längst geprägt war: Hätten sie was getaugt, wären sie beizeiten in den Westen gegangen. Denn die Besten hatten dem Staat längst den Rücken gekehrt. Die Dummen, die Faulen, die Bequemen, die Risikoscheuen waren geblieben. Der Verdacht des Mittelmaßes haftete ihnen geradezu gesetzmäßig an. Katharina hörte nur zu deutlich diese unausgesprochenen Zwischentöne, für die sie in letzter Zeit ein feines Sensorium bekommen hatte. Im Blick ihres Gegenübers las sie die stillen Fragen, ob sie nicht auch eine von den unzähligen Mitschweigern war, eine von denen, die weggeschaut hatten, ein Versager und Kompromißler, eine namenlose Stütze des Systems. Solche Bewerbungsgespräche waren eine Tortur, zumal wenn ihr Gegenüber nichts von den wirklichen Verhältnissen des östlichen Akademiebetriebes wußte. Wäre sie damals in die SED eingetreten, hätte sie längst eine Professur gehabt und stünde heute ganz anders da. Eine Professur war eine Professur, und wer fragte jetzt noch, wie sie zustande gekommen war. Was hätte es genutzt, ihrem Gegenüber zu erklären, daß sie sich als Nichtgenossin erst nach der Wende habilitieren durfte? Alles, was in einer solchen Situation gesagt wurde, klang ohnehin nur wie eine späte Entschuldigung für das, was nicht zur rechten Zeit geleistet worden war. So schwieg sie, denn es war schon schlimm genug, mit einem System identifiziert zu werden, von dem sie sich selber längst verabschiedet hatte. Andererseits konnte sie diese Unwissenheit den westlichen Kollegen nicht verargen, denn auch sie hatten in einem Schongehege gelebt und sich mit den Wahrheiten abgefunden, die ihnen von den östlichen Institutsdirektoren offeriert worden waren.

Doch nun, da sie sich auf einen Neubeginn eingestellt hatte, erkennen zu müssen, daß sie noch immer von den einstigen Chefs abhängig war, gehörte zu ihren deprimierendsten Erfahrungen. Es kostete sie große Überwindung, noch einmal zu Professor Kramms gehen zu müssen, um sich die noch ausstehende Beurteilung geben zu lassen.

Er saß wie immer in Kostüm und Maske eines Allerweltmannes hinter seinem Schreibtisch – Nadelstreifenanzug mit Weste und Pfeife im Mund, korrekter Seitenscheitel und Manschettenknöpfe –, nur das Parteiabzeichen fehlte. Auch sonst tat er gewichtig und geschäftig wie eh und je. Natürlich wußte sie über ihn all das, was jeder Institutsmitarbeiter wußte: daß er ein Neckermannhaus in einer Prominentensiedlung bewohnte, ein Jahresvisum und einen Pudel besaß, den er aus seinerzeit offiziell untersagter, aber stiller Verehrung für Schopenhauer Atma nannte; daß er als zuverlässiger Kongreßteilnehmer die halbe Welt bereist und für den Chefideologen des Politbüros ab und zu eine Rede geschrieben hatte. Und sie hörte wieder seinen Lieblingsspruch, den er stets lächelnd von sich gab, wenn jemand in einer Versammlung sein Unbehagen über die Zustände zum Ausdruck brachte: Bemühen Sie sich um ein Vertrauensverhältnis zur herrschenden Ordnung, dann werden Sie sich über mangelnde Freiheit nicht beklagen können.

Ausgerechnet von ihm mußte sie sich nun eine Beurteilung geben lassen. Aber er war eben nach wie vor der Direktor des Instituts, während die meisten Mitarbeiter längst entlassen waren. Professor

Kramms bat sie, Platz zu nehmen, war freundlich wie immer und sagte nur: Dann werde ich mal was Schönes über Sie schreiben, damit Sie einen guten Start für den Neuanfang haben. Es klang so wohltätig und von oben herab, als wollte er ihr sagen, daß ein Chef immer ein Chef blieb und dies das Beständige inmitten der Veränderungen war.

Haben Sie sich denn inzwischen ein paar internationale Referenzen besorgt? fragte er. Katharina wußte zwar, daß sich etliche Kollegen an ausländische Institute gewandt hatten mit der Bitte um eine Art Zeugnis für sie, aber war doch mehr als verblüfft, daß ausgerechnet Kramms ihr eine solche Frage stellte und noch dazu im Tone größter Selbstverständlichkeit. Denn schließlich war er es, der den Mitarbeitern verboten hatte, mit ausländischen Instituten Verbindungen aufzunehmen. Sie dachte an den amerikanischen Kollegen, der vor gar nicht allzulanger Zeit sie um eine Auskunft wegen der Flugblätter des jungen Leibniz bat. Da sie diesen Brief Kramms nicht gemeldet hatte, drohte er in seiner Erregung mit einem Disziplinarverfahren, weil sie unbefugt Kontakte ins imperialistische Lager unterhielt und damit den Namen des Instituts in Verruf brachte. Internationale Referenzen, sagte Katharina, wie sollte ich denn? Sie haben es ja ausdrücklich untersagt, mit Kollegen des westlichen Auslands eine Korrespondenz zu führen oder in westlichen Fachzeitschriften zu publizieren.

Kramms lächelte nur und sagte: Ja damals. Damals standen wir alle unter Zwang. Damals waren wir alle nicht frei. Aber inzwischen ist eine andere Zeit. Heute zählt eben so was. Schade, daß ich Ihnen jetzt nicht mal internationale Referenzen bescheinigen kann, sehr schade, denn gerade Sie gehörten zu meinen Besten.

Katharina mußte an sich halten, denn in diesem Augenblick kam ihr noch einmal die ganze Verkommenheit dieses Systems zu Bewußtsein. Katharina hatte Kramms für die Kongresse in Paris, Bologna und Boston die Vorträge über Leibniz ausgearbeitet, die er dort als Kollektivarbeit des Instituts vortrug, und selbstverständlich nahm er sie nie mit, denn dieses Prestige, ins westliche Ausland zu fahren, wollte der Genosse Direktor schon für sich allein genießen. Kein Wort davon, daß er es war, der im Institut die Kollegen bestimmte, die reisen durften, daß er die Befürwortung für die Genehmigung eines Antrages erteilte oder verweigerte, daß er die ausländischen Delegationen empfing und darauf achtete, daß kein anderer mit ihnen zusammenkam. Kein Wort von all dem. Statt dessen machte er ihr jetzt lächelnd zum Vorwurf, keine internationalen Kontakte zu haben.

Als sie etwas sagen wollte, fiel er ihr freundlich ins Wort: Nehmen Sie es positiv, Kollegin Hellberg, das sollten Sie doch von den bürgerlichen Gelehrten wissen, mit denen Sie sich bevorzugt beschäftigt haben: Historia vitae magistra. Die Geschichte als Lehrmeister des Lebens. Und da sind wir nun mal alle miteinander hineingeraten.

Sie hätte ihn würgen können. Einen Augenblick dachte sie daran, wie köstlich es gewesen wäre, ihn röcheln und erliegen zu sehen. Allein die Vorstellung bereitete ihr eine tiefe Genugtuung, und noch größer schien ihr der anschließende Genuß zu sein, ihr das beweisen zu müssen. Denn Recht besaß nur der, der sein Recht beweisen konnte. Doch wenn sie ihn jetzt zur Rede gestellt hätte oder ausfallend geworden wäre, hätte sie nur noch eine schlechte Beurteilung bekommen und sich selber geschadet. Es siegte wie gewohnt die kühle Rationalität, ganz in dem Bewußtsein, daß es nicht lohnte, auch nur irgendein Wort an einen solchen Mann zu verschwenden. Es gab einen Grad der Verkommenheit, dem gegenüber es ehrenvoll war, ihm nicht gewachsen zu sein. Diese Erkenntnis änderte zwar an den Umständen nichts, aber gab ihr wenigstens das Gefühl moralischer Überlegenheit. Tröstlich blieb allein die Hoffnung, daß die Zeit sie von all diesen funktionierenden Funktionären befreien würde. Nun hatte sie so lange gewartet, nun würde sie auch dafür noch die Geduld aufbringen. Denn irgendwann mußte es eine Gerechtigkeit geben. Schließlich konnte es doch nicht so weitergehen, als sei nichts geschehen, so aalglatt, so trübfischig und verlogen kontinuierlich. Zugegeben, sie hatte bei diesem Gespräch niedrige, böse Gedanken, aber schämte sich ihrer nicht. Sie bedauerte nur, daß noch immer nicht der Zeitpunkt gekommen war, sie endlich auszusprechen. Noch immer herrschte das Wortschlucken vor. Doch sie wußte: Die Hegelsche Dialektik war nicht außer Kraft zu setzen; der Umschlag von Quantität in Qualität mußte kommen.

Katharina sah zu, wie Professor Kramms in eine moderne Sprechanlage die Beurteilung seiner ehemaligen Mitarbeiterin diktierte, mit demonstrativer Professionalität, als wolle er ihr zeigen, wie sehr er den Geist der neuen Zeit erfaßt hatte, und mit einem Gönnerblick, als würde er ihr eine große Gefälligkeit erweisen und es selbstverständlich noch immer gut mit ihr meinen, sehr gut. War er doch derjenige, der ihr mit einer solchen Beurteilung das Entree in die Marktwirtschaft gab. Nur wer ihn beurteilte – danach durfte natürlich nicht gefragt werden. Ohne Zweifel, es hatte sich gelohnt, mit der Macht gegangen zu sein. Katharina hörte in der Beurteilung viel Gutes über sich, wußte, daß unter den früheren Verhältnissen eine Bewertung ihrer Leistung ganz anders ausgefallen wäre und daß das Lob über sie auch eine Selbstrettungsmaßnahme war, weil er seine geistige Toleranz gerade mit ihren Forschungsthemen belegen konnte. Sie sah auch dies als beschämend und verlogen an und verließ grußlos den Raum.

Beim Hinausgehen stieß sie mit Kopcke, dem ehemaligen Parteisekretär, zusammen. Katharina staunte, daß auch er noch da war, doch er sagte nur: Ich bin jetzt Betriebsrat, werte Kollegin, und Sie wissen ja, Betriebsräte sind unkündbar.

Katharina wollte nichts mehr sehen und nichts mehr hören von dieser ungerechten absurden Welt. Jetzt begriff sie, es brauchte mehr Nervenkraft als früher, mehr Standhaftigkeit, mehr Glauben, um nicht zu verzweifeln an dem, was um sie herum geschah. Sie mußte nüchtern bleiben und derlei Begegnungen ins Positive umkehren: Jawohl, es war die Periode wachsender Menschenkenntnis, in der sie leben durfte, nie wieder würde sie in eine solche Schule der Erfahrung gehen können, nie wieder zusehen dürfen, wie Kriechfuß zu Kriechfuß fand und wie rettend es war, mit einemmal kein Gedächtnis mehr haben zu müssen. Historia vitae magistra. Leute wie Kramms, deren herausragende Eigenschaft darin bestand, unter allen Umständen immer oben zu sein, wußten eben alles zu begründen. Als Raupen hatten sie sich durchgefressen in der real-existierenden Privilegienwirtschaft, in der Zeit der Wende gut verpuppt und nun flatterten sie als Falter in die Demokratie davon und keiner fragte: Was hat der Falter mit der Raupe zu tun. Nie mehr konnte sie Zuschauerin solcher Metamorphosen werden. Nie mehr würde sie die Akrobaten des Geistes so glanzvoll sich wenden und biegen sehen. Neue Umstände erforderten neue Beweglichkeit. So einfach war das, wenn es die Existenz zu retten galt. Und wie sollte sie ihm beweisen, daß er Korrespondenzen untersagt und Reisen ins Ausland nicht genehmigt hatte? Wie, wo alles nur mündlich geregelt wurde? Denn das andere war schließlich auch wahr: Er hatte sie forschen lassen. Er hatte sie nicht gefördert, aber auch ihre Arbeiten nicht behindert. Rein wissenschaftlich konnte sie ihm nichts vorwerfen. Unrecht blieb das, was sie ihm nicht beweisen konnte. Es war trostlos, durch solche Begegnungen von der Vergangenheit, die sie doch gerade erst glücklich überstanden hatte, wieder eingeholt zu werden. Wäre sie beizeiten in den Westen gegangen, hätte sie die Garantie gehabt, diesen Leuten nicht mehr begegnen zu müssen und mit ihnen nichts mehr zu tun zu haben. Nun, da der Westen zu ihr gekommen war, blieb sie von ihnen umringt, so dicht, daß sich ihr das Neue einfach nicht zu erkennen gab. Solange sie da waren, besaßen die veränderten Verhältnisse für sie keine Glaubwürdigkeit. Im Gegenteil, der historische Lauf der Dinge bestätigte postum doch nur die Machtverteilung der Planwirtschaft: Kramms saß nach wie vor in gehobener Position, und sie ging zum Arbeitsamt. Für die Prediger der reinen Lehre war wenigstens der sozialistische Weltgeist zu sich selbst gekommen, sie aber erreichte offensichtlich derlei höhere Fürsprache nicht.

Anfangs hatte es sie Überwindung gekostet, dieses Haus mit den vergitterten Fenstern zu betreten, weil sie meinte, damit zu den Erfolglosen zu gehören. Zu denen, die auf der Strecke geblieben waren, die gemäß dem Vorurteil zu den unbeweglichen, den echten Ostlern zählten, die der Sozialismus träge und phantasielos gemacht hatte, und wäre am liebsten vor Scham in den Boden gesunken. Doch inzwischen sah sie die Menschen, die im Arbeitsamt auf den Bänken vor den Dienstzimmern warteten, nicht mehr als eine Ansammlung von Gescheiterten, sondern auch als das ausrangierte Häuflein der Aufrechten und Wehrlosen. Hierher verlor sich kein Fettauge und kein Seiltänzer der Ideologie, denn die waren alle schon längst irgendwo untergekommen, weil sie rechtzeitig ihre alten Beziehungen genutzt hatten. Hier standen die anderen, die in der Regel nur einen Makel hatten: nicht zu den Tätern zu gehören. Für die Täter war gesorgt. Für die Täter gab es Toleranz und Verständnis, denn schließlich konnten die Täter ja auch nichts dafür, wie aus den elektronischen Medien zu erfahren war. Auch sie waren Opfer. Und schon hieß es wieder: Man war ja bloß in diese Positionen gegangen, um Schlimmeres zu verhindern. Kramms hatte das Vertrauen der Partei nur darum gewollt, um kritischen Positionen Raum zu geben. Wären sonst die Arbeiten über bürgerliche Wissenschaftler, wie sie der Kollegin Hellberg gestattet wurden, ungetadelt möglich gewesen? Durch seine feste ideologische Position hat er ihr diese Freiheit doch erst möglich gemacht. Sie mußte die Taktik sehen, die dahintersteckte. Denn wem die Partei vertraute, dem gewährte sie auch eine gewisse Unabhängigkeit, die anderen dann zum Vorteil gereichte.

Wenn auch in Grenzen, aber immerhin. Ohne Zweifel, auch Kramms war das Opfer. Es schien ihr wie mit dem Teufel zuzugehen: Gerade jetzt, da sich die Welt in so hoffnungsvoller Weise wieder in eins zu fügen begann, gerade jetzt erlebte Katharina sie auf so zerstörerische Weise. Das Ziel stand ihr zwar klarer denn je vor Augen, und doch konnte sie es nicht erkennen. Alles war trüb, undurchsichtig, verschwommen. Jeder trug etwas vom Schmutz des anderen an sich; jeder hatte Schuld auf sich geladen und Schuld verhindert, jeder war ein bißchen kühn und ein bißchen feige gewesen, war Opfer und Täter. Es gab nichts Eindeutiges, nur Annäherungen an viele Möglichkeiten, an das unendlich Schäbige und das einsam Große; es gab wieder nur die alte Erfahrung: Die Wahrheit war ein Bewegungsspiel. Voller Abgründe und ohne Halt.

Jedesmal, wenn Katharina vom Arbeitsamt kam, war sie tief deprimiert. Natürlich wußte sie, daß ihre Situation im Gegensatz zu der anderer Frauen, die ihr hier begegneten, nichts Dramatisches hatte, denn letztlich war sie durch die Ehe existentiell aufgefangen und abgesichert. Die Ehe bot Unterschlupf und Tarnung, sah doch der Beruf einer Hausfrau weder nach Arbeitslosigkeit noch nach Scheitern, sondern eher nach Luxus aus. Doch genau das war es eben, was sie nie gewollt hatte: im heimischen Reich ihre Erfüllung zu sehen und das kochende, plättende, bürstende, flickende, fegende und putzende Wesen zu sein, das Tag um Tag für eine Ordnung sorgte, die die anderen nur dann wahrnahmen, wenn sie ihnen fehlte. Für ein Zwischenspiel wäre das Hausfrauendasein erträglich gewesen, aber nicht auf Dauer und nicht für sie, die gewohnt war, aus dem

Beruf ihr Selbstbewußtsein zu schöpfen. Ohne ihn fühlte sie sich nicht ernstgenommen und kam sich so vor, als würde sie still, aber zielstrebig einem Zustand der Selbstauflösung entgegenschweben. Es wurde zwar mit ihr über Umschulen und Arbeitsbeschaffungsmaßnahmen gesprochen, aber sie konnte sich dazu nicht entschließen, weil sie noch immer die Hoffnung hegte, in der Wissenschaft bleiben zu können. Sie hatte sich ja nicht viele Jahre mit der deutschen Geistesgeschichte beschäftigt, um jetzt feststellen zu müssen, daß alles umsonst gewesen war. Sie wollte es einfach nicht wahrhaben und legte ihren Ehrgeiz darein, eine Stelle zu finden. Das allein schien ihr im Augenblick wichtiger als die Wissenschaft selbst, denn es war die letzte trotzige Behauptung ihrer Eigenständigkeit. Sie wagte nicht, an ein Mißlingen zu denken. Sie verdrängte tapfer all diese Was-wäre-wenn-Gedanken, die ihr spürbar das Selbstvertrauen nahmen und auf Schritt und Tritt wieder dieses Gefühl des Zwiespalts wachriefen, das sie seit ihrer Entlassung verfolgte und ihr in geradezu boshafter Weise die Schatten der Veränderung vorführte, die sie doch eigentlich nie wahrhaben wollte.

Natürlich freute sie sich, daß es endlich alles zu kaufen gab und die Geschäfte und Warenhäuser inzwischen ein ganz anderes Aussehen bekommen hatten. Dennoch geriet ihr das Angebot unbewußt auch zum Vorwurf. Jedesmal, wenn sie an ein Schaufenster kam, stand sie vor der Überlegung, entweder einzuhalten und zu sehen, was es gab, oder weiterzugehen und so zu tun, als existierte das alles nicht. Bislang hatte sie immer geglaubt, über den Dingen zu stehen und als selbstbestimmtes Wesen genau unterscheiden zu können, was überflüssig und was notwendig für sie war. Doch plötzlich schien dies nicht mehr möglich zu sein. Es ging ein zu starker sinnlicher Reiz von all diesen Dingen aus, die da im Schaufenster lagen. Sie versuchte zwar, vorüberzugehen im Schritt des Verzichts und mit intellektueller Verachtung, ganz in dem Bewußtsein, daß sie in der Welt des Geistes lebte, wo andere Maßstäbe und andere Werte galten. Aber das Neue war so einschneidend neu, so perfekt und sinnvoll, daß sie nicht umhin konnte, einen Blick darauf zu werfen. Allerdings war der schon zuviel, denn unversehens geriet sie in den Sog des Schauens, blieb stehen und begriff, es waren die angestauten Wünsche der letzten zwanzig Jahre, die sich plötzlich vor ihren Augen geradezu schmerzhaft materialisierten. Sie weckten das Verlangen, zu kaufen, zu besitzen und sich nun endlich all das erfüllen zu können, worauf sie so lange gewartet hatte. Sie besaß nur das eine Leben, und darum mußte alles sofort sein. Daher die Ungeduld und das Gefühl, auf der Stelle nachholen zu müssen, wozu die Westdeutschen vierzig Jahre lang Zeit gehabt hatten. Am liebsten hätte sie über Nacht ihren ganzen Haushalt ausgewechselt. Nicht nur wegen der besseren Produkte, nein, es ging um mehr: Sie wollte ihre Vergangenheit los sein. Sie wollte nichts mehr haben, was sie an den Osten erinnerte; nicht die rostige Waschmaschine, nicht die stromverschwendende Tiefkühltruhe, nicht die stumpfen Küchenmesser, nicht dieses ständig defekte Auto, das wegen technischen Versagens immer irgendwo liegenblieb. Nichts wollte sie mehr sehen von all diesen Dingen, für die es nie eine andere Wahl gegeben hatte. Sie mochte sich nicht mehr mit diesen Halbheiten und Provisorien herumärgern, die stets mehr Belastung denn Erleichterung des Alltags waren und ihr wieder all die Mühsal, dieses nutzlose Herumrennen, diese vertanen Wartezeiten zu Bewußtsein brachten. Sie wollte diesen ganzen Osten wie eine unschöne, unangenehme Haut abstreifen, so rasch wie möglich. Darum fieberte sie nach den anderen Produkten, die ihr eine andere Zugehörigkeit, ein anderes Befinden gaben und die Spuren ihrer Herkunft endgültig auslöschten. Doch gerade jetzt fehlte ihr das Geld dafür. Dies schien ihr doppelt trostlos, weil es ihr den sozialen Abstieg noch deutlicher spürbar machte. Früher konnte sie sich alles kaufen, denn es gab nur wenig, weshalb sie sich auch wohlhabend fühlte inmitten des Mangels. Doch jetzt, da sie nur noch das Almosen vom Arbeitsamt bekam und nicht wußte, wie es überhaupt weitergehen sollte, wähnte sie sich arm inmitten des Überflusses und begriff zum ersten Mal den wahren, den immateriellen Wert des Geldes: Geld, nur Geld stellte den Menschen auf die Füße.

Katharina konnte nachts nicht einschlafen, weil sich die gesamte finanzielle Situation der Familie geändert hatte. Denn mit einemmal hatten sie Schulden. Gewiß, Hellberg baute mit viel Energie seine eigene Praxis auf, hatte auch schon einen Steuerberater und einen Rechtsanwalt, was auf künftige Erfolge hoffen ließ, und war so voller Aktivitäten, daß für Katharina der Eindruck entstand, als hätte er zwei Jahrzehnte auf diesen Augenblick gewartet, um endlich beweisen zu können, wozu er in der Lage war, wenn man ihn nur gewähren ließ. Im Gegensatz zu ihr beunruhigten ihn die Kredite nicht, die er für die Einrichtung der Praxis aufgenommen hatte. Denn er sah sein Kapital in seinen Patienten. Da sie immer mit ihm zufrieden waren und er die meisten von ihnen schon viele Jahre behandelte, wußte er, daß sie auch weiterhin zu ihm kommen würden, zumal die Räume seiner Praxis in der Nähe seines früheren Arbeitsplatzes in der Poliklinik lagen. Jetzt, dessen war er sich ganz sicher, jetzt zahlte sich der Lohn einer guten, verläßlichen Arbeit unter den schwierigen Verhältnissen des Mangels erst richtig aus. Es gab so etwas wie Treue und Anhänglichkeit, denn er hatte seine Patienten nie mit Terminen wochenlang warten lassen, hatte sich immer um gutes Füllmaterial bemüht, und viele der Prothesenträger bekundeten ihm mehr als einmal ihre Dankbarkeit. Hellberg fürchtete sich auch nicht, krank zu werden. Denn er war nie krank, weil Krankheit nicht zum Bild des Arztes paßte, und er sah jetzt, da zum ersten Mal der Gewinn seiner Arbeit ihm selbst gehörte, erst recht keinen Grund dazu.

Katharina verfolgte zwar mit Bewunderung, daß ihm bis jetzt alles geglückt war, aber innerlich belastete sie der Gedanke an die hohen Kredite. Er machte sie ruhelos und geradezu panisch, weil sie zur Tilgung der Schulden nichts beitragen konnte. Die Vorstellung, daß irgend etwas Unvorhergesehenes geschehen könnte und er nicht mehr in der Lage sein würde, die Schulden zurückzuzahlen, quälte sie mitunter so sehr, daß sie sich nur noch am Rande eines finanziellen Ruins wanken sah. Von der kleinen, engen, muffigen sozialen Sicherheit über Nacht in die Welt unternehmerischen Risikos zu springen, war in ihren Augen der helle Wahnsinn. Im stillen fragte sie sich, ob er sich nicht doch überschätzt hatte und sie dadurch nur noch tiefer in die Misere gerieten, gemäß dem Gesetz, daß ein Unglück stets das andere nach sich zog. Sie konnte einfach nichts Positives mehr denken. Sie sah ihre Familie ins Elend treiben, sah gigantische Mietsteigerungen auf sich zukommen, von der Miete für die Praxisräume gar nicht zu reden, sah, wie sie die Wohnung aufgeben mußten, und gab sich an all dem die Schuld.

Obwohl sie früher immer davon ausgegangen war, daß sie, falls sie einmal das Land verlassen mußte, selbstverständlich auch im Westen zurechtkommen würde, zweifelte sie jetzt plötzlich daran, ob ihr dies so einfach gelungen wäre. Vielleicht hatte die DDR auf sie längst mehr gewirkt, als sie es sich selber eingestehen wollte. Vielleicht war sie ganz unbemerkt in all den Jahren selber provinziell und Mittelmaß geworden: genormtes Zwergobst am Baume der Erkenntnis, ein braver angepaßter Gruppenmensch. Nach all den Absagen fehlte es ihr an Zuversicht. An Freyas Studienwunsch wagte sie gar nicht zu denken. Gewohnt war Katharina an ein Nacheinander; Schritt für Schritt. Aber jetzt kam alles gleichzeitig und mußte bewältigt werden. Wenn sie wie früher beide verdienen würden, wäre es zu schaffen gewesen. Statt dessen empfand sie sich als eine Belastung und schämte sich, gerade jetzt, da Hellberg eine neue Existenz gründete, nichts Ermutigendes zu seiner Situation beitragen zu können. Wenn sie auch mit ihm das Gespräch über ihre Probleme vermied, ja es geradezu aussparte wie eine ungeliebte Wahrheit, um ihm nicht zusätzlich noch Sorgen aufzubürden, so empfand sie doch, daß ihre Arbeitslosigkeit der Schatten war, der sich über die ganze Familie legte. Bislang hatte sich immer alles gefügt, und sie war fest davon überzeugt, von einem höheren Strom getragen zu sein. Doch nun schien er mit einemmal wie abgebrochen, als wäre er in einen Katarakt hinabgestürzt. Nun glaubte sie auf einmal zu spüren: Weil dieser Strom nicht mehr floß, eilte ihr auch kein Bächlein mehr zu. Sie begriff nicht, weshalb es gerade bei ihr einen solchen Bruch geben mußte. Nachts lag sie wach und grübelte. Die ganze Ungerechtigkeit dieser Welt schien sich auf ihre Person konzentrieren zu wollen, und sie fragte sich, womit sie das verdient hatte.

IV

Sechs Jahre lebten Koglers schon in Berlin und fühlten sich seit dem Tag ihrer Ankunft heimisch. Sie wohnten an einem Park in einer wenig befahrenen Seitenstraße, wo sich ein Altbau-Mietsblock an den anderen reihte. Der Putz bröckelte zwar von den Fassaden, oft waren auch Ziegel von den Dächern gerutscht und lagen in der Regenrinne. Es sah alles etwas heruntergekommen aus, aber sie waren an diesen Anblick ja gewöhnt. Dafür bot die Gegend einen anderen Vorzug: Die Einkaufsläden lagen direkt vor der Haustür, U- und S-Bahn waren in zehn Minuten erreichbar, so daß sie rasch und mühelos ins Stadtzentrum gelangen konnten. Ganz in der Nähe lag ein Gästehaus der Regierung, weiträumig abgeschirmt und von Doppelposten der Volksarmee Tag und Nacht bewacht. Allweil sah man die schwarzen Regierungslimousinen chromblitzend und lautlos in Richtung Gästehaus fahren – immer mit hoher Geschwindigkeit und immer mit zugezogenen Gardinen. Manchmal wurde auch der Verkehr in den Seitenstraßen gesperrt, und dann rauschte auf der Hauptstraße der Wagenkonvoi des Politbüros vorüber. Vorweg ein Blaulichtfahrzeug mit Martinshorn und ganz zum Schluß der obligatorische Krankenwagen.

In der Nähe einer solchen Protokollstrecke zu wohnen, hatte auch Vorteile, denn in den Geschäften mußte stets das volle Sortiment vorhanden sein, und gab es Sonderzuteilungen, wurden die Läden in dieser Straße bevorzugt beliefert. Auch sah man hier weniger Schmutzecken als anderswo.

Mit der geräumigen Vier-Zimmer-Wohnung hatten Koglers ein ganz besonderes Glück. Die Vormieterin wollte sich verkleinern und überließ ihnen daher ihr komplett eingerichtetes Wohnzimmer zum Kauf. Es waren schwere Möbel in einem nachgeahmten Chippendale-Stil: ein langes Büffet, eine Vitrine, ein Vertiko, ein Eßtisch mit acht Stühlen; Couch, Fauteuils, Rauchtisch, Messingkronleuchter und Messingstehlampe. Kogler war entzückt, auf diese Weise zu einem so repräsentativen Wohnzimmer gekommen zu sein. Wie damals, als er von Frau Reimar das Arbeitszimmer des verstorbenen Mannes geschlossen übernommen hatte, entsprach auch diese Einrichtung seinem Geschmack und seinen Ansprüchen in so vollkommener Weise, daß er alles so beließ, wie es war, nichts umstellte und nichts ergänzte. Lediglich an die leere Wand über dem langen Büffet hing er eine schlicht gerahmte Reproduktion des »Riesengebirges« von Caspar David Friedrich. Er hatte das Bild preisgünstig in einer Buchhandlung erworben, in der Straßenbahn nach Hause transportiert und es eigenhändig angebracht. Von Stund an mochte er das Wohnzimmer ganz besonders, weil mit dem Bild ein Stück Heimat eingezogen war, die ihm jeden Gegenstand so vertraut machte, als hätte er zwischen den Chippendalemöbeln seine Kindheit verbracht und knüpfe an jedes Detail eine süße Erinnerung. Anna und Katharina meinten zwar, daß der billige Caspar-David-Friedrich-Druck die Eleganz des Zimmers mindere, doch Kogler wollte auf sein Riesengebirge nicht verzichten und verbat sich jegliche Kritik daran.

Im Kaufpreis inbegriffen waren noch zwei andere

Besonderheiten, die Koglers mit diesem Zimmer erworben hatten: eine Fernsehtruhe und ein Gummibaum. Anfänglich stand die Truhe ungenutzt im Raum, aber allmählich schalteten sie den Apparat immer öfter ein und sahen schließlich Abend für Abend die Nachrichten. Der Bildschirm war klein und das Bild auch nicht sehr klar, doch der Reiz, den Blick auf die andere Seite der Mauer zu werfen, wuchs von Mal zu Mal. Es war zwar unerwünscht, einen Westsender zu sehen, und man sollte freiwillig darauf verzichten, aber solange sie an der Hochschule und im Institut nicht darüber sprachen, konnten ihnen keine Schwierigkeiten erwachsen, und sie taten das, was sie für richtig hielten.

Besondere Freude hatten sie an dem Gummibaum, einem Ficus elastica, der den gesamten Erker ausfüllte und dessen tiefgrüne Blätter so prall und üppig wucherten, als wollte sich in ihnen die ganze Natur zusammendrängen. Sie schätzten den Ficus um so mehr, weil im Hinterhof nur ein einziger Baum stand, eine ausladende Kastanie, die ihnen noch etwas von dem Wechsel der Jahreszeiten offenbarte. Da die Kastanie so hoch wie das Haus war, schauten sie direkt in das Geäst des Baumes. Im Mai standen die Blüten als Vorboten des Sommers wie Zuckerhüte auf den Zweigen. Im Oktober kündigte die Färbung der Blätter vom Moosgrün ins Rostrote und Lichtgelbe den Herbst an, bis schließlich die Ausläufer der Novemberstürme auch das Hinterhofkarree erreicht hatten und die blattlosen Äste sich wie dunkles Geäder in den Nebeln abzeichneten.

Täglich fuhr Kogler mit der Straßenbahn zum Institut und sah in dem kleinen Fußweg zur Haltestelle einen positiven Zwang zu körperlicher Bewegung. Er schätzte den Weg auch darum, weil die Schuhe ihm einen leichten, federnden Gang gaben. Die Kampagne der Partei gegen Kreppsohlen war längst vorüber. Niemand interessierte sich mehr dafür, und er konnte seine geliebten Kreppsohlenschuhe nun mit gutem Gewissen tragen. Daß er gleichsam auf eine höhere, ideologische Weise verpflichtet gewesen war, die Schuhe über Jahre zu schonen, kam ihm im nachhinein gar nicht so verkehrt vor. Denn nun waren sie noch wie neu und überdies von exquisiter Qualität, so daß er meinte, ein zweites Mal ein paar Schuhe geschenkt bekommen zu haben, und die Freude an ihnen in doppeltem Maße empfand.

Wenn seine Mutter, die teure Gretl, nicht vor vier Jahren gestorben wäre, hätte ihm nichts zum Glück gefehlt, denn er schien sehr zufrieden, seit er zum stellvertretenden Institutsdirektor ernannt worden war und sich um die Ausbildung des slawistischen Nachwuchses an der Universität zu kümmern hatte. In seinem persönlichen Vorwärtskommen sah er einen Ausdruck der sich stetig nach vorn entwickelnden Gesellschaft und verstand den Unmut nicht, der ihm immer wieder in den Gesprächen begegnete. Die Menschen hatten Wohnungen, die sie nicht viel kosteten, hatten ausreichend zu essen, fuhren Autos, besaßen Fernsehapparate und Kühlschränke, und wer willens war, mitzutun, wurde von der Gesellschaft unterstützt und gefördert und bekam alle Chancen zum Aufstieg. Unablässig wurden neue Häuser gebaut, und statt dankbar zu sein für das, was in nur dreiundzwanzig Jahren nach dem Kriege geschaffen worden war, ohne fremde Hilfe, nur mit eigenen Mitteln, nur aus den eigenen Kräften, anstatt stolz zu sein, einem so überlebensfähigen, tüchtigen Volk anzugehören, gab es immer wieder einen zersetzenden Unmut. Auch unter seinen Kollegen vernahm er solche Stimmen: Es ging ihnen alles viel zu langsam, es gab nicht genug zu kaufen, und das Geld hatte wenig Wert. Dies schien Kogler nicht nur ein Zeichen mangelnder Einsicht, sondern auch ein Zeichen fehlender Bescheidenheit zu sein und veranlaßte ihn, grundsätzliche Betrachtungen über den Menschen anzustellen, der nicht fähig war, sich an dem, was er besaß und sich geschaffen hatte, zu freuen. Dabei war es gerade die Zufriedenheit, die ein großes Geheimnis barg: Sie gab dem Gemüt die innere Balance und hielt den Körper in guter Gesundheit. Zufriedenheit war ein mächtiger Lebensimpuls, der sicher zum Weg der Mitte führte und vor Unbedachtheiten bewahrte. Sie erhielt überdies die stille tägliche Lebensfreude, das kleine Lustgefühl auf kleinem Flämmchen, das angenehm von innen wärmte und immer wieder in der Gewißheit bestätigte, sich selbst genug zu sein. Voll Mitleid schaute Kogler auf jene, die diesen Zustand nicht erreicht hatten, sah in ihnen hoffnungslose Tolpatsche und Narren, die nicht fähig waren, sich ihr Dasein angenehm zu gestalten und in sich selbst das Zentrum zu finden, von dem aus sich alles mit Gelassenheit betrachten ließ. Neidlos stand er deshalb jenen Kollegen gegenüber, die sich unablässig von äußeren Dingen getrieben fühlten, die sich um die Erhöhung des Gehalts, um die Vermehrung ihres Besitzes sorgten und am Rande einer Katastrophe wankten, wenn beides nicht eintraf. Ihnen gegenüber fühlte er sich haushoch überlegen, sahen diese kleinen Geister in der Wissenschaft doch bloß die große Kuh, die es tüchtig zu melken galt, und waren nicht fähig, einen selbständigen Gedanken zu fassen.

Kogler hingegen vermißte nichts und wußte sich an Kleinigkeiten zu erfreuen. Sein neuer Stempel mit Prof. Dr. phil. habil. Franz Ferdinand Kogler in Gotisch Fraktur nahm sich auf den Briefköpfen würdig und respektabel aus. Auch das Türschild aus Messing, in das er den Titel hatte treiben lassen, gefiel ihm gut, denn es war groß und blank und machte den Eindruck, als strahlte jeder Buchstabe etwas vom Glanz seines Geistes aus. Auf andere Äußerlichkeiten legte er noch immer wenig Wert. Seine Zufriedenheit rührte auch daher, daß er sich in Übereinstimmung mit der Zeit befand, die ihn zwar nicht auf den Wogen des raschen Erfolges nach oben trug, aber doch in einer gleichmäßig flutenden Strömung zu dem Ufer führte, das er sich wünschte. Die Partei hatte ihm die Richtung gewiesen, in die zu gehen war, und seinen Fähigkeiten vertraut. Er wußte starke Kräfte hinter sich, war stolz, sich ihrer würdig erweisen zu dürfen, und erfüllte mit Eifer und Pflichtbewußtsein, was von ihm, einem stellvertretenden Direktor, verlangt wurde. Da sein Institut die Planstelle für die Sekretärin mit dem Nachbarinstitut teilen mußte, nahm er stets dringliche Arbeiten mit nach Hause. Anna schrieb ihm nicht nur die Vorlesungsmanuskripte und Beiträge für Fachzeitschriften ab, sondern auch die Prüfungsprotokolle, Forschungsberichte und Seminaranalysen.

Es wäre ihr lieber gewesen, er hätte ihr die Texte diktiert, so wie früher, da sie allabendlich auf diese Weise mit ihm ein paar Stunden Gemeinsamkeit genießen konnte. Stunden, die sie innerlich belebten, weil sie spürte, daß sie in solchen Momenten etwas Großes und Verehrungswürdiges für ihn war. Doch nun saß sie allein an dem kleinen Beistelltisch, der neben seinem Schreibtisch stand und tippte Nachmittag für Nachmittag Seite um Seite. Sie tat es aus Pflichtgefühl ihrem Mann gegenüber und verlor kein Wort darüber. Aber im tiefsten Innern war sie enttäuscht, weil sie geglaubt hatte, sein Amt als Professor und Prodekan würde ein geselligeres Leben mit sich bringen. Oft kam es ihr so vor, als klänge der Anschlag der Typenköpfe wie das Echo einer großen Verlorenheit. Wären die Vorlagen für die Abschrift nicht so kompliziert gewesen, hätte sie dabei Musik oder eine unterhaltsame Sendung im Radio einschalten können. Aber sie mußte sich beim Abschreiben schon deshalb konzentrieren, weil diese Texte in ihrer wissenschaftlichen Weitschweifigkeit und Trockenheit sie nicht interessierten. Allerdings schuf sie sich mit dieser Arbeit einen ausgeglichenen Ehemann, der sich freute, wenn er abends nach Hause kam und sah, was sie für ihn getan hatte. Dann brauchte sie keine schlechte Laune zu befürchten, dann vergaß er allen Institutsärger. Diese Augenblicke schienen ihr wie eine große Umarmung zu sein, und aus seiner Stimme hörte sie Reste eines einstigen Verlangens nach ihr. Dennoch fragte sie sich, weshalb ein Ehemann seine Frau erst dann so recht zur Kenntnis nahm, wenn sie für ihn tätig wurde, und ärgerte sich immer mehr über die Selbstverständlichkeit, mit der er ihre häuslichen Dienste hinnahm.

Besonders aber litt sie darunter, daß sie ihre Eltern nicht sehen konnte. In einem Antiquariat hatte Anna einen Stadtplan von Stuttgart gefunden, den sie wie ein Kleinod behandelte. Oft schlug sie ihn auf, verfolgte die Linien der Straßen, wanderte in Gedanken die Stadt hinaus nach Waiblingen, Fellbach, Vaihingen oder Untertürkheim, fuhr zum Killesberg oder nach Degerloch, ging auf den Cannstatter Vasen und zum Schloßplatz, spazierte am Neckarufer entlang, bummelte durch die Königstraße, sah die Geschäfte, die Lichter, das Leben, und eine tiefe Traurigkeit erfüllte sie, wenn sie daran dachte, daß ihre beiden Töchter nie erfahren würden, wo einst die Plätze ihrer Jugend gewesen waren. Mit welcher Lust und welchem Stolz hätte sie Edda und Katharina diese herrliche Stadt gezeigt, die wie ein Juwel im Talkessel lag und deren Straßen von der leichten schwäbischen Gangart erfüllt waren. Sie fand es bitter, daß sie nicht einmal nach dorthin telefonieren konnte, weil die Leitungen in den Westen stillgelegt waren. Viel hätte sie darum gegeben, wieder einmal die Stimme ihrer Mutter zu hören oder die Stimme ihres Vaters; diesen anheimelnden Dialekt zu vernehmen, den sie selber noch immer sprach und der ihr, je älter sie wurde, wie der Überrest einer Herkunft erschien, der sich zäh in ihr festhielt und bislang allen Ortsveränderungen erfolgreich getrotzt hatte. Dies empfand sie mit stiller Genugtuung, und es bestätigte ihr nur einmal mehr, daß das Schwäbische etwas Unverwüstliches besaß und eben eine besondere, eine lachende Sprache war. Seine Silben hüpften munter davon oder dehnten sich ins Beschauliche, und in seinen Verkleinerungsformen spiegelte sich das Liebliche des ganzen Ländles wider. Es war eine Sprache, die heiter und unbekümmert aus dem Mund perlte und ein schwereloses Denken verriet. Das Schwäbische mußte nicht aus der Tiefe der Seele geschürft und nicht mit rollenden Lauten ans Licht befördert werden, nein, es lag leicht und offenherzig auf der Zunge, kam vom Gemüt und ging zum Gemüt, ohne Umschweife, ganz direkt, und war bewegt wie das Leben selber.

Anna wäre glücklich gewesen, wenn sie in diesem vernunftkalten Berlin mit seiner vorlauten, gassenhauerischen Mundart jemanden gefunden hätte, mit dem sie einmal nach Herzenslust hätte schwäbeln können, aber sie kannte niemanden. Auch darum vermißte sie so sehr die Telefonate. Sie schrieb zwar alle zwei Wochen ihren Eltern einen langen Brief, aber die Briefe ersetzten die Gespräche nicht, und sie fragte sich, wie lange der Staat diesen Zustand aufrechterhalten wollte. Sie machte sich Sorgen um ihre Mutter, von der sie wußte, daß sie im Krankenhaus lag, und wagte nicht, dem Vater die Strapazen einer Bahnfahrt zuzumuten. Dieses Abgeschnittensein bekümmerte sie, nagte an ihrer Seele und gab ihr das Empfinden, in einem Staat zu leben, dem nichts gleichgültiger war als der Mensch. Ihre Parteimitgliedschaft änderte daran nichts. Damals vor zwanzig Jahren war sie mit Franz gemeinsam eingetreten, weil er es so gewollt hatte und sie es als ihre Pflicht ansah, seinen Schwung mitzutragen und die Begeisterung für das Neue zu teilen. Bislang hatte sie weder Nachteile noch Vorteile davon gehabt, bezahlte ihren Beitrag und fühlte sich in allem außerhalb stehend. Einmal in zwei Monaten besuchte sie die Versammlungen der Wohnparteiorganisation, deren Charakter darin bestand, daß sich hier die Rentner stundenlang gegenseitig agitierten, um in den letzten zehn Minuten zu Problemen des Wohngebiets zu sprechen, was zwar interessant, aber als ideologisch zu tiefstehend verpönt war. Anna hatte die Klassiker des Marxismus-Leninismus nie gelesen und auch kein Verlangen danach, weil das Wissenschaftliche die Sache von Franz war und ihr seine Ausführungen dazu genügten. Sie war nicht nur ein vollkommen unpolitischer

Mensch, sie hatte sogar eine Abneigung gegen die Politik und fand es müßig, große Reden zu hören, die von Höhepunkt zu Höhepunkt sich gleichblieben. Weit sinnvoller schien es ihr, sich um das Kleine und Konkrete zu kümmern, um endlich im Alltag eine Erleichterung zu verspüren. Sie arbeitete ehrenamtlich im Wohnbezirksausschuß der Nationalen Front, bemühte sich hier seit Jahren um die Eröffnung einer Gemüseverkaufsstelle und einen Annahmestützpunkt für eine Wäscherei, hatte auch schon mehrere Eingaben an die Kommunale Wohnungsverwaltung geschrieben, sich endlich der notwendigen Dachreparaturen anzunehmen, doch die Antwortschreiben enthielten nur Begründungen, weshalb derartige Vorhaben wegen mangelnder Baukapazitäten nicht bilanziert werden konnten. Das Erfolglose ihres Bemühens steigerte das Gefühl der Einsamkeit. Sehnlichst wünschte sie sich ein Enkelkind, das eine sinnvolle lohnende Aufgabe gewesen wäre, das ihr Freude und eine innere Lebendigkeit gegeben hätte, doch für Edda und Katharina besaß allein schon der Gedanke daran etwas Zerstörerisches. Unweigerlich wäre ein Kind das Ende all ihrer Pläne gewesen und hätte sie im Studium behindert. Denn für beide stand fest: Sie wollten so lange wie möglich ihre Unabhängigkeit genießen.

Trotz ihrer unterschiedlichen Ansichten hatten die Schwestern ein inniges Verhältnis zueinander, und es verging kein Tag, an dem sie sich nicht sahen. Sie lebten nicht in Konkurrenz und kannten auch keine Neidgefühle, aber unausgesprochen gab es doch das Bedürfnis, sich gegenseitig zu beweisen, daß man den richtigen Weg eingeschlagen hatte. Sie debattierten häufig darüber, was das wichtigere Studium sei – das der Philosophie oder das der Kunst. Selbstverständlich war Katharina der Meinung, sie belege das wichtigere Fach, weil Philosophie immerhin die Welt verändern konnte, während die Kunst höchstens zu vagen Interpretationen einen Ansatz bot. Edy dagegen belächelte die Schwester wegen solcher Ansichten. Doch sie widersprach ihr nicht, denn sie fühlte sich der Eloquenz Katharinas nicht gewachsen und war überdies der Meinung, daß Philosophen ohnehin nur ausgebildet wurden, um die Meinung anderer nicht gelten zu lassen.

Katharina leitete in ihrer Freizeit einen Jugendklub, denn sie wollte nicht immer nur von den Veränderungen in der Gesellschaft reden, sondern selber etwas dafür tun. Edy meinte, daß dies illusorisch und völlig sinnlos sei, weil man nur das verändern konnte, was von oben dafür vorgesehen war, doch Katharina sah in dieser Hinsicht in der Schwester keine kompetente Gesprächspartnerin. Sie hielt Edy für politisch naiv und desinteressiert, denn sie las keine Zeitung und beschäftigte sich nicht mit den Fragen des gesellschaftlichen Fortschritts. Edy wiederum hielt aus genau denselben Gründen Katharina für unbedarft, denn sie las Zeitung und befaßte sich mit derlei sinnlosen Dingen. Doch dies war nur so ein unausgesprochenes Empfinden, das sie sich nie vorwarfen, und störte daher ihr gutes Einvernehmen in keiner Weise. Im Gegenteil: Im stillen akzeptierten sie sich gegenseitig, weil sie sahen, daß die andere etwas konnte, wozu sie selber nicht fähig war, und folglich hatte jede für sich das Gefühl, der anderen in gewisser Weise sogar überlegen zu sein. Katharina zweifelte nicht, die geistige Führung zu haben, während Edy im Höheren, im Schönen sich der Schwester weit voraus wähnte. Jede gab sich auf ihrem Gebiet so sachkundig und hatte ein so absolutes und bestimmendes Urteil, daß Katharina in Gegenwart von Edy über Kunst zu reden vermied, wie umgekehrt Edy in Gegenwart der Schwester sich jeder Äußerung zur Philosophie enthielt. Sie hatten ihre Kompetenzen abgesteckt.

Eine besondere Genugtuung empfand Edy allerdings darin, daß sie gegenüber der Familie ihr Talent nicht mehr unter Beweis zu stellen oder gar zu verteidigen brauchte, denn immerhin hatte die Aufnahmekommission der Hochschule, der prominente Künstler angehörten, von den zweihundert Bewerbern ausgerechnet ihr bescheinigt, daß sie herausragende kreative Anlagen besaß. Und dies von einem staatlichen Gremium bestätigt bekommen zu haben, gab ihr vor allem gegenüber dem Vater, der ihre Kenntnisse stets unterschätzt hatte, ein ganz anderes Auftreten. Kunst war für Edy das Höchste, womit man sich beschäftigen konnte, und überhaupt der Inbegriff aller Menschwerdung. In der Kunst sah sie das wahre, das freie Leben, das alles überragte, weil es der eigenen Produktivität entsprang. Selbstverständlich blickte sie auf all jene verächtlich herab, die mit ihr nichts im Sinn hatten. Es waren rohe, ungebildete Menschen. Denn wer sich wie Edy der Kunst widmete, mußte ein besonders bewegtes Innenleben haben, mußte weiter als die anderen sehen, tiefer denken, besser beobachten und von ganz besonderer Eigenwilligkeit sein.

Stets ging sie mit einer großen Zeichenmappe und einem extravaganten langen lila Samtmantel durch die Stadt, den sie bei Wind und Wetter offen trug, weil das genial aussah und allem vorgegebenen Ordnungsverständnis widerstrebte. Wenn die Biedermänner und Biederfrauen sie spöttisch betrachteten und ihr hinterherschauten wie einer Capricieuse, dann warf sie stolz den Kopf in den Nacken und fühlte sich verstanden.

Vor allem besaß Edy schon eine eigene Wohnung, was sie noch zusätzlich in ihrem unabhängigen Künstlertum bestätigte. Es waren Gewerberäume, die der Staat den Kunststudenten zur Verfügung stellte, damit sie sich frühzeitig ihre Ateliers und Werkstätten einrichten konnten. Eigentlich war das Wohnen in ihnen nicht gestattet, aber wer wollte bei einem Künstler schon Wohnen von Arbeiten trennen und ihm verwehren, in seinem Atelier zu nächtigen oder gar zu später Stunde die Werke für die Unsterblichkeit zu schaffen. Edy verstand es geschickt, die beiden Räume so einzurichten, daß alles nach Arbeit aussah, denn sie mußte immer gewärtig sein, daß doch einmal jemand von der Gewerberaumlenkung an die Tür klopfte, um zu prüfen, ob die vergebenen Räume nicht als Wohnung zweckentfremdet wurden. Daher standen überall keramische Objekte, die sie selber gedreht hatte – Krüge, Bodenvasen und Leuchter; an den Wänden hingen ihre Skizzen und Entwürfe, und ganz in der Ecke stand die reichverzierte Staffelei, die sie noch manches Mal an die Zeiten ihrer Verlobung erinnerte. Obwohl sie kein Stipendium bekam und darauf angewiesen war, daß ihr Anna jeden Monat einen gewissen Betrag zusteckte, lebte Edy doch so, daß sie nichts vermißte. Aus dem Wenigen, über das sie verfügte, verstand sie mit leichter Hand ein Mehr zu machen und entfaltete inmitten ihrer künstlerischen Ambitionen einen erstaunlichen Sinn fürs Praktische. Sie kannte alle Gebrauchtwarenläden der näheren Umgebung, wußte, wo es Regale und alte Möbel zum Niedrigstpreis zu kaufen gab, hatte auch eine Schneiderin in einer Laubenkolonie ausfindig gemacht, die preiswert nach ihren Entwürfen für sie nähte, kochte aus Resten eintopfartige Gerichte, die sie »indonesische Menüs« nannte, und backte zur Freude des ganzen Studienjahres große Bleche Zwiebelkuchen.

Katharina konnte kommen, wann sie wollte – immer saßen bei Edy Kommilitonen herum und diskutierten oft stundenlang über den sozialistischen Realismus oder die Aneignung der Wirklichkeit vom Standpunkt der Arbeiterklasse, von der niemand so recht wußte, was das sein sollte. Seit kurzem servierte Edy ihren Gästen den Tee aus einem giftgrünen Service. Die Kanne war viereckig, auch die Zuckerdose, die Tassen und die Unterteller. Statt Henkel gab es Griffleisten. Alles an ihm widersprach dem sozialistisch-realistischen Formverständnis auf die gröbste Weise. Aber genau das war der tiefere Sinn. Dieses ständigen Parteiergreifens für die werktätigen Massen mit den Mitteln der Kunst, dieser wahrheitsgetreuen konkret-historischen Widerspiegelung der Wirklichkeit in ihrer revolutionären Entwicklung war Edy so überdrüssig, daß sie lustvoll dieses Service entworfen hatte und in der Antiform die Antihaltung durchscheinen ließ. Natürlich mußte sie das Service heimlich im Ofen der Hochschule brennen lassen. Wäre sie doch sonst in den Verdacht geraten, dem Abstraktionismus und Formalismus zu huldigen und damit den parteilichen Standpunkt, der Voraussetzung für das Kunststudium war, verlassen zu haben. Der Brennmeister tat ihr gern diesen Gefallen, weil er einer schönen Frau nichts ausschlagen konnte. Seither nahm jeder, der bei Edy aus dem giftgrünen Protestservice seinen Tee trank, zugleich einen Schluck Aufmüpfigkeit und Ungehorsam zu sich und zollte ihr dafür Lob, weil für die meisten aus ihrem Studienjahr feststand, daß die Kunst jenseits des sozialistischen Realismus begann.

Es gab aber auch Tage, da war Edy für keinen zu sprechen und wollte nicht gestört werden. Da kam Costas, ihr Freund, den sie sorgfältig vor den anderen verborgen hielt, denn er wohnte in Westberlin, und es war nicht erwünscht, als Studentin einer sozialistischen Kunsthochschule mit Westberlinern oder anderen Ausländern zu verkehren. Gerade darum hatte Edy acht darauf, das eine mit dem anderen nicht in Verbindung zu bringen. Er hielt mit seinem Wagen stets drei Straßen weiter, und bis jetzt war es in ihrem Studienjahr auch noch niemandem aufgefallen. Sie sprach mit keinem über ihn, ließ sich auch von Costas nie von der Hochschule abholen oder gar mit dem Auto vorfahren, weil dies als eine Provokation empfunden worden wäre, die ihren Studienplatz gefährdet hätte.

Natürlich wußte Katharina längst, wenn Edda einen Freund hatte, war er stets der Größte, der Begabteste und Bedeutendste, ein Genie durch und durch, ein Mann mit hoffnungsvoller Zukunft und tiefen Gedanken, unvergleichlich und außerordentlich in jeder Beziehung. Hätte Katharina im Augenblick einen Freund gehabt und wäre er noch so herausragend gewesen, eine Kapazität seines Fachs – in Eddas Augen wäre es ein Niemand, ein Nichts gewesen. Groß war nur der, den sie liebte.

Costas Delyannis besaß in der Tat zwei Eigenschaften, die ihn gegenüber anderen heraushoben:

Er stammte aus Griechenland und war ein Ästhet. Er liebte nicht nur das Schöne, sondern vor allem das Unpraktische. Das Nützliche und Verwertbare stieß ihn ab. Er schwärmte für überflüssige Details und schmückendes Beiwerk, bevorzugte die Nachspeise und nicht das Hauptgericht, denn er aß nicht, um satt zu werden, sondern um zu genießen. Er fuhr ein Auto ohne Kofferraum, weil er einen Kofferraum als nützlichen Ballast verabscheute. Im Schnee trug er Lackschuhe mit feiner Ledersohle, in der Hitze Hemden mit langen Ärmeln und hochgeschlossenen Kragen und beugte sich in seiner Kleidung nie den Unbilden der Witterung, sondern war immer von einer unpraktischen Eleganz, der er mit einem weißen Seidenschal stets eine gewisse Vollendung verlieh. Costas trug selbstverständlich auch nie eine Tasche oder irgendein anderes Behältnis bei sich, weil er sich nur als Spaziergänger wohl fühlte und mit dem hastigen Schritt des Arbeitsmannes nichts im Sinn hatte. Auch trank er weder Kaffee noch Tee, sondern nur Mokka, der in kleinen, zierlichen Porzellantäßchen serviert werden mußte, damit sich ihm der Genuß verdoppelte. Für Edy brachte er ständig Murmeln aus Halbedelsteinen mit, Achatmurmeln, von moosartigem und wolkigem Geäder durchzogen, milchweiß und braunrot geflammt, dreifarbige Onixmurmeln und einige aus dunkelgrün glänzendem Malachit. Murmeln in allen Größen, Murmeln über Murmeln, die sie zur Zierde in ihre Regale legen sollte. Eine freudige Stimmung ergriff ihn jedesmal beim Sonnenuntergang. Für ihn war es die schönste Stunde des Tages. Er erbaute sich nicht etwa an dem Schauspiel der Natur, das sich ihm in den Straßen der Stadt ohnehin selten zeigte, sondern vielmehr an der Gewißheit, daß die untergehende Sonne keinem nützte. Es war auch der einzige Zeitpunkt am Tage, wo ihn eine gewisse Gesprächsbereitschaft überkam, denn seine Hauptausdrucksform war das Schweigen. Es hüllte ihn nicht nur in eine Aura des Verschlossenen und Geheimnisvollen, sondern gab den wenigen Bemerkungen, die er wie Almosen fallen ließ, etwas so Kostbares und Rares, daß man sie gar nicht anders als eine Offenbarung aufnehmen konnte. Vor allem sprach er selten über sich und wollte auch nicht gefragt werden. Edy wußte nur, daß er Fotograf und Dolmetscher war, was sie beides für sehr anspruchsvolle und sensible Berufe hielt. Außerdem wohnte er in Westberlin, und das schien ihr als Merkmal des Erfolges zu genügen. Ohne Zweifel, Costas war das Besondere und Exotische an sich und entsprach vollkommen Edys Idealbild von einem Mann, wie sie es aus all den Kinofilmen von früher gewonnen hatte. Vor allem genoß sie das Gefühl, von ihm als ein ganz durchschnittliches Wesen behandelt zu werden. Dies fand sie gerade darum so aufregend, weil sie bislang andere Erfahrungen gemacht hatte und ihr die Verehrer bis zur Langeweile ergeben waren. Schon in seinem Blick lag etwas so Bestimmendes und Forderndes, dem sie sich lustvoll unterwarf. Er wünschte nicht, daß sie einen anderen Mann anschaute, und war eifersüchtig auf jeden, der sich ihr zu nähern suchte. Diese Ausschließlichkeit faszinierte sie, denn dahinter verbarg sich für sie nicht nur ein außerordentlicher Liebesbeweis, sondern Entschlossenheit und Charakter, wie es eigentlich einem so feinsinnigen, stillen Ästheten gar nicht zuzutrauen war. Dieser Gegensatz steigerte noch das Geheimnisvolle, das seine Person umgab.

Katharina hätte gerne Näheres über die Verhältnisse erfahren, in denen er lebte, hätte wissen wollen, für wen er fotografierte und was, wo er dolmetschte und wann, aber Edy untersagte ihr jegliches neugierige Ausfragen, weil dies nur von Provinzialität zeugte und sie einen Mann von Welt nicht mit irgendwelchem Mißtrauen beleidigen lassen wollte. Katharina begriff natürlich, wie sie Costas zu sehen hatte: Er kam von drüben und war folglich etwas Besonderes. Es brauchte nicht nachgefragt zu werden, denn dieses drüben stand für Überlegenheit. Damit bestätigte sich für Katharina wieder einmal: Westberlin war keine Stadt, die man betreten, berühren und anfassen konnte, Westberlin war ein Charaktermerkmal und bürgte für Persönlichkeit. Es war die Aura, die den dort Ansässigen umhüllte und hinter der er sich verschanzen konnte. Wer von dort kam, war nicht irgendwer, sondern der bessere Mensch an sich, der es geschafft hatte, der bewundert werden mußte, weil er all die Dinge besaß, von denen der Ostberliner im Grunde nicht einmal träumen durfte. Darum sollte auch bei Costas nicht nachgefragt werden, trug doch auch er diese Gloriole einer unsichtbaren Stadt.

Wahrlich, er ließ sich mit anderen Männern gar nicht vergleichen, denn ein so welterfahrener Apoll sproß nicht aus dem eigenen Boden. Auch Katharina war bislang noch von keinem so exotischen Mann begehrt worden. Doch sie beneidete die Schwester nicht um ihn, im Gegenteil. Es kam ihr so vor, als suchte Edy außen das, was sie innen nicht fand, und Katharina meinte sogar, wer im Fremden den Reiz sah, dem konnte das Eigene nicht genügen, den hielt keine starke Wurzel fest, dem fehlte ein Gefühl für sich selbst. Vielleicht täuschte sich Katharina mit ihrem

Empfinden, aber sie glaubte, im tiefsten Innern könne Costas die Schwester gar nicht lieben, weil Fremde im stillen stets das Fremde verachten, selbst wenn es ihnen zugeneigt ist. Sie bedauerte auch darum die Schwester, denn Katharina wußte: Edy war auf der Stelle bereit, Costas nach Griechenland zu folgen, wenn er sie nur fragen würde und der Staat sie gehen ließ.

Ohne Zweifel teilte Katharina das Überlegenheitsgefühl, das allen Philosophen eigen war, wußte, was als gut und als schlecht, als wahr und als falsch zu gelten hatte, und vermochte sich gar nicht mehr vorzustellen, wie man ein Urteil über die Welt finden konnte, ohne Marx und Engels studiert zu haben. Sie maß alles nur noch an der Theorie, die der Wirklichkeit weit voraus war, und fühlte sich gerade darum berufen, in der Praxis für Veränderungen zu sorgen, damit sie so wurde, wie Marx sie gesehen hatte. Es störte sie nicht, daß die Professoren keine eigenständigen Denker waren, sondern Angestellte der Universität, die von Sitzung zu Sitzung, von Gremium zu Gremium eilten und in all diesen terminlichen Verpflichtungen Zeichen ihrer Bedeutung und Unabkömmlichkeit suchten. Nach Marx konnte für ihre Begriffe ohnehin nichts Gültiges mehr gesagt werden, und darum genügte es ihr, wenn sie gute Interpreten waren. Etliche hatten eigene Bücher geschrieben und genossen daher besonderes Ansehen. Die meisten allerdings hatten es nur zu einem kleinen Kapitel im Lehrbuch der Philosophie oder zu einer Broschüre gebracht. Sie litten zwar unter den Studenten keinen Mangel an Autorität, galten aber bei den Kollegen insgeheim nur als Verfasser eines braven Schulaufsatzes, was ihre

Position am Institut nicht unbedingt stärkte. Denn die Professoren wetteiferten miteinander, wer der bessere Ideologe war, indem sie keine Gelegenheit ausließen, in der Öffentlichkeit mit einem klaren parteilichen Standpunkt hervorzutreten, und sich damit die Gewißheit holten, bei der Partei in höherem Ansehen zu stehen als jener Kollege, der sich weitgehend auf seinen Fachgegenstand beschränkte und still seiner Lehrtätigkeit nachging. Eine Ausnahme bildeten die Dozenten, die in Moskau studiert hatten. Da sie im Mutterland des Kommunismus geschult worden waren und gleichsam aus der Quelle geschöpft hatten, galten sie von vornherein als die besseren Sozialisten. Im Grunde jedoch war keiner der Genossen Professoren zu beneiden, denn sie mußten als Lehrer und Forscher tätig sein. So kam es, daß hin und wieder ein Professor aus dem Gesichtsfeld der Studenten verschwand, weil er im Auftrag der Partei in einer Art Schnellritt eine Abhandlung oder Broschüre zu Ende schreiben mußte, die dann das Institut als neuestes Forschungsergebnis in Vorbereitung des kommenden Parteitages stolz präsentierte.

Trotz der Linientreue der Professoren hatte Katharina doch häufig den Eindruck, daß sie mehr wußten, als sie sagten. Ihr wurde dies immer dann offenbar, wenn sie spontan ihren Vortrag unterbrachen und mit einem hintergründigen Lächeln ganz beiläufig eine persönliche Meinung wie einen Genialitätshappen den Studenten zuwarfen. Unsere Philosophie, meine Damen und Herren, sagte der Professor für Historischen Materialismus, triumphiert über vergangene Übel, aber gegenwärtige triumphieren über sie. Doch im allgemeinen waren die Professoren mit ihren Äußerungen zurückhaltend und vorsichtig, denn sie trauten den Studenten nicht. Sie wußten nicht, wer unter den Zuhörern saß, welche Verbindungen sie hatten und wo sie später einmal eingesetzt werden würden. Vor allem befürchteten sie, daß eine mißverständliche Äußerung falsch ausgelegt und weitergetragen werden könnte und sie dadurch ideologische Scherereien bekamen. Der Professor für Dialektischen Materialismus hatte sogar neben dem Katheder ein Tonbandgerät zu stehen und nahm alles auf, was er sagte, als wolle er Wort für Wort belegt haben, falls er einmal in die Situation käme, sich für eine theoretisch abweichende, unkontrollierte Bemerkung vor der Partei rechtfertigen zu müssen.

Aber auch die Studenten untereinander achteten auf ihre Worte, denn sie fühlten sich als die künftigen Gralshüter der Ideologie und lagen selber im Wettbewerb um den festesten Klassenstandpunkt. Katharina wußte, daß jede Äußerung stets wohl formuliert sein mußte, denn sie traf auf viele wachsame Ohren und wurde regelmäßig in der Studienjahresleitung ausgewertet. Oft hatte sie den Eindruck, als wären die Studenten gar keine Studenten mehr, sondern stünden bereits in hohen Funktionen. Einige hatten auch schon Vorverträge mit Ministerien und taten sehr geheimnisvoll. Andere waren im Friedensrat engagiert, einer begleitete im Auftrag der Liga für Völkerfreundschaft ausländische Delegationen, und Bredel, der Seminarsekretär, ein wendiger Sachse, war eng verbunden mit dem Zentralrat der FDJ und fuhr des öfteren mit Jugenddelegationen ins kapitalistische Ausland. Es saß auch die Tochter des Innenministers und der Sohn eines ZK-Mitgliedes im Studienjahr, deren Meinung nicht einmal die Professoren zu widersprechen wagten, ja den beiden sogar oft das letzte Wort ließen. Besonderes Ansehen im Studienjahr genoß der kleine Zak. Er stammte aus dem Saarland und war als Mitglied der Deutschen Kommunistischen Partei in die DDR übergesiedelt, um hier die Philosophie der Arbeiterklasse zu studieren. Wann immer Diskussionen über die Bundesrepublik begannen, trat er als Fachmann auf. Schließlich sprach er aus Erfahrung, und daher galten seine Ausführungen als ein Beweis an sich. Er konnte sich in allem mehr Kritik als die anderen erlauben, denn er hatte sich ja bereits auf der richtigen Seite im Klassenkampf bewährt.

Auch Katharina wurde akzeptiert, weil sie mit ihrem Klub der Arbeiterjugend auf Erfahrungen der Praxis verweisen konnte und zu denjenigen zählte, die die Philosophie in die Tat umsetzten und damit das Wesen einer revolutionären Theorie begriffen hatten. Dennoch bedrückte sie die Atmosphäre, die im Studienjahr herrschte. Keiner wußte Genaueres vom anderen und wollte auch nicht gefragt werden. Niemand sagte etwas Privates über sich. Es gab keine spontanen Bekundungen und keine Disziplinlosigkeiten. Die Mienen waren ernst und von weltanschaulicher Verantwortung geprägt. Es geschah nie etwas Nebensächliches, Unwichtiges. Alles war immer Haupt- und Staatsaktion und seltsam offiziell. Jeder hatte seine künftige Funktion im Auge, und oft schien es ihr so, als fürchte er schon jetzt, sie durch eine ideologisch schiefliegende Äußerung zu verlieren. Darum herrschte Vorsicht und Verschlossenheit. Katharina hatte sich auf das Steife und Kalte eingestellt, indem sie selber in ihren Meinungsäußerungen so bedacht und zurückhaltend wie die anderen war, denn wer sich daran hielt, hatte keinerlei Probleme und konnte sich unbehelligt dem Studium widmen.

Fast wäre alles nur eine Frage der Gewohnheit gewesen, wenn es nicht dieses kollektive Lernen gegeben hätte, das sie von Mal zu Mal eine immer größere innere Überwindung kostete. Jede Woche traf sich die achtköpfige Studiengruppe in der Wohnung eines Kommilitonen. Sie saßen alle im Kreis, auf den Knien die Lehrbücher, und der Leiter der Studiengruppe gab den thematischen Schwerpunkt vor, dessen Inhalt in der anschließenden Diskussion gemeinsam analysiert werden sollte. Einmal war es die Widerspruchsbestimmung, dann der Systembegriff, anschließend die Materiedefinition, und so ging es von Woche zu Woche. Katharina hätte gerne für sich allein in aller Stille einen Gedanken entwickeln wollen, um ihn dann zu formulieren, aber in der Studiengruppe sollte kollektiv das gedankliche Annähern an den Gegenstand geübt werden, sollte das Unfertige ausgesprochen und gemeinsam ergänzt und verbessert werden. Sie hätte lieber das Provisorische für sich behalten, so wie man erst ins Unreine denkt und für sich selber die Worte zurechtlegt, bevor man sie ausspricht, doch hier kam es gerade darauf an, das Angedachte nach außen zu tragen, das Unausgegorene vor dem Kollektiv zu offenbaren, um sich gegenseitig besser kennenzulernen und einen Blick in das wahre, spontane Denk- und Assoziationsvermögen des einzelnen zu bekommen. Hier mußte jeder seine Methodik vor dem anderen ausbreiten, ohne daß ihm Zeit geblieben wäre, sich individuell mit dem Gedanken auseinanderzusetzen; hier hatte der innere Denkprozeß vor dem Kollektiv enthüllt zu werden. Natürlich war dies meistens persönlich blamabel und offenbarte nichts weiter als die Dürftigkeit der eigenen Kenntnisse. Je geringer sie waren, um so größer geriet die Weitschweifigkeit, bis schließlich niemand mehr wußte, wovon eigentlich noch die Rede war, und zu guter Letzt nur gesprochen wurde, um nichts zu sagen. Katharina hatte den Eindruck, daß der einzige Sinn dieses kollektiven Lernens darin bestand, gegenseitig aufzupassen, daß auch das Richtige gelernt wurde, und keiner die Studienzeit nutzte, um sich mit fremdem, unerwünschtem Gedankengut zu befassen. Eine Einsicht sollte nicht im stillen Kämmerlein, sondern unter kollektiver Aufsicht entwickelt werden. Sie litt unter dieser trostlosen Übung in Disziplin und hätte die kostbare Zeit lieber genutzt, um sich auf ihre Weise mit den Schwerpunkten zu befassen, doch sie wagte nicht, etwas gegen das kollektive Lernen zu sagen, weil sie nicht in den Verdacht geraten wollte, dem Individualismus und der bürgerlichen Elitetheorie das Wort zu reden. Denn alles, was hier im kleinen, in der Studiengruppe, gesagt und gedanklich erarbeitet wurde, faßte der Leiter in einem Bericht zusammen, der anschließend stets in irgendwelchen Beratungen ausgewertet wurde. Katharina konnte sich auch nicht mit Entschuldigungen und Ausreden dem kollektiven Lernen entziehen, denn es war nicht nur ein zentraler Beschluß, sondern auch eine Wettbewerbsverpflichtung, weil die Philosophen um den Titel »Sozialistisches Studentenkollektiv« kämpften. Außerdem schien es ihr wenig sinnvoll, in Fragen des Miteinanders durch Widerspruch aufzufallen, um dann, wenn es darauf ankam, in den Hauptfragen, mit seinem kritischen Geist nicht mehr ernst genommen zu werden, weil man ja bereits dafür bekannt war, zu allem eine negative Haltung zu haben.

Katharina wollte sich auch nicht absondern oder

gar in eine Außenseiterrolle drängen lassen, denn sie hatte ohnehin den Eindruck, daß sie zwar dabei war, aber doch nicht wirklich dazugehörte. Dies lag vor allem daran, daß sie sich bislang noch immer nicht entschließen konnte, in die Partei einzutreten. In der Parteigruppe fand das eigentliche Leben des Studienjahres statt. Hier liefen die Fäden zusammen, hier wurde alles beraten, wurden die Prüfungsschwerpunkte festgelegt und die Vorschläge für das Leistungsstipendium gemacht. Hier wurden die Beurteilungen diskutiert und die Einsätze in den Betrieben bestimmt. Katharina erfuhr davon immer nur dann, wenn alles schon beschlossen war. Sie nahm an keiner wichtigen Entscheidung teil und empfand dieses Zuschauerdasein gerade darum so deutlich, weil es stets ihr Wunsch war, dort zu sein, wo Veränderungen in Gang gesetzt wurden und wo sie selber Einfluß darauf nehmen konnte. Sie wollte dazugehören und nicht abseits stehen, auch weil sie wußte, daß eine systemverändernde Kritik vom Standpunkt des Beteiligtseins viel glaubhafter und produktiver war. Wäre sie der Sozialistischen Einheitspartei beigetreten, hätte sich dieses Problem ganz von selber gelöst. Dann wäre sie mittendrin gewesen, im Zentrum des Geschehens, hätte mehr gewußt, den besseren Überblick und ganz andere Möglichkeiten gehabt. Doch sie konnte sich dazu nicht entschließen. Dachte sie daran, welch eine Überwindung sie das kollektive Lernen kostete, war ihr die Vorstellung, sich nun auch noch einer einheitlichen Parteidisziplin fügen zu müssen, so, als würde sie sich selber um ihre Unabhängigkeit bringen wollen. Sie sprach mit ihrem Vater darüber, doch er sagte nur: Solange du nicht in der Partei bist, umwerben sie dich. Gehörst du aber dazu, bist du eine von vielen. Wenn du klug bist, hältst du sie in Erwartung. So sehen sie dich in gewisser Weise immer für hoffnungsvoll und förderungswürdig an. Das ist besser, als von vornherein nein zu sagen, denn diese Leute darf man nicht vor den Kopf stoßen oder sich gar zum Feind machen.

Anna stimmte Franz zu. Besser ist es, du bleibst ohne die Partei, meinte sie, denn wenn du da erst einmal drin bist, kommst du nicht wieder heraus.

Überraschend stand Uwe an Edys Wohnungstür. Sie hatte ihn seit Jahren nicht mehr gesehen. Er schien ihr noch immer der gleiche brave und verwöhnte Prominentensohn, wie er nur im Schongehege der Provinz gedeihen konnte. Er trug zwar einen Original-Parka der US-Army, was als ungehorsam gegenüber der Arbeiter- und Bauernmacht galt und ihr imponierte, doch darunter einen dunklen Anzug, dessen Hosen so lotrechte Bügelfalten besaßen, daß sie die Ordnung wiederherstellten. Der Widerspruch hätte größer nicht sein können und zeigte ihr den gewohnten Zwiespalt, sich einerseits westlich zu geben und anderseits die Provokation nicht übertreiben zu wollen. Besonders amüsierte sie die Fliege, die er anstelle einer Krawatte trug und mit der er ihr vollends wie der feingemachte Papasohn aus der Kleinstadt vorkam. Als sie draußen auf der Straße auch noch den Wolga des Vaters sah, wußte sie, daß Uwe einen ganz besonders guten Eindruck in Berlin machen wollte. Geradezu hinterwäldlerisch wirkte auf Edy sein biederer Fassonschnitt, zumal die schicken Männer in Berlin die Haare schulterlang trugen. In der väterlichen Villa hatte sich Uwe stets ansehnlich ausgenommen, doch hier in ihrem Bohemiendomizil war ihm anzusehen, daß er die Provinz bereits in sich trug. Im nachhinein fand Edda ihre Entscheidung, die Verlobung damals gelöst zu haben, goldrichtig, denn Uwe gehörte offensichtlich zu den Menschen, die nur in ihrer kleinen gesicherten Welt gedeihen konnten und für keinen kühn angelegten Lebensentwurf geschaffen waren. Er wagte nicht, Platz zu nehmen, sondern betrachtete fasziniert die keramischen Objekte.

Ich habe meine Promotion bestanden und möchte dich zum Essen einladen, sagte er und zog etwas umständlich eine silberne Dose aus seinem Parka, die er Edy statt Blumen überreichen wollte. Plötzlich stand Costas im Raum. Seine funkelnden Augen verrieten nichts Gutes. Edy ging sofort auf ihn zu, umarmte ihn ergeben und geradezu schuldbewußt, nahm ihm den Mantel ab, holte ihm einen Stuhl und verstellte die Stimme zu einem süßlichen Zirpen, als gelte es, einen eifersüchtigen Apoll zu besänftigen. Katharina verfolgte die Situation nicht ohne Amüsement, denn sie hatte den Eindruck, die Schwester würde sich jeden Augenblick Costas zu Füßen werfen und um Verzeihung bitten, daß sie vor ihm schon einmal einen anderen Mann gekannt hatte. Dabei fiel ihr auf, daß Costas Uwe eher wohlwollend betrachtete und von der Eleganz seiner Fliege sichtlich fasziniert war. Doch Edy schien dies nicht zu bemerken, sondern genoß ihr ängstliches Erregtsein, als bereite es ihr eine ganz besondere Freude, gehorsam und unterwürfig sein zu dürfen. Sie erklärte Costas sogleich Uwes Anwesenheit und sagte: Das ist Dr. Lidman. Ein Bekannter meiner Schwester. Sie wollten gerade zusammen essen gehen.

Uwe steckte lächelnd seine Dose in die Tasche und warf Edy einen mitleidigen Blick zu. Katharina fragte sich, ob Edy das nötig hatte, sich derart klein zu machen und so zu tun, als hätte sie bislang nichts anderes im Sinn gehabt, als auf Herrn Delyannis zu warten. Doch sie wollte die Schwester nicht im Stich lassen, ging auf die Notlüge ein und verließ mit Uwe die Wohnung. Auch Katharina war von seinem Erscheinen nicht sehr begeistert, weil sie jegliche Berührung mit der Vergangenheit vermeiden wollte. Sie befürchtete, er könnte etwas von Arnd sagen oder nach ihm fragen, und was sollte sie darauf antworten? Jahrelang hatte sie noch auf ein Lebenszeichen von ihm gewartet, aber er war drüben in der Glitzerwelt verlorengegangen. Sie mochte keinen Blick zurück tun, denn inzwischen lebte sie in einer ganz anderen, erfolgreichen Welt, studierte nicht irgendwas und nicht irgendwo, sondern an der führenden Sektion der Universität, gehörte zu denen, die der Wahrheit näher standen als andere und die das theoretische Rüstzeug hatten, um die Welt positiv zu verändern. Andererseits mochte sie Uwe auch nicht wie einen dummen Jungen stehenlassen, sondern sich von der Schwester abheben und zeigen, daß sie souverän über derlei banalen Gefühlsdingen stand, und so ließ sie sich wenigstens von ihm nach Hause fahren. Doch Uwe hatte noch einen Wunsch: Er wollte die Mauer sehen. Er bat Katharina, ihn einmal dorthin zu führen, denn wer nicht leibhaftig vor der Mauer gestanden hatte, durfte für seine Begriffe nicht behaupten, Berlin wirklich zu kennen.

Katharina konnte zwar nicht verstehen, was ihn ausgerechnet zu diesem Bauwerk hinzog, denn sie sah keinen Sinn darin, sich etwas anzuschauen, das für sie das Ende der Welt markierte. Sie war in all den Jahren nie zur Mauer gegangen. Ändern konnte sie daran ohnehin nichts, und so schien es ihr wichtiger, im Lande selber etwas zu bewegen, das diesen Betonwall überflüssig machte. Aber Uwe ließ sich nicht davon abbringen, und so parkten sie das Auto vor ihrem Haus und spazierten noch zur Mauer, die nur ein paar Straßen weiter stand. Je näher sie der Grenze kamen, um so zahlreicher wurden die Läden, deren Jalousien seit Jahren nicht mehr hochgezogen waren. Die Autos bogen vorher ab, die Menschen verloren sich, das Leben schien Schritt für Schritt weniger zu werden und schließlich ganz aufzuhören. Sie kamen in eine Straße, deren Seiten ein Holzzaun voneinander trennte. Die linke Häuserreihe war bereits Sperrgebiet und durfte selbst von den Anwohnern nur mit einem Sonderpassierschein betreten werden. Am Zaun hingen in regelmäßigen Abständen Warntafeln, die dem Verletzer des Grenzgebietes Strafe androhten. Katharina ging mit Uwe auf der rechten Straßenseite, die jedermann zugänglich war. Obwohl überall Menschen wohnten, sah sie niemanden aus dem Haus kommen, nirgendwo ein Kind auf der Straße spielen, keinen aus dem Fenster schauen, niemanden auf dem Balkon sitzen oder Wäsche aufhängen. Nirgendwo tönte ein Radio, nirgendwo gab es einen Ruf, ein Lachen – es schien, als sei das Leben hinter den Warntafeln zum Erliegen gekommen und durfte keinerlei Zeichen mehr von sich geben. Alles war wie abgestorben, und es kam ihr so vor, als gingen sie einen gespenstischen Friedhofspfad entlang. Dann brach die Häuserreihe mit einemmal ab, und sie sahen hinter dem Holzzaun die Krone des weißen hohen Betonwalls. Uwe war von dem Anblick betroffen, brachte kein Wort hervor, sprang an dem Bretterzaun hoch, als hoffte er, über den Betonrand der

Mauer hinweg ein paar Lichter, ein paar Leuchtreklamen zu erspähen, etwas von dem Glitzernden, Pulsierenden einer Weltstadt zu erhaschen, doch er sah vom Westen nur die Giebel der Dächer und die sauber verfugten Schornsteinkronen. Plötzlich stand eine Doppelstreife vor ihnen. Bürger, kommen Sie mit!

Katharina wußte nicht, wie ihr geschah. Sie kamen in einen Raum, dessen Fenster vergittert waren, wurden angewiesen, sich an die Wand zu stellen, nicht miteinander zu sprechen, ihre Personaldokumente bereitzuhalten und die weiteren Maßnahmen abzuwarten. Dann verließen die Grenzposten den Raum und sperrten hinter ihnen zu. Das Drehgeräusch des Schlüssels brachte Katharina zu Bewußtsein, daß sie festgenommen waren und womöglich wegen Verdacht auf Republikflucht belangt werden sollten. Die Vorstellung, sich mit diesem Spaziergang ihr Leben, ihre Zukunft verdorben zu haben, war noch quälender als das Warten in diesem kahlen bunkerartigen Raum. Vor allem hatte sie Angst, der Vorfall würde an die Sektion gemeldet und sie hätte sich vor dem Studienjahr und dem gesamten Institut wegen Grenzverletzung oder gar Fluchtversuch zu verantworten. Aufgeregt ging sie jeden Schritt mit Uwe in Gedanken noch einmal durch, fand aber nichts, was sie falsch gemacht hätte. Gleichzeitig wuchs ihre Unsicherheit, weil sie wußte, daß im Grenzgebiet einzig die Grenzsoldaten im Besitz der Wahrheit waren. Sie hielt sich strikt an die Anweisung, nicht zu sprechen, um ihre Lage nicht noch zu verschlimmern. Sie hatte in diesem Augenblick eine ungeheure Wut auf Uwe, auf diese dumme Neugier der Provinz, und fragte sich, weshalb er am Holzzaun hochspringen mußte und nicht wie ein normaler Spaziergänger seines

Weges gehen konnte. Sie wußte natürlich, daß im Ernstfall Professor Lidman ihn aus der Kalamität befreien würde, doch ihr Vater hatte solche Beziehungen nicht; auf sie würde alles niedergehen. Uwe war immerhin mit dem Studium fertig, ihm konnte nicht mehr viel passieren, denn Ärzte wurden überall gebraucht. Sie aber stand kurz vor dem Examen, und es lief ihr der kalte Schweiß über den Rücken bei der Vorstellung, daß die zurückliegenden Jahre des Studiums umsonst gewesen sein könnten.

Nach einer Stunde betrat ein Offizier den Raum, nahm an dem Tisch Platz und begann mit der Feststellung der Personalien. Er verhörte erst Katharina, dann Uwe, fragte, was sie an der Staatsgrenze gewollt hätten, und nahm ihre Aussagen zu Protokoll. Katharina begriff den Ernst ihrer Lage, begriff, daß ihr niemand in dieser Situation helfen konnte und sie selbst versuchen mußte, zu retten, was zu retten war.

Sie gab sich bescheiden und voller Einsicht, redete so, wie andere um ihr Leben rannten, erklärte dem Genossen Grenzoffizier, daß sie selbstverständlich nicht die Absicht gehabt hatten, das Sperrgebiet zu betreten, und wenn ihr Schulfreund aus Thüringen sich versehentlich zu weit vorgewagt haben sollte, dann war es Unwissenheit, pure Unwissenheit, weil man ja da unten so etwas nicht kennt. Nein, es war keine provokatorische Absicht, sie wollten einfach noch ein bißchen spazierengehen, sie wohnte ja nun schon so lange hier, aber sie war noch nie am antifaschistischen Schutzwall gewesen, weil sie wußte, daß es da nichts zu sehen gab, aber es war der Wunsch ihres Gastes, hierher zu gehen, und sie versprach dem Genossen Offizier, daß dies kein zweites Mal mehr vorkommen würde und daß er doch bitte Uwes unbedachten Schritt hinter die Warntafel nicht falsch auslegen möge.

Sie bot ihre ganze Beredsamkeit auf und schien so überzeugend zu wirken, daß er ihr zuzuhören begann und den Kugelschreiber aus der Hand legte. Er musterte ihre Kleidung, die ihm zeigte, daß sie aus ordentlichen Verhältnissen kamen. Uwes elegante Fliege, seine korrekten Bügelfalten und diesen brävlichen Fassonschnitt nahm er besonders wohlwollend zur Kenntnis. Nur der US-Parka schien nicht in dieses Bild zu passen, was er mit einem abfälligen Blick kundtat. Doch offensichtlich gefiel ihm, daß Katharina in ihrem Verhalten Einsicht und Reue zeigte und sogar bei einem Spaziergang im Wohngebiet ihren Personalausweis bei sich führte, was auf pflichtbewußtes Verhalten und nicht auf die gezielte Vorbereitung einer staatsfeindlichen Aktion schließen ließ.

Uwe wollte ein paarmal etwas sagen, aber Katharina gab ihm durch Blicke zu verstehen, ruhig zu sein und sie reden zu lassen, weil sie sich ohnehin besser auskannte und wußte, worauf es politisch ankam, während doch die Mediziner allgemein dafür bekannt waren, die Maßnahmen von Partei und Regierung in Zweifel zu ziehen.

Eigentlich müßte ich das Revier anrufen und Sie zuführen lassen, sagte der Offizier, aber ich will mal ausnahmsweise Ihnen glauben und die Sache auf sich beruhen lassen.

Gemessen an dem Umstand, daß sie sich keiner Schuld, geschweige denn einer Gesetzesverletzung bewußt war, klang das alles sehr gönnerhaft und von oben herab, aber doch schien es ihr so, als sei ihr mit diesem Satz die Freiheit geschenkt worden. Sie atmete tief auf, lächelte dankbar und erlöst, empfand so etwas wie Glück, denn ein Weiterleiten dieses Vorfalls hätte katastrophale Folgen gehabt und wäre das Ende all ihrer Pläne gewesen.

Als sie im Begriff waren, den Raum mit den vergitterten Fenstern zu verlassen, hielt der Offizier Uwe zurück und sagte: Haben Sie das nötig, eine amerikanische Kutte zu tragen, wenn Ihr Vater Professor ist? Uwe erschrak, weil er dachte, er würde nun doch nicht gehen dürfen, und entgegnete: Ich hab die auch nur geborgt. Ich trage ja sonst so was gar nicht.

Sehr vernünftig, denn das ist kein Kleidungsstück, sondern eine politische Provokation. Uwe wagte nicht zu widersprechen und trat schließlich kreidebleich ins Freie. Ohne nach links und rechts zu schauen, entfernte er sich mit Katharina im Eilschritt aus dem Grenzgebiet. Als er stehenblieb und sich eine Zigarette anzündete, zitterten seine Hände.

Das reicht mir von der Mauer, sagte er, ein für allemal. In Berlin sieht mich keiner mehr. Hier bist du ja deines Lebens nicht sicher. Da bleib ich doch lieber in meiner spießigen Provinz. Uwe war zwar froh, so glimpflich davongekommen zu sein, ärgerte sich aber, den Offizier nicht einmal gefragt zu haben, weshalb er sie eigentlich festhielt. Daß man vor solchen Ärschen auch noch strammsteht, sagte er voller Selbstvorwurf, wer sind die denn, daß die mir noch vorschreiben, was ich anzuziehen habe!

Katharina meinte, sie hätten sich beide taktisch klug verhalten, weil es in solchen Situationen nichts nützt, den Helden zu spielen. Genaugenommen gab es einen Sieg der Intelligenz über die Dummheit zu feiern, doch Uwe schwieg betroffen. Er schien von allem nichts mehr hören und nichts mehr sehen zu wollen, fand, daß dieses vielgepriesene Berlin nur

Tücken bereithielt, und war sich erst jetzt im nachhinein im klaren, in welcher Situation er sich befunden hatte. Er wurde von Schritt zu Schritt aufgeregter, vergaß sogar nach Edys neuem Freund zu fragen, und war sichtlich erleichtert, als er in seinen Wolga steigen und wieder nach Hause fahren konnte.

Tut mir leid, daß ich dir Scherereien bereitet habe, aber noch mal werde ich dich mit einem solchen Wunsch nicht behelligen, sagte Uwe, zog die silberne Dose aus seinem Parka, schenkte sie ihr und fuhr geradezu fluchtartig davon. Katharina freute sich über die Dose, die die erste Antiquität in ihrem Zimmer war, gab ihr einen Ehrenplatz auf ihrem Schreibtisch, wo sie Stunden später Edy entdeckte.

Sieh mal an, davon hast du mir ja gar nichts gesagt!

Ja, er hat sie mir geschenkt, entgegnete Katharina.

Edda lachte. Wieso soll er dir was schenken, wo er doch meinetwegen gekommen ist. Er war schließlich mein Verlobter, und die Dose war für mich bestimmt.

Aber ich bin für dich in die Bresche gesprungen und habe ihn zur Mauer begleitet. Edda war außer sich.

Das könnte dir so passen, entgegnete sie, von meinen Bekannten auch noch Vorteile zu haben! Soweit kommt es noch! Edda nahm die Dose vom Schreibtisch und packte sie ein. Wenn du unbedingt Wert auf solche Dinge legst, mußt du dich schon selber um einen Mann bemühen, der dir so etwas schenkt.

Katharina fand die Reaktion ungerecht und anmaßend, aber sie ahnte, was in Edy vorging: Sie gönnte es der Schwester nicht.

Von der Kunsthochschule ging immer mal wieder ein kleiner, gediegener Skandal aus, der die Gemüter erregte und in der Öffentlichkeit die Meinung festigte, daß es sich hier um ein Nest des Individualismus und Ungehorsams handelte. Die meisten Studenten sonnten sich wie Edy in diesem Ruf einer Institution, der ihnen selber das Besondere und Unangepaßte bescheinigte. Doch für die Verantwortlichen aller Ebenen war dies der Grund, gerade diese Einrichtung der Hauptstadt wachsam im Auge zu haben. So war bekanntgeworden, daß beim letzten Fasching einige Studentinnen ihre ausländischen Freunde mitgebracht hatten – einen Amerikaner, einen Schweden und einen Westberliner –, und seitdem gab es keine Ruhe mehr. Versammlung folgte auf Versammlung. Den dreien wurde vorgeworfen, feindliche Kräfte an die Hochschule geschleust zu haben und durch ihre Verbindung zu Angehörigen des westlichen Auslands die sozialistische Studienmoral zu untergraben.

Edy fand solche Beurteilungen zwar übertrieben, aber konnte andererseits das Verhalten ihrer Kommilitoninnen auch nicht gutheißen. Sie hatte ja Costas auch nicht zum Fasching mitgenommen, obwohl sie es gerne getan hätte. Sie war klug genug, um zu wissen, daß ihr dies als eine Provokation ausgelegt worden wäre. Natürlich waren solche Bestimmungen lächerlich und fragwürdig, aber da sie nun einmal bestanden, hielt es Edy für unverzeihlich, sie derart zu ignorieren. Wenn die drei jetzt die Konsequenzen ihres Handelns zu tragen hatten, dann waren sie daran selber schuld, und Edy konnte sie nicht einmal bedauern. Im Gegenteil: Durch ihre Unüberlegtheit brachten sie bloß noch die anderen in Schwierigkeiten. Edy erlaubte sich so etwas ja auch nicht. Sie verstand, das Offizielle streng vom Privaten zu trennen, und darum hatte ihr wegen Costas auch noch niemand eine Vorhaltung gemacht oder sie gar zur Rede gestellt. Sie unternahmen vieles gemeinsam, doch von der Hochschule hielt sie ihn fern. Folglich übertrat sie keine Vorschrift, bot niemandem einen Angriffspunkt und kam auch nicht in Konflikte. Außerdem wäre Costas nirgendwo mit ihr hingegangen, wenn sich auch nur angedeutet hätte, daß es anschließend Schwierigkeiten für sie geben könnte. Dazu war er viel zu rücksichtsvoll und wußte ja, in welch einem Land sie lebte. Edy ärgerte sich im stillen über die drei Studentinnen. Wenn sie damit nur sich selber geschadet hätten, wäre es ihr gleichgültig gewesen, aber durch solche Aktionen wurden bloß die Behörden aufgeschreckt und fühlten sich wieder einmal zu erhöhter Wachsamkeit und neuen Kampagnen verpflichtet.

Sie zweifelte nicht daran, daß der Leserbrief im »Neuen Deutschland«, den ihr Katharina ausgeschnitten hatte, damit in Zusammenhang stand. Irgendwie stand bei solchen Vorkommnissen immer alles mit allem im Zusammenhang; eines ergab sich aus dem anderen, und alles war Reaktion auf das eine, gesteuert von unsichtbarer Hand, die den Zufall ausschloß. Bürger drückten ihr Mißfallen darüber aus, daß die Wohnungen der Kunststudenten keine Gardinen hatten und sie nackt in den Zimmern umherliefen. Die empörten Anwohner stellten an den Rektor die Frage, wie ernst an der Kunsthochschule die Gebote der sozialistischen Moral genommen wurden, die doch immerhin oberstes Erziehungs- und Ausbildungsprinzip waren, und wollten wissen, ob das die rechte Art sei, wie auf Arbeitergroschen studiert werden sollte.

Plötzlich waren alle alarmiert. Der Kulturminister

schaltete sich ein und wollte einen Sofortbericht über die Zustände an der Hochschule. Der Rektor und der Lehrkörper wurden nervös und beschlossen, härter durchzugreifen und keinerlei Nachlässigkeiten unter den Studenten mehr zu dulden. Mit einemmal stand fest: Die drei hatten ein Disziplinarverfahren zu erwarten und sollten vor der gesamten Hochschule zu ihrem Verhalten Stellung nehmen.

Edy wollte dieser Vollversammlung fernbleiben, um sich weder dafür noch dagegen äußern zu müssen, doch das Erscheinen war Pflicht, und jeder mußte sich namentlich mit seiner Unterschrift in die Anwesenheitsliste eintragen. Niemand zweifelte daran: Die Versammlung sollte allen als Warnung dienen. Es waren offizielle Vertreter vom Zentralkomitee, der Bezirksleitung der SED und dem Magistrat gekommen, auch der gesamte Lehrkörper der Hochschule und diejenigen, die dazwischensaßen, fühlten sich wie Edy beobachtet und eingekreist. Dennoch wußte sie, wenn alle Studenten gegen ein Disziplinarverfahren gestimmt hätten, wäre das Ganze geplatzt, denn alle konnten sie ja nicht von der Schule schmeißen oder mit Strafmaßnahmen belegen. Aber die Erfahrung besagte, daß es immer welche gab, die dafür stimmten und der Rest sich dann nicht traute, dagegen zu sein, was schließlich den einstimmigen Beschluß ergab. Auf den Zusammenhalt war im entscheidenden Augenblick kein Verlaß, und sie selber überlegte, wenn sie gegen die vorgesehene Disziplinarmaßnahme stimmen würde, käme sie nur in den Verdacht, die Provokationen zu unterstützen. Das aber konnte gerade sie sich nicht leisten, weil sie selber mit einem Westberliner befreundet war und froh sein konnte, daß es bislang keine Probleme gegeben hatte. Außerdem wollte sie kurz vor dem Abschluß des Studiums nichts tun, was ihr schaden könnte, denn schließlich hatte sie schon einen ersten großen Auftrag bekommen – die Eingangsgestaltung eines Fernheizwerkes, die als Diplomarbeit gewertet werden sollte. Alles war bereits perfekt, und sie wußte, daß es die Dozenten nicht mit allen so gut meinten, sondern mit diesem lukrativen Auftrag gerade ihrem Talent eine erste große Chance geben wollten, wie sie sagten. Hätte sie sich jetzt nicht an die Spielregeln gehalten, wäre es ihr so vorgekommen, als fiele sie dem Lehrkörper in den Rücken, sei undankbar und übe falsche Solidarität. Dennoch: Obwohl sie die Situation mit kühler Rationalität anging und klar Vorteil gegen Nachteil abwog, litt sie darunter, so denken zu müssen, zumal sie keinem wirklich freien Entschluß folgte, sondern dem Zwang der Umstände. Genaugenommen, so sagte sie sich, lagen das Unmoralische und der fehlende Gemeinschaftsgeist nicht bei ihr, sondern bei den anderen. Gesetze mochten gut oder schlecht sein – wer sie übertrat, mußte sich selber die Folgen zuschreiben. Es wäre leichtsinnig und unüberlegt gewesen, gegen die Disziplinarmaßnahmen zu stimmen. Ändern konnte sie daran ohnehin nichts, weil alles längst beschlossen war. Sie hätte lediglich vor all den Offiziellen den Verdacht auf sich gelenkt, Verbindungen mit Ausländern und anderen feindlichen Kräften zu bejahen und womöglich gar zu unterstützen. Die nächste, die man unter die Lupe nehmen würde, wäre sie gewesen. Auf keinen Fall wollte Edda eine negative Aufmerksamkeit auf sich lenken, denn sie hatte ja eine Verantwortung gegenüber ihrem beruflichen Ziel und sah nicht ein, durch irgendeine falsche Tagesheldentat ihre ganze Lebensplanung aufs Spiel zu setzen.

Die anderen in ihrem Studienjahr dachten offensichtlich genauso, denn als es zur Abstimmung kam, hoben alle die Hand und befürworteten die Disziplinarmaßnahme. Auch Edy. Nach der Abstimmung zog der Rektor die Schlußfolgerungen. Ein solch schädliches Verhalten war nur möglich, sagte er, weil wir bislang die Rolle des sozialistischen Studentenkollektivs unterschätzt haben. Nur im gegenseitigem kollektiven Erziehungsprozeß können Ordnung und Disziplin gefestigt werden und sich neue Formen des sozialistischen Bewußtseins herausbilden. Es geht um die politisch-moralische Einheit und damit um die Verantwortung für das gesellschaftliche Ganze. Die Vervollkommnung unserer sozialistischen Demokratie bei der weiteren Gestaltung des gesellschaftlichen Systems des Sozialismus braucht das Mitplanen, Mitarbeiten und Mitregieren eines jeden einzelnen, und dafür werden im künstlerischen Bereich die Grundlagen in einem gut funktionierenden Kollektiv gelegt. Sozialistisch arbeiten, sozialistisch lernen und sozialistisch leben ist die Voraussetzung, um die gemeinsame Gestaltung künstlerischer Prozesse zu bewältigen und damit den ständig steigenden kulturellen Bedürfnissen der Arbeiterklasse gerecht zu werden. Gerade die Wechselwirkung zwischen Kollektiv und Persönlichkeit trägt zur Steigerung künstlerischer Leistungsfähigkeit und Ausdruckskraft bei und ist ein Faktor, dem wir bislang nicht genügend Aufmerksamkeit geschenkt haben. Darum schlage ich vor, daß wir heute den Beschluß fassen, an unserer Hochschule Studentenkollektive zu gründen, die den Kampf um den Ehrentitel »Sozialistisches Studentenkollektiv« führen werden und in einem qualitätsvollen Wettbewerbsprogramm klare Richtlinien für ein vorbildliches moralisches Verhalten erarbeiten. Wer dafür ist, den bitte ich ums Handzeichen.

Alle Hände gingen erneut nach oben, und der Rektor, der es mit dem Aufarbeiten eines Versäumnisses vor den Offiziellen eilig zu haben schien, forderte sogleich die Versammelten auf, Vorschläge für die Leiter der Sozialistischen Studentenkollektive zu unterbreiten. Einen Augenblick entstand Unruhe, dann folgten zögernd die ersten Wortmeldungen, und plötzlich fiel Edys Name. Alle drehten sich nach ihr um, und der Rektor fragte Edda Kogler, ob sie diese ehrenvolle Aufgabe annehmen möchte. Edda wußte nicht, wie ihr geschah und was sie von all dem halten sollte. Einerseits fühlte sie sich geschmeichelt, weil der Vorschlag aus den eigenen Reihen kam und ihr zeigte, wie beliebt sie im Studienjahr war. Andererseits war sie wütend, daß ausgerechnet ihr so eine Geschichte aufgebürdet wurde. Aber sie wußte, daß vor diesem Plenum ihr gar nichts anderes als eine zustimmende Antwort übrigblieb, wollte sie sich nicht noch zu guter Letzt um ihre positive persönliche Gesamteinschätzung bringen. So stand sie auf und sagte: Ich nehme an. Sie wollte noch einige Einschränkungen machen, aber der leise gesprochene Einwand ging im Beifall unter.

Katharina freute sich, daß Edy endlich auf dem rechten Weg war und mit dieser Funktion nun alle Möglichkeiten hatte, einmal zu zeigen, was sich aus einem Kollektiv machen ließ, wenn es nicht einfach nur als eine Wettbewerbsverpflichtung auf irgendeinem geduldigen Papier abgehakt wurde. Edy hatte eine echte Chance, während in ihrem Studienjahr das Kollektiv irgendwo zwischen theoretischem Bekenntnis und praktischer Disziplinierung sein Dasein fristete, nichts Halbes und nichts Ganzes, sondern nur eine lästige Einrichtung war.

Glücklicherweise mußte Katharina zum letzten Mal vor dem Examen mit dem gesamten Studienjahr an der »Roten Woche« teilnehmen. Wie jedes Jahr fuhren sie wieder nach Bad Saarow, wohnten in einer Herberge, hielten Seminare im Freien, gingen wie die Peripatetiker am Ufer des Sees spazieren und diskutierten dabei über Kausalität und universelle Determiniertheit. Der Blick auf den See, der wie ein riesiger Silberspiegel in der Landschaft lag, ließ sie das ganze intellektuelle Gerede vergessen. Sie hätte lieber stumm und ganz für sich allein am Ufer gesessen und die Umgebung auf sich wirken lassen, doch die »Rote Woche« sollte ja gerade das Miteinanderreden, den Gedankenaustausch und das bessere Kennenlernen befördern. Dies allerdings war für Katharina ein Grund, besonders zurückhaltend zu sein und sorgsam ihre Worte zu wählen, denn sie wurde das Gefühl nicht los, daß die Parteileitung solche Zusammenkünfte eigens organisierte, um herauszufinden, wie der einzelne wirklich dachte und ob seine private Meinung sich von der offiziellen unterschied.

Diesmal erwarteten sie einen der führenden Ökonomen zu einem Vortrag. Selbstverständlich mußten sie alle im Blauhemd erscheinen, um als künftige ideologische Führungskader gegenüber der hochgestellten Persönlichkeit Einheit und Geschlossenheit zu bekunden. Der kleine Genosse Zak, der seit kurzem zum Parteisekretär des Studienjahres gewählt worden war, Bredel, der Seminarsekretär und Vertreter der Institutsleitung, begrüßten den prominenten Gast bereits am Auto und führten ihn mit ehrfürchtiger Beflissenheit in den Kultursaal der Herberge. Die grobe Physiognomie des Gastes nahm Katharina kaum zur Kenntnis und empfand sie eher als das Normale, denn sie hatte noch nie einen hohen Funktionär mit feinen, durchgeistigten Gesichtszügen gesehen. Sie hatten alle etwas Parteiplumpes und Proletarisches an sich, und daß er die blaue geknöpfte Kutte mit dem angestrickten Halsbündchen trug, wie sie die altgewordenen FDJ-Funktionäre bevorzugten, denen es ganz offensichtlich schwerfiel, sich von der Uniform einer Massenorganisation zu trennen, schien ganz zu seinem Äußeren und seinem Amt zu passen.

Dr. Lothar Hagen sprach über Arbeitsmarktstudien im staatsmonopolistischen Kapitalismus und breitete auf dem Referententisch als erstes verschiedene Westzeitungen aus. Katharina fand das überaus unangenehm und angeberisch, als wollte er allen dokumentieren, einen besonderen Zugang zu besonderen Informationen zu haben und ihnen, den Kleinen, den Nichtprivilegierten, sagen, daß es in Führungskreisen ganz selbstverständlich war, die Zeitungen des Klassenfeindes beim Frühstück zu lesen. Vielleicht wollte er sich auch nur absichern vor den anderen Vertretern des Philosophischen Instituts, die in dem Ruf standen, Türhüter der objektiven Wahrheit zu sein, und ihnen mit dieser Geste zeigen, daß er der Wahrheit noch um einen Dienstgrad näher stand. Denn wer so ungeniert Westzeitungen vor aller Augen ausbreitete, konnte dies nur mit allerhöchster Genehmigung tun und ließ damit indirekt wissen, daß er zu denen gehörte, die außerhalb jeglicher Kritik standen. Die verschiedenen Welten hätten nicht deutlicher markiert werden können. Doch dann, als er zu sprechen begann, ohne Phrasen, witzig und überzeugend, war es eine Freude, ihm zuzuhören. Die Wechselwirkung zwischen Kapital und Arbeit erläuterte er so anschaulich, wie es noch keinem Dozenten für Politökonomie gelungen war. Der Assoziationsreichtum dieses Mannes, seine Art, einen Gedanken schlüssig aus dem anderen zu entwickeln und eine Kette klarer Folgerungen auszubreiten, in freier Rede, ohne das stumpfsinnige ängstliche Ablesen, hatte für Katharina etwas Faszinierendes und zeigte ihr, daß dieser Dr. Hagen doch ein sehr eigenständiger Denker sein mußte.

Als die Diskussion eröffnet wurde, stellte sie ihm eine Frage, die ihn zu ihrer größten Freude sichtlich beschäftigte und für einen Moment sogar etwas unsicher machte. Sie wollte von ihm wissen, wie es kam, daß der Kapitalismus eine höhere Weltmarktpotenz hatte, obgleich sich bei ihm in der Warenproduktion das Wertgesetz spontan realisierte, während dies im Sozialismus doch bewußt geschah. Sie erschrak selbst über diese Frage, denn sie sah in einigen eisigen Dozentengesichtern, daß man so gegenüber einem führenden Genossen nicht auftreten durfte. Doch Dr. Hagen ging auf ihre Frage ein und nannte sie sogar interessant und bedenkenswert, womit der Verdacht einer ungehörigen Provokation von ihr genommen war.

Nach dem Vortrag standen alle um ihn herum, der kleine Genosse Zak bat um eine Eintragung ins Gästebuch, aber Dr. Hagen kam zu Katharina, um noch einige ergänzende Bemerkungen zu ihrer Frage zu machen. Als er ihr gegenüberstand und sie ansah, durchströmte sie eine seltsame Erregung. Er muß das gleiche Empfinden gehabt haben, denn er war für einen Augenblick sehr unsicher und steckte sich die Zigarette am Filter an, wofür er sich mit einem verlegenen Lächeln entschuldigte. Einer wagte die Frage, ob es die Zeit des Genossen Dr. Hagen erlaube, die Diskussion eventuell im kleineren Kreise fortzusetzen und noch mit an den See zu gehen, wo sie ein Lagerfeuer vorbereitet hatten. Es klang wie die ungeschickte Einladung zu einem Imbiß, die für diese Art Gäste anschließend immer ausgesprochen wurde, und Dr. Hagen ging lächelnd darauf ein.

Katharina hielt sich neben ihm. Kaum hatten sie am Lagerfeuer Platz genommen, entspann sich eine hitzige Debatte über die Grundfrage des Klassenkampfes, die Frage Wer-Wen: Welches der beiden Systeme, der Kapitalismus oder der Sozialismus, wird sich als das Überlegene erweisen. Katharina hatte kein Auge für das romantische nächtliche Panorama, hörte nicht, wie die Wellen des Sees sanft an das Ufer schlugen, sondern lauschte hingegeben den Ausführungen des Gastes, die ihr wie eine Offenbarung schienen. Sie war sich auf einmal ganz sicher, neben einem Weltrevolutionär zu sitzen, einem Mann, der das Bestehende verändern wollte und dessen Nähe etwas ungeheuer Erregendes hatte. Sie fand Dr. Hagen im kleinen Kreise noch brillanter. Er machte sogar Witze über die Partei, sagte Dinge, die keiner von ihren Dozenten so zu formulieren gewagt hätte, kam aber immer wieder auf den festen Klassenstandpunkt zurück und zeigte ihr, daß der Sozialismus kein frommes Nachtgebet sein mußte und nicht ein erstarrtes Dogma, sondern eine lebendige Angelegenheit, wenn es nur mehr von solchen Köpfen wie Dr. Hagen gegeben hätte. Allen schien es ein Vergnügen zu sein, ihm zuzuhören, und auch Katharina war sich ganz sicher, noch nie einem so intelligenten, weltoffenen Mann begegnet zu sein.

Während er sprach, änderte sich sogar sein Aussehen. Die unschönen breiten Backenknochen rückten zusammen, die buschigen Augenbrauen traten zurück, das Grobe verschwand, und sie glaubte, in ein feinsinniges Gesicht zu schauen. Das Männliche am Mann, das Geistige, trat erregend hervor und übte auf sie eine ganz ungewöhnliche erotische Faszination aus. Alles an ihm gefiel ihr plötzlich, und es war, als hätte dieser Mann mit einemmal von ihr Besitz ergriffen. Während die anderen erregt diskutierten, wandte sich Dr. Hagen fast beiläufig Katharina zu und fragte nach ihrem Namen. Katharina wußte natürlich, daß auch sie sich ihrer Wirkung auf diesen Mann sicher sein konnte. Daß er überhaupt einen Blick dafür hatte, machte ihn ihr noch sympathischer, denn sie sah, er gehörte noch nicht zu jenen hohen Persönlichkeiten, die sich vom wirklichen Leben entfernt hatten und nur noch Automaten glichen, die spurtreu vom Wochenanfang bis zum Wochenende ihr Programm absolvierten. Dr. Hagen wollte mehr von ihr wissen, aber dann wurde er aufgefordert, in den Meinungsstreit einzugreifen und ein gültiges Urteil zu fällen, was ihm sichtlich mißfiel, weil er das Gespräch mit Katharina abbrechen mußte.

Als es auf Mitternacht zuging und vom See ein kühler Wind herüberwehte, drückte er ihr plötzlich die Hand, stand vom Lagerfeuer auf und ging, begleitet vom beflissenen Bredel und dem kleinen Zak, zu seinem Auto.

Zu Beginn des Studiums war auf einer zentralen FDJ-Versammlung der Universität gefragt worden, ob jemand bereit sei, sich in einem Klub der Arbeiterjugend zu engagieren und damit einen Kampfauftrag der FDJ zu übernehmen. Katharina hatte sich freiwillig und ohne Zögern gemeldet, konnte sie doch auf diese Weise ihren Drang nach gesellschaftlicher Mitgestaltung befriedigen und außerdem eine Welt kennenlernen, mit der sie bislang noch keine Berührung genommen hatte. Ihr Weg vom Abitur zum Studium war glatt, viel zu glatt, während die anderen meist schon irgendwo in Betrieben gearbeitet und Erfahrungen gesammelt hatten und daher ganz anders mitreden konnten. Insofern meinte sie, der Wirklichkeit endlich ein Stück näher kommen zu können. Aber zugleich war ihr Engagement in solch einem Klub der Arbeiterjugend auch nicht ganz selbstlos. Sie wußte natürlich, daß sie durch diese ehrenamtliche Funktion im Studienjahr als Parteilose politisch abgesichert war, bewies sie doch damit, daß sie Theorie und Praxis miteinander zu verbinden verstand und das Prinzip der Philosophie der Tat lebte, was an ihrer Sektion als höchstes Erkenntnisprinzip gewertet wurde. Sie wußte: Mit diesem Engagement leistete sie einen Beitrag zur engeren Verbindung von Studenten und Arbeiterjugend, wie es auf dem letzten Parteitag gefordert war. Nun konnte sie nicht in den Verdacht geraten, als Parteilose sich etwa außerhalb der Gesellschaft zu stellen oder gar vom Inhalt des Studiums nichts begriffen zu haben. Außerdem konnte sie mit dieser Leitungsfunktion auch gegenüber den Eltern ihre Unabhängigkeit demonstrieren und zeigen, daß sie zwar noch zu Hause wohnte, aber innerlich längst ihren eigenen Weg eingeschlagen hatte. Seitdem sagte sie auch nicht mehr, wo und mit wem sie den Abend verbrachte. Sie war im Klub, und dies hatte zu genügen. Kogler akzeptierte es, denn èin Ehrenamt der FDJ forderte ihm Respekt ab und fand seine Unterstützung. Vor allem aber konnte sie hier ihr pädagogisches Talent ausleben, denn Katharina hatte stets den Drang, das, was sie in der Theorie als richtig begriffen hatte, nicht nur in der Praxis anzuwenden, sondern auch andere von dieser Richtigkeit zu überzeugen. Dafür bot dieser Klub die besten Möglichkeiten. Die Mitglieder trafen sich im Kreiskulturhaus, einer freistehenden Steinbaracke, wo sie dreimal in der Woche zu einem öffentlichen Tanzabend luden. Katharina bestimmte mit dem Klubrat und dem Leiter des Hauses die Auswahl der Bands, was jedesmal zu kontroversen Diskussionen führte. Denn die Abteilung Kultur des Rates wollte, daß keine Band, sondern eine Combo oder eine Kapelle jugendgemäß zum Tanz aufspielte, und hätte am liebsten diese Beatbands verboten, die mit ihren westlichen Rhythmen nur der Verbreitung der imperialistischen Unkultur dienten.

Katharina handelte meist sehr geschickt einen Kompromiß aus, so daß wenigstens einmal im Monat eine Beatband spielte, die stets ein übervolles Haus garantierte. Sie begrüßte dann die Anwesenden im Namen der FDJ, was daran erinnern sollte, daß der Jugendverband kein trostloser Verein war, sondern sich weltoffen und modern auf die Bedürfnisse der Jugend einstellte. Doch dafür schien sich an solchen Abenden von den Anwesenden niemand zu interessieren. Sie wollten von Politik nichts wissen. Aber Katharina meinte, allein daß sie so zahlreich zu einer Veranstaltung der FDJ kamen, zeigte, daß sie dem Jugendverband nicht ablehnend gegenüberstanden, auch wenn das äußere Bild dem Anspruch der FDJ völlig widersprach. Denn hier hatte das Dämonische der Jugend seinen Auftritt. Bunt, bewegt, renitent, obszön. Es kam aus dem Dunkel der Stadt, den Wohnhöhlen und Hinterhöfen, den abbruchreifen Häusern, den häßlichen Ecken, den düsteren Plätzen und verlorenen Straßen.

Die Mitglieder des Klubs unterschieden sich kaum von den Gästen: Es waren rüde, hartgesottene Burschen; Facharbeiter, Lehrlinge, Hilfsarbeiter, Ungelernte und Saisonkräfte. Unter ihnen eine Menge Draufgänger, Blaubärte, Herumtreiber, Eichendorffsche Taugenichtse, Arbeitsscheue und Bummelanten, von denen etliche stolz ihre Vergangenheit auf den Unterarm tätowiert hatten und ihren Weg in den Werkhof oder in das Gefängnis wie die Geschichte eines großen Erfolges erzählten. In der Masse nahmen sie sich wie ein Haufen armer Schlucker aus, zurückgeblieben und verloren, Bodensatz und Strandgut der Gesellschaft. Doch jeder einzelne war eine imposante Erscheinung: eigenwillig, widerborstig, faunisch und von einer sinnlichen Brutalität, die den Abenden eine prickelnde Atmosphäre gab. Immer schien es so, daß dort, wo sie zusammenstanden, das Abenteuer ausgebrütet wurde, was sie in den Augen der anderen, der Stillen, Unscheinbaren, zu Helden machte. Der Hauch des Ungesetzlichen, Quertreiberischen, der von ihnen ausging, besaß eine magische Anziehungskraft, die den Mädchen etwas Aufreizendes und Animierendes gab, das zwischen Biertrinken und Kartenspielen für zusätzliche Spannung sorgte.

Katharina genoß es, dabeizusein und gleichzeitig hoch darüberzustehen. Keiner kam aus einem so behüteten, gutsituierten Elternhaus. Keiner hatte eine so makellose Biographie wie sie, und gerade darum fühlte sie sich zu dieser Jugend hingezogen. Natürlich blieb sie unter den Gleichaltrigen stets die andere, mit dem anderen Anspruch und der anderen Zukunft, aber sie bewunderte die Art ihres Auftretens, ihre schlichte Sprache, ihre Offenheit und das Angstlose, das ihnen eigen war. Trotz des Verbots trugen die meisten schulterlange Haare. Sie fürchteten nicht die ständigen Kontrollen durch die Polizei, die sie allweil auf das Revier lud und ihnen die Auflage erteilte, zum Friseur zu gehen. Sie trotzten den Versammlungen, wo die schulterlangen Haare als ein Bekenntnis zur westlichen Ideologie verurteilt wurden, und kümmerten sich nicht darum, ob ihnen daraus Nachteile erwachsen könnten. Sie wußten ohnehin, wie groß der Arbeitskräftemangel in den Betrieben war und daß ihnen schon deshalb niemand mit einer Kündigung drohen konnte.

Ihr Selbstbewußtsein imponierte Katharina. An den Tanzabenden war es nicht zu übersehen und stellte sich geradezu triumphal dar. Obwohl der große Saal dreihundert Personen Platz bot, war der Andrang so stark, daß die Mehrzahl der draußen Wartenden keinen Einlaß fand. Viele versuchten, durch den Hintereingang und die Toilettenfenster nach innen zu gelangen, was die Klubmitglieder selten verhindern konnten. Sie versahen zwar den Ordnungsdienst, aber kaum daß die Band zu spielen begann, vergaßen sie ihre Pflicht, sichteten wie alle anderen beutelustig das Revier, winkten sich mit lässiger Kopfbewegung eine Braut heran und gingen, sobald der erste Sound aus den Verstärkern dröhnte, fast gelangweilt zur Tanzfläche, um dort wie ein Phönix aus der Asche des Alltags zu steigen und in den erotischsten Bewegungen ihr Können vorzuführen. Die dröhnende, kreischende Musik schien jedesmal die Steinbaracke aus ihren Fundamenten heben zu wollen und alle fortzureißen in eine andere Welt, in die phonstarke, rauschhafte Minutenwelt, die der Selbstdarstellung einen grenzenlosen Raum eröffnete.

Katharina stand immer am Rande, schaute vergnügt zu, sah, wie das Gewühl auf der Tanzfläche die Anonymität schuf, in der der einzelne untertauchte, um sich desto deutlicher herauszuheben und immer hemmungsloser zu werden. Ihr schien, als würden manche ihre angestaute Wut austanzen und die Schlacken des Tages von sich abschütteln. Sie lebte diese Urlust an der Bewegung und diesen Narzißmus der anderen mit aus, so daß es einerlei war, ob sie zuschaute oder sich unter die Tanzenden mischte. Als Leiterin fand sie allerdings das Zuschauen angemessener. Es schuf die nötige Distanz und sah wenigstens äußerlich so aus, als ob sie über den Dingen stand, wie es sich für eine echte Autorität gehörte. Doch innerlich genoß sie den Trubel wie alle anderen. Natürlich konnte sie es sich nicht leisten, mit den anderen im Saal laut zu pfeifen und zu buhen, sobald die Band als Pflichteinlage sogenannte Ostschlager spielte, aber sie rief auch keinen zur Ordnung deshalb. Wäre sie wegen dieser Disziplinlosigkeit als Klubleiterin zur Verantwortung gezogen worden, hätte sie darauf hinweisen müssen, daß sich in diesem Saal nicht irgend jemand, sondern laut Theorie der fortgeschrittenste und bewußteste Teil der Jugend, die Arbeiterjugend, versammelt hatte. Innerlich war sie stets darauf vorbereitet, eine solche Diskussion im Rat des Stadtbezirks führen zu müssen, doch sie hätte sich mit überzeugenden Argumenten schon zu helfen gewußt. Denn sie liebte diese Abende wie alle hier im Saal. Katharina war stolz, zu den Veranstaltern zu gehören und etwas zu tun, was vielen gefiel. Nur daß gegen Ende der Veranstaltung draußen ständig Polizeiwagen patrouillierten und in den Nebenstraßen Bereitschaftswagen standen, ärgerte sie. Es sah so aus, als hätte sie die Polizei gerufen, und dies paßte nicht zu ihren Vorstellungen von Jugendarbeit, für die sie natürlich ein genaues Programm entworfen hatte. Sie wollte über das Tanzen hinaus die Jugendlichen für eine sinnvolle Freizeitgestaltung gewinnen, sie für Kunst, Politik und Literatur interessieren, und rechnete es sich als einen persönlichen Erfolg an, bei einem kleineren Kreis dafür eine gewisse Bereitschaft gefunden zu haben. Mit ihnen besuchte sie die Kunsthochschule, wo ihnen Edy die Porzellangestaltung erläuterte, lud auch Schriftsteller und Jugendrichter zu Vorträgen in den Klub ein und hatte vor kurzem auf Anraten der FDJ-Kreisleitung sogar einen Zirkel schreibender Arbeiter gegründet, um die schöpferischen Kräfte der Arbeiterjugend, wie sie sagten, noch mehr als bisher zur Entfaltung zu bringen. Da sich noch kein Zirkelleiter gefunden hatte, kaufte sich Katharina das »Handbuch schreibender Arbeiter«, wo genau dargestellt war, wie man ein Brigadetagebuch zu führen hatte, wie eine epische Kurzform und ein literarischer Konflikt aufgebaut sein mußten, und erarbeitete mit den fünf Mitgliedern kleine Geschichten und Reportagen.

Der Leiter des Kulturhauses war begeistert, denn er konnte dem Bezirksrat und der SED-Kreisleitung berichten, daß sich in seinem Hause die fortschrittlichsten Vertreter der Arbeiterjugend zu einem Zirkel schreibender Arbeiter zusammengefunden hatten, um sich mit der gesellschaftlichen Wirklichkeit schöpferisch auseinanderzusetzen. Der Bezirksrat für Kultur berichtete seinerseits erfreut über die Existenz eines solchen Zirkels dem FDGB-Kreisvorstand, der sich sogleich bereit erklärte, gegebenenfalls die besten Arbeiten der Mitglieder in einer Stadtbezirksanthologie zu veröffentlichen.

Ehe sich Katharina versah, hatte sich schon eine Jury aus offiziellen Vertretern des Stadtbezirks gebildet, ließ sich Geschichten und Gedichte der Zirkelmitglieder vorlesen, um zu entscheiden, welche Arbeiten in die Anthologie aufgenommen werden konnten. Alle im Zirkel freuten sich, daß der FDGB sie in ihrem Anliegen unterstützte, denn die schreibenden Arbeiter wünschten sich nichts mehr, als veröffentlicht zu werden. Natürlich hatte Katharina mit allen Mitgliedern vorher lange beraten, welche Geschichten sie für die Anthologie vorschlagen würden, und sie entschieden sich für die von Horst, der Bauschlosser im Glühlampenwerk war und der beschrieb, wie sein Brigadier betrunken zur Arbeit kam.

Doch gerade diese Geschichte stieß bei der Jury auf Ablehnung. Das Anliegen des Autors, sagte die Vorsitzende des Kreisvorstandes, muß mit dem Anliegen der Epoche verschmelzen. Schreiben heißt sich bekennen und Partei ergreifen und den Weg in unser Heute literarisch mitzugestalten. Diese Geschichte aber schildert einen untypischen Charakter, und folglich handelt es sich hier um eine einseitig verzerrte Widerspiegelung der Wirklichkeit, wie wir sie ablehnen. In den Geschichten brauchen wir den positiven Helden: Menschen, die vorwärtsdrängen und im Überwinden von Widersprüchen unsere Entwicklung vorantreiben helfen; außergewöhnliche Persönlichkeiten, die Standhaftigkeit, Mut, Begeisterungsfähigkeit, Parteilichkeit, Einfachheit und Willensstärke auszeichnet; Helden mit potenzierter geistiger und körperlicher Kraft und hervorragenden Charaktereigenschaften, die im Dienste der sozialistischen Gemeinschaft stehen. Aber keine Außenseiter, Alkoholiker, Asoziale und anderswie geartete Personen.

Katharina war ungehalten und fragte, wieso nicht auch ein betrunkener Brigadier zu unserer Wirklichkeit gehört und nicht genauso darstellenswert sei wie der positive Held, und bekam zur Antwort: Das Leben ist das eine, Jugendfreundin Kogler, aber uns geht es schließlich um die Schöpferkraft der Arbeiterklasse, den sozialistischen Realismus. Und Literatur ist bekanntlich nicht das Leben. Da gehört schon mehr dazu als die Beschreibung eines Zustandes. Da muß man den eigenen begrenzten Erlebnisbereich überwinden und den Standpunkt des Planers und Leiters einnehmen; die höhere Sicht, verstehen Sie? Sie kennen ja alle die Materialien des VII. Parteitages, wo der Genosse Ulbricht fordert, das neue Menschenbild unserer Tage zu gestalten; Menschen, die beim Aufbau des Sozialismus Bedeutendes vollbringen und so zur Verwirklichung der sozialistischen Menschengemeinschaft beitragen. Sie hätten in Ihrer Zirkelarbeit mehr auf die literarische Gestaltung von Neuererkollektiven orientieren sollen. Hier liegt vorrangig das Bewährungsfeld unserer Werktätigen und nicht in der Darstellung von charakterlichen Schwächen und Haltlosigkeiten im Einzelfall.

Katharina verteidigte die Arbeit des Zirkelmitglieds. Sie gab zwar der Vorsitzenden recht, daß Literatur nicht das Leben sei, aber noch weniger sei sie Schönfärberei. Sie stellte die Frage, ob die Literatur nicht gerade die Aufgabe habe, die wahrheitsgetreue künstlerische Analyse des Bestehenden vorzunehmen und negative Erscheinungen auch darum darstellen muß, damit sie im Reifeprozeß der sozialistischen Menschengemeinschaft überwunden werden können. Katharina brillierte wieder einmal mit ihren philosophischen Kenntnissen, was sie stets gerne tat, und führte eloquent den Beweis, daß die tägliche Praxis nur darum einen so stümperhaften Charakter trug, weil die Verantwortlichen die Theorie nicht gut genug kannten. Damit ging sie an die Grenze dessen, was sagbar war. Aber die Vorsitzende beharrte auf ihrem Standpunkt. Schließlich hatte sie schon etliche Jahre ihre Funktion inne und wollte sich von einer Studentin, auch wenn sie sich noch so gut mit dem Marxismus auskannte, nichts sagen lassen.

Eine Anthologie, Jugendfreundin Kogler, ist etwas Repräsentatives. Gerade darum geht es um Literatur und nicht um eine platte, naturalistische Abschilderung des Lebens.

Katharina fragte sich, woher die Vorsitzende das Recht nahm, darüber zu befinden, was Literatur war und was nicht und wer überhaupt die Maßstäbe dafür festlegen konnte. Sie ärgerte sich, daß den schreibenden Arbeitern der Erfolg einer Veröffentlichung genommen werden sollte und daß sie nun in ihrem Idealismus gedämpft wurden und sahen: Schrieben sie die Wahrheit, hieß es Naturalismus; beschönigten sie die Umstände, war es Literatur. Sie mühte sich, ihnen die Konfliktstrukturen zwischen Individuum und Gesellschaft deutlich zu machen, erarbeitete die epischen Kurzformen, die Figurensprache, die Fabel und den Standpunkt des Autors, versuchte, ihnen einen Blick für das poetische Detail und den literarischen Konflikt zu geben, und mußte nun erleben, daß dies alles genaugenommen doch gar nicht nötig war. Literatur hatte wie alles andere eben Erfolgsberichterstattung zu sein.

Wenn diese Geschichte nicht in die Anthologie aufgenommen wird, sagte Katharina, nur weil sie eine Wahrheit enthält, die nicht in das gewünschte Bild paßt, dann sehe ich keinen Sinn mehr, den Zirkel zu leiten und mich in den Augen der Mitglieder unglaubwürdig zu machen. Dann soll doch ein Berufsautor, ein Ingenieur der Seele, die schreibenden Arbeiter so anleiten, daß der FDGB sie für druckwürdig hält.

Die Mitglieder des Zirkels feixten, doch die Vorsitzende der Jury war empört. Sie wollte sich von einer Vertreterin der FDJ, der Bescheidenheit und Einsicht gebührte, nichts derartiges sagen lassen und meinte, auch gerichtet an die restlichen Anwesenden, in einem Ton, der keinen Widerspruch duldete: Wer solche Geschichten über betrunkene Brigadiere gutheißt, befördert nicht den sozialistischen Realismus, sondern die Denunziation.

Es gab Gelächter und Protest von den Zirkelmitgliedern, doch Katharina war außer sich. Sie nahm diese Bemerkung sehr persönlich und fand, sie hatte es nicht nötig, sich politisch belehren oder gar noch verdächtigen zu lassen, zumal ehrenamtliche Kräfte wie sie rar waren und die Funktionäre froh sein mußten, wenn es sie gab.

Literatur mag ja vieles bedeuten, sagte sie, aber daß sie die Wahrheit verschweigen soll, kann auch der FDGB nicht zur neuen ästhetischen Kategorie erklären.

Damit brach Katharina das Gespräch ab, denn sie

sah keinen Sinn darin, sich mit Leuten auseinanderzusetzen, deren Aufgabe es war, positive Berichte nach oben zu geben. Glücklicherweise hatte sie keinen Mangel an Selbstbewußtsein und sagte sich: Wenn sie schon so viele Stunden ihrer Freizeit dafür opferte, um in der Gesellschaft etwas nach vorn zu bewegen und zum Positiven zu verändern, wie es von jedem einzelnen gefordert war, dann wollte sie sich dafür nicht auch noch schelten lassen. Sollten sie sich doch ihre ehrenamtlichen Kräfte schnitzen oder am besten gleich alles selber machen, dann brauchten sie sich nicht mehr herumzuärgern mit Initiativen, die von unten kamen, und keine Angst mehr vor ihnen zu haben.

Katharina verließ wütend das Kulturhaus, und plötzlich stand Dr. Hagen vor ihr.

Oft fragte sich Anna im stillen, was sie eigentlich an Freude noch gehabt hätte, wenn ihre beiden Töchter nicht gewesen wären. Auf Franz konnte sie nicht mehr zählen. Er hatte seine eigene Welt, in die er sich immer mehr zurückzog und in der es keinen Platz für sie gab. Sie ahnte, wo die Ursachen lagen. Ein Vierteljahrhundert mit stets demselben Mann verheiratet zu sein, glich wohl nur dann einem gelungenen Lebenskunstwerk, wenn jeder sich seine innere Heiterkeit bewahrte und es ein gemeinsames Interesse gab, das sich wie ein einigendes Band um sie legte. Doch es gab diese Gemeinsamkeiten nicht. Manchmal hatte sie das Gefühl, nur mehr seine Haushälterin zu sein, die für ihn kochte, einkaufte, wusch und putzte und darüber hinaus nichts von ihm erwarten durfte. Franz wurde von Tag zu Tag unbeweglicher, saß bis spät in die Nacht hinein am Schreibtisch, verließ an den Wochenenden höchst selten die Wohnung und machte nie eine Reise, weil er es bei den schlechten Eisenbahnverhältnissen für geradezu leichtfertig hielt, sich ohne einen zwingenden Grund an einen anderen Ort zu begeben. Schon der Gedanke, den Koffer die Stufen zum Bahnsteig hinaufschleppen zu müssen, sich in ein vollbesetztes Abteil zu pressen, erschöpft und schwitzend auszusteigen, um dann in irgendeinem Massenhotel eine klägliche Unterkunft zu beziehen, war ihm gräßlich. Er begriff nicht, wie Anna ihn damit überhaupt belästigen konnte. Selbst für die Reisen der anderen hatte er wenig Sinn und kommentierte sie gewöhnlich mit der Bemerkung Winckelmanns: Man geht als Narr nach Rom und kehrt als Esel zurück. Franz teilte die Pascalsche Auffassung, daß alles Unglück der Menschen daher rühre, daß sie nicht in ihrem Zimmer bleiben konnten, und lehnte darum auch kategorisch den Kauf eines Autos ab. Das Geld für Bücher auszugeben, schien ihm nützlicher und sinnvoller. Anna konnte ihn auch nicht dazu bringen, sich einmal in ein Flugzeug zu setzen, weil er sich ohne die körperliche Berührung des Bodens auf unheimliche Weise entwurzelt fühlte und in der ganzen neuen Technik eine Vermessenheit gegenüber der Natur sah, an der er nicht teilhaben wollte. Selbst an ihrem fünfundzwanzigsten Hochzeitstag war er nicht zu bewegen, seine Gewohnheiten zu durchbrechen, und legte sich aus Angst, es könnte eine Ortsveränderung von ihm verlangt werden, schon Tage vorher mit einem Schal ins Bett, um eine Verkühlung auszukurieren. Alles, was Anna gerne tat, lehnte Franz für sich selber ab. Aber alleine irgendwohin zu gehen oder zu verreisen – dazu fehlte ihr die Lust. Sie sah es auch nicht ein, weil sie ja schließlich verheiratet war. So fühlte sie sich in ihrer Ehe täglich einsamer werden, was sich oft zu einem Empfinden trostloser Verlassenheit steigerte. Außer seinen Abendbrottischmonologen gab es wenig Gespräche und fast nie Besuch, weil er keinen Trubel in der Wohnung wünschte, sondern zu arbeiten hatte und diese Arbeit über allem stand.

Im stillen beneidete ihn Anna um seine Welt und sah, daß es falsch war, so wenig Ehrgeiz auf ihren Beruf und ihre Selbständigkeit verwandt zu haben. Mochte am Anfang die Jugend über alles hinwegtäuschen und Zärtlichkeiten schaffen, die Illusionen nährten – im Alter war es ein gravierender Unterschied, ob Er oder Sie in den Spiegel schaute. Franz blickte ein selbstgewisses, gereiftes Erfolgsgesicht entgegen, bei Anna zeigte sich nichts als die Spur einer zerstörerischen Vergänglichkeit. Ihre Wangen waren voll geworden. Die Lider lagen schlaff über den Augen und schienen dem Blick das Unbeschwerte nehmen zu wollen. Die Falten des Halses glichen den Lebensringen eines alten Baumes, und das Doppelkinn ließ nichts von der einstigen Markanz ihrer Züge erahnen. Nur die Haare waren noch so schwarz wie eh und je, als wollte sich in ihnen die Jugend trotzig festhalten, und die hohe, fast faltenlose Stirn erinnerte daran, daß sie als junge Frau eine Schönheit gewesen war. Doch jetzt, da das beginnende Alter ihr die einstige Ausstrahlung nahm und die Zeit herannahte, wo die Heiterkeit der Seele über die Schwerkraft der Jahre triumphieren mußte, jetzt spürte sie, wie sehr es einer zweiten Haut bedurft hätte: einem eigenen Wirkungskreis, aus dem heraus sie agieren und leben konnte. Sie hatte es versäumt, rechtzeitig auf sich selbst zu setzen. Franz und seine

Arbeit, Franz und seine Ruhe, Franz und sein Behagen – es war zu wenig, nur für ihn zu leben. Es war undankbar, nur der dienende Geist zu sein. Es war so selbstzerstörend und so vergeblich, denn mit einemmal hatte sie das sichere Gefühl, überflüssig zu sein. Gewiß, er konnte ohne seine tägliche Ordnung nicht wissenschaftlich arbeiten. Er brauchte seine Versorgung und seine Bequemlichkeiten – aber dachte er etwa einmal an ihre Wünsche, an ihr Glück, an die gesellige Freundschaft, die sie so ersehnte und die so vieles ausgeglichen und ihr so wohlgetan hätte?

In diese Stimmung traf die Nachricht vom Tod ihrer Mutter, die Anna noch wehmütiger auf das eigene Leben blicken ließ und ihr deutlich machte, wie rasch die Zeit dahineilte und den Weg zur Dämmerung ebnete. Die Nachricht kam völlig unerwartet, und Anna spürte, daß der Schmerz wie ein Regen war, der erst in seiner Masse ablief, bevor er in das Innere eindrang. Der Geist erfaßte ihn nicht mit einem Mal. Sie wußte, daß ihr die Polizei keine Genehmigung zur Teilnahme an der Beerdigung geben würde, weil sie noch nicht das Rentenalter erreicht hatte, und schrieb an die oberste Regierungsinstanz mit der Bitte, ihr in diesem besonderen Falle die Reise nach Stuttgart zu genehmigen. Sie trug selber den Brief zum Staatsratsgebäude, um den Postweg abzukürzen.

Die Tage des Schweigens deutete sie hoffnungsvoll, weil sie ahnte, daß die Behörden erst Erkundigungen über sie einziehen wollten und sich bei den Nachbarn umhörten, um ihr dann, wenn die Urteile gut ausfielen, einen positiven Bescheid zu geben. Doch in dieser Hinsicht hatte sie nichts zu befürchten, denn niemand würde etwas Schlechtes über sie sagen können.

Sie war zu allen freundlich, war nicht vorbestraft und lebte in geordneten Verhältnissen. Es konnte genaugenommen gar keinen Grund geben, sie nicht zur Beerdigung nach Stuttgart fahren zu lassen. Dennoch empfand sie das Warten als demütigend. Sie zwang sich, nicht darüber nachzudenken, in welche Welt sie geraten war, schaute mehrmals am Tag in den Briefkasten, blieb immer zu Hause, um den Telegrammboten nicht zu versäumen, wurde von Mal zu Mal unruhiger und überlegte, ob man in einer dringlichen Angelegenheit die Antwort nicht auch anmahnen dürfte. Dann erhielt sie einen Anruf von der örtlichen Polizeidienststelle. Es ging alles viel zu schnell und traf sie viel zu unvorbereitet. Sie verstand keinen Namen, keine Abteilung, sondern nur den Satz: Ihrem Ersuchen wird nicht stattgegeben. Zitternd vor Aufregung fragte sie: Warum denn nicht? und die Stimme antwortete: Wir geben keine Begründung. Danach fiel am anderen Ende der Leitung der Hörer auf die Gabel.

Anna stand neben dem Telefon und weinte. Die Ablehnung hallte wie das Echo einer großen Trostlosigkeit in ihr nach. Sie leistete Parteiarbeit im Wohngebiet, kümmerte sich um kommunale Belange, um die pünktliche Belieferung der Hausgemeinschaften mit Kohle, um die Erleichterung der Einkaufsmöglichkeiten für die berufstätigen Frauen, beteiligte sich, wie es so schön hieß, am Aufbau des Staates, und das war nun die Antwort: ein Satzbrocken, hingeworfen einem Hund. Ihrem Ersuchen wird nicht stattgegeben. Aus und vorbei, definitiv und endgültig, und alles in einem Ton, als solle sie ermahnt werden, nicht ein zweites Mal mit einem so unverschämten Ansinnen die Behörden zu belästigen.

Anna fragte sich, ob der Staat nicht ein falsches Bild von seinen Menschen hatte, die mehr waren als seelenlose Objekte, gut funktionierende Rädchen und steuerbare Roboter. Vielleicht wußte er nicht, wieviel das Empfinden des einzelnen zu bewegen vermochte. Vielleicht mußte es ihm erst noch gesagt werden, daß jeder in seinem Herzen etwas vom Herzen aller trug und daß es keines hochwissenschaftlichen Studiums bedurfte, um diesen Zusammenhang begreifen zu können. Nichts Schriftliches hatten ihr die Genossen vom Staatsrat in die Hände gegeben, hatten alles namenlos und bedeckt gehalten, so daß sie nicht wußte, wer ihren Antrag abgelehnt hatte und mit wem sie noch einmal hätte reden können. Nur ein Anruf, ein kurzes, undeutliches Aufbrechen aus der Anonymität, das sich jederzeit wieder leugnen ließ. Das war alles. Ein Echo aus dem Apparat, mit dem sie leben mußte.

Edy und Katharina versuchten ihre Mutter zu trösten, obgleich sie wußten, wie wenig ihr das helfen konnte.

Es geht doch allen so, sagte Katharina, es ist nun mal die besondere Situation.

Das ist nicht die besondere Situation, widersprach Edy, das ist der Sozialismus.

Anna wollte keinen Streit und telegrafierte ihrem Vater, daß ein Kommen nicht möglich war. Edy war für die deutlichere Formulierung: Teilnahme an der Beerdigung meiner Mutter ist mir nicht genehmigt worden, aber Anna mochte die Postangestellten in keine Schwierigkeiten bringen, zumal sie nicht sicher war, ob ein Telegramm mit einem solchen Text überhaupt befördert würde. Beim Abendessen meinte Franz, daß sie das Ganze nicht persönlich nehmen sollte, sondern den Gang der Geschichte sehen mußte, der vorübergehend solche Maßnahmen erforderlich machte. Gleichzeitig kränkte es ihn aber auch, denn er wußte, daß bei Professoren, auf die der Staat einen besonderen Wert legte, bei den Prominenten der Naturwissenschaft, das familiäre Umfeld ganz anders betrachtet wurde und nie eine so brüske Ablehnung gewagt worden wäre. Aber was bedeutete schon ein Professor für Slawistik! Doch Kogler behielt diese Überlegung für sich und sagte nur: Es bist ja nicht du allein, der so etwas passiert. Es betrifft die ganze Volksgemeinschaft. Der einzelne muß in solchen Situationen die Kraft haben, sich als Leidensgefährte der Allgemeinheit zu verstehen.

Anna wollte von diesen Sprüchen nichts hören. Es gab Dinge, die sich mit nichts rechtfertigen ließen. Sie wäre froh gewesen, Franz hätte sich wenigstens in dieser Situation einmal gefragt, wie ihm zumute gewesen wäre, wenn er an der Beerdigung von Gretl nicht hätte teilnehmen dürfen. Aber sich in einen anderen Menschen hineinzuversetzen, war noch nie seine Stärke gewesen.

Am nächsten Tag beriet Katharina mit Dr. Hagen, ob er eine Möglichkeit sähe, Anna zu helfen, mußte aber erfahren, daß er darauf keinerlei Einfluß hatte. Ihm war nicht bekannt, ob es hierzu überhaupt ein Gesetz gab, wo es veröffentlicht war und worauf sich Anna berufen konnte. Katharina spürte, wie unerfreulich ihm das Thema war und er viel lieber über sie, ihr Studium, den Klub und die positiven Seiten der Gesellschaft sprechen mochte. Auf diesem Feld kannte er sich beeindruckend gut aus.

Katharina merkte überhaupt sehr bald: Er war ein

Mann der Nuancen. Er wußte zu deuten, zu kombinieren und hatte alles Geschehen im Auge. Er kannte die Kaderentwicklungen prominenter Professoren und Politiker, achtete darauf, in welche Funktionen der eine und andere berufen wurde, und leitete daraus politische Konstellationen ab. Er zog aus jeder Abwahl seine Schlüsse, verfolgte die kleinsten ideologischen Bewegungen, hörte auf jedes Munkeln, wußte sogar das Semikolon oder den Gedankenstrich in einer Rede diffizil zu werten und achtete auf das, was zwischen und hinter den Zeilen stand, das Unausgesprochene und Ungeschriebene, das sich durch verschlüsselte Assoziationen dem Kenner offenbarte. Allein aus der Art, wie Meldungen im »Neuen Deutschland« plaziert waren, entnahm er die momentane politische Linie oder folgerte auf die zentrale Einschätzung der Lage. Jeden Leitartikel durchforschte er nach Hinweisen, wo Kritik verboten, erlaubt oder gar erwünscht war, und verstand aus ihnen Richtungen und Tendenzen oder auch Kursänderungen herauszulesen.

Die Ansicht, daß die Bewegung des Ganzen nur aus seinen Teilen kommen konnte, ließ ihn akribisch vor allem auf jene Vorgänge achten, die sich jenseits der Öffentlichkeit in einflußreichen Gremien, Kommissionen und im Parteiapparat vollzogen und ihm täglich von den verschiedensten Seiten zugetragen wurden, so daß er sich zu denen zählte, die heute schon wußten, was morgen beschlossen wurde. Taktisch geschult, betrachtete er die Gesellschaft wie ein riesiges Schachbrett, bei dem es galt, alle wichtigen Figuren im Auge zu behalten, um im entscheidenden Moment nicht den entscheidenden Zug zu verpassen. Allerdings sah er darin nicht irgendein persönliches

Steckenpferd, sondern eine Notwendigkeit politischer Strategie, die bei einem Mann wie ihm in führender Position zum Berufsbild gehörte.

Katharina war fasziniert, daß er ihr den Blick in eine Welt eröffnete, die sie so noch nie gesehen hatte. Sie bewunderte seine geistige Beweglichkeit und meinte, wenn es mehr solcher Männer an der Spitze geben würde, ginge es auch mit der Gesellschaft ganz anders voran. Sie fand sogar, daß Hagen all die Erwartungen verkörperte, die sie auch an sich selbst stellte: Außergewöhnliches leisten, mittun, sich einbringen, damit es in der Gesellschaft schneller voranging, und einen Platz einnehmen, von dem aus man etwas bewegen und vor allem selber bestimmen konnte.

Natürlich schmeichelte es ihr, daß sich ein so prominenter Mann in sie verliebt hatte, aber sie hätte sich auch nicht mit irgendeinem Studenten oder anderen Wichtigtuer abgegeben. Sie wollte einen Mann, durch den sie sich selber größer vorkam und vor allem herausgehoben fühlte; einen Mann, auf den sie nicht herabzulächeln brauchte, sondern der Erfolg, Einfluß und einen Wirkungsradius besaß. Er mußte das haben, was sie nicht besaß. Außerdem konnte sie mit einem Freund, der zu den wichtigen Leuten im Lande zählte, der Schwester einmal zeigen, daß dann, wenn es ernst wurde, ihr selbstverständlich nur die höchsten Ansprüche genügten. Nicht ohne Stolz führte sie ihn daher schon nach dem ersten Treffen Edy vor, auch um zu hören, was sie zu ihm sagen würde und welchen Eindruck sie von ihm hatte.

Lothar Hagen blühte sichtlich auf in der Umgebung der beiden Schwestern. Er bewunderte Edys Vasen und die Kunstobjekte, betrachtete die alte Staffelei, wie sie im Atelier Liebermanns gestanden haben könnte, die Silberdose, die Murmeln, und als ihm Edy aus dem giftgrünen Service den Tee reichte, war er überzeugt, mitten in die Kunstszene geraten zu sein. Katharina wies mit einem gewissen dissidentischen Stolz darauf hin, daß er aus einer verbotenen Form trinke, doch er meinte, angeregt von dieser Umgebung, der sozialistische Realismus müsse gerade das sein, was alle Formen sprenge, und bedauerte, daß ihn ein paar Dummköpfe unter den Ästheten derzeit leider verbiegen und verhunzen würden.

Schon nach einer kurzen Unterhaltung wußte Edy, daß sich mit diesem Mann offen reden ließ, und darum erzählte sie von dem jüngsten Besuch des stellvertretenden Kulturministers an der Hochschule, wo der Gast auf Till, den Baukeramiker, getroffen war, der die Haare schulterlang trug. Der Minister blieb vor ihm stehen, mit ihm der ganze Troß, und forderte ihn auf, zum Friseur zu gehen und sich die Haare anständig schneiden zu lassen, denn so, wie es auf dem Kopf aussieht, so sieht es auch im Kopf aus, sagte er, wirr und unordentlich. Alle schwiegen, einige feixten, doch Till sah auf den Minister und meinte: Sie haben einen Haarschnitt wie Hermann Göring, und ich sage ja auch nicht, daß Sie ein Nazi sind. Und danach war natürlich der Teufel los.

Edy ist nämlich Leiterin des ersten Sozialistischen Studentenkollektivs, warf Katharina ein, um Hagen zu zeigen, wie heikel die Situation für die Schwester war.

Der Rektor besteht darauf, daß sich unser Baukeramiker offiziell beim Minister für diesen Vergleich entschuldigt, sagte Edy, doch Till weigert sich, und nun soll das gesamte Kollektiv eine Stellungnahme dazu abgeben. Mit so was ist man nun gezwungen, sich zu beschäftigen!

Hagen bot ihr an, zu einem Podiumsgespräch an die Hochschule zu kommen und dabei auch über diesen Punkt zu sprechen, was Edy einen unheimlich guten Vorschlag fand und genau das Richtige, um die Wogen der Diskussion zu glätten. Mit einem koketten Respekt bemerkte sie, daß es eben seine Vorteile hat, einen hohen Funktionär privat zu kennen. Eigentlich wollte sie erst »hohes Tier« sagen, aber dies traute sie sich dann doch nicht. Katharina fiel auf, wie wohl es ihm tat, mit bescheidener Geste abwinken zu können.

Als er ging, kaufte er Edy mehrere Vasen für repräsentative Geschenke ab, was nicht nur ihren kärglichen Finanzhaushalt aufbesserte, sondern sie in der Gewißheit bestärkte, daß dieser Dr. Hagen ein bemerkenswertes Kunstverständnis besaß und sich schon dadurch von den anderen Führungsgrößen angenehm unterschied. Durchaus, dies mußte sie der Schwester lassen: Hagen war eine Persönlichkeit.

Katharina hatte auch kein anderes Urteil erwartet.

Das tägliche Universitätseinerlei kam Kogler immer grauer und trostloser vor. Die Zufriedenheit, die früher einer tiefen Übereinstimmung mit der Zeit entsprang, spürte er nicht mehr. Er war zwar längst Direktor des Instituts, wie er es sich stets gewünscht hatte, aber die Funktion bereitete ihm wenig Freude. Sie erweiterte nicht seinen Handlungsspielraum, sondern begrenzte ihn. Er war es leid, für alles um eine Genehmigung höheren Ortes nachsuchen zu müssen. Es ging dabei so viel kostbare Zeit verloren. Für jede Delegierung eines Mitarbeiters zu einem internationalen Fachkongreß mußte er ausführliche Begründungen schreiben, sie an das Rektorat und die Kreisleitung der Partei schicken, und konnte dann jedesmal nur hoffen, daß sie kaderpolitisch bestätigt wurden. Für den Erwerb der wichtigsten ausländischen Fachzeitschriften waren Listen zu erstellen und die Freigabe von Valutamitteln aus dem Fonds des Staatssekretariats zu beantragen. Die Prozedur war so umständlich und so wissenschaftsfeindlich, daß Kogler in letzter Zeit gänzlich darauf verzichtete, auch um nicht den Eindruck zu erwecken, sein Institut messe der westlichen Fachliteratur eine zu große Bedeutung bei. Er sah auch nicht ein, daß jede Verpflichtung im sozialistischen Wettbewerb doppelt und dreifach beraten werden mußte, auf gewerkschaftlicher, staatlicher und dann noch einmal auf Parteiebene, aber er sah auch keine Möglichkeit, sich diesem Mechanismus zu entziehen. All das war von oben angeordnet, und die Partei wachte darüber, daß er sich dem Ritual fügte. Kogler fragte sich, ob damit wirklich eine kollektive Disziplin oder nur eine gedankenlose Unterwerfung gemeint war. Er hatte gelernt, daß Parteidisziplin Einsicht in die objektive Notwendigkeit bedeutete und Voraussetzung für die Erhaltung ihrer Kampfkraft war. Er fand dies einen durchaus akzeptablen Standpunkt, wenn nicht die Partei immer selbstherrlicher bestimmt hätte, worin diese Notwendigkeit zu bestehen hatte. Es konnte doch nicht sein, daß jede kritische Bemerkung und jeder eigenwillige Gedanke, der manchmal das als sinnlos Erkannte in Frage stellte, den Genossen bei seiner Leitung in ein schiefes Licht rückte und ihn letztlich zum Tagelöhner des allmächtigen Politbüros degradierte, das Kogler immer mehr an ein säkularisiertes Kardinalskollegium erinnerte. Er sah mit

Sorge, wie die Parteidisziplin mehr und mehr zum Vorwand wurde, um das Eigene zum Verstummen zu bringen. An seine Stelle trat die Furcht, etwas Falsches zu sagen. Deshalb hielten immer mehr Schweigen für das Klügste. Doch diese Art von Enthaltsamkeit schmerzte ihn, denn sie nahm ihm die Übereinstimmung mit der Zeit, die ihn stets getragen hatte. Nun quälten sich Geist und Körper gleichermaßen, um die Worte, die ihm auf der Seele brannten, zurückzuhalten.

Es ärgerte Kogler, daß ohne sein Wissen ein Mitarbeiter eingestellt worden war, der sich ihm als Horst Priewe vorstellte, auf Geheiß der Bezirksleitung zum neuen Parteisekretär gewählt werden mußte und sich von Stund an in fachliche Entscheidungen einmischte, obwohl er Altphilologe und kein Slawist war. Kogler wußte, daß ein Einspruch nichts bewirkte. Die Kreisleitung hätte ihm entgegengehalten, daß sie in Abstimmung mit der Bezirksleitung den Genossen Priewe ja nur vorgeschlagen, die Grundorganisation ihn aber gewählt habe. Alles sei demokratisch vor sich gegangen, und Kogler habe auch die Hand gehoben. Sollte er etwa sagen, daß es trotz demokratisch anmutender Rituale in der Partei nicht demokratisch zuging? Es wäre eine geradezu unverzeihliche Dummheit gewesen, seine Stellung aufs Spiel zu setzen und das Institut auf diese Weise in ein schiefes Licht zu bringen. Kogler wußte: Nur wer nicht auffiel, blieb unbehelligt. Schließlich war es doch eine große Erleichterung, mit Fachkollegen im westlichen Ausland korrespondieren zu dürfen, ohne Angst haben zu müssen, daß daraus Schwierigkeiten erwachsen könnten.

Trotzdem sann Kogler immer häufiger über das

Wesen der Partei nach und fand, daß es längst nicht mehr darum ging, eine große Idee mitzutragen, für die es sich lohnte, Kompromisse einzugehen oder auch einmal falsche Rücksicht zu üben. Parteidisziplin bedeutete zunehmend den Verzicht auf die eigene Meinung. Doch Kogler schreckte nicht so sehr die Furcht, für eine unbedachte Äußerung gemaßregelt zu werden – es war vielmehr die Sorge, sich dann mit Leuten auseinandersetzen zu müssen, die ihm in tiefster Seele fremd waren. Im stillen nannte er sie die hochgekommenen Proleten, den Parteipöbel, und dankte jeden Tag dem Herrgott, nichts mit ihnen zu tun haben zu müssen. Er wollte diese Leute, die Marx und Engels weder begriffen, geschweige denn gründlich studiert hatten und nur mit den neusten Parteitagsbeschlüssen zu argumentieren wußten, nicht reizen. Gerade weil sie wissenschaftlich so wenig taugten, erbrachten sie ihren Existenznachweis damit, anderen ideologische Fallen zu stellen, um sich als mächtige Richter aufzuspielen, sobald diese hineingetappt waren. Dann kam ihre Stunde. Die Stunde der kleinen Geister. Dann meldeten sie sich anklägerisch zu Wort. Kogler hatte das alles durchschaut. Nichts von innen nach außen dringen zu lassen, war die beste Parteidisziplin.

Für einen Institutsdirektor war Vorsicht besonders geboten. Jüngst erst kam ein Student zu ihm und bat, ihn in einer dringlichen Angelegenheit vertraulich sprechen zu dürfen. Der junge Mann machte einen so unsicheren, unbeholfenen Eindruck, daß Kogler bereits nach dem Kugelschreiber griff, weil er meinte, er müsse wieder einmal seine Unterschrift unter einen dringlichen Wohnungsantrag setzen. Nein, es ist ein anderes Problem, weswegen ich mich vertrauensvoll an Sie wende, sagte der Student. Mein Vater ist nämlich Lokomotivführer und beobachtet seit Tagen eine verstärkte Truppenbewegung der Russen in Richtung Westen. Sie transportieren Mannschaften und schweres Kriegsgerät. Mein Vater ist sehr beunruhigt, und ich weiß auch nicht recht, wie ich das deuten soll. Darum wollte ich einfach einmal mit Ihnen darüber reden, wie Sie das so sehen.

Kogler wußte im ersten Moment nicht, stand ihm wirklich ein naiver, hilfloser Student gegenüber, der seinen Rat suchte, oder wollte man nur seine Haltung zur Sowjetunion auf die Probe stellen. Doch dann ärgerte es ihn fast, daß sie es so dumm anstellten.

Oh, da machen Sie sich mal keine Sorgen, junger Freund, entgegnete Kogler, die Sowjetunion führt niemals einen Angriffskrieg. Das würde den Prinzipien des Sozialismus widersprechen, und außerdem sind die Sowjetmenschen von Natur aus ein friedliebendes Volk. Da können Sie ganz beruhigt sein. Sicherlich handelt es sich um ein planmäßiges Manöver. Wir werden ja von dem erfolgreichen Abschluß aus der Zeitung erfahren.

Der Student tat erleichtert, bedankte sich und verließ den Raum. Kogler aber war entschlossen, in allem, was er sagte, künftig noch vorsichtiger zu sein. Es gab zu viele verschlungene Wege, auf denen eine unbedachte Äußerung an die entsprechende Stelle gelangen und zum Verhängnis werden konnte.

Hin und wieder tauschte er mit Kenziora seine Gedanken darüber aus, und weil es brieflich geschah, ließ er auch hier Vorsicht walten, so daß ihm nur Anna und Katharina blieben, mit denen er offen über alles reden konnte. Letztlich war es doch nicht die Arbeit, die ihn dazu bewog, keinen Besuch im Hause haben zu wollen; es war wohl mehr die Unsicherheit sich selbst gegenüber, weil er ahnte, daß er bei einem zwanglosen Gespräch womöglich einem Kollegen sein Herz öffnen würde, und davor fürchtete er sich. Geriet er in eine fröhliche Stimmung, konnte es durchaus sein, daß er zur Mundharmonika griff und ein Heimatlied anstimmte. Nachher mußte er sich dafür womöglich noch als Revanchist verantworten. Das wollte er nicht riskieren. Nein, er machte seine Arbeit, tat, was von ihm verlangt wurde, doch was er darüber hinaus dachte, ging keinen etwas an. Nicht einmal zu Geburtstagen kam Besuch. Anna litt darunter. Sie hätte so gerne Leben und Trubel um sich gehabt, doch andererseits konnte sie Franz verstehen. Niemandem war so recht zu trauen.

Brachten Katharina und Edda ihre Freunde mit nach Hause, kam Abwechslung auf. Anna gab sich dann besondere Mühe, die Kaffeetafel nach ästhetischen Prinzipien zu gestalten, weil sie wußte, daß Edda in Gegenwart von Costas darauf einen besonderen Wert legte. Sie wählte das Fürstenbergservice mit den kleinen Tassen, kaufte auch einen kleinen Kuchen, damit er auf die dazugehörige Porzellanplatte paßte, und vergaß nicht, den passenden Leuchter auf den Tisch zu stellen, was dem Arrangement etwas Stilvolles und Vornehmes gab. Edy war zufrieden, daß Anna sich an ihre Anweisungen gehalten hatte, lag doch gerade in diesen Äußerlichkeiten für sie ein Zeichen von echter Kultur. Außerdem sollte Costas sehen, daß sie aus guten Verhältnissen kam und bürgerliche Gediegenheit zur Tradition ihrer Familie gehörte. Von seinen Eltern wußte sie zwar nicht mehr, als daß sie in Athen wohnten, aber Edy vermied es, sich danach zu erkundigen, weil ihr derlei neugieriges Ausfragen östlich provinziell vorkam und Weltgewandtheit für sie auch darin bestand, aus den nebensächlichen Details die richtigen Schlüsse zu ziehen: einen Blick zu haben für seine gepflegten Hände, deren Nägel er sich zweimal täglich feilte, einen Blick zu haben für seine eleganten Anzüge, einen Blick zu haben für seine Eßkultur, die eine vornehme Erziehung verriet. Solche scheinbaren Nebensächlichkeiten gaben Auskunft genug, und jedes zusätzliche Nachfragen zeigte nur die eigene Unsicherheit und mangelnde Menschenkenntnis. Aber Kogler schien all das nicht zu beeindrucken. Delyannis, sagte er, so hieß ja ein berühmter Minister. Gehören Sie etwa zu dieser Familie?

Entfernt, meinte Edy, sehr entfernt.

Wollen Sie auch in die Politik, fragte Kogler weiter, und Edy kam Costas erneut zuvor und sagte ungehalten: Er hat mit Sprachen zu tun, das weißt du doch, und setzte abrupt dem Gespräch in dieser Richtung ein Ende.

Natürlich waren die beiden Schwestern gerade bei solchen Zusammenkünften darauf aus, sich und den anderen zu beweisen, daß sie jeweils den bedeutenderen Mann an ihrer Seite hatten. Katharina sah in Hagen einen überragenden Denker, der ganz ohne Zweifel noch Großes für die Weltbewegung des Sozialismus leisten würde, und Edda ging davon aus, daß Costas ohnehin allen überlegen war, weil er in einer freiheitlichen Gesellschaft lebte, deren Vorzüge für sich selber sprachen. Unübersehbar brachte er den Westen ins Zimmer. Rosen und Kaffee für Anna, französischen Cognac und einen Vierfarbenkugelschreiber für den Professor. Edy wies unablässig auf die

Schönheit des Rosenstraußes hin, auf diese herrlichen Teehybriden vom Kurfürstendamm, pries das leuchtende Gelb der einmaligen »Gloria dei« und den erlesenen Cognac, als wollte sie darauf aufmerksam machen, daß sie es war, die einen Freund hatte, durch den die Familie in den Genuß so seltener Dinge kam. Doch sobald Dr. Hagen am Tisch saß und in seiner spritzigen Art die Runde zu unterhalten begann, richtete sich die ganze Aufmerksamkeit auf ihn. Kogler hörte ihm in fast hingebungsvoller Weise zu, fand jedes Wort von ihm hochinteressant, weil er einmal erfuhr, wie in der Parteispitze gedacht wurde, was hinter den Kulissen vor sich ging und wie im Augenblick die Linie war. Hagen wiederum genoß es, sich mit Informationen hervortun zu können, die in keiner Zeitung zu finden waren und allen zeigten, daß er der Führung besonders nahe stand.

Natürlich vermied er, in Gegenwart von Delyannis irgendwelche Parteiinterna zu berühren, denn bei diesen Westberlinern konnte man nie wissen, was sie wirklich in den Osten zog und in wessen Auftrag sie herüberkamen. Aber da Costas ihm aufmerksam zuhörte, sah er in ihm einen still-interessierten Mann, der den hiesigen Verhältnissen nicht feindlich, sondern aufgeschlossen gegenüberstand, und wertete dies als ein positives Zeichen. Anna meinte, Costas würde sich nicht trauen zu reden, und versuchte, ihn in das Gespräch am Tisch einzubeziehen, um ihm das Gefühl zu geben, kein Fremder zu sein, doch Costas hielt sich absichtlich zurück. Gerade bei diesen politischen Diskussionen gab es für ihn nichts Spannenderes, als zuzuhören. Schließlich war er nur Gast, kannte die Probleme der Ostdeutschen zu wenig und vor allem nicht ihre Empfindlichkeiten. Auch wenn sie noch so schöne Zukunftsbilder entwarfen – sie taten ihm bloß leid, daß sie hier leben mußten. Aber darüber zu urteilen, fand er, stand ihm nicht zu. Er freute sich, wenn er ihnen kleine Wünsche erfüllen und Dinge mitbringen konnte, die sie im Osten nicht bekamen. Erstaunt war er lediglich, wie ernst sie sich mit ihren Verhältnissen beschäftigten. Statt darüber nachzudenken, wie man den Sozialismus abschaffen konnte, diskutierten sie über Möglichkeiten seiner Verbesserung. Das allerdings konnte Costas nicht recht begreifen, zumal an diesem Tisch doch zwei kluge Männer saßen, die sehen mußten, was um sie herum vor sich ging. Aber gerade darum fand Costas die Gespräche an der Kaffeetafel interessant, weil sie für ihn der Blick in eine exotische Welt waren.

Katharina mischte sich engagiert in die Unterhaltung der beiden Männer und brillierte mit ihren philosophischen Kenntnissen. Edy saß schweigend daneben und ärgerte sich, daß sie nicht so eloquent wie die Schwester war und immer nach dem rechten Wort suchen mußte. Wollte sie in das Gespräch eingreifen, war die Schwester mit ihren Überlegungen schon weiter und drückte zu Edys Leidwesen gerade das aus, was sie eben sagen wollte, wodurch der Eindruck entstand, Katharina würde ihr geistig überlegen sein. Edy tröstete sich zwar damit, daß der wirkliche Verstand in der inneren Bildung und nicht oberflächlich auf der Zunge lag und jeder tiefere Denker lange nachsann, bevor er das Ergebnis formulierte, dennoch saß sie mit wachsender Verdrossenheit am Tisch. Alles erinnerte sie an früher, wo der Vater ihr stets das Wort abschnitt, aber Katharina ausführlich reden ließ. Am liebsten hätte sie die Schwester wie damals unter dem Tisch gepufft, gezwickt und ein bißchen getreten, damit ihr ein Fauxpas passierte und sie ihre schöne Rede unterbrechen mußte, aber sie sah, sie kam gegen Katharinas Worteifer nicht an. So setzte sie eine gelangweilte Miene auf, sah demonstrativ zum Fenster hinaus, um allen zu zeigen, wie wenig sie das Gerede interessierte. Es war in ihren Augen banal und eben typisch Osten, wo man nichts Besseres zu tun hatte, als ständig um diese verordnete Ideologie zu kreisen, statt sich davon freizumachen, so wie sie es tat, indem sie sich der Kunst zuwandte. Edy lächelte Delyannis zu, suchte ihm die Kerne aus dem Kirschkuchen, damit er zu allem Überdruß nicht auch noch auf einen Stein beißen mußte, und fand es gut, daß er gleichfalls nichts sagte, worin sie eine geistige Übereinstimmung sah.

Katharina wiederum ärgerte sich über diesen pikierten Gesichtsausdruck der Schwester, die ihr gegenübersaß wie eine Schaufensterpuppe – Nappalederjäckchen, Rollkragenpulli, Jeans und Cordschuhe –, die in ihren Westklamotten hinreißend aussah, sich wohl auch darum über alles erhaben dünkte und wieder einmal so tat, als sei sie von überall, nur nicht von dort, wo sie lebte.

Kogler bemerkte von diesen Diffizilitäten nichts, denn ihm wäre es ohnehin am liebsten gewesen, er hätte sich mit Dr. Hagen ganz allein unterhalten können. Nur zu selten hatte er Gelegenheit, offen und kritisch mit einem politischen Kopf ins Gespräch zu kommen, und so paßte er stets einen Moment ab, wo er ihn von der Kaffeetafel weglocken und kurz in sein Arbeitszimmer bitten konnte. Er wollte ihm die neusten Bucherwerbungen zeigen, freute sich aber insgeheim noch auf etwas ganz Besonderes: Dr. Hagen packte aus seiner Tasche meist ein paar Exemplare der neusten Westzeitungen aus und legte sie ihm auf den Schreibtisch. Den »Spiegel«, »Die Zeit«, die »FAZ«. Kogler fühlte sich durch diesen Beweis des Vertrauens geehrt und verneigte sich dankbar für die wertvolle Lektüre. Hagen mußte natürlich nicht besonders betonen, daß der Genosse Professor die Zeitungen keinem anderen weiterverleihen durfte und daß er sie bei sich abrufbereit liegenlassen mußte, falls Hagen sie dringend zurück brauchte. Er hatte die Zeitungen ja auch nur für den Dienstgebrauch bekommen und kam in Teufels Küche, wenn man feststellen würde, daß er sie weitergab. Kogler versicherte, daß er selbstverständlich alles für sich behalten und mit keinem über das Gelesene reden würde. Er las nur zu seiner eigenen Information und konnte schweigen wie ein Grab. Danach sank sein Interesse an einer weiteren Unterhaltung, und er war froh, daß Dr. Hagen zur Kaffeetafel drängte. Sogleich stürzte sich Kogler auf die verbotene Lektüre, blätterte begierig im »Spiegel«, studierte Seite um Seite die »FAZ«, dieweil im Nebenzimmer der französische Cognac unter Beifall geöffnet wurde.

Kogler wurde beim Studium der Zeitungen von einer großen inneren Unruhe erfaßt. So wie damals, als es mit den Nazis zu Ende ging und er allein an seinem Radioapparat saß und leise den Londoner Rundfunk, den Feindsender, hörte, so saß er jetzt in seinem Arbeitszimmer, abgeschirmt von allem, las die verbotene Lektüre, nahm Berührung mit der anderen, geschmähten Welt, die ihm von Wort zu Wort wahrer und aufrechter als die eigene schien. Gerne hätte er einiges mit dem Rotstift unterstrichen, aber er durfte auf keinen Fall die Spuren eines Mitlesers hinterlassen. Es kam ihm so vor, als sei er in diesem

Augenblick Teil einer weitverzweigten, noch unbekannten Konspiration, was ihm Freude und Aufregung verursachte und ihm mit einemmal das Gefühl gab, daß ein großer politischer Wandel bevorstand. Denn so, wie es war, konnte es nicht bleiben. Irgend etwas, das ahnte er plötzlich, bereitete sich vor. Still und nachhaltig. Friedhofsstill und todsicher. Es war, als täte sich die Zukunft vor ihm auf, und er konnte einen Moment lang ganz klar die Zeichen bedeutsamer Veränderungen erkennen. Er las so voller Erregung, daß er nicht einmal mehr die fröhlichen Stimmen von nebenan vernahm und vergaß, zur Kaffeetafel zurückzukehren.

Hagen kam aus einfachen Verhältnissen und sprach nicht ohne Stolz davon, schon um zu zeigen, daß er als Sohn eines Arbeiters berufen war, die Interessen der Arbeiterklasse zu vertreten. Seine Herkunft ordnete ihn der herrschenden Klasse zu und verlieh ihm einen Vorsprung vor den anderen: Er brauchte sich den Sozialismus nicht theoretisch zu erarbeiten, er hatte ihn im Blut. Das war eben das Besondere: der Klasseninstinkt.

Nicht jeder konnte von sich sagen, ihn zu besitzen. Hagen besaß ihn. Besaß das Gefühl für die einfachen Menschen, besaß die Verbundenheit zu ihnen, den werktätigen Massen, die im Dreischichtsystem unablässig zur ständigen Steigerung der Arbeitsproduktivität beitrugen, und hatte sie stets im Auge, wenn er wissenschaftlich arbeitete und seine Artikel schrieb. Er legte Wert darauf, ihre einfache Sprache zu sprechen, ihre einfache Wahrheit zu formulieren, und war stolz, daß ihn der Mann an der Werkbank verstand. Vor allem besaß er wie die einfachen Menschen kein

Eigentum. Er hatte kein Haus, keinen Garten, keinerlei Besitz, der ihn über die Masse stellte, und nicht einmal ein eigenes Auto. Er wußte selbstverständlich, wieviel eine U-Bahnfahrt kostete, und verbrachte die Ferien, wo der werktätige Mann seine Ferien verbrachte. Er fuhr nicht auf die Krim, nicht nach Sotschi und nicht in die Nobelheime des FDGB. Er weigerte sich, sein Geld ins Exquisit zu tragen, denn die Exquisitläden waren ein Verrat am Sozialismus der Arbeiterklasse. Er gehörte nicht zu den arroganten Aufsteigern, die sich inzwischen als etwas Besseres dünkten. Hagen unterhielt sich immer wieder mit den arbeitenden Menschen und wollte auch in der Kur keine Sonderrechte. Nein, er wollte bewußt mit mehreren auf einem Zimmer liegen, um die Verbundenheit mit der führenden Klasse zu bekunden, die eine große historische Mission besaß und der die Zukunft gehörte, weil sie mit ihrer Befreiung alle Schichten der Bevölkerung befreite. Hagen konnte von sich sagen, er fühlte wie das Volk, und er sah auch aus wie einer aus dem Volk: schlicht gekleidet und völlig anspruchslos. Wenn er auf seinen Dienstreisen übernachtete, dann nie in diesen protzigen devisenbringenden Interhotels, wo die Firma ihre Abhöranlagen eingebaut hatte, sondern in kleinen bescheidenen Quartieren, wo auch das Volk nächtigte. Das war echte klassenmäßige Verbundenheit. Das Proletarische, das Kämpferische war nicht nur seine Herkunft, sondern auch sein geistiger Bezugspunkt. Vor allem zeigte sich sein Klasseninstinkt daran, daß er jenseits vom geschraubten Geschwätz der Intellektuellen im Komplizierten das Einfache zu ergründen suchte und immer wieder in wissenschaftlichen Gremien mit Vorliebe ganz schlichte Fragen stellte. Was würde die

Köchin einer Betriebskantine dazu sagen und was der Dreher an der Werkbank. Anderen fiel so etwas gar nicht ein, oder sie mußten sich redlich darum mühen, aber er hatte eben seine Herkunft im Blut. Ihn adelte der Klasseninstinkt. Damit war er vielen voraus und manchem von vornherein überlegen. Manchmal wäre es Hagen zwar lieber gewesen, aus einem gutbürgerlichen Elternhaus zu stammen, wo er auf das Erbe einer stattlichen Bibliothek hätte hoffen können. Ihm ging es genauso wie dem Staat, der auf nichts Vorhandenes aufbauen konnte, sondern mit Mut und Ideen etwas ganz Neues schaffen mußte, und daher fühlte er sich ihm auch so verbunden.

Natürlich war Hagen stolz, an das höchste Wirtschaftsinstitut des Landes berufen worden zu sein. Dieses Institut beriet Partei und Regierung, und wer hier arbeitete, konnte sich zu den wirklichen Nomenklatur- und Führungskadern zählen. Gerade weil er diese hohe Ebene erreicht hatte, quälte ihn unablässig die Sorge, durch irgendeine Intrige oder Unachtsamkeit diese Stellung verlieren zu können. Ständig forschte er nach, ob ihm nicht jemand etwas am ideologischen Zeug flicken wollte, versäumte nie eine Bereichssitzung, wenn er vermutete, es könnte über Kaderfragen gesprochen werden, war Mitglied in mehreren wissenschaftlichen Gremien, die seine Stellung am Institut festigten, und publizierte unablässig in Fachzeitschriften und Zeitungen aller Art. Damit wollte er sich einen Bekanntheitsgrad sichern, der eine gewisse Immunität schuf und vor allem die individuellen Freiräume vergrößerte. Waren sie erst einmal durch Leistung geschaffen, konnte er sich mehr kritische Ansichten gestatten, ohne dafür in den Ruch des Liberalismus oder gegnerischer Positionen zu geraten. Es störte ihn nicht, daß ein großer Teil seiner Zeit solchen taktischen Überlegungen gewidmet war, denn er sagte sich, ohne diesen Selbstbehauptungskampf hätte er keine führende Position, und ohne eine führende Position entstünden keine führenden Gedanken. Deshalb bekam für ihn eine wahre wissenschaftliche Erkenntnis erst dann ihre Bedeutung, wenn sie mit allen Mitteln der Taktik in das Bewußtsein der führenden Persönlichkeiten getragen wurde. Gelang ihm dies, feierte er einen persönlichen Triumph.

Selbstredend stand Hagen in seiner Funktion ein Dienstwagen mit Fahrer zu, aber er lehnte ein solches Privilegium ab. Er mochte mit seinen fünfunddreißig Jahren noch nicht zu den alten, behäbigen Funktionären zählen, die sich des Morgens im Fond des Wagens mit verhängten Fenstern zur Dienststelle fahren ließen, um nicht erkannt zu werden oder auch um nichts zu sehen von der Wirklichkeit da draußen. Außerdem wollte er nicht ständig einen Fahrer um sich haben, von dem er nicht wußte, was er zusätzlich noch für Funktionen innehatte. Und überdies hätte er sich dann auch nicht mehr auf seine proletarische Lebensweise berufen können. So beanspruchte er den Dienstwagen als Selbstfahrer, was seiner Vorstellung von persönlicher Bewegungsfreiheit schon eher entsprach. Er mußte zwar ein Fahrtenbuch führen, bekam aber am Monatsende die verauslagten Benzinkosten zurückerstattet und war zufrieden, daß sich für ihn in dieser Hinsicht der Kommunismus bereits verwirklicht hatte: Er besaß ein Auto, aber es kostete ihn nichts.

Alles wäre in seinem Leben glatt und geradezu lehrbuchmäßig verlaufen, wenn er Katharina nicht begegnet wäre. Dies war die Frau, die ihm vollkommen entsprach, und er begriff manchmal selber nicht, wie sich ein so junges und schönes Wesen in ihn verlieben konnte. Seit er sie zum ersten Mal gesehen hatte, ließ sie ihm keine Ruhe mehr, und inzwischen hatte er nur noch Angst, daß ein anderer Mann kam und sie ihm wegnehmen würde. Katharina ahnte nichts von seinem Problem, denn für sie stand es fest, Hagen zu heiraten. Sie war sich gewiß, dieser Mann würde auch in zehn Jahren noch eine Faszination auf sie ausüben. Es gab nichts Schöneres als die Vorstellung, mit ihm zusammenzuleben, und dann, als sie mit ihm schlief, beherrschte sie dieses Gefühl noch stärker, und sie wußte, daß alles entschieden war.

Nur Hagen schien danach so seltsam verändert. Er saß mit nacktem Oberkörper, in sich zusammengesunken, auf der Bettkante, rauchte nervös eine Zigarette nach der anderen, schaute gedankenverloren in den Raum und machte den Eindruck eines Vogels, der eine Kette am Fuße trug. Er verfolgte ihre Bewegungen mit einem abwesenden Blick, bekam einen traurigen Zug um den Mund und sagte: Ich war noch nie so verliebt in eine Frau.

Es schien, als würden ihn diese Worte eine große Überwindung kosten, ja als quälte es ihn, so etwas sagen zu müssen. Ich habe gedacht, es könnte eine geistige Beziehung zwischen uns bleiben, aber nun will ich es dir nicht länger verschweigen: Ich bin verheiratet.

Einen Moment lang glaubte Katharina die Fassung zu verlieren. Sie war so schockiert und so enttäuscht von ihm, daß es in diesem Augenblick für sie nur eine einzige dem angemessene Reaktion gab: sich nichts von ihren fehlgeschlagenen Hoffnungen anmerken zu lassen und so zu tun, als ginge sie das alles nichts an. Im Gegenteil: Das Ganze war ohnehin nur das gewohnte Spiel, das übliche Mitnehmen, die kleine Abwechslung, auf die er sich nichts einzubilden brauchte. Denn selbstverständlich gehörte sie zu den Frauen, die nicht gleich an Ehe dachten, wenn sie mit einem Mann ins Bett gingen, sondern so etwas aus Lust taten, aus purer Freude an sich selbst. Ja, so war es. Sie gehörte zu den Frauen, die ihre Freiheit genießen wollten und die sich deshalb nur mit solchen Männern einließen, die sie darin nicht zu beschränken gedachten oder sie mit irgendwelchen spießigen, altertümlichen Bindungswünschen belästigten.

Verheiratet, sagte sie, na und, was geht's mich an.

Sie genoß die Enttäuschung, die sich plötzlich auf sein Gesicht legte.

Ich dachte, es ist etwas Ernstes zwischen uns, und es würde dich treffen, daß ich schon vergeben bin.

Katharina fragte sich, woher er so viel Selbstvertrauen nahm: Erst verschwieg er ihr diese Geschichte, aus Angst, sie könnte mit ihm Schluß machen, noch bevor sie zum Eigentlichen gekommen waren, und nun sollte sie auch noch weinen, ihn womöglich bedauern oder mit großer Geste den Beginn eines Dramas andeuten und schwören, daß sie um ihn kämpfen werde. Hagen wollte ihr noch etwas erklären, aber sie mochte nichts mehr hören. Alles Weitere konnte sie sich denken: Selbstverständlich hatte er Kinder, zwei oder gar vier allerliebste Kinder, an denen er wahnsinnig hing und die ihren Vater brauchten, und natürlich hatte er noch nie seine Frau betrogen, weil er sie viel zu sehr schätzte und sie der einzige Mensch war, der ihn wirklich verstand. Ganz sicher würde er mit ihr darüber reden und ihr die

Entscheidung überlassen; aber alles braucht Zeit, ungeheuer viel Zeit. Als Hagen an der Tür stand und sich zum Gehen anschickte, hatte er für Katharina auf einmal etwas Klägliches und Kleinmütiges. Alle Überlegenheit war ihm genommen, und er kam ihr plötzlich wie einer von den vielen, den ewig herumirrenden Ehemännern vor, diesen gebundenen Freiern, die immer auf der Suche nach einer Gelegenheit waren, nach wohltuender Abwechslung, die neue Farben in den Ehealltag brachte und all die tristen Gewohnheiten aufwühlte, die die Ehefrau so bitter treu und den Ehemann so lustlos und so stolz auf sie machte. Dennoch fragte sich Katharina mit stiller Verzweiflung, weshalb es gerade ihr so ging, daß ein Mann, in den sie sich verliebte, ihr Unglück sein mußte. Noch vor Augenblicken schien ihr nichts so gewiß wie die Zukunft mit ihm, und schon folgte der Absturz in die Wirklichkeit. Es war trostlos, rundum trostlos.

Ein halbes Jahr nach dem Tod der Mutter starb in Stuttgart Annas Vater, und sie überlegte, ob sie erneut an den Staatsrat schreiben und um eine Erlaubnis für die Teilnahme an der Beerdigung nachsuchen sollte. Bei ihrer Mutter hatten sie es ohne Begründung abgelehnt, doch diesmal wollte Anna den Brief deutlicher fassen und mehr auf ihre Person hinweisen. Schließlich war sie einundzwanzig Jahre in der Partei und fand, daß es nicht ungehörig war, an die Genossen des Staatsrates ein zweites Mal ein Ersuchen zu richten und sie zu bitten, angesichts der besonderen Umstände ihr ein Visum zu erteilen. Außerdem war sie Hausfrau und besaß damit einen Status, der sie der nichtproduktiven Schicht der Bevölkerung zurechnete, was zusätzlich das Risiko, ihr ein Visum zu geben, minderte. Wenn sie drüben blieb, brachte das keinen ökonomischen Verlust. Alles hatte Anna für ihren Brief bedacht, doch Franz riet von einem erneuten Schreiben ab. Warum sollte es ein halbes Jahr später eine andere Antwort geben? Die Politik hatte sich doch nicht geändert. Das konnte sie doch schließlich nicht ignorieren! Wenn sie es dennoch tat, mußte sie damit rechnen, sich wegen Belästigung der Behörden negativ auffällig zu machen. Außerdem gab Kogler zu bedenken, daß bei einer erneuten Eingabe es womöglich einen Hinweis an die Kreisleitung der Universität geben könnte, und er am Ende dorthin zu einer Aussprache geladen würde. Eine solche Demütigung wollte er sich von vornherein ersparen. Anna hatte Einsicht. Sie mochte Franz in seiner Stellung nicht schaden oder ihm irgendwelche Unannehmlichkeiten bereiten. Schließlich mußten sie hier leben, die Töchter hatten hier ihre Zukunft, und auch ihnen wollte sie durch ein zweites Ersuchen an den Staatsrat keine Steine in den Weg legen. Irgendwie wurde ja doch irgendwo alles vermerkt. Der Gedanke, wegen Belästigung der Behörden als uneinsichtig und unbelehrbar in einer Akte festgehalten zu sein, war ihr unerträglich.

Bei Dingen, wo man von vornherein die Antwort kennt, wird allein schon die Frage übelgenommen und als Provokation empfunden. Man stellt sie einfach nicht, meinte Kogler, weil man so klug ist und weiß, was kommen wird. Es schlägt nur gegen einen selbst zurück.

Ich weiß, was du sagen willst, entgegnete Anna mit bitterer Ironie, das hast du mir schon gesagt, als sie mir zur Beerdigung meiner Mutter das Visum verweigert haben: Der einzelne muß die Kraft haben, sich als Leidensgefährte der Allgemeinheit zu verstehen. Ich kenne diesen Satz.

Katharina wollte über ihn nachdenken, weil er so weltabgewandt und doch so zeitnah klang, aber sie blieb schon im Ansatz stecken und merkte, daß sie Denken noch immer nicht gelernt hatte und aus zwei entgegengesetzten Wahrheiten nicht die dritte, die eigene Wahrheit, ableiten konnte. Anfangs hatte sie geglaubt, bei den Philosophen, den Freunden der Weisheit, den Schlüssel zu finden, wie man zu eigenen Begriffen fand, zur eigenen Sicht, doch inzwischen wußte sie, daß ihr dafür immer mehr fehlte. Sie erschrak, wie leer sie im Kopf war, und begriff dies um so weniger, da sie unablässig mit Wissen traktiert und geprüft wurden, Klausuren und Seminararbeiten schrieben, und sie bislang nie schlecht abgeschnitten hatte. Sie konnte sich das nur damit erklären, daß es ein nutzloses Wissen war, mit dem sie vollgestopft wurden, ein Wissen, das weder ihre Bildung noch ihre geistige Kultur bereicherte, ein Abfrage- und Prüfungswissen, dessen Sinn darin bestand, vorgegebene Wahrheiten eindrucksvoll rechtfertigen zu können. Genaugenommen studierte sie nur, um dieses Nichtwissen zu vertiefen und darum desto leichter über einen diffizilen Gegenstand hinwegreden zu können, wie es alle an ihrer Sektion zu tun pflegten. Sie wußte, daß Philosophieren nichts anderes bedeutete, als einen einfachen Gedanken durch gelehrte Geschwätzigkeit zu ersetzen. Sie lernte, wenn sie ehrlich zu sich selber war, und sie war es in diesem Augenblick, den Gebrauch der Vernunft zum Zwecke der Einsicht in Notwendigkeiten, wofür sie das Wort Gehorsam setzte. Sie lernte nachbeten, was andere vorbeteten, kannte sich aus in den philosophischen Fachkategorien, konnte vortragen, was die Professoren hören wollten und was im Lehrbuch stand, nur selbständig und unabhängig denken konnte sie nicht. Aber Marx, Engels und Lenin zu zitieren, das beherrschte sie brillant, und eine aktuelle tagespolitische Losung zu rechtfertigen und ihre Übereinstimmung mit der Praxis nachzuweisen – darin hatte sie keinerlei Mühe. In der Tat: Es gab objektive und subjektive und dazwischen immer wieder diese unbequemen Wahrheiten, die klassenindifferent und verflixt neutral waren und denen nur mit einem festen Klassenstandpunkt begegnet werden konnte. Jede Wahrheit, für die es keine rechte Antwort und erst recht keine einheitliche Begründung gab, trug selbstverständlich zuallererst einmal Klassencharakter und von da fädelte es sich weiter, denn der Klassencharakter der Wahrheit war die herrschende Wahrheit, und die herrschende Wahrheit war die Wahrheit der herrschenden Klasse, und die wiederum war objektiv, weil sie auf dem Boden des historischen Fortschritts stand. So einfach war das, wenn es kompliziert zu werden drohte. Nur denken konnte sie nicht. Aber in Momenten wie jetzt, da sie sich fragte, wieso ein Zeitgenosse ein Leidensgefährte sein sollte, für wen und für was er zu leiden hatte, in wessen Auftrag, in wessen Namen und wieso überhaupt im Sozialismus, der Krönung aller menschlichen Entwicklung, der einzelne leiden sollte an dem, woran auch die Allgemeinheit keine Schuld trug, in Momenten wie jetzt, da es größerer Kenntnisse bedurfte und das Wissen der bisherigen Geschichte gefordert war, da spürte sie ihre geistige Dürftigkeit und Leere. Das Positive wußte sie wohl zu bewerten, aber das Negative, das

Fehlerhafte, Irrtümliche, Abweichende wurde stets verschwiegen oder mit der Sicht des Klassenfeindes begründet, die alles zum Schweigen brachte. Denn im Anblick des Klassenfeindes stand stets die Frage der Macht, und wo die gestellt war, wurde sofort alles prinzipiell und bedurfte keiner näheren Begründung. Doch jetzt merkte sie, wie wenig für oder gegen den Satz des Vaters gesagt werden konnte. Katharina hatte kein Argument, das ihrer Mutter in dieser Situation einleuchtend erschienen wäre, geschweige denn auch nur in irgendeiner Form ihr hätte helfen können.

So schwieg sie betroffen wie Anna und fühlte, daß die ungesagte Wahrheit sie miteinander verband. Es gab Dinge im Leben, für die war jede Rechtfertigung ein unmenschlicher Akt, ein Vergehen am anderen. Jedermann in der Welt, der kein Schwerverbrecher war und nicht hinter Gittern saß, durfte Vater und Mutter beerdigen. Anna nicht. Dafür gab es keine Worte. Nichts gab es dafür, gar nichts.

Katharina saß im Erker, direkt unter dem üppig wuchernden Gummibaum, schaute auf die gegenüberliegende Häuserfront, nahm das nachbarliche Leben hinter den Fenstern und auf den Balkonen teilnahmslos wahr, schaute wie in eine trostlose, öde Ferne und fühlte in sich und um sich herum eine Enge, die sie zu erdrücken drohte. Sie fühlte sich wie ein Tier, das in einem Käfig saß und über dessen Fütterung die Wärter bestimmten. Das Empfinden einer Ohnmacht breitete sich bis in ihre Fingerspitzen wie ein körperlicher Schmerz aus. Überall sah Katharina Vormundschaft. Niemand konnte handeln, wie er handeln wollte. Auch Anna mußte Entscheidungen hinnehmen, die sie zwar betrafen, auf die sie aber keinerlei Einfluß hatte. Auch über sie wurde bestimmt wie über alle anderen. Das konnte kein Zufall sein, das war System und hatte System, war nicht Einzelnes, sondern Allgemeines und Allgemeines, demonstriert am einzelnen. Auch Anna saß im Käfig, ausgeliefert den Wärtern, konnte nichts tun, mußte warten, einsehen, hinnehmen, schweigen. Wozu die Aufregung, wenn sich doch nichts ändern ließ. So gesehen gab Katharina dem Vater recht: Es war sinnlos, ein zweites Mal an den Staatsrat zu schreiben. Keine Behörde korrigierte eine Entscheidung, die sie vor einem halben Jahr bereits definitiv getroffen hatte. Selbstkorrektur widersprach ihrer Auffassung von Kontinuität und ihrer Einstellung zum Irrtum, denn eine Behörde und damit letztlich die Partei irrte nicht. Für das, was sie tat, besaß sie stets ihre guten Gründe. Vor allem hatte sie den größeren Einblick und den größeren Überblick, und darum war ihr Wort endgültig und mußte respektiert werden. Eine Behörde war nicht irgendwer und irgendwas, sondern Schicksalsträger, und entsprechend hatte man sich ihr gegenüber zu verhalten. Abwartend und demütig, bescheiden und gehorsam.

Katharina saß lange bei ihrer Mutter. Daß es einmal so kommen wird, sagte Anna, hat niemand geahnt. Franz nicht, ich nicht, Ferdl nicht, nur Gretl. Gretl hat das alles vorausgesehen. Sie wollte damals den Zug nach Bayern nehmen.

Obwohl die Schwestern gegenseitig ihre Kompetenzen abgesteckt hatten und jede der anderen in ihrem Fachgebiet den Vortritt überließ, fand Edy dennoch, daß sie als die Ältere eine führende Rolle zu beanspruchen hatte und der Schwester in allen Grunddingen des Lebens – wie Erfahrung, Erfolg und Regsamkeit – um das Maß zweier Jahre voraus sein mußte. Da sie aber sah, wie schwer das war und Katharina ihr in nichts nachstand, schien ihr gerade das Verhältnis zu Hagen ein willkommener Anlaß, um sich über sie zu erheben. Denn dieses Verhältnis war nun mal alles andere als ideal, geschweige denn rechtens, und wo Edy Tadelnswertes bei der Schwester fand, tadelte sie. Lustvoll und freudig. So nutzte sie jede Gelegenheit, um sich über Katharinas Beziehung zu Hagen zu entrüsten. Nein, sie hatte nichts persönlich gegen ihn; er war zum Podiumsgespräch an die Hochschule gekommen, er kaufte ihr ständig Vasen ab, aber sie kannte die Männer und wußte, daß auch er nichts ohne eine tiefere Absicht tat: Edy sollte gut über ihn reden und seine Partei ergreifen, falls Katharina von ihm ablassen wollte. Ihn konnte Edy verstehen, aber nicht die Schwester in ihrer Entschlußlosigkeit, die sich nicht zu schade dafür war, einem verheirateten Mann seine sexuellen Defizite auszugleichen. Ihr galten die Vorwürfe und die Belehrungen, und von ihr verlangte sie, dieses Verhältnis entschlossen zu beenden.

Saß sie Katharina gegenüber, funktionierte sie sofort jedes Gespräch in eine Aussprache um. Dazu fühlte sie sich um so mehr berufen, weil sie sich gerade in der Phase eines beruflichen Erfolges befand. Sie arbeitete an ihrem zweiten großen Auftrag, gestaltete die Wand in der Betriebskantine des Fernheizwerkes, hatte dafür schon ein Lob der Jury empfangen und das erste stattliche Drittel des Honorars. Für einen neuen Auftrag des FDGB-Bezirksvorstandes hatte sie soeben den Vertrag abgeschlossen und fand, daß sie als gefestigte Persönlichkeit, die sie jetzt war, der jüngeren Schwester behilflich sein mußte, einen Weg aus dem Dilemma mit Hagen zu finden. Edy eröffnete solche Aussprachen stets, indem sie eine tugendspitze Nase bekam, einen strafenden Blick und mit spitzem Vorwurf fragte: Wie lange soll eigentlich dieser Zustand noch dauern? Dann steckte sie sich eine Zigarette an, genoß es, nicht ständig aus gleichberechtigter, sondern einmal aus überlegener Position mit Katharina reden zu können, wie es sich für die Ältere von beiden gehörte, und lauerte auf eine Antwort. Was Katharina dann sagte, war Edy in dem Moment, da es die Schwester aussprach, schon nicht mehr wichtig. Nur daß Katharina überhaupt antwortete, hielt Edy für das Entscheidende. Denn das war die Reaktion, die sie brauchte, um ihr Obenaufsein zu empfinden. Sie spürte, sie wurde ernst genommen von der Philosophin, sie bekam das Echo, sie war der Bezugspunkt und hielt die Fäden in der Hand. Mit jeder Antwort kam es ihr so vor, als würde sich Katharina ihr erklären wollen, was Edy als eine Bestätigung ihrer Autorität genoß und sie gegenüber der Schwester immer überlegener, aber auch immer mitleidiger reagieren ließ.

Natürlich hatte Katharina das alles durchschaut und wußte, daß ihre schwachen Seiten der Schwester schon darum viel bedeuteten, weil sie sich selber dann viel größer und viel besser vorkommen konnte, doch all diese Beweggründe störten sie nicht im mindesten, denn sie selber tat nichts lieber, als über Hagen zu reden. Insofern war sie sogar froh, daß Edy immer wieder davon anfing. Ohnehin empfand sie die Schwester in diesen Gesprächen nicht als die moralisch überlegene, zumal sie für ihre Begriffe in einer ganz ähnlichen Situation war. Letztlich blieb es sich doch gleich, ob man sich mit einem Mann nicht zeigen konnte, weil er verheiratet war, oder ob man ihn vor den Offiziellen fernhalten mußte, weil er in Westberlin wohnte und gerade solche Verbindungen als unerwünscht galten. Beide hatten sie kein rechtes Glück mit ihren Freunden, denn beide waren nichts zum Vorzeigen.

Mit Vorliebe malte Edy Katharinas Verhältnis in den düstersten Farben, doch Katharina gab ihr nur bedingt recht, wenn sie meinte, daß die Geschichte mit Hagen keine Chance hatte, daß er keinen Mut besaß, sich von zu Hause zu lösen, und der klassische Ehemann war, der tausenderlei Gründe erfand, um sich von seiner Frau nicht trennen zu müssen. Edy verstand eben nichts von der großen Liebe. Gewiß hatte sich Katharina mehr als einmal vorgenommen, die Vernünftige zu sein und mit ihm Schluß zu machen. Doch wenn er dann kam, sie beschwor, zu ihm zu halten, und ihr gestand, daß er ohne sie verloren war, dann vergaß sie ihr Vorhaben, wie man eine Sünde vergißt, und fragte sich, wie es überhaupt möglich war, einen solchen Gedanken fassen zu können, und kam sich wie eine Abtrünnige vor. Nein, Edy wußte nichts vom Rätselhaften einer echten Leidenschaft und auch nichts davon, daß Hagen eben nicht mit den normalen Maßstäben gemessen werden konnte.

Die Tatsache, daß er sich nie mit ihr verabredete, sondern stets unverhofft und wie aus Gedanken geformt vor ihr stand, gab ihr das Gefühl, er sei allgegenwärtig und würde sie auf Schritt und Tritt begleiten. Selbst wenn er mit Regierungsdelegationen auf Reisen war, wurde sie dieses Gefühl seiner leibhaftigen Nähe nicht los. Er rief sie an aus Mexiko und aus

Taschkent, aus Havanna und aus Santiago, und wenn sie über diese Entfernungen hinweg seine Stimme hörte, war sie plötzlich überzeugt, daß er die Barrieren überwinden würde, die sie hinderten, zusammenzukommen. Er rief an, nur um ihr zu sagen, daß er sie wahnsinnig liebte und an keinem Ort der Welt mehr ohne sie leben konnte. Das ging tief, tat gut, sehr gut, und daß er dafür auch noch seine kostbaren Spesen opferte, gab ihr zusätzlich die Gewißheit, wie ernst er es mit ihr meinte. Nein, sie war nicht irgendein Verhältnis für ihn, so etwas für nebenbei und zwischendurch, Hagen war von ihr so abhängig, wie sie von ihm, und eine innere Stimme sagte ihr, daß er zu einer Lösung finden würde. Selbst dann, wenn Katharina mit Hagen bei der Schwester vorbeischaute, um kurz einen Tee zu trinken, wandelte Edy die Gespräche in Aussprachen um und stellte auch ihm die Frage, wie lange dieser Zustand eigentlich noch dauern sollte.

Natürlich sah Katharina, welch einen Spaß es der Schwester machte, sich als die schöne Hüterin der Tugend aufzuspielen und anderen das abzuverlangen, was sie für sich selber nicht nötig hatte. Sie sah, wie sie es genoß, auch von Hagen die Antwort zu bekommen, die sie zu ihrer Selbstbestätigung brauchte, die sie wichtig und zum Mittelpunkt machte, sah das alles, aber fand es dennoch gut, daß sie es tat, weil sie ihn auf diese Weise zu einem Bekenntnis zwang.

Es war rührend, mit welcher Aufrichtigkeit Hagen vor der Schwester seine private Situation offenbarte, ihr versprach, alles zu klären, um Katharina heiraten zu können; wie er sich auch von Edy Zeit und Verständnis für seine Lage erbat und ihr damit die tiefe Genugtuung verschaffte, als moralische Instanz akzeptiert zu werden. Diese Art von Bestätigung schien Edy jedesmal zu genügen, denn danach drang sie nicht weiter in ihn. Vielmehr hatte sie als ältere Schwester ihre Pflicht getan, hatte gezeigt, daß sie dieses Verhältnis nicht widerspruchslos hinnahm und die Dinge im Auge behielt. Schließlich verteidigte sie damit auch die Würde ihrer Herkunft, denn sie kamen ja nicht aus irgendwelchen proletarischen Abgründen, sondern aus gutbürgerlichen Verhältnissen, und er sollte nicht meinen, daß hier Toleranz gegenüber solchen Beziehungen etwa eine Selbstverständlichkeit war. Mochte er auch gewohnt sein, ohne Kritik zu leben und die Gesetze nach eigenem Gutdünken zu gebrauchen – bei ihr hatte alles seine Grenzen, und sie zeigte ihm, daß auch ein Mann wie er sich nicht alles erlauben konnte. Edda war fest davon überzeugt, auf diese Weise die Ehre der Schwester zu retten und ihre Rechte als Primogenita wahrzunehmen.

Ein Möbelwagen der Deutschen Transportgesellschaft brachte die Stuttgarter Erbschaft. In der Hinterlassenschaft von Annas Eltern war etliches, womit Franz sein Arbeitszimmer komplettieren konnte: ein Glasbücherschrank in Kaukasisch Nuß und bequeme Sessel in feinem Leder, die dem Zimmer eines Gelehrten erst die gewisse Vollendung gaben. Besonders erfreute ihn ein intarsienbelegtes Holzkästchen, in dem sich der Familienschmuck befand. Da er ihm besonders wertvoll erschien, hielt er es als Oberhaupt der Familie für seine selbstverständliche Pflicht, den Schmuck sogleich an sich zu nehmen und ihn in seiner Schreibtischschublade wie in einem Schrein zu verschließen. Obgleich Besitz für ihn etwas war, das man inwendig trug, hatte Kogler doch an allem, was unverhofft sein Eigentum wurde, eine so große Freude, ja geradezu einen so starken sinnlichen Genuß, daß er es sofort mit Beschlag belegte, mit wippendem Schritt wie ein kostbares Beutegut in sein Zimmer trug und nicht mehr hergab. Auch ein Fernsehapparat war im Erbgut. Das Gerät war vom Zoll besonders registriert worden, denn es besaß ein unerwünschtes technisches Detail, einen Konverter, mit dem das Zweite Programm empfangen werden konnte. Bei der Übergabe erhielt Anna die Auflage, binnen vierzehn Tagen den Konverter auf eigene Kosten ausbauen zu lassen und ihn beim Zentralen Zollamt abzuliefern. Dieser Pflicht, hieß es, hatte sie unverzüglich nachzukommen. Sie setzte ihre Unterschrift auf den Begleitschein und war sich im klaren darüber: Die Staatsorgane hätten am liebsten auch noch das Erste Programm West ausbauen lassen. Aber es gehörte wohl zur Ironie der Geschichte, daß zwei so verschiedene Weltsichten, wie sie im Ersten Programm Ost und im Ersten Programm West ausgestrahlt wurden, technisch zusammenhingen wie ein Januskopf und das eine nicht ohne das andere fungieren konnte.

Anna tauschte die alte Fernsehtruhe Clivia gegen den modernen Grundig aus, und als Kogler zum ersten Mal die Bilder auf dem großen Bildschirm sah, war er beglückt. Das war Hauskino im besten Sinne des Wortes. Das war ein weiter Blick in die Welt, so groß und übersichtlich alles, daß er das Gefühl hatte, mehr und besser zu sehen, auch die Winkel, Ecken und Hintergründe. Bis zu dem Tag, da sie von der Firma den Ausbautermin bekommen hatten, nutzten sie noch jeden Abend, um das Zweite Programm

West einzuschalten, das schon darum etwas Besonderes war, weil es nur ganz wenige Leute im Lande sehen konnten, denn mit den Geräten, die es in den Geschäften zu kaufen gab, konnte man es nicht empfangen.

Doch der Tag des Ausbaus rückte näher, und da es sich um ein Westgerät handelte, kam der Monteur nicht ins Haus. Anna bestellte ein Gütertaxi und fuhr mit Katharina den Apparat zur Werkstatt. Sie glaubten ihren Augen nicht zu trauen, als sie lasen, die Werkstatt befinde sich im dritten Stock. Der Aufstieg im Treppenhaus geriet zur Tortur. Die Stufen waren ausgetreten. In kurzen Abständen ging immer wieder das Licht aus. Auf dem ersten Treppenpodest mußte Anna das Gerät absetzen und einen Augenblick verweilen. Die physische Anstrengung zeichnete ihr Gesicht. Sie wollte sich am Geländer festhalten, doch das Geländer wackelte. Katharina versuchte das Gerät zum nächsten Stockwerk allein hinaufzutragen, aber es war zu groß, als daß sie es mit ihren Armen umfassen konnte. Anna faßte wieder mit an, und sie schleppten Stufe um Stufe den Fernsehapparat zum zweiten Stockwerk hinauf, dann setzten sie wieder ab. Kein Fahrstuhl im Haus, aber die Reparaturwerkstatt im dritten Stock, sagte Katharina, das nenne ich weitsichtige Planung. Schikane, entgegnete Anna, alles Schikane. Sie drückte auf den Lichtschalter, um beim letzten Stück des Aufstiegs nicht noch stolpern zu müssen, doch die Glühlampe im dritten Stock fehlte. Sie hoben das Gerät wieder an und tasteten mit den Füßen Stufe um Stufe langsam höher. Katharina zählte laut mit, um keine zu verfehlen. Oben angekommen, setzte Anna außer Atem den Fernseher ab und nahm auf einem Hocker Platz. Der Monteur erschien mit Krawatte und einem neuen blauen Kittel. Er schraubte die Rückwand ab, musterte die westliche Technik, baute mit wenigen Handbewegungen den Konverter aus, schrieb die Rechnung und übergab ihnen das Gerät. Allein die Aussicht, es jetzt wieder drei Stockwerke nach unten tragen zu müssen, trieb Anna ein Zittern in die Glieder. Sie bat den Monteur, die Tür zur Werkstatt einen Augenblick offenstehen zu lassen, damit Licht in das Treppenhaus fiel und sie nicht im Dunkeln den Apparat über die Stufen hinuntertragen mußten. Seinem süffisanten Lächeln war anzusehen, daß er auf die Frage wartete, ob er vielleicht so gut sei und den Apparat hinuntertragen würde, aber Anna sagte nichts. Sie hätte sich lieber die Zunge abgebissen, als solche Leute um etwas zu bitten.

Diese Dienstleistungsgötter in ihren blauen Kitteln, die sich einbildeten, etwas Besonderes zu sein, nur weil sie ein paar technische Griffe mehr als die anderen beherrschten, die ohne Konkurrenz lebten und sich daher alle Unverschämtheiten erlauben konnten, waren ihr in der Seele zuwider. Sie spielten sich auf, als seien sie der leibhaftige Beweis für Schläue und Pfiffigkeit, dabei stand ihnen nichts als Dummheit im Gesicht geschrieben und eine verschlagene Geldgier, die sich in ihrer Branche aufs vortrefflichste befriedigen ließ, weil es von der Gattung Handwerker noch immer viel zu wenige gab und jeder heilfroh war, wenn jemand aus dieser raren Gilde überhaupt geneigt war, einen Finger zu rühren. Anna hob mit hochrotem Gesicht den Fernseher an und trug ihn langsam Schritt um Schritt, Stufe um Stufe mit Katharina drei Stockwerke hinab. Die Angst, das Gerät könne ihnen durch eine ungeschickte Bewegung aus den Händen rutschen und über die Treppe hinunterschlagen, gab ihnen eine verkrampfte Vorsicht, so daß der Abstieg noch beschwerlicher als auf der Aufstieg war.

Anna empfand es in diesem Augenblick wie eine Strafe, einen Fernseher geerbt zu haben, und wußte, daß ein solches Empfinden auch beabsichtigt war. Man sollte es sich gut überlegen, etwas von drüben, aus dem Lager des Feindes, anzunehmen. Sie setzte am zweiten Treppenabsatz das Gerät ab, lehnte ihren Rücken einen Augenblick an die Wand und wiederholte nur: Schikane, alles Schikane.

Auf dem Hof kam ihnen der Taxifahrer entgegen, der aufgeregt war, weil er im Halteverbot stehen mußte, und nahm Anna das Gerät ab. Als sie im Auto saßen, zitterte sie vor Anstrengung. Das glaubt einem ja keiner, was die mit uns hier machen, sagte er und gab Gas.

Am nächsten Tag brachten sie den ausgebauten Konverter, wie es auf dem Begleitschein gefordert war, zum Zentralen Zollamt. Nur ein kleines, unauffälliges Schild an der Hauswand wies darauf hin, daß sie richtig waren. Sie gingen durch eine Toreinfahrt, kamen auf einen Hof, wo noch nichts von einer Zweigstelle zu sehen war, betraten einen zweiten Hof, musterten die Kellereingänge, suchten nach einem Hinweis und überquerten einen dritten Hof, der noch unansehnlicher anmutete, weil entlang der Wände überfüllte Mülltonnen standen. Über einer baufälligen Kellertreppe fanden sie endlich den Hinweis auf die Zweigstelle des Zollamtes. Sie gingen in den Flur und standen vor einer schweren Stahltür, die eher zu einem Tresor denn zu einem Dienstzimmer gepaßt hätte. Ohne anzuklopfen traten sie ein.

Der Raum glich dem Empfangsschalter eines Hotels. Hinter einer Art Tresen stand ein jüngerer Mann, ebenfalls mit Krawatte und ebenfalls mit einem neuen blauen Kittel. Statt der Schlüsselfächer gab es bis unter die Decke Regale, in denen nebeneinander aufgereiht bereits viele Konverter lagen. An jedem baumelte ein Zettel. Diese Systematik und die Ordnung, mit der sie in den staubfreien Regalen lagen, offenbarten eine Sorgfalt, die Katharina erkennen ließen, daß die Konverter nicht für den Müll, sondern für eine Weiterverwendung gedacht waren.

Der junge Mann notierte in einem vorgedruckten Formular Gerätetyp, Besitzer und Ausbaufirma und verlangte den Konverter. Irgendwie tat er es so selbstverständlich, daß in Katharina eine kolossale Wut hochstieg. Denn sie wußte auf einmal, daß sie den Konverter aus dem Westgerät nur darum ausbauen mußten, damit ein anderer sein Ostgerät westlich ausstatten konnte und alles nur eine Frage der sozialistischen Umverteilung war. Ja es schien ihr sogar, als hätte das Zollamt mit den ausgebauten Konvertern eine Planauflage zu erfüllen, um am Monatsende die eingezogenen Teile denjenigen zu überreichen, die sich aus ideologischen Gründen mit dem Bild des Gegners auseinandersetzen mußten, um es desto kräftiger zu widerlegen. Die Vorstellung, daß ihr Konverter im Gerät eines höheren Funktionärs eingebaut werden würde und sie sich mit dem Apparat treppauf und treppab plagen mußten, damit er sehen konnte, was anderen verboten war, diese Vorstellung machte sie so zornig, daß sie den Konverter aus der Tasche holte und ihn nach ein paar ungeschickten Bewegungen zu Boden fallen ließ.

Anna erschrak. Sie fürchtete, daß sie nun für den

zerstörten Konverter Schadenersatz leisten mußten, war doch alles, was der Staat für sich einforderte, sein Eigentum, dessen mutwillige Beschädigung geahndet wurde. Katharina hob mit tiefer Genugtuung und unbewegtem Gesichtsausdruck den Konverter vom Boden auf und sagte nur: Ist ja nicht schade drum. Er muß ja sowieso auf den Müll.

Der Mann hinter dem Tresen schwieg mit verbissener Miene. Katharina legte den Konverter auf die Filzplatte. Anna fragte nach einer Empfangsbestätigung und bekam als Antwort nur einen strafenden Blick, der deutlich machte, daß allein schon diese Frage eine Ungehörigkeit war. Trotz der Genugtuung wurde Katharina ihre innere Wut nicht los und überlegte, was passiert wäre, wenn sie sich von vornherein geweigert hätten, den Konverter ausbauen zu lassen. Sie ärgerte sich über diesen Gehorsam. Statt sich zu widersetzen, kamen sie einer Aufforderung nach und trabten wie zwei folgsame Schafe zum Zollamt. Sie machte sich Vorwürfe. Sie hätten sich das Gesetz zeigen lassen sollen, das den Ausbau des Konverters vorschrieb, doch Anna meinte nur: Das ist eine politische Maßnahme und daher ein ungeschriebenes Gesetz. Das weiß man doch!

Katharina sah zwar ein, was Anna sagte, aber sie ärgerte sich trotzdem. Es befiel sie so ein dumpfes Empfinden, daß immer irgendwo etwas hinter verschlossenen Türen stattfand, über das nicht gesprochen werden durfte, damit nichts durchschaubar wurde und sich keiner ermuntert fühlte, eine Frage zu stellen, denn hinter einer Frage lag nicht nur Ungläubigkeit und Zweifel, sondern vor allem die Anmaßung, mehr wissen zu wollen, als zugestanden wurde. Sie war in einem Zimmer im Zollamt gewesen, aber was wußte sie schon, was in den tausend anderen Zimmern, hinter den tausend anderen verschlossenen Türen vor sich ging? Genaugenommen wußte sie nichts, gar nichts. Und sie sollte sich auch keine Gedanken darüber machen. Sie sollte Einsicht üben. Das und nur das war ihre Aufgabe: Einsicht in die Notwendigkeit, die andere ihr vorschrieben und andere für sie festlegten. Sie hätte diese Einsicht allzugerne verdrängt und die staatliche Anmaßung als momentane Zeiterscheinung gesehen, als Übergangsphänomen, das sich in Aufbauphasen einer Gesellschaft geradezu zwangsläufig einstellen mußte, versuchte sie als nichtig und nebensächlich abzutun, aber sie kam immer wieder und schien ihr wie ein Schatten, der sie verfolgte.

Kogler spürte, daß der Zusammenhalt zwischen Anna und den Töchtern immer stärker wurde und daß sie immer enger zusammenrückten. Er hatte den Eindruck, ihm wuchs da eine Front entgegen, aber er sagte nichts, sondern hielt dies für normal, weil dort, wo mehrere Frauen zusammen waren, für seine Begriffe ein einzelner Mann ohnehin auf verlorenem Posten stand. Hätte er Söhne gehabt, wäre alles ganz anders gewesen. Bei Frauen allerdings ließ es sich nicht verhindern, daß sie da, wo sie eine Mehrzahl bildeten, sofort Partei waren, und darum ergab er sich in sein Schicksal. Natürlich machte er sich seine Gedanken über die Töchter. Sie waren gesund, einigermaßen auf ihrem Gebiet begabt, wußten offenbar auch, was sie wollten, und mehr konnte er von ihnen nicht erwarten. Edda war glücklicherweise schon aus dem Haus, so daß er nur noch für eine verantwortlich war. Doch auch Katharina ging längst ihres Weges, holte selten seinen Rat, ließ sich nichts sagen, besaß, wie seine Studentinnen auch, so einen neumodischen Emanzipationswahn, aber war wenigstens eine gescheite Gesprächspartnerin. Kogler hatte für seine Begriffe alles getan, was ein Vater tun mußte, um ihnen die geistige Richtung zu weisen, und nun war es an ihnen, ob sie sie einschlagen wollten oder nicht. Ohnehin war es ihm am liebsten, wenn sie ihn mit nichts behelligten, und er fragte auch nicht nach ihren Problemen, so daß er keine enttäuschenden Antworten bekommen konnte und sich über sie auch nicht zu ärgern brauchte. Genaugenommen wußte er wenig von seinen Töchtern, und darum kam er auch ganz gut mit ihnen aus. Hätte er ihnen zuviel Interesse entgegengebracht, hätten sie ihm womöglich noch vorgeworfen, er wolle sie bevormunden oder sich gar in ihre Angelegenheiten einmischen, aber so konnte eine gewisse Gleichgültigkeit ihnen gegenüber im günstigsten Falle wenigstens noch als Toleranz gesehen werden.

Vor allem verlor er kein Wort über ihre Freunde und zog es vor, sich sein Teil zu denken. Natürlich wäre es ihm lieber gewesen, Edda hätte dem jungen Lidman die Treue gehalten, aber sie hatte nun mal einen extravaganten Geschmack; das Gediegene und Solide genügte ihr nicht. Wußte der Himmel, woher sie diesen Hang hatte. In seinen Erbanlagen lag so etwas jedenfalls nicht, und es schien ihm mehr etwas von Annas jugendlicher Exzentrik in Edda wiederzukehren. Gewiß war dieser Delyannis eine durchaus noble Erscheinung. Vor allem machte er auf Kogler einen sehr aufrechten Eindruck, zumal er ihm gleich zu Anfang in freundlich-bestimmter Weise gesagt hatte, daß er den Kommunismus im tiefsten Herzen verabscheue. Obwohl es bislang das einzige Mal war, daß ihm ein gewisser leidenschaftlicher Ton über die Lippen ging, fand Kogler doch gerade dieses Bekenntnis respektabel, denn es ehrte immer einen Mann, wenn er eine entschiedene Haltung hatte. Daß Edda allerdings so eine merkwürdige Vorliebe für alles Fremde besaß, vermerkte er als einen bedenklichen Charakterzug. Nein, er hatte nichts gegen Ausländer, und Costas war ihm kein unwillkommener Gast, nur wußte Edda anscheinend gar nicht, auf was sie sich da einließ. Denn auf die Dauer konnte auch die engste Beziehung nicht über die andere Herkunft und den anderen Kulturkreis hinwegtäuschen. Kogler hätte gern einmal von Costas etwas über das Leben in Westberlin gehört, aber innerlich widerstrebte es ihm, einen Griechen nach dem Stadtteil nebenan zu befragen. Es hätte ihm nur das Eingeschlossensein unrühmlich deutlich gemacht und ihn zu sehr an die deutsche Misere erinnert: jeder Ausländer konnte sich landauf, landab ungezwungen bewegen, nur die eigenen Leute durften ihre Heimat nicht kennenlernen. Dies kam ihm wie der Verlust der eigenen Würde vor, und er wollte das vor einem Fremden nicht noch offenbaren müssen.

Seit allerdings Katharinas Freund ab und zu mit am Tisch saß, waren für Kogler die Gespräche seit langem wieder einmal interessant. Nach den näheren Verhältnissen von Dr. Hagen fragte er nicht, aber als er von Anna erfuhr, daß er drei Kinder hatte und eine Frau, bestätigte ihn dies in seinen Vermutungen. Natürlich konnte er Dr. Hagen verstehen, daß er an Katharina Gefallen fand, denn man traf nicht zu häufig auf ein schönes und zugleich gescheites weibliches Wesen. Aber Kogler hoffte doch, daß er sich seiner Verantwortung gegenüber Frau und Kindern bewußt war und nichts anderes als Freundschaft und geistigen Austausch bei seiner Tochter suchte. Auch Katharina fragte er nicht, in welcher Beziehung sie zu Dr. Hagen stand, meinte aber, daß sie über genügend elementare Vernunft verfügte und sich in keine unüberlegte Sache stürzte. Jedesmal, wenn Hagen kam, freute er sich, denn die Unterhaltung mit ihm war so anregend und lebendig, wie sie für seine Begriffe nur unter geistig hochstehenden Männern geführt werden konnte. Darum hatte er den Eindruck, Dr. Hagen sei seinetwegen gekommen, und behandelte ihn deshalb auch stets wie seinen Gast: freundlich und zuvorkommend.

Diese Gespräche waren Kogler um so wichtiger, weil er immer mehr eine lebendige geistige Atmosphäre vermißte, die seinen Erwartungen an das öffentliche Leben entsprach. Das Schweigen über die wirklichen Zustände bedrückte ihn. Abends schaltete er immer öfter das Westfernsehen ein, doch auch von dort bekam er keine Antworten auf seine Fragen. Die Westdeutschen taten ihm eher leid. Ihre Sucht, in die entlegensten Winkel der Welt zu fahren, in der Hoffnung, dort zu finden, was in ihnen selber nicht vorhanden war, dieser unselige Reisetrieb, diese Jagd nach dem Mammon, diese Gier, mehr, immer mehr und alles immer schöner und das Schöne immer perfekter haben zu wollen, stießen ihn ab. Er fragte sich, wohin es mit den Deutschen gekommen war. Dem seichten Amerikanismus, der ihm von jeher zuwider war und der inzwischen nun auch noch den Bildschirm beherrschte, gab er die Schuld an der Verflachung der deutschen Kultur und des deutschen Gedankengutes. Gleichzeitig bestätigten ihm diese

Fernsehabende, daß er seine Wahl damals, in den Osten gegangen zu sein, richtig getroffen hatte, denn hier gab es so etwas nicht. Hier wußte man noch die besten Traditionen zu pflegen. Hier war die Jugend in blauer FDJ-Uniform, hier herrschte eine übergreifende Staatsidee, und der Russe störte nicht die Erhaltung der deutschen Kultur. Nur eine andere Öffentlichkeit hätte sich Kogler gewünscht. Lebendige Diskussionen in den Zeitungen, Sendungen über brennende Fragen, die die Menschen bewegten, und nicht ständig diese offiziellen Erklärungen, die mit der Wirklichkeit immer weniger zu tun hatten. Er spürte, daß auch der eigenen Arbeit ein belebender Auftrieb von außen gutgetan hätte, denn er fühlte sich innerlich immer schwungloser werden. Daß eine solche Atmosphäre nicht einmal unter seinesgleichen, den Genossen, in den Parteiversammlungen zum Ausdruck kam, bedrückte ihn ganz besonders.

Kam er Montagabend nach Hause, war er meistens schlecht gelaunt. Das »Salve Anna«, das Grußzeichen seines Wohlbefindens, blieb aus. Er verzichtete auf sein geliebtes Empfangsritual, sondern betrat nur mit schwerem Schritt die Wohnung, ließ die Aktenmappe im Flur zu Boden fallen, verschwand im Badezimmer, wusch sich laut schimpfend und fluchend, als müsse er seine angestaute Wut aus dem Körper treiben, und tauchte mit unwirscher Miene am Abendbrottisch auf. Den gedeckten Tisch nahm er nur mißfällig in Augenschein. Es hätten mehr Zwiebeln am Liptauer sein können, das Brot war lätschig, der Mostrich fad, das Griebenfett nicht ordentlich ausgelassen, die Semmeln zu hart, die Paradeiser ohne Geschmack, der Kren fehlte, und ein gutes Stück Striezel vermißte er seit Wochen schon. Anna verstand es nicht, Abwechslung auf den Tisch zu bringen. Sie war schuld, daß es ihm montags nicht schmeckte, denn montags fanden die Versammlungen statt, an denen er mit wachsendem inneren Unbehagen teilnahm. Alles war steif und freudlos. Nichts zündete, nichts rief eine spontane Begeisterung hervor. Ein Haupt-Referat, ein Co-Referat, eine vorbereitete Diskussion, ein langes Schlußwort und ein Aufatmen, wenn die Parteiandacht vorüber war.

Alles klang zwar unbestreitbar wissenschaftlich, aber gerade darin sah Kogler einen trockenen, nüchternen, geradezu seelenlosen Kern, der niemanden berührte. Es gab kein Lachen, kein Lied, keinen Scherz, keine unbedachte Äußerung, keinen Zwischenruf, nichts Unvorhergesehenes. Die führenden Genossen der Sektion saßen götzengleich im Präsidium, ließen sich von den Diskussionsteilnehmern in vorbereiteten Reden bestätigen, was sie gesagt hatten, und gingen dann grußlos auseinander. Kogler fehlte das Miteinander, die Kameradschaft, das Gefühl der Zusammengehörigkeit. Ihm schien, als sei jeder froh, mit dem anderen nichts zu tun zu haben, nicht mit ihm reden zu müssen, um sich selber nicht zu tief in sein Herz blicken zu lassen. Es war deprimierend. Besonders trostlos fand er, daß sich die Genossen während der Versammlung ganz anders als davor und danach oder gar in den Pausen verhielten. Sobald sie den Raum betraten, verschlossen sie sich innerlich, und sagten sie etwas, nahmen sie nur das Offizielle, das wissenschaftlich Weltanschauliche in den Mund und fanden sich selbst nach kritischen Kurzausflügen wieder mit den Beschlüssen in Übereinstimmung. Er litt unter dieser eiskalten Harmonie.

Montags in den Parteiversammlungen bestätigte

sich ihm: Mit der vielbeschworenen Wissenschaftlichkeit konnten die Herzen nicht gewonnen werden. Auch seines nicht. Er meinte, das Volk zu kennen und zu wissen, daß in der Art und Weise der Darstellung einer Idee bereits ein gut Teil ihrer Überzeugungskraft lag. Aber die Partei hatte keine Ahnung, was in der Volksseele vor sich ging. Ein zünftiger Fahneneinmarsch, eine kurze Ansprache, eine lebendige Diskussion, ein wegweisendes Schlußwort und ein zünftiger Fahnenausmarsch – etwas für die Augen und etwas für das Herz –, das wäre das Richtige gewesen. Aber so waren die Versammlungen für ihn bloß ein notwendiges Übel, eine lästige Pflicht.

Geradezu niederschmetternd fand er es, wenn auf solchen Zusammenkünften dann auch noch über die Einführung der vollautomatisierten Rechner gesprochen wurde. Kein Mensch wußte genau, was das war oder hatte diese Apparaturen je gesehen, aber die Aufnahme der Rechner in die weitvorausschauende Planung war die Antwort der Universität auf die Beschlüsse des VII. Parteitages. Darum sollten sich alle Institutsdirektoren mit diesem Gedanken vertraut machen, um im entscheidenden Augenblick den Anforderungen der wissenschaftlich-technischen Revolution gewachsen zu sein. Kogler fand das alles dummes Zeug. Die Hoffnung, so ein Computer könnte den Fortschritt bringen, hielt er für eine verhängnisvolle Perspektive, die die Herren Naturwissenschaftler ersonnen hatten, diese kalten Techniker, die er von jeher verachtete und die nun mit ihren Maschinenhirnen und ihrer Programmiersucht auch noch in die Sprache und die Bücher hineinregieren wollten. Ihm kam es so vor, als sollten die eigene Leere und Armseligkeit, die sich mehr und mehr allerorts bemerkbar machte, hinter dem Allheilmittel Computer versteckt werden. Denn nichts war einfacher, als einem technischen Götzen zu huldigen, statt sich einmal ernsthaft zu fragen, wie es mit der Gesellschaft weitergehen sollte. Kogler hielt eine kritische Öffentlichkeit mit einer kontroversen, lebendigen geistigen Atmosphäre für eine viel größere Produktivkraft als so einen rumpelnden Rechenautomaten, der zum Inbegriff des Fortschritts erhoben wurde und von dem sich nun alle Wunder erhofften. Er beobachtete, wie in das Denken mehr und mehr ein nüchterner Pragmatismus einzog, was ihm seine Arbeit spürbar verleidete. Statt daß die Partei dagegen anging, wie er es erwartet hätte, überließ sie den Fortschritt den Technikern. Zu seinem großen Ärger bekamen stets diejenigen das Wort, die sich für den Einsatz der Computer aussprachen und mit Begriffen um sich warfen, von denen sie selber noch gar keine Vorstellung haben konnten, weil es das alles nur auf dem Papier und nur in Prognosen gab: E-D-V, rechnergestützte Forschung, maschinenorientierte Programmsprache – er konnte es nicht mehr hören.

Doch gleichzeitig fragte er sich, warum er selber nicht aufstand und einmal laut und deutlich sagte, was er von all dem hielt. Es quälte ihn, daß er nicht dagegen sprechen konnte. Ihn bremste die kühle Rationalität, die er sich als denkender Mensch nicht absprechen lassen wollte: die Erkenntnis und die Erfahrung, daß stets nur für einen Parteibeschluß diskutiert werden konnte und jedes Wort dagegen als ein Disziplinverstoß gewertet wurde. Hätte er nur den geringsten Zweifel an ihrer wissenschaftlichen Prognose geäußert, hätte er sich belehren lassen müssen, nichts vom Klassenkampf begriffen zu haben, und wäre womöglich noch zur ideologischen Schulung delegiert worden. Nein, das alles wollte er sich ersparen, wollte keinem einen Anlaß geben, ihn abweichlerischer Positionen zu verdächtigen, wollte sich nicht selber zur Zielscheibe der Kritik machen, sondern seine Ruhe haben. Ja, das war es: Er wollte seine Ruhe haben, und deshalb schwieg er, was er unter solchen Voraussetzungen als weise empfand. Sollten sie doch alle über die Rechner reden, die noch keiner von ihnen gesehen hatte und die nichts weiter waren als die Illusion, Anschluß an das Weltniveau zu bekommen, das jetzt jeder pflichtgemäß beschwor. Sollten die armen Tölpel all diese Begriffe parteiergeben im Munde führen – er sah nur: Die geistigen Wüsten breiteten sich aus, und niemand konnte diese Entwicklung verhindern.

Eigentlich hatte Katharina gedacht, ein Mann wie Hagen mußte schon von Berufs wegen ein starkes Selbstvertrauen besitzen, und war enttäuscht, als sie merkte, daß es gerade ihr gegenüber ihm fehlte. Er konnte sich nicht erklären, was einem so schönen Wesen wie Katharina an ihm gefiel, der weder ein gutaussehender noch ein reicher, geschweige denn ungebundener Mann war. Irgend etwas an ihr schien ihm nicht geheuer, und er fragte sich unablässig, wieso sie ausgerechnet ihn liebte. Natürlich war er glücklich, daß es so war, aber dennoch begann er mehr und mehr zu zweifeln, ob sie es auch ehrlich mit ihm meinte. Er redete sich ein, daß Katharina einen anderen Freund haben müßte, einen, der besser zu ihr paßte, der jung und ledig war und sich einen Spaß daraus machte, ihn, den Prominenten, zu hintergehen und seine Lage auszunutzen. Saß Hagen bei

Katharina, machte er sich jedesmal im stillen Vorwürfe, einen solchen Verdacht überhaupt aufkommen zu lassen, und ärgerte sich über sich selbst. Doch kaum war er gegangen, erfaßte ihn Ruhelosigkeit, und das Mißtrauen kehrte zurück. Er steigerte sich dann derart in seinem Wahn, daß er die Fiktion für Realität hielt und sich schwor, sie über kurz oder lang mit diesem Freund zu erwischen.

Katharina wußte nicht, ob sie darüber lachen sollte oder ob dieses mangelnde Selbstvertrauen nicht eher eine krankhafte Seite seines Charakters war, die fast schon tragische Züge hatte. Neuerdings parkte er sein Auto sogar in den Seitenstraßen, damit sie es nicht schon von weitem erkennen und womöglich ihren Liebhaber wegschicken konnte; stand hinter Bäumen und Säulen verdeckt, tauchte stets dort auf, wo sie ihn nicht erwartete, und war jüngst erst, wie sie hinterher bemerkte, mit ihr in den gleichen Zug gestiegen, nur um zu sehen, wer sie am Ankunftsbahnhof abholen würde. Hagen rief immer häufiger zu Hause an, und wenn Katharina nicht abhob, gab es anschließend endlose Fragen, wo sie gewesen war.

Um sich nicht rechtfertigen zu müssen für etwas, das sie nicht getan, geschweige denn beabsichtigt hatte, wurde sie selbst immer vorsichtiger und paßte auf, nichts zu tun, was ihn in seinem Mißtrauen bestärken konnte. Sie rannte zum Telefon, wenn es klingelte, achtete darauf, immer allein aus der Uni zu kommen, sagte ihm stets, wo sie sich aufhielt, damit er sich jederzeit vergewissern konnte, daß sie nichts gegen ihn unternahm, und spürte, wie dieser selbstzerstörerische Zug an ihm auch sie veränderte und sie immer ängstlicher und unfreier machte.

Hagen ließ ihr keine Ruhe. Sie sollte es zugeben:

Ein Mann wie er konnte ihr doch nicht genügen. Sie benutzte ihn nur für ihr Prestige. Vielleicht sollte er auch nur ihr Sprungbrett sein. Irgendwo mußte sie doch noch einen anderen Freund haben, womöglich einen von früher, den sie ihm verschwieg und mit dem sie sich hinter seinem Rücken traf. Nein, es konnte nicht normal sein, daß sie ihn liebte.

Katharina mochte es nicht mehr hören. Wäre sein Mißtrauen eine Form von Eifersucht gewesen, hätte sie es noch verstehen können, aber allmählich wurde ihr bewußt, daß er nur darum den fiktiven Liebhaber bei ihr suchte, um einen Vorwand zu haben, sich nicht scheiden lassen zu müssen. Er wollte eine Frau haben, auf die er sich absolut verlassen konnte, wie er sagte, und die besaß er ja schon. Darum durfte Katharina nicht so normal und so treu wie seine eigene Frau sein. Darum mußte er etwas bei ihr finden, was ihm die Trennung von zu Hause nicht geraten sein ließ und ihm mit gutem Gewissen eine Entscheidung ersparte. Sie, niemand anders, sie sollte schuld an seiner Entschlußlosigkeit sein.

Katharina hatte ihn längst durchschaut. Er war im tiefsten Herzen feige. Anfangs war sie hingerissen und beeindruckt, wenn er überall auftauchte und ihren Weg kreuzte, weil er ihr wie kein anderer Mann vorher das Gefühl gab, ohne sie nicht mehr leben zu können und jede freie Minute nutzen zu müssen, um sie zu sehen. Doch inzwischen wußte sie, daß er sie nur kontrollieren wollte, um endlich eine Bestätigung für seinen Verdacht zu haben. Katharina sah zwar ihre Situation immer klarer, sah, in welches Dilemma sie geraten war, aber sie besaß keine Kraft, sich daraus zu befreien. Sie hatte zwar oft schon mit ihm Schluß gemacht, atmete jedesmal auf, wenn sie sich nicht mehr sahen, fühlte sich erleichtert und von einem inneren Druck erlöst, doch nach einer Woche kam er meistens wieder, tat so, als sei nichts gewesen, unterhielt sich ganz sachlich und auch amüsant mit ihr, diskutierte mit ihr die brennenden Fragen der Zeit, und alles begann von neuem. Da war er wieder der Mann, den sie liebte und den sie bewunderte, weil ihr alles, was er sagte, überzeugend und richtig schien und er in der zwingenden Beweisführung seiner Argumente unübertroffen war. Immer hatte er dann etwas Aufregendes, und jüngst sorgte er sogar für eine ganz besondere Überraschung. Er war in Westberlin gewesen und wurde nach seinem Vortrag noch zum Essen eingeladen. Sie saßen in einem Restaurant im Europa Center, alles sehr gediegen und elegant, und plötzlich sah er den Kellner, der am Nebentisch bediente, sah einmal und noch einmal hin und traute seinen Augen nicht – es war Delyannis. Natürlich erkannten sie sich und waren gegenseitig über ihre Anwesenheit leicht erschrocken. Delyannis schien verlegen und peinlich berührt, aber dann faßte er sich und nickte ihm höflich zu, als gehörte dies zum Stil des Hauses. Jeder war wohl froh, daß der andere nicht auf ihn zukam und unnütze Fragen stellte.

Katharina verschlug es für einen Augenblick die Sprache. Und Edda glaubt, er ist Dolmetscher und Fotograf, sagte sie. Hagen setzte jenes triumphierende Lächeln auf, das er immer dann bekam, wenn er kundtun konnte, daß er ihr um wichtige Informationen voraus war und Dinge erfuhr, die sich ohne ihn ihr nicht offenbaren würden. Es stimmt wohl doch, entgegnete er süffisant, Reisen bildet.

Katharina kam über die Nachricht nicht hinweg. Einerseits verspürte sie eine gewisse Schadenfreude, weil sie meinte, damit dem tiefgründigen Schweigen von Delyannis auf die Spur gekommen zu sein und nun seine eleganten Anzüge, seine gepflegten Hände, seine noble Eßkultur, seine vornehme Erziehung – dieses ganze, von Edy so gepriesene bessere Menschsein in einem anderen Licht sah. Andererseits war sie betroffen, weil sie sich fragte, woher er die Arroganz nahm, davon auszugehen, daß die Menschen hinter der Mauer auch hinter dem Mond leben müßten und, nur weil sie nicht reisen konnten, wohin sie wollten, dumm, weltfremd und zurückgeblieben waren und allesamt den Brueghelschen Bauern glichen, die mit offenem Maule zum Himmel starrten. Costas konnte ihnen ja viel erzählen, nur hätte sie sich von Edy in dieser Hinsicht weniger Gutgläubigkeit und mehr kritisches Bewußtsein gewünscht.

Natürlich eilte sie sofort mit dieser Nachricht zu ihrer Schwester. Edy war gerade dabei, ihre Wohnung in absonderlicher Weise zu renovieren. Sie strich die Wände, die Türen, die Decken, die Fußböden und alle Möbel weiß, auch den alten Regulator und die Bilderrahmen, was Katharina entsetzte. Sie versuchte, die Schwester davon abzuhalten, doch für Edy war es keine Renovierung, sondern ein ästhetisches Experiment: denn Weiß war schließlich eine besondere Farbe. In ihm sammelte sich das Licht, und Licht brauchte sie in dieser Hinterhausbude. Picasso hatte seine rote und seine blaue Periode, und sie hatte ihre weiße. Wer nicht den Mut besaß, das Biedere und Altherkömmliche zu zerstören, dem waren die Wege zur echten Kunst verschlossen.

Katharina fand das alles spleenig und aufgesetzt, sah im Überstreichen der schönen alten Möbel nur eine Verschandelung, die von nichts anderem als fehlendem Geschmack zeugte, und versuchte, wenigstens die Staffelei, die Silberdose und das giftgrüne Teeservice vor Edys weißem Wahn zu retten, doch sie fand sie in dem Durcheinander nicht. Katharina machte für beide einen Kaffee, damit die Schwester ihre Arbeit unterbrach, und sagte endlich: Hagen war in Westberlin und stell dir vor – er hat Costas gesehen. Costas, entgegnete Edy, das kann nicht sein. Costas ist zur Zeit gar nicht im Lande. Er ist auf Fotosafari.

Woher willst du denn das wissen?

Er hat es mir gesagt.

Hagen hat Costas im Restaurant gesehen. Er ist Kellner im Europa Center.

Edy lachte laut auf. Costas und Kellner! Was Besseres hätte sich Hagen wohl nicht ausdenken können! Aber sag ihm, solche Geschichten ziehen bei mir nicht. Wenn er meine Beziehung auseinanderbringen will, dann muß er es schon geschickter anstellen und nicht mit einem so billigen Bonzentrick.

Katharina ärgerte sich, daß Edy Hagen als Lügner betrachtete, nur weil er ganz zufällig eine Wahrheit entdeckt hatte, die ihr nicht paßte und die darum selbstverständlich eine Verleumdung war. Sie wußte nicht, ob sie dies als borniert oder als naiv bezeichnen sollte, und verließ verstimmt die weiße Wohnung.

Der kleine Zak, der Parteisekretär, und Bredel, der Seminarsekretär, kamen mit sehr gewichtigen, dienstlichen Mienen auf Katharina zu und sagten in einem sehr gewichtigen, dienstlichen Ton: Wir wollen uns mal mit dir unterhalten.

Dieser Satz löste sofort ein unangenehmes Gefühl bei ihr aus, denn er wirkte wie eine Drohung. Sie überlegte, ob sie in letzter Zeit eine Äußerung getan haben könnte, die irgendwo Anstoß erregt hatte oder mißverständlich aufgenommen worden war, ob sie etwas gegen Partei und Regierung gesagt hatte, und begann fast automatisch mit einer Gewissenserforschung. Daß sie zu zweit kamen, deutete auf Offizielles hin, denn da kam die Staatsmacht, und dies war stets eine ernste Angelegenheit. Auf jeden Fall wußte sie: Es galt sorgsam die Worte abzuwägen. Denn einer der beiden notierte sich ganz gewiß im stillen, was sie sagte, um es hinterher auszuwerten. Wo und wie das geschah, erfuhr sie nicht und wollte es auch gar nicht wissen. Begegnen konnte man dem Undurchschaubaren nur mit Offenheit. Aber da sie sich keiner Schuld bewußt war, hatte sie auch keine Angst und gab sich betont gelassen.

Der kleine Zak nahm einen geradezu protokollarischen Tonfall an: Die Leitung hatte eingeschätzt, daß Katharina Kogler auf dem Boden unserer Weltanschauung stand, daß sie kritisch und selbstbewußt war und es verstand, mit ihrem gesellschaftlichen Engagement Theorie und Praxis zu verbinden. Darum habe er den ehrenvollen Auftrag, ihr mitzuteilen, daß sie für eine Kandidatur der Partei der Arbeiterklasse vorgeschlagen worden sei. Katharina war überrascht und auch nicht überrascht, denn mit diesem Ansinnen hatte sie schon lange gerechnet. Aber daß sie gerade jetzt damit kamen, schien ihr kein Zufall zu sein und machte sie nun doch einen Moment lang unsicher. Mit diesem Angebot, das sah sie ganz klar, wollte man ihr eine berufliche Chance geben. Große Zukunft, gutes Fortkommen, gutes Einkommen. Nichts anderes stand hier zur Debatte. Vielleicht war sie für eine höhere Laufbahn vorgesehen. Vielleicht sollte ihr sogar der Weg in die Nomenklatur eröffnet werden. Die Partei nahm zwar viele, aber doch nicht jeden in ihre Reihen auf, und Katharina sah ja, daß den Genossen im Studienjahr bereits gute Positionen in Aussicht standen und sie schon Arbeitsverträge mit der Akademie und den Hauptverwaltungen der Ministerien abgeschlossen hatten. Nur sie stand noch ohne alles da. Doch nun machte ihr die Partei ein Angebot und meinte es gewiß nicht schlecht mit ihr. Sie dachte daran, wie gedrückt der Vater jeden Montagabend nach Hause kam, weil er die Phrasen von wissenschaftlich-technischer Revolution und ständig steigender Arbeitsproduktivität nicht mehr hören konnte; dachte daran, daß Anna an der Beerdigung ihrer Eltern nicht teilnehmen durfte, während Hagen im dienstlichen Auftrag ganz selbstverständlich die Grenzen passieren und in alle Welt fahren konnte, sah, daß die Partei in wichtige und unwichtige Genossen unterteilte, daß sie den einen großzügig gewährte, was sie den anderen strikt verbot, dachte an die ungleiche Behandlung der angeblich so Gleichen, und ihre Antwort stand fest. Aber sie wollte niemanden brüskieren und mußte auch so formulieren, daß ihr kein Nachteil daraus erwachsen konnte. Eine offene Ablehnung hätte ihr nur das Argument eingebracht, daß sie nichts vom Studium, nichts vom Kampf der Arbeiterklasse begriffen hatte. Außerdem stand sie noch vor dem Diplom, und so hielt sie es für klüger, in ganz unverbindlicher Form wenigstens den guten Willen zu zeigen. Der gute Wille demonstrierte zumindest die Bereitschaft, zu lernen und das Bekenntnis, sich auch weiterhin im positiven Sinne entwickeln zu wollen, und schloß jeden Verdacht auf eine andere Haltung aus. Überdies konnte sie die Argumente der beiden auch nicht widerlegen, zumal es stimmte, was sie sagten: Sie hatte gute fachliche Noten, war gesellschaftlich aktiv, und es gab schließlich keinen Grund, sich selbst zu verleugnen. So trat sie die Flucht nach vorn an und sagte: Das ist ein sehr ehrenvolles Angebot, aber ich möchte erst noch das Ergebnis meiner Diplomarbeit abwarten, denn schließlich sollen nur die Besten in die Partei.

Dem war natürlich nichts entgegenzuhalten, doch Zak und Bredel lächelten süffisant, als wollten sie sagen: Wir haben verstanden, gar nicht dumm, aber du entkommst uns nicht. Katharina atmete auf, daß sie ihr keine weiteren Fragen stellten und sich das Gespräch ins Allgemeine verlor. Sie hatten ihre Antwort wohl oder übel akzeptiert, und später, das wußte sie, lief man auseinander, und für ein zweites Gespräch fehlte die Gelegenheit.

Dennoch ging sie ruhelos nach Hause und lag nachts lange wach. Sie starrte auf den gegenüberliegenden Häuserblock, der wie eine schwarze Mauer bis an die Unendlichkeit des Himmels zu ragen schien, und überlegte, ob sie sich mit dieser Absage nicht doch alles verdorben hatte. Das Dunkel der Nacht kam ihr wie ein Blick in die eigene Zukunft vor. Keine innere Stimme sagte ihr etwas, keine Ahnung erfüllte sie, nichts, was ihr ein Zeichen gegeben hätte. Nur das Gefühl, daß irgendwo hinter einer verschlossenen Tür eine Entscheidung über sie getroffen sein könnte, von der sie nichts wußte und auf die sie keinen Einfluß hatte, drängte heran. Denn eines gehörte ganz sicher zu den Gesetzen des Alltags: Wer guten Willens war, wurde gelenkt und geleitet und wußte nicht, wie ihm geschah. Aber wehe dem, der in die ausgestreckte Hand nicht einschlug.

Plötzlich spürte sie ein Ziehen im Zahn, das einem tiefen Nadelstich glich, sich erst vereinzelt, dann immer rascher wiederholte und sich mit einemmal bündelte, als würde ihr eine Lanzenspitze in den Zahn gestoßen. Das Stechen ließ abrupt nach, und sie wollte gerade erlöst aufatmen, da ballte es sich zu einem Druck, der teuflisch auf den Kiefer preßte. Er drang gleich einer Fräse tiefer und tiefer, daß sie glaubte, jeden Augenblick würde ihr Kopf in tausend feine Splitter zerspringen. Alles war mit einemmal klein und nichtig, alles vergessen. Die ganze Welt rückte in den Hintergrund, und sie schien nichts mehr wahrnehmen zu können als diesen Schmerz, der sich mit dem Strom des Blutes allmählich über den ganzen Kopf verteilte, sich in allen Höhlungen und Wölbungen festsetzte, überall bohrte, hämmerte, schlug, schnitt und brannte und so quälend wurde, daß ihr nur noch die Fahrt zum Notdienst blieb. Im Sprechzimmer der Poliklinik nahm sie auf dem Behandlungsstuhl, dieser Dingwerdung aller Ängste, Platz, sah, wie die Spritze aufgezogen wurde, was ihr gewöhnlich einen kalten Schauer über den Rücken laufen ließ, doch im Augenblick war ihr alles egal. Hauptsache, sie wurde von diesem Schmerz erlöst. Sie schaute nicht auf die Instrumente, diese vorsintflutlichen Marterhaken, und auch nicht auf den Arzt. Ob Mann, Frau, Schüler oder Student, ob einer oder viele sie behandelt hätten, ob sie Kittel oder Schlächterschürzen trugen, ob Greifarme, Zangen oder Scheren nach ihr langten – alles, alles war ihr recht, wenn nur dieser Schmerz ein Ende nahm. Sie dachte an Hagen, halb wütend, halb traurig, denn es bestätigte sich ihr wieder einmal: Immer dann, wenn es darauf ankam, war er nicht bei ihr.

Sie hatte vom Zahnziehen nichts gemerkt und unterhielt sich anschließend geradezu erlöst noch eine Weile mit dem Arzt, den sie jetzt erst wahrnahm und der nicht viel älter als sie selber war.

Meine Ablösung ist gerade gekommen, sagte er, wenn Sie nichts dagegen haben, begleite ich Sie ein Stück, ich muß in die gleiche Richtung.

Er brachte sie nach Hause und sie fragte sich, warum es nicht Hagen sein konnte, der jetzt neben ihr ging. Katharina hatte entgegen ihrer sonstigen Gewohnheit wenig Lust zu reden, zumal die Spritze noch wirkte. Ihr Begleiter machte auf sie einen angenehmen Eindruck, denn er verbreitete eine wohltuende Ruhe. Als er sich von ihr verabschiedete, sagte er nur: Vielleicht könnten wir mal zusammen ins Theater gehen, und sie entgegnete: Lieber nicht, ich habe einen ziemlich eifersüchtigen Freund.

Doch dies schien ihn gar nicht zu berühren, und er meinte nur lächelnd: Aber ein Telefongespräch wird er Ihnen doch wohl gestatten.

Ich weiß nicht, sagte sie und verschwand im Haus.

Kurz nach Mitternacht klingelte das Telefon. Anna und Katharina schliefen schon, doch Kogler saß noch am Schreibtisch und nahm den Hörer ab, ungehalten, daß ein Mensch um diese Zeit noch anzurufen wagte. Edda war am Apparat. Was gibt's denn? fragte er unwirsch. Eddas Stimme klang seltsam aufgeregt. Ich wollte nur sagen, daß ich am Flughafen Tegel bin.

Kogler stutzte, weil ihm der Name so fremd und ungewohnt vorkam, schien einen Augenblick nachzudenken, dann rief er: Tegel, Moment mal, Tegel, das liegt doch drüben, auf der anderen Seite!

Ja, sagte Edda, meine Flucht ist geglückt, und ich bin endlich im Westen!

Jesusmaria, bist du denn von Sinnen, du narrische Geis! Was willst du denn da drüben? Nimm Vernunft an und komm sofort zurück!

Ihr könnt mich ja vergessen, wenn ihr wollt, sagte sie schnippisch und hängte auf.

Kogler hielt noch einige Augenblicke den Hörer in der Hand, als müsse er nachdenken, ob dieses Gespräch auch stattgefunden hatte, dann stürzte er zu Anna ins Schlafzimmer, weckte auch Katharina, und Augenblicke später saßen alle drei am Familientisch, blaß und reglos, und wußten nicht, wie ihnen geschehen war. Anna standen die Tränen in den Augen. Jetzt werden wir unsere Edda wohl nicht mehr sehen, sagte sie tonlos, wie konnte sie uns das bloß antun.

Sie hatte noch nie einen Familiensinn, entgegnete Kogler mit einer für ihn ganz ungewohnten Bitterkeit. Katharina fühlte sich von Edy verraten und im Stich gelassen. Sie wäre ihr am liebsten auf der Stelle hinterhergefahren, um sie zurückzuholen, doch sie spürte bloß ihre Hilflosigkeit, denn sie begriff, daß Edy zwar die Flüchtige, sie aber die Eingeschlossene war. Alle drei versuchten sich an die letzten Tage zu erinnern, an irgendeine Bemerkung Eddas, die auf ihr Vorhaben hätte hinweisen können, auf ein anderes als das gewohnte Verhalten, aber sie fanden nichts Auffälliges, nichts, was ihnen ein Zeichen gegeben hätte. Doch sie waren sich einig: In der Republikflucht lag keine Lösung. Kogler sah das christlich und meinte, daß jeder an dem Platz, wo er hingestellt war, wirken mußte. Im Lande zu bleiben und zu versuchen, den starren Verhältnissen etwas Eigenes, Lebendiges entgegenzusetzen, verlangte zwar Opfer, aber es wäre eine Haltung und eine lohnende Aufgabe gewesen. Außerdem begriff er nicht, wie Edda ihre beruflichen

Chancen, die doch gut standen, derart leichtfertig aufs Spiel setzen und alle Brücken hinter sich abbrechen konnte. Nein, Edda hätte ihnen das nicht antun dürfen. Katharina wußte, daß sie nun nie mehr ins Ausland fahren konnte und bei ihren Bewerbungen jetzt Schwierigkeiten haben würde. Erst die Ablehnung, in die Partei einzutreten, und nun auch noch eine Schwester, die republikflüchtig war – mit einem solchen Fragebogen hatte sie keine großen Zukunftschancen. Für uns, die Hinterbliebenen, sagte Kogler, gilt jetzt nur eins: Alles Vertrauen den Behörden.

Sie beschlossen, sofort die Flucht zu melden, denn Edda hatte von drüben angerufen, und da sie wußten, daß die Telefone abgehört wurden, wollten sie keine Zeit verstreichen lassen, weil dies nach Vertuschung oder gar Unterstützung ausgesehen hätte. Jetzt durften sie keinen Fehler machen, um nicht womöglich noch in den Verdacht der Mitwisserschaft zu geraten und ihre Lage noch prekärer zu gestalten.

So gingen Katharina und Anna gleich in den frühen Morgenstunden zum Polizeirevier. Sie standen vor einer Gittertür, die sich mit dem Ton des Türsummers öffnete. Ein Wachtmeister forderte ihre Ausweise und fragte mit abweisend verschlossener Miene, wohin sie wollten.

Wir möchten eine Republikflucht melden, sagte Katharina, und plötzlich kam Bewegung in das Gesicht des Volkspolizisten. In Vorbereitung oder vollzogen, fragte er.

Vollzogen, entgegnete Katharina. Da wich das Agile, und er meinte sichtlich enttäuscht: Dann Zimmer 18.

Schon das Betreten des Raumes löste Beklommenheit aus. Alles mutete düster und unfreundlich an, was sich durch die halb vertrocknete Blattpflanze auf dem Fensterbrett, die in allen Amtszimmern in der gleichen Trostlosigkeit zu finden war, noch verstärkte. Katharina glaubte, auch hier diese Gittertür zu sehen; vor den Büroschränken, vor den Aktenordnern, selbst vor dem Gesicht des diensthabenden Offiziers. Mit verschlossener Miene saß er hinter seinem Schreibtisch, unpersönlich und ganz Staatsmacht, richtete kein Wort an sie, sondern nahm kommentarlos zu Protokoll. Von einem Blatt las er Fragen ab: Vater, Mutter, Verwandte, Freunde, Bekannte. Alter, Beruf, Wohnort, Arbeitsstelle. Fluchtverlauf, wann der Anruf und von wo. Hinweise auf Reiseziele und dann die Angaben zu den beiden, die die Flucht gemeldet hatten: Mitglied in Parteien und Massenorganisationen, gesellschaftliche Funktionen, letzte Kontaktaufnahme zur flüchtigen Person und dazwischen immer wieder dieser mißtrauische Blick des diensthabenden Offiziers und seine unausgesprochene Frage, ob sie nicht doch etwas den Organen verheimlichten und von der Absicht der Flucht gewußt hatten. Vergeblich versuchte Katharina der Wortkargheit des diensthabenden Offiziers eine Hintergrundinformation abzuluchsen oder irgendeine Andeutung herauszuhören, was jetzt auf sie zukommen würde, aber nichts geschah.

Wortlos legte sie Eddas Wohnungsschlüssel auf den Schreibtisch. Dies tat ihr in der Seele weh, denn sie wäre gerne noch einmal in die Wohnung gegangen, um sich einige Vasen, Bücher und Zeichnungen zu holen; um die Silberdose, das giftgrüne Teeservice und die Staffelei nicht dem Fiskus überlassen zu müssen, aber sie befürchtete, daß die Wohnung bereits observiert wurde, und so schien es ihr ratsamer, sich fernzuhalten. Die Fluchtwohnung wird versiegelt, sagte der Offizier und legte den Schlüssel in ein Schubfach, das Weitere übernimmt der Sektor Staatliches Eigentum beim Magistrat.

Anna wußte, daß sie keinen Anspruch auf Eddas persönliche Gegenstände erheben konnten, ja daß bei einer Republikflucht die Angehörigen besser nicht danach fragten, weil es sich in einem solchen Fall um ein Staatsverbrechen handelte. Davon hatte man sich auch dadurch zu distanzieren, daß man das Eigentum – und war es noch so wenig – stillschweigend dem Staat überließ.

So schien es ihr nur klug, den Wohnungsschlüssel sofort auszuhändigen. Bei einer so heiklen Angelegenheit kam es auf jedes Detail an, denn alles ging zu Protokoll.

Tage später erschienen zwei Herren, um nähere Erkundungen über Edda einzuholen. Anna und Katharina hatten zwar mit einem solchen Besuch gerechnet, hatten sich auch die Ausweise zeigen lassen, ohne in der Schnelligkeit etwas Genaues erkennen zu können – trotzdem besaß die Situation etwas Unheimliches. Sie wußten nicht, was die Herren mit all den Fragen bezweckten, denn Edda war damit nicht mehr zurückzuholen.

Auch zu Kogler ins Institut kamen sie, um sich nach dem genauen Wortlaut des Telefonats zu erkundigen. Katharina wurde sogar noch einmal ins Polizeipräsidium bestellt. Auch hier saß sie wieder in einem Raum, der einer geheimen Verschlußsache glich, und wurde befragt, ob sich inzwischen neue Hinweise auf den Fluchtverlauf ergeben hätten: Flugzeug eventuell oder Autobahn. Auch Briefe wollte die Frau Leutnant sehen, Briefe, die inzwischen gekommen waren. Aber Katharina konnte nichts vorzeigen, denn seit dem Anruf hatte sie nichts mehr von ihrer Schwester gehört.

Je länger Kogler über die Flucht nachdachte, desto unheimlicher wurde sie ihm. Er hatte ja nie begriffen, weshalb einer in den Westen ging, geschweige denn, es gutgeheißen, aber er hätte nie gedacht, daß dies auch einmal in seiner eigenen Familie passieren sollte. Sicherlich konnte er wegen Edda nicht zur Verantwortung gezogen werden, denn sie führte schließlich schon längst ihren eigenen Haushalt. Aber es genügte schon, Priewe, den Parteisekretär, davon in Kenntnis setzen zu müssen und vor ihm, wenn auch unausgesprochen, so doch wie jemand dazustehen, der in der Erziehung seiner Kinder versagt hatte. Es war alles unangenehm und demütigend. Mit einem Fluchtfall innerhalb der Familie, das spürte Kogler deutlich, hatte er ein gut Teil seiner persönlichen Integrität verloren. Es gab jetzt etwas, das man ihm vorhalten konnte. Doch noch betroffener machte ihn die Tatsache, daß Edda ihr Leben riskiert hatte, um diesem System den Rücken zu kehren. Die Vorstellung, seine Tochter hatte die Mauer mit den Spanischen Reitern, den Hundelaufgräben und dem Todestreifen überwunden, ließ ihn erschauern. Er sprach viel mit Anna darüber, denn es war ihm unbegreiflich, was Edda zu diesem selbstmörderischen Mut getrieben hatte und wie sie das alles eingefädelt und organisiert haben mochte. Er wußte nicht, ob er dies als eine Heldentat oder einen sträflichen Leichtsinn bezeichnen sollte, aber im stillen dankte er dem Herrgott, daß Edda nichts passiert war.

Franz und Anna machten sich wenig Hoffnung,

ihre Tochter jemals wiedersehen zu können, aber sie wußten sie wenigstens in Sicherheit, und dies war doch ein gewisser Trost. Außerdem sagten sie sich, wer so etwas riskierte, der besaß Entschlossenheit und Kraft genug, um auch im Westen wieder Fuß zu fassen. Je länger Kogler über die Flucht nachdachte, um so deutlicher sah er etwas zutiefst Symbolisches in ihr. Sie schien ihm der Beginn der Auflösung der Familie zu sein, und er wagte nicht zu denken, daß dies eine Vorwegnahme noch viel größerer Veränderungen sein könnte, die unweigerlich kommen mußten.

Er verfolgte ja schon den ganzen Sommer über mit wachsender Spannung die Ereignisse in der Tschechoslowakei und hatte bis jetzt keine Rede Dubčeks versäumt. Endlich sprach einer aus, was auch ihn schon lange bewegte. Endlich hatte jemand den Mut, dem Sozialismus einen lebendigen Geist einzuhauchen. Kogler war sich bewußt, daß es sich hier nicht um irgendeine momentane Strömung, sondern um ein großes historisches Ereignis handelte. Dubčeks Programm gab ihm den Glauben an den Sozialismus zurück. Kogler fühlte wieder etwas von dem Schwung zurückkehren, mit dem er begonnen hatte und der ihm im Laufe der Jahre Stück um Stück genommen worden war. Ein System, das von innen heraus die Kraft besaß, sich zu erneuern, und zu einer Selbstreinigung fähig war – dem gehörte die Zukunft. Darin bestand für ihn kein Zweifel. Daß ein so wacher und kritischer Kopf wie Dubček aus den Reihen der Partei kam, stimmte Kogler überdies hoffnungsvoll. Die Partei war also doch, wie er es gelernt hatte, der lebendige Quell, aus dem das Neue sprudeln konnte. Kogler war voller Zuversicht, denn dieses

Beispiel konnte auch im eigenen Land nicht ohne Wirkung bleiben. Bald war auch hier wieder das abrechenbare Ergebnis gefragt und nicht die wohlklingende Absicht. Ein Sozialismus mit geistiger Freiheit und beweglicher Wirtschaft – das war die Gesellschaftsordnung, für die er gekämpft hatte. Nun konnte er seiner Familie beweisen, daß seine Entscheidung, in den Osten gegangen zu sein, richtig, ja goldrichtig war. Er hatte ja immer an die Zukunft des Ostens geglaubt. Hier gab es noch Ideale. Hier fanden die wahren Bewegungen statt. Mochte im Westen der Cowboyhut triumphieren – was kümmerte die da drüben deutsche Tradition und was die Zukunft der Nation, wenn nur ihr Wohlstand gesichert war. Alle dachten an ihr Haus, aber niemand an das Vaterland. Nur im Osten, wo die Menschen seit Jahrhunderten an Verzicht und Opfer gewöhnt waren, wurde ein rebellischer Geist wachgehalten. Er hatte also nicht umsonst ausgeharrt und sich in Geduld geübt. Daß ausgerechnet die Tschechen mit der Erneuerung des Sozialismus begannen, erfüllte ihn mit einem ganz besonderen Stolz.

Kogler spürte wieder das slawische Blut, das in ihm war, das langsam und träge floß und ihn wunderbar warm durchströmte. Er öffnete seine Schreibtischschublade, wo er nur Kostbarstes verwahrt hatte, griff nach seiner Mundharmonika, der perlmuttbesetzten diatonischen Zweilochharmonika, und spielte das Lied von der Moldau. Er blies aus voller Lunge hinein, denn erst die ganze Klangfülle gab der Melodie etwas Volltönendes und Majestätisches, wie es dem Fluß entsprach und wie er ihn in Erinnerung hatte.

Nach dem Ende des Studiums erhielt Katharina von der FDJ das Angebot, Leiterin des Hauses der Jungen Talente zu werden. Schließlich hatte sie schon Erfahrungen mit einem Jugendklub und einem Zirkel schreibender Arbeiter gesammelt, war erfolgreich in der Kulturarbeit, wie es hieß, hatte jugendgemäße Ideen, Freude an Eigenverantwortung und ein politisch geschultes Bewußtsein und schien für eine solche Funktion geradezu prädestiniert. Doch Katharina konnte sich dazu nicht entschließen. Dachte sie an den ständigen Ärger bei der Auswahl der Bands, an das aufwendige Absichern und Rückfragen, sobald ein Thema jenseits der Vorgaben lag, an den permanenten Widerspruch zwischen dem, was die Jugendlichen wollten und was ihnen nicht erlaubt war, wußte sie, daß ihr in einer solchen Funktion wenig Entfaltungsmöglichkeiten und noch weniger eigene Entscheidungen blieben. Doch die Rolle einer kulturellen Wächterin zu spielen und letztlich nur ausführendes Organ der Beschlüsse des Zentralrates sein zu müssen – das war ihr nichts. Außerdem hätte sich über kurz oder lang in einer solchen Position für sie erneut die Frage der Parteimitgliedschaft gestellt, und davon wollte sie sich fernhalten.

Katharina bewarb sich für eine Aspirantur am Philosophischen Institut und hatte Glück: Sie konnte an der Universität bleiben, ihren Doktor machen und war zufrieden, sehr zufrieden. Vor allem konnte sie sich damit so rasch wie möglich des lächerlichen Titels einer Diplomphilosophin entledigen. Klang doch Diplomphilosoph nach Diplomdenker und war für ihre Begriffe ein Widerspruch in sich selbst, weil ein Denken, das eines Diploms bedurfte, auf so schwachen Füßen stand, daß der Titel nicht einer Ehre, sondern einer Krücke glich, die es brauchte, um die wackligen Gedankengänge zu stützen. Ein Dipl. phil. kam ihr vor wie Zwergobst am Baume der Erkenntnis, wie das dürftige Rudiment eines einstigen Fundamentaldenkers, das seine Entsprechung in der Zeit gefunden hatte und ein sichtbarer Ausdruck für Kläglichkeit war. Ein Doktor der Philosophie dagegen beruhte auf ganz anderen Traditionen und hatte seine ehrbaren Vorgänger.

Auch Hagen fand, daß die Entscheidung, in der Wissenschaft zu bleiben und zu promovieren, richtig war, was sie ganz besonders freute, weil sie sich damit zugleich auch in ihrer Selbständigkeit bestätigt fühlte. Denn in letzter Zeit gab es wenig Gelegenheiten, sich in Ruhe mit ihm zu beraten oder gar einmal ausführlich über ihre Zukunft zu reden. Er sprach nur von sich und seinen Terminen, war viel unterwegs, und wenn sie sich trafen, dann immer nur kurz, nur flüchtig, als wäre alles ein Aufenthalt im Vorübergehen. Manchmal hatte sie sogar das Gefühl, daß er im Gegensatz zu früher auch dann, wenn er bei ihr war, an anderes dachte und einen seltsam abwesenden Eindruck machte. Sie führte dies auf seine private Situation zurück und zweifelte nicht daran, daß er im tiefsten Innern beides haben wollte – Familie und Freundin – und beides immer schwieriger miteinander vereinen konnte. Er war ungewöhnlich nervös, rauchte eine Zigarette nach der andern, saß immer auf dem Sprung, kam mit aufheulendem Motor an, fuhr mit aufheulendem Motor ab, trank rasch einen Tee, hastete von Termin zu Termin, rief zwischen zwei Sitzungen an, traf kaum noch feste Verabredungen und machte ganz den Eindruck eines Mannes, der seiner eigenen Unentschiedenheit entkommen wollte. Doch dann wurde sie eines Besseren belehrt: Hagen ließ sich erschöpft von seinen Tagesgeschäften in ihren Schaukelstuhl fallen, und plötzlich lag eine Pistole auf dem Tisch.

Katharina starrte erschrocken auf das schwarzmetallene Ungetüm, von dem sie noch nie ein Exemplar aus der Nähe gesehen hatte. Er nahm es in die Hand und lächelte. Eine Makarov, sagte er, neun Millimeter, dreißig Schuß.

Katharina wußte nicht, was das Ganze zu bedeuten hatte. Doch er schien ihren Schock sichtlich zu genießen und ließ die Pistole wie eine kostbare Münze auf dem flachen Handteller liegen, damit sie sie recht lange und eingehend betrachten konnte. Katharina wollte wissen, wie er zu dieser Waffe kam, und er sagte: Meine Dienstpistole.

Sie war betroffen, denn es klang wie eine Selbstauszeichnung, und sie sah ihm an, daß er dafür bestaunt werden wollte.

Nur weil die in der Tschechoslowakei verrückt spielen, muß ich mit so einem Ding herumlaufen, sagte er vorwurfsvoll. Katharina glaubte zwar, darin das übliche ablehnende Verhältnis des Intellektuellen zur Waffe herauszuhören, aber mehr noch den stolzen Seufzer, zu denen zu gehören, die so wichtig waren, daß sie so etwas in angespannten Zeiten zum persönlichen Schutz tragen durften.

Es ist streng geheim, daß ich so etwas habe, sagte er, kein Wort zu keinem, sonst bin ich geliefert.

Er spielte nicht mit der Pistole und machte auch keine Anstalten, Katharina den Gebrauch zu erklären. Er ließ die Waffe auf dem Tisch liegen wie ein Anschauungsmaterial und Beweisstück seiner Bedeutung und genoß es sichtlich, ihr vorführen zu können, daß er der Führung noch näherstand, als sie überhaupt ahnte. Hagen saß im Schaukelstuhl wie auf einem Präsidentensitz, lächelte vielsagend, als sei er schon morgen der erste Mann im Staate, und sagte: Denk nur nicht, daß jeder im Institut eine Waffe besitzt. Das darf nur der allerengste Kreis der Leitung. Handverlesen und von ganz oben persönlich abgezeichnet.

Irgendwie merkte sie, Hagen wollte bewundert werden, daß er zu den Auserwählten gehörte und damit zu den Hoffnungsträgern, doch sie fand das Ding auf dem Tisch eher gespenstisch, denn es führte ihr vor, daß alles nicht zusammenpaßte: nicht die Theorie zur Praxis, nicht der Anspruch zur Wirklichkeit, nicht das Recht zur Wahrheit – es war alles ein dunkler Rebus, beängstigend und undurchschaubar. Sie drückte ihm entschlossen die Pistole in die Hand, und er steckte sie gehorsam ins Schulterhalfter zurück. Hagen wollte sie nicht verärgern. Er war diesmal besonders zärtlich, schenkte ihr selbstverfaßte Gedichte, in denen er sie wie Petrarca seine Beatrice besang, und blieb länger als gewöhnlich, weil er für drei Wochen in Urlaub fuhr. Natürlich mit seinen Kindern, was sollte er denn machen, und auch mit seiner Frau. Sie war schließlich die Mutter seiner Kinder, und er konnte sie ihnen ja nicht vorenthalten. Selbstverständlich hatte er mit ihr nicht die geringsten körperlichen Beziehungen mehr. Aber sie mußte verstehen, daß er sich nur schrittweise von zu Hause lösen konnte. Er nahm Katharina in die Arme und bat sie um Geduld. Schließlich verband sie beide doch das Stärkere: die Liebe und die gemeinsame Zukunft. Hagen redete viel, viel zuviel, wie immer, wenn ihn ein Schuldgefühl plagte, erklärte ihr, warum es gerade diesmal nicht anders ging und er auf Wunsch seines Chefs in einem zentralen Parteiheim untergebracht war, um jederzeit abrufbar zu sein, wenn die besonderen Ereignisse eintreten würden. Hagen tat sehr gewichtig und geheimnisvoll und so, als wüßte er heute schon, was Katharina erst morgen wissen durfte, aber sie sagte nichts. Sie stellte nur fest, daß er mit einemmal auch nicht mehr den fiktiven Freund bei ihr suchte, keinem Phantom hinterherjagte, sie nicht verdächtigte und ganz ohne Mißtrauen und Eifersucht war. Vielmehr schien er froh zu sein, daß sie ihm keine Szene machte. Katharina war eben wunderbar und verständnisvoll: Sie ließ ihn nicht nur mit seiner Familie in Urlaub fahren, sie wartete auch noch brav zu Hause, bis er wiederkam. Plötzlich begriff sie, daß es noch Jahre so gehen und sich womöglich gar eine Gewohnheit daraus entwickeln könnte. Sie sah klarer denn je: Hagen überschätzte sich, denn sie war nicht die Frau, der dies auf Dauer zugemutet werden konnte. Sie war nicht für eine zweite Besetzung und erst recht nicht für ein Schattendasein geschaffen.

Als er abfuhr, wußte Katharina, daß sie nun endlich selber die Dinge in die Hand nehmen mußte.

Sie saß noch lange bei ihrer Mutter und berichtete aufgeregt von der Pistole. Sie rätselten, was da in der Tschechoslowakei bevorstehen könnte, doch Anna sagte nur: Das war bei den Nazis genauso. Die führenden Pgs hatten alle ihre Waffe. Die wußten schon, warum, und die heute wissen es auch wieder.

Hellberg hatte sich in Katharina verliebt, aber er war nicht der Mann, der zu ihr hingeeilt wäre und ihr das gesagt hätte. Nicht, daß er etwa schüchtern gewesen wäre, doch er wollte keinen Fehler machen und überlegte genau sein Vorgehen. Natürlich hätte es ihn gewundert, wenn eine Frau wie Katharina keinen Freund gehabt hätte. Nur daß es ausgerechnet so einer von diesen Bonzen sein mußte, enttäuschte ihn, denn gerade ihr hätte er einen besseren Geschmack zugetraut. Ein Empfinden wie Eifersucht allerdings war ihm fremd. Hellberg sah keinen Grund, sich mit irgend jemandem zu vergleichen, geschweige denn in Konkurrenz zu treten. Außerdem war Eifersucht für ihn jene Art von Selbsteinengung, die immer nur aus einem Gefühl persönlichen Ungenügens kommen konnte. Ein solches Gefühl aber kannte er nicht. Er sonnte sich zwar nicht im Licht der Obrigkeit wie dieser Lothar Hagen, aber Hellberg zählte sich zu jener Schar gut ausgebildeter junger Fachärzte, die im Rhythmus von Früh- und Spätdienst ihre Arbeit taten und sich darin so unabhängig fühlten, daß sie sich in ihren bescheidenen Kliniksstellungen weder als Untergebene noch als Anfänger sahen und denen es schon darum an Selbstbewußtsein nicht fehlte. Den Wunsch, in der Klinikshierarchie aufzusteigen, womöglich gar Chefarzt zu werden, hatte er aufgegeben, weil er dann der SED hätte beitreten müssen. Doch dies wäre für ihn nie in Frage gekommen, denn das politische System war ihm zutiefst fremd und ungeistig in jeder Hinsicht, und er wollte so wenig wie möglich mit ihm Berührung nehmen.

Seine Eltern hatte Hellberg im Krieg bei einem Bombenangriff verloren und war bei seiner Großmutter aufgewachsen, einer resoluten, gebildeten Frau, die selber viele Jahre als Ärztin eine Praxis geführt hatte. Für ihre Begriffe kam man nur dann gut durchs Leben, wenn man sich von jeglicher Politik fernhielt und statt dessen auf gediegene fachliche Fähigkeiten bauen konnte. Weil sie die Vorliebe ihres Enkels für alles Überlieferte kannte, schenkte sie ihm zu seinem vierzehnten Geburtstag eine alte Ullsteinausgabe der »Weltgeschichte«, in der er begeistert las. Doch nach dem Abitur entschieden beide, daß im Osten ein Studium der Geschichte keinen Sinn hatte, weil es letztlich nur Propaganda und darum vertane Zeit gewesen wäre. Gertrud Hellberg riet zum Medizinstudium, aber hier waren alle Plätze belegt. Nur für Zahnmedizin wurden zufällig noch einige Bewerber angenommen. Er hatte dafür zwar kein großes Interesse, aber er griff zu, weil er wußte, ein zweites Mal würde es auf derart unkomplizierte Weise keine Chance für einen so begehrten Studienplatz geben. Schon ein Jahr später, nach dem Bau der Mauer, war er heilfroh über seinen Entschluß, denn die Wehrpflicht wurde eingeführt, und wer wie er gerade studierte, den zogen sie vorläufig nicht zur Armee. Hellberg wohnte abwechselnd bei Freundinnen und bei seiner Großmutter, fand allmählich sogar Gefallen an seiner Fachrichtung, denn der Gegenstand war präzis und sachbezogen, und Arbeitsplätze gab es später genug.

Doch als er kurz vor dem Abschluß des Examens stand, starb seine Großmutter, und er sah sehr klar, daß ihn nun eigentlich in diesem Staat nichts mehr hielt. Aber die Mauer stand zu hoch, und für einen Weg nach drüben war es zu spät. Er mußte die Wohnung gegen eine kleinere tauschen, bekam eine Einraum-Nische im Neubau zugewiesen und zog mit ein paar Klassikerausgaben, seiner »Weltgeschichte« und den Möbeln der Großmutter um. Er hatte von ihr auch das Grundstück geerbt, ein stattliches Waldgrundstück am See im Norden Berlins, wo sie oft an heißen Sommertagen gewesen waren. Doch nach ihrem Tod hatte er es nicht mehr betreten. Es war mühsam und umständlich zu erreichen, und nachzusehen, ob der Zaun noch stand, schien ihm wenig Sinn zu haben, denn es gab keine neuen Zäune zu kaufen, und er kannte auch niemanden, der so etwas reparieren wollte. Außerdem stand er in der Facharztausbildung, hatte wenig Zeit und auch ganz andere Dinge im Kopf.

Seit ihm Katharina begegnet war, überlegte er nur noch, wie er sich ihr nähern konnte, und ging behutsam, aber mit der ihm eigenen Zielstrebigkeit vor. Er telefonierte öfters mit ihr und beendete meist als erster das Gespräch, um sein Interesse nicht zu vordergründig durchscheinen zu lassen. Als er merkte, daß sie sich durch seine Telefonate nicht belästigt fühlte, sondern immer länger mit ihm sprach, lud er sie ins Theater ein und genoß ihre Zusage wie einen stillen Triumph. Anschließend gingen sie in ein Restaurant, wo sich Katharina einen Spaß daraus machte, diesen wortkargen, etwas weltabgewandten Zahnartisten in die Anfangsgründe des Marxismus einzuweihen, ihm den Weg des Sozialismus von der Utopie zur Wissenschaft zu erläutern und ihm damit indirekt natürlich vorzuführen, daß er noch gehörig dazulernen mußte, wenn er sich mit ihr unterhalten wollte. Doch gerade dies amüsierte ihn. Sie konnte sagen, was sie wollte – er hätte ihr endlos zuhören und sie endlos anschauen können, denn alles an ihr fand er aufregend und schön. Außerdem war sie gescheit und von einem aufsässigen Geist beseelt, was das Sinnliche an ihr noch zu steigern vermochte. Er unterbrach ihre lehrreichen Betrachtungen und sagte: Sie wären die Frau, die ich auf der Stelle heiraten würde.

Dann tun Sie es doch, entgegnete Katharina, und nachdem er einen Augenblick seine Überraschung überwunden hatte, meinte er gelassen lächelnd: Geben Sie mir Ihre Daten, und ich gehe damit morgen zum Standesamt.

Sie schrieb auf eine Papierserviette alle nötigen Angaben zu ihrer Person, entschlossen und zugleich auch unsicher, denn sie hatte Angst, weil sie wußte, daß Hagen ihr diesen Schritt nie verzeihen würde. Doch es war die einzige Möglichkeit, um von ihm loszukommen und ihn mit dieser Entscheidung vor vollendete Tatsachen zu stellen. Sie hatte es ja schon oft versucht, wußte aber, daß ihr dies aus eigenen Kräften nicht mehr gelingen konnte. Hagen war bis jetzt immer wiedergekommen, ließ sie nicht in Ruhe, lauerte ihr überall auf, versprach, beschwor, drohte, flehte und machte sie mit seiner Nähe und seiner Eifersucht immer unfreier und ängstlicher. Zu guter Letzt war sie gar nicht mehr sie selbst, sondern nur noch die hilflose, handlungsunfähige Freundin eines verheirateten Mannes. Vor dieser Zukunft mußte sie sich retten. Katharina wußte zwar wenig von Hellberg, eigentlich sogar gar nichts, aber er gefiel ihr, denn von ihm ging so eine wohltuend überlegene Ruhe aus. Sie fühlte, daß er der Mann war, der ihr inmitten ihres Dilemmas den Halt geben konnte und auch den Schutz, den sie suchte. Ja, sie floh in die Ehe, um von Hagen endlich frei zu sein. Im stillen allerdings erschrak sie selber vor diesem kühnen Absprung und vermied ganz bewußt, tiefer darüber nachzudenken. Sie fragte sich auch nicht, was später werden sollte, sondern verließ sich allein auf das Gefühl, daß es in diesem Augenblick das einzig Richtige war, was sie tun konnte und tun mußte. Natürlich wußte sie, daß Hagen Beziehungen und Einfluß genug besaß, um nicht nur ihr, sondern auch Hellberg zu schaden, und daß er nichts unversucht lassen würde, dies zu tun. Doch Hellberg beruhigte sie. Um ihn brauchte sie sich keine Sorgen zu machen, denn wie wollte ein Lothar Hagen ihm schaden? Zahnärzte wurden schließlich allerorts gesucht, und der Staat konnte froh sein, wenn sie bei der schlechten Bezahlung im Lande blieben und den fleißigen Werktätigen die Gebisse in Ordnung hielten. Ihm konnte keiner, und sie, was sollte sie denn zu befürchten haben? Auch der Baum eines Lothar Hagen wuchs nicht in den Himmel. Auch er war nicht allmächtig und mußte aufpassen, daß ihm in seiner Position niemand am Zeug flickte. Außerdem mochte die Partei keine Affären. Da ein Mann wie Hagen vermutlich aber noch höher aufsteigen wollte, konnte er sich erst recht nichts leisten. Für solche Funktionen gab es genügend Anwärter, die nur darauf lauerten, daß er einen Fehler machte. Nein, sie brauchte keine Angst zu haben.

Katharina imponierte Hellbergs Selbstbewußtsein, das sie sogar etwas überraschte, aber sie blieb dabei: Sie trafen sich erst wieder am Tage ihrer Hochzeit. Hagen durfte vorher nichts erfahren, um nichts zu guter Letzt noch verhindern zu können. Denn eines stand fest: Dieser Mann liebte sie. Ja, er liebte sie ganz außerordentlich, und irgendwie konnte sie es verstehen, wenn er sich nicht mehr in der Gewalt haben würde und die Nerven verlor.

Hellberg erfaßte nun doch eine gewisse Unruhe. Er war sich nicht sicher, was Katharina mit diesem Dr. Hagen noch verband und ob die Beziehung zu ihm nicht viel enger war, als sie es sich selber eingestehen wollte. Aber er wollte auch nicht danach fragen. Bestimmte Dinge, die in der Tiefe ruhten, sollte man dort liegenlassen. Waren sie erst einmal ausgesprochen, waren sie auch schon herbeigerufen. Er hatte das Glück, sie zu heiraten, und alles andere war gewiß auch eine Frage der Zeit.

Seit Eddas Flucht hatten Franz und Anna den Eindruck, in einem Zustand fortgesetzter innerer Unruhe zu leben, denn nichts war mehr gewiß. Sie saßen den ganzen Sommer Abend für Abend am Fernsehgerät, verfolgten voller Spannung die Geschehnisse in Prag, sahen Bilder von den Straßen und Plätzen der Stadt, durch die sie als Jungverheiratete so oft und so gern spaziert waren, und wurden von einer seltsamen Stimmung erfaßt. Natürlich hätte Franz nie mehr das geliebte Prag betreten, wo die Tschechen seine Wohnung, seine Bibliothek, sein gesamtes Vermögen beschlagnahmt und ihn als Deutschen wie einen Verbrecher davongejagt hatten, und wußte sich in diesem Punkte mit Anna einig. So etwas konnte nicht vergessen werden, aber jetzt wäre er am liebsten in dieser Stadt gewesen, um die Tschechen zu unterstützen. Was dieses tapfere Volk jetzt in Bewegung setzte, stimmte Kogler im nachhinein versöhnlich und nachsichtig gegenüber dem, was man ihm und seiner Familie angetan hatte, und Anna gab ihm recht.

Als sie sahen, wie die Panzer der Bruderarmeen über den Wenzelsplatz rollten, fühlte Kogler seit Jahren zum ersten Mal wieder eine heimatliche Verbundenheit, und es war ihm, als hätte man in den Boden seines Herkommens einen giftigen Pfahl gerammt. Er war empört und ratlos zugleich. Ein Aufbegehren dagegen schien ihm sinnlos, denn was bedeutete schon die Stimme eines einzelnen. Für noch deprimierender jedoch hielt er das ewige Schweigen und Hinnehmen. Auch wenn es nichts nützte und alles so weiterging wie bisher, fand Kogler doch, daß jetzt der Zeitpunkt gekommen war, wo er einmal sagen mußte, was er dachte, auch wenn man ihn darum für politisch naiv halten und belächeln würde.

Als er Tage später zu Semesterbeginn ins Institut kam und den neuen Parteisekretär pflichtgemäß von der Flucht seiner Tochter Edda in Kenntnis setzen wollte, hielt ihm Priewe als erstes eine Willenserklärung entgegen, in der sich die Genossen des Slawistischen Institutes mit ihrer Unterschrift zu den brüderlichen Hilfsmaßnahmen bekennen sollten. Sie waren notwendig, hieß es, um in der Tschechoslowakischen Sozialistischen Republik die Konterrevolution niederzuschlagen und die aggressiven Pläne des Imperialismus zu vereiteln.

Kogler las den Text, sah auf Priewe, der mit unbewegter Miene vor ihm saß und seine Unterschrift abverlangte. Die Selbstverständlichkeit, mit der er dies tat, ärgerte ihn so sehr wie das dreiste geschichtliche Unwissen, das dieser Parteiaufsteiger demonstrierte. Gerade ihm, der ohne Koglers Kenntnis im Institut eingestellt worden war, konnte es nicht schaden, wenn er einmal sah, daß es noch Genossen gab, die sich nicht so ohne weiteres von oben eine Meinung abfordern ließen.

Für die Weltbewegung des Sozialismus ist es ein schwerer Rückschlag, wenn Panzer gegen erneuernde Ideen eingesetzt werden, sagte Kogler, der Einmarsch in Prag ist ein Vergehen am tschechischen Volk, das ich mit meiner Unterschrift nicht unterstützen werde.

Priewe sah ihn betroffen an und schien so überrascht, ja geradezu verwirrt, daß er nicht wußte, was er sagen sollte. Schließlich meinte er nur: Wenn das so ist, Genosse Kogler, dann müssen wir einmal prinzipiell die ideologischen Standpunkte klären.

Dieser Satz löste in Kogler eine ungute Ahnung aus. Er atmete auf, als Priewe das Zimmer verlassen hatte, und überlegte, wie er taktisch vorgehen mußte, um möglichen Konsequenzen zuvorzukommen. Doch noch ehe er zu einem Ergebnis kam, wurde er schon durch einen Telefonanruf für den nächsten Morgen in die SED-Kreisleitung bestellt.

Vier Genossen hatten sich eingefunden, unter ihnen der Sekretär für Agitation und Propaganda und der Sekretär für Wissenschaft. Sie fragten ihn, weshalb er die Erklärung nicht unterschreiben wolle. Kogler sah in die Gesichter der Gegenübersitzenden, austauschbare konturenlose Gesichter, vernahm die austauschbaren konturenlosen Worte und entgegnete, daß niemand von ihm verlangen könne, eine Erklärung zu unterschreiben, deren Inhalt gegen das Ideal des Sozialismus gerichtet sei.

Die Tschechen sind keine Konterrevolutionäre, sagte er, sie wollen nur den Sozialismus aus seiner Erstarrung befreien und ihn wieder lebendig und menschlich machen. Dagegen Gewalt einzusetzen, kann mit nichts gerechtfertigt werden. Außerdem muß man auch die nationalen Eigenheiten beachten.

Das mag deine ganz private Meinung sein, Genosse Kogler, sagte einer der vier, aber zuallererst ist es die Pflicht eines jeden Genossen, gerade in zugespitzten Situationen des Klassenkampfes die Schlagkraft unserer Partei zu stärken und nicht zu schwächen.

Kogler spürte, wie sinnlos es war, mit den Anwesenden tiefergehende ideologische Fragen zu erörtern. Sie hatten den Auftrag, die Ergebenheitserklärung von allen Institutsdirektoren abzufordern, aber von den theoretischen Problemen des Marxismus verstanden sie nichts. Es lohnte nicht, sich mit ihnen deshalb anzulegen. Trotz allem war Kogler froh, den Genossen der Kreisleitung einmal sehr offen seinen Standpunkt dargelegt zu haben, schon damit sie sahen, daß nicht jeder so ohne weiteres gewillt war, zentrale Vorgaben wiederzugeben, als wären es die eigenen Gedanken. Immerhin hatten sie ihm aufmerksam zugehört, was darauf schließen ließ, daß sie seine Offenheit letztlich doch als einen Vertrauensbeweis zu schätzen wußten.

Er ging mit keinem schlechten Gefühl nach Hause. Auch Anna meinte, daß es richtig war, einmal laut und vernehmlich zu sagen, was man dachte, um wenigstens seine Würde zu bewahren, und beide ahnten nicht, was eine Woche später kommen sollte: Auf einer außerordentlichen Mitgliederversammlung der Grundorganisation wurde das Parteiausschlußverfahren gegen den Direktor des Slawistischen Institutes, Genossen Professor Dr. Franz Kogler, eröffnet.

Die gesamte Sektionsleitung war gekommen, auch Vertreter des Rektorats, des Senats und des Ministeriums, und folgten den Ausführungen Priewes, der im Auftrag der Universitätsparteileitung den Hauptdiskussionsbeitrag hielt.

Die Vorgänge in der ČSSR haben bewiesen, sagte er, wie die konterrevolutionären Kräfte auch heute mit pseudosozialistischer Demagogie ihre Politik verhüllen, die auf Untergrabung der Grundlagen der sozialistischen Staatsmacht abzielt und ein sozialistisches Land auf den Weg der kapitalistischen Restauration führen soll. Ein Mitglied sollte aus der sozialistischen Gemeinschaft herausgelöst und somit das Kräfteverhältnis zugunsten des Imperialismus verschoben werden. Dank des geschlossenen Eingreifens sind die Pläne der Imperialisten, der Reaktion und der Konterrevolution in der ČSSR durchkreuzt worden. Genosse Professor Kogler allerdings bedauert dies. Er sympathisiert mit einem demokratischen Sozialismus und erkennt nicht das Konzept, das dahintersteckt: die Grundlagen der sozialistischen Gesellschaft zu liquidieren. Der Weg des sogenannten demokratischen Sozialismus ist der Weg der Unterwerfung unter das Monopolkapital und der völligen Preisgabe der Interessen der Arbeiterklasse und der übrigen Werktätigen durch die rechten SPD-Führer. In keinem Land, wo die Sozialdemokratie regiert, ist der Kapitalismus auch nur angetastet, geschweige denn gestürzt worden. Aber in jedem Land, in dem die Marxisten-Leninisten regieren, ist der Kapitalismus mit Stumpf und Stiel ausgerottet und der Sozialismus errichtet worden. Genosse Kogler jedoch wendet sich von der bewährten Linie unserer Partei ab und geht den Weg des Revisionismus. Damit zeigt er, daß er seinen Klassenauftrag als Wissenschaftler nicht verstanden hat. Er verkennt die Rolle der revolutionären Gewalt, leugnet die Grundfrage unseres Jahrhunderts, die Frage Wer-Wen, hegt Illusionen über die Ziele des Imperialismus, zieht die historische Mission der Arbeiterklasse in Zweifel und arbeitet als Verteidiger eines demokratischen Sozialismus objektiv den Monopolherren und ihren sozialdemokratischen Gehilfen in die Hände. Mit der Betonung des nationalen Charakters offenbart er, wie wenig er von den objektiven Gesetzmäßigkeiten der Revolution begriffen hat.

Kogler wußte: Mit dieser Rede wurde er zum Revisionisten und Feind des Marxismus erklärt. Jeder von ihnen, das spürte er, war froh, nicht an seiner Stelle zu stehen. Unter keinen Umständen wollte er ihnen die Chance geben, über ihn herzufallen, ihm den Katechismus der reinen Lehre vorzubeten und ihn einer besseren Wahrheit zu belehren. Gleichzeitig fühlte er, wie aussichtslos es war, gegen die Mehrheit recht haben zu wollen. Es galt, vorsichtig zu sein und nicht durch einen falschen Zungenschlag die Gemüter noch zusätzlich gegen sich aufzubringen. Sie alle, die sich Partei nannten, das spürte er in diesem Augenblick deutlich, hatten ihn in der Hand und bestimmten über sein weiteres Schicksal. Klüger schien es ihm daher, von vornherein allen Diskussionen auszuweichen und sich als ideologischer Versager zu bekennen.

Als er zu einer Stellungnahme aufgefordert wurde, sagte er nur, er könne die Vorwürfe des Revisionismus nicht entkräften und glaube, sie beurteilten ihn richtig. Dieses Geständnis führte ihn an die Grenze physischer Erschöpfung, und er wartete auf den Ausschluß wie auf das Wort einer Erlösung. Ein Kollege sagte mit reuiger Stimme: Wir haben unseren Genossen Kogler im Stich gelassen. Wir hätten mit ihm reden müssen. Die ideologischen Versäumnisse liegen zweifellos auch bei uns, und daher schlage ich in seinem Falle vor, ihn nicht aus der Partei auszuschließen, sondern zu streichen.

Kogler wußte zwar, daß die Streichung die mildere Form des Ausschlußes war, denn Ausschluß klang nach aktiver Gegnerschaft, und Streichung glich mehr einem Abstoßen – doch Ausschluß oder Streichung, Rausschmiß oder Entfernung –, ihm war in diesem

Augenblick alles gleich. Er wollte nur so schnell wie möglich diesen Raum verlassen, dem Inquisitionsgericht entkommen, denn das, was da geschah, trat ihm wie das Böse an sich entgegen; erbärmlich, verkommen, niedrig und verabscheuenswert, und er atmete fast auf, als alle Hände nach oben gingen und der einstimmige Beschluß gefaßt wurde, Genossen Franz Kogler aus den Reihen der Sozialistischen Einheitspartei zu streichen, um damit dem weiteren Eindringen revisionistischer Positionen eine entschiedene Abfuhr zu erteilen.

Als er das Universitätsgebäude verließ, sah er schon von weitem Anna stehen. Ihr Anblick ließ ihn eine so tiefe Liebe empfinden, wie schon seit Jahren nicht mehr. Solange es sie gab, das fühlte er deutlich in diesem Augenblick, konnte ihm nichts wirklich Schlechtes passieren. Er mochte nicht gleich in die Straßenbahn steigen, um nach Hause zu fahren, sondern spazierte mit ihr eng untergehakt lange durch die Stadt. Anna hatte den Eindruck, daß sein Schritt noch nie so leicht und beschwingt war.

Endlich bin ich die Partei los, sagte er, glaub mir, Annilein, das ist wie eine Befreiung.

Für sie war es beruhigend, daß er es so empfand und ihm diese Last nun nicht mehr auf der Seele lag. Beide erwogen das Für und Wider seiner Zukunft und wußten: Nur sein Name als Slawist, seine zahlreichen Veröffentlichungen im In- und Ausland boten ihm einen gewissen Schutz. Im tiefsten Innern vertraute er darauf, daß er sich bislang immer mit einer sicheren Balance auf seiner Lebensbahn bewegt und daß der Schöpfer seine Hand über ihn gehalten hatte. Doch schon am darauffolgenden Morgen schien er sich dessen nicht mehr so sicher: Als er in sein Institut kam und das Zimmer aufschließen wollte, saß Dr. Priewe an seinem Schreibtisch. Nicht verlegen und nicht peinlich berührt, im Gegenteil: Mit einer geradezu verletzenden Selbstverständlichkeit erklärte er ihm, daß er den Auftrag bekommen habe, die Leitung des Instituts zu übernehmen und Professor Kogler mitzuteilen, daß er mit sofortiger Wirkung von seiner Funktion entbunden sei.

Vom Rektor erhalten Sie Bescheid, wie weiter mit Ihnen verfahren wird, sagte er und tat dann sehr geschäftig. Kogler überlegte einen Moment lang, ob er nicht in den Hörsaal zu den Studenten gehen sollte, um ihnen zu sagen, weshalb er fortan keine Vorlesungen mehr halten durfte, doch dann meinte er, könnte dies als eine aufwieglerische Tat ausgelegt werden. Wegen dieser Befürchtungen verabschiedete er sich auch nicht von seinen Mitarbeitern, um sie selber in keine schwierige Lage zu bringen, sondern nahm lediglich ein paar persönliche Unterlagen aus dem Schreibtisch und verließ das Institut in dem Gefühl, daß er es nie mehr betreten werde.

V

Fünf Jahre nach der Entfernung aus dem Amt befand sich Kogler noch immer in einer merkwürdigen Situation.

Einerseits genoß er die neugewonnene Freiheit, andererseits bedrückte ihn die ungewisse Zukunft. Noch immer wartete er auf den Bescheid des Rektors, der ihm seinerzeit angekündigt worden war, aber nichts war bislang geschehen. Nur der Ring des Schweigens, der sich seitdem um Kogler gelegt hatte, schien von Mal zu Mal fester und undurchdringlicher geworden zu sein. Jäh waren alle Beziehungen abgebrochen, die ihm einst das Gefühl gegeben hatten, fest im Leben zu stehen, so daß es ihm an manchen Tagen vorkam, als sei er aus der Mitte des Geschehens in den entlegensten Winkel des Universums geschleudert worden. Natürlich wußte er sich auch ohne Amt zu beschäftigen. Er las viel, unterhielt eine immer größer werdende Korrespondenz, führte Tagebuch und widmete sich all den Forschungsaufgaben, für die früher nie Zeit gewesen war. Allerdings besaß er jetzt nur geringe Publikationschancen, weil sein Name in Fachkreisen seit dem Ausschluß aus der Partei mit dem Ruch eines Systemgegners behaftet war und kein Redakteur seinetwegen etwas riskieren oder sich selber in Mißkredit bringen wollte. Kogler hatte aber auch keinen Ehrgeiz mehr, sich irgendwo gedruckt zu sehen. Mit der Gegenwart hatte er abgeschlossen. Charakter bestand für ihn jetzt darin, zu dokumentieren, daß er nicht zur Zeit gehörte. So saß er wie gewohnt bis spät in die Nacht hinein an seinem Schreibtisch, wohl wissend, daß nichts, was einmal erarbeitet und erforscht worden war, verlorengehen würde, zumal er in seiner häuslichen Verbannung längst in Zeiträumen dachte, von denen die einäugigen Tagesphraseure, diese Fliegen des Marktes, nicht die geringste Ahnung hatten. Nein, Kogler langweilte sich nicht. Fast hätte er den Zustand als ideal empfunden, wäre da nicht immer wieder das Ungewisse seiner persönlichen Zukunft gewesen, das ihn quälte und ruhelos machte.

Einmal im Monat fuhr er ins Stadtzentrum zur Sparkasse, um zu sehen, ob ihm sein Gehalt überwiesen worden war, und jedesmal atmete er auf, wenn der Kontoauszug wieder die volle Höhe auswies. Von Mal zu Mal bangte er, daß man ihm das Geld vorenthalten könnte und er sich fragen müßte, wovon er leben sollte. Doch die Tatsache, daß sein Gehalt weitergezahlt wurde, als sei er wie eh und je in Amt und Würden, zeigte ihm, daß es der Partei nicht gleichgültig war, was mit ihm geschah, und er vielleicht doch noch auf eine Rückberufung an die Universität hoffen durfte. Er wagte nicht, nachzufragen, weil er befürchtete, sein Fall könnte dann noch einmal überprüft und eine neue, ungünstigere Entscheidung über ihn getroffen werden. So hielt er es für das Klügste, sich nicht mehr in Erinnerung zu bringen, alles so hinzunehmen, wie es war, und nirgendwo mehr in Erscheinung zu treten. Kam er von der Sparkasse, sagte er jedesmal gutgelaunt zu Anna: Für mich hat sich der Kommunismus bereits verwirklicht. Ich arbeite nicht, aber lebe ganz nach meinen Bedürfnissen.

Anderen Kollegen, die sich gleichfalls zu den Prager Reformen bekannt hatten, war es viel schlechter ergangen. Ein Dozent der Landwirtschaftlichen Sektion wurde ins Transformatorenwerk ans Fließband geschickt, und einem anderen wurde verboten, sich in Berlin aufzuhalten. Ihn dagegen behandelte die Partei vergleichsweise kulant, so daß sich trotz der Bestrafung ein Gefühl der Dankbarkeit einstellte.

Nun gut, er war nicht rebellisch, nicht zersetzend und nicht konspirativ gewesen; er hatte nur gesagt, was er dachte, wohl wissend, daß die Partei dies nicht hören wollte und jeden als ihren Feind betrachtete, der das verordnete Schweigen durchbrach. Sie hatte ihn dafür gezüchtigt wie einen ungehorsamen Sohn, aber ihn doch nicht seiner Existenz beraubt. Im Gegenteil: Bei vollen Bezügen tun und lassen zu können, was man wollte, war ein Zustand, von dem so mancher akademische Kollege, der inmitten der Verwaltungsarbeiten nicht mehr zum Forschen kam, nur träumen konnte. Wenn Kogler darüber nachdachte, fühlte er, in welch unwürdige Situation ihn diese Entscheidung gebracht hatte und wie sehr sie ihn mit sich entzweite. Einerseits hätte er die Partei hassen müssen, denn sie hatte ihn all seiner Wirkungsmöglichkeiten beraubt und ihm seine größte Freude – auf dem Katheder zu stehen und Vorlesungen halten zu können – genommen. Andererseits hatte sie ihn von einem seelischen Druck befreit und in den Status eines Privatgelehrten versetzt, was unter den gegebenen Verhältnissen geradezu ein Luxus war. Manchmal verwünschte er im stillen diese Zweischneidigkeit, und es wäre ihm lieber gewesen, die Partei hätte ihn härter bestraft, rüde und unmenschlich, wie es ihrem Umgang mit dem Klassenfeind entsprach. Dann hätte er ein Motiv gehabt, gegen sie zu kämpfen, laut und unnachgiebig; dann wäre er gewiß auf die Barrikaden gestiegen, hätte sie anprangern und auf sein Berufsverbot aufmerksam machen können. So aber verhinderte die Partei auch noch, daß er zum Helden werden konnte. Doch dafür, das wußte Kogler, waren nur wenige ausersehen. Ihm, das fühlte er, trauten sie ideologisch nicht, und darum stellten sie ihn ruhig wie einen Kranken und zahlten ihm das Gehalt weiter, damit er unauffällig, zurückgezogen und schweigsam, vor allem schweigsam, sein Leben verbrachte. Er zweifelte keinen Augenblick, daß sie die Zahlungen sofort einstellen würden, wenn er sich an die Öffentlichkeit wandte. Doch dies zu riskieren, sah er keinen Grund.

Er ging mit Anna viel spazieren, hatte zu ihrer Freude auch etliche der Ausflüge in die Berliner Umgebung nachgeholt, für die früher nie Zeit gewesen war, und besuchte des öfteren die Veranstaltungen der benachbarten Evangelischen Gemeinde. Der Pfarrer lud ihn zu Vorträgen für die Wochenendakademien ein, die Kogler gerne und bereitwillig annahm, denn nichts fand er ehrenvoller, als vor einer Gemeinde sprechen und sein Wissen ausbreiten zu dürfen. Natürlich vermied er politische Themen. Sie waren ihm viel zu vordergründig und profan. Statt dessen widmete er sich einer ganz besonderen, der vergessenen Literatur, sprach über den Schlesischen Dichterkreis, Opitz, Gryphius und Simon Dach, über Adalbert Stifter, den Dichter der feierlichen Ruhe, der im Volkstum des Böhmerwaldes wurzelte, über Rilke und Prag, und spürte, wie er sich mit diesen Themen immer mehr dem Boden seines Herkommens näherte, so als ob er in der Heimat Halt suchen wollte.

Besonders aber freuten ihn die Besuche Kenzioras,

mit dem er seit seinem Sturz in noch engerer Verbindung stand. Kenziora wollte ihm eine Stelle im Universitätsarchiv verschaffen, aber Kogler mochte nicht in die Stadt zurückkehren, aus der er einst nach Berlin berufen worden war. Er freute sich vielmehr an dem Gespräch mit seinem Freund und Kollegen, genoß die Offenheit, die für Kogler etwas Belebendes und Erfrischendes, ja geradezu Aufbauendes hatte und die ihm nichts ersetzen konnte. Er korrespondierte zwar seit Jahren mit ihm, doch nie in solcher Offenheit, weil er ahnte, daß die Briefe geöffnet und von den Dienststellen mitgelesen wurden. Allerdings machte der Zwang, die Wahrheit zwischen den Zellen mitzuteilen, einfallsreich und schuf eine Art Metaphysik des Geistes, die zu einer anregenden Motivation für jeden neuen Brief wurde. Sich anders als in den gewohnten Zeitungsvokabeln ausdrücken zu können, abgehoben und nichtachtend der ganzen verordneten Begriffswelt, gab das Gefühl des Elitären und Besonderen und damit die Gewißheit, über all den Niederungen zu stehen und folglich klüger und weitsichtiger als all diese emsigen Tagelöhner des Systems zu sein. Doch letztlich konnten die Briefe kein Gespräch ersetzen. Einmal wieder mit einem Freund und Kollegen von Angesicht zu Angesicht furchtlos reden zu können, einmal alles aus sich herauszuschütten, was sich angestaut hatte, zu sagen, was man dachte, und zu sehen, daß der andere genauso empfand – das war es, was Kogler brauchte. Gleichzeitig fragte er sich voller Betroffenheit, wohin es gekommen war, daß das Normalste von allem, die schlichte Ehrlichkeit, schon zu einem Höhepunkt und einer Genugtuung werden konnte.

Kenziora gestand ihm freimütig: Wenn er damals

nicht das schöne Haus von Frau Professor Reimar gekauft hätte und der herrliche große Garten nicht seine ganze Freude wäre, hielte ihn nichts mehr in diesem Staat. Er sagte, daß es mit der Universitätsbibliothek noch keinen Schritt vorangegangen war. Aus Berlin ließ sich kein führender Genosse sehen. Die Mittel für die Neuerwerbungen wurden ständig gekürzt, die Forschungslesesäle durften nur noch mit doppelten Sondergenehmigungen betreten werden, und in den Magazinen verschimmelten die Bücher, weil es an Lagerkapazität noch immer mangelte und der Rat und die Kreisleitung dies als kein gesellschaftlich vorrangiges Problem ansahen.

Ob man nun Bücher verbrennt, sagte Kenziora, oder Bücher in feuchten Kellern verschimmeln läßt – das eine ist ebenso Vernichtung von geistigem Gut wie das andere und bezeichnend für politische Diktaturen. An Unkultur stehen sich Nazis und Kommunisten in nichts nach.

Noch nie hatte Kogler in den letzten achtundzwanzig Jahren jemanden einen solchen Vergleich aussprechen hören. Er selber hatte es zwar immer gedacht, aber hätte sich das nicht einmal im kleinsten Kreise anzudeuten gewagt. Um so dankbarer war er für diese Offenheit, weil sie ihm zeigte, wie sehr sein Empfinden mit dem der anderen übereinstimmte. Dies zu spüren, war ihm wichtig, lebenswichtig, denn es bestätigte ihm, nicht von der Wirklichkeit getrennt, sondern tief mit ihr verbunden zu sein. Nicht er hatte eine falsche Sicht auf die Dinge und eine fehlerhafte Position, wie ihm seinerzeit vorgeworfen worden war, sondern die Partei befand sich auf dem Weg des Irrtums und würde eines Tages ihren Kurs korrigieren müssen. Diese Gewißheit gab Kogler inmitten seiner häuslichen Verbannung Zuversicht und war eine Rechtfertigung vor sich selbst, richtig gehandelt zu haben und nichts bereuen zu müssen.

Auch Anna freute sich über Kenzioras Besuch, weil sie spürte, wie gut es Franz tat, daß seine Haltung wenigstens in einem kleinen, internen Kreis Anerkennung fand. Sie war zufrieden, keine Wettbewerbsverpflichtungen, Seminaranalysen oder Rechenschaftsberichte für das Institut mehr abtippen zu müssen, und es schien ganz so, als hätte die Amtsenthebung ihr wieder den Ehemann zurückgegeben, der Zeit für sie hatte und morgens sogar ausgiebig mit ihr frühstückte. Endlich spürte sie wieder eine Gemeinsamkeit und ein Miteinander, wie sie es sich immer gewünscht hatte. Da sie bislang durch seinen Sturz keinerlei finanzielle Nachteile hatten, gab es eigentlich nichts, was zu beklagen gewesen wäre, im Gegenteil: Wenn alles so blieb, wollte sie dankbar sein.

Natürlich war sie nicht mehr Sekretär der Wohnparteiorganisation, denn als Frau eines Mannes, von dem sich die Partei getrennt hatte, konnte sie in einer solchen Funktion nicht bleiben, weil nicht sicher schien, ob sie nicht doch sein schädliches Gedankengut indirekt verbreiten würde. Die Kreisleitung hatte ihr daher empfohlen, aus gesundheitlichen Gründen ihr Ehrenamt niederzulegen, und sie tat es sofort, denn sie war froh, sich nicht mehr um die lokalen Kleinigkeiten kümmern zu müssen. Sie kosteten stets viel Zeit und brachten selten ein sichtbares Ergebnis. Anna wollte überhaupt keinerlei gesellschaftliche Funktion mehr annehmen, weil es zu deprimierend war, sich immer bloß vergeblich zu bemühen. Sie führte nur noch das Hausbuch. Die Hausgemeinschaftsleitung hatte sie darum gebeten, und Franz hielt es für klüger, wenigstens noch im Kleinen Bereitschaft zum Mittun zu zeigen, damit nicht der Eindruck entstand, daß er um sich herum ein stilles Nest des Widerstandes baute. Da Anna mit den Nachbarn nie über sich und ihre Familie sprach, wußte auch niemand im Hause, was Kogler widerfahren war, und sie fand es gut, daß alles unter dem Schein der Normalität so weiterging wie bisher. Das Hausbuch zu führen, war ja auch keine große Angelegenheit, zumal Anna die meisten Mieter kannte und sich seit ihrem Einzug vor zwölf Jahren nichts Wesentliches verändert hatte.

Im Parterre wohnte noch immer der Hauswart, ein strammer Mittfünfziger, der schon Tausende von freiwilligen Stunden im Nationalen Aufbauwerk geleistet hatte, Vorsitzender der Hausgemeinschaftsleitung war und den Vorgarten pflegte. Seine Frau eilte jeden Morgen in der Uniform einer Zollbeamtin zur Straßenbahn und putzte zweimal im Monat das gesamte Treppenhaus, das auch stets einen sauberen Eindruck machte. Dem Hauswart gegenüber wohnte eine Invalidenrentnerin mit ihren beiden Töchtern, die bei der Kirche als Sekretärinnen arbeiteten, und die ein Zimmer an einen staatenlosen Mann aus der Ukraine vermietet hatte, den achtzigjährigen Kotschewin, der als Nachtwächter in einem nahegelegenen Möbellager sich seine Rente aufbesserte. Die Familie im ersten Stock hatte früher niemand beachtet, doch seit die Frau Verkaufsstellenleiterin des benachbarten Konsums geworden war, schien jeder dankbar, sie im Hause zu haben, weil sie immer auf Sonderlieferungen wie Honig, gezuckerte Büchsenmilch oder Pfirsichkompott im Vorübergehen aufmerksam machte. Im dritten Stock wohnte das Fräulein Niethack, die hier in dieser Wohnung geboren war und die Zimmer ihrer verstorbenen Eltern an zwei alleinstehende Damen untervermietet hatte. Fräulein Niethack war Mitglied der Hausgemeinschaftsleitung, hatte als Rentnerin viel Zeit und alles im Blick, regelte die Ordnung auf dem Wäschetrockenboden, wo jeder Mietspartei drei gleich lang gespannte Leinen zur Verfügung standen, paßte auf, daß in den verwinkelten Kellergängen keine gebrauchten Möbel abgestellt wurden und die Kinderwagen und Fahrräder im Flur den Müllmännern nicht den Weg zum Hof versperrten. Sie war der alles durchwaltende gute Hausgeist, kannte fast alle in der Straße, hielt mit jedem ein freundliches Schwätzchen und legte Wert darauf, zu betonen, daß sie mit der Politik nichts im Sinne hatte.

Ganz oben, direkt unter dem Dach, wohnte ein Internist aus der Charité, dessen Söhne Anna hatte heranwachsen sehen und der sich einen Spaß daraus machte, an Fest- und Feiertagen jeden, den er im Hause traf, mit »Rot Front« zu begrüßen. Von allen bekam er eine lachende Antwort, nur der Hauswart nahm den Gruß ernst und erwiderte mit geballter Faust und kämpferischer Miene. Von ihm wurde es auch erwartet, denn er war derjenige, der streng darauf achtete, daß am 1. Mai und am 7. Oktober die Hausfront ordnungsgemäß beflaggt war. Bei anderen Höhepunkten oder Sonderanlässen, wie Parteitagen oder Staatsbesuchen, gab er Schmuckelemente oder kleine Papierfähnchen aus, die die Mieter in die Blumenkästen ihrer Balkone zu stecken hatten. Da die Straße abseits der Protokollstrecke lag, war es nicht direkt Pflicht, die Fassade zu gestalten, so daß einige Mieter auch wagten, nicht zu flaggen. Für den Hauswart jedoch war dies jedesmal ein Anlaß, Sonntag morgens zu klingeln, um einen Besenstiel und ein Fahnentuch hereinzureichen, damit das Versäumte nachgeholt werden konnte. Genaugenommen hätte sich niemand von ihm auch nur irgend etwas sagen lassen müssen, aber da jeder im Hause wußte, daß er hauptamtlich als Instrukteur der SED-Kreisleitung tätig war und in dem Ruf stand, ein Hundertfünfzigprozentiger zu sein, wollte sich keiner unnötig mit ihm anlegen und nahm wortlos Besenstiel und Fahnentuch entgegen. Gleichzeitig war es aber auch ein Entgegenkommen, weil er den Vorgarten gestaltete und seine Frau das Treppenhaus in Ordnung hielt.

Anna gegenüber war in all den Jahren keiner der Mitbewohner einmal arrogant oder großsprecherisch aufgetreten. Sie schienen ihr alle einfache und bescheiden lebende Menschen zu sein, freundlich und hilfsbereit, und darum fühlte sie sich unter ihnen auch wohl. Weshalb allerdings die Mieter jeden Besuch, vor allem den Westbesuch, in das Hausbuch eintragen lassen mußten, konnte sie sich nicht erklären. Einmal in zwei Jahren kam der Abschnittsbevollmächtigte der Deutschen Volkspolizel, um Einsicht in das Hausbuch zu nehmen, und Anna fragte sich, was er mit diesen Angaben wollte, zumal seine Dienststellen die Aufenthaltsgenehmigungen erteilten und ohnehin jeden registrierten, der in den Ostteil der Stadt eingereist war. Diese Eintragungen schienen ihr mehr eine Gehorsamkeitsübung, denn eine Notwendigkeit zu sein, und so handhabte sie die Hausbuchführung ziemlich gleichgültig. Wenn ihr jemand einen Besuch meldete, der länger als drei Tage dauerte, trug sie ihn ein mit Name, Anschrift, Alter, Beruf und Aufenthaltsdauer; wenn nicht, wußte sie von nichts und fragte auch nicht danach. Niemand konnte von ihr verlangen, mehr als nur noch das Nötige zu tun.

Das einzige, was sie tief in der Seele beschäftigte, war der Umstand, daß sie Edy nicht sehen konnte. Sie telefonierte zwar oft mit ihr und wußte, daß es Edy nicht leicht hatte, sich als Künstlerin eine eigene Existenz aufzubauen. Sie half ihr dabei, ohne daß Franz etwas davon merkte, schickte ihr Bücher und Bildbände, sogar Bettwäsche und Kochgeschirr. Obgleich dies verboten war, riskierte sie es trotzdem, denn mehr als das Paket beschlagnahmen konnten sie nicht. Seit Anna ihr sechzigstes Lebensjahr erreicht hatte, spielte sie ständig mit dem Gedanken, ein Visum zu beantragen und Edy zu besuchen, denn dies stand ihr als Rentnerin zu und war wohl auch das einzig Schöne an diesem Alter. Sie hätte es probieren können. Allerdings wäre dies wohl nur dazu gut gewesen, um wieder einmal zu erfahren, daß es keine Gesetze, sondern nur Sonderregelungen und Ausnahmen gab, die nirgendwo geschrieben standen, aber von denen jeder wußte. Franz warnte sie dringlich davor, sich in diese Mühlen zu begeben. Allein einen solchen Antrag zu stellen, konnte für seine Begriffe doch so gedeutet werden, als würde sie noch im nachhinein Eddas Flucht gutheißen. Damit lenkte Anna nur unnötig die Aufmerksamkeit der Dienststellen auf sich, was gerade jetzt, in seiner Situation, alles andere denn ratsam war. Für Franz stand fest, daß ein solcher Antrag als eine Provokation gewertet und ihm womöglich noch angelastet werden konnte. Am Ende hieß es gar noch: Anna wollte zu ihrer republikflüchtigen Tochter nur deshalb fahren, um irgendwelche unerlaubten Kontakte zu knüpfen oder Verbindungen aufzunehmen, die Kogler dann für staatsfeindliche Aktivitäten benutzte. Man hatte ja schon von den verschrobensten Konstruktionen gehört. In der unsicheren Situation, in der er und damit auch Anna sich befanden, war es besser, Zurückhaltung zu üben. Denn daß die Dienststellen ein Auge auf ihn und seine nähere Umgebung hatten, daran zweifelte er nicht einen Augenblick. Jetzt galt es, ihnen keinen Anlaß zu liefern, seine Situation zu ändern. So wie sie war, war sie erträglich, und dabei sollte es bleiben.

Anna leuchtete angesichts der gegebenen Umstände zwar ein, was Franz sagte, aber es bedrückte sie, Edda noch immer nicht sehen zu können.

Seit Katharina schwanger war, hatte sich vieles verändert. Sie wohnte zwar noch immer in Hellbergs Neubauzelle, in dieser genormten Einraumöde, wo jeder Schritt vorgezeichnet war, jede Geste, jedes Wort etwas Gläsernes, Durchsichtiges bekam und auch die unauffälligsten Angewohnheiten zum gegenseitigen Verdruß werden mußten. Aber ihr Arbeitseifer hatte nachgelassen, und darum vermißte sie auch momentan nicht den Winkel, in den sie sich ungestört zurückziehen konnte. Statt sich der allweisen Wissenschaft zu widmen, wie es sich für eine erkenntnishungrige Forscherin gehört hätte, ging sie Abend für Abend stundenlang mit Hellberg spazieren, ließ sich des Morgens in den Tag gleiten, befaßte sich mit untheoretischen und naheliegenden Dingen und hatte wenig Lust, sich um die Probleme der weiteren Entwicklung der sozialistischen Gesellschaft zu kümmern, geschweige denn mit ihm darüber zu streiten. Katharina war so sehr auf sich selbst konzentriert, daß sie in diesen politischen Diskussionen mit Hellberg keinen Sinn mehr sah, denn plötzlich gab es Wichtigeres. Mit einemmal hatte sie das Gefühl, daß es keine größere und glaubhaftere Veränderung mehr geben konnte als diejenige, die in ihr selber stattfand, und sah darin das wirklich Neue, Reale, die Zukunft, die nicht großtönend beschworen werden mußte. Wohl auch darum hatte sie es aufgegeben, aus Hellberg einen Weltrevolutionär zu machen und ihn zu bewegen, sich einzumischen in die Zeit und die Dinge zum Positiven zu verändern. Er tat seine Arbeit, korrekt und gut, und es störte sie nicht mehr, daß er alles darüber hinaus ablehnte, um mit diesem System so wenig wie möglich zu tun haben zu müssen. Katharina fand es wunderbar, daß er nur noch von ihr und dem bevorstehenden Ereignis sprach, genoß es, sich von ihm verwöhnen und umsorgen zu lassen, genoß seine Freude und genoß überhaupt.

Vor allem war sie froh, daß Hagen endlich eingesehen hatte, wie sinnlos es war, noch immer auf ihre Rückkehr zu hoffen. Er überraschte sie nicht mehr mit seinen Besuchen, redete nicht mehr auf sie ein, sich von diesem weltabgewandten Zahnkünstler scheiden zu lassen, der nichts besaß, niemand war, der sie nicht so liebte wie er und sie doch nur wegen ihres schönen Äußeren geheiratet hatte. Hagen hörte auch auf, ihr absenderlose Briefe ins Haus zu schicken, um in sentimentalen Worten ihre Liebe zu beschwören, und schien sich damit abgefunden zu haben, daß er nichts mehr an den Tatsachen ändern konnte. Katharina hatte den Eindruck, als wäre mit der Schwangerschaft etwas Klares und Eindeutiges in ihr Leben gekommen und würde nur Angenehmes und Schönes noch um sie herum gestatten wollen. Hellberg ging oft mit ihr essen, freute sich daran, daß sie sich einmal nicht mit ihrer Arbeit, den Institutsterminen und all den nichtigen Gewichtigkeiten des Alltags beschäftigte, freute sich an ihrem Anblick und dieser sonntäglich trägen und träumerischen Ruhe, die sie mit einemmal ausstrahlte, war gesprächig, vergnügt, mitunter sogar ausgelassen, was sie bei ihm noch nie erlebt hatte, und überraschte sie eines Abends mit der triumphalen Nachricht, daß Aussicht auf eine größere Wohnung bestand.

Zufällig war er mit einer Patientin darüber ins Gespräch gekommen, die ihre Wohnung gegen eine kleinere tauschen wollte, ganz zufällig, aus bloßer Freude am Gespräch und weil er in letzter Zeit überhaupt gut aufgelegt war. Im stillen führte er natürlich alles auf Katharinas Schwangerschaft zurück, die auf geheimnisvolle Weise ihre charakterlichen Gegensätze einebnete, die unterschiedlichen Ansichten verstummen ließ und ihnen endlich etwas Unpolitisches, Neutrales und sehr Leibliches gab, auf das sie ihre Aufmerksamkeit konzentrieren konnten und das wie von selber eine Harmonie zwischen sie trug.

Natürlich ging nicht er, sondern sie zum Rat des Stadtbezirks, denn Hellberg konnte mit den Genossen Amtsträgern nicht umgehen. Er haßte es, von diesen Leuten etwas haben zu wollen, und darum konnte er nicht verbindlich oder gar beredt sein. Er mochte auch nicht mit ihnen diskutieren, geschweige seine Lage schildern, denn er fand es demütigend, um etwas bitten zu müssen, das ihm eigentlich zustand. Vor allem ertrug er diese selbstgefälligen Gesichter hinter den Bürotischen nicht, die sich auf nichts weiter verstanden, als die personifizierte Staatsmacht zu spielen, und Genugtuung dabei empfanden, wenn sie dem einzelnen sein Recht gnädig wie ein Almosen gewährten. Katharina dagegen konnte nichts Schlechtes von den Leuten in den Ämtern sagen. Sprach man offen und freundlich mit ihnen, waren sie auch zugänglich und verständnisvoll.

Die Mitarbeiterin der Abteilung Wohnraumlenkung sah zwar an Katharinas Zustand, wie dringlich ein Wohnungstausch wurde, aber drei Personen stand eben nur eine Zweiraumwohnung zu. Dem Tausch in eine Dreizimmerwohnung konnte sie nicht zustimmen. Katharina schilderte der Mitarbeiterin ihre Situation und vor allem, daß sie zu Hause wissenschaftlich zu arbeiten hatte, doch sie blieb dabei: Zwei Zimmer für drei Personen. Das war das Maximum. Paläste hatte sie nicht zu vergeben, und die Situation im Wohnungswesen sah nun mal nicht besser aus.

Hellberg fühlte sich erneut in seiner Sicht auf die Dinge bestätigt und fragte sich, in welchem Gesetz des realen Humanismus geschrieben stand, daß drei Zimmer für drei Personen zu viel waren, zumal jeder wußte, daß es auch ganz anders ging und manch ein treuer Weggefährte von der Bezirksleitung über Sonderkontingent seine schöne große Altbauwohnung bekam. Er meinte, daß es sinnlos sei, sich weiter um diese Wohnung zu bemühen, denn die besseren Quartiere wurden doch ohnehin für die leitenden Kräfte zurückgehalten. Eine solche Wohnung, mitten in Berlin am See – das war nichts für den einfachen Mann und normalen Bürger.

Doch Katharina wollte sich nicht so ohne weiteres mit der Entscheidung einer Mitarbeiterin abfinden, zumal keiner ihrer Kollegen unter solchen Bedingungen zu Hause arbeiten mußte wie sie und ihr ein Leben zu dritt in diesem Dreißig-Quadratmeter-Käfig erst recht unvorstellbar war. Entschlossen ging sie zu ihrem Chef. Sie fand es zwar peinlich, ihn mit einer privaten Angelegenheit zu belästigen, aber Professor Kramms war ein Mann mit Einfluß und der einzige, der ihr in dieser Situation helfen konnte. Außerdem wußte sie, daß er ihre Fachkenntnis schätzte, denn immerhin hatte er sie gleich nach der Verteidigung ihrer Dissertation zu sich ans Institut geholt. Ohne ihn wäre ihr nie so problemlos der Sprung in das führende Zentrum der Forschung, auf die Nobelebene der Akademie, gelungen. Katharina kam zu einem günstigen Zeitpunkt mit ihrem Anliegen, denn Professor Kramms saß im Festkomitee zum 250. Geburtstag Immanuel Kants, und ihr Bereich hatte für seinen Vortrag die Zuarbeiten zu liefern, mit denen er bislang sehr zufrieden war.

Sie schilderte ihm ihre Wohnungssituation, die durch den Zustand ihrer Schwangerschaft noch eine gewisse Dramatik erfuhr, und er wunderte sich, weshalb sie sich erst jetzt damit an ihn wandte, denn den Forschungskräften der Akademie stand wegen fehlender Platzkapazität in den Instituten ein Arbeitsraum zu Hause zu, und die Wohnungsämter waren angewiesen, dies zu berücksichtigen. Er rief seine Sekretärin zum Diktat, formulierte alles sehr entschieden und in Übereinstimmung mit dem Ministerratsbeschluß, überreichte Katharina den Brief, und als sie auf seine Unterschrift sah, wußte sie, daß er auch weiterhin auf ihre Mitarbeit großen Wert legte, denn er hatte nicht einfach nur als Direktor des Instituts geschrieben, sondern als Victor Kramms, Mitglied des Zentralkomitees.

Die Mitarbeiterin der Abteilung Wohnraumlenkung wollte angesichts der nun vorliegenden schriftlichen Bestätigung der wissenschaftlichen Tätigkeit von Frau Dr. Hellberg ihre Entscheidung noch einmal überprüfen, und vierzehn Tage später stimmte sie dem Tausch zu, allerdings mit der Bemerkung: Damit sind Sie endversorgt. Doch Katharina nahm dies gelassen, weil kein Amt festlegen konnte, daß sie bis ans Ende ihres Lebens in drei Räumen wohnen sollten.

Hellberg bewunderte Katharinas Durchsetzungsvermögen, bewunderte sie überhaupt, und als sie zum ersten Mal in dieser Wohnung standen, war ihnen so, als würde sich eine neue Welt auftun: große Räume mit Parkett, Decken mit Stuckverzierungen, sogar ein kleiner Erker, eine Abstellkammer und zwei herrliche Altberliner Kachelöfen. Der Blick aus dem Fenster, auf die Uferpromenade des Sees, ließ sie spontan die Enge der zurückliegenden Jahre vergessen; ein Inselblick inmitten des Großstadtgetriebes, das nur einige Straßen weiter über den Asphalt dahinraste; ein Luxus, gemacht für sie beide, die Lieblinge des Glücks. Sie sahen sich an, umarmten sich, und es war ein Augenblick, in dem es nichts mehr zu wünschen gab.

Doch diese Wohnung besaß noch Steigerungen, besaß das Einmalige und Unerreichbare, den Inbegriff aller Annehmlichkeiten – einen Telefonanschluß. Jetzt brauchte Hellberg keinen Neuanschluß, sondern nur noch eine Nummer zu beantragen, die sie mit einer Dringlichkeitsbescheinigung des Kreisarztes und einer des Instituts ohne Frage bekommen würden. Dann waren sie verbunden mit der Welt, hatten die Brücke nach draußen geschlagen und ihre Enge endgültig überwunden. Dann mußte Katharina nicht mehr zum Postamt gehen, ein Auslandsgespräch nach Westberlin beantragen, ihren Personalausweis vorlegen und Edys Nummer in ein amtliches Buch eintragen lassen, um ein paar Worte mit der Schwester wechseln zu können. Dann konnte sie auch abends mit ihr telefonieren, wenn die Postämter schon geschlossen hatten und der fleißige Werktätige zu Hause sitzen und Kräfte für den kommenden Arbeitstag sammeln sollte.

Selbstverständlich bekam Katharina das größte und schönste Zimmer, wo sich ihr Schreibtisch im Erker malerisch ausnahm und sie einen beruhigenden Blick auf die Bäume hatte. Sie kaufte Möbel, schöne alte Gründerzeitmöbel, die in einem Gebrauchtwarenladen billig angeboten wurden und die niemand haben wollte; kaufte Schränke und Vertikos, kaufte und kaufte und schien mit jedem neuen Stück Wurzeln schlagen zu wollen. Es war wunderbar, sich endlich eine eigene Wohnung einrichten zu können, denn Katharina fühlte sich dabei so, als würde erst jetzt ihr Leben Grund unter die Füße bekommen – ein Fixpunkt, ein Zentrum, das sich um ihren Zustand wie um einen Urkern zu lagern schien. An die bevorstehende Geburt dachte sie nicht, und wie es einmal mit dem Kind werden würde, konnte sie sich nur schwer vorstellen. Sie wollte es auch nicht. Wollte sich gar nicht damit befassen, denn der eigentliche Genuß war die Schwangerschaft: im Mittelpunkt zu stehen und aus diesem Mittelpunkt heraus leben zu können.

Überraschend kündigte Frau Reimar ihren Besuch an, und Anna gab sich Mühe, in aller Eile ein paar Dinge zu besorgen, die gewöhnlich nicht so einfach zu haben waren: Rinderrouladen für das Mittagessen, gekochten Schinken für die Abendbrotplatte. Sogar

Krimsekt konnte sie dank guter Beziehungen noch auftreiben, um die Professorin würdig zu empfangen. Natürlich gab es nach all den Jahren ein Wiedersehen zu feiern, aber inzwischen kam sie von der anderen Seite und war ein besonderer, ein Westbesuch, der unausgesprochen den Ehrgeiz auferlegte, zu zeigen, daß sie, die im Osten wohnten, nichts entbehrten und es ihnen gleichfalls gutging. Franz, Anna und Katharina waren beeindruckt von Frau Reimar, die trotz ihres Alters um Jahre verjüngt schien, seit sie in Holland lebte. Anna fiel auf, daß die Professorin mit demselben Blick die Dürftigkeit der Umgebung in Augenschein nahm wie damals ihre Mutter und fast das gleiche hinzufügte: Wie schön, daß wir uns alle gesund wiedersehen.

Koglers waren begierig zu hören, wie es ihr inzwischen ergangen war, und hatten schon seit langem nicht mehr eine so glückliche und zufriedene Lebensschilderung vernommen. Alles an ihr wirkte so lebendig, so ungezwungen, frei und sorglos, daß Anna der Unterschied der Systeme wieder einmal deutlich zu Bewußtsein kam. Sie konnte gar nicht mehr so heiter und unbeschwert sein. Es war zuviel Angst in ihr. Angst, daß sie durch ein unvorsichtiges Verhalten unangenehm auffallen könnten und sie doch noch Franzens Gehalt streichen würden; Angst, daß sie Edda nicht mehr sehen könnte; Angst, daß ihrem Enkelkind ein Unglück widerfahren könnte; Angst, immer wieder Angst, die ihr das Gefühl gab, sich unentwegt in allem zurückzunehmen und einzuengen. Sie stellte dies ganz schlicht und ohne ein Selbstbedauern fest, denn sie hatte sich längst damit abgefunden, daß das Leben im Osten ein eingeschränktes Leben war. Sie hatten eine Wohnung, ausreichend zu essen, brauchten im Winter nicht zu frieren, waren gesund, und darum konnten sie zufrieden sein. Aber das Leichte, Beschwingte, die feineren Lebensfreuden und Genüsse, das Unbeschwerte und Heitere, wie es Frau Reimar ausstrahlte – das fehlte ihr und fehlte ihnen allen. Dieser Eindruck verstärkte sich noch, als Frau Reimar von Edda berichtete. Sie war schon etliche Male bei ihr in Amsterdam gewesen, und jetzt wohnte sie ein paar Tage bei Edda in Westberlin. Es ging ihr gut, sehr gut, sie hatte eine schöne Wohnung in guter Lage, ein schickes Auto, arbeitete erfolgreich für eine Porzellanfirma und war schon viel herumgekommen, was Hochglanzfotos belegten: Edda in Venedig, Edda auf dem Eiffelturm, Edda in Teneriffa, Edda an den schönen Plätzen der Welt. Kogler vernahm dies ohne jegliche Bewunderung und eher mit Bedauern, weil für ihn dieses unselige Herumflattern in der Welt nur vertane Zeit war und weder die Vernunft noch die Erkenntnisfähigkeit bereicherte, doch Katharina machten die Schilderungen und die Fotos irgendwie traurig. Sie begriff, daß sich Edda mit der Flucht in den Westen in kurzer Zeit all das geschaffen hatte, worauf sie, Katharina, noch immer wartete; begriff, daß im Osten alles zum Lebenswerk wurde, und sah, daß sie sich nicht mehr mit der Schwester vergleichen konnte, seit sie in die andere Welt gewechselt war. Katharina konnte sich noch so sehr anstrengen – Edy würde ihr immer voraus sein. Damit mußte sie sich abfinden.

Natürlich freute sich Anna, daß durch Frau Reimar ein persönlicher Kontakt zu Edda hergestellt war und es jemanden gab, der einen unmittelbaren Augenzeugenbericht von ihrer Tochter geben konnte. Aber gleichzeitig war Anna auch verbittert, daß ihr als

Mutter verweigert wurde, was einer Fremden gestattet war. Nur weil sie im Osten geblieben war, erhielt sie die Strafe, Edy nicht besuchen zu dürfen, während Frau Reimar, die mit offizieller Genehmigung ausgereist war, hin und her fahren konnte und besuchen durfte, wen sie wollte. Wen der Staat in den feindlichen, finsteren Westen entließ, dem schenkte er großzügig die Freiheit; wer sich dagegen entschieden hatte, in den lichten Auen des sozialistischen Paradieses auszuharren, der wurde behindert und eingeengt. Irgendwie war alles eine verkehrte Welt und ungerecht, abgrundtief ungerecht.

Frau Reimar sollte im Auftrage Edys alles besprechen, was sich am Telefon nicht sagen ließ, und fragen, weshalb Anna nicht endlich einen Besucherantrag stellte. Schließlich war sie jetzt Rentnerin, und Edda meinte, die Mutter sollte sich nicht so viel gefallen lassen, sondern mal aufbegehren gegen diese Behörden. Hieß es nicht, wer sich richtig zur Wehr setzte, der bekam, was er wollte, und sei's drum, daß er bloß Ruhe gab? Doch Anna bemerkte nur leicht verärgert, daß Edda gut reden hatte. Ihr im Westen konnte ja nichts passieren. Außerdem wußte sie doch, daß Besucheranträge zu republikflüchtigen Verwandten in der Regel nicht genehmigt wurden. Das hatte nichts mit Feigheit oder fehlendem Heldentum zu tun, sondern mit Erfahrung und eingeschränkten Möglichkeiten. Warum sollte man bei ihr eine Ausnahme machen?

Katharina und der Vater gaben Anna recht. Edda soll nicht so tun, als hätte sie vergessen, wie man im Osten lebt, sagte Kogler, und nichts von ihrer Mutter verlangen, was die unsichere Situation nur noch unsicherer macht. Sie konnten miteinander telefonieren, das war schon ein großer Fortschritt, und eines Tages würde Anna sicher auch nach Westberlin reisen können, aber im Moment waren die Umstände nicht günstig. Das sollte Frau Reimar bitte der Tochter ausrichten. Natürlich wußten Koglers, daß die Professorin auch Edda von zu Hause berichten sollte, und darum legten sie Wert darauf, keinerlei Klagelied anzustimmen. Sie wollten nicht wie die erfolglosen armen Ostverwandten dastehen, die sich mühsam vom Schicksal abbetteln mußten, was ihr drüben in den Schoß fiel, und gaben sich selbstbewußt und zuversichtlich. Kogler nahm seine häusliche Verbannung und die Schwierigkeiten zu publizieren gelassen, schließlich konnte er forschen, wie er wollte, und Wissenschaft war ohnehin nichts für das Tagesgeschäft. Er faßte es positiv und bemerkte lächelnd, daß er in der bevorzugten Situation war, Vorlauf zu schaffen und sich darum wohl auch als Privatgelehrter und Vorlaufforscher bezeichnen durfte. Außerdem hatten sie ein herziges kleines Enkelkind, das Anna von Tag zu Tag mehr Freude machte, und was um alles in der Welt, was wollten sie eigentlich mehr?

Katharina brachte Frau Reimar zur Taxihaltestelle. Plötzlich blieb sie stehen und sagte, daß Edda ihr ausdrücklich aufgetragen habe, die Schwester zu fragen, ob sie nicht auch rüberkommen wolle mit ihrer Familie. Wenn sie sich entschließen könnte, ließe sich etwas organisieren. Dann rufen Sie Edda an und sagen ihr bloß: Ich lese jetzt Balzac.

Katharina erschrak so sehr, daß sie sich unwillkürlich umdrehte, um zu sehen, ob jemand hinter ihr stand oder ihnen gefolgt war, doch dann kam schon das Taxi, und Frau Reimar mußte einsteigen. Sie winkten sich rasch noch zu, und Katharina wünschte in diesem Augenblick nichts sehnlicher, als selber endlich alt zu sein und zu Edy fahren zu dürfen.

Hellberg freute sich an seiner Tochter, die geradezu lehrbuchmäßig ihre kindlichen Entwicklungsetappen vollzog, war verliebt in Katharina, die nach der Geburt noch schmaler und weiblicher geworden war, bewunderte ihren Gestaltungssinn, der sich allerorts in der Wohnung vergegenständlicht hatte, und vor allem ihren Ehrgeiz, mit dem sie auf eine Professur zustrebte, und staunte selber, wie glücklich man eigentlich in einem so ungeliebten politischen System leben konnte. Fast war er schon im Begriff zu glauben, daß man mit der nötigen Distanz in jeder Gesellschaftsordnung seine eigene Freiheit bewahren konnte, war sogar geneigt, einige guten Seiten am Sozialismus zu entdecken, schon um seiner kleinen Philosophin zu zeigen, daß er nicht schlechthin ein Mann der Negation war, sondern durchaus auch über eine Bereitschaft zu positiver Motivation verfügte, als ihm ein Ereignis wieder deutlich vorführte, wo er lebte.

Unverhofft erschien der Kreisarzt in seiner Praxis. Mit dem aufsichtsführenden Blick eines Chefs inspizierte er nacheinander die Räume, dann packte er wortlos den »Stern« auf den Tisch und fragte den Kollegen Dr. Hellberg, ob er nämliche Illustrierte kenne. Er verneinte.

Dann werde ich Ihnen sagen, was es damit auf sich hat. Dieses Blatt stammt aus Ihrer Einrichtung. Ein Patient hat uns darauf aufmerksam gemacht und seine ehrliche Empörung darüber zum Ausdruck gebracht, ein solches staatsfeindliches Produkt im Wartezimmer einer staatlichen Zahnarztpraxis zu finden.

Hellberg war so überrascht, daß er gar nicht wußte,

wie er darauf reagieren sollte, geschweige denn, worauf das Ganze abzielte.

Ich will mal davon ausgehen, daß Sie wirklich nichts davon bemerkt haben, fuhr der Kreisarzt fort, aber ich muß Ihnen wohl nicht sagen, daß es zu Ihren Pflichten gehört, regelmäßig die ausliegende Lektüre im Wartezimmer zu kontrollieren.

Hellberg konnte sich nicht erklären, wie der »Stern« in sein Wartezimmer gekommen war. Vielleicht hatte ihn einer der Patienten zufällig oder gar absichtlich liegenlassen – er wußte es nicht. Allerdings gab es in den letzten Tagen so viel zu tun, Schmerzpatienten und Dienst ohne Sprechstundenhilfe, daß er an die Zeitschriftenkontrolle nicht mehr gedacht hatte. Es sollte keine Entschuldigung sein, sondern nur eine Bemerkung zu seiner Situation.

Das will ich gern glauben, sagte der Kreisarzt, aber Sie wissen ja: Wenn im Wartezimmer für die Verbreitung antisozialistischer Propaganda gesorgt wird, können wir Sie nicht schützen. Hier liegt nun mal die Beschwerde eines Bürgers vor, und seiner berechtigten Empörung haben wir Rechnung zu tragen, zumal ungewiß ist, ob sich der Betreffende in dieser Angelegenheit nicht schon an andere Organe gewandt hat.

Hellberg begriff, daß dies keine beiläufige Angelegenheit mehr war, sondern als politischer Vorfall eingestuft wurde, bei dem auch die aufrichtigste Beteuerung von Unschuld nichts retten konnte.

Obwohl wir Ihre fachlichen Fähigkeiten schätzen, so zeigt dieses Vorkommnis doch, daß es Ihnen an dem nötigen politischen Verantwortungsbewußtsein fehlt, ohne das eine so relativ selbständige Einrichtung wie eine staatliche Zahnarztpraxis nicht geführt werden kann, sagte der Kreisarzt. Wir halten es darum für richtig, wenn Sie künftig Ihren Dienst in der Poliklinik versehen.

Hellberg wagte nicht zu fragen, wer dieses »Wir« war, hinter dem sich der Kreisarzt verschanzte, ob er es aus Angst vor seiner eigenen Meinung oder im Auftrage seiner übergeordneten Leitungen gebrauchte, fand jedes weitere Wort überflüssig, denn die Wahrheit wurde ihm ohnehin nicht gesagt, und am Tatbestand änderte es nichts: Er war gleichsam strafversetzt in die Poliklinik – fünfzig Mark monatlich weniger, sonnabends Dienst und den Behandlungsstuhl mit einem Kollegen geteilt.

Katharina war empört. Sie meinte, er durfte sich das nicht gefallen lassen, und war dafür, sofort an den Gesundheitsminister zu schreiben. Aber Hellberg sah darin keinen Sinn. Diese Art von Schicksalsergebenheit brachte sie auf. Er sollte es wenigstens versuchen, dagegen Einspruch zu erheben, und nicht von vornherein eine so willkürliche Entscheidung hinnehmen. Doch im Gegensatz zu ihr sah er darin keine Willkür, sondern System und fragte sich, wann sie endlich begreifen würde: Diese Willkür war das System. Aber er wollte darüber mit ihr nicht streiten. Er hatte keine Lust, sich immer wieder mit so geringen Gegenständen zu beschäftigen. In der Poliklinik konnte er auch nicht mehr als seine Arbeit tun, und die Patienten waren überall die gleichen. Katharina mußte sich eben damit abfinden: Andere Männer stiegen auf und bekamen gute Posten – er wurde zurückgestuft. Wer sich auf dieses System nicht einließ, den beförderten sie auch nicht. Das war eine einfache und durchschaubare Logik.

Katharina gab ihm im stillen recht, aber irgendwie wollte sie nicht wahrhaben, daß es so war. Dachte sie allerdings daran, daß Hagen ganz selbstverständlich Westzeitungen besitzen konnte, ja sie sogar bei öffentlichen Vorträgen demonstrativ auf den Tisch legte, während Hellberg dafür gleichsam strafversetzt und unter kollektive Aufsicht gestellt wurde, dann blieb ihr nicht mehr als die Feststellung, daß alles nur noch ein einziger Widerspruch war.

Hellberg bedrückte diese Geschichte viel stärker, als er es sich selber eingestehen wollte. Hätte er sich wegen eines fachlichen Fehlers verantworten müssen, wäre alles eindeutig gewesen, und er hätte sich zu Recht schuldig fühlen können. Doch in diesem Falle war alles so sinnlos und banal, und er machte sich innerlich den Vorwurf, auch noch selber den Vorwand geliefert zu haben, unter dem man ihn aus der Praxis entfernen konnte. Doch gleichzeitig sah er seinen wirklichen Fehler: Die bloße Arbeit genügte nicht. Sie wollten das politische Bekenntnis. Sie wollten jeden Tag Lobgesang. Gerade von den Medizinern. Hätte er stets kräftig eingestimmt, hätte sich der Kreisarzt jetzt auch schützend vor ihn gestellt. Alles war eine Frage des Wohlwollens. So aber wurde ihm demonstriert, daß er selbst dort, wo er sich auskannte, nicht Herr seiner Entscheidungen sein konnte. Es war deprimierend. Er kam sich wie ein dummer gemaßregelter Schüler vor, auf den ständig irgendwelchen Nachhilfeunterricht wartete.

Kogler allerdings faßte Hellbergs Zurückstufung als eine Auszeichnung auf und sah in seinem Schwiegersohn nunmehr einen Leidensgefährten, dem es Mut zu machen galt. Für seine Begriffe hatte sich doch jeder Mensch mit Sinn und Verstand innerlich längst von all dem abgewandt und sah sehr klar, wohin sich die Dinge entwickelten: Nach oben flog die Spreu, und unten blieb der Weizen. Darum war Kogler stolzer denn je, ein Mann des Volkes zu sein, zum Weizen zu gehören, zum wertvollen Saatgut, das seine Keimkraft im stillen entfaltete. Auch wenn man von diesen Menschen keine Notiz nahm, sie für unwichtig hielt und so tat, als seien sie Randexistenzen, so waren sie doch da, und ihr Schweigen hatte sein eigenes Echo. War man erst einmal zu dieser Erkenntnis gekommen, hatte man für alles andere einen unbestechlichen Blick gewonnen, und es ging einem wieder gut, sogar sehr gut, weil man wieder eine Zukunft hatte und klar sah, daß sich die Verhältnisse ändern mußten. Mein teurer Schwiegersohn, sagte Kogler mit einem Anflug von Heiterkeit, genaugenommen sind wir die Vorreiter für eine neue Zeit, denn verlasse dich drauf: Die Letzten werden die Ersten sein. Matthäus neunzehn, Vers dreißig. Das sind die gültigen Wahrheiten, an die wir uns halten können, alles andere ist bloßes Geschwätz.

Dann holte er ein gutes Malzbier, meinte, daß man diese kleinen persönlichen Miseren ohnehin in einem höheren Zusammenhang sehen müsse, und hielt ihm gut aufgelegt ein Privatissimum über den Niedergang abendländischer Wertvorstellungen.

Katharina war fest entschlossen, sich von nichts und niemandem an den Rand drängen zu lassen, und stellte sich auf die Schwierigkeiten des Alltags ein. Natürlich hatte sie Glück, daß Anna die Tochter betreute und sie sich daher ganz auf ihre Arbeit konzentrieren konnte. Sie hatte kein schlechtes Gewissen, die Mutter damit zu belasten, im Gegenteil: Sie wußte, daß Anna sehnsüchtig auf diese Lebensaufgabe gewartet hatte, sah, wie sie aufblühte, seit Freya bei ihr war, und hätte wohl nur eines nicht tun dürfen: das Kind selber zu erziehen. Dies hätte Anna ihr übelgenommen, und so traf es sich, daß beiden mit dieser Lösung geholfen war. Dennoch blieb Katharina genug zu tun, um den Alltag, diese kleine banale Sicherung des elementaren Daseins, zu bewältigen.

Sie klagte nicht über den Mangel, sondern nahm die Dinge, wie sie waren, und begegnete ihnen mit einem nüchternen Pragmatismus. Sie kannte sich aus in den Strukturen, wußte, wohin sie sich gegebenenfalls mit Wünschen oder Eingaben zu wenden hatte, und besaß bereits ein beachtliches Netz von Beziehungen, die ihr inmitten zunehmender Engpässe und Versorgungslücken außerordentlich hilfreich waren. Sie kannte eine Schuhverkäuferin, eine Patientin von Hellberg, die ihr schicke Modelle reservierte oder sie anrief, wenn Stiefel eingetroffen waren, ging immer in denselben Buchladen, kaufte viel, weshalb sie als gute Kundin galt und die gefragten Lizenzausgaben oder andere begehrte Neuerscheinungen ohne Schwierigkeiten bekam. Mit dem Kohlenhändler wechselte Katharina rechtzeitig schon im Frühjahr freundliche Worte, damit er sich ihrer erinnerte, wenn die Heizperiode begann und sie sicher sein konnte, daß sie pünktlich mit Brennmaterial beliefert wurde. Ihrer Obstverkäuferin brachte sie zu Weihnachten und Ostern ein Päckchen Kaffee und bekam darum auch frische Kartoffeln, Kopfsalat oder einen Korb Erdbeeren, wenn die Zeit heran war, und immer mal wieder wurde ihr diskret eine Papiertüte über den Ladentisch gereicht. Sie fragte natürlich nicht nach dem Inhalt, sondern bezahlte dankbar, weil sie wußte, daß in dieser Form die knappen Importlieferungen verteilt wurden, die jedesmal etwas Besonderes brachten. Katharina gab auch den Handwerkern ein gutes Trinkgeld, damit sie bei der nächsten Reparatur nicht monatelang auf sich warten ließen. Vor allem aber war sie bestens versorgt mit Ärzten, brauchte sich nie einzureihen in die namenlose graue Schar, die stundenlang in den Fluren vor den Labors, den Röntgenabteilungen und Sprechzimmern wartete, sondern hatte in Hellbergs Poliklinik für den Krankheitsfall stets einen Kollegen, der sie bevorzugt behandelte und bei dem sie in diesem Massenbetrieb auch sicher sein konnte, daß es ihm an Praxis nicht fehlte.

Auf diesen Alltag war Katharina so sehr eingestellt und geradezu eingespielt, daß sie inmitten des Mangels nichts wirklich vermißte und bislang auch nie das Gefühl hatte, vom Leben benachteiligt zu sein. Manchmal hatte sie sogar den Eindruck, der Staat würde absichtlich die Produkte zurückhalten oder willkürlich umverteilen, damit seine guten Menschen beschäftigt waren und ihre Energie nicht auf Dinge konzentrierten, über die sie nicht nachdenken sollten. Sie sah es ja an sich selber: Hatte sie lange genug auf etwas gewartet und bekam es dann endlich, war die Freude um so größer und vor allem nachhaltig. Ob Bücher, Kacheln oder Tapeten – für alles brauchte es eine Beschaffungsenergie, und darum schienen ihr all die Dinge, mit denen sie sich umgab, auch einen besonderen, unbezahlbaren Wert zu haben, denn sie kamen ihr wie Gegenstände eines persönlichen Erfolges vor.

Durch einen Zufall war es ihr sogar geglückt, ein gebrauchtes Auto zum Taxpreis kaufen zu können, womit sich über Nacht vieles erleichterte, denn nun brauchte sie nicht mehr wie eine Bettlerin am Straßenrand zu stehen und auf die gnädige Ankunft der

Busse und Straßenbahnen zu warten. Sie hatte sich eine neue Unabhängigkeit geschaffen. Natürlich genoß sie es, Hellberg damit überraschen zu können, holte ihn von der Klinik ab, hieß ihn einen Augenblick zu warten, fuhr mit der allergrößten Selbstverständlichkeit vor, bat ihn einzusteigen und freute sich, daß er wieder einmal vor lauter Verblüffung keine Worte fand. Es machte ihr Spaß, ihm zu zeigen, wie man den trostlosen Alltag überwinden konnte, wenn man die richtige Einstellung dazu besaß und nicht gewillt war, den Verhältnissen zu unterliegen und inmitten der Dürftigkeit gar noch hintanstehen zu müssen. Für derlei Verzicht war sie nicht zu haben. Auf eine andere Welt bestand keine Aussicht, und darum blieb ihr nichts weiter übrig, als aus dem Vorhandenen das Beste zu machen.

Doch bei dem jüngsten Empfang, zu dem Professor Kramms geladen hatte, fühlte sie, daß es Grenzen gab, die sich auch durch den nüchternsten Pragmatismus nicht überwinden ließen. Ihm war der Titel »Hervorragender Wissenschaftler des Volkes« verliehen worden, und es schien ihm ein willkommener Anlaß, die Mitarbeiter seines Institutes zur Gratulationscour antreten zu lassen, was angesichts des kalten Büfetts auch jeder gerne tat und gleichzeitig die Gelegenheit nutzte, einmal ganz zwanglos mit dem Chef ins Gespräch zu kommen. Er stand mit der ganzen Autorität seines ordentlichen Professorentums in der Mitte des Saals, glich einer Lichtgestalt des Geistes und genoß es sichtlich, daß die Kollegen Dozenten und Assistenten sich ihm ehrfürchtig näherten, als wollten sie bescheiden um ein Plätzchen auf der Liste der Beförderung nachsuchen. Katharina hielt sich abseits am kalten Büfett und aß mit stiller

Gier all die Dinge, die es sonst nicht zu kaufen gab, fand es respektabel, daß der Chef wenigstens kulinarisch die Kollegen an seinem Ruhm teilhaben ließ, und sah ringsum nur gutgelaunte Mienen. Als eine der letzten gratulierte sie ihm zu dieser hohen Auszeichnung, doch er wollte davon nichts mehr hören, machte einige launige Bemerkungen über Feminismus und Emanzipation, bat sie, ihm beides zu erklären und sagte schließlich, daß es höchste Zeit sei, endlich einen jungen weiblichen Professor am Institut zu haben, und daß er sie darum zur Habilitation vorschlagen werde.

Katharina hatte schon lange auf dieses Signal gewartet. Es hätte keine bessere Nachricht für sie geben können, denn damit war nicht nur ihre akademische Laufbahn für die weiteren Jahre fest umrissen, sondern sie zeigte auch, wie sehr ihre Publikationen verfolgt und ihre Arbeit am Institut geschätzt wurden. Es war ein freudiger Augenblick. Sie spürte, wie sie Schritt um Schritt ihrem Ziele näher kam und sich das erfüllte, wonach sie innerlich drängte, doch da fügte Kramms ganz beiläufig und im Tone einer scherzhaften Ermahnung hinzu: Aber vorher sehe ich Sie natürlich in den Reihen unserer Partei.

Sicherlich hatte er es gutgemeint, doch diese Bemerkung wirkte wie ein Schlag. Spontan wurde Katharina daran erinnert, daß sie eben doch nicht irgendwo, sondern in einem zentralen Institut der Akademie saß, wo letztlich auf politische Bekenntnisse mehr Wert gelegt wurde, als sie es sich selber bislang eingestehen wollte. Sie sagte nichts, sondern lächelte ihm mit einer verkrampften Höflichkeit zu und dachte nur, daß sie froh sein konnte, wenn nicht mehr davon gesprochen wurde.

Tief deprimiert verließ sie den Empfang. Allmählich fand sie es geradezu beängstigend, von der Partei wie von einem Schatten verfolgt zu sein, der nicht zu überspringen war. Hier nutzte alle Wendigkeit nichts, hier gab es nur ein klares Ja oder ein klares Nein, nur Vorteil oder Nachteil, und dazwischen lag das stille, in Tarnung gehende Denken, wo sie noch einen Platz für sich sah. Es war trostlos, etwas ablehnen zu müssen, was sie sich immer als Ziel gesetzt hatte. Sie verzichtete auf ein stattliches Professorengehalt und ein entsprechendes Ansehen. Sie war so frei, dies zu tun, und war vielleicht auch so dumm, dies zu tun. Sie konnte es im Moment nicht sagen und wußte nur eines ganz sicher: Mit ihrer Mitgliedschaft in der Partei würde sie sich nicht nur dem eisernen Wir des Kollektivs fügen müssen, sondern damit unterstützte sie einen Apparat, der gegen den einzelnen gerichtet war. Dazu hätte sie keiner bringen können. Dennoch war sie unglücklich, von einer so schlichten Erkenntnis, deren Wahrheit jeder denkende Mensch sehen konnte, berufliche Nachteile haben zu müssen.

Hellberg tröstete sie. Der Aufstieg um einen solchen Preis war in seinen Augen sowieso kein Gewinn und machte sie in ihren Entscheidungen nur noch unfreier. Denn dann, das wußte sie ja, war sie schon von Amts wegen gezwungen, das Offizielle mitzutragen und zu verteidigen. Im stillen fühlte er sich natürlich in seiner eigenen Haltung gerechtfertigt, denn jetzt erlebte Katharina einmal selber, was er ihr immer gesagt hatte: Ohne Parteimitgliedschaft gab es keine wirklichen beruflichen Chancen. Das war nicht sein Vorurteil, das war die Praxis. Wir haben uns nun mal entschieden, da nicht mitzumachen, sagte er, und darum gibt es auch nichts zu bereuen. Wir wissen, was wir können, und das ist ja schließlich auch etwas wert.

Doch allein die Tatsache, daß er so etwas zur Ermutigung sagen mußte, war bedrückend. Es schien ihr wie der Rückzug auf ein Minimum, wie eine Nötigung zum Selbstverzicht, mit dem sie jedem salbadernden Kollegen bloß eine Gelegenheit gab, in diese Lücke zu springen und ein Amt anzutreten, das sie dann auch noch zwang, ihn als Fachpapst der Wahrheit zu feiern. Sie empfand es als trostlos, auf diese Weise zurückstehen zu müssen, damit andere um so weiter ausschreiten durften. Nie hätte sie gedacht, einmal in die Lage zu kommen, sich derart schaden zu müssen. Ihre berufliche Laufbahn, das sah sie sehr deutlich, hatte damit ein vorläufiges Ende genommen, und sie konnte noch nicht einmal jemandem einen Vorwurf daraus machen, denn der Fehler lag bei ihr. Sie wollte etwas, wollte sich habilitieren. Das war ihr Nachteil. Das war die Dreistigkeit. Am besten aber lebten die anderen, die nichts wollten. Sie waren die Echten, die Guten, die Eigentlichen, die Beliebten. Wer nichts wollte, fiel nicht auf und hatte eher noch Chancen, befördert zu werden. Denn die Partei behielt sich vor, zu lenken und zu leiten. Wer allerdings etwas wollte, signalisierte schon zu viel Eigenständigkeit. Und Eigenständigkeit ohne Disziplinierung durch die Partei durfte es nicht geben. So etwas mußte eingeebnet, angegliedert und kontrolliert werden. Die Dinge lagen klar: Katharina war selbst daran schuld, sich zu verweigern. Die Ursachen des Mißerfolgs lagen zweifelsfrei bei ihr. Sie hatte für dieses System die falschen Ansprüche und den falschen Charakter. Das, nur das war das Ärgerliche.

Kogler hatte sich innerlich darauf eingestellt, daß es kein Zurück in den Beruf mehr geben würde. Er wartete nur noch voller Ungeduld auf seinen fünfundsechzigsten Geburtstag, denn dann mußte er emeritiert werden, dann kam Klarheit in sein Leben, und er brauchte nicht mehr um sein Gehalt zu bangen. Dann hatte er einen Anspruch auf Pension, die ihm niemand mehr streitig machen konnte. Doch bis dahin mußte er in dieser Unsicherheit leben, die ihn zunehmend lähmte. Er spürte, wie sein Tätigkeitsdrang nachließ, und da er unablässig Bilanz zog, kam er zu der Einsicht, daß er zu den Menschen gehörte, denen eine Aufgabe gestellt werden mußte, an der sie wachsen konnten. Er sah keinen Sinn mehr darin, wissenschaftlich zu arbeiten, und schreckte fast davor zurück, der Menge des Geschriebenen noch seine unwesentliche Meinung hinzuzufügen. Die Themen der Wissenschaft waren in seinen Augen inzwischen viel zu komplex geworden, als daß ein einzelner noch den Mut haben konnte, sie alleine zu bewältigen. Außerdem hatte er eine Scheu davor, an die Öffentlichkeit zu treten und seine Meinung den Hyänen der Ideologie zum Fraße vorzuwerfen. So fand er es fast ehrenvoll, zu den Vergessenen zu gehören und damit den Beweis zu liefern, daß er nichts mehr mit dieser Zeit zu tun hatte und glücklicherweise ein Fremder in ihr war. Manchmal träumte er davon, zum großen Gegenschlag auszuholen und ein Werk vorzulegen, das die Häuptlinge erstaunen ließ und allen zeigte, daß man ihm zwar Ämter, Stimme und Befugnis nehmen konnte, aber sein Geist mit vitaler Kraft sich seine eigene Bahn schuf und Großes zu leisten vermochte. Doch was er sich auch vornahm – der Strom der Produktivität war versiegt.

Immer häufiger und voller Dankbarkeit dachte er an seine geliebten Eltern, dachte daran, daß Gretl zehn und Ferdl elf Geschwister hatte, fragte sich, wo sie alle geblieben waren, und richtete seine Entdeckerlust und seinen Forscherdrang mehr und mehr darauf, die Adressen seiner Verwandten ausfindig zu machen. Diese akribische Kleinarbeit führte bald dazu, daß Kogler mit einer umfangreichen Korrespondenz beschäftigt war, die seine Tage voll und ganz ausfüllte. Meistens bekam er nicht die Antwort von seinen Onkeln und Tanten, weil sie schon verstorben waren, sondern von deren Kindern, so daß er plötzlich bemerkte, über eine stattliche Anzahl von Cousins und Cousinen zu verfügen, die sich wie ein Kosmos über die ganze Bundesrepublik verteilten, in Nürnberg, Malente, Singen, Kassel, Landau oder Brunsbüttel saßen. Durch Querverbindungen erfuhr er von immer neuen Verwandten, und jedesmal war es ein kleines privates Heurekaerlebnis, wenn Antworten von ihnen kamen, denn sie gaben ihm das Gefühl, in eine ganz neue Welt eingebunden zu sein, in die Welt seiner Familie, die ihn zum Ursprung, zum Boden seines Herkommens führte.

Oft ergab es sich nach längerem Briefwechsel, daß dieser oder jener sogar ein Päckchen schickte, was Kogler natürlich ganz besonders freute. Sein Cousin aus Kassel hatte jüngst den Kaffee und die Schokolade in Zeitungspapier verpackt, das Kogler auf das sorgfältigste entfaltete, weil er mit dem Blick eines Eingeschlossenen sofort erkannte, daß sich in der scheinbar billigen Verpackung etwas sehr Kostbares verbarg: Es war eine Zeitung, und zwar nicht irgendeine, sondern eine besonders wertvolle, wie sich herausstellte – die Zeitung der sudetendeutschen Landsmannschaft. Anna mußte sie sogleich vorsichtig glattbügeln, und Kogler setzte sich voller Neugier an seinen Schreibtisch, um ungestört Beitrag für Beitrag lesen zu können. Im stillen dankte er dem Himmel und dem Zufall, daß dieses Päckchen unkontrolliert von den Zollorganen den Weg von West nach Ost überstanden hatte und ohne den kleinen blauen Stempel in seine Hände gelangt war. Denn er wußte natürlich, daß Zeitungen dieser Art unter strengstem Einfuhrverbot standen, ja daß man sie gar nicht besitzen durfte, weil von ihnen ein revanchistischer Geist ausging. Kogler aber war glücklich, als er in ihr die Namen seiner Jugend so wiederfand, wie sie ihm vertraut waren. Es überkam ihn eine tiefe Rührung. Da stand nicht Žatec, sondern Saaz, nicht Františkovy Lázně, sondern Franzensbad, nicht Litoměřice, sondern Leitmeritz, nicht Cheb, sondern Eger. Er las von Tuchorschitz, Liebeschitz und Michelob, las von seiner Heimat, die mit jedem Bericht schöner und heller aus den Tiefen seiner Erinnerung aufstieg und ihn in eine beseligte Stimmung versetzte. Schließlich entdeckte er auch noch einen kleinen Beitrag seines einstigen Schulfreundes über das Saazer Gymnasium, was seine Freude ins Grenzenlose trieb.

Überschwenglich dankte er seinem lieben Cousin für das wunderbare Verpackungsmaterial und legte dem Brief sogleich auf einem gesonderten Blatt und mit gut leserlicher Handschrift ein paar Ergänzungen zu den Erinnerungen seines Schulfreundes bei, mit versteckter Bitte um Weiterleitung. Wochen später kam die Antwort und im Brief des Cousins lag der Zeitungsausschnitt. Als Kogler sich unter Pseudonym gedruckt sah, war er stolz, wenigstens auf diese bescheidene Weise sich zu seiner Heimat bekennen zu können. Mit einemmal hatte er eine Aufgabe gefunden, die ihm trotz seiner häuslichen Abgeschiedenheit das Gefühl gab, wieder aktiv im Leben zu stehen.

Voller Elan begann er über sudetendeutsche Dichter zu forschen, schrieb eine Abhandlung über Johann von Saaz, den Verfasser der ersten neuhochdeutschen Prosadichtung, den »Ackermann von Böhmen«, in der, wie Kogler stolz formulierte, sich deutsches Empfinden und antike Formung in einer kraftvollen Weise miteinander verbanden, und erhielt auch hier wieder Wochen später den Zeitungsausschnitt, der ihm bestätigte, auf eine neue, höhere Weise zu seinen Wurzeln gefunden zu haben. Denn er sah voller Dankbarkeit, daß es letztlich die Heimat war, die ihm inmitten seiner persönlichen Unsicherheit Halt gab. Er sah sich eingebunden in etwas Elementares, Lebendiges, ja geradezu Heiliges, das seine inneren Kräfte formierte, ihm die Richtung des Denkens wies und wieder Auftrieb und Elan gab.

Natürlich wollte er nicht mehr zurück nach Saaz, nach Komotau und Tuchorschitz oder in sein geliebtes Prag, die goldene Stadt. Davor wäre er stets zurückgeschreckt, um nicht die Enttäuschung zu erleben, sich selbst die schönen Bilder der Erinnerung zerstören zu müssen. Nein, es ging um das Ideelle, um die Lust, sich mit dem Vertrauten wie mit einem wärmenden Mantel zu umgeben, und ein Gefühl der Zugehörigkeit und der Prägung, das er so lange verschweigen und verdrängen mußte, neu entdecken zu können. Nie durfte in den zurückliegenden Jahren vom Sudetenland, von Schlesien oder von Ostpreußen gesprochen werden, als hätte es diese Gebiete nicht gegeben, als seien sie schon immer von den Tschechen bewohnt gewesen oder hätten gar den Polen und den Russen gehört. Doch nun, nach einem so langen Umweg, spürte er, daß das Bekenntnis zu seiner Herkunft eine befreiende Rückkehr zu sich selbst bedeutete und ihn wie ein großes Licht anmutete, das seinen Schein vorauswarf.

Obwohl Anna sah, wie sehr er auflebte, bat sie ihn, die Korrespondenz nicht zu übertreiben und vorsichtig zu sein mit jeglichen Veröffentlichungen in derartigen Blättern, denn es war ja bekannt, daß bestimmte Stellen in Berlin Stilanalysen solcher Artikel anfertigen ließen, um die Pseudonyme zu enttarnen, doch Kogler wollte davon nichts hören und verteidigte mit einer ganz ungewohnten Leidenschaft und Radikalität sein Tun.

Sollen mich doch diese seelenlosen Kommunisten dafür bestrafen, sagte er. Sollen sie mich abholen und einsperren, meine Heimat, meine teure Heimat lasse ich mir von ihnen nicht stehlen. Nicht von diesen vaterlandslosen Gesellen!

Es war auf einmal etwas so Inbrünstiges in seinem Ausdruck und eine so aufrechte moralische Empörung, daß Anna glaubte, Gretl würde vor ihr stehen.

Kogler aber nahm seine Enkeltochter auf den Schoß, öffnete die Schreibtischschublade, kramte seine Mundharmonika hervor und spielte, was er schon seit langen Zeiten nicht mehr getan hatte, das »Ännchen von Tharau«. Weil Freya daran so viel Vergnügen fand, fügte er auch noch das Riesengebirgslied hinzu, und schließlich legte er das Instrument beiseite und sagte ihr den Text auf, damit sie ihn sich gut einprägte und später einmal wußte, welche Lieder ihr Großvater so geliebt hatte.

Katharina telefonierte häufig mit ihrer Schwester. Selbstverständlich rief Edy jedesmal sofort zurück, weil ein Telefonat in den Ostteil für sie ein Stadtgespräch war, während Katharina dafür den Auslandstarif zahlen mußte. An das Rauschen und Knacken in der Leitung hatten sie sich längst gewöhnt und machten auch ihre Scherze darüber, indem sie all die diensttuenden Unbekannten, die mithörten, grüßten und hin und wieder im Gespräch innehielten, um, wie sie sagten, den Herren Gelegenheit zu geben, das Tonband zu wechseln. Aber dennoch hielten sie sich unausgesprochen an unverrückbare Grundsätze, die dem Telefonverkehr nach drüben geschuldet waren. Sie nannten keine Namen, äußerten sich nicht politisch, kritisierten nie den Staat, den unfehlbaren und menschheitsbeglückenden, erzählten keine Witze und sagten nichts Kompromittierendes über die Familie. So trugen denn die Gespräche für einen möglichen Dritten den Charakter sachlicher Mitteilungen, aber für sie beide waren sie natürlich aufschlußreich. Als Edy nach dem Selbstfahrer fragte, womit kein anderer als Hagen gemeint war, und Katharina nur voller Bedauern feststellte, daß es eigentlich tragisch sei, wenn jemand seine Intelligenz für die falsche Sache verwende, da wußte Edy, wie die Schwester inzwischen über alles dachte, und es brauchte nichts weiter gesagt zu werden. Als sie dann auch noch hörte, daß er vor kurzem ein Interview für eine Frauenzeitschrift gegeben hatte, in dem er ausführlich sein Wirken als Familienvater beschrieb, fühlte sich Edy noch im nachhinein in ihrer Menschenkenntnis bestätigt und war froh, damals der Schwester den richtigen Rat gegeben zu haben. Sie kamen auch auf Delyannis zu sprechen, was Edy allerdings peinlich zu sein schien, da sie sich an gar nichts mehr so recht erinnern wollte und das Ganze so abtat, als hätte es irgendwann einmal in ferner dunkler Vergangenheit eine gewisse flüchtige Begegnung mit ihm gegeben. Daran, daß Griechenland stets Götterland für sie gewesen war, hatte in ihren Augen natürlich einzig die beschränkte Sicht des Ostens schuld, von wo aus bestimmte Dinge eben nicht zu durchschauen waren. Dies fand Katharina allerdings auch nicht gerade ein stark überzeugendes Argument, zumal sie ihr ja schon im Osten die Wahrheit über Costas gesagt hatte. Aber sie stritt prinzipiell nicht am Telefon. Außerdem gab es genug über Edys neuen Freund zu erzählen, einen Rechtsanwalt, den sie selbstverständlich nicht mit Namen, sondern nur »the counsel« nannte. Er wohnte in der City in einem Penthouse, war unheimlich reich und besaß sogar einen Weinberg, wie sie sagte. Edy hatte ihn ihr auch schon zur Besichtigung geschickt, und er gefiel Katharina ausnehmend gut, was sie sofort der Schwester zurückmeldete. Aber sie sagte ihr nicht, daß sie doch bitte mit diesen ständigen Übertreibungen aufhören möge. Denn als sie ihn ganz nebenbei nach seinem Weinberg gefragt hatte, da lachte er nur und meinte: Weinberg ist gut. Ich habe zwölf Rebstöcke auf dem Dachgarten zu stehen. Nein, sie wollte am Telefon keinerlei Mißtöne aufkommen lassen. Sie dachte sich ihr Teil und wußte ja ohnehin, daß Edy in jedem ihrer Freunde stets einen Glanzpunkt des Universums sah, ihn für den größten und wohlhabendsten Vertreter seiner Gattung hielt. Dies wiederum beruhigte Katharina auch, denn es zeigte ihr, wie wenig sich die Schwester verändert hatte. Doch gerade über diese Entfernung hinweg wollte sie Zusammengehörigkeit bekunden, zumal sie wußte, daß es nicht erwünscht war, nach drüben zu telefonieren. Noch dazu mit jemandem, der die Republik unerlaubt verlassen hatte. Darum lag in diesen Telefonaten für Katharina auch etwas Trotziges und Renitentes. Schon wenn sie den Hörer abnahm und die Vorwahlnummer für Westberlin wählte, war ihr so, als würde sie dem Staat, dem unsichtbaren und doch allgegenwärtigen, den Rücken kehren: Sie telefonierte sich hinaus. Sie mißachtete seine ungeschriebenen Richtlinien. Sie war unfügsam und widersetzlich, denn sie unterhielt eine Verbindung nach drüben, in das Lager des Feindes. So gesehen war sie direkt froh, daß Edy dort wohnte. Außerdem hatte es fast etwas Beruhigendes, denn wenn sie irgendwann einmal in Schwierigkeiten kommen sollte, konnte Edy ihr helfen. Daß sie dies tun würde, daran zweifelte Katharina keinen Augenblick. Edy war eben doch etwas Besonderes, sie war nicht nur ihre Schwester, sie war jetzt noch mehr, war Höheres, Beneidenswertes – sie war ihr Westkontakt.

Natürlich schwieg Katharina am Telefon über ihre beruflichen Schwierigkeiten und erwähnte auch mit keinem Wort ihre eigene Wandlung. Der Schwester zu sagen, daß sie nichts mehr hören konnte von den revolutionären Volksmassen, vom Klassenkampf und all diesen zwanghaften Kollektivbekenntnissen, daß sie darum lustvoll in die Gegenrichtung ging, sich der Macht des einzelnen zuwandte und unablässig über das Prinzip des Individuellen, über Selbstbestimmung und Selbstverwirklichung publizierte – wenn auch nur unter dem Aspekt der kritischen Aneignung der klassischen deutschen Philosophie –, das zu sagen wäre am Telefon ein sträflicher Leichtsinn gewesen. Außerdem hätte Edy wohl auch gar nicht begriffen, was dies beruflich für Katharina bedeutete: inmitten der vorgegebenen materialistischen Weltanschauung idealistische Grundpositionen einzunehmen. Sie gab der Schwester lediglich indirekt zu verstehen, daß sie ihretwegen nicht ins Ausland fahren durfte, aber sie sagte es ohne Vorwurf und vermied natürlich, deutlicher zu werden oder gar das Gespräch zu erwähnen, das es kürzlich deswegen gegeben hatte und worüber sie noch immer nicht hinweggekommen war. Wenn Reisen nach dem Leistungsprinzip zu vergeben wären, hatte Kramms im Beisein von Kopcke, dem Parteisekretär, zu Frau Dr. Hellberg gesagt, müßten sie ganz vornean stehen, denn ihre wissenschaftlichen Arbeiten können sich sehen lassen. Nur *wen* wir zu einem Kolloquium oder Kongreß ins kapitalistische Ausland delegieren, auf den muß ideologisch Verlaß sein. Denn er fährt nicht als Privatperson, sondern als Vertreter der Deutschen Demokratischen Republik. Sie sind nicht Mitglied unserer Partei, doch das wäre noch kein Grund, Sie nicht fahren zu lassen, aber Sie haben nun mal leider eine republikflüchtige Schwester, und wie ich unsere Dienststellen kenne, würde man Ihnen schon deshalb ein Ausreisevisum verweigern.

Sicherlich hätte Kramms seinen Einfluß geltend machen und für Katharina bürgen können, damit sie trotzdem fahren durfte, aber sie wußte, daß sie für ihn nicht mehr zu den Förderungswürdigen zählte, seit sie so eindeutig auf die Mitgliedschaft in der SED und damit auf ihre Habilitation verzichtet hatte. Jedesmal, wenn sie an dieses Gespräch dachte, stieg eine still vor sich hin glimmende Wut in ihr auf, begann zu flackern und zu brennen, denn sie begriff, wie ausgeliefert, wie abhängig sie war, und sie fragte sich, welches Recht ein anderer überhaupt haben konnte, sie als zuverlässig oder unzuverlässig einzustufen und damit für alle weiteren Jahre willkürlich festzulegen, was ihr zustand: großes, kleines oder gar kein Glück. Ob sie gut oder schlecht war, viel oder wenig arbeitete – es blieb sich eigentlich vollkommen gleich, denn die wirklichen Beförderungen wurden nach ganz anderen Kriterien bestimmt und als fein abgestimmte Privilegien gereicht. Nur sie war eben leider nicht im Vergabeschlüssel. Solche Überlegungen ließen schon darum eine stumme Verzweiflung aus allen Poren fließen, weil Katharina sah, daß inzwischen die gesamte Institutsleitung den Status von Reisekadern bekommen hatte und in doppelter, auch dreifacher Besetzung und mit gutem Spesensatz am internationalen Kongreßleben teilnahm, um Offenheit und Weltläufigkeit zu demonstrieren, während sie zu Hause in den Archiven und all den Grabkammern des Wissens sitzen und fleißig forschen durfte. Doch wie auch das Reiseverbot für sie begründet wurde – Edy konnte schließlich nichts dafür, daß Katharina in einem Staat lebte, der es sich zum Ziel gesetzt hatte, diejenigen zu bestrafen, die ihn nicht verließen. Aber sie schämte sich, der Schwester gegenüber eine solche Wahrheit zugeben zu müssen. Es kam ihr wie das Eingeständnis ihrer Unterlegenheit vor, wie ein selbstverschuldetes Zurückgebliebensein, und sie wollte schließlich nicht vor Edy wie die kleine dumme Schwester aus dem Osten dastehen, die bedauert werden mußte, weil sie wacker im Arbeiter- und Bauernparadies ausharrte.

Natürlich fragte sich Katharina selber immer häufiger, warum sie blieb, aber da dies das heikelste aller heiklen Themen war, das nicht einmal gedacht werden durfte, konnte sie mit Edy darüber nicht reden. Am Telefon auch nur andeutungsweise den leisesten

Hinweis fallen zu lassen, warum sie nicht tun wollte, was Edy getan hatte, warum sie nicht Balzac lesen wollte, wäre so gewesen, als hätte es Katharina darauf angelegt, das Klopfzeichen an ihrer Tür hören zu wollen. Nur im Unerwähnten konnte die Wahrheit liegen, und die sah für Katharina eben ganz anders aus. Schließlich hatte sie inzwischen eine Familie, und darum hätte es nur eines geben können: Entweder sie gingen alle, oder es ging keiner. Schon die Vorstellung, Anna zurückzulassen und Freya von ihrer geliebten Großmutter zu trennen, war so fernstehend und undenkbar, daß die Antwort feststand. Außerdem hätte Katharina auch nie den Mut gehabt, unter Lebensgefahr auf Gottes verschlungenen Wegen in den Westen zu flüchten. Auch ein Ausreiseantrag, den man neuerdings offiziell bei den Behörden stellen konnte, wäre für sie nie in Frage gekommen, denn die Bearbeitungsdauer war unbestimmt, und jahrelang auf gepackten Koffern sitzen zu müssen, immer in der Ungewißheit, ob ihr Antrag genehmigt werden würde oder nicht – dazu fehlten ihr die Nerven, und sie gestand sich ein, daß so viel selbstzerstörerische Kraft nicht in ihr war. Es wäre auch gegenüber Freya unverantwortlich gewesen, ihr so etwas aufzubürden, denn Katharina wußte, daß in solchen Fällen die Lehrer mit Schikanen nicht sparten. Inzwischen besaßen sie auch eine stattliche Bibliothek und hatten viel Zeit und Arbeit in das Grundstück investiert, ohne das sie sich ihre Wochenenden gar nicht mehr denken konnten. Allein die Vorstellung, in ihrem grünen Refugium könnte sich ein Funktionär einnisten, um all das zu genießen, was sie gepflanzt hatten und was immer dichter und üppiger ihnen entgegenwuchs, kam einer Art Selbstverstümmelung gleich. Mit diesem Gedanken hätten weder Katharina noch Hellberg drüben in Ruhe leben können. Sie schwebten ja auch nicht in einer Gefahr oder waren von irgendeiner Seite akut bedroht, als daß ein wirklich dringlicher Grund bestanden hätte, alles stehen- und liegenzulassen. Edy hatte die Flucht von Anfang an gewollt und den richtigen Zeitpunkt erwischt. Für Katharina war es zu spät, um noch einmal von vorn zu beginnen. Ihr blieb eben nichts weiter übrig, als sich in diesen kleinen alltäglichen Sozialismus einzufügen. Sie konnte zwar nicht reisen, wohin sie wollte, und war so frei wie ein Vogel im Käfig, aber in ihrem Garten zu sitzen und sich in ein Buch zu vertiefen, abends unter freiem Himmel zwischen Kiefern, Eiben und Mahonien einen Wein zu trinken und in die nächtliche Stille hinauszulauschen – das hatte auch seine Vorzüge und auch seinen Reiz. Für das Nachdenken, wie es ihr Beruf verlangte, war dies nicht die schlechteste Lebensform. Hellberg sah es genauso. In dieser Hinsicht stimmte er sogar vollkommen mit seinem Schwiegervater überein, dem es inmitten der ihm auferlegten Beschränkungen an persönlicher Freiheit schon darum nicht mangelte, weil er ein gutes Gewissen hatte, wie er sagte, und sich fortgesetzt seine eigenen Gedanken ausbildete. Und dennoch: Freiheit war letztlich Bewegungsfreiheit.

Aber dies alles mußte am Telefon ungesagt bleiben. Trotzdem hatte Katharina den Eindruck, daß die Schwester sie sehr genau verstand, und das war das Wichtigste.

Hellberg überraschte Katharina mit einer Einladung. Er hatte im Notdienst einen Patienten versorgt, der bei der Ständigen Vertretung arbeitete, noch dreimal zur Nachbehandlung kommen mußte und mit dem es trotz der Kürze der Zeit interessante Gespräche gab. Als Hans Dennewitz ihn fragte, ob er ihn einmal zu einem Abendessen einladen dürfte, hatte Hellberg zwar spontan zugesagt, doch mit einemmal kamen ihm Bedenken. Er beriet mit Katharina, was sie tun sollten. Sie wußten beide, daß es verboten war, ein westliches Botschaftsgebäude zu betreten, und daß dies nur Leute tun durften, die eine offizielle Genehmigung dafür besaßen. Sie fragten sich, ob es überhaupt lohnte, sich deswegen Ärger einzuhandeln. Auf einer der letzten Institutsversammlungen war ausdrücklich darauf hingewiesen worden, daß es den Mitarbeitern der Akademie streng untersagt sei, die Bibliothek der amerikanischen Botschaft zu betreten, um dort Fachzeitschriften einzusehen, und daß bei Zuwiderhandlung mit fristloser Kündigung gerechnet werden mußte. Doch Katharina meinte, sie wollten ja kein Botschaftsgebäude betreten, sondern nur das Privathaus eines Diplomaten, der überdies sein Patient war. Und außerdem: Was hatte sie beruflich noch zu verlieren? Im Gegensatz zu anderen Kollegen durfte sie sich weder habilitieren noch ins westliche Ausland fahren. Hellberg war ohnehin schon auf die unterste Stufe des medizinischen Dienstes versetzt, und wenn sie beide nicht einmal mehr eine Einladung zu einem Abendessen annehmen durften, dann waren sie im Grunde nur zu bedauern. Auch für Freya konnten daraus keine Nachteile entstehen. Sie mußte ihre zehn Klassen absolvieren, ob den Eltern eine fortschrittliche Gesinnung zugesprochen wurde oder nicht. Wenn sie schon in einem Käfig leben mußten, dann wollten sie sich wenigstens frei in ihm bewegen.

Sie zogen sich elegant an, setzten sich ins Auto und fuhren in die stille, mit Platanen gesäumte Straße, in der vornehme Einfamilienhäuser standen. Etliche von ihnen waren rundum beleuchtet, vor einigen standen kleine Wachhäuschen, in denen ein Polizist saß, und am Straßenrand parkten Wagen mit roten Nummernschildern und Westberliner Kennzeichen. Ganz am Ende der Straße hielt ein Blaulichtwagen der Volkspolizei. Katharina überkam ein beklemmendes Gefühl, dem eine ungewohnte Spannung zugrunde lag. Sie war zwar noch im Osten, aber meinte doch, sich in einer Art Vorhof zum Westen zu befinden. Als sie ausstiegen, merkten sie, daß sie viel zu früh geparkt hatten. Um nicht auffällig zu werden, zogen sie es vor, den Wagen dennoch stehenzulassen und den Rest des Weges zu Fuß zu gehen, so als hätten sie nichts anderes vorgehabt. Alles sollte ganz normal aussehen. Hellberg ermahnte sie, einen Schritt schneller zu gehen und nicht ständig nach den Hausnummern Ausschau zu halten. Schließlich sollten die Polizisten, von denen sie sich beobachtet glaubten, nicht merken, daß sie sich hier nicht auskannten. Plötzlich kam ihnen eine Streife entgegen. Katharina fragte sich verunsichert, ob sie auch ihren Ausweis eingesteckt hatte. Hellberg schien einen ähnlichen Gedanken zu haben, denn er flüsterte ihr zu, ganz selbstverständlich an ihr vorbeizugehen und so zu tun, als gäbe es sie gar nicht. Nur nicht fixieren! Wer sie fixiert, zeigt Angst, und wer Angst hat, hat etwas zu verbergen – und den knöpfen sie sich vor. Die Streife ging an ihnen vorüber. Die Unsicherheit blieb. Doch dann, als sie das Haus betreten hatten, atmeten sie auf. Hans Dennewitz begrüßte sie freundlich und bat sie, sich in das ausliegende Gästebuch einzutragen. Katharina versuchte, die Bitte zu überhören, aber als Dennewitz sie wiederholte, kritzelte sie ihren Namen so unleserlich wie möglich hinein. Trotzdem war ihre Sorge, das Buch könnte in falsche Hände geraten, nicht gebannt. Wenn sich die Polizei schon ihre Autonummer aufschrieb – und davon war sie fest überzeugt –, mußte ja nicht auch noch auf diese Weise dokumentiert werden, daß sie hier gewesen war.

Dennewitz bat sie zu den anderen Gästen. Katharina kannte vom Sehen einige Künstler und wunderte sich nicht, sie hier zu treffen, denn Schriftsteller und Schauspieler hatten ohnehin ganz andere Freiheiten. Daß ihnen auch ein leitender Arzt aus dem Gesundheitsministerium vorgestellt wurde, verblüffte sie und löste bei ihr sofort ein gewisses Mißtrauen aus. Hellberg dagegen verwunderte es nicht, denn ihm war schon lange klar, daß für die besseren Funktionäre andere Spielregeln galten. Er hoffte aber, nicht in der Nähe dieses Mannes an der Tafel sitzen zu müssen, denn wie konnte er sicher sein, daß er nicht weitertrug, was hier gesprochen wurde. Hellberg war überhaupt sehr vorsichtig gegenüber den Gästen aus dem Osten und verzog keine Miene, als der Mann aus dem Ministerium eine Anekdote aus seinem Wirkungskreis zum besten gab. Irgendwie hatte Hellberg das Gefühl, sein Lachen könnte ihm schaden. Gleichzeitig ärgerte er sich auch über sein Mißtrauen. Ebenso konnten die anderen Ostgäste von ihm das gleiche annehmen und sich im stillen fragen, in wessen Auftrag er hierhergekommen war. Daß er nichts Normales mehr denken konnte, betrachtete er als ein bedenkliches Zeichen und war erschrocken, wie sehr man in heruntergekommenen Verhältnissen selber herunterkam und nur noch Schlechtes, Zwiespältiges von anderen annehmen konnte. Dennoch war er froh, an der Tafel neben zwei Westberliner Gästen plaziert zu sein. Zwischen ihnen fühlte er sich irgendwie freier. Als dann auch noch das Gespräch auf Friedrich den Großen kam und Hellberg sich mit seinen beiden Tischnachbarn über den Antimachiavell unterhalten konnte, lebte er auf. Es tat gut, einmal nicht über die leidigen Ostthemen reden zu müssen und auch nicht befragt zu werden, woher er kam, sondern abzuheben ins achtzehnte Jahrhundert, sich als Kenner der Geschichte auszuweisen und indirekt zu dokumentieren, daß das real-existierende Alltagsgeschehen viel zu trivial war, als daß es seine Aufmerksamkeit verdient hätte. Es war ein Abend, wie er angenehmer nicht hätte sein können, doch die Ernüchterung kam jäh, als sie das Haus verließen.

Die Polizeistreife patrouillierte noch immer im gleichmäßigen Wächterschritt vor dem Haus auf und ab, und Katharina war froh, daß der Hausherr sie zu ihrem Auto begleitete. Im Flur hatte er ihr noch eine Plastiktüte mit Zeitungen gegeben, über die sie rasch ihren Mantel legte, damit die Polizisten nicht sehen konnten, daß sie etwas ins Auto trug, und sie Gefahr liefen, sich an der nächsten Straßenkreuzung einer »Fahrzeugkontrolle« unterziehen zu müssen.

Zwei junge gesichtslose Männer huschten wie Schatten durch die Dunkelheit, demonstrierten, daß sie da waren, Tag und Nacht, in allgegenwärtiger Funktion, als hundertäugiger Argus, als Macht und Übermacht, und vor allem als Warnung, sich nicht zu frei zu fühlen. Doch die Gegenwart des Diplomaten gab ihnen ein Gefühl der Sicherheit, das auch noch anhielt, als sie längst schon wieder zu Hause waren.

Unangemeldet statteten zwei Mitarbeiterinnen der Abteilung Wohnraumlenkung Dr. Dietrich und Katharina Hellberg einen Besuch ab und baten um ein Gespräch. Katharina ließ sie herein und bemerkte, daß sie sich in ihrer Wohnung mit der diskreten Neugier von Behörden umschauten. Es dauerte eine Weile, bevor sie ihr Anliegen offenbarten. Dann endlich sagten sie: Wir wollten uns nur einmal vergewissern, ob diese Wohnung bewohnt ist.

Katharina war nun doch verblüfft, weil sie immerhin schon viele Jahre hier wohnten, pünktlich die Miete zahlten und sie jüngst erst von der Kommunalen Wohnungsverwaltung neue Wasserhähne bekommen hatten.

Diese Wohnung ist uns nämlich als unbewohnt gemeldet worden, sagte eine der Frauen, und solchen Meldungen sind wir verpflichtet nachzugehen.

Katharina begriff das Ganze nicht. Die beiden Mitarbeiterinnen hätten bloß auf dem Mietskonto nachzuschauen brauchen oder sie anrufen können, statt sich gleich zu ihr zu begeben.

Es wurde damit begründet, daß sie keine Gardinen an den Fenstern haben, ergänzte die andere Frau, und wie ich sehe, stimmt das auch.

Katharina begann nun doch zu lachen und meinte, daß sie in der ganzen Wohnung keine Gardinen finden werden, weil sie keine Gardinen leiden kann und weil Gardinen diesen schönen alten Räumen die Anmut nehmen. Doch damit wollten sich die Mitarbeiterinnen nicht zufriedengeben.

Wenn Sie Künstlerin wären, sagte die eine, könnten wir eine solche Haltung verstehen und müßten sie sogar dulden, weil es sich ja dann im gewissen Sinne um Gewerberäume handeln würde. Aber in Ihrem

Falle müßten wir Sie bitten, sich an die allgemeinen Wohngepflogenheiten zu halten und sich Gardinen anzuschaffen, um den Eindruck des Unbewohnten und damit in gewisser Weise des Asozialen zu vermeiden.

Einen Augenblick verschlug es Katharina die Sprache. Sie wußte nicht, ob sie sich über die beiden lustig machen oder sie ernst nehmen sollte, aber begriff, daß dies eine Auflage des Wohnraumlenkungsorgans war und daß sie deshalb sogar persönlich zu ihr gekommen waren.

Als die beiden Frauen merkten, daß Katharina auf ihren Wunsch nicht einging, versuchten sie, ihr gut zuzureden: Gardinen gehören nun mal zu einem kulturvollen Wohnen, alles andere sieht kahl und leer aus und stört das Aussehen der gesamten Fassade, die doch ansprechend für das Auge sein soll und an deren niveauvoller Gestaltung der Mieter mitzuwirken hat.

Katharina sagte noch immer nichts, weil sie merkte, daß es gar keinen Sinn hatte, gegen ein Staatsorgan seinen Geschmack und seinen Willen durchsetzen zu wollen, und gab sich lediglich überrascht. Doch im stillen fragte sie sich, welches Gesetz Gardinen vorschrieb, und ob dies nicht nur eine willkürliche Festlegung war, um die Mieter zu disziplinieren.

Inzwischen gibt es ja sehr ansprechende Raumtextilien, meinte eine der Frauen, und gerade für Ihre Wohnung könnte ich mir Raffgardinen mit Volantansatz oder Stores ganz besonders hübsch vorstellen. Wenn die erst einmal angebracht sind, kann kein falscher Eindruck entstehen, und auch ein Verdacht des Asozialen ist dann aus der Welt.

Eigentlich hätte Katharina die Mitarbeiterinnen fragen müssen, welches Recht sie sich anmaßten, die Bürger mit solchen Banalitäten zu belästigen, hätte fragen müssen, ob sie nichts Wichtigeres zu tun hatten und sich nicht lieber um die undichten Dächer und die defekten Wasserleitungen in den Wohnungen kümmern sollten, statt dubiosen Meldungen von gardinenlosen Fenstern nachzugehen, hätte sie hinauswerfen müssen, aber sie war freundlich zu den beiden, weil Freundlichkeit einen positiven Eindruck hinterließ, und sagte den Satz, der bei Amtspersonen immer gut ankam: Das muß ich mit meinem Mann beraten. Dies sah nach Familiensinn aus, bürgte für Ordnung und Gediegenheit und wurde von den beiden auch wohlwollend aufgenommen. In diesem Sinne verabschiedeten sie sich, doch Katharina hatte das beunruhigende Gefühl, daß alles nur ein Vorwand gewesen sein könnte. Als Hellberg nach Hause kam, war er dafür nicht ansprechbar. Ihn quälten wieder einmal Kopfschmerzen, und er mochte von all dem nichts mehr hören, weil die Summierung dieser kleinen täglichen Einengungen allmählich ein unerträgliches Ausmaß anzunehmen drohte.

Irgendwo hat alles seine Grenzen, sagte er. Heute sind es die Gardinen, und morgen schreiben sie uns vor, daß wir nach Mitternacht kein Licht mehr brennen sollen, weil ein Werktätiger ausgeschlafen und tatfroh zur Arbeit zu kommen hat. Ach, Katharina, wir leben auf der falschen Seite und am falschen Ort und haben wohl überhaupt alles falsch gemacht! Dann legte er eine Schallplatte auf, ließ sich in den Sessel fallen, schloß die Augen und hörte Musik. Es war wieder einmal so ein vertrübter freudloser Tag, der sich wie eine Schlinge um seinen Hals zu legen und ihn umzubringen drohte; so ein nichtiger elender

Achtstundenklotz, der auf seine Seele einhieb, die letzten Reste von Zuversicht austrieb und ihm das Gefühl gab, daß alles keinen Spaß mehr machte. Wieder waren die dringend benötigten Arbeitsinstrumente aus der Planung gestrichen worden. Keine Beutelrockbohrer, kein Gipstisch, kein Amalgammischer, kein Pulpaextraktor und wieder nur die Aufforderung des Kreisarztes: Sehen Sie zu, daß Sie mit den alten Geräten auskommen. Provisorien halten gewöhnlich am längsten. Es waren immer dieselben Weisheiten des Mangelverwalters und immer dieselben Erschwernisse. Selbst als Zahnersatz blieben wieder nur die russischen Zähne, die man keinem zumuten konnte, weil sie schlecht gearbeitet waren und grau aussahen. Doch der Kreisarzt gab den Kollegen unmißverständlich die Weisung: psychologisches Geschick zu zeigen und dem Patienten zu erklären, daß die russischen Ersatzzähne nur deshalb Risse zeigten, damit sie naturähnlicher wirkten. Es handelte sich nicht um einen Materialfehler, sondern um die Nachahmung natürlicher Schmelzrisse. Dabei hatte Hellberg erst kürzlich das Zahnersatzwerk in Radebeul besucht und gesehen, daß ausgezeichnete Zähne hergestellt wurden; allerdings nur für den Export. Für die eigene Bevölkerung blieb bloß der russische Ausschuß. Für sie war das Schlechteste gerade gut genug. Aber dafür durften alle in den Zeitungen lesen, daß es unaufhaltsam aufwärts ging. Nein, es machte alles keinen Spaß mehr. Aber Gardinenpflicht, Hauptsache Gardinenpflicht! Ach, Katharina, sagte er, wo sind wir da bloß hineingeraten.

Sie war nicht weniger deprimiert, aber spürte zugleich, daß sie dagegen angehen mußte, daß sie all diesem Negativen etwas Positives entgegensetzen mußte, um wenigstens innerlich dem standzuhalten und nicht zu guter Letzt noch an sich selbst zu zweifeln. Ohne weitere Worte zu verlieren, setzten sie sich in ihr Auto und fuhren zu ihrem Grundstück hinaus, als müßten sie sich spontan vergewissern, daß es noch Dinge gab, die unabhängig von diesen Verhältnissen waren und deren Schönheit all die Zumutungen vergessen machte.

Kogler war gutgelaunt wie nie und atmete auf, denn er hatte den langersehnten Emeritierungsbescheid erhalten. Mit dem Stempel der Universität und der Unterschrift des Rektors war er nunmehr offiziell entpflichtet und in den akademischen Ruhestand versetzt worden. Damit hatte die elfjährige zermürbende Ungewißheit, was aus ihm werden sollte, ein Ende, und er konnte einem gesicherten Alter entgegensehen. Nun stand ihm rechtmäßig die Rente zu, die jeder Professor bekam, der an der Universität gelehrt oder anderswo seinen Dienst getan hatte. Jetzt war er endgültig der ungeschriebenen Gesetzlichkeit der Partei entronnen. Ob er sich still oder aufsässig verhielt – sie konnte ihm nichts mehr anhaben, ihm nichts mehr entziehen und nichts mehr verweigern. Er fühlte sich so, als sei er jetzt erst ein für allemal von ihren Fittichen befreit, und empfand seine Emeritierung wie den letzten, staatlich genehmigten Schritt in die Freiheit. Gleichzeitig sah er darin einen würdigen Abschied vom beruflichen Leben, denn diese Entscheidung zeigte ihm, daß die Universität ihn in all den Jahren trotz des Lehrverbots als einen der Ihren betrachtet hatte, was ihn fast mit Nachsicht auf das Vergangene zurückblicken ließ.

Er feierte seine Emeritierung im Kreise der Familie

und ließ sich natürlich auch ein neues Türschild anfertigen, das den erweiterten Titel Prof. Dr. phil. habil. em. Franz Ferdinand Kogler auf dem blanken Messing besonders gut zur Geltung brachte. Jedesmal, wenn er seine Wohnung betrat, leuchtete ihm dieses goldglänzende Schild wie das Spiegelbild seiner einstigen Leistungskraft entgegen und stimmte ihn hochzufrieden. Nun konnte man auf den ersten Blick erkennen, daß er sich in einer bevorzugten Lebensphase befand – er war ein aus der Amtsarbeit Entlassener, der sich um Forschung und Lehre verdient gemacht hatte und dem darum dieses ehrenvolle »em.« zuteil geworden war. Auch sein Briefpapier ließ er sich neu bedrucken und schrieb nun mit doppeltem Elan Briefe an Verwandte und Heimatfreunde, gab doch der verlängerte Titel seinen Argumenten eine noch größere Glaubwürdigkeit. Doch Kogler legte auf ihn auch darum so einen besonderen Wert, weil der Titel das einzige schien, was ihm von der einst so jäh abgebrochenen akademischen Laufbahn geblieben war und was ihm keiner nehmen konnte.

Für Anna allerdings war seine Emeritierung der Anlaß, sofort zur Polizei zu gehen und einen Reiseantrag nach Westberlin zu stellen, um endlich Edy sehen zu können. Sie hatte schon ein paarmal mit ihr darüber telefoniert, und beide wußten natürlich, daß Edys Name als Reiseziel auf dem Besucherantrag nicht erscheinen durfte, weil es noch immer keine Erlaubnis für eine Reise zu republikflüchtigen Verwandten gab. Darum hatte Edy die Mutter einer Freundin gebeten, als Annas Cousine einzuspringen, und deren Adresse trug Anna ohne die leiseste Regung eines schlechten Gewissens in das Antragsformular ein. Es war zwar bekannt, daß die Polizei hin und wieder Stichproben machte, ob die angegebenen Adressen stimmten, aber da die Mutter von Edys Freundin informiert war, konnte nichts schiefgehen. Außerdem hatte Anna noch von keinem gehört, daß mit einem Besucherantrag auch Familienstammbäume überprüft würden. Jetzt war sie fest entschlossen, sich durch nichts mehr aufhalten zu lassen, denn zu lange, zu sehnsüchtig hatte sie auf diesen Tag gewartet. Schon fast zehn Jahre lang hätte Anna das Recht gehabt, nach drüben zu fahren, und nun, da sie auf Franz keine Rücksicht mehr zu nehmen brauchte, nun mußte ihr größter Wunsch in Erfüllung gehen.

Auf der Polizeidienststelle sagte man ihr, daß sie in drei Monaten Bescheid bekommen werde. Es hörte sich wieder wie ein Hoheits- und Gnadenakt an, doch da das Recht zu reisen die ideelle Zugabe zur Mindestrente war, fragte Anna diesmal, weshalb das so lange dauern mußte, und bekam zur Antwort, daß es sich in ihrem Falle um einen Erstantrag handle. Doch diesmal wollte sie sich nicht mehr so abspeisen lassen wie damals beim Tod ihrer Eltern. Inzwischen war eine andere Zeit, und das Glück, alt zu sein, war auf ihrer Seite. Darum konnte sie ungeduldig und angstlos sein, denn zu verlieren hatte sie nichts mehr mit ihren fast siebzig Jahren. Und daß in diesem Staat sich jeder schädigte, der die Wahrheit sagte, hatte auch Anna längst erfahren, und darum war die Erfindung der Cousine genau die Sprache, die die Behörden verdient hatten. Lügen mußten mit Lügen vergolten werden; anders gab es keine Übereinstimmung mehr.

Nach einem Vierteljahr wurde Frau Anna Kogler gegen Zahlung einer Gebühr der Reisepaß ausgehändigt. Ihr stand auch ein einmaliges Zehrgeld von fünfzehn Mark zu, das sie bei der deutschen Außenhandelsbank eins zu eins umtauschen konnte, damit sie nicht ganz ohne Devisen-Notgroschen in die freie Welt entlassen war. Natürlich hätte sie es lieber gehabt, wenn Franz mit ihr gefahren wäre. Aber Kogler wollte nicht und mochte auch keinerlei Debatten darüber führen oder sich gar dazu drängen lassen. Inzwischen kannte er den Westen aus dem Fernsehen, und dies genügte ihm voll und ganz. Vielleicht noch zusehen zu müssen, wie dieser seichte Amerikanismus dort drüben die deutsche Kultur austrieb, sehen zu müssen, wie die fleißigen und umtriebigen Westdeutschen bar aller nationalen Gedanken bereitwillig und konsumorientiert diesen Cowboyhut trugen, der ihm immer mehr zum Symbol nationaler Selbstverleugnung wurde – diese Enttäuschung wollte er sich ersparen. Außerdem mochte er sich nicht der Demütigung aussetzen, eine Reise nach nebenan, in den benachbarten Stadtteil zu beantragen und sich dafür von den Dienststellen auch noch durchleuchten lassen zu müssen, ob er wert oder reif genug war, den vermeintlich freiheitlichen Boden betreten zu dürfen. Nein, er wollte sich auf diese Weise von den dümmlichen Kleingeistern in den staatlichen Organen nicht abhängig machen. Auch der Gedanke, seine Tochter drüben nicht einmal zu einem Mittagessen einladen zu können, sondern am Ende seines Lebens gleichsam wie der arme Lazarus vor seinem Kinde zu stehen, weil er eine Währung besaß, die weder einen Wert noch ein Ansehen hatte und jeden, der Richtung Westen reiste, zum Schnorrer degradierte – das war Grund genug, kein Visum zu beantragen. Überdies war nicht er, sondern Edda bei Nacht und Nebel auf und davon gegangen. Sie hatte sie alle im Stich gelassen. Es gab für ihn keinen Grund, ihr hinterherzufahren. Bei Anna war es etwas anderes. Als Mutter hatte sie ohnehin eine engere Beziehung zur Tochter. Frauen waren weicher in den Gefühlen, lebten viel enger miteinander, und darum war es schon richtig und höchste Zeit, daß sie sich wiedersahen.

Da Katharina wußte, daß die Schwester auf Äußerlichkeiten einen besonderen Wert legte und Anna in Stellvertretung der ganzen Familie kam, achtete sie darauf, daß sie sich für diesen Besuch vollkommen neu einkleidete. Sie kaufte mit Anna einen Mantel, ein elegantes Importmodell, teure Schuhe, ebenfalls beste westdeutsche Qualität, und passend dazu eine Handtasche aus feinem Nappaleder, denn Edy sollte sich für ihre Mutter aus dem Osten nicht schämen müssen.

Dann endlich war es soweit: Katharina fuhr Anna zum Grenzübergang. Schon die Annäherung an diesen Ort hatte etwas Deprimierendes und Unheimliches. Ringsum auf den Dächern am Bahnhof saßen die Augen der unsichtbaren Verfolger, die kleinen schwenkbaren Kameras, die jede Bewegung elektronisch überwachten. Der Weg zum Grenzübergang war mit Absperrgittern deutlich markiert und durfte nur von denen betreten werden, die im Besitz der dafür gültigen Papiere waren. Katharina wollte die Mutter noch bis zu den Stufen des Glaspalastes begleiten, doch da kamen schon zwei Gestalten mit eisig abweisenden Gesichtern, in denen sich nichts als die graugrünbraune Feldfarbe der Uniformen spiegelte. Sie postierten sich vor ihr als die stolz bewaffneten Wächter des Weltfriedenslagers und forderten sie auf zurückzutreten. Anna konnte ihr gerade noch zuwinken, dann wurde sie von einem dritten Posten in das Grenzlabyrinth eingewiesen.

Sie hielt Paß und Zollerklärung bereit und war froh, daß sie sich vorher genau erkundigt hatte, was ausgeführt werden durfte und sie wegen ihrer Buchgeschenke nichts zu befürchten brauchte.

Plötzlich ging die Tür auf, und sie blickte in die Abfertigungshalle. Als sie die vielen kabinenartigen Schalter sah, über denen jeweils ein großer Spiegel schräg angebracht war, damit die Grenzer auch noch die Bewegung der Füße registrieren konnten, befiel sie die Angst, es könnte doch noch etwas dazwischenkommen und sie würde Edy nicht sehen können. Anna reihte sich in die Schlange vor der Paßkontrolle ein, wagte nicht, sich allzu auffällig umzuschauen, und hielt beklommen ihre Papiere bereit. In die Kontrollkabine hatte jeder mit dem Signal des Türsummers einzeln einzutreten. Als Anna an der Reihe war, stieß sie hastig die Tür auf, aus Sorge, sie könnte vor ihr wieder zufallen, und sah nur das Gesicht des Grenzsoldaten, der ihr stumm den Paß abverlangte. Sie reichte ihn durch einen Schlitz, und der Paß verschwand unter einer Platte, unter der sich offensichtlich die Arbeitsgeräte des Postens befanden. Sie konnte seine Hände nicht sehen und wußte nicht, was er mit dem Paß tat, ob er in ihm blätterte oder ihn stempelte, wartete voller Bangen und fühlte sich wie eine arme Bittstellerin, die sich in dieser Schalterkabine sämtlichen staatlichen Instanzen ausgeliefert sah. Plötzlich blickte der Grenzer auf und verlangte von ihr, das rechte Ohr freizumachen. Anna schreckte zusammen und begann innerlich zu zittern. Ängstlich fragte sie sich, ob in ihren Papieren irgend etwas nicht stimmte. Sie nahm ihren Hut ab, strich sich das Haar zurück und stand einen Augenblick mit entblößtem Ohr. Sie zwang sich, keine Miene zu verziehen und nichts zu sagen, um nicht zu guter Letzt noch etwas falsch zu machen und einen Vorwand zu liefern, daß man sie unverrichteter Dinge wieder nach Hause schickte – jetzt, da sie fast schon die Grenze passiert hatte. Da tauchten die Hände des Kontrolleurs über der Platte auf. Er reichte ihr den Paß und die halbierte gelbe Zählkarte stumm durch den Schlitz, der Summton ertönte, sie öffnete die Tür und betrat erlöst das Bahnhofsgelände. Sie wollte von all dem nichts mehr wahrnehmen, nichts von den Doppelposten, nichts von den Kameras und den vielen Menschen, sondern dachte nur noch an das Wiedersehen.

Zielstrebig eilte sie die Treppen zur S-Bahn hinauf und stieg in den Zug nach Wannsee, der schon bereitstand. Sie sah nur, daß das ganze Abteil voller Rentner saß, so wie sie grauhaarige, faltenreiche Sendboten der anderen deutschen Republik, denen der Staat großzügig das Reisen in den Westen gewährte, weil sie als Arbeitskräfte nicht mehr zu gebrauchen waren und für den Sozialismus keinen Wert mehr hatten. Anna fand das Ganze trostlos und gespenstig und war froh, den Zug bereits verlassen zu können, als er die erste Station auf Westberliner Boden erreicht hatte. Sie wußte, daß Edda keinen Bahnsteig betrat, weil das S-Bahngelände von der DDR verwaltet wurde, eilte klopfenden Herzens die Treppen hinab zum Ausgang, und da stand sie schon, auch klopfenden Herzens; sie gingen aufeinander zu, fielen sich in die Arme und weinten. Aber dann sagte Edy: Komm schnell hier weg, hier wird man nur gesehen.

Katharina bedauerte es manchmal, daß sie sich so wenig um die Erziehung ihrer Tochter gekümmert und dies vorwiegend Anna überlassen hatte. Denn sie sah jetzt, wie sehr Freya auf ihre Großmutter fixiert war. Nur zu ihr besaß sie ein wirklich inniges Verhältnis. Ihre Großmutter umarmte sie stets voller Freude; ihrer Mutter gab sie bloß freundlich die Hand. Wenn Freya einmal Fieber hatte, mußte Anna kommen, denn sobald sie in ihrer Nähe war, fühlte sie sich erst wirklich geborgen. Manchmal stand Katharina neben den beiden wie eine Fremde und wußte, daß sie sich das selber zuzuschreiben hatte. Andererseits wollte sie damals ihrer Mutter den sehnlichsten Wunsch erfüllen, denn nichts hatte Anna mehr gewollt, als sich endlich um ein Enkelkind kümmern zu dürfen. Katharina kam dies ja alles auch sehr gelegen, denn sie konnte sich unterdes auf ihren Beruf konzentrieren, und es war ihr lieber, Freya bei Anna zu wissen, statt sie in irgendeinen Kindergarten bringen zu müssen.

Später, als Freya zur Schule ging, kam Anna fast jeden Mittag, um für sie zu kochen und mit ihr Schularbeiten zu machen. Katharina war wiederum froh, daß Anna dies tat, denn sie kam gewöhnlich erst am späten Nachmittag aus dem Institut und hatte dann auch nicht mehr die Lust, sich noch lange mit der Tochter zu beschäftigen. Sie besprachen zwar stets das Wichtigste des Tages, aßen auch gemeinsam zu Abend, doch sie freute sich, daß Freya sie nicht weiter beanspruchte, sondern stets zufrieden zu Bett ging, weil ja Anna bei ihr gewesen war.

Jetzt aber merkte Katharina, daß sie eigentlich immer ausgespart blieb, denn all die Dinge, die Freya wirklich beschäftigten, besprach sie zuerst mit ihrer Großmutter. Katharina erfuhr meist nur das Ergebnis. Jetzt erst wurde ihr bewußt, daß sie den Weg ihrer

Tochter über all die Jahre mehr aus der Ferne begleitet hatte. Sicherlich ging dabei Freya nichts an Liebe verloren, denn die bekam sie von ihrer Großmutter in Fülle, und was von Anna kam, kam eigentlich auch von Katharina. Nur der direkte Weg war es nicht, und Anna blieb immer diejenige, die Freyas Vertrauen besaß. Doch das war allein Katharinas Problem, und nur sie empfand es als einen gewissen Verlust und dachte jetzt, da es zu spät war, des öfteren darüber nach.

Wahrscheinlich hatte sie auch darum so wenig von ihrer Tochter wahrgenommen, weil sie bislang ohne die geringsten Hindernisse durch die Schule gekommen und in allem sehr selbständig war. Dies bewunderte Katharina an ihrer Tochter, denn Freya hielt sich seit Beginn der Schulzeit an das, was sie und auch die Großeltern ihr immer wieder eingeprägt hatten: in der Schule prinzipiell nichts von zu Hause zu erzählen, mit keinem Wort zu erwähnen, wer bei ihnen verkehrte und was in der Familie gesprochen wurde; vor allem nie sagen, daß sie hin und wieder Westzeitungen lasen und abends das Westfernsehen einschalteten; sich ahnungslos geben, wenn nach der Verwandtschaft gefragt wurde, und nichts von ihrer Tante erwähnen. Wenn Aufsätze geschrieben wurden über das Thema: Mein schönstes Ferienerlebnis, oder Bekenntnisse verlangt wurden zur Frage: Was ist Heimat? – dann auf den Garten verweisen. Den Garten zu schildern, war immer unverfänglich und ging nie am Thema vorbei. Freya hatte damit keinerlei Schwierigkeiten, im Gegenteil: Jetzt, da sie schon in die achte Klasse ging, machte ihr alles sogar noch mehr Spaß, weil sie sich noch bewußter auf die beiden Welten einstellte, die sie mit einer gelassenen

Selbstverständlichkeit voneinander getrennt hielt. Das eine war die Schule, das Offizielle, das absolviert werden mußte wie ein Ritual und einer Lernzeremonie glich; das andere war das Zuhause, das Private, wo sie all das tun konnte, was es offiziell nicht geben durfte. Hier konnte sie sagen, was sie wirklich dachte, konnte RIAS hören und Rockplatten überspielen und natürlich abends westfernsehen, nach drüben schauen und all das erfahren, was sie nicht wissen sollte. Zu Hause konnte sie sich mit ihren Eltern lustig machen über die ständig steigenden Erfolge; hier war der Ort der Wahrheit, und kam sie morgens in die Schule, tauchte sie wieder in das Ritual, beschränkte sich in ihrer sachlichen Art auf ein exaktes Fachwissen und formulierte die politischen Dinge so, daß die Lehrer daran keinen Anstoß nehmen konnten. Dabei hatte sie immer mehr das Gefühl einer intellektuellen Überlegenheit, weil sie meinte, diesen Lehrern um die Länge der Wahrheit voraus zu sein. Vor allem machte es ihr ein ganz besonderes Vergnügen, ihnen diese Wahrheit zu verschweigen, ihnen nicht den Gefallen zu tun, sich zu offenbaren und – wie es erwünscht war – ehrlich zu sagen, was man dachte. Immer hatte sie das Gefühl, diesen dummen Lehrern damit eins auszuwischen. Ob und wann sie ihnen einmal die wahre Meinung über alles präsentierte, lag ganz in ihrem Ermessen, und darum hatte Freya stets das köstliche Empfinden, ihre Lehrer in der Hand zu haben. Sie war die Schlaue, die Pfiffige, die sich und den anderen Konflikte ersparte, weil sie genau wußte, was sie sagen konnte und was nicht, und weil ihr diese geistige Gratwanderung inmitten der Langeweile des Unterrichts sogar unterhaltsam erschien. Das Gefühl, von den Lehrern abhängig oder ihnen gar ausgeliefert zu sein, war ihr völlig fremd. Im Gegenteil: Was sie wissen durften, teilte sie ihnen mit; was ihr schaden konnte, weil es der anderen Welt, der privaten, zu nahe kam, behielt sie für sich. Sie wollte schließlich Abitur machen, und darum hatte es keinen Sinn, sich mit den Lehrern anzulegen, die im stillen doch auch anders über die Verhältnisse dachten und nur dann tolerant reagierten, wenn man sie im Ablauf des Lehrplans nicht ständig mit Widerspruch störte. Auch ihr Großvater hatte ihr deutlich gesagt: sie sollte sich mit einer Wahrheit, die keiner hören wollte, nicht schon jetzt ihre Zukunft verderben. Die Wahrheit war etwas so Kostbares, daß man sie wie die Muschel ihre Perle fest in sich einschließen mußte, denn eines Tages kam die Zeit, wo man sie offenbaren konnte. Wichtig war nur, einen Blick dafür zu behalten und sie nicht zu ignorieren.

Selbst mit der FDJ hatte Freya keinerlei Probleme. Sie war längst daran gewöhnt, daß alles immer hochfliegend klang, daß das Ziel das Kampfziel, das Programm das Kampfprogramm hieß und der Jugendverband die Kampfreserve der Partei genannt wurde. Aber so viel zu kämpfen gab es gar nicht, und es wollte auch keiner, so daß letztlich nur die forschen Begriffe blieben, unter denen es ganz gemächlich und ruhig zuging. Sie nahm wie alle anderen regelmäßig an Lernkonferenzen, an Schulmessen, am Fest der russischen Sprache, am Klassenfasching und an den Fahrten in eine Jugendherberge teil und hatte immer Spaß daran. Nur wenn der antifaschistische Widerstandskämpfer kam, ein alter Mann mit Baskenmütze, der ihnen mit Pathos und Eifer die Vorzüge des Sozialismus erläuterte und ständig die Genossen des Politbüros hochleben ließ, hatte sie jedesmal das

Gefühl, ihre Zeit unnütz vergeudet zu haben. Auch die Fackelzüge und Festappelle mochte sie nicht, aber da alle daran teilnehmen mußten und alle ihre Witze darüber machten, war das meist ganz lustig. Manchmal hätte sie es sogar bereut, nicht dabeigewesen zu sein. Hatte sie im FDJ-Hemd zu erscheinen, trug sie natürlich stets einen schicken Pullover darüber, den sie von ihrer Tante Edy bekommen hatte, so daß nur der blaue Kragen der Bluse wie das letzte Zugeständnis an ein Bekenntnis herausschaute. Diesen Kragen allerdings ließ Freya dann noch gänzlich verschwinden, sobald sie die Schule verlassen hatte und die Straße betrat, denn dann war das Ritual vorüber, und mehr als ihre Pflicht brauchte sie schließlich nicht zu tun.

Katharina staunte, wie selbstverständlich, ja geradezu spielerisch die Tochter die beiden Welten voneinander getrennt hielt, und war zugleich auch bedrückt, daß dieser Zustand immer mehr als normal empfunden wurde. Sie selber nahm sich dabei nicht aus, denn schließlich blieb auch ihr nichts anderes übrig, als sich auf die Gegebenheiten einzustellen und mit den Verhältnissen zurechtzukommen. Während sie dies mit gewohnter Routine tat, fand sie sich innerlich doch immer weniger damit ab, und es sammelte sich in ihr so ein stiller Haß auf alles.

Nirgendwo sah sie eine Besserung, nirgendwo einen Ansatz zu einer geistig lebendigen Atmosphäre. Ob sie Zeitung las, fernsah oder Radio hörte – überall war nur noch von Erfolgen, von nichts als Erfolgen die Rede. Überall war das gleiche zu lesen, das gleiche zu sehen, das gleiche zu hören und schien auch den letzten Funken eines teilnehmenden Interesses auslöschen zu wollen. Über allem lag eine dumpfe, alles abtötende Lähmung. Niemand sagte etwas, keiner tat etwas, alle winkten nur ab. Morgens, wenn sie das Institut betrat, hoffte sie, keinem begegnen zu müssen, aus Sorge, es könnte Unerfreuliches auf sie zukommen. Sie vergrub sich in ihrem Dienstzimmer und lauschte dennoch begierig hinaus, ob nicht doch von irgendwoher einmal ein Zwischenton kam, eine Gegenstimme, ein Aufschrei oder ein befreiendes Gelächter, aber ringsumher war Totenstille. Und auch sie schwieg, denn sie wollte es nicht riskieren, sich durch irgendwelche unbedachten Äußerungen oder Reaktionen womöglich noch Publikationsschwierigkeiten einzuhandeln. Jetzt erst verstand sie ihren Vater, der nicht einmal mehr im Publizieren einen Sinn sah, der sich nur noch als Leidensgefährte der Allgemeinheit empfand und dem diese alles abtötende Lähmung selber jeden inneren Antrieb genommen hatte. Wissenschaft, so meinte er, könne in keine anderen Bereiche führen als in jene, die tief im einzelnen verborgen sind, und in ihm war nichts mehr. War keine Kraft mehr und vor allem keine Lust mehr, produktiv zu sein, als schien er zu befürchten, mit jeder Form von Produktivität nur noch dieses System zu stützen, was er in tiefster Seele verhindern wollte.

Sicherlich wäre es die adäquateste Lebensweise gewesen, nichts mehr zu tun, und wohl auch die gerechteste Antwort auf alles, doch dies widersprach Katharinas Tätigkeitsdrang, der immer größer wurde, gerade weil sie sich damit gegen diese Lähmung zur Wehr setzen wollte. So stürzte sie sich förmlich in ihre Arbeit, denn hier wurde sie als einzelne noch wahrgenommen, wurde ernst genommen, hier hatte sie noch eine Stimme. Was sie tat, tat sie nur noch für sich, nur um sich den Beweis zu erbringen, daß sie den Verhältnissen nicht unterliegen wollte. Doch dies schien bloß noch im Geistigen möglich zu sein. Hier konnte sie sich über die Verhältnisse erheben und sich aus ihnen fortdenken, konnte andere Bilder entwerfen und andere Möglichkeiten ersinnen. Aber jenseits davon befand sie sich wie die anderen auch in einer kläglichen Abhängigkeit von diesem ganz gewöhnlichen Alltag, der sie wie eine Zange in den Griff nahm und allmählich zu erdrücken drohte. Nichts war mehr einfach, nichts leicht zu erreichen. Sie hatte mehr und mehr den Eindruck, daß alles nur noch zugeteilt wurde. Der Staat teilte zu, und sie mußte dankbar sein. Dankbar für alles und dankbar für jedes; dankbar, nicht hungern zu müssen; dankbar, Wohnung und Kleidung zu haben; dankbar, daß ihre Tochter in Frieden lernen konnte; dankbar, daß sie alle in dieser ruhmreichen Periode des welthistorischen Übergangs vom Kapitalismus zum Sozialismus überhaupt leben durften; dankbar und nichts als dankbar.

Sie hatte sich vor Jahren für ein neues Auto angemeldet, hatte damals die begehrte Pkw-Bestellbestätigung des VEB IFA Vertrieb mit dem Hinweis bekommen, sich die Karte gut aufzuheben, denn bei Verlust gäbe es für dieses Dokument keinen Ersatz. Jetzt ging sie damit ins Autohaus, um nachzufragen, wann endlich mit einer Auslieferung zu rechnen sei, denn zehn Jahre zu warten, war schließlich lange genug. Doch der Verkäufer entgegnete nur, daß die Vorbestellzeiten für einen Personenkraftwagen inzwischen fünfzehn Jahre betrugen. Kürzere Lieferzeiten sind volkswirtschaftlich derzeit nicht möglich, sagte er. Ausnahmen gibt es nur bei Kinderreichtum, Invalidität, Totalschaden oder hohen staatlichen Auszeichnungen. Dazu grinste er auch noch, als wollte er ihr mitteilen, daß es selbstverständlich an jedem selbst liege, wie schnell er sein Auto bekommt. Es war ihr ja anheimgestellt, sich den Status einer Kinderreichen zuzulegen oder ihren jetzigen Wagen zu Schrott zu fahren und aus sich eine Invalidin zu machen oder mit herausragenden sozialistischen Leistungen aufzuwarten, so daß einem Karl-Marx-Orden nichts mehr im Wege stand und sie auf diese Weise schneller als die anderen zu ihrem Fahrzeug kam.

Katharina hätte diesen geschäftig tuenden Herrn, der sich hinter seinem Schalter wie in einer Zentrale der Macht ausnahm, für seinen Zynismus ohrfeigen mögen, aber sie wußte natürlich, daß auch er nichts weiter als eine Sumpfblüte des Mangels war. Einer von denen, die sich gerade darum so wichtig nahmen, weil sie nur für wenige etwas zu vergeben hatten. Wütend verließ sie das Autohaus. Eine andere Reaktion blieb ihr nicht, denn sie begriff, daß es ja nicht einmal eine Stelle gab, wo sie sich hätte beschweren können. Es lief alles ins Leere, und keiner konnte keinen zur Verantwortung ziehen.

Sie hatten auch die Genehmigung zum Aufstellen ihres Bungalows »Typ Party« bekommen, wollten sich noch eine Heizung installieren lassen, doch Propangas, das es immer gegeben hatte, war mit einemmal Mangelware. Der Installateur gab ihr ganz unverblümt zu verstehen, daß es sich für Westgeld beschaffen ließe. Für einen Blauen kommen wir ins Geschäft, sagte er mit dreister Selbstverständlichkeit, und sie fragte sich, wo das noch alles enden sollte. Wäre sie an Grenzen gestoßen, die in ihr selbst lagen, an Dummheit, Faulheit, Trägheit oder Unverstand, hätte sie niemandem einen Vorwurf machen können.

Doch sie stieß unablässig an Grenzen, die außerhalb lagen, die um sie gezogen wurden und alles nur noch sinnlos erscheinen ließen. Andererseits sah sie auch, was möglich war, und sie rätselte, wie es die anderen machten. Obwohl die Dinge immer teurer wurden, standen die Menschen vor den Delikatläden Schlange, drängten sich in den Exquisitgeschäften und den Intershops und schienen offensichtlich genügend Geld zu haben oder, im Gegensatz zu ihr, über die richtige Währung zu verfügen. Die Bereichsleiter des Instituts fuhren inzwischen neue Ladas, von denen gesagt wurde, daß sie über die Bezirksleitung der Partei vergeben worden waren, und Professor Kramms stieg seit kurzem aus einem dunkelblauen Volvo aus, den er gleichfalls aus einem Sonderkontingent erhalten hatte. Nur sie mußte sich in revolutionärer Geduld üben und noch weitere Jahre auf ihr Auto warten.

Manchmal kam es ihr so vor, als sei sie eine Versagerin und hätte den Anschluß verpaßt. Ringsherum stiegen die Kollegen auf, wurden in Ehrenämter und einflußreiche Gremien gewählt, nur bei ihr bewegte sich nichts. Sie trat auf der Stelle und war noch nicht einmal Abteilungsleiterin geworden. Sie blieb in allem draußen. Fachlich war sie zwar in ihren Kreisen akzeptiert, aber die Lorbeeren bekamen die anderen. Die, mit denen sie begonnen hatte, waren längst schon Professoren geworden, galten als die Begabten, Gescheiten und Erfolgreichen, gaben hin und wieder und vor allem zum richtigen Zeitpunkt ein paar Bekenntnisse ab, steckten dafür die guten Gehälter ein, wurden als Autoritäten zitiert und ins Ausland entsandt und nährten sich weidlich an den Krippen des Staates. Sie dagegen hatte sich selber auf den Platz einer Fronarbeiterin der Wissenschaft verwiesen und durfte als graue akademische Maus an ihren Selbstzweifeln nagen. Sie war nicht dümmer als die anderen, die aufstiegen und befördert wurden. Sie hatte nur den einen unverzeihlichen Fehler gemacht, in die ausgestreckte Hand der Partei nicht eingeschlagen zu haben. Hätte sie dies getan, wäre sie heute eine der ihren und – längst weiter. So aber sah sie, wie sehr sie sich durch ihre Verweigerung von allen Vorteilen abgekoppelt hatte. Ihr öffneten sich keine Türen, und sie selber war schuld daran. Die anderen hatten sich wohl doch klüger verhalten. Sie stellten sich auf die Gegebenheiten ein, wohl wissend, daß später keiner danach fragte, wie sie zu Titel und Amt gekommen waren. Es zählte nur der Erfolg, der seine eigenen Gesetze hatte. Kam man im Inland zu Name und Funktion, war man auch im Ausland angesehen. Eines ergab sich aus dem anderen, und sie stand daneben und mußte zusehen, wie sie immer mehr zurückblieb.

Sie fand alles nur noch deprimierend, denn mit Wissenschaft hatte das nichts mehr zu tun. Es ging um die eigenen kleinen Vorteile und Privilegien. Viele im Institut hatten sich um eine Beziehung nach oben bemüht, waren Mitglied irgendeines Präsidiums geworden, um sich auf diese Weise wenigstens ihre Reisestelle zu sichern. Eine Kollegin war mit einer Kulturbunddelegation nach Jugoslawien gefahren, eine andere mit dem Demokratischen Frauenbund nach Österreich, und Parteisekretär Kopcke kam gerade aus Italien zurück, wo er mit einer sowjetischen Freundschaftsdelegation und italienischen Genossen in der Sonne des Mittelmeers über das Wachsen des sozialistischen Weltsystems beraten durfte. Nur sie blieb zu Hause und war auch noch gehalten, an der

»Schule der sozialistischen Arbeit« teilzunehmen, die die Gewerkschaft organisierte, um so als Parteilose zu dokumentieren, daß sie sich nicht abseits stellen wollte. Und sie tat es, weil sie nicht auch noch ihre bescheidene Position gefährden oder irgendwem einen Vorwand liefern wollte, als Parteilose in einer führenden Einrichtung der Akademie nicht länger tragbar zu sein. Bei einer der letzten internen Einschätzungen der Institutsmitarbeiter durch die Parteileitung wurden mehrere Kollegen als Apologeten des bürgerlichen Denkens bezeichnet, auf die es ein Auge zu haben galt, weil sie sich von den zentralen Fragen der Philosophie entfernten und Gefahr liefen, auf eine ideologisch abschüssige Bahn zu geraten. Dabei war auch ihr Name gefallen. Der Kollege, der ihr dies hintertrug, betonte, er tue dies nur, weil er ihre Arbeiten gut finde und sie freundschaftlich warnen wolle. Katharina wußte schon seit langem, daß sie vorsichtig sein mußte. Außerdem fehlte es auch nicht an Neidern, denn sie hatte schon etliches in Westdeutschland veröffentlicht, hatte dafür großzügig die Genehmigung des Chefs bekommen und erst hinterher gemerkt, worin der Preis bestand: Die Devisen kassierte das Institut. Ihr blieb nur die Ehre. Selbst die Briefe, die sie immer häufiger aus dem Ausland an ihre Institutsadresse bekam, mußte sie sofort in das Posteingangsbuch eintragen und dann ungeöffnet an die Leitung weiterreichen, denn dort lag das Recht des Erstlesens, und Kramms ließ ihr dann irgendwann beiläufig durch den Bereichsleiter den Inhalt des Schreibens übermitteln. Wieder nur durch eine solidarische Indiskretion hatte sie erfahren, daß der letzte Brief eine Einladung an sie zu einem Kolloquium in Hannover enthielt und daß Kramms ungehalten darauf reagiert hatte. Möchte wissen, soll er gesagt haben, wie sich die Hellberg ihre Einladungen organisiert und wer da dahintersteckt. Wenn dort jemand auftritt, dann selbstverständlich einer von unseren Leuten.

Diese Bemerkung schien ihr nur folgerichtig, denn nach drüben, in das Kernland des Klassenfeindes, fuhren nur die Treusten der Treuen, die Besten der Besten, die handverlesenen, überprüften, gesiebten und zuverlässigen Führungskader. Nur Kramms und seine Satrapen. Nur der neue angestammte Reiseadel, ja wer denn sonst? Ihr blieb bloß die Freude, daß Kramms sah, die westlichen Kollegen nahmen ihre Arbeiten zur Kenntnis und wußten sie zu schätzen. Dies gab ihr eine tiefe innere Befriedigung, auch wenn man sie nicht fahren ließ. Mit der Feststellung, daß es so war, hatte sie sich zu begnügen. Einfordern konnte sie nichts, denn was ihr zustand, wurde von anderen festgelegt; wurde gewährt oder nicht gewährt und war ein Akt der Gnade.

Anna mußte jeden Morgen zum Zeitungskiosk gehen, um für Franz das »Neue Deutschland« zu kaufen, denn er wollte die Reden Gorbatschows lesen, die in voller Länge nur im Hauptblatt abgedruckt waren und für ihn zu einer spannenden, aufregenden Lektüre wurden. Inzwischen mußte Anna sogar immer früher gehen, weil das Zentralorgan schon in den Morgenstunden vergriffen war, was es bislang noch nie gegeben hatte.

Kogler war begeistert, daß nun die Prager Reformen von einst ausgerechnet durch ihre Widersacher, die Russen, eine neue Belebung erfuhren. Er schrieb nicht mehr nur Briefe, sondern telefonierte inzwischen auch häufig mit Kenziora, um zu hören, was an der Universität in diesem regen Thüringen vor sich ging, diskutierte stundenlang an der Kaffeetafel mit Anna, Katharina und seinem Schwiegersohn über die atemberaubenden neuen Wahrheiten aus der Sowjetunion, ließ sich von Freya ausführlich über die Atmosphäre an der Schule berichten und war glücklich, daß alle eine Aufbruchsstimmung erfaßt hatte. Jetzt waren die Tage plötzlich aufregend, jetzt passierte etwas, jetzt brachen endlich die Verkrustungen auf.

Hellberg besuchte erstmalig sogar eine Gewerkschaftsversammlung in der Klinik, wo es hoch herging und die Kollegen nicht länger mehr gewillt waren, ihre Zeit mit Friedensphrasen zu vertun, sondern zu den Sachproblemen sprachen, die Mängel und die Provisorien aufdeckten und die Lügen von der ständigen Verbesserung der Arbeits- und Lebensbedingungen klar benannten. Einer sprach unter lautem Beifall aus, was alle längst dachten: Der Sozialismus hat unsere Kliniken in Lazarette verwandelt! Das ist die wahre Bilanz unseres vorbildlichen Gesundheitswesens! Die gesamte Belegschaft verfaßte einen offenen Brief an den Gesundheitsminister und stellte die Frage, was die Arbeit der Bürger im eigenen Lande überhaupt noch wert war, wenn die besten Produkte in den Export gingen und die Menschen zu Hause sich mit dem Ausschuß begnügen mußten und – dies fügte Hellberg unter allgemeiner Zustimmung hinzu – selber wie Ausschuß behandelt wurden.

Es war ein kühner Entschluß, einen solchen Brief abzuschicken, aber schließlich konnte man ja nicht die gesamte Belegschaft der Poliklinik entlassen, denn die Kollegen wußten: Die Versorgung der Bevölkerung mit medizinischem Personal mußte gewährleistet sein. Auch den führenden Persönlichkeiten in Partei und Regierung waren durch den allseits herrschenden Mangel Grenzen ihrer Macht gesetzt, und dies gab Selbstsicherheit. Daß plötzlich gefragt wurde: Wer war hier eigentlich noch auf wen angewiesen? und diese Frage auch noch stürmischen Beifall bekam, zeigte ihm, daß niemand mehr länger mit dieser ständigen Herabwürdigung der Wahrheit leben wollte. Zum ersten Mal spürte er unter den Kollegen eine ganz ungewohnte spontane Einigkeit, die auch ihn begeisterte.

In Katharinas Institut hingegen waren die Meinungen gespalten. Ungeachtet dessen erarbeitete sie in den freien Stunden mit den reformfreudigen Kollegen ein Thesenpapier, das Vorschläge zur Demokratisierung des Wissenschaftsbetriebes enthielt und bislang nur unter der Hand kursierte, organisierte Gruppengespräche und Podien zur Ideologiekritik, fand es wunderbar, wie alle aus den Verstecken des Schweigens hervorkamen, empfand selber eine große innere Befreiung, ein Aufatmen inmitten der Stickluft, hatte sogar wieder Lust, sich theoretisch der Gegenwart zuzuwenden und das, was sie dachte, nicht mehr verschlüsselt über die Stimmen der klassischen deutschen Philosophen zu sagen, sondern ganz direkt, herrlich direkt, aufregend direkt, bis in einer Arbeitsbesprechung deutlich gemacht wurde, daß es keine Veränderungen geben sollte. Ihr Bereichsleiter informierte die Kollegen der Abteilung über eine Sitzung der Institutsparteileitung, auf der Genosse Direktor Kramms die letzte Tagung des Zentralkomitees ausgewertet und Schlußfolgerungen für die Arbeit der kommenden Jahre gezogen hatte. Wir unterstützen die Sowjetunion in ihrem Umbau, hatte er gesagt, aber die DDR braucht keine Reformen, denn sie hat die Eigenverantwortung der Betriebe und die wirtschaftliche Rechnungsführung längst erfolgreich durchgeführt. In der DDR hat es dank der klugen Politik von Partei und Regierung kontinuierlich Reformen gegeben, und wenn der Nachbar seine Wohnung neu tapeziert, brauchen wir uns nicht verpflichtet zu fühlen, unsere Wohnung ebenfalls zu tapezieren, wie es die führenden Genossen sehr klar formulierten.

Fast mit dem gleichen Wortlaut wurden in Hellbergs Klinik die Diskussionen unterbunden, und auch Kogler las in den Zeitungen nichts mehr von den Reformbemühungen in der Sowjetunion. Es war plötzlich so, als hätten sie sich alle zu weit vorgewagt und würden nun wieder geschlossen unter die Wasseroberfläche gedrückt werden. Sie hatten sich zu früh gefreut, hatten zu früh eine Hoffnung aufkommen lassen, denn es sollte so weitergehen wie bisher: Sie sollten im Stillstand verharren und endlich begreifen, daß Partei und Regierung alles zum Wohle des Menschen taten und in zentraler Anstrengung den Frieden sicherten, vor allem den Frieden und nichts als den Frieden und immerzu den Frieden, den täglichen und dauerhaften, den trügerischen und jammervollen Friedhofsfrieden.

Katharina schien alles nur noch sinnlos, denn sie sah keine Chancen mehr, daß sich jemals etwas ändern würde. Nun war die gesellschaftliche Erstarrung zentral beschlossen worden und ließ nur noch die eine gültige Erkenntnis zu: Der ganze Sozialismus war nach der Logik des Aristoteles ein Proton pseudos, eine Erste Lüge, eine falsche Voraussetzung, aus der sich nur falsche Aussagen und falsche Schlußfolgerungen ergeben konnten. Nein, es lohnte nicht, daran auch nur einen einzigen Gedanken zu verschwenden. Der Sozialismus war die falsche Prämisse. Er war ein Grundbetrug.

Für Katharina und Hellberg blieb nur der konsequente Rückzug, der schweigende Protest, den sie für das wirksamste hielten, weil er sehr deutlich gehört wurde und täglich mehr Stimmen bekam. Vor allem gab es für sie keinen Grund mehr, vor irgend etwas noch Angst zu haben. Mit den Angstlosen war das Glück. Die Wohnung konnten sie ihnen nicht nehmen, das Grundstück war ererbt, Orden und Auszeichnungen hatten sie nie bekommen, Privilegien und Jahresvisum, wie es den prominenten Dissidenten und Mitgliedern der Akademie zustand, besaßen sie nicht – sie hatten sich für nichts zu bedanken, waren niemandem verpflichtet, wollten weder etwas werden noch etwas haben, waren darum nicht erpreßbar und konnten folglich auch angstlos sein. Selbst wenn Katharina ihre Stelle am Institut verlieren sollte, gab es überall genug andere Arbeit, und sie mußte eben in ein Archiv oder eine Bibliothek gehen. Unter solchen reformfeindlichen Verhältnissen hatte die Forschung ohnehin keinen Sinn mehr. Außerdem war noch Hellberg da, der die Familie über Wasser halten konnte, denn Zahnärzte wurden immer rarer, und der Staat mußte sie freundlich behandeln und froh sein, wenn sie blieben und noch keinen Ausreiseantrag gestellt hatten. So gesehen war ihre Lage nicht schlecht und erst recht nicht aussichtslos. Im Gegenteil: Mit diesem Gefühl ließ es sich selbstbewußt leben.

Jüngst, in den Abendstunden, als ganz unverhofft der Abschnittsbevollmächtigte der Deutschen Volkspolizei sie mit seinem Besuch überraschte, um sich über eine Nachbarin zu erkundigen, die einen Besucherantrag nach Westberlin gestellt hatte, wußten sie natürlich nichts. Sie kannten niemanden im Haus, gingen morgens in den Dienst, kehrten abends heim und fuhren am Wochenende zu ihrem Grundstück. Katharina war überzeugt, daß im umgekehrten Falle die Nachbarin auch über sie nichts sagen würde, denn sie kannten sich gut und wußten ja schließlich, wo sie leben mußten. Häufig besuchte sie ihr Diplomat, mit dem sie inzwischen eine echte Freundschaft und geistige Gemeinschaft verband. Er brachte die neusten Zeitungen mit, die sie tagelang begierig lasen und dann Kogler gaben, der sie behalten durfte und zu seiner großen Freude nach Herzenslust und der Dunckerschen Lernmethode mit rotem und blauem Farbstift Hochwichtiges und Wichtiges unterstreichen konnte, um sich auf diese Weise das Gelesene besser einzuprägen. Auch Edys Freund, the counsel, der Rechtsanwalt, kam und machte sich einen Spaß daraus, die Reden und Aufsätze Gorbatschows mitzubringen und sie offiziell in die Zollerklärung einzutragen, schon weil er sehen wollte, ob ihm diese Bücher an der Grenze als feindliches Gedankengut abgenommen wurden. Er brachte natürlich auch Nachrichten von der Schwester, die seit einiger Zeit in einem internationalen Designerstudio in New York arbeitete, und schilderte ihnen, wie begeistert Edy von dieser Stadt war; wie hoch sie die Häuser, wie grün sie die Parks, wie schick sie die Menschen fand; wie herrlich dieses Manhattan und der Blick auf den East River war – doch Katharina ließ das alles seltsam gleichgültig, und die Schwärmereien lösten nicht einmal mehr ein Fernweh aus, wie dies früher vielleicht der Fall gewesen wäre. Sie hatte sich damit abgefunden, daß dies eine verschlossene Welt für sie blieb, und jede Nachricht von dort kam ihr nicht nur unwirklich, sondern banal und überflüssig vor.

Im Sommer neunundachtzig konnte Hellberg keinen Urlaub nehmen, weil zwei seiner Kollegen in den Westen geflüchtet waren und er ihre Patienten mitversorgen mußte. Er hatte keine Sprechstundenhilfe mehr, die war auch gegangen, war mit ihrem Mann und ihrem Kind in eine Botschaft geflüchtet und hatte aus Aachen ihre Kündigung geschickt. Sogar am Wochenende mußte Hellberg noch eine Notdienstvertretung übernehmen, denn auch dort waren zwei jüngere Kollegen nach drüben gegangen. Er wußte nicht, wo das noch enden sollte, wußte nur: Mehr als arbeiten, als Tag und Nacht arbeiten, konnte er nicht und hatte nur noch die Befürchtung, aus diesem Zustand könnte eine Normalität werden. Er war ratlos, denn niemand sagte etwas zu den Vorgängen. Irgendwie steckte jeder nur den Kopf in den Sand, um nichts von all dem wahrnehmen zu müssen. Auch Katharina war verzweifelt, denn im Institut lief alles so weiter wie bisher. Kramms erarbeitete im Leitungskollektiv ein Strategiepapier für den kommenden Parteitag, und auf den Belegschaftsversammlungen gehörte es inzwischen zum guten Ton, die Notwendigkeit von Reformen zu beschwören und offen zu reden, sehr offen – nur sollte alles beim alten bleiben. Es kam ihr so vor, als sei dies die offizielle Taktik, um alle kritischen Stimmen zu unterlaufen. Auf den hausinternen Mitteilungen, die durch alle Abteilungen gingen, prangte inzwischen der Aufkleber: Wir machen Druck. Niemand wußte, wer das getan hatte. Keiner entfernte den Spruch. Jeder nahm nur schmunzelnd zur Kenntnis und wartete, wie die Leitung darauf reagieren würde, doch es kam keine Reaktion. Selbst Katharinas Thesen zur Demokratisierung des Wissenschaftsbetriebes machten längst offiziell die Runde, aber die Institutsleitung schwieg dazu. Katharina hatte den Eindruck, jetzt, wo sie reden konnten, redeten sie ins Leere, was die Sinnlosigkeit ihres Bemühens noch mehr betonte. Es sollte so bleiben, wie es immer war. Es sollte sich nichts verändern dürfen.

Nur der Hauswart kam und brachte weiße Farbe, damit alle Mieter in Vorbereitung des 40. Jahrestages die Fenster strichen und die Hausfassade zum Tag der Republik einen ansprechenden Charakter trug, wie er sagte. Doch dazu waren sie beide nicht zu bewegen. Alles in ihnen sträubte sich dagegen, auch nur irgend etwas zu tun, was zur allgemeinen Verschönerung beigetragen hätte, denn es wäre eine Tat für dieses System gewesen. Sie wollten aber für diesen Staat nicht den kleinsten Handgriff mehr tun. Sie wollten den Verfall. Hellberg ersehnte sich sogar den raschen Niedergang. Je schneller, desto besser. Je eher waren sie von allem erlöst. Am liebsten hätte er es gesehen, wenn die Steine um ihn herum zerbröckelt wären, wenn es nichts mehr in den Läden zu kaufen gegeben hätte und wenn wie in Rumänien um acht Uhr abends das Licht gelöscht worden wäre. Es mußte alles noch schlimmer, viel schlimmer kommen. Sie mußten Elbalbanien werden, damit endlich begriffen wurde, daß es so nicht weiterging. Katharina gab ihm zwar recht, daß nur durch eine Zuspitzung der Umschwung kommen konnte, aber sie wünschte sich dennoch keine Verschlechterung der Lage, weil sie ja letzten Endes selber davon betroffen waren und einer Katastrophe nicht hätten ausweichen können. Doch wie es weitergehen sollte – das wußte auch sie nicht. In den Zeitungen standen die gewohnten Erfolgsmeldungen von Planübererfüllungen und Rekordernten; wie zum Hohn wurden auch noch ganzseitig die Reden des letzten Plenums abgedruckt, aber es bewegte sich nichts. Es tat sich nichts, und die Stille war so laut, daß sie zum Himmel schrie.

Katharina und Hellberg flohen in den freien Stunden in ihren Garten. Er setzte sich in den Schatten seiner Eiben und las Novalis. Er las und las, las sich frei und hielt sich Satz um Satz in den »Fragmenten« fest, die ihn wie Offenbarungen anmuteten: Alles Sichtbare haftet am Unsichtbaren, das Hörbare am Unhörbaren, das Fühlbare am Unfühlbaren. Vielleicht das Denkbare am Undenkbaren. Das war es. Das waren die Wahrheiten, über die es noch nachzudenken lohnte. Und doch geschah das Seltsame, daß sie inmitten dieser Trostlosigkeit nicht unglücklich waren, sondern trotz allem einen großen Genuß empfanden. Sie erhoben sich über die verordneten Denkzwänge, entwarfen sich eine andere Welt, eine nicht erwünschte, eine, zu der sie aus eigenem Antrieb gefunden hatten; setzten Eigenes dem entgegen, wußten um andere Möglichkeiten und waren in keinem Käfig. Freudig entfernten sie sich Buch um Buch aus diesem Alltag, von dem sie nichts mehr erwarteten und nichts mehr erhofften und bestätigten sich gegenseitig in der Gewißheit, frei zu sein. Noch nie hatten sie so viel Lust zur Kontemplation und noch nie so viel innere Distanz zu dem, was um sie herum geschah. Sie glaubten sogar, sich inzwischen so hoch über die Wirklichkeit erhoben zu haben, daß sie den Eindruck hatten, sie läge bereits hinter ihnen. Ab und zu schauten sie auf, sahen im Westfernsehen, wie immer mehr junge Menschen aus dem Osten flüchteten, verstanden jeden einzelnen von ihnen, hofften für jeden, daß er gut ankommen möge, und sagten sich, wenn Freya nach dem Abitur sich gleichfalls für den Weg nach drüben entscheiden sollte, konnten sie es ihr nicht verdenken. Dann tauchten sie wieder in die Welt ihrer Bücher ein, lasen sich fort und flohen auf ihre Weise.

Einmal kam Kogler mit Anna in einer Taxe zu ihnen. Er achtete nicht auf die Bäume und die Blumen, die ihm sonst so viel bedeuteten, sondern setzte sich nur tieferschüttert an den Kaffeetisch, denn er hatte die Nachricht bekommen, daß sein Freund und Kollege Kenziora mit seiner Frau über Ungarn in den Westen geflüchtet war. Kogler konnte es nicht fassen. Das Haus und die Bücher – alles im Stich zu lassen und in diesem Alter noch auf und davon zu gehen –, er begriff es nicht. Mein Gott, was muß da passiert sein, daß man ihn so weit getrieben hat, sagte er, und die Worte gingen ihm langsam und gequält von den Lippen, als würden sie einen großen Schmerz auslösen. Unwillkürlich wurde Kogler an die Jahre vor dem Mauerbau erinnert, als gleichfalls einer nach dem anderen die Republik verließ und auch noch der Rektor der Universität am Vorabend der Säkularfeier in den Westen geflohen war. Und jetzt suchten Massen von Menschen in den Botschaften Zuflucht, und wieder wurde offiziell von Abwerbungsmanövern gesprochen und dem Westen dafür die Schuld gegeben, was Kogler ganz besonders empörte, denn er sah, daß man aus der Vergangenheit nichts gelernt hatte.

Statt darüber nachzudenken, weshalb die jungen

Menschen dem Sozialismus den Rücken kehren, sagt auch noch so ein Vertreter unserer Regierung, daß man ihnen nicht nachtrauern soll, weil sie alle asozial sind und kein Verhältnis zum Wohnen haben. Eine Schande ist das, meinte er, eine nationale Schande. Es klang eine große Bitterkeit aus seinen Worten. So wie damals hatte Kogler auch jetzt das Gefühl, daß etwas Jähes kommen mußte. Kenzioras Flucht, die in seinen Augen nur ein Schritt letzter Verzweiflung gewesen sein konnte, schien ihm das Zeichen. Das kann nicht mehr lange gutgehen, sagte er.

Es könnte nichts schaden, wenn wir alle auf die Straße gingen, meinte Katharina, und Anna entgegnete erschrocken: Haltet euch da bloß heraus.

Aber die Straße ist die einzige Sprache, die die verstehen, warf Freya impulsiv ein, was Kogler energisch zurückwies. Es lohnt nicht, sagte er, sich von dem System womöglich noch einen körperlichen Schaden zu holen. In diesem Paradiese auszuharren, ist Opfer genug. Und was von der Geschichte bestimmt ist, seinen Gang zu nehmen, kommt so oder so, ob sich der einzelne einmischt oder nicht. Das hat seine eigene unaufhaltsame Gesetzmäßigkeit.

Katharina wollte von all dem nichts mehr hören. Sie stand auf und ging durch ihren Garten. Ihn säumten hochwachsende Gehölze – Eiben, Kiefern und Wacholder –, zwischen denen Fliederbüsche, Mandelsträucher, Forsythien, Goldregenbäume und Hortensien wuchsen. Ihre Blütenfülle entfaltete sich zu einem dichten Ineinander von Kontrasten, als wolle sich hier die Ordnung aus Entgegengesetztem binden. In der Mitte lag die Wiese gleich einem grünen Plafond, der mit unzähligen Amaranthussternen übersät war und ihr das Gefühl gab, an den Schönheiten des Daseins teilzunehmen. In dieser Umgebung fühlte sie sich gegen jede Mißhelligkeit gefeit und wußte, daß sie den Platz gefunden hatte, von dem aus sie alles überschauen und alles erreichen konnte – ein Ort, wo auch der glänzendste Wortpomp nur mehr wie das billige Glitzerkostüm einer großen Fastnacht erschien. Solange sie auf eine Blume schaute, war die Welt noch in Ordnung. Immer breitete sich dann eine tiefe Harmonie in ihr aus, stimmte sie mit allem versöhnlich, entgrenzte die Gedanken, offenbarte den Sinn im Widersinn und ließ sie selbst noch an die Vernunft im Unvernünftigen glauben. Alles Dringliche ebbte ab, und es wich die Besorgnis, an irgendeinem anderen Ort noch irgend etwas Wichtiges versäumen zu können. In ihrem Garten verlor das Nacheinander der Stunden seine ehern fortschreitende Notwendigkeit und dehnte sich zu einem einzigen großen Augenblick, in dem alles auf einmal und in höchster Dichte geschah. Sie ließ ihn auf sich wirken, ohne Absicht, ohne Ziel, genoß ihn, atmete ihn ein, spürte, wie er sich in ihr ausformte und ins Zeitlose rann, als wolle er Vergängliches mit dem Ewigen verbinden und sie daran erinnern, daß alles Lebendige nur das rationale Quadrat aus einer irrationalen Wurzel ist. Solch ein Augenblick hielt sie fest und trug sie fort; sie lebte auf, holte Freude aus ihm und fühlte: nur dieser Augenblick zählte. Alles andere war ungewiß.

Hellberg kam mit einer Unterschriftenliste vom Neuen Forum nach Hause. Er hatte sie von einem Kollegen bekommen, dessen Frau Verbindungen dorthin besaß. Katharina hatte zwar schon einiges darüber gehört, doch Genaues wußte sie nicht. Vor

Tagen war in den Nachrichten der Aktuellen Kamera eine offizielle Verlautbarung verlesen worden, in der es hieß, daß das Neue Forum eine illegale Vereinigung sei und eine Unterschriftensammlung mit bis zu zwölf Jahren Haft bestraft werden kann. Doch nun, da sie den Gründungsaufruf schwarz auf weiß in den Händen hielten, konnten sie darin nichts Staatsfeindliches erkennen, sondern stimmten ihm Satz für Satz zu. Auch sie wollten »ein Ende der gegenwärtig krisenhaften Situation«, wollten, daß die »vielen Einzel- und Gruppenaktivitäten zu einem Gesamthandeln finden, um den gesellschaftlichen Reformprozeß in Gang zu setzen«. Daß dies strafbar sein sollte, schien ihnen geradezu absurd, und sie sahen in einer solchen Drohung nur das Rückzugsgefecht einer Regierung, der die Felle davonschwammen. Sie waren fest entschlossen, ihre Namen in diese Liste einzutragen und sich denen anzuschließen, die eine politische Plattform bilden wollten, um endlich andere Verhältnisse herbeizuführen.

Dennoch sprachen sie vorher mit Freya. Sie war gerade in die zwölfte Klasse gekommen und stand kurz vor dem Abitur. Sie sagten ihr, daß vielleicht Schwierigkeiten auf sie zukommen könnten, und entschuldigten sich gleichsam dafür, sie ausgerechnet jetzt in eine Lage zu bringen, die sie doch immer verhindern wollten. Aber sie konnten nicht mehr länger den Dingen tatenlos zusehen. Wenn die Regierung kriminell wird, sagte Hellberg in einem fast scherzenden Ton, dann ist es die Pflicht des Bürgers, ein Staatsfeind zu sein.

Freya fand es gut, daß ihre Eltern sich dem Neuen Forum anschlossen, und wollte gleichfalls unterschreiben. Doch Katharina riet ab. Als Schülerin befand sie sich noch in zu großer Abhängigkeit und war darum den Organen des Staates viel zu sehr ausgeliefert. Es war genug, wenn zwei in der Familie das Wagnis auf sich nahmen.

Als Hellberg die Liste mit ihren beiden Unterschriften seinem Kollegen zurückbrachte, war er ganz sicher, daß er keinen Fehler gemacht, sondern verantwortungsbewußt gehandelt hatte. Es mußte etwas geschehen. Seit Ungarn die Grenzen zu Österreich geöffnet hatte, verließen täglich Tausende das Land. Diese Massenflucht schien ihm wie ein Beben, das das ganze Land erschütterte, allerorts den Boden aufriß und tiefe, unüberwindbare Gräben offenbarte. Jeder, der sich jetzt mit seinem Namen in diese Liste eintrug, setzte ein Zeichen, daß es ohne Reformen keine Veränderung der Verhältnisse mehr geben konnte. Sein Kollege gab ihm recht. Wir, die wir hierbleiben, müssen uns wehren, sagte er, und steckte Hellberg noch mehrere Exemplare des Gründungsaufrufs zu, die er an Bekannte weitergeben sollte.

Katharina und Hellberg wußten nicht, ob sie mit dieser Unterschrift nun Mitglieder des Neuen Forums waren oder nur Sympathisanten, wußten nicht, wo die Organisatoren saßen, wer sie gewählt und ob es überhaupt eine Wahl gegeben hatte. Sie kannten keinen von ihnen persönlich. Es war alles anonym und auch nicht so recht durchschaubar. Dennoch fühlten sie sich zugehörig, weil sie mit den Zielen des Gründungsaufrufs übereinstimmten. Sie hatten auch keine Ahnung, ob jemand von den Initiatoren die Listen mit den Unterschriften und Adressen durchsehen würde, um einzelne zu einer engeren Mitarbeit heranzuziehen. Im Grunde standen sie recht ratlos da. Sicher war ihnen nur eins: Mit dieser Unterschrift hatten sie sich nach den geltenden Gesetzen der Opposition angeschlossen.

Kogler nahm ihren Entschluß mit gemischten Gefühlen auf und rief jeden Tag an, um zu hören, ob noch alles in Ordnung war. Er kannte diesen Staat zu gut, um nicht zu wissen, daß er gerade in diesen Dingen alles andere als Spaß verstand und erfahrungsgemäß hart durchgriff. Im stillen bangte Kogler um seine Tochter und seinen Schwiegersohn, aber er konnte sie auch verstehen und wollte sie nach Kräften unterstützen. Er hatte gerade im Fernsehen den ersten Flüchtlingszug mit den Botschaftsbesetzern gesehen, der von der Tschechoslowakei über das Territorium der DDR gleichsam verplombt in den Westen fuhr. Die Bilder erinnerten ihn an den Sommer sechsundvierzig, als die Sudetendeutschen die Heimat verlassen mußten, auch in einem Flüchtlingszug, der die gleiche Richtung von Prag über Bad Brambach nahm. Damals waren auch sie glücklich, als sie endlich das Reich erreicht hatten, und warfen ihre weißen Armbinden aus den Fenstern. Und heute sah er wieder so glückliche Gesichter, sah das Winken, hörte die Jubelschreie und die Freiheitsrufe von Ostdeutschen, die diesmal der Sozialismus aus ihrer Heimat vertrieben hatte. Es war eine Tragödie. Nein, es konnte so nicht weitergehen. Doch Kogler hatte auch Hoffnung, denn ihm schienen sich jetzt überall die Zeichen für eine unmittelbar bevorstehende Veränderung zu verdichten. Es entging ihm nicht, daß in Vorbereitung des Jahrestages nur noch ganz wenige in der Straße geflaggt hatten. Sonst hingen um diese Zeit schon längst die roten und die DDR-Fahnen aus den Fenstern, und die Fassaden waren geschmückt. Aber jetzt blieb alles kahl. Es sah wie nach einer großen stillschweigenden Bekenntnisverweigerung aus. Es war auf eine gespenstische Weise ermutigend. Vor allem fand er bemerkenswert, daß auch der Hauswart es nicht mehr wagte, zur ordnungsgemäßen Beflaggung aufzufordern und Fahnentuch und Besenstiel hereinzureichen. Dies schien Kogler kein Zufall zu sein, sondern ein Beweis dafür, daß die Kreisleitungen der Partei ihre Instrukteure zu absoluter Zurückhaltung aufgefordert hatten, um keinen Bürger noch zusätzlich zu verärgern. Das alles sah ihm nach Rückzug aus, und er wartete von Abend zu Abend mit wachsender, geradezu fieberhafter Spannung auf die Nachrichten.

Katharina und Hellberg gingen in die Kirche, um etwas von der anderen, der inoffiziellen Wirklichkeit zu erfahren. Die Bänke im Kircheninneren waren leer, aber entlang der Wände drängelten sich die Menschen. Denn hier gab es all das zu lesen, was man noch immer in keiner Zeitung finden konnte. Zettel über Zettel, handschriftlich oder computergedruckt, im bunten Durcheinander mit Reißzwecken oder Klebestreifen an den Wänden befestigt: Resolutionen der Künstlerverbände, Erklärungen der Mitarbeiter des Gesundheitswesens, die eine Trennung von Partei und Staat verlangten, das Statut des neugegründeten Demokratischen Aufbruchs, Kontaktadressen und Veranstaltungshinweise, Aufrufe zu Demonstrationen – alles in der Grauzone des Unstatthaften, des halbherzigen und des absoluten Verbots, alles aufregend und unfaßbar – Gedächtnisprotokolle von Zuführungen, Beschreibungen von Gewalttätigkeiten gegen friedliche Demonstranten, Forderung nach Rücktritt des Polizeipräsidenten – es war der Blick in eine Welt, die wie aus dem Nichts vor ihnen aufbrach. Gleich den Bienen, die von Blüte zu Blüte flogen, so gingen sie hier mit vielen anderen von Zettel zu Zettel und sogen begierig den Nektar der Information ein. Nur manchmal sahen sie kurz auf, um dem Nebenmann Platz zu machen, und lächelten sich dabei freundlich zu, denn hier schien jeder dem anderen sympathisch, weil er allein mit seiner Anwesenheit eine Abkehr vom System bekundete.

Katharina notierte sich alle Termine für Veranstaltungen, Foren, Fürbittgottesdienste und Gesprächsrunden und war fortan Abend für Abend mit Hellberg unterwegs. Überall, wo sie hinkamen, waren die Kirchen brechend voll. Manchmal mußte der Pfarrer darauf hinweisen, nicht in den ersten Reihen auf der Empore Platz zu nehmen, da sonst Einsturzgefahr bestand.

Hellberg hätte nie gedacht, daß sich die Verhältnisse einmal derart verkehren würden: In der Kirche wurde jetzt Politik gemacht und im Staat gebetet. Doch er war sich nicht sicher, wer in diesem Rollentausch die rettende Maßnahme sah. Auf einem der letzten Foren, bei dem die neugegründete Sozialdemokratische Partei ihr Programm vorstellte, mußte jeder, der sich an der Diskussion beteiligte, Name und Beruf nennen. Da sich auffallend viele als »Mitarbeiter beim Rat des Stadtbezirks« vorstellten, wußten alle im Kirchenschiff, daß die Partei ihre Getreuen als Agitatoren geschickt hatte, um in gewohnter Weise auf »Posten zu sein in den Kämpfen unserer Zeit« und die Diskussion im bekannten Sinne zu steuern. Doch die Argumente und Dialogbeteuerungen der Agitatoren ernteten nur noch Gelächter. Katharina war wütend, daß sie es wagten, trotz der Massenflucht noch immer alles zu rechtfertigen und zu verharmlosen, und meldete sich spontan zu Wort. Sie sagte, daß für die Genossen Sozialisten vierzig Jahre lang Zeit gewesen war, eine neue und bessere Gesellschaft zu bauen, doch sie hatten alles verwirkt und alles verspielt. Statt sich ihrer Utopie anzunähern, hatten sie nur ein Gefängnis der Lüge errichtet und mit der Alleinherrschaft der Einheitspartei das Land in den Ruin geführt. Sie sollten abtreten und endlich anderen das Wort überlassen.

Stürmischer Beifall unterbrach sie. Katharina hatte keine Angst, daß vielleicht draußen zwei Herren auf sie warten und zum Mitkommen auffordern könnten. Sie hatte bloß das Bedürfnis, laut zu sagen, was sie dachte, das Schweigen aufzubrechen und sich selber für zuständig zu halten. Ihr Mut schien überzuspringen, denn mehrere standen nach ihr auf und sagten gleichfalls, was sie bislang nicht sagen durften. Ein Wort griff ins andere und schuf den Zusammenhalt der vielen Unbekannten. Schuf eine Bewegung von unten, ohne Absprachen, ohne Strukturen, sondern einzig aus dem gemeinsamen Willen zur Veränderung. Hier im schützenden Raum der Kirche gab dieser Wille ihnen allen die Gewißheit, untereinander in enger Verbindung zu stehen. Nur die Agitatoren waren die Störenfriede und die Fremden. Doch die anderen kannten sich schon lange, kannten sich gut, waren als einzelne nicht mehr verunsichert und nicht mehr isoliert mit ihrer Meinung, sondern spürten – sie multiplizierte sich. Zum ersten Mal nach all den dumpfen stillen Jahren, in denen es keine Öffentlichkeit geben durfte, hatten Katharina und Hellberg ein Gefühl des Aufbruchs. Mit einemmal lief nichts mehr ins Leere, und Teilnahme hatte wieder einen Sinn. Von Abend zu Abend lebten sie auf, denn es war ihnen so, als würden sie von Mal zu Mal eine verriegelte Tür aufstoßen. Nun tat sich etwas. Nun kam Bewegung auf.

Trotz Koglers Warnung gingen sie zur Demonstration. Als in den Morgenstunden die Menschen mit Fahnen und Transparenten aus allen Häusern und Straßen kamen, in vollbesetzten Bussen und Bahnen zum Stadtzentrum fuhren, hatten sie den Eindruck, jetzt war keiner mehr von keinem entfernt.

Unter den Demonstranten herrschte eine gelöste Stimmung, aber auch eine selbstbewußte Disziplin, die ihnen beiden die Gewißheit gab, daß der Damm bald einstürzen mußte.

Zwar kursierten Gerüchte, die Teilnehmer würden mit Videokameras gefilmt werden, um dann, wenn das Ganze umkippt, gezielt gegen sie vorgehen zu können. Doch dies erschreckte sie nicht, sondern belustigte eher. Angst machte ihnen jetzt nur noch eins: es könnte so bleiben, wie es war.

VI

Drei Tage nach dem Fall der Mauer klingelte am frühen Morgen das Telefon. Kogler war gerade aufgestanden. Ungehalten darüber, daß jemand schon um diese Zeit anrief, nahm er den Hörer ab. Edy war am Apparat.

Edda, rief er freudig, ich kann dich gut hören.

Ihre Stimme klang seltsam aufgeregt. Ich wollte nur sagen, daß ich am Flughafen Tegel bin.

Kogler stutzte. Tegel, Moment mal, wieso Tegel, ich denke, du bist in New York!

Ja, sagte Edda, ich gehöre zu den Glücklichen, die noch einen Flug nach Berlin bekommen haben. Ich miete mir jetzt ein Auto und bin in einer Stunde bei euch. Jesusmaria! rief Kogler, wir haben doch gar nichts vorbereitet!

Das macht nichts, bis gleich.

Er stürzte zu Anna, die noch im Bett lag. Aufstehen, rief er, schnell, beeil dich, das Edderl kommt hierher!

Anna glaubte sich verhört zu haben, dann sprang sie mit einem Freudenschrei aus dem Bett, heizte rasch den Kachelofen an, lüftete die Zimmer, eilte ins Bad, hängte Franz das weiße Hemd und das Jackett heraus, zog sich selber sonntäglich an, legte auf den Tisch ein feines Damasttuch und holte das gute Service aus dem Schrank. Kogler griff noch einmal zum Hörer, um die frohe Botschaft seiner anderen Tochter mitzuteilen, hörte zum zweiten Mal einen Freudenschrei an diesem Morgen und bat Katharina, sofort zu kommen, damit sie alle beisammen wären, wenn Edda erschien. Dann rasierte er sich schnell und legte auf Annas Hinweis eine Flasche Sekt in die Tiefkühltruhe, dieweil sie zum Bäcker lief, um Kuchen, Torte und Schrippen zu holen, vor allem frische Schrippen, die im Osten ganz anders, ursprünglicher, eben besser schmeckten und die Edy in Westberlin stets so vermißt hatte. Es sollte an nichts fehlen.

Unterdessen fuhr Edda langsam und mit stockendem Atem auf den Grenzkontrollpunkt zu. Auf beiden Seiten der Straße sah sie Menschen über Menschen, die in den Westteil der Stadt strömten. Daß sie ausgerechnet jetzt in die entgegengesetzte Richtung wollte, berührte sie seltsam, weil es in diesem Augenblick fast eine Fahrt gegen den Strom der Geschichte war. Doch die konnte sie sich um so mehr leisten, da sie ihnen allen diesen Weg in den Westen, diesen Schritt in die Freiheit, voraushatte. Sie sah die Grenzer plaudernd in Grüppchen zusammenstehen und glaubte ihren Augen nicht zu trauen, als sie freundlich durchgewinkt wurde. Jetzt erst wußte sie, daß sich die Welt verändert hatte, und konnte es trotzdem nicht fassen. Viele Male hatte sie ein Einreisevisum nach Ostberlin beantragt, und jedesmal war es ohne Begründung abgelehnt worden. Daß plötzlich selbstverständlich sein durfte, was bislang als unüberwindbar galt, war so, als würde sich die stets für verkehrt gehaltene Welt erneut verkehren wollen. Im Augenblick schien nichts mehr zu stimmen. Das eigentlich Normale, die Eltern und die Schwester besuchen zu können, kam ihr plötzlich wie das Unnormale vor, so daß sie seltsam irritiert durch die altbekannten Straßen fuhr. Sie war erschrocken, daß alles noch so aussah, wie sie es verlassen hatte, aber auch, daß alles noch mehr verfallen war. Im stillen dachte sie, die Bewohner hätten wenigstens einmal ihre Fensterrahmen streichen können. Das wäre doch wohl in all den Jahren zu schaffen gewesen. Aber es mußte ja jeder selbst wissen, wie er seine Umgebung gestaltete. Sie hatte glücklicherweise diesen Verhältnissen rechtzeitig den Rücken gekehrt und begriff nicht, wie es die Menschen hier überhaupt aushalten konnten.

Als sie in die Straße einbog, wo ihre Eltern wohnten, sah es nicht weniger trostlos aus. Jeder, der hier wohnen mußte, tat ihr leid, nur leid. Sie parkte direkt vor dem Haus, nahm eine Champagnerflasche aus dem Kofferraum und zwei große Plastiktüten voller Geschenke, stieg aufgeregt die Treppen empor, hielt einen Augenblick inne und holte tief Luft, um dem Moment des Wiedersehens gewachsen zu sein. Sie klingelte zweimal kurz hintereinander wie früher, und dann ging schon die Tür auf, und da standen Franz und Anna, weißhaarig und würdig. Sie fiel ihrer Mutter um den Hals, umarmte ihren Vater, rannte auf Katharina zu, und es herrschte Freude und ein Jubel, der kein Ende nehmen wollte.

Dann begrüßte sie ihren Schwager, den sie heute zum ersten Mal sah. Alle gingen ins Wohnzimmer, standen um den schön gedeckten Tisch, und Hellberg mußte die Champagnerflasche öffnen. Sie tranken auf das Unfaßbare, auf das Wunder der Geschichte und waren fast verlegen vor so viel Glück. Keiner wußte, womit er zuerst beginnen sollte, denn es gab zu viel zu erzählen. Plötzlich schien sich alles überschlagen zu wollen, die Erinnerungen und das Tagesgeschehen, denn sie waren vom Fall der Mauer derart überrascht worden, daß sie sich innerlich noch ganz benommen fühlten.

Hellberg verglich mit stillem Vergnügen die beiden Schwestern, die sich auf den zweiten Blick verblüffend ähnelten. Katharina war beeindruckt von Edys auffälliger Eleganz und schien sich ganz sicher, daß so eine westliche Erfolgsfrau aussehen mußte. Sie bemerkte, daß die Schwester etwas betroffen das Zimmer in Augenschein nahm, denn außer dem Gummibaum, der eine exotische Üppigkeit entfaltete und dem ein geheimnisvolles Wachstum innezuwohnen schien, hatte sich nichts verändert. Wie zum Trost erhob sie noch einmal das Glas und sagte: Hauptsache, ihr seid alle gesund.

Kogler nahm freudig einen vollen Zug, und Edy meinte: Das trinkt man langsam und genießt es. Das ist schließlich Champagner!

Nun, es ist ja noch genügend da, sagte Kogler, wir haben ja auch ein gutes Fläschchen Sekt kaltgestellt.

Um jeglichem Ausfragen am Familientisch zuvorzukommen, bemerkte Edy, daß viele New Yorker sie jetzt beneideten, denn sie hatte noch einen stand-by-Flug nach Deutschland bekommen. Seit dem Fall der Mauer zog es die Amerikaner in Scharen nach Berlin, und auch für sie war es nur eine Stippvisite. Sie mußte morgen schon wieder in die Staaten zurückfliegen. Doch vorher wollte sie noch ihre Nichte sehen und natürlich ins Stadtzentrum gehen, zum Brandenburger Tor. In zwei Jahren komme ich dann für immer nach Deutschland zurück, sagte sie, denn die Firma wartet schon auf meine neuen Ideen.

Anna war stolz auf Edy, die ihren Jugendtraum lebte, denn nichts hätte sie lieber getan, als einmal für ein paar Jahre nach Amerika gehen zu können. Daß sich dies nun indirekt durch ihre Tochter erfüllte, war ihr ein großer Trost. Kogler dagegen hatte eigentlich gehofft, daß Edda etwas zur Bereicherung der deutschen Kultur beitragen würde. Statt dessen flatterte sie in diesem heruntergekommenen Amerika umher, wo es für seine Begriffe ohnehin nichts Vernünftiges zu lernen gab. Im stillen bedauerte er seine Tochter, die einem unglückseligen Reisetrieb folgte und leider noch immer ungebunden war. Er begriff bis heute nicht, weshalb sie damals diesen prächtigen Uwe Lidman nicht geheiratet hatte, der immerhin schon Professor war, eine Kinderklinik leitete und ein Lehrbuch geschrieben hatte. Aber das war ihr ja alles nicht gut genug.

Du wirst dich doch dort drüben nicht etwa mit einem Amerikaner oder gar noch mit einem Schwarzen eingelassen haben, sagte Kogler, und Edy lächelte ihrer Schwester und dem Schwager zu, meinte nur, daß er sich darüber keine Sorgen zu machen brauche, und fügte mit spitzer Zunge hinzu, daß sie selbstverständlich deutsch, keusch und rein geblieben sei.

Katharina amüsierte sich über die Schlagfertigkeit ihrer Schwester, sie tranken sich fröhlich zu, und Kogler ergriff wie immer, wenn alle am Familientisch versammelt waren, die Gelegenheit zu einem Privatissimum, welches der Belehrung diente und stets die allgemeine Weltlage in den Mittelpunkt der Betrachtung stellte. Daß den Ostdeutschen die größte Befreiungstat ihrer Geschichte gelungen war, erfüllte ihn mit ganz besonderem Stolz.

Jetzt erst merkte Edy, daß der Vater sich nicht verändert hatte, denn es war wie immer: Er sprach und gab die Linie. Ihr habt die Mauer viel zu lange geduldet, warf sie ein, und Kogler bestritt dies ganz energisch.

Nachdem feststand, daß die Russen nicht mehr eingreifen werden, sagte er, haben die DDR-Bürger umgehend dieses System abgeschüttelt. Schneller und erfolgreicher ist bislang in der deutschen Teilgeschichte noch nicht gehandelt worden. Anna hatte Sorge, es könnte zu einem politischen Streitgespräch kommen, holte den Sekt und wollte mehr von Edys Leben in Amerika hören, doch Kogler fuhr unbeirrt in seinen Betrachtungen über den Niedergang des Sozialismus fort. Daß er einmal so reden würde, hätte sich Edy nie vorstellen können, und sagte nur: Aber damals hast du uns begeistert die zehn Gebote der sozialistischen Moral aufsagen lassen.

Ja und, meinte Kogler, hat es dir etwa geschadet? Du bist doch ganz gut in der Welt damit gefahren. Das war doch ein stabiles Gerüst. Außerdem sah es in den Anfangsjahren mit dem Sozialismus noch ganz anders aus. Da war Schwung dahinter und Elan. Da war noch etwas von einer großen weltverändernden Idee spürbar, und die Partei hatte auf ihre Fahnen geschrieben: Deutsche an einen Tisch. Das war doch wenigstens eine nationale Konzeption.

Ich konnte am Sozialismus nichts Gutes entdecken, bemerkte Edy, und Kogler meinte nur: Du hast dich ja auch nie mit den Fragen seiner Theorie beschäftigt.

Mir hat die Praxis genügt, entgegnete sie kurzangebunden, denn sie sah nicht ein, sich vom Vater indirekt sagen lassen zu müssen, daß sie geistig dem vermeintlich weiten Horizont des Sozialismus nicht gewachsen war und wohl überhaupt in diesen Dingen nicht mitreden konnte. Und das alles auch noch im Beisein ihres Schwagers, vor dem sie sich schon gar nicht zurechtweisen lassen wollte. Schließlich war sie weit in der Welt herumgekommen.

Anna versuchte, von der aufgekommenen Spannung abzulenken, schenkte allen Sekt nach, erhob erneut das Glas, um auf das Wiedersehen und den Fall der Mauer zu trinken, und sagte nur glücklich: Ach Kinder, daß wir das noch erleben dürfen!

Auch Kogler erhob das Glas und trank auf die Vorfreude, denn nun war für seine Begriffe die Einheit nicht mehr aufzuhalten.

Es kursieren schon Gerüchte über einen Währungsumtausch, meinte Katharina, und überall gibt es schon Panikkäufe.

Eine Währungsunion wäre natürlich das Beste, sagte Edy, denn wenn ihr erst einmal die Westmark habt, dann ändert sich ohnehin alles. Dann könnt ihr euch wirklich freuen und seid keine Menschen zweiter Klasse mehr.

Katharina wechselte mit Hellberg und Anna einen Blick, und sie alle schauten zu Kogler, der gleichfalls fühlte, daß dieser Satz nicht unwidersprochen hingenommen werden durfte.

Na hör mal du, was heißt hier Menschen zweiter Klasse, sagte er ungehalten, aber daß du bei Nacht und Nebel damals auf und davon gegangen bist und genau wußtest, in welche Schwierigkeiten du uns damit hättest bringen können – das war wohl in Ordnung oder wie soll ich das verstehen?

Doch nicht heute, warf Anna ein.

Edda hatte natürlich geahnt, daß diese Auseinandersetzung kommen mußte, aber sie wollte sich keine Vorhaltungen machen lassen, geschweige denn sich rechtfertigen, sondern sagte nur: Im Gegensatz zu dir habe ich schon damals erkannt, daß dieser Staat nichts taugt, und du könntest stolz sein, daß wenigstens einer aus der Familie beizeiten die Konsequenzen gezogen und sich für die richtige Seite entschieden hat.

Du tust ja gerade so, als ob du dich für uns hättest aufopfern müssen, entgegnete Kogler. Dich hat damals keiner bedrängt und keiner verfolgt, im Gegenteil: Dir standen alle Türen offen, und du hättest auch hier gute künstlerische Chancen gehabt.

Edda lachte auf. Chancen? Na, ich danke! Wer hatte denn hier schon Chancen? Doch nicht mal du! Wärst du damals gleich in den Westen gegangen, müßtest du heute nicht in dieser Armutei sitzen.

Wieso Armutei? wehrte Kogler ab, ich habe alles, was ich brauche, und das genügt mir.

Edy fand, so konnte nur jemand reden, der nichts von der Welt gesehen hatte und nicht wußte, wie anderswo die Professoren lebten.

Wenn du dir wenigstens ein Grundstück oder ein Haus gekauft hättest – Dinge, die ja im Osten preiswert zu haben waren und die man im Westen nicht mehr bezahlen kann. Aber nichts, gar nichts hat dir der Sozialismus gebracht.

Katharina gab zwar der Schwester recht, daß sie alle zu keinem Wohlstand gekommen waren, aber meinte dennoch: Das bessere System und die bessere Mark machen noch nicht den besseren Menschen aus.

Doch mehr wollte sie dazu nicht sagen, sondern bog die Auseinandersetzung ab, denn dafür war jetzt nicht die Stunde. Jetzt wollten sie sich erst einmal freuen.

VII

Noch häufig hatte Katharina den Eindruck, als bewege sie sich in einer unwirklichen Wirklichkeit. Daß sie nun als Neu- und Steuerbürger in einem ungeteilten Deutschland lebte, erschien ihr wie ein Wunder, vor dem sie mit ungläubigem Staunen stand, weil es weder mit der reinen noch mit der praktischen Vernunft zu erfassen war und doch auf dem unwiderstehlichen Gesetz der Notwendigkeit gründete.

Sie wußte manchmal noch immer nicht, ob sie sich in einer Welt der Vorstellungen oder der Tatsachen bewegte, ob ihr Wahrnehmungsvermögen nicht einer Täuschung unterlag und sich auch hinter den neuen Erfahrungen nicht nur der Schein trügerischer Hoffnungen verbarg. Sie fühlte sich von allem noch immer leicht schockiert, atmete aber doch befreit auf und lebte in einem seltsamen Zustand von Irritation und Glück. Oft dachte sie, es hätte alles zehn Jahre früher kommen sollen, doch dann sagte sie sich, sie müsse froh sein, daß es überhaupt noch gekommen war. Sie hatte ja nie an das Hochtönende, Erfolgsstrotzende und Ewigwährende des Sozialismus geglaubt, aber inzwischen fragte sie sich manchmal im stillen, was passiert wäre, wenn er kein Ende genommen und sich mit maroder Kraft noch über Jahre dahingeschleppt hätte. Zu ihrer Beschämung gestand sie sich ein, daß ihr wohl nichts anderes übriggeblieben wäre, als sich mit allem abzufinden, auf ihren Gartenarchipel zu flüchten, ein Inselleben zu führen, abgehoben, entrückt; nicht traurig, aber auch nicht froh, ein Leben aus Gegenwehr führen zu müssen. Um so glücklicher war sie, daß ihr der Gang der Geschichte all das abgenommen hatte, was sie als einzelne nicht leisten konnte. Im nachhinein war sie in gewisser Weise den Greisen des einstigen Politbüros für ihre Starrköpfigkeit und Ignoranz dankbar, denn hätten sie Reformen zugelassen, wäre es mit dem unseligen Experiment weitergegangen, und es hätte die Einheit so rasch nicht gegeben.

Doch das Unwirklichste von allem schien ihr die Tatsache, daß sie aus der Registerkartei des Arbeitsamtes gelöscht worden war. Sie hatte, wenn auch nur für zwei Semester, eine Lehrstuhlvertretung in Hannover bekommen und konnte noch immer nicht fassen, daß sich ihr nach all dem zermürbenden Warten und Suchen plötzlich eine Tür geöffnet hatte, die sie längst für verschlossen hielt. Vielleicht war es Zufall, vielleicht nur Glück, vielleicht aber hatte sie sich fachlich auch zum ersten Mal ganz ungehindert entfalten können – ihr Vortrag über Leibniz war gut aufgenommen worden, und hinterher hatte es von der Fakultät dieses überraschende Angebot gegeben. Allein daß diese ehrenvolle Einladung an sie und nicht an einen anderen ergangen war, zeigte ihr, daß die westlichen Kollegen sehr genau zu unterscheiden wußten zwischen den Staatsphilosophen, deren Maßstab für die Zeit gewöhnlich nicht länger als ihre Ordensspange gewesen war, und den anderen, die sich nicht um ein Vertrauensverhältnis zur herrschenden Ordnung bemühen wollten. Die wirklichen Fachleute, das sah sie jetzt deutlich, wußten, daß ihre Kollegen aus dem Osten nicht aus einem geistigen Brachland kamen. Sie waren frei von Vorurteilen.

Katharina hatte auch keinen Augenblick befürchtet, daß ihr dieser Vortrag etwa mißlingen könnte, denn sie besaß gegenüber den westlichen Kollegen einen Vorteil, der allerdings nur aus Not entstanden war: Sie hatte sich mit Leibniz nicht befaßt, weil er zur vorgeschriebenen Erberezeption gehörte, sondern in ihm den Philosophen entdeckt, der ihr die Gegenwart überbrücken half. Er war Fluchtpunkt und Refugium, eine Nebenlinie der Forschung, abseitig und doch provozierend, vergangen und doch zeitgemäß. Zu ihm hatte sie existentiell einen anderen Bezug; hatte sich versteckt hinter ihm, um sich selber nicht erkennen geben zu müssen, hatte mit seinen Worten alles zur Zeit gesagt, ohne sich selber in Gefahr zu bringen. Mit Leibniz blieb sie unauffällig und war doch da; mit ihm konnte sie im führenden Zentrum der Forschung ihren Winkel behaupten. Dies war zwar keine Heldentat, aber sie hatte sich dem Offiziellen entzogen. Leibniz war ihr Lebenskompromiß, und darum kannte sie ihn besonders gut. Selbstverständlich hatte sie frei gesprochen und damit wohl die Anwesenden überzeugt, daß dieser Vortrag für sie mehr als nur ein Brotgesang war.

Inzwischen fuhr sie jede Woche von Berlin nach Hannover, um dort an zwei Tagen Vorlesungen zu halten, und zählte dies zu jenen Realitäten, die wie alles in letzter Zeit so jäh und unverhofft gekommen waren, daß sie mit einem Mal nicht erfaßt werden konnten und sich mit ihrer Wahrheit erst Schicht um Schicht gleich Sedimentgestein im Bewußtsein ablagern mußten, um als eine neue Lebensform erkennbar zu sein. Hellberg sah zwar in ihrer momentanen Tätigkeit nichts weiter als eine akademische Aushilfe für ein Jahr, denn danach war alles wieder so ungewiß und so offen wie vorher. Doch Katharina freute sich, daß sie überhaupt in der Wissenschaft Fuß gefaßt hatte. Wenn auch nur befristet, aber immerhin: Ein Jahr war ein Jahr, und vielleicht konnte sich daraus für später etwas ergeben. Natürlich wußte sie auch, daß sie zwei Eigenschaften mitbrachte, die den doppelten Superlativ nötig machten: Sie war Frau und kam aus dem Osten. Darum mußte sie nicht nur gut, sondern außerordentlich, nicht nur außerordentlich, sondern hervorragend, nicht nur hervorragend, sondern unübertrefflich sein. Doch seltsamerweise schien ihr das alles lösbar und sekundär, wichtig war allein: Sie hatte eine Chance bekommen. Sie sah sich zwar nicht als eine Philosophin, der es jemals gelingen würde, ein eigenes System zu ersinnen, aber sie hatte das Talent, im Gedankenlabyrinth der großen Philosophen den Studenten den Faden der Ariadne sichtbar zu machen. Insofern war sie am rechten Ort und hatte keine Bedenken, ihre Chance nicht nutzen zu können. Eine gediegene Fachkenntnis und dazu die bewährten Tugenden – Fleiß, Ausdauer und Gründlichkeit –, das war der goldene Boden der Wissenschaft, auf dem sich auch bei den Hannoveranern ein Samenkorn einbringen und vielleicht sogar ein Pflänzchen ernten ließ. Ja, sie war wieder obenauf und fühlte sich mit der Vorsehung im Bunde.

Sie hatte nicht auf die Klauseln des Vertrages geachtet, auch nicht nach dem Gehalt und den Reisekosten gefragt – sie hatte unbesehen unterschrieben, weil sie wußte, daß alles, was ihr angeboten wurde, eine Verbesserung war, die das eigentlich Unbezahlbare brachte: Sie konnte sich jetzt zu denen zählen, die wie Hellberg den Osten überwunden und das Geheimnis der Marktwirtschaft entschlüsselt hatten:

reinspringen und sich freischwimmen. Katharina fragte sich im Augenblick auch nicht, was nach diesem einen Jahr kommen würde. Es zählte nur die Gewißheit, nicht länger irgendwo im Abseits zu stehen und zusehen zu müssen, wie den anderen so nach und nach der Einstieg gelang und nur sie auf der Strecke blieb. Sie sah ihre eigenen Fähigkeiten in einem ganz neuen Licht und sah auch, wie gut es war, sich stets von denen ferngehalten zu haben, die in den wissenschaftlichen Instituten debattierselig herumlungerten und ihre Zeit damit hinbrachten, um auf der Flamme des Prometheus ihr Kaffeewasser zu kochen. Sie wußte, was sie konnte, und das war ein gutes Fundament. Gleichsam über Nacht stellte sich wieder die gewohnte selbstsichere Ausstrahlung ein, die ihr im nachhinein bestätigte: Einen Beruf zu haben und ihn nicht ausüben zu können, glich einer Selbstauflösung der Persönlichkeit. Jetzt, da sie endlich wieder mit sich übereinstimmte, innerlich ausgeglichen und von sich überzeugt war, konnte sie auch Hellberg wieder ganz anders begegnen – freier, unverkrampfter und glücklicher.

Dennoch brachte dieses zweigeteilte Leben zwischen Berlin und Hannover einen jähen Einschnitt in ihren Alltag, und manchmal kam es ihr so vor, als würde sie sich nach einem geruhsam linearen Gang der Dinge nur noch im Kreise drehen und sich selbst nicht wiederfinden. Koffer einpacken, Koffer auspacken, viereinhalb Stunden Bahnfahrt, meist abends und stets im vollbesetzten Abteil der Geschäftsreisenden, immer ein Manuskript lesend, eine Touristin der Philosophie, Dozentin der letzten Dinge, die doch nur die wenigen, die vereinzelt einzelnen, interessierten. Übernachten im Gästezimmer, telefonieren nach Berlin, froh, seine Stimme zu hören und etwas Vertrautes in dieser fremden Umgebung wahrzunehmen. Flüstern und lachen, die neue Nähe inmitten des Getrenntseins, kurze Augenblicke nur, und dann zu den Vorlesungen, die gut besucht waren von Studenten, die froh schienen, wenn Frau Dr. Hellberg-Kogler ab und zu den Himmel der Transzendenz verließ und auf den Boden der Wirklichkeit stieg. Besprechungen, Termine, Absprachen, Projektgruppen, Seminare und wieder zurück nach Berlin, diesseits mit der Bundesbahn, jenseits mit der Reichsbahn, und immer die Freude, wenn Hellberg am Bahnhof stand und alles so eingerichtet hatte, daß er sie abholen und mit einer Umarmung empfangen konnte. Das war Heimkehr jenseits aller räumlichen Bestimmung und der schönste Moment inmitten ihrer Betriebsamkeit. Denn mehr als nur noch Momente, als diese winzigen kostbaren Haltepunkte im hektischen Strom des neuen Alltags, gab es nicht. Die Zeit füreinander war rar geworden und schien manchmal ganz abhanden gekommen zu sein. Alles war auf Termine ausgerichtet, alles streng eingeteilt, jeder Tag verplant, jede Stunde zugeordnet, als führte sie nur noch ein Leben im Telegrammstil, beherrscht von einer kürzelhaften Verständigung im Vorübergehen. Freya studierte und tauchte bloß noch als Schlafgast auf, Hellberg war den ganzen Tag über in der Praxis, und sie war kaum aus Hannover zurück, da galt es für den Rest der Woche aufzuarbeiten, was liegengeblieben war: Ämterwege, Telefonate, Nachfragen, Rückfragen, Auftragserteilungen, Formularkram und Anträge, mit denen sie sich mühsam den Weg durch das organisierte Chaos der Behörden bahnte. Die Post stellte die abonnierten Zeitungen ganz nach Belieben und Stimmungslage zu. Das Finanzamt mahnte Zahlungen an, die sich als Fehlbuchung des Computers erwiesen. Der Bank fehlten die Überweisungsformulare, und ihre Geldautomaten waren ständig defekt, so daß Katharina so wie früher mit Lammsgeduld am Schalter stehen mußte, um sich dann von gereizten Angestellten bedienen zu lassen, die nur den allgemeinen Zustand zum Ausdruck brachten: Die Behörden waren überfordert. Gnadenlos überfordert. Selbst beim Versicherungsvertreter herrschte so viel Betrieb, daß sie mit mehreren Personen am Tisch sitzen mußte, die in kollektiver Disziplin ihre diversen Abschlüsse tätigten. Allerdings brachte der pflichtmäßige Umgang mit den Ämtern und Institutionen auch die ersten sichtbaren Erfolge in Gestalt einer Nummer, denn inzwischen besaß sie immerhin schon eine Abnehmernummer, eine Kindergeldkassennummer, eine Versicherungsnummer, eine Ersatzkassennummer, eine Rentennummer und eine Steuernummer, die ihr die Gewißheit gaben, die Maschen des sozialen Netzes geknüpft zu haben und vor allem – registriert zu sein. Für alle Fälle und für jeden Fall registriert zu sein. Sie hatte auch, der neuen Freiheit entsprechend, vorbeugende Maßnahmen des Bürgerschutzes eingeleitet und sich eine einbruchshemmende Wohnungstür installieren lassen mit Stahlplatte, Einsteckschloß, Sicherheitsschließblech und Spion. Das Schlimme war nur, daß sie vor so vielen neuen Notwendigkeiten stand und alles auf einmal kam. Sie mußte sich auch eine neue Waschmaschine und einen Kühlschrank kaufen, denn seit die Wasser- und Strompreise erhöht worden waren, konnten sie sich eine Wasser- und Stromvergeudung nicht mehr leisten. Selbst der Einbau einer Gasheizung war notwendig geworden, weil es dafür befristet günstige Kredite gab. Sie standen unter Zwang, denn mit den alten Produkten, den Substraten des Mangels und der Behelfswirtschaft, weiterzuleben, hieß mit einemmal Verschwendung.

Als dann auch noch ihr Wartburg einen Motorschaden hatte, den zweiten in kurzer Zeit, lohnte eine Reparatur nicht mehr, und es blieb ihr nichts weiter übrig, als ihn zum Schrottplatz schleppen zu lassen. Und doch – in dem Augenblick, da ihr der Schrottschein ausgehändigt wurde, war ihr seltsam zumute. Vor nicht allzu ferner Zeit galt dieses Fahrzeug noch als ein begehrtes Objekt, dessen Neuwert den Preis eines jeden Grundstücks überstieg. Sie waren keine zwanzigtausend Kilometer mit ihm gefahren, hatten zwölf Jahre auf ihn gewartet, all ihre Ersparnisse für ihn verbraucht, und jetzt mußte sie noch zweihundert Mark für die Entsorgung zahlen und froh sein, daß ihn der Schrotthändler überhaupt noch abnahm. Sinnfälliger konnte ihr der Wandel der Zeit nicht werden.

Im stillen tat sie jetzt etwas, wovon sie genau wußte, daß sie es eigentlich nicht tun durfte: Sie verglich sich. Sie verglich sich mit den Westdeutschen. Dies hatte sie ja früher auch schon getan, hatte auf ihre Erfolge und ihre Produkte geschaut und sich gefreut, wenn von Edy schöne Sachen kamen. Nur damals war es etwas anderes, war die heimliche Bewunderung einer fernen, unerreichbaren Welt. Doch jetzt war diese Welt zu ihr gekommen, jetzt lebte sie mitten in ihr, unterlag den gleichen Gesetzen, zahlte die gleichen Steuern und hatte die gleichen Erwartungen und den gleichen Anspruch. Sie sah, wie ihre Hannoveraner Kollegen lebten, sah, was sie sich leisteten, sah ihre schönen Häuser, ihre Wohnungen, und der Vergleich drängte sich ihr förmlich auf. Sie vergaß, daß sie eigentlich weiter östlich hätte schauen müssen, um festzustellen, wie gut es ihr ging, und daß sie Sorgen hatte, um die man sie dort beneiden würde. Nein, ein Vergleichen führte zu nichts. Sie mußte an ihren gewohnten Realitätssinn anknüpfen, mußte die Dinge pragmatisch sehen und konnte froh sein, daß sie einer mißlichen Zukunft entronnen war.

Nicht einmal an den Wochenenden kam Katharina zum Aufatmen, denn dann stand schon wieder der Aufbruch nach Hannover bevor. Sie hatte gar keinen Blick mehr für den Garten, ihre grüne Hülle, sondern war schon wieder unterwegs, saß im Zug, las ihre Manuskripte und die Publikationen ihrer westlichen Kollegen, durchdachte die Seminarführung und weilte in Gedanken gewöhnlich an dem Ort, wo sie noch gar nicht sein mußte. Manchmal sehnte sie sich danach, einfach so dazusitzen, die Dinge auf sich wirken zu lassen, ihren Vorstellungen zu folgen, ohne an einen Zweck, ohne an ein Ziel zu denken, ohne irgendeinen verwertbaren Nutzen im Auge zu haben, sondern nur einfach so hineinzugleiten ins Richtungslose und Beschauliche. Gerne hätte sie wieder einmal ein Buch gelesen, kein Fachbuch, sondern schöne erzählte Prosa, zumal es jetzt in den Buchhandlungen all die Romane zu kaufen gab, die sie früher immer haben wollte und nie lesen durfte. Doch jetzt fehlte ihr auf einmal die Zeit dazu.

Hellberg ging es genauso. Früher war die Zeit, die er mit ihr zusammen verbrachte – die kontemplativen Wochenenden in ihrem Garten – der höchste Wert. Heute mußte er Geld verdienen, um als Freiberufler und Unternehmer bestehen zu können. Kam er abends nach Hause, setzte er sich gleich an seinen Computer und gab seine ersten Abrechnungen in den Speicher ein. Katharina war zwar verblüfft, mit welcher Selbstsicherheit er sich die fremde Technik angeeignet hatte, die ihr noch immer wie ein Mysterium erschien, doch er sagte nur gutgelaunt: Es gibt nichts, was ein Deutscher nicht kann, und arbeitete weiter an seiner Patientendatei. Im letzten Quartal hatte er über fünfhundert Scheine abgerechnet, und wenn alles so blieb, konnte er von sich sagen, eine gutgehende Praxis zu besitzen. Der Dentaleinrichter hatte ihn bestens beraten, so daß Hellberg mit seiner Praxis nicht nur zufrieden, sondern stolz auf sie war. Die Räume befanden sich zwar in einem recht verfallenen Altbau, das Treppenhaus sah verwahrlost aus, die Briefkästen waren defekt oder aufgebrochen, die Lichtschalter häufig außer Betrieb, und man mußte noch diese vertraute düstere Ostschlucht überwinden, bevor man in seine Praxis gelangte. Betrat man aber dann die Räume, schien es so, als eröffnete sich hier die neue, die westliche Welt. Helle Zimmer, Neonlicht, feinste Auslegware, Empfangsnische, Warteraum mit leichter, gemütsberuhigender Musik und natürlich die neuesten Zeitschriften. Auch für Hellberg hatte alles noch etwas Unwirkliches, und er wollte nicht glauben, daß er eines Tages einmal eine solche Praxis sein eigen nennen würde. Doch als er vor kurzem den »Stern« in sein Wartezimmer legte, begriff er den Wechsel der Welten. Damals war er dafür bestraft worden, heute gehörte dies zum selbstverständlichen Service. Aber darüber tiefer nachzusinnen, hatte er weder die Zeit, noch schien es ihm lohnenswert. Er mußte nach vorn sehen, und es erfüllte ihn mit einer gewissen Genugtuung, daß er inzwischen eine modernere Praxis besaß als manch einer seiner Westberliner Kollegen. Hellberg hatte die Chance der späten Stunde genutzt. Natürlich stand er mit der Sicherung seiner Existenz noch ganz am Anfang und mußte mit allem knapp kalkulieren, zumal die Kreditbelastungen erheblich waren. Er wußte zwar, daß er sich erst mit fünfundsechzig Jahren als schuldenfrei betrachten konnte. Aber er erwartete auch nicht, noch großen Wohlstand anzuhäufen. Hellberg sah den Gewinn ganz woanders: Er hatte ja immer viel gearbeitet und schon im Morgengrauen die Kauwerkzeuge der fleißigen Werktätigen behandelt, damit sie pünktlich in ihren Betrieb kamen, doch jetzt besaß die Arbeit für ihn eine andere Qualität. Jetzt gehörte sie wieder ihm selbst. Mit der neuen Technik und dem neuen Material machte alles nicht nur mehr Spaß, sondern nun konnte ihm auch keiner mehr etwas vorschreiben und zuteilen, und es war endlich mit diesen Nachhilfestunden vorbei. Jetzt lag alles bei ihm, auch das Risiko, und er, nur er allein entschied, wie viele Patienten er bestellte, wie er sich seinen Tag einteilte und hatte zum ersten Mal ein Gefühl von Unabhängigkeit. Bislang war er doch nichts weiter als ein Arbeiter am Zahn gewesen, der sich in zwanzig Berufsjahren von siebenhundertfünfzig Mark auf eintausendzweihundertfünfzig Mark Monatsgehalt gesteigert hatte und dem damit keine weiteren Erhöhungen in Aussicht standen. Doch nun konnte er seiner ängstlich rechnenden kleinen Philosophin endlich einmal beweisen, daß er auch fähig war, Geld zu verdienen. Denn seit er für die Höhe seines Einkommens selber die Verantwortung trug, hatte dieses Geld eine andere Bedeutung für ihn. Es war keine passive Materie mehr, mit der Monat für Monat und Jahr für Jahr wie mit einem gleichbleibend dahinrieselnden Landregen gerechnet werden konnte. Geld war jetzt ein aktivierendes Prinzip, ein permanenter Ansporn, zu zeigen, was seine Fähigkeiten einbrachten und was er zu leisten vermochte, wenn man ihm keine Zügel anlegte. Daß er kein weltabgewandter, sondern ein Mann der Tat war, hatte er zwar immer gewußt, doch niemand mochte es ihm so recht glauben, vor allem nicht Katharina. Jetzt allerdings kam der Beweis. Jetzt maß sich alles an der Höhe seines Verdienstes, der die künftige Lebensqualität der Familie bestimmen sollte. Denn Hellberg hatte längst erkannt, worauf es in der neuen Gesellschaft ankam: Wer das Materielle zur Triebkraft seines Handelns machte, konnte sich dem Luxus des Ideellen um so leichter zuwenden.

Obwohl die Honorare der Kassen noch auf sich warten ließen und auch nicht mit denen der westlichen Kollegen zu vergleichen waren, lebte Hellberg schon ganz seiner Leistungskraft angemessen. Er kaufte sich einen noblen Trenchcoat, zwei erstklassige Oberhemden und teure Schuhe. Vor allem ertrug er es nicht, wenn Preisvergleiche angestellt wurden. Das waren Rentnerthemen, und es schien ihn zu kränken, wenn in seiner Gegenwart auf billigere Produkte reflektiert wurde. Dies mutete ihn wie die Schmälerung seines Verdienstes an. Hellberg war im stillen auch froh, daß sie ihren Wartburg nicht mehr hatten, denn wer jetzt noch in einem solchen Auto saß, gab sich den Status eines auslaufenden Modells und gehörte zu den Sitzenbleibern oder schlimmer noch: zu denen, die ganz bewußt und trotzig an ihrer Ostvergangenheit festhalten wollten. Vorerst jedoch dachte er nicht an ein neues Auto, denn es gab Dringlicheres. Er hatte seit dem Fall der Mauer mit Katharina auch noch keine einzige Reise gemacht. Allein die Möglichkeit, daß er es konnte, war ihm Freiheit genug. Ohnehin fehlte ihm bislang nicht nur die Zeit dazu, sondern vor allem die innere Einstellung. Erst wollte er seine Existenz gesichert wissen, um sich dann den anderen, den Luxusdingen, widmen zu können. Denn auch das Reisen war für ihn ein Ausdruck von Leistungskraft und durfte nur angemessen oder gar nicht unternommen werden. Schon mehrere Male hatte Edy aus New York angerufen und die Schwester und den Schwager eingeladen, sie zu besuchen. Sie hatte hinzugefügt, daß es glücklicherweise jetzt kein Problem mehr war, aber Hellberg mochte Edy unter keinen Umständen irgendwelche Unkosten verursachen und wollte auch nicht das Gefühl haben, auf die Gastfreundschaft seiner Schwägerin angewiesen zu sein. Denn das erinnerte ihn unwillkürlich an den Status des armen Ostverwandten, der stets etwas Peinliches für ihn hatte. Auch Katharina fand es besser, die Reise auf später zu verschieben, denn in der jetzigen Situation hätte sie nicht mit innerer Entspanntheit durch New York spazieren können. Sie waren sich einig: In Umbruchszeiten wie dieser mußten die Prioritäten sorgfältig gesetzt werden. Jetzt war nicht einmal an Urlaub zu denken, und im Gegensatz zu früher gab es für ihn auch keinen Feierabend mehr. Doch er hatte sich noch nie so wohl gefühlt, und selbst die lästigen, ewig quälenden Kopfschmerzen waren verschwunden. Wenn er jetzt nach Hause kam, lag in den Momenten der Erschöpfung ein Gefühl des persönlichen Erfolgs, das ihm inmitten der Strapazen sogar noch etwas Entspannendes gab.

Seltsamerweise empfand auch Katharina ihre äußeren Belastungen nicht als aufreibend, sondern war eher zufrieden, sie zu haben. Gemessen an früher verdiente sie jetzt gut und sah sich nun nicht mehr ins Elend geraten. Es plagten sie auch keine düsteren Visionen, und sie konnte wieder positiv denken, denn sie war auf dem Weg zu ihrem Ziel. Dafür hätte sie noch größere Entfernungen in Kauf genommen.

Einmal allerdings, als sie zum Bahnhof eilte, schien plötzlich die Zeit für sie stehenzubleiben. Sie sah auf der gegenüberliegenden Straßenseite einen älteren Mann, der den Kopf leicht eingezogen und die Hände in den Manteltaschen vergraben hatte. Sie schaute flüchtig hin, weil so ein beschaulich dahinschlurfender Schritt inmitten urbaner Betriebsamkeit ins Auge fallen mußte, und erschrak: Es war Hagen. Das letzte Mal hatte sie ihn vor dem Fall der Mauer im Fernsehen gesehen, wo er das stabile Wirtschaftswachstum der DDR erläuterte. Nun kam es ihr so vor, als lägen Menschenalter dazwischen. Sie fragte nicht, wie es ihm ging, weil dies jetzt niemand mehr tat, um den anderen nicht in die Verlegenheit zu bringen, ein Bekenntnis zu seiner sozialen Lage abgeben zu müssen, und sagte nur: Das nenne ich Überraschung.

Doch Hagen winkte nur ab. Sein Institut war aufgelöst, er war aus der Partei ausgetreten und befand sich im Vorruhestand. Auch er fragte nicht, was sie jetzt machte und wie es ihr ging, sondern meinte lediglich: Das war kein Sozialismus, was wir hatten, das war Konterrevolution. Vierzig Jahre lang herrschte in diesem Lande die Konterrevolution.

Katharina sah in dieser Äußerung nichts weiter als die tragische Rechtfertigung eines vertanen Lebens, wollte ihm erwidern, doch Hagen mochte von allem nichts mehr wissen und schien erlöst, als der Bus kam und er sich abwenden konnte. Je länger sie über diese Begegnung nachdachte, desto mehr fand sie, daß er sich eigentlich treu geblieben war, und es verwunderte sie nicht, ihn im Lager derer zu sehen, die nun auf den wahren, den besseren Sozialismus warteten. Dies schien ihr in gewisser Hinsicht noch aufrechter und konsequenter als das, was sie sonst von den Vertretern dieser einstigen Genießergeneration vernahm. Professor Kramms nannte sich jetzt Zivilisationsforscher und lehrte an der Universität. Seinen treuen Kopcke hatte er mitgenommen, weil das bewährte Leitungskollektiv von einst selbstverständlich auch den neuen Teamwork-Qualitäten gewachsen war und Führungskräfte immer führend blieben. Seinen Volvo hatte er gleich nach dem Fall der Mauer verkauft, rasch und diskret, denn mit diesem Auto war kein Staat mehr zu machen. Ein derlei ideologisch gezeichnetes Gefährt verriet bloß die Nähe zur einstigen Machtzentrale, die man jetzt besser leugnete. Inzwischen fuhr er einen Volkswagen und gab sich bescheiden: ein Virtuose des Wandels, ein deutscher Professor von Tradition, dem nichts weiter vorzuwerfen war, als daß er sich doch nur um ein Vertrauensverhältnis zur herrschenden Ordnung bemüht hatte. Aber das ging sie glücklicherweise nichts mehr an. Sie mußte sich jetzt auf ihre neue Tätigkeit konzentrieren. Das war das Wichtige, das Wesentliche; auf alles andere hatte sie weder Einfluß noch konnte sie es ändern, und es war ihr oftmals auch eine Wahrnehmung nicht wert. Schon seit langem besaß sie keine Sensorien mehr für all den Schmutz, der täglich ans Licht kam, und für all diese moralischen Verkommenheiten; ihr Fassungsvermögen für das Negative war erschöpft. Abends schaltete sie immer seltener den Fernseher ein, denn das Klagen über die Vereinnahmung fand sie so beschämend wie das tägliche lustvolle Betonen der west-östlichen Unterschiede, das ihr nur noch eines deutlich machte: Die einen hatten sich gegen die Mauer gestemmt, und die anderen hatten sich an sie gelehnt – jetzt fehlte beiden der Halt. Nein, es lohnte nicht, sich dies noch anzuschauen, und es blieb ihr auch keine Zeit dafür. Denn gerade die Zeit schien ihr mehr und mehr entgleiten zu wollen. Früher hatte Katharina noch ein Empfinden für die Dauer einer Woche, eines Monats, und sie spürte den Tag. Heute verging alles wie im Fluge, und drehte sie sich um, wußte sie schon nicht mehr, wo die Zeit geblieben war. Es passierten jetzt hintereinander all die Dinge, die sie nie für möglich gehalten hatte. Es brach zusammen, was für die Ewigkeit bestimmt schien, eine Endgültigkeit sank nach der anderen zu Boden, eine Sensation eilte der anderen voraus. Nichts mehr war mit einem normalen Maß meßbar und schien sich außerhalb aller Chronologie zu bewegen. Am liebsten hätte sie die Zeit festbinden mögen, doch sie jagte ihr davon, zerrann zwischen den Stunden, überschlug sich, stürzte auf sie ein und hatte kein Nacheinander mehr. Das war das Neue, das Ungewohnte. Es kam ihr so vor, als würde alles auf einmal geschehen, so daß sie glaubte, in einem Zustand permanenter Zeit- und Ortsveränderung leben zu müssen. Es fehlte ihr sowohl der Begriff für das eine als auch der Blick für das andere, und dies schien ihr der Grund dafür zu sein, daß sie inmitten ihrer Zielstrebigkeit noch immer ein wenig irritiert war. Manchmal bedurfte es sogar einer rationalen Ermutigung, um diese Zeitverkürzung, diesen Sprung nicht als einen Irrtum oder eine Täuschung zu empfinden, sondern als die neue Realität, in der es zu leben galt.

Sie bedauerte bloß, Franz und Anna so selten zu sehen. Sie telefonierte allerdings oft mit ihrer Mutter und wußte: Anna grübelte viel. Sie fragte sich, welchen Sinn das alles gehabt hatte, fragte sich immer wieder: Vierzig Jahre – wofür? Sie war zwar froh, instinktiv das Richtige getan zu haben, denn sie hatte für ihre Familie, für ihre Töchter gelebt. Aber sie mochte nicht daran denken, was passiert wäre, hätte sie die sozialistische Idee ernst genommen und gar noch zum Inhalt ihres Denkens gemacht: Es wäre ein verlorenes Leben gewesen. Damals war sie ja Franz zuliebe in die Partei eingetreten, und dies mußte sie sich heute zum Vorwurf machen. Sie hätte keine falsche Rücksicht üben und selbständiger entscheiden sollen. Aber wenigstens ihre Tochter hatte sie davor bewahrt, Mitglied dieser Einheitspartei zu werden. Nach ihr, Anna, fragte ja keiner. Sie war alt, Gott sei Dank unbekannt und erwartete vom Leben nichts mehr. Doch vor Katharina lag noch einiges, und darum war Anna froh, wenn schon nicht für sich, so doch wenigstens für ihre Tochter das Richtige getan zu haben. Ihr Parteibuch hatte Franz stillschweigend in seine Schreibtischschublade zum Ahnenpaß gelegt. So etwas sollte für später, für Freya aufbewahrt werden.

Manchmal, wenn Anna beim Einkaufen jemanden aus ihrer früheren Wohnparteigruppe traf, war sie erstaunt, daß sie mit keinem über diese Dinge reden konnte und jeder bloß Sorge hatte, darauf angesprochen zu werden. Das Beratungslokal der Nationalen Front, in dem sie sich früher zu den Versammlungen und Sitzungen getroffen hatten, war jetzt ein Seniorenklub, vor dem in regelmäßigen Abständen ein komfortabler Luxus-Reisebus hielt, der die Senioren preiswert und bequem zu beliebten Urlaubszielen fuhr. Die ehemaligen Genossen waren schon in Nizza und am Gardasee, in Amsterdam und Salzburg, und nun stand eine Fahrt zum Großglockner bevor. Das waren die neuen Themen. Doch von früher wollte keiner mehr reden, als hätte es das Ganze nicht gegeben oder sei nur eine einzige Peinlichkeit gewesen. Anna meinte, daß man im Augenblick wohl besser überhaupt nicht nach dem Sinn fragen und dies einer späteren Generation überlassen sollte. Aber auch die Sinngebung des Sinnlosen konnte es nicht gewesen sein, weil doch letztlich auch das Schlechte zu etwas taugen mußte und die Gegensätze nur existierten, damit ein Ausgleich stattfinden konnte. Womöglich war es sogar wichtig, daß es diese Zeit gegeben hatte, und sei es als ein Beispiel dafür, daß Menschenverachtung und Mißtrauen nie mehr der Staatserhaltung dienen durften. Doch mehr als eine solche Einsicht blieb ihr nicht. Für das andere, für Konsequenzen, war es zu spät. Allerdings freute sich Anna darauf, daß Edy in den nächsten Tagen aus Amerika kam und wieder in ihre Berliner Wohnung zog. Sobald sie im Besitz ihres neuen Autos war, wollte Anna mit ihren Töchtern und Freya nach Stuttgart fahren, wollte ihr Sturget noch einmal sehen, wollte ihnen die Orte ihrer Jugend zeigen und die Gräber ihrer Eltern besuchen. Das war noch ein großes Ziel. Davon sprach sie jeden Tag.

Einmal allerdings, zu Koglers Geburtstag, trafen sie alle zusammen. Anna hatte ihm zu Ehren all das gekocht und gebacken, was er so liebte: Geselchtes mit

Semmelknödeln und Sauerkraut zu Mittag, Guglhupf, Apfelstrudel und Vanillekipferln zum Kaffee, Sekt zum Anstoßen – es war alles da. Kogler fühlte sich als Zentrum dieser Üppigkeit und ganz in seinem Element. Er freute sich, endlich wieder einmal seine Familie um sich zu haben; seinen Schwiegersohn, der als Existenzgründer entschlossen am Aufbau dieses heruntergewirtschafteten Ostens mitwirkte, und seine Tochter, die als Leibnizexpertin diesen Studenten dort drüben doch hoffentlich entschieden genug die deutsche Geistigkeit vermittelte. Besonders aber freute er sich über seine Enkelin, die trotz Numerus clausus zum Jurastudium zugelassen war. Das alles stimmte ihn hoffnungsvoll, denn es schien ihm so, als lebte in der Tüchtigkeit seiner Angehörigen etwas von seinem eigenen einstigen Ehrgeiz fort.

Seine Zufriedenheit rührte aber auch daher, daß er noch immer eine so gute Gesundheit besaß. Er führte dies einzig und allein auf den Umstand zurück, sich zeitlebens diese Ärzte vom Halse gehalten zu haben, die weder in der Lage waren, Krankheiten zu heilen noch Gesundheit zu schaffen, und mit ihren vielgepriesenen Apparaten mehr Schaden anrichteten, als Körper und Seele verkraften konnten. Auch daß seine geliebte Anna in ihrem Alter ohne größere körperliche Beschwerden war und noch so unermüdlich für sein leibliches Wohl sorgen konnte, war ein Grund, immer wieder dem Schöpfer zu danken.

Viele seiner Verwandten hatten geschrieben, Großcousins und Großcousinen Karten und Blumengrüße geschickt, und selbst aus der ehemaligen Thüringer Sudetengemeinde hatten der Hujer Tonsch und der Binder Bepp dem Sohn von Gretl und Ferdl lange

Gratulationsbriefe gesandt und dabei ausführlich über den erfolgreichen Hopfenanbau am Saaleufer berichtet. Für eine wirkliche Überraschung jedoch sorgte sein teurer Freund Kenziora, denn er war wieder zurückgekommen und in sein Haus gezogen. Mehr noch: Die Kollegen der Universitätsbibliothek hatten ihn gebeten, die Funktion des Direktors zu übernehmen. Es imponierte Kogler, daß sich der Freund mit seinen fast siebzig Jahren nicht zur Ruhe setzte, sondern sein Wissen noch einmal zur Verfügung stellte. Das war Pioniergeist im besten Sinne des Wortes.

Ganz besonders jedoch überraschte ihn der Brief eines Mannes, den er eigentlich längst vergessen hatte, weil er ihn stets zu den üblen Subjekten unter der akademischen Spezies zählte. Dr. Priewe bat handschriftlich und auf festlichem Bütten den verehrten Herrn Professor um Verzeihung für das, was er ihm angetan hatte. Kogler las mit strahlendem Gesicht die bezeichnende Stelle: »Ich schäme mich, daß ich damals so gehandelt habe. Ich war verblendet und dumm, Sie aber hatten Weitsicht und Mut und haben frühzeitig die richtigen Konsequenzen gezogen. Ich schäme mich, so lange einer Partei gedient zu haben, an deren Spitze Verbrecher standen.«

Daß er seine teuren Genossen von einst heute derart titulierte, fand Kogler zwar übertrieben und sah darin erneut kein Zeichen von Charakter, aber immerhin: Priewe, dieses Subjekt, schämte sich wenigstens und hatte vor allem den Mut, es zu bekennen. Kogler stellte dies mit einer gewissen freudigen Genugtuung fest und fand sich wieder einmal darin bestätigt, daß es auf dieser Welt doch so etwas wie eine alles durchwaltende Gerechtigkeit gab. Hellberg wollte seinem Schwiegervater nicht die Freude nehmen, denn er wußte, es gehörte inzwischen zum guten Ton, sich zu schämen, und all die kleinen Größen von einst bekannten jetzt Reue, um auf diese Weise ungeschoren davonzukommen. Für ihn waren sie in ihrer beflissenen Einsicht so verkommen wie damals in ihrer blinden Parteigläubigkeit. Heuchler und Handlanger blieben sie allemal. Darin allerdings gab ihm Kogler recht und fand es vertane Zeit, an diese moralisch minderwertigen Kreaturen auch nur einen einzigen Gedanken zu verschwenden. Er hatte ihnen damals nicht beikommen können und konnte es jetzt wieder nicht. Entscheidend blieb, in Übereinstimmung mit sich selbst zu leben.

Es war auch ein Gratulationsschreiben vom Rektor eingetroffen, denn nun gehörte Professor Dr. Franz Ferdinand Kogler wieder zu den gleichberechtigten, würdigen Mitgliedern der Universität und war kein Verräter an der Arbeiterklasse mehr, kein Abtrünniger aus den Reihen der schöpferischen Intelligenz. Vor kurzem hatte er das offizielle Rehabilitierungsschreiben erhalten, das ihm bescheinigte: Nicht er hatte sich 1968 beim Einmarsch der Truppen in Prag falsch verhalten, sondern die ehemalige Parteileitung der Universität. Das Schreiben klang für Koglers Begriffe zwar sehr ehrenvoll, nur brachte es die Jahre der Amtsenthebung nicht zurück und war auch für die verhinderten Publikationsmöglichkeiten keine Entschädigung. Dieses jähe Ausschalten aus dem Lehrbetrieb hatte ihn innerlich doch schwerer getroffen, als er es sich anfangs eingestehen wollte. Für einen Mann wie ihn, der sich berufen fühlte, anderen bleibende Erkenntnisse mit auf den Weg zu geben, war das Verbot, das Katheder zu besteigen, eine besondere Strafe. Natürlich sah er in seiner Tochter eine gewisse Fortsetzung seines Wirkens, doch ihm hatte man die wissenschaftliche Laufbahn zerstört. Jetzt blieb nur die moralische Genugtuung, die zwar auch guttat und die er weidlich genoß, die aber bezeichnenderweise ohne jede Öffentlichkeit blieb und sich ganz im stillen vollzog.

Eigentlich hätte er erwartet, daß wenigstens in der Universitätszeitung anläßlich seines Ehrentages einmal etwas über ihn und sein früheres Wirken berichtet worden wäre. Aber der derzeitige Rektor wollte diese Dinge ruhen lassen, wollte nicht zugeben, daß die Universität einst die Magd der Partei gewesen war, sondern tat so, als hätte sie immer bloß der Wissenschaft gedient. Um so mehr freute sich Kogler, daß sein geliebtes sudetendeutsches Heimatblatt eine Würdigung seines Wirkens gebracht hatte. Wenn auch nur kurz, aber immerhin: Er empfand es als eine schöne Geste seiner Heimatfreunde.

Das einzige, was auf Koglers Geburtstag einen Schatten warf, war der Umstand, daß die neuen, die Bundesbehörden, seine Rente gekürzt hatten. Dabei ärgerte es ihn nicht so sehr, daß er vierhundert Mark weniger als früher bekam, sondern daß er mit all den anderen, die gleichfalls eine Staatsrente erhielten, über einen Kamm geschert wurde. Schließlich hatte er nichts getan, um das System zu stützen, sondern sich rechtzeitig von ihm abgewandt. Wäre er einer dieser Chefideologen oder Funktionäre des Staatsapparates gewesen, denen die Sonderrenten zu Recht gestrichen wurden, hätte er ein Einsehen haben müssen, denn diese Leute konnten ohnehin dankbar sein, daß man sie nicht weiter behelligte.

Doch daß auch die Renten der Intelligenz unter diese Kürzungen fielen, kränkte ihn, weil er sich nun wie einer dieser Staatsfunktionäre behandelt fühlte. Die Erhöhung der Monatsmiete um das Fünffache ertrug er dagegen gelassen. Er hoffte, jetzt endlich würde sich einmal eine Renovierung des Hauses ergeben und er und Anna könnten für den Rest ihrer Tage in einer schönen Umgebung wohnen. Und doch machte sich auch die Kürzung seiner Rente trotz der gewohnten bescheidenen Lebensführung empfindlich bemerkbar. Da er keine nennenswerten Ersparnisse besaß, mußte er sich auf einmal einschränken. Daß er für Wohnung und Kleidung schon seit Jahren nichts mehr ausgegeben hatte, fand er ganz normal, und er vermißte auch nichts. Nur daß er jetzt einige seiner vielen Zeitungsabonnements kündigen mußte – das schmerzte ihn. Im Alter auf diese Weise um eine Gewohnheit gebracht zu werden, ließ unwillkürlich ein Gefühl von Erfolglosigkeit aufkommen und erfüllte ihn mit einer gewissen Bitternis, zumal er in seinem ganzen Leben noch nie genötigt war, sich im Erwerb von Büchern und Zeitschriften einschränken zu müssen.

Anna überlegte, ob sie nicht ein Zimmer vermieten sollten, und Kogler war dem nicht abgeneigt, hatten doch einst alle großen deutschen Gelehrten einen Untermieter. Insofern taten sie nichts anderes, als an die Tradition eines Akademikerhaushalts anzuknüpfen. Nein, er brauchte sich dessen nicht zu schämen, denn es war wohl noch immer so: Wo der Geist wohnte, konnte sich kein Reichtum häufen. Doch im tiefsten Innern prägte diese ungerechte Behandlung seine Sicht auf die Dinge, und er verhehlte selbst an einem Tag wie diesem seine Enttäuschung über die

Zustände nicht. Es schmerzte ihn, daß die Deutschen ihre eigene Nation immer mehr verleugneten und das jahrhundertealte Nachahmen und Anbeten alles Fremden stark war wie eh und je. Er ertrug auch dieses Parteiengezänk nicht mehr, das ihm nur zeigte, wie sehr es im Lande an einem politischen Willen und einer geistigen Konzeption fehlte. Doch da er das Kaiserreich, die Weimarer Republik, den Nationalsozialismus und den real-existierenden Sozialismus überlebt hatte, hoffte er nun, daß er auch noch diesen dogmatischen Liberalismus gut überstehen würde.

Kogler glaubte weiter zu sehen und fühlte längst in sich etwas ganz anderes, das sich mächtig regte und ihn warm durchströmte: Es war das slawische Blut. Aus ihm kamen wie aus wundersamen Tiefen die neuen Kräfte, die Hoffnungen, die ihn belebten und verjüngten und zu den Quellen bleibender Einsichten führten. Dachte er daran, was jetzt in Rußland geschah, ergriff ihn eine große Bewunderung, und er fühlte mit diesem Volk, das sich langsam und würdevoll aus seiner Verirrung erhob und der ganzen Welt zeigte: Der Sozialismus ist im Schöpfungsplan nicht vorgesehen oder, wie es die Russen selber für seine Begriffe so trefflich nannten: Die Mutter Gottes hat den roten Drachen besiegt.

Wenn Kogler die Bilder von dort sah und miterlebte, wie diese Menschen sich wieder auf ihre Traditionen besannen, dann empfand er darin auch eine Bestätigung seines eigenen Lebens, denn er hatte immer gewußt, daß die wahre, die nationale Erneuerung nur aus dem Osten kommen konnte. Zusehen zu dürfen, wie das russische Volk zu seinen Wurzeln zurückfand, war für ihn etwas so Erhebendes, daß er mit einem tiefen Glücksempfinden im Fernsehsessel saß und im Gang der Geschichte eine göttliche Spur aufleuchten sah. Er fühlte wieder etwas von der Trägheit eines Oblomow, von der Verschlagenheit eines Gogolschen Bäuerleins und von der aristokratischen Gesinnung eines Onegin, fühlte ein starkes, unbezwingbares Menschentum in sich und wußte, daß es das slawische Blut war, das ihn über alle Wogen des Lebens getragen hatte, ruhig und erhoben, den Zwängen gebeugt und dennoch aufrecht. Und es versöhnte ihn fast ein bißchen mit den deutschen Zuständen, die ihm bloß noch verwahrlost erschienen, denn Rußland zeigte allen, was zu tun war: Nur in der Umkehr konnte noch der Fortschritt liegen.

Natürlich nutzte Kogler gerade heute die Gelegenheit, um diese Gedanken im Kreise seiner Familie auszubreiten, zumal er sich als Jubilar dazu auch doppelt berufen fühlte. Außerdem hielt er sich zugute, daß er sich jenseits dieser westlichen Untergangskultur eine elementare, bodenständige Vernunft bewahrt hatte, die ihn nun sogar mit dem Gang der Weltgeschichte in Einklang setzte. Er sparte nicht mit pathetischen Worten, als er schließlich wie gewohnt zu einer kleinen Privatvorlesung anhob.

Katharina, Hellberg und Freya schauten einander an, doch Anna gab ihnen ein Zeichen, keine so gelangweilten Mienen aufzusetzen, und stieß sie unter dem Tisch an, ihn reden zu lassen und nicht zu widersprechen. Nicht an seinem Ehrentag. Nur Freya meinte einmal, daß inzwischen ein neuer Slogan die Runde machte. Wir sind was folgt, sagte sie, und Kogler fand dies ganz ausgezeichnet und prächtig formuliert, zeigte es ihm doch, daß wenigstens die junge Generation ein gesundes Selbstbewußtsein mitbrachte und eine klare Richtung einschlug. Denn eines sah er ganz deutlich: Die Wirkung des Ostens konnte nicht ohne Folgen bleiben. Hier, nur hier ging die Sonne auf.

Das kennen wir, bemerkte Katharina lakonisch, das hast du schon einmal gesagt, vor fünfundvierzig Jahren, als Gretl den Zug nach Bayern nehmen wollte.

Kogler verharrte einen Augenblick im Nachdenken, dann fuhr er in seinen Betrachtungen fort.

Renate Feyl
Das sanfte Joch der Vortrefflichkeit

Roman

Nach dem großen Erfolg der »Profanen Stunden des Glücks« der neue Roman von Renate Feyl über eine bedeutende Schriftstellerin des 18. Jahrhunderts – die Schwägerin und Muse Schillers.

VERLAG
KIEPENHEUER
&WITSCH